JOHN CONNELL

Schlangengift

GOLDMANN
Lesen erleben

Buch

März 1946: Garmisch-Partenkirchen ist nicht nur ein hübscher Alpenort, der im Krieg kaum zerstört wurde, sondern auch eine Zuflucht für Kriminelle, eine geheime Lagerstätte für Nazi-Beute und der aktuelle Einsatzort für US-Officer Mason Collins. Als ihm Special Agent Winstone von dunklen Geschäften berichtet und kurz darauf ermordet wird, übernimmt Collins die Ermittlungen. Diese erweisen sich als äußerst heikel, denn er stößt auf eine Verschwörung von Nazis und hochrangigen amerikanischen Soldaten. Schon bald verstrickt sich Collins in das gefährliche Netz und weiß nicht mehr, wer Freund und wer Feind ist …

Informationen zu John Connell
sowie zu lieferbaren Titeln des Autors
finden Sie am Ende des Buches.

John Connell

Schlangengift

Thriller

Aus dem Englischen
von Jochen Stremmel

GOLDMANN

Die Originalausgabe erschien 2016
unter dem Titel »Spoils of Victory« bei Berkley,
an imprint of Penguin Random House LLC, New York.

Dieses Buch ist auch als E-Book erhältlich.

MIX
Papier aus verantwortungsvollen Quellen
FSC® C014496
FSC www.fsc.org

Verlagsgruppe Random House FSC® N001967

1. Auflage
Deutsche Erstveröffentlichung Juni 2018

Umschlaggestaltung: UNO Werbeagentur, München
Umschlagmotiv: Smith Collection/Gado/getty images
Redaktion: Gerhard Seidl
BH · Herstellung: kw
Satz: omnisatz GmbH, Berlin
Druck und Bindung: GGP Media GmbH, Pößneck
Printed in Germany
ISBN: 978-3-442-48403-4
www.goldmann-verlag.de

Besuchen Sie den Goldmann Verlag im Netz

Meinem Vater und meinen Onkeln,
die im Zweiten Weltkrieg dem Ruf
ihres Vaterlands folgten.

EINS

GARMISCH-PARTENKIRCHEN, OBERBAYERN
AMERIKANISCHE BESATZUNGSZONE
MÄRZ 1946

Für diese besondere verdeckte Aktion hatte Kriminalermittler Mason Collins die Figur Kurt Wenger erfunden, einen heruntergekommenen Deutschen, der sich mit müden Schritten und dem lustlosen Blick vorwärtsbewegte, den der Hunger und die Aussicht in eine trostlose Zukunft mit sich brachten. Er trug einen fadenscheinigen Mantel aus dem Besitz eines ehemaligen Soldaten der Wehrmacht, der auf solch irdische Dinge nicht mehr angewiesen war, und auf dem Kopf einen Filzhut, der höchstwahrscheinlich durch ähnliches Kriegsgeschick verwaist war. Von einem Dreitagebart abgesehen hatte Mason keinen Bedarf an Perücken oder anderen Vorrichtungen, die den optischen Eindruck veränderten. Bei der Verwandlung in eine andere Persönlichkeit kam es vor allem auf Haltung, Einstellung, Gesichtsausdruck und Eigenarten an.

Der Mann, den er beschattete, Sergeant Carl Olsen, ging zehn Meter vor ihm. Mason behielt ihn im Auge, indem er durch die Menge vor ihm schaute und flüchtige Blicke auf seinen runden Kopf mit dem schwarzen Haar erhaschte, das von seiner kakifarbenen Dienstmütze bedeckt war. Mit seinen einsachtundneunzig und hundertzehn Kilo teilte Olsen die ihm entgegenkommende Menge wie ein Schneepflug, während Mason ihm in seinem Windschatten folgte – was kaum eine Herausforderung für Masons Beschatterfähigkeiten war, aber Tarnung vor Olsen war nicht sein vorrangiges Ziel. Masons Hauptinteresse galt den Männern, die Olsens Vorankommen aus dem Schatten und von strategischen Positionen aus beobachteten, Männern, die viel gefährlicher und schlauer als der Sergeant waren.

Masons Partner, Specialist Gil Abrams, hatte von der anderen Straßenseite eine bessere Sicht auf Olsen. Abrams war aus den Reihen der Militärpolizei gekommen, um unter Masons Anleitung als CID-Ermittler zu arbeiten. Sein scharfer Verstand und seine beharrliche Zielstrebigkeit waren Mason aufgefallen, aber er hatte immer noch eine Menge zu lernen, was die Feinheiten der Beschattung betraf, besonders bei jemandem wie Olsen, der an Mord und schwere Körperverletzung mit der gleichen Leidenschaftslosigkeit heranging wie ans Binden seiner Schnürsenkel. Nervöse Anspannung verleitete Abrams dazu, Olsen zu oft ins Auge zu fassen, wobei er dann und wann mit Fußgängern kollidierte oder knapp einem vorbeifahrenden Fuhrwerk oder Armee-Jeep auswich. Er trug einen Anzug aus grauer Wolle und einen langen schwarzen Mantel, der an seiner hoch aufgeschossenen Gestalt zu hängen schien. Mit seinen zweiundzwanzig Jahren war sein Körper der eines Mannes geworden, während sein Gesicht nach wie vor etwas Engelhaftes hatte, sodass er Mason seiner Erwachsenenkleidung zum Trotz an ein zu groß geratenes Kind aus einem Roman von Charles Dickens erinnerte.

Olsen hatte sie in den ärmeren und deshalb schäbigeren Teil der Stadt geführt, eine Gegend, die zahllose kleine Gauner als Zuhause bezeichneten, wo der Schwarzmarkt blühte und der uneingeweihte Passant wegen ein paar Reichsmark überfallen und im Rinnstein liegen gelassen werden konnte. Improvisierte Stände aus Segeltuch und Holz, Zelten und Anbauten machten sich auf den Bürgersteigen breit und nötigten die Fußgängerscharen dazu, auf die Straße auszuweichen. Fuhrwerke, Karren und Fahrräder waren inzwischen die einzigen Transportmöglichkeiten, die für die meisten Deutschen erhältlich waren, und sie wetteiferten mit den Fußgängern in diesem Teil der Stadt um den verfügbaren Platz, die meisten überladen mit geborgenem Holz oder den spärlichen Habseligkeiten einer Familie. Straßenverkäufer verhökerten ihre Waren in einem Dutzend Sprachen: geklaute Kohle, verschnittenes Mehl oder aus von amerikanischen Soldaten weggeworfenen Kippen gedrehte Zigaretten. Männer und Frauen gingen vorbei und öffneten ihre Mäntel, um Uhren, Fotoapparate und Schmuck vorzuzeigen, während dann und wann eine Frau ihren Pelzmantel aufschlug, um eine sinnlichere Handelsware anzubieten.

Die Deutschen nannten jene Zeit, die unmittelbar auf den Zweiten Weltkrieg folgte, die Stunde Null. In jedem praktischen Sinn musste Deutschland von ganz unten anfangen. Das Land war von Luftwaffe und Artillerie zurück ins Mittelalter gebombt worden. Ganze Städte, große und kleine, waren ausgelöscht worden, und es hatte beinahe sieben Millionen Tote gegeben. Krankheiten und Unterernährung töteten so viele von den ganz Jungen und den ganz Alten wie seit Jahrhunderten nicht mehr. Kein Essen, keine Feldfrüchte, keine Kohle, keine Arzneimittel. Industrie und Landwirtschaft waren zum Stillstand gekommen. Da die deutsche Reichsmark fast wertlos war, wurde das Tauschen zum einzigen wahren Handelswerkzeug. Der Schwarzmarkt florierte, und die amerikanische Zigarette regierte als Königin unter den Zahlungsmitteln. Es war eine verheißungsvolle Zeit für Gangster – oder opportunistische Soldaten wie Sergeant Olsen.

Olsen, der wegen Totschlags und schweren Diebstahls verhaftet worden war, hatte sich bereit erklärt, Mason Zutritt zu einem der erfolgreichsten Verbrecherringe in Garmisch zu verschaffen: eine Verbindung von Deutschen, ehemaligen polnischen Armeeoffizieren und rangniederen US-Soldaten, eine Gruppe, die derart dreist operierte, dass sie sogar ihr eigenes Logo und ihren eigenen Briefkopf hatte. Mit seiner Nähe zu Österreich, der Schweiz und Italien war Garmisch der ideale Ort für die Ein- und Ausfuhr illegaler Waren, wodurch diese malerische Stadt zu einem entscheidenden Zentrum für den Schwarzmarkt wurde. Und während ein großer Teil der kriminellen Aktivität von einem lockeren Bündnis kleinerer Banden absolviert wurde, war Hermann Giessens Organisation eine ganz andere Geschichte: gut gegliedert, mächtig und anscheinend von Gesetzeshütern nicht zur Rechenschaft zu ziehen – eine gefährliche Kombination.

Mason ermittelte seit zwei Monaten gegen den Ring, aber angesichts der Unverfrorenheit seiner Mitglieder waren seine Informationen nur spärlich: Gerüchte, Anschuldigungen, die Identität der Anführer, deren Namen immer im Zusammenhang mit schweren Verbrechen erwähnt wurden, aber ohne die Spur eines Beweises, mit dessen Hilfe sie ins Gefängnis geschickt werden könnten. Die einzige Methode, mit der er mehr herausfinden und an die Beweise kommen konnte, die er brauchte, bestand darin, die Bande zu unterwandern. Er hatte einen Monat gebraucht, um Kurt Wenger zu entwickeln, und die meiste Zeit damit verbracht, den heruntergekommenen Gangster zu spielen, der sich in Seitengassen herumtrieb, berüchtigte Kneipen frequentierte und gelegentlich kleinere Delikte beging. Das bedeutete auch, dass er das Rampenlicht als CID-Ermittler meiden musste. Abgesehen von formellen militärischen Anlässen trug er Zivil – was ihm nach den Dienstvorschriften gestattet war. Er ging nicht in die Offiziersmesse, sondern besuchte stattdessen deutsche Wirtshäuser und Kneipen, und da er von Natur aus ein Einzelgänger war, befand er sich selten in der Gesellschaft anderer Soldaten. Nachdem er seinen Ruf als Mietgangster verbreitet und kultiviert hatte, war das Schicksal Mason gegenüber so gnädig gewesen, ihm Olsen in den Schoß zu werfen. Und durch Olsen hatte Mason sich endlich eine Einführung verschafft.

In den letzten zwei Wochen waren zwei miteinander verfeindete Bandenführer auf grausame Weise ermordet worden, was den labilen Waffenstillstand zwischen den Banden zum Platzen brachte. Niemand schien zu wissen, wer dafür verantwortlich war, obwohl Gerüchte in Umlauf waren, dass eine brutale neue Führungsriege versuche, die Macht an sich zu reißen. Die sich daraufhin anschließenden Rachemorde und spontanen Schießereien hatten dazu geführt, dass in der Unterwelt der Stadt höchste Alarmbereitschaft herrschte. Ein Ruf nach weiteren gedungenen Schützen war ergangen, der sich als Vorteil für Mason erwies, aber mittlerweile konnte eine Kugel oder eine Klinge fast aus jeder Richtung kommen. Zur Sicherheit blieben Mason und Olsen getrennt voneinander. Ähnliche Vorsichtsmaßnahmen hatten die Bandenbosse veranlasst unterzutauchen. Das heutige Treffen würde das erste seit Ausbruch der Revierkämpfe sein, und nur die Anführer wussten, wo und wann. Olsen musste als Akteur auf mittlerer Ebene durch die Straßen in diesem Teil der Stadt gehen, bis er von seinem Kontaktmann abgefangen wurde, der ihn dann führen würde.

Abrams lenkte Masons Blick auf sich und gab ihm durch

Zeichen zu verstehen, dass Olsen an der Kreuzung links abgebogen war. Kurze Zeit später folgte Mason seinem Beispiel. Er nahm an, dass sie der Sache näher kamen, weil Olsen sich zunehmend nervös verhielt, häufig stehen blieb und in beide Richtungen schaute, nur um dann weiterzugehen und den Vorgang zu wiederholen. Mason hoffte, dass der Sergeant sich an ihre Abmachung hielt und nicht kopfscheu wurde und das Weite suchte – andererseits war Olsen vielleicht auch nervös, weil er sie in einen Hinterhalt locken wollte.

Olsen blieb abrupt stehen, als ein Mann mit einem braunen Homburghut vor ihm die Straße überquerte und weiterging. Olsen nahm sich Zeit, um sich eine Zigarette anzuzünden. Ob das ein Erkennungssignal war oder ob er damit seinem Kontaktmann einen Vorsprung geben wollte, wusste Mason nicht, aber nachdem er das Streichholz zu Boden geworfen hatte, wandte Olsen sich nach links und verschwand.

Abrams eilte zur gegenüberliegenden Ecke, von wo er mit weit aufgerissenen Augen zu Mason zurückschaute. Er wurde fast von einem Fuhrwerk umgefahren, als er über die Straße lief, um Mason an der Ecke zu treffen. »Er ist gerade in den Steinadler-Bierkeller gegangen.«

»Haben Sie alles vergessen, was ich Ihnen beigebracht habe?«, fragte Mason. »Bleiben Sie locker.« Er machte eine Kopfbewegung zur anderen Straßenseite. »Sie bleiben hier draußen.«

»Ich soll Ihnen den Rücken freihalten.«

»Ich habe meine Meinung geändert. Ich kenne diese Kneipe. Die würden Sie durch den Fleischwolf drehen und als Wurst auf dem Schwarzmarkt verkaufen. Falls ich in einer Stunde nicht wieder draußen bin, rufen Sie die Kavallerie.«

»Was soll ich hier draußen eine Stunde lang machen?«

»Improvisieren Sie.«

Mason schaute zu, wie ein frustrierter Abrams auf der anderen Straßenseite Stellung bezog, und betrat den Bierkeller.

Vor dem Krieg war der Steinadler eine fröhliche Kneipe gewesen, seine Innenwände waren wie die bei einem Großteil von Garmischs Häusern mit Fresken geschmückt, und die lange Eichentheke war mit detailverliebten Schnitzereien versehen. Inzwischen war die Kneipe durch Vernachlässigung – von der finsteren Kundschaft nicht zu reden – zu einem freudlosen Ort geworden. Infolge der Stromknappheit waren Kerzen und Gaslaternen spärlich im Raum verteilt worden und sorgten allenfalls für dämmriges Licht. Den Gästen war es so vermutlich lieber, weil der Bierkeller jetzt ein bevorzugter Treffpunkt von Schmugglern, Dieben und Gangstern der unteren Ränge geworden war.

Als Mason durch den Raum ging, bemerkte er zwei muskelbepackte Bodyguards, die neben der Eingangstür standen, und drei weitere, die ihre Stellung am rückwärtigen Eingang hinter der Theke bezogen hatten. Mason hatte eine deutsche Pistole bei sich, eine Sauer 38H mit acht Patronen im Magazin, aber das wäre nicht genug, um sich seinen Weg aus diesem Lokal freizuschießen. Er würde hier nur lebend herauskommen, wenn sie ihn ließen. Der Mann hinter der Theke sah ihn misstrauisch an, bis Mason ein Bündel US-Dollar hervorzog. Er bestellte ein Bier und sah sich um. Olsen stand am anderen Ende der Theke und sprach mit dem Inhaber Kasim Aslan, einem Türken, der aller möglichen Verbrechen beschuldigt, aber keines einzigen überführt worden war. Die Gäste waren zum größten Teil Deutsche, aber es gab auch eine Mischung ehemaliger Kriegsgefangener aus Polen und Russland, Italiener und eine Handvoll amerikanischer GIs. Sie alle waren hier, um illegalen Handel zu betreiben. Sie redeten mit gedämpften Stimmen, einige spielten Karten, einige standen an der Theke, während andere an Tischen saßen, die einen diskreten Abstand voneinander hatten, damit Geschäfte besprochen werden konnten, ohne dass neugierige Nachbarn mithörten.

Hinten spielte ein blonder Mann mit einer übermäßig entwickelten Stirn in einer ruhigen Ecke Schach mit einem Partner, der mit dem Rücken zu Mason saß. Der Name des Blonden war Anton Plöbsch, und auf dem Totempfahl des Rings stand er an dritter Stelle. Er war ein ehemaliger Major der Wehrmacht mit weitläufigen adligen Verwandten, der im Verdacht stand, Vergewaltigung, Mord, Erpressungen und Bestechungen begangen zu haben, inzwischen aber eine »respektable« Rolle als Befehlshaber des Schlägertrupps der Bande spielte. Es wurde gemunkelt, er sei ein verdorbenes Genie, hochintelligent, aber grausam, ein hochgeborener Handlanger.

Plöbsch hatte Mason mehrere Male einen Blick zugeworfen. Olsen musste ihm ein stilles Signal gegeben haben, dass Mason – alias Kurt Wenger – der Mann sei, der sich der Bande anschließen wollte. Plöbsch sagte etwas zu seinem dunkelhaarigen Schachgegner. Dieser erhob sich vom Tisch und ging an die Theke, obwohl die Partie noch nicht zu Ende gespielt war. Mason verstand das als Einladung, sich zu Plöbsch zu setzen. Er durchquerte den Raum und spürte die Blicke der anderen Gäste auf sich ruhen. An dem Tisch blieb er stehen. Plöbsch schaute mit tief liegenden Augen, die völlig farblos zu sein schienen, zu Mason hoch und wartete gleichmütig.

»Er hätte Sie in sechs Zügen schlagen können«, sagte Mason in fließendem Deutsch.

»Ach, dann spielen Sie also Schach, Herr Wenger.« Er

zeigte mit der offenen Hand auf den Stuhl. »Dann setzen Sie sich und stellen Sie fest, ob Sie recht haben.«

Mason hängte seinen Mantel über die Rückenlehne des Stuhls, nahm Platz und zog im gleichen Moment seinen Königsläufer. Keiner von beiden sprach, während sie spielten. Mason kam sich mit dem Rücken zum Raum verletzlich vor, aber er wusste, dass das beabsichtigt war. Da er sich nicht in der Etikette auskannte, wenn es um die Herausforderung eines rücksichtslosen und mächtigen Schlägers ging, machte Mason absichtlich zwei schlechte Züge und verlor seine Dame.

»Schachmatt«, sagte Plöbsch und lächelte. »Sie haben mich gewinnen lassen, Herr Wenger. Ich weiß die Geste zu schätzen, aber sie könnte auch ein Zeichen mangelnden Respekts sein. Ein Minuspunkt für Sie. Wir werden noch eine Partie spielen, aber diesmal spielen Sie, so gut Sie können.«

Mason griff in die Tasche seines Jacketts und legte zweihundert Dollar auf den Tisch. »Sollen wir den Einsatz erhöhen?«

»Sie sehen nicht wie ein Mann aus, der so viel Geld in der Tasche haben könnte. Woher haben Sie es?«

»Indem ich gegen Ami-Soldaten gespielt habe.«

Plöbsch schmunzelte. »Amerikaner sind schlechte Schachspieler. Sie sollten mehr als das verdient haben, wenn Sie sich für einen würdigen Gegner halten.«

»Amerikanische Schachspieler sind konservative Wetter.«

»Und Sie hoffen, dass ich großzügiger bin?«

»Man muss seinen Lebensunterhalt bestreiten.«

Plöbsch schaute Mason einen Augenblick lang an, dann zog er seinen Bauern. Nach einigen weiteren Zügen, die schweigend vorgenommen wurden, sagte Plöbsch: »Ich höre einen bayerischen Akzent. Ich habe Sie ab und zu gesehen und von Ihnen gehört, aber ich weiß wenig über Sie. Wo kommen Sie her?«

»Aus einer kleinen Stadt«, sagte Mason. »Wonneberg.«

»Und während des Kriegs?«

»Ist das wichtig?«

»Ich würde den Mann gerne kennen, der mit gegenübersitzt.«

»Im Artillerieregiment der 58. Infanteriedivision ... bis ich in Schwierigkeiten geriet.«

»Was für Schwierigkeiten?«

»Wir waren an der Ostfront, und während der Kommandostab im Luxus lebte, hungerten wir. Deshalb habe ich den Stab ein wenig von seiner Last erleichtert, und es hat etwa einen Monat gedauert, bis ich erwischt wurde.«

»Es wurden Männer erschossen, die weniger auf dem Kerbholz hatten.«

»Ich hab wohl Glück gehabt.«

Plöbsch betrachtete Mason skeptisch. Der Mann hinter der Theke brachte noch zwei Bier herüber. Mason griff nach seinem Geld, aber Plöbsch sagte: »Die gehen auf mich. Ich spendiere dem Verlierer immer ein Bier.«

Die Partie wurde fortgesetzt. Plöbsch war sehr gut, aber Mason hatte die erste Partie verloren, um die Schwächen des Mannes einschätzen zu können. Plöbsch verwendete die gleiche Art aggressiver Züge und gerissener Taktiken wie in der ersten Partie, aber Mason war ihm schon auf die Schliche gekommen.

»Was haben Sie nach dem Krieg gemacht?«, fragte Plöbsch.

»Ich habe mit Rudolf Voss zusammengearbeitet. Von München aus. Kannten Sie ihn?«

»Ja ...«, sagte Plöbsch, während er Mason musterte. »Es ist unglücklich, dass Sie bei einer Organisation gearbeitet haben, die es nicht mehr gibt. Wie soll man denn überprüfen, dass Sie derjenige sind, der Sie zu sein behaupten?«

»Ja, Herr Voss ist tot, und die Organisation ist zerschlagen, aber ich versichere Ihnen, dass ich die Wahrheit sage. Ich habe für Captain Wertz gearbeitet und Penicillin und Babynahrung verschnitten, Koks und Heroin verkauft, bis er festgenommen wurde und uns verpfiffen hat.«

In Wahrheit hatte Mason Voss und Wertz während seiner Zeit als CID-Ermittler in München gekannt, und er war derjenige, der Wertz mithilfe eines Spitzels festgenommen hatte. Mason hatte eine ganze Akte um seine fiktive Figur herum angelegt, wozu auch gehörte, dass ein befreundeter deutscher Kriminalbeamter in München Wengers Polizeiakte an die Behörden in Garmisch »durchsickern« ließ. Wenn man die Unterlagen an die korrupten Beamten in der Garmischer Polizei weiterleitete, war dafür gesorgt, dass Plöbsch alles über Wenger wusste, wenn Mason den Kontakt zu ihm aufnahm.

»Warum sind Sie nach Garmisch gekommen?«, fragte Plöbsch.

»Ich habe von einigen Organisationen gehört, die hier ihren Stützpunkt haben. Und Ihre Gruppe soll die mächtigste von ihnen sein. Aber das wissen Sie alles. Ich bin mir sicher, dass Sie mich schon überprüft haben, bevor ich hierherkam.«

Plöbsch lächelte nur und zog seinen Damenspringer.

Mason überlegte, ob er Plöbsch beim Wort nehmen und so gut spielen sollte, wie er konnte. Würde es die Sache besiegeln, wenn er Plöbsch mattsetzte, und diesen dazu veranlassen, ihn seinen Vorgesetzten vorzustellen? Andererseits – wenn er Plöbsch demütigte, konnte das durchaus dazu führen, dass er ihm die Kehle durchschneiden ließ. Es gab nur eine Möglichkeit, das herauszufinden … Er verzichtete darauf, seine besten Züge zu machen, und opferte entscheidende Figuren, bis er seinen Gegner schließlich dazu verleitete, einen verhängnisvollen Zug zu machen. »Matt.«

»Sie spielen sehr gut«, sagte Plöbsch mit einem gezwungenen Lächeln, obwohl er den Eindruck machte, als würde er es vorziehen, Mason den Hals umzudrehen.

»Sie auch, Herr Plöbsch.«

»Sie kennen also meinen Namen.«

»Ich wäre in dieser Branche nicht sehr erfolgreich, wenn ich nicht herausfinden würde, mit wem ich es zu tun bekomme.«

»Ich kann Respekt vor einem Mann haben, der den Mut hat, mich im Schach zu schlagen, obwohl er meinen Ruf kennt.«

Mason neigte den Kopf.

»Ja, wir haben Sie überprüft«, sagte Plöbsch. »Man kann in diesen Tagen nicht vorsichtig genug sein. Sergeant Olsen sagt, Sie seien daran interessiert, sich an unserem Unternehmen zu beteiligen.«

»Das bin ich allerdings.«

Plöbsch starrte ihn eine ganze Minute lang mit geblähten Nasenflügeln an, als wolle er auf diese Weise feststellen, ob Betrug in der Luft lag. Schließlich sagte er: »Es ist nicht meine Entscheidung.«

»Dabei könnte ich mir vorstellen, dass Ihre Zustimmung viel ausmacht.«

Plöbsch grunzte. Dann nickte er jemandem hinter Mason zu. Mason war sich nicht sicher, ob das ein Zeichen war, seinen Boss zu holen oder ihm einen Stich in den Rücken zu versetzen. Er behielt einen neutralen Gesichtsausdruck bei, während er sich auf einen Angriff vorbereitete. Aber es kam kein Angreifer herbeigeeilt, sondern es wurde eine Tür hinter seiner linken Schulter geöffnet. Er hielt seine Augen auf

Plöbsch gerichtet, während sich Schritte näherten – drei oder vier Männer, dem Geräusch nach zu urteilen.

Zwei Männer kamen herum, um Mason ins Gesicht zu sehen. Sie waren die Nummer eins und zwei in der Organisation, Hermann Giessen und Erich Bachmann. Giessen schien Mitte fünfzig zu sein, hatte ein grob geschnittenes Gesicht und angeklatschte Haare, die eine lange, von der Stirn bis in den zurückweichenden Haaransatz verlaufende Narbe zu erkennen gaben. Bachmann war klein und sah mit seinen sanften grünen Augen, einem bescheidenen Kinn und langen Ohrläppchen eher nach einem Gymnasiallehrer als nach einem Gangster aus.

Plöbsch erhob sich von seinem Stuhl, und Giessen nahm seinen Platz ein. Mason fühlte die Anwesenheit von zwei oder drei Männern hinter sich.

Giessen musterte Mason mit stechenden blauen Augen. »Woher soll ich wissen, dass Sie der sind, der Sie zu sein behaupten?«, fragte er.

»Ich könnte Ihnen alles Mögliche erzählen, aber es würde immer noch nicht beweisen, dass ich die Wahrheit sage. Ich mache Ihnen ein Angebot. Nennen wir es eine Methode, mich in Ihre Organisation einzukaufen. Ihnen demonstrieren, dass ich es ernst meine. Und ein gutes Geschäft ist es auch noch für Sie.«

»Fahren Sie fort.«

Mason griff mit zwei Fingern, um sie nicht zu beunruhigen, in die Brusttasche seines Jacketts und holte einen kirschgroßen gräulich weißen Klumpen heraus. »Platin«, sagte er und legte ihn auf den Tisch.

Giessen nahm ihn in die Hand und untersuchte ihn gründlich.

Mason fuhr fort: »Ich nehme an, Sie haben hier jemanden,

der bestätigen kann, dass es zu neunundneunzig Prozent reines Platin ist. Ich habe vier Kisten voll davon.«

»Und wie sind Sie an einen solchen Schatz gekommen?«, fragte Giessen.

Ein merkwürdiger Geruch drang Mason in die Nase. Er schwebte gerade unter jenen von verschüttetem Bier, verschwitzten Körpern und Zigaretten: der deutliche Geruch von brennendem Tabak, den er nicht wahrgenommen hatte, seitdem … Er bemühte sich krampfhaft, die Erinnerungen zu unterdrücken, die der Duft auslöste. Nach einiger Anstrengung sagte er: »Aus einem Versteck, das die SS beim Rückzug …«

Der Geruch schien ihm in Nase und Gehirn zu kriechen, wo er eine heftige instinktive Reaktion auslöste. Sein Magen krampfte sich zusammen, als erwartete er einen Schlag mit einem Knüppel. Mason erinnerte sich jetzt deutlich an alles: Er war plötzlich wieder zurück im Winter 1944 in einem zeitweiligen Gestapo-Hauptquartier in Monschau. Er war während der Ardennen-Offensive in Kriegsgefangenschaft geraten, und weil er Captain im Geheimdienst war, fließend Deutsch sprach und sich bei der Gefangennahme hinter den feindlichen Linien befand, hatte man ihn beschuldigt, ein Spion zu sein. Zwei nicht enden wollende Wochen lang hatte ihn ein Vernehmungsoffizier gequält, ihn abwechselnd geschlagen und verschiedene seiner Körperteile mit Elektroschocks behandelt. Der Vernehmungsoffizier hatte eine bestimmte türkische Zigarettensorte geraucht, und zwar eine nach der anderen. Und dieser süßliche, penetrante Geruch türkischen Tabaks, der Mason jetzt in die Nase stieg, war es gewesen, der den Vernehmungsoffizier immer angekündigt hatte, bevor er Masons Zelle betrat und die Folter begann. Seitdem hatte Mason den Duft nie mehr gerochen.

»Ist irgendetwas nicht in Ordnung, Herr Wenger?«, fragte Giessen.

Mason versuchte, sich wieder in den Griff zu bekommen, aber seine Gedanken rasten. *Das kann nicht sein. Der Mann kann nicht hier sein. Es ist nicht möglich.*

SS-Sturmbannführer Volker. Mason konnte sich genau an sein Gesicht erinnern, an die Art, wie er sich bewegte. Sie waren eingebrannt in sein Gedächtnis. Irgendein primitiver Teil seines Gehirns sagte ihm, dass der SS-Mann an seinem Tisch vorbeigegangen und in der Nähe stehen geblieben war. Er kämpfte dagegen an, von nackter Panik und Wut überwältigt zu werden.

Dann verlor er die Kontrolle.

ZWEI

Mason schoss vom Tisch hoch, aber starke Hände packten ihn an den Schultern und drückten ihn zurück auf den Stuhl. Dann hörte er das Klicken eines Revolverhahns, der zurückgezogen wurde, unmittelbar bevor ihm der kalte Stahl des Laufs gegen die Schläfe gepresst wurde.

»Hände auf den Tisch«, ertönte eine Männerstimme hinter ihm in einem Englisch mit italienischem Akzent.

Mason legte die Hände auf den Tisch und nutzte die Gelegenheit, auf seine Armbanduhr zu schauen. Fünfzig Minuten waren vergangen. Noch zehn Minuten, bis Abrams mit Hilfstruppen eintreffen würde. Zehn Minuten zu spät. Bis dahin wäre er verschwunden.

Während fleischige Hände ihn untersuchten und die Pistole aus seinem Mantel herausholten, sagte Giessen: »Ihre Tarnung ist aufgeflogen, wie Ihr richtiger Name auch sein mag.«

»Mr. Collins«, sagte der Italiener. »Ein Ermittler der amerikanischen CID.«

Giessen wurde blass, als er das hörte.

»Wenn Sie einen Ermittler des amerikanischen Militärs umbringen«, sagte Mason, »wird diese Stadt auf den Kopf gestellt werden.«

»Herr Giessen würde es nicht wagen, einen amerikanischen Cop umzubringen«, sagte der Italiener, »aber ich habe dieses Problem nicht. Garmisch ist nicht mein Firmensitz. Ich werde mich in Luft aufgelöst haben, bevor irgendjemand Verdacht schöpft, dass Sie verschwunden sind. Ihre Leiche wird man nie finden. Es wird ein paar Unannehmlichkeiten für die lokalen Organisationen geben – nichts für ungut, Herr Giessen –, aber das ist mir ziemlich egal.«

Mason konnte erkennen, dass der Mann, der sprach, auch die Waffe in der Hand hielt. Vom Winkel und vom Klang der Stimme schätzte er, dass der Mann ungefähr einen Meter siebzig groß war und sehr nah hinter seinem Stuhl stand. Das schwache Licht von der Theke wurde von mindestens zwei anderen viel größeren Männern verdunkelt. Die Leibwächter des Mannes, vermutete Mason. Das deutliche Aroma von türkischem Tabak war verflogen, wieder verdrängt von dem Gestank kalten Zigarrenrauchs und schalen Biers. Es war möglich, dass irgendjemand sonst in der Kneipe dieselbe ungewöhnliche Sorte Tabak rauchte, aber er spürte instinktiv, dass Volker sich ein paar Augenblicke lang hinter ihm aufgehalten hatte, bevor er wieder verschwunden war.

Der Mann drückte die Revolvermündung gegen Masons Schläfe. »Sie werden sich jetzt bitte zur Theke begeben.«

Die Eingangstür flog auf. Pfeifen schrillten. Uniformierte Beamte schrien: »Polizei! Hände hoch!«

Die vorübergehende Ablenkung eröffnete Mason eine Möglichkeit. Mit blitzartiger Geschwindigkeit sprang er auf, wirbelte herum, packte den Arm des Mannes mit der Revolverhand und drückte ihn nach oben. Mit der anderen Hand schlug er gegen den Ellbogen des Mannes und hörte den Knochen brechen. Der Mann schrie. Mason hielt die Revolverhand nach wie vor gepackt und richtete die Waffe auf einen der angreifenden Leibwächter, wobei er gleichzeitig auf den Finger am Abzug drückte. Der Revolver gab einen Schuss ab, der den Leibwächter in den Oberschenkel traf.

Der Leibwächter brach zusammen und krümmte sich am Boden.

Der Italiener schlug nach Mason, aber ohne viel Kraft dahinter. Mason versetzte ihm einen Hieb gegen den Kiefer, zog dann die Faust durch und traf den Mann am Hals direkt über der Schlagader. Der Italiener fiel auf die Knie. Im gleichen Moment erwischte der zweite Leibwächter Mason mit seiner Pistole an der Schläfe. Masons Gesichtsfeld wurde weiß. Seine Beine verwandelten sich in Gummi, aber er schaffte es, den Arm des Leibwächters zu packen, mit dem er die Pistole hielt, und sich daran festzuhalten.

Der Leibwächter stieß Mason das Knie in den Unterleib. Mason klappte zusammen. Sein Bauch fühlte sich an wie eine Masse geschmolzenes Gestein. Er machte sich auf den Einschlag eines Geschosses gefasst, aber es kam keines. Dutzende uniformierte Beine traten in sein Gesichtsfeld. Schreie und Grunzlaute veranlassten Mason, nach oben zu schauen, und er sah zu seiner Erleichterung, dass fünf deutsche Polizisten endlich den riesigen Leibwächter überwältigt hatten.

Zwei Polizisten rissen Mason auf die Füße. Der Schmerz in seinem Unterleib flammte wieder auf, begleitet von einem Schwindelanfall. Er wehrte sich nicht. Sie hatten ihm das Leben gerettet, und er war froh, sie zu sehen. Obwohl es noch nicht allzu lange her war, dass der Anblick von mehr als dreißig Deutschen in Uniform eine völlig andere Reaktion bei ihm ausgelöst hätte.

Mason hielt die Hände hoch. »Amerikaner. CID.« Die beiden Polizisten ließen ihn los und erlaubten ihm, vorsichtig seinen Hut abzunehmen. Er zog seinen CID-Ausweis heraus, der im Futter versteckt war, und zeigte ihn den Männern. »Ich bin Amerikaner. CID. Sehen Sie?«

Die beiden Polizisten gesellten sich zu ihren Kollegen und

trieben die Gäste der Kneipe vor die Tür. Mason beugte sich nach vorn und versuchte, tief durchzuatmen, um die Schmerzen in seinem Unterleib zu lindern. Er benutzte einen Tisch, um sich abzustützen, und musterte die verhafteten Kneipengäste, um festzustellen, ob sich Volker unter ihnen befand. Das war nicht der Fall.

Abrams kam mit zwei MPs zu ihm geeilt. »Alles in Ordnung?«, fragte er.

Mason nickte, als er wieder Luft bekam. »Einer der Gorillas hat mich in die Eier getreten.«

»Wenigstens haben Sie deshalb das Loch in Ihrem Kopf vergessen.«

Mason fasste sich an die Schläfe, und seine Finger waren voller Blut. Er griff sich ein Handtuch von der Theke und drückte es gegen die Wunde. »Sie sind zu früh reingekommen«, sagte er zu Abrams.

»Ich wusste, dass es Schwierigkeiten gab, als ein Schlägertyp auf die Straße rauskam und die Tür abschloss. Ich bin zur deutschen Polizei gegangen, weil die näher waren.«

»Es sind mindestens fünf US-Soldaten in der …«

»Yeah, draußen stehen ein paar MPs und sammeln sie ein. Sie sind angerannt gekommen, als sie den Trupp deutscher Polizisten durch die Straße jagen sahen. Wir werden die Nichtdeutschen von den Deutschen trennen.«

Mason und Abrams gingen zur Tür. »Es sind drei italienische Gangster in der Gruppe. Sorgen Sie dafür, dass unsere Jungs die ebenfalls erwischen. Besonders den mit dem gebrochenen Arm. Dieses Arschloch hat mir einen Revolver an den Kopf gehalten.«

»Dann habe ich gute Arbeit geleistet?«

Mason nickte. »Yeah, Sie haben gute Arbeit geleistet.«

Sie verließen die Kneipe. Menschenmengen schauten zu,

während die deutsche Polizei und fünf amerikanische MPs die Festgenommenen unter sich aufteilten. Mason musterte die Deutschen unter ihnen, sah Volker aber nicht. Dann stellte er bestürzt fest, dass Giessen, Bachmann und Plöbsch auch nicht dabei waren. Und Olsen befand sich nicht unter den festgenommenen Amerikanern. »Verdammt.« Mason schnappte sich den leitenden MP-Sergeant, wandte sich wieder zur Kneipe um und sagte zu Abrams. »Einige von ihnen sind hintenraus geflohen.«

Sie liefen in die Kneipe und zum Hinterausgang hinaus. Eine Gruppe der umliegenden Gebäude bildete einen Innenhof aus Schlamm und Schnee, in dem Müll und verrosteter Schrott aufs Geratewohl gestapelt lagen. Wäschestücke hingen an einem Netz von Leinen, die an den Häusern festgemacht waren und im beißenden Wind hin und her schwangen. Mason zeigte schweigend auf die Fußabdrücke im Schnee, die grüppchenweise auf die drei schmalen Passagen zwischen den Gebäuden zu den Straßen der Umgebung führten. Er gab dem MP und Abrams ein Zeichen, die linke und rechte Gasse zu nehmen, während er diejenige nahm, die von der Hintertür aus gesehen geradeaus verlief. Mason zog die Pistole und ging mit langen Schritten vorwärts. Auf halbem Weg durch die Gasse stieß er auf ein Gewirr von Fußabdrücken. Es machte den Eindruck, als wäre eine große Gruppe vor der Doppeltür einer verfallenen Wellblechgarage zu seiner Rechten stehen geblieben. Die Abdrücke ließen erkennen, dass die größere Gruppe hineingegangen war, dass aber eine kleinere Gruppe wieder herausgekommen und zu der Straße hinter der Kneipe gegangen war. Die nicht sehr stabilen Türen schlugen hohl in einem Wind, der Mason auf einmal sehr kalt vorkam.

Er hob die Pistole und zog eine der Türen auf, so leise er

konnte. Er sprang mit nach oben gerichteter Waffe hinein und versuchte, in der Dunkelheit etwas zu erkennen. Schwaches Sonnenlicht ergoss sich durch die Löcher und Lücken in den Blechwänden. Der Geruch von Urin und fauligem Schlamm attackierte seine Nase. Die Garage schien bis auf einige Lumpen und zerbrochene Kisten leer zu sein, die sich in einer Ecke auf dem Lehmboden stapelten. Aber als sich seine Augen an das Dunkel gewöhnten, sah er zwei Leichen mit dem Gesicht nach unten zwischen den Lumpen liegen. Sie waren beide in den Hinterkopf geschossen und in die Ecke gezerrt worden. Mason hockte sich zwischen sie und drehte sie so weit um, dass er ihre Gesichter erkennen konnte. Es waren die zwei Leibwächter Giessens, die neben der Hintertür gestanden hatten.

Als er aufstand und sich umdrehte, sah er drei weitere Leichen an der gegenüberliegenden Seite der Garage. Sie lagen in einer Reihe nebeneinander, Arme und Beine von sich gestreckt. Mason näherte sich ihnen und benutzte sein Feuerzeug, um sich ihre Gesichter anzusehen. Er fluchte leise und pfiff nach Abrams und dem MP, bevor er sich hinhockte und zur Sicherheit nach dem Puls der Männer fühlte. Als er Schritte in der Gasse näher kommen hörte, rief er: »Hier drinnen.«

Abrams und der MP-Sergeant betraten die Garage und gingen zu Mason. »Alle drei Bandenführer«, sagte Mason. »Giessen, Bachmann und Plöbsch. Eine Kugel in die Stirn. Dann zwei in die Brust. Schüsse aus kurzer Distanz. Eine Hinrichtung.« Er hob eine leere Patronenhülse auf. »Neun Millimeter«, sagte er und steckte die Hülse in seine Brusttasche. »Giessen hatte drei Leibwächter, die den Hinterausgang bewachten. Zwei von ihnen liegen dort drüben in der Ecke.«

»Dann sind noch einer und Olsen übrig«, sagte Abrams. »Glauben Sie, die haben das hier getan?«

Mason schüttelte den Kopf. »Ich kann mir nicht vorstellen, dass zwei Kerle fünf bewaffnete Profis überrumpeln. Dazu braucht es mehr. Wir werden Olsens Leiche sehr wahrscheinlich irgendwo im Wald finden. Und es gibt da noch einen Kerl …« Mason vollendete den Satz nicht, sondern sagte mehr zu sich selbst: »Ich schwöre, er war da, entweder mit Giessen oder mit den Italienern.«

»Wer?«, fragte Abrams.

Mason ging nicht auf die Frage ein, stand auf und wandte sich an den Sergeant. »Lassen Sie unsere Jungs hier zu diesem Tatort kommen und fangen Sie an, die Leute in der Nachbarschaft zu befragen. Sorgen Sie dafür, dass das als Erstes geschieht, bevor Sie der deutschen Polizei Bescheid geben, dass hier fünf Leichen für sie liegen.«

Als der MP ging, sagte Abrams: »Wer war dieser andere Kerl, von dem Sie geredet haben?«

Mason schüttelte nur den Kopf und marschierte zur Tür. Mit Abrams im Schlepptau fegte Mason durch die Kneipe und ging vorn zur Straße hinaus. Zu seiner Linken bewachten die fünf MPs die wenigen US-Soldaten, eine Handvoll Polen und Russen sowie die Italiener. Die beiden angeschlagenen italienischen Leibwächter versuchten, ihrem Boss, so gut sie konnten, Hilfestellung zu leisten. Der Boss verzog vor Schmerzen das Gesicht, schaffte es aber, Mason einen wütenden Blick zuzuwerfen.

Mason sagte zu den MPs: »Haben Sie Unterstützung angefordert?«

»Ja, Sir«, antwortete ein Corporal. »Ein Laster und ein Krankenwagen sollten jeden Moment hier sein.«

Mason zeigte auf den Italiener mit dem gebrochenen Arm.

»Sorgen Sie dafür, dass der da es nicht zu bequem hat, und trennen Sie ihn von den anderen.«

Dann marschierte Mason zu den festgenommenen Deutschen. Die deutsche Polizei hatte sie an der Mauer aufgestellt und war dabei, sie zu durchsuchen. Mason ging auf den ersten Mann in der Reihe zu, packte ihn an den Schultern und schob ihn gegen die Mauer. »Wer hat Giessen und die anderen in die Falle gelockt? Wer hat sie umgebracht? Wo haben sie Sergeant Olsen hingebracht?«

Der Deutsche starrte Mason an und murmelte, er habe keine Ahnung.

»Major Ernst Volker. Ist er einer von ihnen?«

»Ich kenne keinen Ernst Volker.«

Mason ging weiter die Reihe entlang und stellte die gleichen Fragen. »Ernst Volker? Ist er der Anführer? Hat er den amerikanischen Sergeant mitgenommen?«

Ein deutscher Polizeiwachtmeister folgte Mason auf seinem Weg und protestierte gegen dessen Nichteinhaltung des Protokolls, das vorsah, dass die deutsche Polizei für die deutschen Bürger zuständig sei. Mason ignorierte den Wachtmeister und setzte die Befragung fort. Alles, was er erreichte, waren aufsässige Blicke und Unschuldsbeteuerungen.

Abrams sagte mit ruhiger Stimme: »Sir, warum untersuchen wir nicht die Kneipe. Die Deutschen sind für diese Männer zuständig.«

Mason wirbelte herum. »Nicht, wenn Olsen ermordet worden ist.« Dann wandte er sich wieder der ganzen Gruppe zu und sagte so laut, dass alle ihn verstehen konnten: »Jeder, der bereit ist, vorzutreten und die Männer zu identifizieren, die verantwortlich für die Morde an den Herren Giessen, Bachmann und Plöbsch oder für die Entführung von Sergeant Olsen sind, wird freigelassen. Jeder, der bestätigen kann, dass

Ernst Volker hier war, und uns sagt, wo wir ihn finden können, wird freigelassen.«

Niemand trat vor. Mason nahm ein paar tiefe Atemzüge, um sich zu beruhigen, und beobachtete, wie die deutsche Polizei begann, ihre Schar in einen Laster mit offener Ladefläche zu treiben. Plötzlich fing einer der Männer auf dem Lastwagen an zu schreien. Ein Teil war auf Deutsch, aber der Rest bestand aus einem Dialekt, den Mason nicht erkannte. Der Mann mit dem schmalen Gesicht schrie Mason von der Ladefläche des Lasters etwas zu, während die Polizisten ihn herumschubsten. Sie ließen ihn los und schauten Mason Rat suchend an.

Abrams trat vor und sprach mit dem Mann in seiner Sprache. Da begriff Mason, dass sie Jiddisch sprachen. »Was will er?«

»Er sagt, dass er kein Deutscher sei. Dass er polnischer Jude sei. Dass er nicht mit diesen Männern zusammen sein solle.«

»Holen Sie ihn vom Laster runter und stecken ihn zu den anderen«, entschied Mason.

Abrams sagte den Deutschen, sie sollten ihn durchlassen. Der Mann sprang hinunter und redete wie ein Maschinengewehr mit Abrams. Mason konnte verstehen, dass er gegen seine Festnahme protestierte – so viel war in jeder Sprache klar. Abrams musste ihn beschwatzen, damit er sich der Gruppe mit den Amerikanern und den anderen Ausländern anschloss, die von den MPs bewacht wurde, und kehrte dann zu Mason zurück.

»Behauptet, er sei unschuldig, stimmt's?«, fragte Mason.

»Er sagt, er wäre gerade zufällig reingegangen, um ein Bier zu trinken.«

»Kommt ein Jude in eine Bar …«, sagte ein MP und grinste. »Kapiert? Klingt wie der Anfang von einem Witz.«

Mason warf dem MP einen Blick zu. »Bringen Sie einfach alle in die Sheridan-Kaserne, okay?«

Mason und Abrams betraten wieder den inzwischen verlassenen Steinadler. Mason ging hinter die Theke, während Abrams die Tische und den Boden absuchte.

»Sie haben mir vorhin nicht geantwortet«, sagte Abrams.

»Auf welche Frage?«

»Wer ist dieser andere Kerl, von dem Sie geredet haben? Dieser Ernst Volker.«

»Ich habe ihn nicht gesehen, also weiß ich nicht genau, ob er hier war oder nicht.«

»Das verstehe ich nicht.«

»Ich habe keine bessere Antwort für Sie, also vergessen Sie's.«

»Vielleicht haben er, der dritte Leibwächter und Olsen diese ganze Sache inszeniert.«

Mason schüttelte den Kopf, während er die Registrierkasse durchstöberte. »Olsen hat weder den Einfluss noch den Grips, um so einen Coup durchzuziehen. Es macht ganz den Eindruck, als hätte eine Gruppe von vielleicht fünf Mann in der Gasse auf sie gewartet. Es hat keinen großen Kampf gegeben, also vermute ich, dass sie sich alle kannten oder überrascht wurden.«

Fragen kreisten bereits in Masons Kopf. Woher hatte die Gruppe gewusst, dass die drei Anführer ihre Richtung einschlagen würden? War es ein im Voraus geplanter Überfall? Aber woher hätten die Angreifer wissen können, wo das Treffen stattfand? War es Zufall, dass es gerade dazu kam, als Mason versuchte, die Bande zu unterwandern? Wurden sie umgebracht, weil Mason beinahe erfolgreich gewesen wäre?

Abrams Gedanken schienen in einer ähnlichen Richtung zu verlaufen, denn er fragte: »Wie hat man Sie identifiziert?

So wie Sie verkleidet waren, hätte sogar ich Schwierigkeiten gehabt, Sie zu erkennen. Vielleicht hat Olsen Sie hintergangen.«

Mason dachte an den Geruch türkischer Zigaretten. »Mein Gefühl sagt mir, es war Volker. Das ist jemand, den ich im Krieg gekannt habe. Jemand, der mich fast getötet hätte, als ich Kriegsgefangener war.«

»Aber das wissen Sie nicht mit Sicherheit?«

»Ich saß mit dem Rücken zum Raum.«

»Wer hämmert mir dauernd ein, dass ich nie in eine Situation geraten soll, in der ich mit dem Rücken zum Raum dasitze?«

Mason ignorierte Abrams und wandte seine Aufmerksamkeit wieder dem Schmutz hinter der Theke zu. »Ich bezweifle, dass wir viel finden werden, was uns weiterhilft. Alle möglichen Drecksäcke haben dieses Lokal benutzt, um Geschäfte zu machen.«

»Wir werden Fußabdrücke im Schnee machen können«, sagte Abrams. »Aber davon und von den Patronenhülsen abgesehen haben wir nicht viel in der Hand.«

»Wir werden sehen, was bei der Befragung der Nachbarschaft rauskommt.«

»Chief Warrant Officer Collins?«, erkundigte sich eine Stimme am Eingang.

Mason schaute hoch und erblickte zwei Männer in zusammenpassenden schwarzen Mänteln und genauso schwarzen Anzügen, die an der Tür im Lokal standen. Er kannte sie als US-Agenten vom Counter Intelligence Corps oder CIC, aber keiner von beiden war Amerikaner. Sie hießen Werner und Hans, aber Mason nannte sie Frick und Frack nach dem berühmten Komödiantenpaar, das seine Kapriolen auf dem Eis schlug, obwohl an ihrem eisigen Gesichtsausdruck nichts

Fröhliches war. Sie waren beide ehemalige deutsche Offiziere vom militärischen Geheimdienst, die jetzt für die Amerikaner arbeiteten.

Hans sagte: »Special Agent Winstone würde gern mit Ihnen reden.«

»Falls ihr beide es noch nicht bemerkt habt: Wir sind im Moment mit der Untersuchung eines Tatorts beschäftigt. Sagt ihm, ich melde mich später bei ihm.«

»Er besteht leider darauf.«

»Na, dann sagen Sie ihm, er kann sich sein Darauf-Bestehen dahin stecken, wo keine Sonne reinscheint.«

Die beiden Agenten brauchten einen Moment, um das zu verarbeiten. Schließlich sagte Werner: »Er hat gesagt, Sie hätten gerade einem alten Freund die Tour vermasselt. Er ist draußen. Es dauert nur ein paar Minuten.«

Mason hielt inne und fragte sich, wie er möglicherweise Winstone die Tour vermasselt haben könnte. Er schüttelte den Kopf und folgte dem Paar aus der Kneipe hinaus und die Straße entlang.

Es war nach Masons Meinung für das CIC zu üblich geworden, Deutsche für das expandierende Aufgabenfeld zu rekrutieren, bei dem es darum ging, die zunehmende Präsenz russischer Spionagenetze zu untersuchen, NS-Kriegsverbrecher aufzuspüren und nach dem versteckten Nazi-Gold zu suchen. Mason verstand, warum das so war: Sie waren besser als ihre amerikanischen Kollegen dazu geeignet, Einheimische einzusetzen, um potenzielle Verstecke, fanatische Nazis und Deutsche ausfindig zu machen, die inzwischen für die Russen arbeiteten. Trotzdem gefiel Mason die Vorstellung nicht, dass die amerikanische Armee ehemalige Angehörige des deutschen Nachrichtendienstes und der Gestapo beschäftigte und auf diese Weise deren Nazi-Vergangenheit unter den Teppich kehrte, um Fälle zu lösen. Die Zeiten änderten sich bereits, und die Russen waren die neue Bedrohung, aber es fiel Mason immer noch schwer, nach all dem, was er im Krieg erlebt hatte, darüber hinwegzugehen.

Frick und Frack blieben schließlich an einer langen schwarzen Mercedes 320 Stromlinien-Limousine stehen, die am Bordstein geparkt war.

»Muss bei euch Jungs eigentlich alles schwarz sein?«, fragte Mason.

Werners Gesichtsausdruck blieb eisig, als er die Hintertür des Wagens aufmachte. Mason stieg ein. Agent John Winstone erwartete ihn auf der Rückbank. Er war Ende dreißig und hatte ein rundes Gesicht, das durch seinen weit zurückweichenden Haaransatz noch betont wurde. Er war jedoch in großartiger Form und hatte die Art Sonnenbräune, die ein Skifahrer bekommt, wenn er Stunden auf den Hängen verbringt. Er trug einen maßgeschneiderten blauen Anzug und eine goldene Schweizer Uhr.

Mason hatte noch kaum Platz genommen, als er sagte: »Ich mag es nicht, herbeizitiert zu werden. Nicht mal von einem Freund.«

»Von wem lässt du dir deine Anzüge machen?«, fragte Winstone sarkastisch. »Du musst mir unbedingt seinen Namen geben.«

»Was willst du von mir? Ich muss mich um einen Tatort kümmern.«

»Du hast mir einen Strich durch meine Ermittlungen gemacht, Kumpel. Ich will wissen, was du dort drin überhaupt zu suchen hattest.«

»Deine Ermittlungen?«

»Ich bin seit Monaten dabei, Giessen und seine Kumpane zu beobachten.«

»Seit wann ermittelt das CIC gegen Schwarzmarkthändler? Habt ihr Jungs nicht mit Kriegsverbrechern und Spionen genug zu tun?«

»Diese Bandenführer oder einige der Männer unter ihrem Kommando haben eine Rattenlinie eingerichtet und Nazi-Kriegsverbrechern geholfen, aus Deutschland zu entkommen.«

»Eine Rattenlinie? Ich ermittle seit zwei Monaten gegen sie und habe nichts davon gehört, dass sie eine Rattenlinie betreiben. Und wenn das CIC Informationen weitergäbe, hätten wir diese Situation möglicherweise vermeiden können. Wir kennen einander seit drei Jahren. Seit wann sind wir Rivalen geworden?«

Mason hatte Agent Winstone kennengelernt, als sie zusammen während des Kriegs für den Geheimdienst der Army gearbeitet hatten. Winstone hatte ein Team von Analytikern beaufsichtigt, während Mason als Geheimagent im Außendienst für die Abteilung »Human Intelligence« gearbeitet hatte, indem er lokale Agenten um sich sammelte, Vernehmungen deutscher Kriegsgefangener durchführte und Einschätzungen feindlicher Wirtschaftsgüter an der Front vornahm. In jener Zeit waren sie Freunde geworden, aber nach dem Krieg hatte Mason Winstone aus den Augen verloren, als er zur CID ging und nach München versetzt wurde. Dann waren sie sich zufällig begegnet, kurz nachdem Mason nach Garmisch abgeordnet worden war. Winstone hatte sich seit jenen früheren Tagen verändert: Während er früher ein intelligenter, bescheidener Typ gewesen war, war er inzwischen für Masons Geschmack ein bisschen zu sehr von sich überzeugt und abgehoben. Sie hatten einige Male geplant, sich zu treffen, aber es war nie was daraus geworden, und Mason hatte darauf hingewiesen, dass er sich wegen seiner Undercover-Arbeit unauffällig verhalten müsse.

»Hast du je daran gedacht, bei uns nachzufragen?«, wandte Winstone ein.

»Mir war nicht klar, dass die CID bei euch Jungs nachfragen müsste, wenn es um Schwarzmarktaktivitäten und Mord geht.«

Winstone musterte Mason einen Augenblick lang. »Es kommt mir seltsam vor, dass du dich mit Giessen exakt zu der Zeit und an dem Ort triffst, wo er und seine Kumpane umgebracht werden.«

»Und du bist hier, kurz nachdem das alles passiert ist, in deinem maßgeschneiderten Anzug, mit deinem schicken Auto und zwei deutschen Schlägertypen. Sollte ich dich vielleicht unter die Lupe nehmen?«

Winstone schwieg eine Weile und lächelte. »Sieht so aus, als arbeiteten wir aneinander vorbei.«

»Sieht so aus, aber es spielt keine Rolle mehr. Die drei Anführer sind tot, und die, die wir nicht geschnappt haben, werden untertauchen.«

»Sie werden wieder auftauchen«, sagte Winstone und schaute auf Masons Kopfwunde. »Was ist dort drinnen passiert?«

»Ich habe versucht, mich in die Bande einzuschleusen. Ich hatte alles vorbereitet, aber irgendjemand hat mich auffliegen lassen. Du hast nicht zufällig mal etwas von einem ehemaligen Gestapo-Major namens Ernst Volker gehört, oder?«

»Nein, aber wenn er bei der Gestapo war, benutzt er vermutlich einen anderen Namen.«

»Hochgewachsen, schlank, grauhaarig, kantiges Kinn und spitze Nase.«

Mason glaubte, in Winstones Augen einen Funken des Wiederkennens aufblitzen zu sehen, aber dann richtete sich seine Konzentration nach innen, als sei er tief in Gedanken.

»Er arbeitet nicht für das CIC, oder?«, fragte Mason. »Ein weiterer ehemaliger Nazi, der jetzt für unsere Mannschaft spioniert und gerade meine Tarnung hat auffliegen lassen?«

»Mason, ich kenne diesen Volker nicht, und alle unsere deutschen Agenten sind einer gründlichen Sicherheitsüberprüfung unterzogen worden. Und viele von ihnen sind sehr erfolgreich gewesen. Ich will nicht sagen, vergiss, wofür wir gekämpft haben, aber am Horizont zeichnet sich ein anderer Krieg ab.«

»So leicht kann ich nicht alles vergessen.« Schon dadurch, dass er es aussprach, wurde eine Flut von Bildern ausgelöst, die sein Bewusstsein überschwemmten. »Ist das der Grund, weshalb du zum CIC gegangen bist? Der andere Horizont?«

»Für mein Spezialgebiet hat es im deutschen militärischen Geheimdienst seit dem Kriegsende keinen großen Bedarf gegeben. Außerdem dachte ich, dass ich im CIC mehr Gutes tun könnte, indem ich gegen die Drohung russischer Aggression kämpfe.«

»In Garmisch? Nichts von dem, was ich aufgedeckt habe, hat irgendwas mit russischen Spionen zu tun. Ich konnte das in Berlin, Frankfurt oder sogar München sehen, aber nicht in Garmisch.«

»Du wärst vielleicht überrascht. Ein anderes Team hat eine Gruppe von Russen aufgegriffen, die versuchten, heimlich die Grenze zu überqueren. Die Roten produzieren Tausende von deutschen Agenten und Doppelagenten, während wir uns immer noch darum bemühen, eine Demokratie auf die Beine zu stellen. Du bist ein ausgezeichneter Ermittler. Warum arbeitest du nicht mit uns zusammen? Wo die Russen sich Osteuropa unter den Nagel reißen und uns bataillonsweise Spione auf den Hals hetzen, könnten wir dich gebrauchen.«

»Mike Forester hat schon versucht, mich zu rekrutieren.

Ich bin nun mal ein Cop. Da beißt die Maus keinen Faden ab.«

»Na ja, wenn Mike dich nicht überzeugen konnte ...« Winstones Gesichtsausdruck wurde düster, und er schaute aus dem Fenster, als wollte er sich überzeugen, dass ihn niemand beobachtete. »Ich bin auch der Ansicht, dass die Rivalität zwischen CIC und CID ein Ende nehmen sollte. Und warum tauschen wir in diesem Sinne nicht Informationen aus? Ich habe einige Punkte, die für dich von Interesse sein könnten, und umgekehrt.«

»Nichts von dem, was ich festgestellt habe, hat irgendetwas mit Rattenlinien oder russischen Spionen zu tun.«

»Sind dir irgendwelche anderen Namen bei deinen Ermittlungen untergekommen, von Ernst Volker abgesehen?«

»Außer den drei fröhlichen Schergen Giessen, Bachmann und Plöbsch?« Mason schüttelte den Kopf. »Niemand, der über mittleren Schurkenrang hinausragt. Aber jetzt im Moment versuche ich rauszubekommen, wieso ein Gestapo-Major, der amerikanische Soldaten gefoltert hat, immer noch frei herumläuft. Es scheint ein Haufen von Deutschen dort draußen zu sein, die wegen Kriegsverbrechen hinter Schloss und Riegel gehören.«

Winstone schien über etwas nachzudenken. »Bei meinen Nachforschungen habe ich Geschichten gehört, wonach eine neue Riege von Anführern in die Stadt kommen soll. Irgendwie ist die Organisation, die die Rattenlinie betreibt, mit dieser neuen Führungsriege verbunden. Wer sie auch sein mögen, sie kommen allmählich ans Ruder, und die anderen Banden haben Angst. Ich habe ein paar Informanten unter ihnen. Wir haben es genauso wenig wie du geschafft, in die Gruppe einzudringen, aber wir haben an zwei Operationen teilnehmen können, und was ich erfahren habe, hat mich schockiert.«

»Was zum Beispiel?«

»Ich bin nicht darauf vorbereitet, irgendwas ohne stichhaltige Beweise preiszugeben.«

»Gib mir doch das, was du hast, und ich arbeite von meiner Seite weiter daran. Ich werde die Beweise besorgen.«

»Auch dazu bin ich nicht bereit.«

»Was ist denn aus dem Geist der Zusammenarbeit geworden? Falls es um ein Verbrechen geht, musst du uns deine Informationen zur Verfügung stellen.«

Winstone hatte auf einmal Schwierigkeiten, Mason ins Gesicht zu sehen, und wandte seine Aufmerksamkeit wieder dem Fenster zu. »Ich werde es dir sagen, wenn die Zeit reif ist. Nur ich und General Pritchard kennen den Inhalt der Akten, die ich zusammengetragen habe.«

»Was hat der stellvertretende Militärbefehlshaber von Bayern mit einer CIC-Untersuchung zu schaffen?«

»Als ich eine Verbindung zwischen den Rattenlinien und den Bandenaktivitäten zu sehen begann, bekam ich den Befehl, alles, was mit kriminellen Aktivitäten zu tun hätte, direkt mit General Pritchard abzustimmen. Er interessiert sich persönlich dafür, den Saustall hier unten zu säubern.«

Mason nickte nur und ließ Winstone reden. Er kannte General Pritchard, beschloss aber, Winstone gegenüber nichts davon zu erwähnen. Er musterte das Gesicht des Mannes und seine Haltung. Was das betraf, blieb Winstone so distanziert und regungslos wie ein Standbild.

Winstone fuhr fort: »Bis ich die Information verifizieren kann, bleibt sie in meinen Händen. Es sind andere Probleme damit verbunden, von lokalen kriminellen Aktivitäten abgesehen. Ich habe gerade ein paar Dinge aufgedeckt, die ausreichen, um die Army bis in ihre Grundfesten zu erschüttern. Alles zu unterminieren, was wir hier in Deutschland zu erreichen versuchen.« Er hielt die Hände hoch, bevor Mason den Mund aufmachen konnte. »Sieh mal, ich kann nicht mehr sagen. Ich kann dir allerdings versprechen, dass ich am Ende der Woche haben werde, was ich brauche, und dass ich es dir weitergeben werde. Das heißt, wenn du wirklich bereit bist, eine scharfe Granate in die Hand zu nehmen.«

»Das ist meine Spezialität.«

Winstone versuchte vergeblich, ein zuversichtliches Lächeln aufzusetzen.

»Ich gehe besser wieder an die Arbeit«, sagte Mason und machte Anstalten auszusteigen.

»Warum gehen wir nicht mal zusammen aus?«, fragte Winstone auf einmal ganz munter. »Wie wär's mit einem Abendessen heute? Du könntest meine Freundin kennenlernen. Wir gehen gegen acht zum Blauen Papagei.«

Noch etwas, das sich bei Winstone geändert hatte: Als Mason ihn während des Kriegs kennengelernt hatte, war er ein treu ergebener Ehemann und Vater gewesen – jetzt hatte er eine deutsche Geliebte.

»Danke. Vielleicht ein andermal. Meine Freundin kommt heute Abend mit dem Zug. Ich habe sie seit mehr als zwei Monaten nicht gesehen.«

»Bring sie mit. Wir machen einen Vierer draus.«

Mason lächelte und nickte. »Wenn alles nach Plan verläuft, habe ich heute Nacht genug zu tun.«

DREI

Als Mason und Abrams im Rathaus eintrafen, hing die Sonne tief über den schneebedeckten Bergen. Kirchenglocken verkündeten, dass es fünf Uhr war, und ihr Klang erscholl unmittelbar und voll in der dichten, eiskalten Luft. Das Rathaus lag an einem großen, offenen Platz in der Mitte der Stadt, der angemessenerweise Rathausplatz hieß. Es hatte als Sitz des Gemeinderats von Garmisch-Partenkirchen fungiert, aber jetzt beherbergte es die Büros der US-Militärregierung und das Hauptquartier der Militärpolizei und der CID-Abteilung. Das vierstöckige rechteckige Hauptgebäude hatte einen Eingang aus Steinbogen, die ockerfarbene Wände mit gemalten geometrischen Mustern trugen, und darüber ein Giebeldach mit einer Kuppel als Sahnehäubchen obendrauf.

Mason und Abrams steuerten das dreistöckige Nebengebäude an. Das Erdgeschoss und der erste Stock fungierten als eigentliche MP-Station, während das kleine Aufgebot von Garmischs CID-Ermittlern in einer Ecke des zweiten Stocks untergebracht war. Auf den Eingangsstufen trat Abrams zur Seite, um mit einem seiner MP-Kumpel zu plaudern, und Mason setzte seinen Weg in das Gebäude fort.

»Lieben Sie Ihr Land, mein Sohn?«

Mason zögerte, nicht wegen der Frage, sondern weil der Kommandeur der Militärpolizei im Landkreis Garmisch, Major Robert »Bronco Bob« Gamin, sie gestellt hatte. Der

Major stand unmittelbar hinter dem Eingang und verteilte Spielkarten, auf deren Rückseite der Fahneneid gedruckt war.

»Äh, ja, Sir, das tue ich«, sagte Mason schließlich.

Bronco Bob Gamin gab Mason eine Karte. »Stecken Sie die in Ihre Brusttasche, nahe bei Ihrem Herzen. Das bringen Commies nicht über sich. Daran erkennen wir sie.« Er zwinkerte Mason zu, blickte ihn dann aber durchdringend an. »Was machen Sie ohne Uniform? Sie sehen wie ein verdammter Kraut aus.«

»Ich bin bei der CID, Sir. Ich habe verdeckt ermittelt …«

Mason brach ab, weil Major Gamin sich schon dem nächsten Mann zugewandt hatte, der zur Tür hereinkam.

Als er seinen Weg fortsetzen wollte, rief Gamin hinter ihm her: »Sie sind der neue CID-Ermittler. Hab ich recht?«

»Nun, ja, Sir. Seit bald zwei Monaten. Wir sind uns bei mehreren …«

Gamin hatte sich wieder abgewandt, um Abrams zu befragen, der einen verwirrteren Eindruck machte als Mason. Sobald Abrams sich losmachen konnte, schloss er sich Mason an. Sie begegneten ihrem leitenden CID-Officer Patrick Densmore am Fuß der Treppe. Densmore, ein ehemaliger Police Detective aus St. Louis, war ein schlanker, großer Mann. Da er auf seine Herkunft aus Oklahoma stolz war, übertrieb er seine schleppende Sprechweise und spann endlose Geschichten wie ein Cowboy, der gerade einen Viehtrieb hinter sich hatte. Bei jeder Gelegenheit stand er mit den Daumen in seinem Gürtel da und blinzelte gewohnheitsmäßig, als hätte er zu viel Zeit damit verbracht, in den weiten Horizont der ausgedörrten Ebenen zu starren. Mason und Densmore hatten denselben Dienstrang, Chief Warrant Officer 4, aber Densmore war seit August 1945 bei der Abteilung, was ihn zum dienstältesten Kriminalermittler machte. Es gab nur vier

CID-Ermittler in Garmisch, und falls die Fälle überhandnahmen, wurden Ermittler aus München hergeschickt. Mit den fünfzig MPs und den vier Ermittlern kam ihnen das gesamte Polizeiaufgebot wie eine Kleinstadttruppe vor, die sich einer großstädtischen Welle der Kriminalität stellen musste.

»Was ist mit dem Major los?«, fragte Mason Densmore.

»Sie waren noch nicht dabei, wenn er einen seiner Anfälle hatte?«

Als Mason den Kopf schüttelte, sagte Densmore: »Er ist ein guter Offizier, ein guter Verwaltungsbeamter, aber von Zeit zu Zeit bekommt er einen Rappel. Manche sagen, es hätte angefangen, als seine Maschine während der Operation Market Garden abgestürzt ist und er ziemlich schwere Kopfverletzungen davongetragen hat. Andere behaupten, er hätte einen Schlaganfall gehabt. Was auch immer der Grund sein mag, er bekommt diese Anfälle wegen kommunistischer Verschwörungen.«

Mason schaute zurück auf Gamin, der mit seinen stahlblauen Augen, dem Bürstenhaarschnitt und dem stachligen Schnurrbart wie einer von diesen blutrünstigen Marineinfanteristen aussah. Mason schüttelte wieder den Kopf.

Densmore fuhr fort, während sie die Treppe hochstiegen: »Weil er ein Kriegsheld war, hat ihn die Army – in ihrer unendlichen Weisheit – zur Belohnung für seine Taten hierhergeschickt, damit er etwas zu tun hatte. In zwei Tagen wird er nichts mehr davon wissen wollen und gemeiner als eine Hornisse sein. Hat er Sie gebeten, eine Verschwörung zu untersuchen, bei der es darum geht, amerikanische Flaggen zu stehlen.«

»Nee.«

»Dann macht er das noch.«

Sie waren auf dem Absatz im zweiten Stock angekommen, von dem zwei Flure abgingen, die zu einer Reihe von Büros führten. Sie nahmen den Flur nach rechts, und Densmore blieb auf halbem Weg stehen. Mit den Nettigkeiten war Schluss, sein Gesichtsausdruck war grimmig geworden. Er wandte sich an Abrams. »Warum fangen Sie nicht damit an, Ihren Bericht zu schreiben? Mr. Collins und ich haben noch was zu besprechen.«

Abrams ging zu seinem Zimmer, und Mason folgte Densmore schweigend durch den Flur. Densmore versuchte, den harten, aber weisen Kommandeur herauszukehren, doch diese Eigenschaften schienen sich nicht mit dem Mann vereinbaren zu lassen. Dieser Schweigemarsch war dazu gedacht, Mason ein bisschen Demut und Zerknirschung einzuflößen, wie bei einem Schüler, der zum Zimmer des Direktors geführt wird, aber Demut und Zerknirschung gehörten nicht zu Masons starken Seiten.

Sie betraten ein großes Büro mit einem Fenster, durch das man den Süden der Stadt und die Berge im Hintergrund sehen konnte. Es enthielt einen großen Schreibtisch aus Eichenholz und Aktenschränke an einer Wand. Übergroße Landkarten beherrschten eine andere Wand: eine von Nachkriegsdeutschland, aufgeteilt in seine vier Besatzungszonen – die amerikanische, britische, französische und russische, eine von der amerikanischen Zone, zu der Bayern gehörte, und schließlich einen Stadtplan von Garmisch-Partenkirchen.

Zwischen die malerischen Berge der bayerischen Alpen gezwängt war Garmisch-Partenkirchen von Bomben verschont geblieben und hatte sich ergeben, ohne einen Schuss abzufeuern. Die Straßen der Stadt waren immer noch von Häusern geschmückt, die mit religiösen oder pastoralen Szenen bemalt und mit Holzschnitzereien verziert waren wie Hochzeitstorten mit Zuckerglasur – ganze Viertel von Pfefferkuchenhäusern in Hänsel-und-Gretel-Straßen, als wäre die Stadt aus einem Märchen herausgehoben worden. Aber dies war keine Märchenstadt in einem weit entfernten Land. Sie lag in der amerikanischen Besatzungszone im geschlagenen Nazi-Deutschland. Die Spuren der Olympischen Winterspiele von 1936 standen immer noch als Mahnmal für Hitlers Traum von einem Tausendjährigen Reich, aber das Meer von Nazi-Flaggen, die Schilder mit der Aufschrift »Juden raus!«, die Elitetruppen der Gebirgsjäger, die »Heil Hitler«-Rufe und die Hakenkreuzfahnen schwenkenden Fanatiker waren verschwunden. Göring war hierhergekommen, um sich nach Hitlers fehlgeschlagenem Putsch wegen einer Schusswunde behandeln zu lassen, und von den Stadtvätern mit der Ehrenbürgerwürde bedacht worden. Hitler hatte landwirtschaftliche Flächen für seinen Ruhesitz in den Bergen kaufen wollen, aber der Bauer wollte nicht verkaufen, und Adolf baute seinen Adlerhorst schließlich in Berchtesgaden. Ein veritables Who's Who von Nazis hatte Garmisch als ihr zweites Zuhause bezeichnet. Unter dem Eis und Schnee, unter dem blassblauen Himmel verbarg die Stadt ihre Nazi-Vergangenheit gut.

Die Abordnung nach Garmisch-Partenkirchen war als Bestrafung für Mason gedacht gewesen, als Posten auf dem Abstellgleis, wo er über sein unverantwortliches Verhalten und seinen schwerwiegenden Ungehorsam während eines turbulenten Mordfalls in München nachdenken sollte. Das war Mason ganz recht gewesen. Er hatte den größten Teil seiner Nachkriegszeit in den geschwärzten Ruinen von Frankfurt und München verbracht, sodass die Versetzung auf einen bekannten Tummelplatz der Army ihm eher wie eine Belohnung und weniger als Bestrafung vorkam. Dann kam er an …

Verglichen mit dem urbanen Ödland jener beiden Städte war Garmisch ein Ort voller Ungereimtheiten.

Als das Dritte Reich zusammenbrach, war die Stadt das Endstück eines Trichters für fliehende reiche Deutsche und hochrangige Mitglieder der Nazi-Regierung, SS- und Wehrmacht-Offiziere, die alle in großer Zahl gestohlene Meisterwerke der bildenden Kunst, Gold- und Währungsreserven der Reichsbank, Diamanten, Edelsteine und Uran von gescheiterten Experimenten mit der Atombombe mit sich brachten – alles mittlerweile versteckt oder zum Erwerb auf dem Schwarzmarkt verfügbar. Da Millionen von Dollar zu verdienen waren, standen Mord, Erpressung, Bestechung und Korruption auf der Tagesordnung. Zehntausende von Vertriebenen und Überlebenden aus den Konzentrationslagern sowie ehemalige Kriegsgefangene, die umständehalber oder mit Absicht hier eingetroffen waren, ließen die Einwohnerzahlen der Stadt auf das Sechsfache der Kriegsbevölkerung ansteigen. Zu dieser brisanten Mischung kamen Zehntausende gelangweilter US-Soldaten hinzu, die bereit waren, sich bestechen zu lassen, verführt von Verruchtheit und Gier. Verbrecherbanden florierten, und niemand schien richtig hinschauen zu wollen.

Von wegen Versetzung auf ein Abstellgleis …

Densmore lehnte sich gegen seinen Schreibtisch und kreuzte die Arme vor der Brust. Mason nahm Densmores Versuch, eine Autoritätsperson abzugeben, nicht zur Kenntnis und täuschte stattdessen ein Interesse an den Wandkarten vor.

»Ich sollte Sie wegen Gehorsamsverweigerung zur Rechenschaft ziehen«, sagte Densmore.

»Und was würden Sie damit erreichen, genau besehen?«

»Dass Sie meine Befehlsgewalt nicht einfach ignorieren

können und diesen Infiltrationsblödsinn durchziehen, ohne das mit mir vorab zu klären. Warum erfahre ich nur von den Einzelheiten dieses Plans, wenn das Ding den Bach runtergeht? Außerdem haben Sie sich und Abrams in Gefahr gebracht. Wenn ich von dieser Nummer in Kenntnis gesetzt worden wäre, die Sie da vorhatten, hätte ich erstens dafür gesorgt, dass es nicht dazu kommt, und zweitens, dass Sie angemessene Unterstützung gehabt hätten, wenn ich sie genehmigt hätte.«

»Ich hatte den Eindruck, dass es Ihnen lieber wäre, wenn Sie nichts davon wüssten. Niemand scheint sich einen feuchten Dreck um die Banden zu scheren, die offen in dieser Stadt operieren. Wohin ich mich drehe, sehe ich polnische Vertriebene und ehemalige Angehörige der deutschen Armee, die gerade aus Kriegsgefangenenlagern gekommen sind, mit goldenen Uhren am Arm in Sportwagen herumfahren. Amerikanische GIs und Angestellte der Militärregierung leben wie die Könige. Niemand wird verhaftet, und niemand scheint sich darum zu kümmern.«

»Und Sie sind der Sheriff, der nach Tombstone reitet, um in der Stadt aufzuräumen?«

»Vielleicht.«

»Dann wünsche ich Ihnen viel Glück. Ich nehme an, dass die Deutschen im Krieg auf Sie geschossen haben, reicht Ihnen nicht.«

Mason schwieg.

»Solange ich Ihr Vorgesetzter bin, werden Sie sich auf die vorliegenden Fälle beschränken. Ich hab von den CID-Jungs in München gehört, dass Sie bei der Verfolgung jenes Mörders zahlreiche direkte Befehle nicht befolgt haben. Sie sagten auch, dass Sie sich für eine Art modernen Lone Ranger halten und in gefährliche Situationen reingestürmt sind, bei denen mehrere Ihrer Ermittlerkollegen fast getötet worden wären. Wenn Sie hier über die Stränge schlagen, lasse ich Ihnen das Fell abziehen.«

Mason beschloss, Densmore nicht zu sagen, dass er solche Drohungen schon von anderen befehlshabenden Offizieren gehört hatte und dass er direkte Befehle für eine Option hielt, falls die Situation es verlangte. Er hatte immer die Absicht, sich an die Vorschriften zu halten, und nach dem Flächenbrand, den er in München ausgelöst hatte, war er fest entschlossen gewesen, nicht wieder in Schwierigkeiten zu geraten … Aber manchmal konnte er es einfach nicht lassen.

Densmore musste seine Gedanken gelesen haben. »Als Sie hier ankamen, haben Sie mir gesagt, dass Sie sich unauffällig verhalten wollten. Das Rampenlicht vermeiden wollten, nach all der Scheiße, in die Sie in München geraten sind. Unter dem Radar fliegen wollten, bis Ihre Dienstzeit in der Army abgelaufen ist und Sie zurück in die Staaten gehen.«

»Das ist mein Problem: Wenn ich nur versuche, einen Fuß vor den anderen zu setzen, schaffe ich's, in den größten Misthaufen zu treten.«

Densmore schien mit seinem Rüffel fertig zu sein, denn er stieß einen Seufzer aus und setzte sich an seinen Schreibtisch, um einen Papierstapel durchzugehen.

»Wie lange sind Sie schon in Garmisch?«, fragte Mason ihn.

»Sieben Monate. Warum?«

»Es ist eine kleine Stadt. Sie müssen mitbekommen haben, wie die Dinge hier ablaufen. Wie viele MPs oder MR-Beamte sich bestechen lassen oder nur wegschauen, um ein paar Dollars zu verdienen.«

»MR« stand für »Militärregierung«.

»Zum Teufel, alle in dieser Stadt versuchen, ein paar Extra-Dollar zu verdienen.«

»Gehören Sie auch dazu?«

Densmore riss den Kopf hoch, um Mason wütend anzufunkeln. »Verdammt noch mal, Kumpel, für wen halten Sie sich eigentlich? Ich mache ein paar Dollar mit den Zigaretten und versuche, das Leben ein bisschen angenehmer zu machen. Aber ich tue nichts, was mich als CID-Ermittler kompromittieren würde.«

»Mir ist egal, was Sie mit Ihren Zigaretten machen. Ich hab hauptsächlich deshalb gefragt, weil ich in Erfahrung bringen wollte, wie viel Sie über das kriminelle Bandenwesen hier in der Gegend wissen.«

»Falls ich irgendwas Wichtiges wüsste, würde ich's Ihnen sagen. Also machen Sie halblang.«

Sie blieben einen Moment still, bevor Densmore fragte: »Was haben Sie bei der Untersuchung des Tatorts gefunden?«

»In der Kneipe nicht viel. Der Türke, dem das Lokal gehört, wusste, wie man es sauber hält. Wir haben es auf Fingerabdrücke untersucht und Schuhabdrücke von dem Matsch in der Gasse sichergestellt, aber ich rechne nicht damit, dass dabei viel an brauchbaren Beweisen herauskommt. Die Befragung der Nachbarn hat nichts ergeben. Wir haben die Patronenhülsen neben den Leichen mitgenommen. Sieht aus wie zwei Neun-Millimeter-Pistolen. Ich vermute, sie hatten irgendeine Art von Schalldämpfern, weil niemand Schüsse gehört hat. Wir lassen die Patronenhülsen untersuchen und stellen fest, ob wir die Marke rauskriegen.«

»Keinen Hinweis darauf, wo Olsen hingegangen ist?«

»Keiner der Anwohner hat irgendwas gesehen. Oder wenigstens haben sie behauptet, nichts gesehen zu haben. Ich wette, seine Leiche wird im Wald auftauchen, sobald der

Schnee schmilzt – wann auch immer *dies* hier in der Gegend passiert. Ich werde dafür sorgen, dass Abrams eine Vermisstenanzeige an alle MP-Patrouillen verteilt, damit sie nach ihm Ausschau halten.«

Densmore nahm sich einen Moment Zeit, um eine Zigarette anzuzünden, mit der er dann auf Mason zeigte. »Das nächste Mal, wenn Sie in die Höhle des Löwen marschieren, nehmen Sie genug Verstärkung mit. Abgesehen von mir sind Sie der einzige Ermittler mit Erfahrung. Und jetzt ziehen Sie diese Lumpen aus und rasieren Sie sich, damit wir uns Ihre Gefangenen ansehen können.«

VIER

Mason, Abrams und Densmore bogen auf den Parkplatz der Kaserne ein, die seit Kurzem den Namen Sheridan trug. Sie war auf der Nordseite der Stadt für die Elitetruppen der Gebirgsjäger gebaut worden und beherbergte jetzt kriegsgefangene Offiziere der geschlagenen deutschen Armee. Die in Garmisch stationierte Abteilung des 508. Bataillons der Militärpolizei war seit einiger Zeit dabei, die Anlage langsam zu übernehmen, während die Kriegsgefangenen entlassen oder in andere Gefängnisse geschickt wurden. Die CID-Büros würden irgendwann in diese weißen rechteckigen Gebäude verlegt werden, und obwohl die Kaserne von einer unglaublich schönen Landschaft umgeben war, hatte sie noch immer den Beigeschmack der gleichen Trostlosigkeit wie jeder andere militärische Stützpunkt auf der Welt. Mason hätte es vorgezogen, nichts damit zu tun zu haben.

In einem der Gebäude wurden Erdgeschoss und Keller gerade in das offizielle Gefängnis des 508. Bataillons umgebaut, aber für den Fall einer Überbelegung – die ein Dauerzustand zu werden schien – waren improvisierte Hafträume eingerichtet worden, damit die kürzlich festgenommenen Amerikaner und Heimatlosen untergebracht werden konnten.

Nachdem sie ihre Ausweise vorgezeigt und sich eingetragen hatten, sagte Densmore: »Während Sie sich den Italiener vornehmen, fange ich mit den Amerikanern an. Abrams kann sich um den Jid kümmern.«

»Man sagt Jude, Sir«, sagte Abrams.

»Wie Sie meinen«, erwiderte Densmore. »Anschließend treffen wir uns und knöpfen uns die Russen und Polen vor.«

Sie trennten sich, aber Densmore rief hinter Mason her: »Sie mischen mir den Itaker nicht auf, auch wenn er Ihnen eine Pistole an den Kopf gehalten hat.«

Mason reagierte nicht auf Densmore, als er durch den Flur ging. MPs standen Wache vor den Zellen – im Grunde Büroräume mit verstärkten Türen. Er betrat ein Zimmer mit einem schmalen Bett und einem Tisch mit zwei Stühlen. Ein dickes Drahtgeflecht schirmte das einzige Fenster ab, das auf den schneebedeckten Exerzierplatz hinausging. Masons Möchtegern-Mörder saß auf dem Bett und lehnte mit dem Rücken an der Wand. Er war vielleicht dreißig, und ohne seinen deutlichen Überbiss und seine zu eng beieinanderstehenden Augen hätte er gut ausgesehen. Sein gebrochener Arm ruhte in einer Schlinge. Mason rechnete damit, sich die üblichen Beschuldigungen der Polizeibrutalität und Unschuldsbeteuerungen anhören zu müssen. Stattdessen lächelte der Mann und kam mühsam auf die Beine. Er versuchte, sich cool und selbstsicher zu geben, als ob ihm das Zimmer gehörte, aber hinter seinen Bewegungen lag eine Nervosität, als wäre er viel zu straff gespannt.

»Möchten Sie etwas Kaffee haben, bevor wir anfangen?«, fragte der Mann. Sein italienischer Akzent war verschwunden und durch einen ersetzt worden, der für die Bronx typisch war. Er ging zu einer Kochplatte, auf der eine Kaffeekanne stand. »Nur Italiener wissen, wie man guten Kaffee macht.«

Mason gab achselzuckend sein Einverständnis zu erkennen und sagte: »Was ist mit dem italienischen Akzent passiert?« Er setzte sich an den Tisch, während der Italiener zwei Tassen eingoss.

»Wenn man mit Deutschen verhandelt, ist ein italienischer Akzent besser fürs Geschäft«, sagte der Mann und verzog das Gesicht vor Schmerzen, als er sich setzte.

»Wie ich sehe, hat man Ihren Arm gerichtet«, sagte Mason.

»Gegen die Schmerzen hab ich nichts bekommen. War das Ihre Idee?«

Mason ignorierte die Frage und sah sich das Aktenblatt und die Ausweispapiere des Manns an. »Luigi Genovese. Aus Neapel. Das trifft beides nicht zu, stimmt's? Sie sind in Italien geboren worden – wahrscheinlich auf Sizilien –, aber aufgewachsen sind Sie in der Bronx und dann nach Europa geschickt worden, um für Ihre Bosse zu Hause Aufträge an Land zu ziehen.«

Luigis Lächeln verblasste einen Moment lang, aber er gewann rasch seine Fassung wieder. »Sie sind nicht sauer auf mich, weil ich Ihnen die Knarre an den Kopf gehalten habe? Das war nicht persönlich gemeint.«

»Rein geschäftlich«, sagte Mason.

»Richtig.«

»Und Ihr gebrochener Arm? Das war persönlich.«

Luigi zuckte nur mit den Achseln.

»Was machen Sie in Garmisch?«

»Ich mache eine Reise durch diese wunderschöne Landschaft.«

»Und warum dann der Besuch bei Herrn Giessen?«, fragte Mason.

»Er war der Mann, mit dem ich über Garmischs Hauptattraktionen gesprochen habe.«

»Was ist mit einem Herrn Volker? Haben Sie von ihm auch Reisetipps bekommen?«

»Ich weiß nichts von einem Herrn Volker.«

»Er ist derjenige, der mich erkannt hat. Er hat vermutlich

mit einer seiner stinkenden Zigaretten direkt neben Ihnen gestanden.«

»Ich kann mich an einen solchen Mann nicht erinnern. Aber jemand aus Giessens Bande hätte Sie früher oder später erwischt. Ein mutiger, aber törichter Versuch von Ihnen, Detective Collins.« Er beugte sich vor, immer noch lächelnd. »Sie sind einer von diesen Cops, die gern Risiken eingehen. Die ein Held sein wollen. Die Namen dieser Cops landen schließlich auf Gedenktafeln an den Wänden von Polizeirevieren.«

Mason gähnte laut und ausgiebig. »Sie wären erstaunt, wie oft ich diesen Mist von Dreckskerlen wie Ihnen schon gehört habe. Wenn sie dann begreifen, dass ihre Bosse sie vergessen haben und ihnen Jahre im Knast bevorstehen, betteln viele von ihnen um Gnade oder werden zu Zeugen der Staatsanwaltschaft.«

Luigi trank von seinem Kaffee, um zu verbergen, was in seinem Kopf vorging.

»Ich hab gelesen, dass Lucky Luciano abgeschoben worden und vor einer Woche in Neapel gelandet ist«, setzte Mason erneut an. »Haben Sie was damit zu tun?«

»Glauben Sie mir, damit möchten Sie nichts zu tun haben. Andererseits könnten wir einige Männer wie Sie gebrauchen, die uns helfen, die Räder zu schmieren.«

»Für den Tourismus.«

»Genau. Ich weiß, was amerikanische Soldaten verdienen. Und wenn Sie aus der Army ausscheiden und in die Staaten zurückkehren, werden Sie sich mit Millionen anderer ehemaliger GIs um einen lausigen Job schlagen. Ich könnte dafür sorgen, dass Sie ausgesorgt haben, in finanzieller Hinsicht. Es gibt genug geschäftliche Möglichkeiten. Eine Million amerikanische Soldaten, die sich langweilen, und sechzig Millionen verzweifelte Deutsche? Das ist ein interessanter Markt. Und jetzt, wo Mussolini und seine Faschisten in Italien weg vom Fenster sind, kommen die Familien wieder groß raus.«

»Funktioniert diese Verkaufstechnik in der Regel, wenn Sie mit Cops verhandeln?«

»Normalerweise kommen sie zu mir. Ich benutze diese Technik, wenn ein Cop so blöd ist zu glauben, dass er der große Held sein wird, und feststellt, dass es allen am Arsch vorbeigeht.«

Mason trank seinen Kaffee aus. »Sie haben recht. Das ist guter Kaffee. Ihr dreißig Jahre alter Arsch und Ihr Kaffee sollten dafür sorgen, dass Sie im Gefängnis einen feinen Mann abkriegen.«

Luigi machte in diesem Moment den Eindruck, als wolle er ihn umbringen, und Mason hoffte, er würde es versuchen.

»Was mich auf die Idee bringt, Ihnen einen Deal vorzuschlagen«, fuhr Mason fort. »Informationen für einen Straferlass. Und falls die Informationen gut sind, verzichte ich vielleicht darauf, Ihnen wegen tätlichen Angriffs den Prozess machen zu lassen. Sie würden nur wegen illegaler Einreise in die amerikanische Besatzungszone angeklagt werden.«

»Dieser Deal wird nicht nötig sein.«

»Die Ermordung von drei Deutschen ist ein sehr ernstes Vergehen.«

»Wovon reden Sie da? Drei Morde?«

»Giessen, Bachmann und Plöbsch. Und dabei habe ich die beiden Leibwächter nicht mitgezählt.«

»Ich bedaure, dass sie tot sind, aber ich hatte damit nichts zu tun.«

»Sie sind einer meiner Hauptverdächtigen. Sie haben eine Menge durch ihren Tod zu gewinnen. Ich glaube, Sie wurden hierhergeschickt, um das Gebiet zu übernehmen.«

»Sie haben mir den Arm gebrochen, erinnern Sie sich?« Um sein Argument zu unterstreichen, hob er den Arm in der Schlinge hoch und zuckte vor Schmerz zusammen. »Wie hätte ich das tun können?«

»Die Verabredung zu einem Mord bringt Ihnen dieselbe Strafe ein.«

Schweißperlen traten auf Luigis Stirn. »Kann ich ein paar Schmerztabletten haben?«

»Nein.«

»Ich habe sie nicht umbringen lassen«, sagte Luigi mit erhobener Stimme, weil ihm die Schmerzen in seinem Arm zu schaffen machten. »Es ist nicht gut fürs Geschäft, seine Kunden auszuschalten. Und ich hab bessere Dinge zu tun, als mir ein mittelprächtiges Gebiet wie Garmisch unter den Nagel zu reißen.«

»Wie Sie gesagt haben: Deutschland ist ein großer Markt. Und Garmisch ist der perfekte Grenzübergang von Italien. Sie und Ihre Bosse würden eine Menge gewinnen, wenn Sie Garmisch unter Kontrolle haben.«

»Ich sage Ihnen doch: Ich hatte mit diesen Morden nichts zu tun.«

»Wer dann?«

»Weiß ich nicht! Warum schauen Sie nicht in Ihrem eigenen Hinterhof nach? Dabei stellen Sie vielleicht fest, dass Sie ganz alleine hinter den Verbrechern in dieser Stadt her sind.«

»Vielen Dank für den Kaffee«, sagte Mason und stand auf. »Ich lasse Sie eine Weile vor sich hin schmoren. Lasse Sie darüber nachdenken, wie das Leben im Gefängnis sein wird.«

»Werde ich jetzt irgendwann in naher Zukunft Schmerzmittel kriegen?«

»Vielleicht schon bald. Genießen Sie Ihre Unterbringung.

Eine bessere werden Sie sehr lange Zeit nicht zu sehen bekommen.«

Als Mason den Raum verließ, fühlte er sich beunruhigt. Luigis Vorschlag, Mason solle doch in seinem eigenen Hinterhof nachsehen, hatte einiges für sich. Die Worte Winstones und die Luigis bestätigten einen Verdacht, den Mason selbst schon gehegt hatte. Wenn man an die Millionen dachte, die man hier verdienen konnte, und an die nonchalante Haltung der Behörden gegenüber der grassierenden Kriminalität, dann konnte es durchaus sein – und war vermutlich auch so –, dass Landsleute Masons auf höherer Ebene darin verwickelt waren. Angesichts seiner verhängnisvollen Aktionen während seiner Zeit im Chicago Police Department und seines Bestrebens, bei der Army nicht unangenehm aufzufallen, entwickelte sich das hier genau zu der Art Pulverfass, die er lieber vermieden hätte.

Als Nächstes verhörte Mason die beiden italienischen Leibwächter. Er hatte für sie die gleiche Maßnahme angeordnet – keine Schmerztabletten für ihre Verletzungen. Das spielte keine Rolle. Trotz seiner Drohungen und ihres offensichtlichen Unbehagens weigerten sie sich zu reden.

Mason traf sich für das abschließende Verhör der fünf amerikanischen GIs mit Densmore. Auch sie rückten nicht mit der Sprache heraus und erzählten Lügengeschichten, beteuerten ihre Unschuld und Unwissenheit. Zwei waren mit kleinen Mengen Morphium festgenommen worden, und die anderen drei wurden wegen Fahnenflucht gesucht, was bedeutete, dass sie alle ins Militärgefängnis nach Bad Tölz oder nach München gebracht würden. Mason hoffte, dass einer von ihnen einknicken würde, aber sie schienen alle bereit zu sein, lieber ihre Zeit im Gefängnis abzusitzen, als Informationen oder Komplizen preiszugeben.

Als Mason und Densmore die Zelle des Juden betraten, sahen sie Abrams und den Arrestanten am Tisch sitzen, und der Gefangene redete schnell und ohne Pause, als wären sie Freunde, die sich nach einer langen Trennung wiedergefunden hätten.

Abrams erhob sich von seinem Stuhl. »Mr. Collins und Mr. Densmore, das hier ist Jaakow Lubetkin.«

Jaakow sprang auf und kam herbeigelaufen, um ihnen die Hand zu schütteln, als würde er eine Brunnenpumpe bedienen. »Sehr erfreut, Sie kennenzulernen, meine Herren«, sagte er in einem Deutsch mit starkem Akzent.

»Sprechen Sie Englisch?«, fragte Mason.

Jaakow schüttelte den Kopf und erklärte stolz: »Ich bin Pole.« Sein breites Lächeln entblößte eine genauso breite Zahnreihe. Er war Ende zwanzig und reichte Mason bis an die Schultern. Er hatte ein jungenhaftes Gesicht mit dunkelbraunen Augen und schien äußerst erfreut darüber zu sein, dass er noch am Leben war und sich in Gesellschaft von Deutschlands Bezwingern befand.

»Nehmen Sie Platz, Herr Lubetkin«, sagte Mason auf Deutsch, »während meine Kollegen und ich uns beraten.«

Jaakow eilte zu seinem Stuhl und setzte sich.

Mason, Abrams und Densmore steckten an der Tür die Köpfe zusammen.

»Haben Sie schon irgendwas aus ihm rausgekriegt?«, fragte Mason Abrams.

»Ich bin selbst kaum zu Wort gekommen. Ich habe mir seine ganze Familiengeschichte angehört und seine Erfahrungen in den Konzentrationslagern.«

»Was hat er in der Kneipe gemacht?«, fragte Densmore.

»Er hat zugegeben, Schwarzmarkthandel zu betreiben. Hauptsächlich Währungsumtausch. Die Deutschen geben ihm ausländisches Geld für Reichsmark, und er bekommt eine Provision. Er sagt, es sei ein Superdeal, weil es für Deutsche illegal ist, Fremdwährungen zu haben, aber die Juden dürften es.«

Mason ging zu Jaakow hinüber. Jaakow setzte sich aufrecht hin, während Mason näher kam, aber sein Lächeln verblasste, als er Masons Gesichtsausdruck sah.

Mason fragte auf Deutsch: »Von wem bekommen Sie das ausländische Geld zum Wechseln?«

»Von vielen Leuten. Meistens von reichen Deutschen. Ich kriege zwanzig Prozent, und sie sind glücklich darüber. Beide gewinnen.«

»Sie wissen, dass es illegal ist, Geld für Deutsche zu wechseln.«

»Warum? Niemandem wird dabei geschadet. Ich erbringe eine Dienstleistung.«

Mason beschloss, nicht weiter auf den juristischen Feinheiten herumzureiten, und außerdem – obwohl er es auch sonst getan hätte – verlangte das Konzept der US-Behörden, dass man den überlebenden Juden ein gerüttelt Maß an Nachsicht entgegenbrachte, wenn es um die Interpretation von Gesetzen ging. »Für wen haben Sie im Steinadler Geld gewechselt?«

Jaakow zögerte.

Mason ließ ein warnendes Knurren hören: »Herr Lubetkin …«

»Jaakow, bitte. Ich habe Geld für einen Herrn Giessen gewechselt. Er wird meinetwegen keine Schwierigkeiten bekommen, oder?«

»Das ist unwahrscheinlich. Er wurde während der Razzia ermordet.«

Jaakows klappte die Kinnlade herunter.

»Wissen Sie, wo Herr Giessen das ausländische Geld herhatte?«, fragte Mason.

Jaakow schüttelte den Kopf. »Er versuchte, Schweizer Franken zu wechseln. Normalerweise handele ich mit US-Dollar oder britischem Pfund.«

»Kennen Sie einen Herrn Volker? Er dürfte so etwa fünfundvierzig sein, groß, graues Haar, raucht eine besondere Art von türkischen Zigaretten mit goldenem Mundstück.«

Jaakow schüttelte wieder den Kopf.

»Wie oft gehen Sie in diese Kneipe?«

»Vielleicht einmal alle zwei Wochen.«

»Und Sie haben keine anderen Schwarzmarktgeschäfte mit Giessens Bande betrieben?«

»Nein, gewiss nicht.«

»Kennen Sie irgendwelche Mitglieder der Bande? Könnten Sie uns welche von ihnen zeigen?«

Auf einmal machte Jaakow den Eindruck, als wäre er lieber irgendwo sonst, nur nicht in diesem Raum. Er ließ sich auf seinem Stuhl zurücksinken. »Ich glaube nicht, das wäre eine besonders gute Idee. Meine Kunden müssen anonym bleiben, sonst verlieren sie ihr Vertrauen in mich. Nicht gut fürs Geschäft. Und ich brauche das Geld.«

»Yeah, geht das nicht jedem so?«

»Ich habe eine neue Frau. Sie ist schwanger. Da ist mein Bruder mit Frau und Kindern. Mein Bruder arbeitet, verdient aber sehr wenig. Ich unterstütze sie. Sie sind von mir abhängig.«

»Es gibt nicht weit von hier ein Lager für jüdische Vertriebene, in Feldafing. Warum gehen Sie mit Ihren Leuten nicht dahin? Dort gibt man Ihnen was zu essen und beschützt sie, gibt Ihnen ein Dach über dem Kopf.«

»Und warum sollte ich in dieses Lager gehen wollen? Dort

kann man kein Geld verdienen. Wir brauchen das Geld, um nach Palästina zu gehen.« Jaakow beugte sich vor und senkte die Stimme. »Bitte, lassen Sie mich niemanden identifizieren. Sonst gibt es nichts, was ich Ihnen erzählen kann.«

Jaakow wusste offenbar viel mehr, als er sagte, aber Mason beschloss, ihn nicht unter Druck zu setzen. Und da offiziell bei jüdischen KZ-Überlebenden Nachsicht geboten war, würde er ihn nicht länger festhalten oder ihn wegen einer Straftat belangen. Er gesellte sich zu Abrams und Densmore an der Tür.

»Sie werden ihn nicht einbuchten, oder?«, fragte Abrams. »Er hat zwei Jahre in Birkenau und Sachsenhausen und anschließend ein Jahr in Mauthausen verbracht. Er hat mir schreckliche Geschichten erzählt. Er hat die meisten seiner Angehörigen verloren …«

»Immer mit der Ruhe«, sagte Mason. »Ich werde ihn nicht einbuchten. Aber bevor er hier rausgeht, halten Sie ihm einen Vortrag darüber, wie gefährlich es ist, Geschäfte auf dem Schwarzmarkt zu machen.« Er wandte sich an Densmore. »Gehen wir und stellen fest, wie zurückhaltend die Russen und die Polen sind, wenn wir Informationen von ihnen haben wollen.«

Jemand klopfte an die Tür. Ein MP steckte den Kopf herein. »Mr. Collins, Colonel Udahl würde gerne kurz mit Ihnen sprechen, Sir. Er ist in dem Konferenzzimmer im ersten Stock.«

»Colonel Udahl ist hier? Nicht in seinem Büro?«, fragte Densmore.

»Ja, Sir«, erwiderte der MP. »Sein Fahrer hat mir gesagt, dass der Colonel wegen einer Besprechung in München war, als er von dem Vorfall im Steinadler hörte. Er ist fuchsteufelswild geworden und hat darauf bestanden, hierher zurückzufahren.«

Als der MP gegangen war, sagte Densmore: »Der Militärgouverneur von Garmisch höchstpersönlich möchte mit Ihnen reden. Sie sind mit der Nummer, die Sie da abgezogen haben, voll in die Scheiße getreten.«

FÜNF

Mason klopfte an die Tür des Konferenzzimmers und trat ein. Das Zimmer enthielt einen einfachen langen Tisch, Klappstühle und eine Tafel, auf der irgendjemand MP-Arbeitspläne und tägliche Patrouillen-Einsätze notiert hatte. Colonel Franklin Udahl stand da und starrte aus einem Fenster. Draußen waren schwarze Wolken herangetrieben, aus denen eiskalter Regen und Schneeregen fiel, der gegen das Fenster schlug und den beleuchteten Raum heller machte als die Welt draußen.

Als die US-Armee deutsches Territorium überrannt und besetzt hatte, war jeder Region, jedem Bezirk und jeder Stadt in der Besatzungszone ein Militärgouverneur zugewiesen worden. Als Repräsentanten der siegreichen Armee herrschten sie über die besiegte Bevölkerung mit absoluter Befehlsgewalt. Colonel Udahl war der Bezirksgouverneur von Garmisch-Partenkirchen, und sein Zuständigkeitsbereich umfasste rund tausend Quadratkilometer, zwanzig verschiedene Gemeinden, landwirtschaftliche Flächen und die höchsten Berge Deutschlands, was ihn zu einem der mächtigsten Herrscher im Lehnswesen Garmischs machte.

Bei ihm war Captain Miller, ein Kahlkopf mit einem verkniffenen Schädel und runden Hängebacken. Er war der Leiter der für die öffentliche Sicherheit zuständigen Abteilung der Militärregierung, die die örtliche deutsche Polizei und die Feuerwehren beaufsichtigte. Miller war von Beruf Rechtsanwalt und Politiker und versuchte, seinen Mangel an Erfahrung im Polizeidienst durch Gepolter und Angriffslust wettzumachen. Bevor Mason irgendwas sagen konnte, ging Miller auf ihn los und wedelte mit den Armen wie ein Priester, der eine Teufelsaustreibung durchführen möchte.

»Wir fragen uns alle, Mr. Collins, wo Sie gelernt haben, wie die Polizei arbeitet«, sagte Miller. »Weil wir voller Ehrfurcht davor sind, wie gut Sie das mit der Infiltration hingekriegt haben. Wie Sie da ohne irgendwelche Unterstützung reingegangen sind, ohne sich mit den anderen Ermittlungsbehörden zu verständigen …«

»Jedes Mal, wenn ich mich mit euch verständigt habe, musste ich mich entweder mit unzähligen Formularen herumschlagen, oder es ist etwas durchgesickert. Ich hab gelernt, dass ich es für mich behalten muss, wenn ich hier irgendwas erledigen will.«

»Der üble Geruch Ihres schlechten Rufs ist Ihnen weit vorausgeeilt. Wir haben keine Verwendung für einen hitzköpfigen Ermittler, der sich hier in der Stadt auf gröbste Weise Zutritt verschafft. Wir wissen, wie Sie sich in München aufgeführt haben. Mit Ihrem blinden Ehrgeiz haben Sie sich und Ihre Ermittlerkollegen in Gefahr gebracht. Sie haben Befehle missachtet und gegen wichtige Grundsätze verstoßen.«

»Mit allem Respekt, Sir, aber hier geht es nicht darum, was ich in München getan habe, oder um die Abstimmung mit anderen Behörden. Ihnen ist es unangenehm, dass ich kurz davor war, einer Verbrecherbande das Handwerk zu legen, der Ihre Abteilung nicht selber das Handwerk legen kann oder will. Nur die kleinen Verbrecher werden zur Rechenschaft gezogen, während man die großen laufen lässt. Was ist da los in Ihrer Abteilung, Captain?«

»Sie tanzen ganz schön aus der Reihe, Mister, und ich werde alles in meiner Macht Stehende tun …«

»Captain Miller, das reicht«, unterbrach Colonel Udahl, ohne sich umzudrehen.

»Aber, Sir, dieser Mann nimmt keine Rücksicht auf Vorschriften der Army oder das Protokoll. Und seine vorsätzliche Missachtung militärischer Befehlsgewalt ist destruktiv. Er ist von jedem Police Department in den Staaten wegen seiner Aktionen in der Vergangenheit abgelehnt worden, und jetzt will er einen Freifahrtschein auf dem Hintern der Army haben.«

»Danke, Marty. Ich kümmere mich drum. Lassen Sie uns einen Moment allein, ja?«

Captain Miller verließ das Zimmer und machte die Tür zu. Colonel Udahl wandte sich schließlich vom Fenster ab und schaute in den Raum. Er war mittelgroß und muskulös, hatte graues Haar und einen grauen Schnurrbart, und sein zerfurchtes Gesicht mit der gekrümmten, mehrfach gebrochenen Nase wäre auch ohne die tiefe Narbe am Hals von vielen als schlachterprobt bezeichnet worden. Aber es waren seine Augen, die einem verrieten, dass er schwere Kämpfe gesehen hatte: Sie hatten einen harten Glanz wie Obsidian und konnten Männer so durchdringend anschauen, dass sie den Blick abwendeten.

Und der eisige Blick des Colonels war auf Mason gerichtet. Nach einem langen Moment sagte er: »Ich weiß zu schätzen, dass Sie für all das hier den Kopf hinhalten. Ich habe gehört, was im Steinadler vorgefallen ist. Es tut mir leid, dass die Sache schiefgegangen ist, aber es war trotzdem gute Polizeiarbeit, wenn man bedenkt, welche Beschränkungen ich Ihnen auferlegt habe.«

»Vielen Dank, Sir. Mit etwas mehr Zeit zur Observierung,

angezapften Telefonen und zwei erfahrenen Ermittlern an meiner Seite hätte ich es vielleicht schaffen können.«

»Ich wünschte, ich hätte sie Ihnen geben können, aber wir mussten schnell handeln. Wenigstens haben wir ihnen ein wenig Sand ins Getriebe geworfen. Aber ich möchte, dass Sie Ihre Ermittlungen gegen diese Banden fortsetzen. Wir sind in eine kleinere Bredouille geraten, aber ich bin zuversichtlich, dass wir ihnen bei ihren Operationen in dieser Stadt richtige Schwierigkeiten bereiten werden, auch wenn wir ihnen das Handwerk nicht völlig legen können. Was ist Ihr nächster Schritt?«

»Der Italoamerikaner unter den Gefangenen weiß mehr, als er sagt. Ich habe vor, mich noch mal mit ihm zu befassen. Wir haben noch die Russen und Polen. Dann gibt es die Deutschen, die von ihrer Polizei bei der Razzia aufgegriffen worden sind. Wenn wir herausbekommen, wer hinter den Morden steckt, erfahren wir, wer das Gebiet zu übernehmen versucht.«

»Okay. Ich werde Ihnen nicht viel an Hilfsmitteln zur Verfügung stellen können. Ich sollte mich nicht mal in CID-Angelegenheiten einmischen, aber Major Gamin ist derzeit nicht er selbst. Ich kann mich nicht auf ihn verlassen, und Sie sind unser bester Ermittler. Die Verbrecherbanden kommen mit Mord ungestraft davon. Es ist wie in Chicago in den Dreißigern, um Himmels willen.«

»Leider verhält es sich so, Sir, dass sie nur aus dem Grund ungestraft davonkommen, weil ihnen amerikanisches Militärpersonal dabei hilft.«

»Daran besteht kein Zweifel. Und deswegen kommen Sie ins Spiel.«

»Ich will damit sagen, dass es sich bei den Amerikanern, die ihnen helfen, nicht nur um rangniedrige GIs handelt. Um solche Sachen zu vertuschen, braucht es Offiziere von Rang, sogar solche von der Führungsebene.«

Udahl nickte und machte nachdenklich einige Schritte in Masons Richtung. »Deshalb möchte ich, dass diese Sache im Moment unter uns bleibt. Wir wollen dieses Problem im Keim ersticken, bevor die Geschichten im Generalstab für Unruhe sorgen und die Presse und Washington uns der Korruption beschuldigen und Inkompetenz vorwerfen. Natürlich verfolgt General Pritchard diese Angelegenheit mit einem scharfen Auge.«

Wenn Udahls Machtumfang dem des Bürgermeisters einer Großstadt entsprach, war Lieutenant-General Pritchard als stellvertretender Militärgouverneur von Bayern der Gouverneur von Texas.

»Er fand das, was Sie als Polizist hier und in München geleistet haben, beeindruckend«, sagte Udahl. »Sie haben Ihre Fähigkeiten unter Beweis gestellt, und Sie können schweigen. Er hält sein Angebot weiterhin aufrecht. Wenn Sie uns hier Ergebnisse besorgen, wird er dafür sorgen, dass Sie diese Stelle als Detective Sergeant im Police Department von Boston bekommen. Das ist kein Quatsch. Er ist fest entschlossen, sein Versprechen einzuhalten.«

Mason musste unwillkürlich lächeln. Das war es, worum er seit dem Ende des Kriegs gebetet hatte. Wie Captain Miller gesagt hatte, war Mason, nachdem er den Schweigekodex im Police Department von Chicago gebrochen hatte und aufgrund von falschen Anschuldigungen davongejagt worden war, von jeder großstädtischen Polizeitruppe abgewiesen worden. Jetzt bekam er noch einmal die Chance angeboten, ein Detective in den Staaten zu werden.

»Es gibt einen Punkt, den ich klarmachen muss«, sagte Udahl. »Wenn es so aussieht, als ob Sie gegen die Army-

Hierarchie vorgingen, dann will ich denen unumstößliche Beweise vorlegen können, warum Sie das tun. Sie wissen, dass der Army-Führungsstab hundertprozentig hinter der CID steht, bis er es ist, gegen den ermittelt wird. Achten Sie darauf, wo Sie hintreten, oder Sie sind derjenige, der unter die Räder gerät. Sie besprechen alles mit mir. Alles. Ich will sorgfältige Polizeiarbeit sehen. Ich bin auf Ihrer Seite, Mr. Collins, und ich will Ihnen jede Möglichkeit geben. Wir müssen diesen Flächenbrand austrampeln, egal wem wir dabei auf die Füße treten.« Er klopfte Mason auf die Schulter. »Keine Verschnaufpause für die Gottlosen, nicht wahr?«

»Nein, Sir. Und ich werde mein Bestes tun.«

»Gut. Dann gehen Sie an die Arbeit.«

Mason warf den Pfeil auf die Korkscheibe. Er traf ins Zentrum, wobei es sich um Hitlers Nase und seinen Schnurrbart handelte. Er hatte den Phantombildzeichner der Polizei gebeten, Hitlers Konterfei zu zeichnen, und dann hatte er eine Dartscheibe entworfen, auf der man Kopien der Zeichnung anbringen konnte. In den letzten Tagen hatte er eine ganze Menge von ihnen verschlissen. Er zog den Pfeil heraus, ging an die gegenüberliegende Wand zurück und warf wieder. Der Pfeil landete unmittelbar neben dem vorherigen Einstichloch. Er zog den Pfeil wieder heraus, aber diesmal spielte er damit zwischen den Fingern, während er nachdachte.

Masons Büro hatte einen einfachen Schreibtisch, einen Aktenschrank und zwei Klappstühle. Er hatte um einen besseren Schreibtischstuhl ersucht, weil durch den, den er hatte, eine alte Wunde an seinem Hintern schlimmer geworden war. Ein großes Steckbrett nahm den größten Teil einer Wand ein, und abgesehen davon, dass es Platz für seine Hitler-Zielscheibe bot, waren Fotos und Blätter daran befestigt, die Mason mit Namen und Fragezeichen versehen hatte: Dabei ging es um die bekannten oder vermuteten Bandenführer der sechs Verbrecherorganisationen, die im Gebiet von Garmisch operierten. In einem davon abgetrennten Abschnitt hingen Fotos der inzwischen verstorbenen Anführer Giessen, Bachmann und Plöbsch. Daneben waren Polizeifotos der meisten Männer angebracht, die im Steinadler verhaftet worden waren.

Nach seinem Treffen mit Udahl hatte Mason zusammen mit Densmore und Abrams die russischen und polnischen Häftlinge verhört. Sie waren genauso zugeknöpft wie die Amerikaner, außer wenn es darum ging, etwas von ihren traurigen Lebenserfahrungen preiszugeben. Die meisten russischen und polnischen Häftlinge waren unter den Nazis Kriegsgefangene in einem berüchtigten Straflager in Ludwigsburg gewesen. Viele dieser Männer, die jahrelang hungern mussten und geschlagen wurden, hatten die schrecklichen Verhältnisse überlebt, indem sie Banden bildeten, die Mitgefangene ausnutzten. Mason hatte von solchen Dingen in Mauthausen gehört, wo die inhaftierten Verbrecher den Lagerbetrieb aufrechterhielten. Die Unmoralischen hatten es geschafft, am Leben zu bleiben. Mason hatte bei den Vernehmungen den Eindruck gewonnen, dass jeder von ihnen einem anderen Menschen die Kehle durchschneiden könnte, ohne dass sich sein Pulsschlag beschleunigte. Dies waren Männer, die nach der Befreiung hiergeblieben waren, um sich das Chaos zunutze zu machen und das Land auszuplündern.

Er und Abrams waren auch beim Verhör der verhafteten Deutschen durch die deutsche Polizei anwesend, aber von denen hatte keiner irgendwelche neuen Informationen preisgegeben, und niemand hatte zugegeben, den ehemaligen Gestapo-Major Volker gesehen zu haben oder etwas davon zu wissen, ob Sergeant Olsen ermordet worden oder entkommen war. Da sie nicht wegen irgendetwas belangt werden konnten, was mit der Razzia in Zusammenhang stand, hatte Mason widerstrebend ihrer Freilassung zugestimmt.

Sie hatten auch eine Hausdurchsuchung von Giessens schicker Villa vorgenommen, die neben der des berühmten Komponisten Richard Strauss lag. Die anrüchige Bestimmung der Villa war allgemein bekannt gewesen, und sie war in den vergangenen neun Monaten mehrere Male durchsucht worden, zunächst im Sommer durch das CIC, das dort einen Unterschlupf hochrangiger Nazis vermutete, und dann im Dezember durch die CID im Zusammenhang mit gestohlenem Army-Eigentum, aber es war nichts dabei herausgekommen. Selbstverständlich durchsuchten Mason und Abrams das Haus erneut, mit dem gleichen Ergebnis, von der Entdeckung einer ironischen Pikanterie abgesehen: Obwohl Giessen ein gläubiger Katholik mit fünf Kindern gewesen war, hatte er Bachmann und Plöbsch erlaubt, in einem Flügel des Hauses wie zwei unverheiratete Tanten zusammenzuleben.

Giessens Bande war der räuberischen Erpressung, der Bestechung und des Auftragsmords verdächtigt worden, aber ihr hauptsächliches Unterfangen bestand im Handel mit gestohlenem Benzin, mit Kohle, Rauschgift und Arzneimitteln in großen Mengen. Um solche großen Lieferungen illegaler Güter über Landesgrenzen zu bewegen, brauchte man Reisegenehmigungen, Papiere, um von Briten und Franzosen kontrollierte Grenzen zu überqueren, und mehr als ein paar entgegenkommende MPs und andere Beamte. Mason hatte den Fall von einem CID-Ermittler übernommen, der zurück in die Staaten versetzt worden war und Mason eine dünne Akte über die Bande hinterlassen hatte. Mason war der Umstand aufgefallen, dass rangniedere US-Soldaten und kleinere Beamte der Militärregierung in den Fall verwickelt waren und dass die Strafverfolgungsbehörden der Army und der Militärregierung zwar einer gewissen Betroffenheit Ausdruck verliehen, aber uninteressiert oder nicht gewillt schienen, irgendetwas dagegen zu unternehmen. Angesichts der Millionen, die man dabei verdienen konnte, waren viele, die mit hohen Idealen nach Garmisch gekommen waren, der Versuchung erlegen. Es ging sogar das Gerücht um, dass sein Vorgänger aus genau diesem Grund versetzt worden war.

Mason ließ den Wurfpfeil wieder fliegen, aber diesmal blieb er in Giessens Stirn stecken. Er zog den Pfeil heraus und schüttelte den Kopf, während er das Foto Giessens musterte.

Wer hatte Giessen und die anderen umgebracht? Wussten die Mörder im Voraus von der Verhaftung und hatten dann ihren Opfern aufgelauert? Aber wie konnte das sein, wenn Masons Identität erst kurz vor der Razzia durch die deutsche Polizei aufgedeckt worden war? Die drei deutschen Bandenführer machten einen überraschten Eindruck, als sie erfuhren, wer Mason wirklich war – wie war es also möglich, dass ausgerechnet der Mensch, der ihn identifizieren konnte, genau zur richtigen Zeit in der Kneipe war? Das sah ganz nach einem abgekarteten Spiel aus.

Mason warf den Pfeil mit solcher Kraft, dass er durch die Tafel drang und sich tief in den Wandputz dahinter bohrte. Er ging zu der Tafel und musste an dem Schaft reißen. Gipsstaub und Papierstückchen von der Zielscheibe kamen zusammen mit der Spitze zum Vorschein.

»Wie viele Zielscheiben verbrauchen Sie in einer Woche?«, fragte Abrams, als er das Zimmer betrat.

»Hängt davon ab, wie viele Gedanken ich mir machen muss.«

Abrams ging um den Schreibtisch herum, um Distanz von der Zielscheibe zu wahren. »Es ist fast sieben. Ich werde mir jetzt etwas zum Essen besorgen und ein paar Krüge Bier trinken. Das heißt, wenn Sie nicht irgendwas für mich zu tun haben.«

»Nein. Gönnen Sie sich etwas Freizeit.«

»Wie wär's, wenn Sie mit mir kommen? Sie sehen so aus, als könnten Sie einen Drink vertragen, oder vier.«

»Ich werde in einer halben Stunde jemand am Bahnhof abholen.«

»Ach ja, stimmt. Ihre Freundin kommt in die Stadt. Deshalb sind Sie so nervös.«

Mason sagte nichts, als er den Pfeil warf, mit dem er Plöbsch auf einem Foto in die breite Stirn traf. Die Spitze drang tief ein und brach an der Stelle ab, wo sie in den Schaft überging.

Abrams schüttelte den Kopf und wandte sich ab, um das Zimmer zu verlassen.

»Hören Sie«, sagte Mason, »Sie haben Ihre Sache heute gut gemacht.«

Abrams nickte, als er seinen Hut aufsetzte. »Danke. Und viel Glück mit Ihrer Freundin. Oder vielleicht sollte ich ihr Glück wünschen.«

Als Abrams ging, setzte Mason sich an seinen Schreibtisch. Er rieb sich die Müdigkeit aus dem Gesicht und zündete sich eine Zigarette an, bevor er einen Brief aus der obersten Schublade fischte. Er schaute ihn einen Moment lang an und faltete ihn dann auseinander. Der Bogen Briefpapier wies tiefe Falten auf, weil Mason ihn zusammengeknüllt und in den Papierkorb geworfen hatte, nur um ihn später wieder herauszuklauben und so glatt zu streichen, wie es ging.

Der Brief war von Laura. Laura McKinnon. Sie hatten sich in München kennengelernt. Laura war klug, leidenschaftlich, mutig und wunderschön. Eine explosive Beziehung, wie sich herausstellte, Cop und Reporterin, beide von einem Ehrgeiz, der an Besessenheit grenzte, wie zwei feurige Himmelskörper, die, von Naturgewalten angezogen, sich aufeinander zu- und wieder voneinander wegbewegen.

Die Jagd auf einen grausamen Mörder in München hatte sie zusammengebracht, aber der gleiche Fall hatte schließlich die Schranke zwischen ihnen errichtet. Den Mörder zu fangen hatte Mason befriedigt, aber auch erschöpft, und Laura war am Boden zerstört. Im Anschluss daran hatten sie einen Monat zusammen verbracht, bis Laura sich verabschiedet hatte, um eine Story über die Handelsrouten des Schwarzmarkts zu schreiben, die nach Deutschland hinein- und aus Deutschland hinausführten, und Mason hatte sich für einen Posten in Garmisch-Partenkirchen entschieden. Tatsächlich hatte Mason auf diese Versetzung gedrängt, um Laura näher zu sein. Aber als er angekommen war, hatte sie die Stadt mit unbekanntem Ziel verlassen.

Schließlich hatte sie ihm unverhofft geschrieben. Seufzend faltete er den Brief vorsichtig zusammen, schob ihn in den Umschlag und legte ihn zurück in die Schublade. In derselben Schublade lag eine Schachtel mit Wurfpfeilen. Er schloss die Schublade schnell, bevor ihn die Versuchung übermannte, sich eine Handvoll Pfeile zu schnappen und sie auf denjenigen zu schleudern, der vermutlich mit Laura am Bahnhof auftauchte.

SECHS

Mason wartete im Eingangsbereich des Garmischer Bahnhofs. Er ging hin und her, ohne zu merken, dass die Leute ihm ausweichen mussten. Er machte sein Feuerzeug auf, klappte es wieder zu und murmelte Befehle vor sich hin, um ruhig zu bleiben. Wenn er nicht eine frisch gebügelte Uniform getragen hätte, wäre er vielleicht für einen der Irren gehalten worden, die alle Bahnhöfe unsicher machen.

Im Inneren sah er so aus wie die meisten Bahnhöfe, die sich in jeder kleinen Stadt finden: lang und schmal, mit dem Fahrkartenschalter an einem Ende und Reihen von Sitznischen aus Holz in der Mitte. Und wie beim Rest von Garmisch-Partenkirchen waren die Wände mit geschnitzten Holzbalken und Fresken von einigen Heiligen und der umgebenden Landschaft geschmückt.

Durch die Doppeltüren, die auf den Bahnsteig hinausgingen, sah Mason Lauras Zug in den Bahnhof einrollen. Ein paar Minuten später strömten die Fahrgäste herein. Außer Soldaten und Geschäftsleuten war eine große Gruppe von deutschen Flüchtlingen eingetroffen; nachdem man sie aus der Tschechoslowakei ausgewiesen hatte, suchten viele Zuflucht in deutschen Städten oder bei Verwandten.

Als Laura sich der Tür näherte, schlug Masons Herz schneller. Dann sah er einen hochgewachsenen Mann mit einem kantigen, aber gut geschnittenen Gesicht, der ihr die Tür aufhielt. Die beiden traten ein Stück in den Bahnhof hinein und wechselten ein paar Worte, während sie sich anlächelten, obwohl Lauras Augen deutlich verrieten, wie nervös sie war.

Mason blieb neben dem Vordereingang stehen und beobachtete sie. Laura und ihr Gefährte machten einen entspannten Eindruck, wie sie da zusammenstanden. Nicht das nervöse Flirten, das für frischgebackene Liebespaare typisch ist. Sie waren offenbar schon eine Weile ein Paar. Das verschärfte das Gefühl des Verlusts, das Mason empfand, und er musste einen Moment den Blick abwenden.

Laura musterte ihre Umgebung, während sie sprach. Sie trug eine gestrickte Skimütze und einen schweren weißen Mantel, der ihre blauen Augen und ihr schwarzes Haar betonte. Sie sah so schön aus wie immer – wirklich elegant, mit den klassischen Gesichtszügen hochgeborener Neuengländerinnen: ausgeprägte Wangenknochen und eine schmale Stupsnase. Als die Menge der ankommenden Fahrgäste sich verlief, erblickte sie ihn. Sie wandte sich zu dem Mann um, legte ihm die Hände sanft auf die Brust und sagte etwas. Sie schauten beide in Masons Richtung. Sie lächelte Mason an, aber ihre Augen waren traurig, als ob sie einen verkrüppelten Soldaten beobachtete. Zumindest empfand Mason es so.

Laura kam mit selbstbewussten Schritten auf ihn zu wie ein Wildfang der zu einer umwerfenden Frau erblüht war, aber seiner Kampf-und-Tobe-Zeit nie so recht entwachsen ist. Sie küsste ihn auf die Wange. »Hallo, Mason.«

»Hallo«, war alles, was er als Antwort herausbrachte.

Sie schauten sich einen Moment lang an. Mason fiel es schwer zu sprechen, und es machte den Eindruck, als hätte Laura mit derselben Schwierigkeit zu kämpfen.

Schließlich sagte Mason: »Ich stelle erfreut fest, dass du nach wie vor unverletzt bist. Und wunderschön wie immer.«

Sie lächelte mit feuchten Augen. »Ich sehe, du hast meinen Brief bekommen.«

Mason nickte. »Du hast jemand kennengelernt«, sagte er leise, obwohl es ihn Kraft kostete, das zu sagen.

»Er ist Reporter. Richard Cranston. Ein Engländer …« Sie holte tief Luft und rang sich ein Lächeln ab. »Cops und Reporter …«

»Wir haben's versucht.«

»Er hat die gleiche Reiselust und die geistige Unabhängigkeit, die du und ich auch haben. Aber Richard und ich reisen in der gleichen Hemisphäre. Wir haben die gleichen Ziele. Er ist immer für mich da …«

»Gut für ihn. Weiß Ricky, wer ich bin?«

»Richard«, sagte Laura und zog eine Augenbraue hoch. »Und ja, das weiß er.«

»Er sieht ganz nett aus.«

»Ist er auch. Würdest du ihn gern …«

»Nein.«

»Sieh mal. Ich weiß, das hier ist nicht leicht für dich, aber es ist auch für mich nicht leicht. Wie ich in dem Brief schrieb, liegt mir so viel an dir, dass ich dir alles persönlich sagen will.«

»Das war mutig von dir.«

Laura sah ihm einen Moment in die Augen. »Manchmal setzt du mich in Erstaunen. Zunächst glaube ich, ich weiß genau, was du denkst, und dann kommst du mit irgendwas, womit ich nicht gerechnet habe.«

»Das hat dir mal gut an mir gefallen.«

»Es gefällt mir immer noch.«

Mason musste das Thema wechseln. »Ich nehme an, du bist nicht nur aus dem Grund nach Garmisch gekommen, um mich zu sprechen.«

»Die *Washington Post* hat sich bereit erklärt, meine Geschichte über den Schwarzmarkt in einer vierteiligen Serie zu veröffentlichen, und deshalb habe ich beschlossen, sie in Garmisch zu schreiben. Die Lauferei ist endlich erledigt, und ich bin ziemlich erschöpft, nachdem ich fast drei Monate auf Achse war. Ich habe mich sogar als italienische Heimatlose verkleidet und an ein paar Schwarzmarkttransporten nach Italien teilgenommen. Ich habe gesehen, wie sie es bewerkstelligen, durch die scharfen britischen Kontrollen zwischen Österreich und Italien zu schlüpfen.«

»Ich muss mich trotzdem wundern, wie du ausgerechnet auf Garmisch verfallen bist.«

Daraufhin lächelte Laura nur.

»Hat Ricky nichts dagegen, dass du auf diese Weise dein Leben aufs Spiel setzt?«, fragte Mason.

»Weil ich in derselben Stadt bin wie du, oder weil ich mich mit gefährlichen Schwarzmarkthändlern herumtreibe?«

Mason war sich nicht sicher, wie er das verstehen sollte, also schwieg er.

»Ich habe *Richard* in Italien am Ende meines letzten Transports dort kennengelernt«, sagte Laura.

»Also nein.«

Laura sah ihn mit einem abweisenden Blick an. »Was ist denn mit dir? Du riskierst dein Leben doch praktisch jeden Tag.«

»Nicht in den letzten …«, er schaute auf seine Uhr, »… paar Stunden. Hier in der Gegend geht es auf dem Schwarzmarkt ganz schön zur Sache.«

»Vielleicht vergleichen wir mal irgendwann unsere Aufzeichnungen.«

»Vielleicht. Obwohl ich nicht glaube, dass ich euch einen Höflichkeitsbesuch abstatten werde.«

»Das könntest du aber.«

»Ich glaube, ich könnte es nicht ertragen, in deiner Nähe zu sein, wenn Ricky sich im Schatten aufhält.«

Laura nickte und schaute beiseite, um Masons Blick auszuweichen. »Ich hoffe, du wirst mir verzeihen … und Glück wünschen.«

»Ich verzeihe dir. Mir selber vielleicht nicht, dass ich es vermasselt habe.«

»Ich bin sicher, du findest eine Frau, die sehr viel geduldiger und liebevoller ist als ich.«

Mason schwieg.

Laura machte einen kleinen Schritt vorwärts. »Versuch, dich für mich zu freuen. Und für dich auch, wenn sich die Gelegenheit ergibt.«

Sie schickte sich an zu gehen, als Mason sagte: »Vielleicht können wir irgendwann doch diese Tasse Tee zusammen trinken.«

Sie lächelte. »Ja … Wir sehen uns.«

Mason versuchte, auf Wiedersehen zu sagen, als sie wegging, aber die Worte blieben ihm in der Kehle stecken. Er verließ den Bahnhof, bevor Laura bei Richard angekommen war, bevor er zusehen musste, wie sie Arm in Arm weggingen. All seine Kraft schien ihn verlassen zu haben. Selbst die Türen aufzustoßen war mühsam, und der Weg zurück kam ihm sehr lang und sehr kalt vor.

Als Mason auf dem Parkplatz vor dem Rathaus ankam, wandte er sich im letzten Moment vom Eingang zum Hauptquartier ab und ging zu dem Wagen, der ihm zugeteilt worden war. Und anstatt zu seiner Unterkunft zu fahren, überquerte er die Bahngleise auf der St.-Martin-Straße, bevor er rechts abbog und sich einem Stadtbezirk näherte, in dem Restaurants, Kneipen und Nachtklubs aus dem Boden geschossen waren, um dem riesigen Zustrom von Soldaten auf Urlaub Rechnung zu tragen.

Es war zwanzig Uhr, und Garmisch hatte begonnen, in seine zweite Haut zu schlüpfen. Die extremen Gegensätze des Lebens in dieser Stadt waren Mason schon am Tag seiner Ankunft aufgefallen, und dieser Abend bildete keine Ausnahme. Während des Tages füllten sich die Straßen mit deutschen Zivilisten und ehemaligen Soldaten und den weniger glücklichen Vertriebenen, die alle auf der Suche nach Überlebensmöglichkeiten waren. Sie schlurften in fadenscheinigen Klamotten und mit abgezehrten Gesichtern durch den Schnee, tauschten ihre Habseligkeiten gegen Nahrungsmittel oder unternahmen lange Wanderungen in die Berge, um Feuerholz zu suchen. Nach Einbruch der Dunkelheit erschien die andere Hälfte der Stadt: Army-GIs und Angestellte der Militärregierung in ihren Ausgehuniformen, die junge deutsche Damen ausführten. Und es war das erste Mal, dass Mason wohlhabende Deutsche gesehen hatte, die ihre Pelze, ihren Schmuck und ihre Smokings zur Schau stellten. In Garmisch galten andere Regeln, zumindest für Deutsche mit ausreichenden Mitteln, egal ob es sich um altes Geld oder um neues, von verachtenswerter Herkunft handelte: keine Ausgangssperre, private Luxusfahrzeuge, keine Beschränkungen, was Versammlungen in Restaurants und Kneipen betraf. Nur eine große verrückte Familie.

Eine Leuchtreklame an einem eingeschossigen Gebäude pries den Blue Parrot mit wechselnden Neonlichtern an, die einen Papagei darstellten, der seinen Flügel hob und einen Krug Bier austrank. Leider sah die mittlere Geste so aus, als entböte der Vogel den Hitler-Gruß – eine unbeabsichtigte Parodie des Führers durch die Amerikaner, die den früheren deutschen Bierpalast in eine Kneipe und ein Esslokal für

Mitarbeiter der US Army und der Militärregierung verwandelt hatten.

Mason schüttelte den Kopf angesichts der Ironie. Er überquerte die Straße und betrat das Etablissement. Der Namenspatron des Lokals stammte aus dem Film *Casablanca*, aber das ähnelte eher der Werkstatt Geppettos aus *Pinocchio*, wenn man über die Hinzufügung von amerikanischen Flaggen, Coca-Cola, Schildern für Biermarken und gerahmten Fotos von Franklin D. Roosevelt, Truman und Eisenhower hinwegsah.

Mason schnappte sich den letzten Platz an der Theke und bestellte ein Bier. Während er darauf wartete, dass der Mann hinter der Theke seine Bestellung ausführte, musterte er die Anwesenden. Jeder Streifen und jeder Balken eines jeden Dienstgrads war vertreten. Er erkannte einige der am Ort stationierten Angehörigen der Army und der Militärregierung, aber die Mehrzahl bestand wie immer aus amerikanischen Soldaten und Frauen aus der gesamten amerikanischen Besatzungszone.

Mason mied normalerweise überfüllte Räume. Er langweilte sich in lauten Restaurants und auf rauschenden Cocktailpartys. Er war gerne allein, aber nachdem er Laura am Bahnhof gesehen hatte, empfand er ein Gefühl der Leere, und er hatte das Bedürfnis, diese Leere zu füllen. Er schaute sich die Frauen in seiner Umgebung an und fragte sich, ob er jemals einer begegnen würde, die ihn so umhauen konnte wie Laura. Begierde würde ihn einer anderen Frau in die Arme treiben, aber sobald das Feuer gelöscht wäre, würde er weiterziehen.

Sein Bier wurde vor ihn hingestellt, und während er davon trank, wandte sich seine Aufmerksamkeit den männlichen Gästen zu. Welcher von den Männern, die er sich hier amüsieren sah, nahm Bestechungsgelder an, um wegzuschauen, oder schmierte das Getriebe oder nahm sogar in großem Maßstab am Schwarzmarktgeschäft teil? War es der Captain vom Transportregiment, der mit zwei jungen Frauen an einem Tisch saß? Er hatte Zugriff auf Lastwagen und Güterzüge, um Waren zu befördern oder umzuleiten. War es der Major in der Finanzverwaltung der Militärregierung, der mit einer Frau tanzte, die halb so alt war wie er? Seine Abteilung war nicht nur mit Soldlisten und Finanzmitteln für Wiederaufbauprojekte der Regierung befasst, sondern überwachte auch den Umgang mit wiedergefundenen Kunst- und Goldschätzen, die von den Nazis gestohlen und versteckt worden waren und die bei zu vielen Gelegenheiten wieder verloren gingen. Dann saß da noch der Captain des Gefängnisses, in dem verdächtige Nazi-Funktionäre und Industrielle festgehalten wurden. Es wurde gemunkelt, dass für den richtigen Preis plötzlich Papiere auftauchen würden, die reiche Häftlinge von jeglichem Fehlverhalten entlasteten. Und wenn dem Captain die rechtmäßigen Gefangenen ausgingen, die bezahlen konnten, ließ er andere betuchte Opfer wegen fingierter Beschuldigungen verhaften und zwang so ihre Familien, für ihre Freilassung zu bezahlen. Natürlich nur Gerüchte …

Es gab viele gute Männer und Frauen im Militärdienst, die an das glaubten, was sie taten, ihre Pflicht erfüllten und ihre Sache trotz der anscheinend ungeheuren Bedeutung der Bürokratie und der Rivalität zwischen Army und Militärregierung gut machten. Aber den Gelegenheiten, von einem zerrütteten Land zu profitieren, war häufig schwer zu widerstehen. Und in keiner anderen Stadt im besetzten Deutschland waren die Versuchungen so zahlreich wie in Garmisch.

Mason erblickte Agent Winstone, der das Lokal mit einer schönen Blondine am Arm betrat. Er nickte ein paar Leuten zu, die er kannte, aber er blieb nicht stehen, um sich mit ihnen zu unterhalten. Obwohl beide sich um ein Lächeln bemühten, machten sie beide keinen fröhlichen Eindruck. Falls Winstone mit der Vorzeigefrau an seiner Seite eine Schau abziehen wollte, verkaufte er den Auftritt schlecht.

Winstone entdeckte Mason und winkte. Als sie sich der Theke näherten, machte ihr Lächeln einen aufrichtigeren Eindruck: wie bei zwei Siegern, die erleichtert die Ziellinie überquerten.

»Hey, du bist ja gekommen«, sagte Winstone. »Wo ist deine Freundin?«

»Wie sich herausgestellt hat, ist sie nicht mehr meine Freundin.«

Winston gab sein Mitgefühl durch eine Grimasse zu erkennen. »Das tut mir leid zu hören, Kumpel. Trotzdem bin ich froh, dass du gekommen bist.« Er glitt zur Seite, um den Blick auf seine Begleiterin freizugeben: »Ich möchte dir Hilda Schmidt vorstellen.« Zu Hilda sagte er: »Mason ist ein Spitzen-Detective bei der Militärpolizei.«

Hilda verbeugte sich leicht und gab Mason die Hand. »How do you do?«, fragte sie mit einem deutschen Akzent. Sie war vielleicht drei- oder vierundzwanzig und sah zwar nicht so gut wie ein Filmstar aus, hätte aber mit ihrer vollen Figur, ihrem runden Gesicht, den ausgeprägten Wangenknochen und der breiten Stirn über den graugrünen Augen als das entzückende Mädchen von nebenan besetzt werden können.

»Hilda ist eine Eisläuferin und -tänzerin der Weltklasse«, sagte Winstone. »Sie tritt in der Casa Carioca auf. Du musst sie dort schon gesehen haben.«

»Ich war noch nie da.«

»Dann musst du irgendwann hingehen. Tolles Lokal.«

Es entstand ein verlegenes Schweigen zwischen ihnen. Mason hatte Winstones Frau in London kennengelernt, als sie und ihre Töchter gekommen waren, um mit ihrem Mann zusammenzuleben. Sie war nur einen Monat geblieben, bevor sie beschlossen hatte, sie könne die »Fremdartigkeit« Englands nicht ertragen, und in die Staaten zurückgekehrt war.

Winstone drückte Hilda kurz an sich, um Mason zu verstehen zu geben, dass ihre Verbindung mehr war als eine finanzielle Transaktion. »Ich hoffe, du willst immer noch mit uns zu Abend essen.«

»Das ist der Grund, weshalb ich hier bin«, sagte Mason so fröhlich er konnte.

Winstone warf Hilda einen Blick von der Seite zu.

Hilda setzte ein höfliches Lächeln auf. »Ich bin sofort wieder da.«

»Wir suchen uns einen Tisch«, sagte Winstone zu Hilda, und sie machte sich auf den Weg zu den Toiletten.

»Ich sehe keinen, der frei wäre«, sagte Mason.

»Keine Sorge. Ich kenne die Besitzer.«

Und tatsächlich brauchte Winstone nur mit Blick auf den Geschäftsführer die Augenbrauen hochzuziehen und mit den Fingern zu schnipsen, bevor zwei Kellner einen kleinen Tisch mit Stühlen hervorholten und in einer Ecke für Platz sorgten. Als er und Mason Platz nahmen, bestellte Winstone eine Flasche Champagner. »Und vergessen Sie die Speisekarten, Franz. Wir nehmen dreimal den Rostbraten mit allem Drum und Dran.« Er wandte sich an Mason, als der Kellner ging. »Das hier geht alles auf mich.«

»Vielleicht sollte ich noch mehr von deinen Ermittlungen vermasseln.«

Winstone lachte, als hätte er nicht die geringsten Sorgen. Sie erhoben sich, als Hilda zum Tisch kam. Sie bedachte Winstone mit einem wissenden Lächeln, als sie sich setzte.

»Im Ernst«, sagte Mason. »Ich bin dir dankbar für die Getränke und das Abendessen. Was feiern wir?«

»Dass sich zwei Freunde wiedergefunden haben. Und es heißt, du kämst nicht oft vor die Tür. Aber das wird sich ab jetzt alles ändern.«

Der Champagner kam, und sie stießen auf ihre Gesundheit und ihre Freundschaft an. Und als ihr Rostbraten eintraf, war die Flasche leer. Winstone bestellte noch eine. Die ganze Zeit plauderten sie oder erzählten sich Kriegsgeschichten über diesen seltsamen Geheimagenten oder jenes Arschloch von Kommandant. Mason erfuhr, dass Hilda die meiste Zeit ihres Lebens Eisläuferin und -tänzerin gewesen war. Sie war sogar für die Olympischen Winterspiele 1936 als junges Mädchen in Garmisch-Partenkirchen gewesen und hatte an einem Schaulaufen für Nazi-Propagandazwecke teilgenommen, bei dem zukünftige Sportler des Dritten Reichs präsentiert wurden. Während des Kriegs reiste sie mit Eistanz-Shows durch ganz Deutschland und die von den Nazis besetzten Gebiete, und schließlich war sie um ihr Leben und das ihrer Familie auf dem Eis gelaufen. Es wurde festgestellt, dass ihre Mutter Halbjüdin war, und ihr Vater wurde in ein Arbeitslager geschickt, weil er gegen die Rassengesetze verstoßen hatte. Hilda hatte ihren Charme und ihre Begabung eingesetzt, um zu verhindern, dass ihre Eltern härtere Strafen erleiden mussten, indem sie vor Nazi-Würdenträgern auftrat. »Wie ein Zirkustier«, sagte sie verbittert.

Mason hatte die Übertreibungen – um es höflich zu formulieren – vieler Deutscher anhören müssen, was ihre Unschuld und ihren Hass auf Hitler betraf, aber seine Cop-Instinkte verrieten ihm, dass Hildas Gefühle nicht gelogen waren.

Der Alkohol hatte Masons Libido geweckt, und er stellte

fest, dass er Hildas Aufmerksamkeit genoss, wenn sie seinen Arm berührte, um ein Argument zu unterstreichen, ihr Parfüm, ihren besonderen Charme. Aber trotz der Anziehungskraft, die sie auf ihn ausübte, veranlasste sein Instinkt als Detective ihn zu der Frage, warum Winstone ihn so fürstlich bewirtete. Was war der wahre Grund für Winstones Großzügigkeit, seine theatralische Lebensfreude? Was hatte er vor?

Aber als die dritte Flasche am Tisch eintraf, hatte Mason alle Zweifel und Sorgen ad acta gelegt. Und der Schmerz, der ihn seit seiner Begegnung mit Laura am Bahnhof verfolgte, war zu einem dumpfen Pochen verebbt.

Plötzlich wurde ihm bewusst, dass sich eine andere Frau ihrem Tisch näherte und Hilda begrüßte. Die Männer standen auf, um sie zu empfangen. Hilda stellte Mason vor und sagte, ihr Name sei Adele Holtz. Winstone und die Frauen sprachen darüber, was für ein Zufall es sei, dass sie alle zur gleichen Zeit am gleichen Ort waren, und Adele meinte, sie sei gekommen, um sich mit einem Soldaten zu treffen, der sie offenbar versetzt hätte.

Mason hörte kaum zu. Er war zu sehr damit beschäftigt, sich über die Gründe für dieses scheinbar zufällige Zusammentreffen Gedanken zu machen. Erst der großzügig strömende Champagner und die dicken Steaks und dann eine schöne Frau, die von einem rücksichtslosen Soldaten sitzen gelassen worden war. Es konnte der ehrliche Versuch eines alten Freundes sein, der seinen Kummer über Lauras Zurückweisung besänftigen wollte, obwohl er den Eindruck hatte, dass eine andere Absicht dahinterstand. Aber in diesem Moment spielte es keine Rolle; er gab seine Wachsamkeit auf und ließ sich umgarnen. Seitdem er Paulette Goddard in *The Ghost Breakers* auf der Leinwand gesehen hatte, betete er die Schauspielerin an. Adele hätte ihre Zwillingsschwester sein können – sie hatte ihre lange schmale Nase, ihre vollen Lippen und ihre mandelförmigen Augen. Sie setzte sogar das gleiche schalkhafte Lächeln auf, als sie merkte, dass Mason sie anstarrte.

»Spricht dein Freund auch, oder ist er der schweigsame, männliche Typ?«

»Tut mir leid«, sagte Mason. »Sie erinnern mich nur an jemanden.«

Sie setzten sich alle hin, und Winstone goss noch einmal die Gläser voll.

»Ich hoffe, es sind gute Erinnerungen, die ich bei Ihnen wachrufe«, sagte Adele.

»Nicht an eine Ex-Frau, falls es das ist, was Sie sich fragen.«

»Haben Sie eine Ex-Frau?«

»Mehrere.«

»Jemand Aktuelles?«

»Ich habe allen Beziehungen abgeschworen.«

»Ach …«, meinte Adele und musterte ihn einen Augenblick. »Ihre Freundin hat Sie gerade verlassen.«

»Und wie kommen Sie darauf?«, fragte Mason sie, bevor er Winstone ansah. Winstone hob abwehrend beide Hände hoch.

»Es steht Ihnen ins Gesicht geschrieben«, erklärte Adele.

»Was Sie sehen, ist nur die Wirkung von zu viel Champagner.«

»Davon kann gar keine Rede sein«, sagte Winstone und goss Masons Glas wieder voll. Dann wandte er sich an Adele. »Mason hat das Leben eines Mönchs geführt, seitdem er hier ist – relativ gesprochen, natürlich. Und ich glaube, es ist höchste Zeit, dass wir das ändern, oder?«

»Ich hoffe, er hat nicht alle Tugenden eines Mönchs angenommen«, sagte Adele.

»Ich bin Detective. Ich glaube, inzwischen habe ich die meisten Gebote übertreten.«

»Oh, ein Polizist. Dann sollte ich darauf achtgeben, was ich sage.«

»Sagen Sie, was Sie wollen. Ich bin außer Dienst.«

»Ich dachte, Polizisten wären nie außer Dienst.«

»Wir Polizisten finden schon noch Zeit, um uns zu entspannen«, sagte Mason. Er hob sein Glas und stieß mit Adele an.

»Mason ist der Mann, der für die Razzia verantwortlich war, die heute Nachmittag in dieser Wirtschaft stattgefunden hat, im Steinadler«, sagte Winstone.

Adele hielt sich die Hand vor den Mund. »Wo all diese Menschen umgebracht wurden?«

»Genau die«, pflichtete Winstone ihr bei.

Mason warf Winstone einen verärgerten Blick zu.

»Tut mir leid, alter Freund«, sagte Winstone. »Ich wollte nicht alles ausplaudern.«

»Sind Sie dabei verletzt worden?«, fragte Adele Mason, während sie auf seine verbundene Schläfe schaute.

»Eigentlich nur mein Stolz.«

»Ist irgendwas bei deinen Vernehmungen rausgekommen?«, fragte Winstone.

»Sie wollten alle nicht heraus mit der Sprache. Aber ich habe an deine Theorien denken müssen.«

»Ihr beiden wollt jetzt nicht über eure Arbeit reden, oder?«, fragte Hilda. »Mit zwei jungen bezaubernden Damen an eurer Seite?«

Winstone warf Mason einen ernsten Blick zu, als wollte er ihm etwas erzählen, aber der Moment war schnell vorüber, und Winstone kehrte wieder den Jovialen heraus. »Natürlich nicht, Liebling.« Er schaute auf seine Uhr und sagte: »Es ist fast elf. Warum verlegen wir die Feierlichkeiten nicht zu mir?«

Hilda und Adele waren einverstanden, aber Mason zögerte noch. Dies bedeutete, dass Mason und Adele in einer intimeren Umgebung zusammenkommen würden. Er bestimmte lieber selbst Zeit und Ort für die Zusammenkunft mit einer Frau, anstatt sich die Bedingungen diktieren zu lassen, egal wie unschuldig die Geste auch zu sein schien. Normalerweise war dies der Zeitpunkt, an dem er sich höflich verabschiedete. Aber in sein Quartier zurückzugehen, wo er zu viel über Laura nachdenken und eine weitere schlaflose Nacht haben würde, war das Letzte, was er tun wollte. Was er jetzt im Moment brauchte, war die Berührung einer Frau.

Als Mason zugestimmt hatte, verließen sie das Restaurant, und Adele stieg zu ihm in den Wagen, mit dem er Winstones Porsche folgte. Adele redete über das Eiskunstlaufen in der Casa Carioca mit Hilda, und Mason hörte ihr zu, während er darüber nachdachte, wie sich ein CIC-Agent einen Porsche leisten konnte. Selbst angesichts der enormen Kaufkraft des allmächtigen amerikanischen Dollars auf dem Schwarzmarkt musste es Winstone eine erhebliche Menge jener Dollars oder Zigaretten gekostet haben, oder was auch immer er als Tauschmittel eingesetzt hatte, um dieses schöne Teil den Fängen seines unglücklichen Besitzers zu entreißen.

Winstone fuhr nach Osten, durch die Stadt hindurch und auf einer kurvenreichen Straße einen Berg hinauf, der sich über Garmisch erhob. Sie erreichten eine elegante Wohngegend, wo als Alpen-Chalets getarnte Villen beide Seiten der Straßen säumten, jede auf einem weitläufigen Grundstück und von Mauern umgeben. Bei der letzten Kurve ließen sie die Bäume hinter sich, wodurch die Stadt im Tal sichtbar wurde. Mason vermutete, dass Winstone diese Straße benutzt hätte, um zu der bescheidenen Unterkunft zu gelangen, die das CIC für ihn gefunden hatte. Mit Sicherheit etwas Bescheideneres als die Häuser, an denen sie gerade vorbeifuhren. Aber Winstone hielt vor einem Eisentor in einer fast zwei Meter hohen Mauer an, die ein palastähnliches Anwesen umgab. Er öffnete das Tor, und sie fuhren auf einer langen Zufahrt zu einem seitlichen Säulenvorbau.

Als sie alle ausgestiegen waren, fragte Mason: »Ist das deine Bleibe?«

»Mit freundlicher Genehmigung des CIC. Ich hab ihnen gesagt, ich bräuchte etwas Abgeschiedenes, um meine Ermittlungen durchzuführen, und da haben sie mir das hier gegeben. Die Eigentümer sind in die Schweiz oder sonst wohin geflohen. Und wenn du beim Geheimdienst geblieben wärst, hättest du jetzt vielleicht auch eins von diesen Schätzchen.«

Ein kleiner, kahlköpfiger Mann mit einer breiten Brust begrüßte sie, als sie das Haus durch die Seitentür betraten. Er trug einen weißen Anzug und eine schwarze Fliege. Er verbeugte sich, als sie an ihm vorbeigingen, und Mason bemerkte, dass er sich nur mit Mühe zurückhielt, die Hacken zusammenzuschlagen.

»Ach, komm schon, John«, sagte Mason. »Hast du wirklich einen Butler?«

»Das hier ist mein Ausnahmekoch und Butler der Extraklasse Otto Kremmel«, und während er vorgestellt wurde, bewegten sich Kremmels Gesichtsmuskeln kein bisschen, aber seine Augen sprachen Bände: Er würde die Demütigung ertragen, die es für ihn bedeutete, Leute zu bedienen, die in der gesellschaftlichen Rangordnung weit unter seinen früheren Arbeitgebern standen und außerdem noch Amerikaner waren.

»Ich habe ein Abendessen vorbereitet, Sir«, sagte Kremmel. »Was ich wieder aufwärmen könnte, falls Sie wünschen.«

»Das wird nicht nötig sein«, sagte Winstone.

Kremmels Augen waren ziemlich geschickt darin, sein Missfallen zu erkennen zu geben. »Wünschen Sie heute Abend noch irgendetwas, bevor ich mich zurückziehe?«

»Nein, danke. Nehmen Sie sich doch einfach den Rest des Abends frei. Gehen Sie nach Hause und verbringen die Nacht mit Ihrer Frau.«

»Es ist ziemlich spät, Sir. Ich weiß das Angebot zu schätzen, aber …«

»Unsinn, Otto. Ich bestehe darauf.«

Kremmel verbeugte sich mechanisch und hätte fast wieder die Hacken zusammengeschlagen.

Mason zögerte; er war versucht, mehr über Otto Kremmel und seine Vorgeschichte zu erfahren, aber stattdessen folgte er den anderen durch eine große Eingangshalle.

Winstone beugte sich näher zu ihnen, damit Kremmel nicht hören konnte, was er sagte. »Ich will nicht, dass er hier herumschleicht, während wir unsern Spaß haben.«

Winstone nahm Adele und Mason mit auf eine Führung durch die Villa, wie er es nannte. Trotz seiner Benebelung durch den Alkohol und der Ablenkung durch Adele an seinem Arm fragte sich Mason, ob das CIC tatsächlich dieses luxuriöse Leben für Winstone arrangiert hatte, und falls nicht, worin genau Winstone verwickelt war, um all das hier zu erwerben: den Porsche, den Tourenwagen von Mercedes in der Garage, Perserteppiche, Porzellangeschirr, Kristallgläser, Silberbesteck. Mason konnte keinen Tizian von einem Picasso unterscheiden, aber die Gemälde an den Wänden sahen teuer aus. Falls die vorherigen Eigentümer geflohen waren, hätten sie bestimmt alles Wertvolle, was sie tragen konnten, mitgenommen.

Adele drückte seinen Arm gegen ihre Brust und sagte im Flüsterton: »Ich sehe Ihnen an, dass Sie wie ein Cop denken. Vergessen Sie das eine Nacht lang. Lassen Sie sich eine Nacht verzaubern.« Sie gab ihm einen flüchtigen Kuss auf die Wange.

Mason lächelte und beschloss, dass er es versuchen würde.

Winstone führte sie durch zehn Zimmer: ein riesiges Wohnzimmer mit einem offenen Marmorkamin, ein Speisesaal, ein Wintergarten, eine Bibliothek, eine weiträumige Küche, dann die drei Schlafzimmer, und weitere fünf Schlafzimmer im ersten Stock. Alle Räume waren überdurchschnittlich groß, alle waren mit antiken Möbeln und komplizierten architektonischen Details eingerichtet und hatten Fußböden aus Holz oder Marmor.

Sie kehrten ins Wohnzimmer zurück. Winstone holte vier Flaschen französischen Wein aus Spitzenjahrgängen aus dem Keller. Sie ließen Schallplatten auf dem Grammophon laufen, tanzten und flirteten. Sie rauchten Zigarren und aßen Kaviar.

Mindestens zwei Flaschen Wein später war Mason mit gespreizten Armen und Beinen tief in die Plüschkissen des Sofas gesunken; von dem Feuer, das in dem gewaltigen Kamin knisterte, war ihm warm geworden. Sein Kopf ruhte auf dem Rückenpolster, und er paffte an einer Zigarre, während er die kunstvoll geschnitzte Decke musterte und einer lebhaften französischen Melodie auf dem Plattenspieler lauschte. Adele und Hilda waren gerade nach oben ins Badezimmer gegangen und hatten die Männer ihren Träumen überlassen.

»Daran könnte ich mich gewöhnen«, sagte Mason.

»Du könntest hierbleiben, weißt du«, sagte Winstone.

Mason hob den Kopf. »Was meinst du? Hier einziehen?«

»Warum nicht? Es ist ein großes Haus, und nur Hilda und ich wohnen hier.«

Mason fand den Vorschlag äußerst verlockend, und die kleine Stimme in seinem Kopf stupste ihn vorwärts, indem sie sagte, es werde auch langsam Zeit, dass er sich Luxus und Vergnügen gönne. Und es überraschte ihn, dass ihm der Gedanke tatsächlich kam. Es beunruhigte ihn, wie leicht es ihm fallen konnte, der Versuchung nachzugeben und diese Lebensweise zu akzeptieren. Er schüttelte den Kopf. »Nee, es könnte mir zu sehr gefallen.«

»Bist du nicht der Ansicht, du hättest ein bisschen Luxus verdient?«

Mason setzte sich gerade hin und stützte sich auf die Knie. Er betrachtete Winstone, der gerade Rauchringe an die Decke blies. Er hatte gesehen, wie sein Freund sich im Lauf des Abends wieder in den alten Winstone verwandelt hatte, den offenen, liebenswerten und bescheidenen Mann, der er einmal gewesen war. Aber Mason machte sich Sorgen, dass sich sein alter Freund von diesem fürstlichen Lebensstil schon hatte verführen lassen.

»Schau mal«, sagte er, »ich bin ganz dafür, dass ein Mann bekommt, was er verdient …«

»Aber du denkst nach wie vor, dass ich all das hier nicht dem CIC verdanke«, sagte Winstone. Er richtete sich auf und schnippte die Asche seiner Zigarre in einen Kristallaschenbecher. »Die Leute, denen das Haus gehört, haben es fluchtartig verlassen und waren gezwungen, eine Menge von dem, was du siehst, zurückzulassen. Einige der Kunstwerke und die Autos sind durch das CIC von Nazis konfisziert und mir übergeben worden. Sie sind alle registriert und dazu bestimmt, in das Zentraldepot nach Frankfurt geschickt zu werden, wenn ich meine Ermittlungen abgeschlossen habe.«

»Die Geldbündel, der Jahrgangswein, der Kaviar?«, fragte Mason. »Was haben die mit der Untersuchung von Rattenlinien zu tun?«

Winstone zuckte mit den Achseln. »Wenn sie dich für korrupt halten, bist du weniger bedrohlich für sie. Du giltst als vorhersagbar, als schwächer und geschmeidiger. Mit einigen von ihnen verhandele ich sogar auf geschäftlicher Basis.«

»Und wie passe ich zu deinen Plänen? Ich frage mich unwillkürlich, womit ich diese Vorzugsbehandlung verdient habe.«

Winstone machte den Eindruck, als habe ihn die Bemerkung verletzt. »Du bist ein alter Freund. Ich habe dich lange nicht gesehen, und ich wollte, dass du dich ein bisschen amüsierst.«

»Versteh mich nicht falsch, ich amüsiere mich ja, aber ich glaube, es hat auch damit zu tun, dass dich irgendjemand oder irgendetwas kopfscheu gemacht hat.«

Winstone schaute zur Seite und paffte an seiner Zigarre, als wollte er die Pause nutzen, um sich eine Antwort zurechtzulegen. »Was ich dabei bin aufzudecken, würde jeden nervös machen. Die Idee, dich hier als …«, Winstone suchte nach dem richtigen Wort, »… zur Abschreckung zu installieren? Die ist mir erst jetzt gerade gekommen. Ich hab gesehen, wie sehr es dir hier gefällt, und dachte, du könntest weiter deiner Arbeit nachgehen, hier wohnen und mir ein wenig Seelenfrieden wiedergeben.«

»Wen soll ich abschrecken?«

»Vor ungefähr einem Monat habe ich eine Art Sicherheitsdienst engagiert, aber die Männer waren unzuverlässig, und ich hatte das Gefühl, sie arbeiten für jemand anderen. Ich habe beschlossen, dass ich jemanden brauche, dem ich vertrauen kann. Es ist keine große Sache. Ich bitte dich nicht darum, die ganze Nacht Wache zu schieben. Und Cops nehmen Nebenjobs an, stimmt's? Sieh es von dieser Seite: Du verdienst ein bisschen zusätzliches Geld und genießt die Vergünstigungen, während du einem alten Freund hilfst.«

»Gehört Adele zur Gesamtvergütung?«

»Ich bin beleidigt, dass du so wenig von mir hältst. Und von ihr. Sie ist eine nette Frau. Ich gebe zu, dass wir euch beide zusammenbringen wollten, und ihr habt euch wirklich gut miteinander verstanden, ganz wie Hilda gedacht hat. Das ist alles.«

Sie hörten, dass Hilda und Adele die Treppe runterkamen. Winstone beugte sich zu ihm vor und sagte: »Denk drüber nach. Bleib heute Nacht hier. Otto kommt jeden Morgen um sieben und macht ein super Frühstück. Ich verspreche dir, dass wir morgen früh über alles reden werden. In der Zwischenzeit spricht nichts dagegen, dass du dich ein bisschen am Leben erfreust, oder?« Den letzten Satz flüsterte Winstone, bevor die Frauen das Zimmer betraten.

Adele lächelte Mason freundlich an und setzte sich wieder neben ihn. Ihre Berührung, ihr Duft, ihre Wärme machten einen größeren Eindruck auf ihn als alles, was Winstone gesagt hatte. Vielleicht würde er seinen Rat beherzigen. Nur für eine Nacht.

Sie tanzten noch ein wenig und tranken noch etwas Wein. Die Zärtlichkeiten zwischen Mason und Adele wurden intimer, und für Mason gab es nur noch sie, deren Brüste sich gegen seine Brust pressten, deren Hüften beim Tanzen gegen seine stießen. Irgendwann später in der Nacht waren Winstone und Hilda verschwunden. Mason und Adele tanzten noch weitere drei Lieder. Dann gingen sie, schon halb nackt, nach oben und liebten sich in einem der Schlafzimmer auf einer dicken Matratze in einem Himmelbett.

Versunken in Adeles sanfter Umarmung erlaubte sich Mason, Laura einige Stunden lang zu vergessen, sich verzaubern zu lassen …

Morgens gegen drei wurde Mason wach, während Adele neben ihm schlief. Sein reichlicher Alkoholgenuss nötigte ihn, auf die Toilette zu gehen. Als er hinaus in den Flur stolperte, hörte er Winstone und Hilda in ihrem Schlafzimmer mit erhobenen Stimmen sprechen. Die massive Tür dämpfte das meiste von dem, was sie sagten, aber er entdeckte Zorn oder Furcht in Hildas Stimme. Sie schrie, und Winstone versuchte, sie in einem gemesseneren Tonfall zu beruhigen. Er konnte heraushören, dass Hilda seinen und Adeles Namen rief. Und dass jemand gehen sollte, und zwar jetzt.

Mason ging schnell weiter ins Badezimmer, erleichterte sich, schlich dann zurück ins Schlafzimmer und weckte Adele sanft.

»Wir sollten gehen«, sagte er.

Adele gähnte und streckte sich. »Das können wir nicht machen. Hilda würde aufgebracht sein, wenn wir vor morgen früh aufbrechen.«

»Ich muss in etwa vier Stunden im Hauptquartier sein.«

Adele nahm ihn bei der Hand. »Bitte. Lass uns noch bleiben.«

»Du kannst gern bleiben, wenn du willst, aber ich muss gehen.«

Adele hielt den Atem an, als sie von fern den Streit zwischen Winstone und Hilda hörte. Sie erhob sich rasch. »Nicht, wenn du gehst.«

Mason entschuldigte sich, aber Adele schien eher in Eile als verärgert zu sein. Sie zogen sich an und verließen still das Haus. Sie sprachen kaum miteinander, während Mason sie zurück in die Stadt fuhr. Sie zeigte ihm den Weg zu ihrer Wohnung, und er versprach ihr, sie zu besuchen, sobald er Gelegenheit dazu hatte. Dann schaffte er es, den Weg zu seinem Quartier zu finden, einem Häuschen in der Frühlingstraße an der Loisach, eine Hütte, verglichen mit Masons Villa.

Die Zeit zum Vergessen fand ein Ende. Mason kamen die Erinnerungen, während er schlief. Erinnerungen an die Folter, das Elend der Gefangenenlager, den Todesmarsch und an ein kleines Mädchen, Hana, die tot auf einem verschneiten Feld lag.

SIEBEN

Mason betrat das Polizeihauptquartier mit einer Stunde Verspätung, und er machte einen etwas mitgenommenen Eindruck. Zwei Stunden Schlaf und zu viel Champagner. Vor nicht allzu langer Zeit hätte ihm das nichts ausgemacht, und er wäre bereit gewesen, den Tag in Angriff zu nehmen. Die letzte Nacht kam ihm inzwischen wie ein Traum vor und Adele wie eine göttliche Erscheinung, die gesandt worden war, um ihm dabei zu helfen, dass er Laura und die dunkleren Punkte in seiner Erinnerung für kurze Zeit vergaß. Adele würde er auf jeden Fall wiedersehen.

Reichliche Mengen Wasser und Kaffee, das war es, was er in diesem Augenblick vor allem brauchte. Aber als er einen MP, Private Stratford, mit einem Tempo auf sich zukommen sah, als versuche er, einen neuen Geschwindigkeitsrekord aufzustellen, war ihm klar, dass er in der Offiziersmesse hätte anhalten sollen, bevor er sein Gesicht im Hauptquartier zeigte.

»Was gibt's, Private?«

»Sir, es hat einen Doppelmord gegeben. Ich soll Sie dort hinbringen. Mr. Densmore wird sich am Tatort mit Ihnen treffen.«

»Densmore?«

Das fand Mason merkwürdig, weil Densmore sein Vorgesetzter war und normalerweise Ermittlungen vom Hauptquartier aus koordinierte.

»Ja, Sir. Er wollte bei dieser Sache aus irgendeinem Grund dabei sein.«

Was zunächst nur eine Fahrt in klirrender Kälte im offenen Jeep quer durch die Stadt war, schlug in Besorgnis um, als Private Stratford einen Mason mittlerweile vertrauten Weg einschlug. Besorgnis verwandelte sich in Schrecken, als der Jeep auf derselben kurvenreichen Straße den Berg hochfuhr.

»Das darf nicht wahr sein«, sagte Mason.

»Was meinen Sie, Sir?«

»Nichts«, sagte Mason, als sie an derselben Reihe von Häusern vorbeikamen.

Der Private hielt an dem Tor zu Winstones Villa an. Zwei weitere MP-Jeeps waren am Bordstein geparkt, und ein MP stand neben dem offenen Tor Wache.

»Wenn Sie wieder im Hauptquartier sind, sagen Sie Mr. Abrams, dass er seinen Arsch hier hinauf bewegen soll.«

»Er ist schon drinnen.«

Mason nickte und stieg aus dem Jeep aus. Der Wache stehende MP winkte ihn durch das Eisentor. Mason blieb auf halber Strecke zum Haus stehen und zündete sich eine Zigarette an. Er brauchte Zeit, um sich vor dem zu wappnen, was ihn erwartete. Ein Doppelmord. Winstone und Hilda.

Er verfluchte die Tragödie und warf die Zigarette auf den verschneiten Fußweg. Abrams trat ihm entgegen, als er mit schnellen Schritten auf die Villa zuging, die er vor wenigen Stunden verlassen hatte.

»Was liegt an?«, fragte Mason.

»Die Opfer sind ein Mann und eine Frau. Ein CIC-Agent, John Winstone …«

Mason fluchte wieder unterdrückt.

»Was ist los?«, fragte Abrams.

»Er ist ein Freund von mir. Ich vermute, das andere Opfer heißt Hilda Schmidt.«

»Verdammt. Woher wissen Sie …? Ich werde Sie nicht fragen.«

»Ich war gestern Abend hier.«

»Verdammt …« Das war alles, was Abrams herausbrachte.

Sie betraten die Villa durch die Vordertür und kamen in die weitläufige Eingangshalle. Drei MPs standen vor der Wohnzimmertür.

Abrams fuhr fort: »Winstone hat einen Abschiedsbrief hinterlassen …«

»Einen Abschiedsbrief?«

»Sie werden ihn sich selbst ansehen müssen, Sir, aber er ist ziemlich einfach: ›Von diesem dunklen Ort gibt es keinen Weg zurück. Ich habe so viele Sünden begangen, dass ich nicht mehr weitermachen kann.‹ Sieht für mich nach einem erweiterten Selbstmord aus. Keine Anzeichen für gewaltsames Eindringen, keine Spuren, die zum Haus führen, keine Anzeichen für einen Kampf.«

Sie betraten das Wohnzimmer der Villa. Densmore war schon dort und hockte neben den Leichen von Winstone und Hilda, wobei die Spitzen seiner Schuhe eine Blutlache berührten, die sich auf einem Perserteppich ausbreitete.

Während Mason den Tatort auf sich wirken ließ, musste er darum kämpfen, die Fassung zu bewahren.

Winstone saß im Schneidersitz da und hielt Hildas Kopf in einem leblosen Arm. Er hatte unmittelbar über der rechten Augenbraue ein Einschussloch, und hinter und unterhalb seines linken Ohrs fehlte ein Stück Schädel von der Größe eines Baseballs. Hilda war gefoltert worden: Schnittwunden, Verbrennungen und Blutergüsse waren überall dort zu sehen, wo ihr zerfetztes Nachthemd Haut entblößte. Sie hatte mindestens zehn Stichwunden in Brust und Bauch, die Mason sehen konnte. Aber das Schlimmste war, dass man ihr die Nase, die Lippen und die Ohren abgeschnitten und die Augen ausgestochen hatte, was ihrem Kopf das Aussehen eines grinsenden Totenschädels verlieh, der eine Fleischmaske trug.

Nach vier Jahren als Detective beim Morddezernat in Chicago, zwei Kriegsjahren als Soldat und einigen Monaten in mehreren Kriegsgefangenenlagern hätte Mason inzwischen daran gewöhnt sein sollen, die Auswirkungen menschlicher Grausamkeit anzusehen, aber das war nie der Fall gewesen. Und jetzt betrachtete er die Leichen seines Freundes und einer Frau, die ihm im Verlauf weniger Stunden ans Herz gewachsen war.

Offenbar empfand Densmore nicht die gleichen Gefühle. »Ist das nicht romantisch?«, fragte er.

Mason ignorierte den makabren Scherz und ging zur linken Seite von Hildas Leiche. Er hockte sich hin, um einen besseren Blick auf Winstones Wunde zu bekommen. Die Nähe zu der Leiche ließ ihn frösteln. Er nahm all seine Erfahrung als Detective zusammen und stellte sich vor, dass er irgendeine Leiche untersuchte und nicht die eines Freundes.

Winstones Kopf hing nach vorn, und sein Kinn war in seinem karierten Bademantel vergraben. Sein rechtes Auge war halb offen und voller Blut. Sein linkes Auge und sein Mund waren fest zusammengepresst, als erwartete er den Einschlag des Geschosses.

»Ein erweiterter Selbstmord, wenn ich je einen gesehen habe«, sagte Densmore.

Mason brauchte im Moment unbedingt eine Kippe, aber die Packung blieb in seiner Tasche. Es kam ihm respektlos vor, sich eine anzustecken, auch wenn es den beiden längst nichts mehr ausmachte. Stattdessen seufzte er.

Densmore begann mit einem teilnahmslosen Bericht. »Ein CIC-Agent, John Winstone …«

»Yeah, ich kenne diesen Typ. Ein Freund von mir.«

»Ziemlich schicke Bleibe für einen CIC-Agenten. Was wissen Sie von ihm.«

»Er ermittelte gegen ein paar Ex-Nazis, die er im Verdacht hatte, eine Rattenlinie zu betreiben.«

»Was wissen Sie über die Frau?«

»Hilda Schmidt. Winstones Freundin. Sie schienen sich wirklich zu mögen. Sie arbeitete als Eiskunstläuferin in der Casa Carioca.«

»Eine echte Schönheit. War sie zumindest.«

Mason schloss den Bademantel der Frau, um ihre Nacktheit zu bedecken. Densmores kindischer Humor begann, ihm auf die Nerven zu gehen. Er biss die Zähne zusammen, um nicht impulsiv zu reagieren. Er beugte sich vor, um ein Tranchiermesser zu inspizieren, das rund einen Meter neben Hildas Hand auf dem Boden lag. Die Klinge und der Griff waren von getrocknetem Blut bedeckt.

»Ziemlich deutliche Fingerabdrücke auf dem Griff«, sagte Densmore. »Ich möchte wetten, dass sie von Winstone stammen.«

Oberflächlich besehen schien Densmore recht zu haben. Mason wies auf den Mangel an Blut in Winstones Schoß hin. »Sieht so aus, als sei sie tot gewesen, während er sich hinsetzte und ihren Kopf abstützte. Warum sollte er sich die Mühe machen, sie zunächst mit dem Messer zu bearbeiten, dann in die Arme zu nehmen und sich zu erschießen? Ergibt keinen Sinn.«

»Jetzt machen Sie die Sache nicht komplizierter als nötig.«

Mason zeigte auf die Champagnerflasche, die neben dem offenen Kamin auf der Seite lag, und auf die beiden zerbrochenen Champagnergläser. »Haben sie beschlossen, ihr Schlachtfest zu feiern?«

»Hören Sie, für mich ist die Sache ganz einfach. Er findet heraus, dass sie mit einem anderen fickt, verliert den Kopf und schneidet sie auf. Sobald er wieder klar im Kopf ist, fängt er an zu heulen: ›Was hab ich getan? Oh Gott, was hab ich getan?‹«

Mason schaute zu Abrams hoch, der blass geworden war, während er die beiden Leichen anstarrte. »Sind Sie als Erster am Tatort eingetroffen?«

»Ja, Sir«, sagte Abrams, bevor er auf die Wohnzimmertür zeigte. »Ich und Specialist Tandy.«

»Hat einer von Ihnen beiden die Körperteile der Frau gefunden?«

Abrams schüttelte den Kopf. »Alles war so, wie Sie es sehen. Und es sieht so aus, als sei nichts mitgenommen worden. Seine Brieftasche mit einem Haufen Bargeld und seine gravierte goldene Taschenuhr liegen immer noch auf der Kommode im Schlafzimmer.«

»Und Sie haben das Grundstück durchsucht?«

Abrams nickte. »Wilson und Tandy sind immer noch dort draußen.«

Mason schaute sich Winstones Kopfwunde genauer an. »Seltsame Art, sich zu erschießen. Über der rechten Augenbraue.«

»Vielleicht ist er nervös gewesen und abgerutscht. Oder er hat so stark geheult, dass er nicht richtig zielen konnte. Könnte jede Menge von Gründen geben, warum er sich dorthin geschossen hat.«

»Also sind Sie davon überzeugt, dass das hier ein Selbstmord ist?«

»Es deutet nichts darauf hin, dass es etwas anderes war. Nichts. Und wenn wir mit der Vermutung um uns werfen, dass ein CIC-Agent ermordet wurde, wird das hohe Wellen schlagen.«

Mason schaute zu Densmore hoch, weil ihn dessen Bemerkung überrascht hatte. »Mir gefällt es nicht, andere Möglichkeiten auszuschließen, weil es unseren Job vielleicht komplizierter macht.«

»Sie sind derjenige, der gesagt hat, Sie möchten sich unauffällig verhalten.«

»Das hier ist was anderes. Ich war gestern Abend hier, und keiner von beiden zeigte …«

»Moment, Moment, Moment …«, unterbrach Densmore ihn mit erhobenen Händen. »Sie waren gestern Abend hier?«

»Ich war mit Winstone und Hilda zum Abendessen verabredet, und er lud mich hierher ein.« Mason beschloss, Adele vorerst nicht zu erwähnen. »Wir haben etwas getrunken und uns unterhalten. Sie schienen glücklich miteinander zu sein. Sie hatten einen kleinen Streit, als ich ging, aber die meiste Zeit gab es nur Lächeln und Küsse.«

»Wann sind Sie gegangen?«

»Gegen drei Uhr morgens.«

»So wie es aussieht, würde ich sagen, sie sind heute Morgen sehr früh gestorben. Vielleicht sogar schon um drei Uhr.«

»Ach, hören Sie auf, Pat. Das sollten Sie besser wissen.«

»Nein, sollte ich nicht. Kann irgendjemand bestätigen, dass Sie gegangen sind, bevor sie gestorben sind?«

Mason zögerte. »Ich hatte eine junge Frau dabei. Wir sind zusammen aufgebrochen, und da war niemand im Wohnzimmer. Wie ich schon sagte: Winstone und Hilda hatten einen kleinen Streit, aber ich glaube, es ging dabei darum, dass ich und das Mädchen immer noch hier waren. Sehen Sie, sparen Sie sich die Fragen, wenn Sie wirklich glauben, das hier sei ein erweiterter Selbstmord.«

»Glauben Sie das denn?«

Mason dachte einen Moment nach. »Er hat vor etwas mehr als einem Monat ein Sicherheitsteam engagiert, weil er sich wegen der Ermittlungen zu einer Rattenlinie Sorgen machte. Aus demselben Grund hat er mich gebeten, bei ihm zu bleiben.«

»War das Team letzte Nacht hier?«

»Er hatte kein Vertrauen zu ihnen und hat sie vor ungefähr einem Monat entlassen.«

»Er hat sich solche Sorgen gemacht, dass er das Team feuerte und Sie bat, über Nacht zu bleiben?«

Mason musste zugeben, dass Densmore nicht ganz unrecht hatte.

»Ich frage Sie noch einmal«, sagte Densmore. »Auf der Grundlage dessen, was wir vor uns haben: Was glauben Sie?«

Mason hatte einen Verdacht, aber er seufzte und antwortete: »Alles scheint in diese Richtung zu deuten.« Er schämte sich dafür, das zu sagen, aber Winstone und Hilda hatten tatsächlich einen heftigen Streit. Trotzdem erklärte das nicht einen derart brutalen Mord.

Densmore starrte ihn einen Moment an. Mason wich dem Blick aus, indem er zurückging, um sich den Tatort anzuschauen. Ein gerahmtes Foto von zwanzig mal fünfundzwanzig Zentimetern auf dem Kaminsims fiel ihm ins Auge. Er schritt hinüber und nahm es in die Hand, um es genauer zu betrachten. Es war ein Reklamefoto von der Casa Carioca mit sieben tanzenden Mädchen in glitzernden Kostümen vor einem zwanzigköpfigen Orchester. Um Hildas Gesicht war ein Kreis mit dem Wort *ich!* gezogen, und unten war das Foto mit einem Autogramm versehen, in dem Mason *Hilda* erkennen konnte.

Als er die lächelnde junge Frau mit ihren Augen voller

Hoffnung und jugendlicher Energie betrachtete, kam ihm ihre Entstellung noch tragischer vor, und er begann, die vertraute schwelende Wut zu fühlen. Er stellte das Foto wieder an seinen Platz. »Wenn Winstone sie verstümmelt hat, was hat er dann mit den Teilen ihres Gesichts gemacht? Warum sollte er sie verschwinden lassen und die Leiche lassen, wo sie war.«

»Sie fangen ja schon wieder an.«

»Und warum Nase, Lippen, Ohren und Augen? Wenn er sie aus Eifersucht entstellen wollte, hätte er ihr eigentlich das Gesicht aufschlitzen sollen, nicht so etwas.«

»Ich weiß nicht, was in seinem Kopf vorgegangen ist, und Sie auch nicht.«

Mason beschloss, nicht näher auf seinen Verdacht einzugehen. »Ich weiß, dass er einen Koch hat, der auch als Butler für das Haus fungiert. Bei einer solchen Villa muss er noch weiteres Personal gehabt haben.«

»Außer dem Koch gibt es noch zwei Bedienstete«, sagte Densmore.

»Hat schon jemand mit ihnen gesprochen?«

»Ich bin hier fünf Minuten vor Ihnen angekommen.«

»Der Koch ist derjenige, der sie gefunden hat«, sagte Abrams. »Er sagt, dass er heute Morgen gegen sieben hier reingekommen ist und sie so gefunden hat. Offensichtlich sind die beiden Dienstboten, ein älterer Mann und seine Frau, seit gestern Morgen verreist. Man rechnet damit, dass sie morgen mit dem Zug zurückkommen.«

»Wo ist der Koch?«, fragte Densmore.

»Wir haben ihn in der Bibliothek.«

»Warum haben Sie mir das nicht gesagt, als ich hier ankam?«, blaffte Densmore.

»Sie haben nicht gefragt.«

Mason unterdrückte ein Lächeln. Die meisten anderen Ermittler und MPs hielten nichts von Densmore. Er behandelte die unteren Chargen herrisch und redete bis zum Erbrechen über seine Erfahrungen als Cop in St. Louis.

Densmore fixierte Abrams mit wütendem Blick. »Sonst noch was, was Sie mir aus dem Grund nicht sagen wollten, weil ich nicht gefragt habe?«

Abrams schaute Mason Hilfe suchend an.

»Hat jemand die Leute von der Spurensicherung und den Pathologen benachrichtigt?«, fragte Mason Abrams.

»Die Spurensicherer waren an einem anderen Tatort beschäftigt, aber sie dürften jeden Moment hier sein. Der Pathologe ist zu einem medizinischen Gipfeltreffen in Frankfurt, und deshalb schickt uns das Krankenhaus einen Arzt, aber das kann Stunden dauern.«

»Dann lassen Sie den deutschen Pathologen kommen«, sagte Mason.

»Ja, Sir«, erwiderte Abrams und zog sich zurück; er machte einen erleichterten Eindruck, weil er Densmores wütendem Blick nicht mehr ausgesetzt war.

»Verdammte Frischlinge …« Densmore seufzte. »Wir haben es in dieser Stadt mit Schwerverbrechern zu tun, und die Einheit wird geführt wie das Sheriffsbüro einer Kleinstadt. Damals, als ich in St. Louis war, hätten wir ein ganzes Team abgestellt, das hier ausschwärmen …«

»Gehen wir mit dem Koch reden«, sagte Mason.

Densmore machte einen verärgerten Eindruck, weil er unterbrochen wurde, aber er verstand die Botschaft. »Unbedingt. Gehen wir mit dem Kraut reden.«

Sie durchquerten das breite Esszimmer mit seinen mahagonigetäfelten Wänden und der kunstvoll verzierten Stuckdecke. Am gegenüberliegenden Ende kamen sie zu einer Tür, die von einem MP bewacht wurde. Der MP trat beiseite, um den Weg freizugeben.

»Der Typ sollte angebunden werden, Sir«, sagte der MP. »Ein echtes Nazi-Arschloch.«

»Vielen Dank für die professionelle Einschätzung, Private«, sagte Mason.

Die beiden Ermittler betraten einen Raum mit Bücherregalen, die vom Boden bis zur Decke reichten. In der hinteren Wand boten hohe Fenster einen Blick in einen weitläufigen Garten, der unter einer Schneedecke begraben lag. In einer Ecke saß Winstones Butler und Koch Otto Kremmel, und als er Mason wiedererkannte, schoss er aus dem schweren Ledersessel hoch. »Warum werde ich hier gefangen gehalten?«, bellte er auf Deutsch.

Mason stellte Densmore vor.

»Ich habe diesen Vorfall nur den Behörden gemeldet«, fuhr Kremmel fort, »und jetzt werde ich eingesperrt, als wäre ich schuldig.«

»Sprechen Sie Englisch?«, fragte Densmore.

Kremmel warf Densmore einen verächtlichen Blick zu. »Ich spreche Englisch, Italienisch, Polnisch und Russisch.«

»Englisch reicht, Herr Kremmel«, sagte Mason.

»Sie sind ziemlich gut gebildet für einen Koch, Herr Kremmel«, sagte Densmore.

»Ich bin kein Koch. Ich bin Küchenchef, und ich habe für einige der besten Familien in Deutschland Küchen geleitet.«

»Wieso steht ein Nazi-Küchenchef für einen Captain der amerikanischen Army am Herd?«, fragte Densmore.

»Ich bin kein Nazi!«

Mason und Densmore erstarrten beide, als Kremmel nach irgendwas in der Brusttasche seines Jacketts griff. Kremmel öffnete seine Brieftasche und zog eine Handvoll Papiere heraus. »Meine Entnazifizierungsbescheinigung und meine Ausweispapiere.«

»Stecken Sie die wieder weg, Herr Kremmel«, sagte Mason. »Die brauchen wir nicht zu sehen. Uns wurde mitgeteilt, dass Sie sich heute Morgen gegen sieben Uhr Zutritt zum Haus verschafft haben.«

»Genau genommen um zwei nach sieben. Ich klopfe immer zweimal im Abstand von einer Minute. Wenn niemand an die Tür kommt, bin ich befugt, einzutreten und mit meinem Tagwerk zu beginnen.«

»Und um wie viel Uhr haben Sie gestern Abend das Haus verlassen?«

»Sie haben mich gehen sehen, Sir. Um dreiundzwanzig Uhr.«

»Machte Agent Winstone einen in irgendeiner Weise erregten, nervösen oder wütenden Eindruck auf Sie?«, fragte Densmore.

Kremmel schaute Mason verwundert an und wandte sich dann wieder an Densmore. »Er machte einen ziemlich fröhlichen Eindruck.« Er schaute wieder zu Mason hinüber. »Sir, Sie können bestätigen, was ich hier sage.«

»Ich stelle die Fragen«, meinte Densmore. »Hat Agent Winstone von irgendjemandem gesprochen, der ihm oder Miss Schmidt möglicherweise etwas antun wollte? Gab es irgendeinen heftigen Streit mit anderen Besuchern oder am Telefon?«

»Nicht nach meiner Kenntnis.«

»Aber Agent Winstone hat vor ungefähr einem Monat ein Sicherheitsteam engagiert, nicht wahr?«, mischte sich Mason ein.

»Ja, aber das dauerte nur eine Woche. Er kam zu dem Schluss, dass es eine Geldverschwendung sei, und hat sie entlassen.«

»Würden Sie sagen, dass Miss Schmidt und Winstone gut miteinander auskamen?«

Kremmel sah sowohl Mason als auch Densmore lange an, als wolle er sich seine Antwort gut überlegen. »Falls Sie meinen, ob sie sich gestritten haben oder wilde Auseinandersetzungen hatten – nicht dass ich wüsste.«

»Sie arbeiten hier auch als Butler, nicht wahr?«, fragte Mason. »Einige Stunden mehr als zur Vorbereitung der Mahlzeiten erforderlich?«

»Ja. Am Samstagabend darf ich nach Hause gehen, um den Sonntag mit meiner Frau zu verbringen.«

»Winstone hat Sie weggeschickt und den Dienstboten den Tag freigegeben. Ist es ungewöhnlich, dem ganzen Personal am gleichen Abend freizugeben?«

»Vielleicht, aber ich habe nicht die Gewohnheit, Wünsche meiner Arbeitgeber infrage zu stellen.«

Auf Kremmels Stirn wurden Schweißperlen sichtbar. Sein Blick ging ins Leere, wenn er nachdachte. Mason beobachtete ihn genau. Es gab etwas, mit dem Kremmel hinter dem Berg hielt, aber bevor er ihn deswegen unter Druck setzen konnte, platzte Densmore heraus: »Otto, wissen Sie einen Grund, warum Agent Winstone Fräulein Schmidt und dann sich hätte umbringen sollen?«

Kremmels Augen weiteten sich. »Nein. Bestimmt nicht.«

Densmore schaute sich in dem Zimmer um, nahm die teuren Möbel und die allem Anschein nach seltenen und wertvollen Bücher in Augenschein. »Wissen Sie, ob all diese feinen Sachen von den früheren Eigentümern zurückgelassen wurden? Oder hat Agent Winstone sie erworben?«

»Agent Winstone hat mich einen Monat, nachdem er sich hier niedergelassen hatte, in seinen Haushalt geholt.«

»Soll das heißen, Sie wissen es nicht?«

»Genau das soll es heißen. Ich weiß allerdings, dass es sich bei den früheren deutschen Eigentümern um ein älteres Ehepaar handelte und dass sie sich zum Schluss nicht mehr um das Haus gekümmert haben. Ich weiß nichts über die Möbel, aber ich war dabei, als Agent Winstone umfangreiche Renovierungen durchführen ließ. Er war sehr angetan von diesem Haus und hat eine große Menge Geld in die Reparatur der vielen Löcher und Risse gesteckt. Dieser Raum beispielsweise war eins seiner Lieblingszimmer. Er war in einer schrecklichen Verfassung. Der Fußboden, die Fenstertüren und Teile der Fassade sind vollständig repariert oder ersetzt worden.«

Densmore blies sich in die Hände. »Man sollte annehmen, dass er die Reparatur der Heizung an die Spitze der Liste gesetzt hätte.«

»Agent Winstone hat die Kohleheizung überholen lassen, aber er hat sie nicht gerne benutzt«, sagte Kremmel. »Er hat es vorgezogen, den offenen Kamin anzumachen, wenn er es warm haben wollte.«

Densmore Gesicht nahm einen durchtriebenen Ausdruck an. »Es muss hart für Sie gewesen sein, nachdem Sie für die reichsten Familien in Deutschland gekocht hatten, schließlich für einen amerikanischen Soldaten zu arbeiten.«

Kremmel tupfte sich mit seinem Taschentuch die Lippen ab. »Bitte, meine Herren, darf ich jetzt gehen? Dieser … Vorfall hat mich ziemlich verstört.«

Mason holte einen Bleistift und seinen Notizblock heraus und reichte sie Kremmel. »Schreiben Sie Ihre Adresse auf, falls wir noch weitere Fragen haben.«

Kremmel schrieb mit leicht zittriger Hand seine Adresse hin. Als er damit fertig war, verbeugte er sich und ging zur Tür.

»Ach, noch eine Sache, Herr Kremmel«, sagte Mason. »Es

ist nur für die Akten. Mein Boss möchte Details wissen, Sie verstehen ... Wo hatten Sie Ihre letzte Stellung als Küchenchef eines Haushalts?«

Kremmel zögerte.

»Wir könnten nachsehen, aber so würden wir etwas Zeit sparen.«

Kremmel nahm fast wieder Habachtstellung ein, aber sein Mund verzog sich. »Mein letzter Arbeitgeber war die Familie Krupp.«

Densmore klappte der Unterkiefer runter. »Der Nazi-Industrielle Krupp? Und Sie sind entnazifiziert worden?«

»Um die Mahlzeiten einer Familie zuzubereiten, muss man nicht ihre politischen Überzeugungen teilen.«

Mason trat einen Schritt vor und sah Kremmel tief in die Augen. »Wer hat Ihre Entnazifizierungskarte unterschrieben?«

Kremmels Augen zuckten nervös zwischen den beiden Ermittlern hin und her. »Na ja, Mr. Winstone.«

»Warum sollte er das persönlich getan haben? Lag es daran, dass er einen guten Koch haben wollte, oder gab es einen anderen Grund?«

»Ich habe nichts Schlimmes getan. Und jetzt werde ich nur deshalb drangsaliert, weil ich meine Bürgerpflicht getan und Mr. Winstones Tod gemeldet habe.«

»Wir können Ihre Bescheinigung noch einmal überprüfen lassen, Herr Kremmel.«

»Bitte, Sir. Warum würden Sie so etwas tun wollen? Ich schwöre Ihnen, dass ich sonst nichts weiß.«

Der Mann war kurz davor, in Tränen auszubrechen, und Mason wusste, dass er nichts mehr aus ihm herauskriegen würde, ohne ihn richtig unter Druck zu setzen – falls es überhaupt noch etwas gab, was herauszukriegen war. Obwohl er den Verdacht hatte, dass der Mann mehr wusste, als er sagte, ließ Mason ihn gehen. Und während er das tat, hatte er das deutliche Gefühl, dass alle – von Kremmel über Densmore bis hin zu Masons obersten Vorgesetzten – ein persönliches Interesse daran hatten, dass von diesem Fall nichts mehr zu hören war.

ACHT

Als Mason und Densmore ins Wohnzimmer zurückkehrten, stellten sie fest, dass die Spurensicherer eingetroffen waren – genau genommen ein Spurensicherer, ein Fotograf und zwei MPs, die eine oberflächliche Ausbildung im Sichern von Fingerabdrücken und Tatortarbeit erhalten hatten. Einer maß Abstände mit einem Maßband und trug die Angaben in seine Zeichnung von den Leichen und dem Zimmer ein. Die anderen beiden waren mit Pinseln und Puder zugange. Blitze vom Fotoapparat tauchten die Leichen in ein geisterhaftes Licht.

Abrams führte einen knochigen, grauhaarigen Mann zu Mason und Densmore. »Dies ist Dr. Saltzmann.«

Der Arzt tippte an seinen Hut. »Sehr erfreut. Ich habe gezögert, die Opfer zu untersuchen, weil ich nicht sicher war, ob Sie mit ihnen fertig sind.«

»Klar, yeah, vielen Dank dafür«, sagte Mason. »Fahren Sie fort, Doc.«

Als der Arzt wegging, sagte Abrams: »Sieht mehr aus wie ein Bestattungsunternehmer als wie ein Arzt.«

»In diesem Fall hier«, sagte Mason, »ist es ungefähr dasselbe.«

Mason sah einen Augenblick zu, wie der Arzt Hildas Leiche untersuchte, bevor er Abrams anwies, mit zwei MPs die Häuser in der Nachbarschaft abzuklappern, während er und Densmore die Villa durchsuchten.

Die Zimmer im Erdgeschoss ergaben nicht viel. Das Untergeschoss bestand aus mehreren Räumen, aber der Weinkeller schien der einzige zu sein, der in den letzten Jahren benutzt worden war. Schließlich kamen sie in den ersten Stock und zu den fünf Schlafzimmern. Das Bett, in dem Mason und Adele miteinander geschlafen hatten, war noch nicht gemacht, und Mason fühlte sich verpflichtet, Densmore mitzuteilen, dass sie dort zwei Stunden verbracht hatten. Sie beendeten ihre Durchsuchung in Winstones Schlafzimmer. Der Raum war mit eleganten Biedermeier-Möbeln eingerichtet, zu denen auch das Himmelbett gehörte, und auf dem Boden lagen Perserteppiche.

»All das hier für einen Mann«, sagte Densmore. »Vielleicht sollte ich mich um einen Job beim CIC bemühen.«

Damit hatte Densmore nicht ganz unrecht: Eine Villa mit acht Schlafzimmern schien für einen Geheimdienstoffizier eine Menge zu sein; allerdings waren die schönsten Villen und Châteaus für hochrangige Army-Offiziere und Beamte der Militärregierung konfisziert worden, von denen viele wie Könige lebten.

Mason warf einen Blick auf die Oberfläche einer Dreierkommode. Winstones goldene Taschenuhr und seine Brieftasche mit fünfhundert Dollar darin lagen dort, ganz wie Abrams gesagt hatte. Hilda hatte auch eine Reihe ihrer persönlichen Dinge dazugelegt. Er schaute durch die Schubladen – Winstones Sachen lagen auf der einen Seite und Hildas auf der anderen, fand aber nichts Interessantes. Winstone hatte eine Sammlung von Fotos mit seiner Frau und seinen beiden Töchtern unter seinen Socken versteckt – was Zeugnis für die Gefühle ablegte, die er in letzter Zeit für seine Familie in den Staaten hegte. Normalerweise wäre es die Sache seiner unmittelbaren Vorgesetzten beim CIC, Winstones Familie von seinem Tod zu benachrichtigen, aber da Mason Winstones Frau persönlich kannte, beschloss er, sie anzurufen und ihr die schlechte Nachricht zu überbringen.

Densmore klapperte in dem Kleiderschrank herum, und Mason ging zu einem verschnörkelten Schreibtisch aus dem achtzehnten Jahrhundert, der unter einem breiten Fenster stand, durch das man einen Blick auf Garmisch hatte. Alle Schreibtischschubladen waren in unregelmäßigen Winkeln herausgezogen worden. Auf der Platte des Schreibtischs und auf dem Boden lagen Papiere verstreut.

»Jemand hat Winstones Schreibtisch durchstöbert«, stellte Mason fest. »Alles andere, was wir durchsucht haben, ist hübsch ordentlich gewesen. Er hat sogar seine Unterwäsche dreimal gefaltet.«

»Vielleicht hatte er eine schlampige Arbeitseinstellung. Und schauen Sie sich das hier an.« Densmore zog zwei Koffer hinter den Kleidern im Schrank hervor. Er warf sie aufs Bett und klappte sie auf. »Einer für ihn und einer für sie. Alles was man für ein romantisches Wochenende irgendwo braucht.«

»Oder um aus der Stadt zu verschwinden. Er schickt den Butler nach Hause und gibt den Dienstboten einen freien Tag. Er hat Geld genug in der Brieftasche, um …«

Densmore schnitt ihm das Wort ab. »Er lädt Sie und ein Mädchen für einen feuchtfröhlichen Abend ein. Sie sind immer noch in ihren Schlafanzügen und trinken Champagner. Wie passt das dazu, dass sie sich aus der Stadt davonmachen wollen?«

»Ich weiß nicht, was ich aus irgendwas von dem hier machen soll. Aber ich habe immer noch Schwierigkeiten mit der Mord-und-Selbstmord-Theorie.«

»Hören Sie, ich hatte mal einen Mordfall, wo der Typ ein Candle-Light-Dinner mit allem Drum und Dran für seine Frau zubereitet hat, und dann erwürgt er sie mittendrin. Menschen handeln oft ohne Sinn und Verstand.«

Mason ließ Densmore weiterreden über seine Fälle als Detective in St. Louis, während er ein Taschentuch benutzte, um den Inhalt der Schreibtischschubladen durchzugehen: Briefe von Winstones Frau, ein paar Kurzmitteilungen vom CIC in Frankfurt, ein paar Lokalzeitungen aus Schenectady, New York, Winstones Geburtsstadt, aber nichts, was er gebrauchen konnte. Zwischen den Papieren in der obersten Schublade fand er eine kleinere Version des Fotos von Hilda und ihren Eiskunstlauf-Kolleginnen in der Casa Carioca. Er steckte das Foto in seine Tasche und machte die Schublade zu.

Zwei Stunden später trat Mason hinaus auf die Veranda von Winstones Villa und zündete sich eine Zigarette an. Er musste das Streichholz mit einer Hand vor dem beißenden Wind schützen.

Densmore gesellte sich zu ihm und machte sich selbst eine Zigarette an. »Ein Abschiedsbrief, keine Anzeichen für ein gewaltsames Eindringen. Wir müssen uns noch Fingerabdrücke von den Dienstboten und der Frau besorgen, mit der Sie hier waren, aber ich bezweifle, dass wir andere Abdrücke finden als die der Opfer, des Personals und von Ihnen und Ihrer Freundin. Die Spurensicherer haben die Abdrücke Winstones auf dem Messer und auf der Pistole identifiziert. Sie sagen, die beiden hätten sich gestritten, als Sie gegangen sind. Und bei der Durchsuchung haben wir nichts Verdächtiges gefunden.«

»Wir haben noch die Autopsie vorzunehmen. Und ich will mir Winstones Büro im CIC ansehen und feststellen, was er hier unten vorhatte.« Mason berichtete Densmore von seinem Gespräch in Winstones Wagen am Tag davor in der Nähe des Steinadlers. »Nachdem er mir Vorhaltungen gemacht hatte, weil ich seine Ermittlungen vermasselt hätte, erzählte er mir, dass er vermute, eine neue Gruppe von Anführern sei in die Stadt gekommen und käme allmählich ans Ruder. Und dass die anderen Gangsterbosse es mit der Angst zu tun bekämen.«

»Hat er gesagt, wer?«

»Das wollte er nicht sagen, bevor er sicher war und genug Material hatte, um es zu beweisen.«

»Und das ist der Grund, warum Sie so interessiert an seinem Schreibtisch waren?«

»Sein Schreibtisch war die einzige Stelle im Haus, die Zeichen von Unordnung aufwies. Wenn man herausfindet, warum jemand seinen Schreibtisch durchstöbert hat, findet man vielleicht auch heraus, warum er ermordet wurde. Vielleicht haben sie Hilda vor seinen Augen gefoltert, um ihn zum Reden zu bringen.«

»All das entnehmen Sie einem unordentlichen Schreibtisch und einer wenig präzisen Stellungnahme von Winstone?«

Mason zuckte mit den Achseln. »Meine Oma hat immer gesagt, ich hätte eine wilde Fantasie.«

»Und jetzt wollen Sie sich sein Büro beim CIC vornehmen?«

»Ich weiß, was Sie sagen werden: Das CIC hat nicht die Absicht, uns die Schreibtische eines seiner Agenten durchwühlen zu lassen.«

»Das ist richtig. Selbst wenn Sie einen Befehl von Gamin vorweisen können, bezweifle ich, dass Sie irgendetwas erreichen.«

»Dann gehe ich mit der Sache zu General Pritchard.«

»Da wünsche ich Ihnen viel Glück.«

Theoretisch konnten CID-Agenten im Rahmen strafrechtlicher Ermittlungen die höchstrangigen Offiziere vernehmen, aber in der Praxis kam es selten dazu.

»Ich will trotzdem dort hingehen und es versuchen. Zumindest mit ein paar Leuten reden.«

»Dann werde ich mitkommen, um dafür zu sorgen, dass Sie nicht über Ihre eigenen Füße stolpern. Sie sind wie der Typ, der versucht, in ein brennendes Haus zu laufen, um seine Katze zu retten, während alle anderen sich abstrampeln, um ihn vor seiner eigenen Dummheit zu bewahren.«

Das Hauptquartier von Garmischs Abteilung des Counter Intelligence Corps befand sich in einer großen Villa im Süden der Stadt, die mit ihren allgegenwärtigen, mit floralen Mustern bemalten weißen Stuckwänden, einem Steildach aus roten Ziegeln und einem bogenförmigen Eingang in ein Märchen gepasst hätte. Gegen Ende des Kriegs hatte sie als sicherer Zufluchtsort für mehrere Spitzenfunktionäre der Vichy- und Mussolini-Regierung im Exil gedient. Bis zu dem Moment, als das CIC beschloss, dass diese hübsche Villa sich besser zum Hauptquartier einer Einheit des Army-Geheimdiensts eignen würde.

Abrams fuhr mit der olivfarbenen Limousine auf den Parkplatz der Villa und pfiff durch die Zähne. »Warum können wir nicht so eine Villa haben, in der wir arbeiten? Glauben Sie, die haben eine freie Stelle für einen ehrgeizigen jungen Mann wie mich?«

»Die haben das Wort ›Intelligence‹ in ihrem Namen«, sagte Mason. »Damit dürften Sie keine Chance haben.«

»Ein Jammer, dass Sie nicht ins Kabarett gegangen sind.«

Mason, Abrams und Densmore stiegen aus dem Auto und überquerten den kleinen Parkplatz. Ein paar Army-Fahrzeuge waren darauf verteilt, aber mehrere Mercedes, Porsche und sogar ein seltener Horch 855 nahmen die besten Parkbuchten ein.

»Erst Winstones Villa, dann dieses Märchenhaus und die Autos hier draußen«, sagte Abrams. »Diese Jungs verstehen sich aufs gute Leben.«

Densmore wandte sich an Mason: »Denken Sie drüber nach: Sie und ich verdienen rund zweihundertzwanzig Dollar im Monat. Ungefähr das Gleiche, vielleicht ein bisschen mehr, in den Staaten. Ich mache es niemandem zum Vorwurf, wenn er versucht, etwas Knete nebenbei zu verdienen. Wenn wir schlau wären, täten wir das auch.«

Mason erwiderte nichts darauf. Er hatte in der vergangenen Nacht vom guten Leben probieren dürfen, und es hatte ihm geschmeckt. Sehr. Das war es, was ihm Angst machte. Er hatte zu viele Cops in das schwarze Loch fallen sehen, aus dem sie nie wieder rausgekrochen kamen.

Sie betraten das riesige Erdgeschoss, das eher den Eindruck des Foyers eines Luxushotels machte. Sie zeigten dem uniformierten Angestellten am Empfang ihre Ausweise und erklärten ihm, was sie wollten. Der Mann ging ein Stück den Flur entlang bis zur Tür eines Büros, klopfte, trat ein und kam ein paar Momente später wieder zurück.

»Major Tavers ist bereit, Sie zu empfangen. Zweite Tür links.«

Die drei Ermittler hielten sich an ihre Instruktionen und betraten ein kleines, aber elegantes Büro, dessen Oberflächen weitgehend mit Papieren und Landkarten übersät sowie mit überquellenden Aktenschränken vollgestellt waren. Major Tavers sah nicht älter als vierzig aus, aber die Schwerkraft zog sein Gesicht bereits in Richtung Erde, was ihm den Ausdruck eines abgemagerten Bluthunds verlieh. Seine vollen Lippen, der einzige Gesichtszug, der dem Verfall widerstanden hatte, schienen zu einer permanenten Grimasse verzogen zu sein.

»Worum geht es hier denn überhaupt?«, fragte Major Tavers lethargisch, als sei er von dem Gespräch schon gelangweilt. »Ist Ihnen einer meiner Agenten auf die Füße getreten?«

Densmore gab Mason das Zeichen, die Beantwortung dieser Frage zu übernehmen, und deshalb sagte er: »Sir, Agent Winstone ist heute Morgen tot in seiner Villa aufgefunden worden.«

»Und? Ist er im Schlaf gestorben?«

Mason wollte ihn schon fragen, welche Art von »Intelligenz« ihn angesichts der Anwesenheit von drei Ermittlern der CID in seinem Büro zu dieser Schlussfolgerung veranlasst hatte, antwortete aber stattdessen: »Nein, Sir, er hat eine Schusswunde in seinem Schädel …«

»Keine Zeichen für einen Kampf«, sagte Densmore. »Kein gewaltsamer Eintritt, und es gab einen Abschiedsbrief.«

Mason warf Densmore einen wütenden Blick zu, bevor er sich wieder dem Major zuwandte.

»Hat der Mann Selbstmord begangen?«, fragte Tavers.

»Wir sind uns da nicht so sicher«, gab Mason zurück. »Seine Freundin Hilda Schmidt war bei ihm. Sie wurde verstümmelt, und es wurde mehrfach mit einem Messer auf sie eingestochen. Wir ziehen alle Möglichkeiten in Betracht.«

»Na ja, meine Herren, was ist es? Mord oder Selbstmord?«

Densmore ergriff das Wort. »Mein Kollege vermutet, dass da noch andere Hände im Spiel waren, aber bislang deuten die Indizien darauf hin, dass Agent Winstone seine Geliebte ermordet und dann sich selbst umgebracht hat.«

»Herr im Himmel«, sagte Travers.

»Sir«, sagte Mason. »Ich kannte Agent Winstone und habe

letzte Nacht einige Zeit mit ihm und Hilda Schmidt verbracht. Ich habe nichts bemerkt, was darauf hinweist, dass er vorhatte, Stunden nach meinem Aufbruch seine Freundin zu ermorden oder sich zu erschießen.«

»Dass Sie beide zu verschiedenen Ergebnissen kommen, gibt mir kein großes Vertrauen.«

»Wir sind hier, um festzustellen, ob Sie oder einer Ihrer Agenten vielleicht irgendwelche Informationen haben, die Licht auf diese Situation werfen könnten. Ich finde, das schulden wir seiner Witwe.«

»Was für einen verdammten Unterschied macht das?«, fragte Tavers. »Er ist tot. Sie reden von zwei verschiedenen Problemen. Jedes von beiden stinkt.« Er ließ sich mit einem Seufzer zurücksinken. »Wenigstens muss ich mir deswegen keine Kopfschmerzen machen. Aber ihr Jungs entscheidet besser schnell, ob eine Chance besteht, dass ein Mörder einen von uns umgebracht hat.«

»Aus dem Grund sind wir hier«, sagte Mason. Er wartete, aber der Major sagte nichts. »Kannten Sie Agent Winstone gut?«

»Er stand nicht unter meinem Kommando. Er ist mit einem besonderen Auftrag hierhergekommen und hat seine Aktionen mit General Pritchard abgestimmt.«

»Hat er von irgendwelchen Aspekten seiner Untersuchung anderen erzählt? Vielleicht irgendwas, das einen Grund zu erkennen gibt, warum irgendjemand oder eine Gruppe seinen Tod wünschte.«

»Nur die allgemeinen Parameter. Nichts Konkretes …« Er brach ab und schaute Mason an. »Jetzt erinnere ich mich. Sie waren derjenige, der in seine Ermittlungen reingeplatzt ist.«

»Dieselben Leute. Unterschiedliche Gründe.«

Tavers grunzte.

»Sir«, begann Densmore, »hat Agent Winstone irgendetwas gesagt oder getan, was Sie in Erwägung ziehen lassen könnte, dass er daran gedacht hätte, sich das Leben zu nehmen?«

Tavers dachte einen Moment nach. Mason fand, dass er sich ein bisschen zu viel Zeit dafür nahm, die Sachen auf seinem Schreibtisch zu mustern, als ob er versuchte, die mit einem Mordfall verbundenen Kopfschmerzen und die sich aus einem Selbstmord ergebenden gegeneinander abzuwägen. Schließlich sagte er: »Er machte manchmal einen verdrossenen Eindruck. Frustriert über den Mangel an Fortschritten mit seinem Fall.«

Mason fand das interessant, weil es das Gegenteil von dem war, was Winstone ihm gegenüber geäußert hatte.

»Irgendwelche Anzeichen von Besorgnis?«, fragte Densmore. »Stimmungsschwankungen? Depressionen?«

»Ich spreche nicht gern über das Privatleben eines Menschen. Und ich bin kein Experte in psychologischen Fragen.«

»Das verstehen wir, Sir, aber auch Beobachtungen, die Ihnen nebensächlich erscheinen, könnten uns helfen, die Todesursache zu bestimmen.«

»Er hatte starke Stimmungsschwankungen. Die meisten anderen Agenten gingen ihm aus dem Weg. Er hatte die meiste Zeit nur die beiden Deutschen bei sich, wie zwei Wachhunde. Ich habe keine Ahnung, warum sein Benehmen so widersprüchlich war. Ich habe gehört, das Trauma des Kriegs könne Männer dazu bringen, sich das Leben zu nehmen. Wenn das hier der Fall ist, gilt seiner Witwe mein tiefstes Mitgefühl.«

Ein trauriges Schweigen machte sich zwischen Tavers und Densmore breit, als käme es zu einem stillen Gebet für den armen verstörten Veteran, der Selbstmord begangen hatte.

Mason glaubte nichts davon. Und Densmore tat sein Bestes, um Tavers durch ein Minenfeld voller Lügen zu führen.

Mason brach das Schweigen. »Agent Winstone erwähnte, er habe Informanten im Inneren mehrerer kleiner Banden. Ich würde gern mit ihnen reden.«

»Selbst wenn ich wüsste, um wen es sich handelte, kommt das nicht infrage. Das sollten Sie besser wissen als sonst jemand.«

»Wir hätten auch gern die Erlaubnis, sein Büro zu durchsuchen«, fuhr Mason fort.

»Auch indiskutabel.«

»Wenn das hier ein Mord ist, dann besteht eine hohe Wahrscheinlichkeit, dass er etwas mit seiner Untersuchung von Rattenlinien der Nazis zu tun hat. Er hat mir gegenüber sogar davon geredet, dass er Informationen hätte, die möglicherweise die Aktivitäten der Verbrecherbanden aufdecken könnten. Sie waren für ihn zu sensationell, um mir etwas davon zu verraten. Wenn wir also Zugang zu seinen Akten ...«

»Zugang zu Geheimdienstakten?«, fragte Tavers. »Sind Sie wahnsinnig?«

»Sir, seine Akten könnten zu den Mördern führen. Wir haben die Befugnis ...«

»Zeigen Sie her. Zeigen Sie mir konkrete Befehle, die Ihnen diese Erlaubnis erteilen, und zwar von jemandem, der in der Kommandostruktur höher steht als Bronco Bob Gamin. Jemand, der so viel Einfluss hat, dass es mir nicht scheißegal ist. In der Zwischenzeit hören Sie auf, mir die Zeit zu stehlen. Und jetzt verschwinden Sie hier. Alle drei.«

Draußen auf der Treppe, die hinunter zum Parkplatz der Villa führte, blieb Densmore stehen, um sich eine Zigarette anzuzünden. »Ich habe Ihnen ja gesagt, wie das hier ausgehen würde.«

»Was zum Teufel haben Sie dort drinnen gemacht? Sie haben mich mit dieser Art von Befragung regelrecht torpediert.«

»Ich versuche, Ihren Arsch zu retten. Wenn Sie das hier unbedingt als Mord behandeln wollen, werden Sie den Hauptverdächtigen abgeben. Sie waren letzte Nacht dort, Kumpel. Ihre Fingerabdrücke sind im ganzen Haus verteilt. Die einzigen sichtbaren Spuren, von den beiden Opfern abgesehen, sind von Ihnen. Ich kann absolut nicht begreifen, warum Sie sich in die Bredouille bringen wollen, es sei denn, Sie sind ein gottverdammter Narr.«

»Warum sollte ich Mord ins Spiel bringen, wenn ich ihn begangen hätte?«

»Ich kenne eine Menge Mörder, die geschnappt werden wollten. Ist das der Fall? Wenn Sie versuchen, mir dazwischenzufahren, werde ich Ihnen diese Sache anhängen.«

»Ich habe diese Leute gekannt. Bei all seinen Fehlern war Winstone ein guter Mann und nicht der selbstmordgefährdete Typ. Und die junge Frau hatte ihr ganzes Leben noch vor ihr. Irgendjemand hat dieses wunderschöne Gesicht von ihr verstümmelt und beiden das Lebenslicht ausgeblasen. Wahrscheinlich hat man sie gefoltert und ihn zuschauen lassen. Niemand sollte damit straflos davonkommen. Und ganz bestimmt nicht nur deshalb, weil es den Job komplizierter machen könnte. Und das weniger als vierundzwanzig Stunden nach dem Mord an diesen Gangsterbossen im Stil einer Hinrichtung …«

»Mason, hören Sie auf. Es ist schlimm genug, dass Sie aus einem offensichtlich klaren Fall einen Mord machen wollen … Aber außerdem noch ein verbrecherisches Komplott ins Spiel zu bringen? Ich lasse mich nicht mit Ihnen in den Treibsand ziehen.«

»Warum sind Sie so wild entschlossen, einen Selbstmord daraus zu machen? Was haben Sie damit vor? Haben Sie Angst, oder liegt es in Wahrheit daran, dass Sie in die Sache verwickelt sind?«

»Sie können sich den Rest sparen!«, zischte Densmore. »Ich hab die Nase voll davon, Ihnen den Arsch zu retten, und sagen Sie nicht, dass ich Sie nicht gewarnt hätte. Wenn Sie den falschen Leuten auf den Sack gehen, haben Sie mehr, worüber Sie sich Sorgen machen können als eine ruinierte Karriere.« Er warf die Zigarette zu Boden und stampfte darauf herum, als wünschte er sich, dass Masons Kopf dort läge. »Gehen wir.«

»Ich muss mich um andere Sachen kümmern«, sagte Mason.

»Ganz wie Sie wollen. Nehmen Sie Abrams mit, wenn Sie wollen. Er kann den Robin zu Ihrem Batman spielen. Das gibt einen schönen Nachruf.«

Densmore stürmte an einem verblüfften Abrams vorbei und schnappte sich die Schlüssel aus seiner Hand.

Abrams wandte sich wieder an Mason, nachdem er Densmore hatte abfahren sehen. »Nun, das wäre erledigt«, sagte er. »Was jetzt, Batman?«

NEUN

Mason und Abrams warteten an der Haustür darauf, dass jemand auf ihr Klopfen reagierte. Abrams blies sich in die Hände, um sie zu wärmen. Masons Füße schmerzten von den alten Erfrierungen, die er sich auf einem Todesmarsch von einem Kriegsgefangenenlager in der Nähe der tschechoslowakischen Grenze zugezogen hatte. Sie standen unter dem Vordach eines winzigen Hauses mit zwei Schlafzimmern, das Hilda Schmidt sich mit zwei Familien, einem älteren Ehepaar und zwei anderen Eistänzerinnen geteilt hatte.

Schließlich öffnete eine Frau von Ende siebzig die Tür gerade weit genug, um durch den Spalt schauen zu können. Mason zeigte ihr seinen Ausweis und stellte sich und Abrams auf Deutsch vor. Sie holte erschrocken Luft, stolperte zwei Schritte zurück und verschwand, ohne die Haustür zu schließen.

Mason und Abrams schauten sich an und warteten ein paar Augenblicke, aber niemand erschien an der Tür. Abrams sagte: »Ich schätze, das bedeutet, dass es okay ist einzutreten.«

Sie betraten die kleine Eingangsdiele und wandten sich nach rechts ins Wohnzimmer. Die alte Frau kauerte hinter einem von zwei runden Kohleöfen, die in der Mitte des Zimmers standen. Mehrere Betten an einer Wand waren durch herabhängende Bettlaken voneinander separiert. Zwei Esstische und mehrere Stühle standen neben den Öfen, und Wäsche hing im Zickzackmuster im ganzen Raum. Ein alter

Mann saß gebeugt neben einem Ofen, während eine Frau und zwei Kinder neben dem anderen saßen. Die Kinder hatten jenen teilnahmslosen Blick von ständigem Hunger, den Mason oft gesehen hatte.

Wieder hielten die beiden Ermittler ihre Ausweise hoch und erklärten, dass sie nicht hier seien, um jemanden festzunehmen, sondern sich nur Hilda Schmidts Zimmer ansehen wollten.

Einen langen Moment rührte sich niemand. Alle schauten die alte Frau an, die schließlich ihren Mut zusammennahm und hinter dem Ofen hervorkam. Mit schroffen Gesten forderte sie die beiden auf, ihr zu folgen. Sie führte sie durch das Wohnzimmer und einen kurzen Flur zu einem Schlafzimmer, das Hilda sich mit den beiden anderen Eistänzerinnen teilte.

Mason sagte zu ihr auf Deutsch: »Gnädige Frau, ich möchte Sie bitten, als Zeugin bei unserer Durchsuchung hierzubleiben, damit Hildas Zimmergenossinnen uns nicht des Diebstahls beschuldigen können.«

»Warum wollen Sie ihre Sachen durchsuchen? Hat sie etwas angestellt?«

»Dazu dürfen wir nichts sagen, gnädige Frau.«

Die Frau musterte Abrams' Gesicht und sagte: »Sie ist tot, nicht wahr? Und ein amerikanischer Soldat hat sie umgebracht.«

»Das haben wir nicht gesagt«, meinte Mason.

»Aus welchem Grund würden sonst amerikanische Inspektoren hier erscheinen, wenn kein amerikanischer Soldat darin verwickelt wäre?« Sie nahm die Hand vor den Mund, und ihre Augen füllten sich mit Tränen.

Als sie das Zimmer verlassen wollte, sagte Mason: »Ich muss Sie bitten zu bleiben.«

Die Frau nickte und schaute dann mit Tränen in den Augen zur Seite.

Die Durchsuchung würde nicht lange dauern, weil die drei Einzelbetten den größten Teil des Raums einnahmen. Wie im Wohnzimmer waren die Betten durch hängende Laken voneinander getrennt, und Wäsche hing an Leinen, die quer durch das Zimmer gespannt waren. Statt einer Kommode enthielten offen stehende Koffer die säuberlich gefaltete Kleidung der Frauen. Ein paar Kleider und Mäntel hingen in dem einzigen Schrank. Die jungen Frauen hatten getan, was sie konnten, um den Raum zu schmücken, und hatten aus Zeitschriften ausgeschnittene Fotos von Filmstars und Tänzerinnen sowie Familienporträts und Werbeaufnahmen aus der Casa Carioca aufgehängt.

Mason ließ sich von der Frau zeigen, wo sich Hildas Sachen befanden, und dann machten er und Abrams sich an die Arbeit. Sie durchsuchten Hildas Kleidung und blätterten durch ihre Romane, ein deutsch-englisches Wörterbuch und eine Bibel. Abrams schaute hinter alle Fotos und Poster, die an den Wänden befestigt waren. Mason übernahm den Nachttisch und bemerkte, dass Hilda dasselbe Foto der Eistänzerinnen darauf stehen hatte wie auf Winstones Kaminsims.

Mason fragte die Frau: »Hat Hilda irgendwelche Angehörige?«

»Der einzige, von dem ich weiß, ist ihr Vater. Und der ist in einem Arbeitslager gestorben. Sie hat nie von anderen gesprochen.«

Mason hielt das gerahmte Foto von Hildas Nachttisch hoch. »Sind die beiden anderen Frauen, die hier wohnen, auf diesem Foto?«

»Nein, das ist gemacht worden, bevor die beiden anderen Mädchen angekommen sind.«

Sie nannte die Namen der beiden Frauen, und Abrams schrieb sie auf. Mason überprüfte das Innere des Bilderrahmens und wandte sich dann Hildas Koffer zu. Er zog einen kleinen Stapel mit hauptsächlich Sommerkleidung heraus und nahm sie sich einzeln vor. Die Seitentaschen des Koffers waren als Nächstes dran, aber sie enthielten nur ein paar Toilettensachen, Make-up-Artikel und Cremes. Sie bewahrte offenbar die meisten ihrer Dinge in Winstones Villa auf.

Als Mason mit den Fingern über den Futterstoff des Koffers fuhr, stach er sich an einer Stecknadel. Als er sich das Arrangement genauer ansah, bemerkte er, dass ein kleiner Abschnitt des Innenfutters in der Ecke des Koffers festgesteckt war, wobei die Nadel sich unter dem Stoff einer Seitentasche verbarg. Er zog die Nadel heraus und schlug das Stoffquadrat auf. Zwischen der Außenhülle und dem Futter lagen hundertfünfzig Dollar in zusammengefalteten Scheinen und ein kleines Stück Papier. Er faltete das Papier auseinander und sah, dass Hilda einen einzelnen Buchstaben und dann eine Reihe von Ziffern aufgeschrieben hatte: A47235.

Er steckte das Papier in seine Brusttasche, legte das Geld wieder zurück und befestigte das Futter wieder so, wie er es vorgefunden hatte. Abrams schloss die Schranktüren, was Mason zu der Frage veranlasste: »Irgendwas gefunden?«

»Nicht viel. Ich nehme an, sie hat das meiste von ihrem Zeug zu Winstones Haus transportiert.«

Mason fragte die Frau: »Hat Fräulein Schmidt hier viel Zeit verbracht?«

»Sie hatte immer irgendeinen Mann als Freund, bei dem sie wohnte. Soviel ich weiß, hat sie selten hier geschlafen. Sie ist nur gelegentlich vorbeigekommen und hat irgendwas hergebracht und etwas anderes mitgenommen. Als ob sie aus Anstandsgründen die Leute glauben machen wollte, dass sie hier wohnt.«

»Hat sie in letzter Zeit irgendwas davon gesagt, dass sie weggeht?«

Die Augen der Frau leuchteten auf, als ob Masons Frage sie an etwas erinnert hätte. »Sie kam vor etwas mehr als einer Woche rein und gab damit an, sie hätte eine Möglichkeit, Deutschland zu verlassen. Sie war so aufgeregt, dass sie herumgesprungen ist wie ein kleines Mädchen. Ich hab ihr gesagt, dass es Deutschen verboten ist, das Land zu verlassen, und dass sie das, was sie sich ausgedacht hatte, in Schwierigkeiten bringen würde. Sie wollte nicht zuhören. Und jetzt sehen Sie, was passiert ist. Sie war eine Träumerin, das Mädchen.«

Abrams fragte: »Hat sie irgendwas sonst darüber gesagt?«

Die Frau bekam wieder feuchte Augen und schüttelte den Kopf.

Mason dankte der Frau, und sie gingen. Der einzige Hinweis, den sie mitnahmen, war das Stückchen Papier mit dem geheimnisvollen Buchstaben und den Ziffern. Vielleicht ein Code. Vielleicht etwas, das so einfach war wie ein Autokennzeichen. Was es auch war, Mason hatte ein bisschen mehr über das Leben und den Tod von Hilda Schmidt herausgefunden – mehr als er wissen wollte, weil er sich jetzt ihren Tod stärker zu Herzen nahm als zuvor. Sie verdiente Gerechtigkeit, und Mason war fest entschlossen, ihr diese zuteilwerden zu lassen.

Densmore war noch nicht ins Hauptquartier zurückgekehrt, als Mason und Abrams dort eintrafen. Das war Mason nur recht. Und obwohl er sich wunderte, wo Densmore sich die ganze Zeit herumgetrieben hatte, war er nicht in der Stimmung, auf ihn zu warten, um über ihn an Major Gamin heranzukommen.

Gamin hatte das Büro des früheren stellvertretenden Bürgermeisters im eigentlichen Rathaus übernommen. Mason klopfte an seine Tür und fragte sich, ob Gamin seine fünf Sinne wieder beieinander hatte oder ob er sich immer noch in einer Umlaufbahn um den Planeten Mars befand. Der Major antwortete mit einem »Yeah«, das eher ein Grunzen als eine richtige verbale Äußerung war.

Mason betrat ein großes, aber bescheidenes Büro. Gamin war ein Ordnungsfanatiker. Alles war an seinem Platz, der Schreibtisch picobello aufgeräumt. Ein paar Bücher standen in einem Regal, aber es gab keine Aktenschränke oder irgendwelche anderen Zeichen dafür, dass hier der Kommandeur einer Abteilung von MPs und CID-Ermittlern residierte, besonders für eine von Verbrechen heimgesuchte Stadt wie Garmisch. Das einzige definierende Merkmal im Zimmer war die Sammlung von Pferdegemälden: Pferde in der Prärie, Pferde auf Rodeos, Pferde unter Cowboys und Indianern. Gamin hielt sich offenbar für einen echten Stetson schwenkenden Cowboy – daher sein Spitzname »Bronco Bob«.

Gamin saß an seinem Schreibtisch und hatte den Kopf in einer offenen Akte vergraben. Er machte sich nicht die Mühe, nach oben zu sehen. Er richtete seine Aufmerksamkeit allein darauf, eine Seite umzudrehen und sie sorgfältig mit der Oberseite nach unten zu legen und dafür zu sorgen, dass die Ränder perfekt an denen der zuvor gelesenen Seiten ausgerichtet waren.

Mason wartete in Habachtstellung.

Gamin warf einen Blick auf Mason, bevor er sich wieder

seiner Akte zuwandte. »Sieht so aus, als hätten Sie in Ihrer Uniform geschlafen. Ich will nicht, dass meine Männer wie Penner aussehen, nur weil der Krieg aus ist.«

»Ja, Sir. Ich werde daran denken.«

»Kommen Sie wieder, wenn Sie das Problem aus der Welt geschafft haben.«

»Ich fürchte, ich habe ein größeres Problem, das im Moment angesprochen werden muss, Sir. Ich brauche einen Marschbefehl für heute Nachmittag nach München, um im Zusammenhang einer Ermittlung mit General Pritchard zu sprechen.«

»Was für eine Ermittlung ist das?«

»Die mögliche Ermordung eines CIC-Agenten namens John Winstone.«

»Ich habe gehört, Winstone hat sich umgebracht.«

»Das ist noch nicht abschließend festgestellt worden, und ich möchte alle Möglichkeiten ausloten. Agent Winstone und General Pritchard haben an einer Untersuchung gearbeitet, und ich glaube, diese Untersuchung könnte zu Agent Winstones Tod geführt haben.«

Gamin schaute wieder von seinem Schreibtisch hoch. »Glauben Sie, dass General Pritchard etwas damit zu tun hat?«

»Nein, Sir«, erwiderte Mason geduldig. »Da er und Agent Winstone die Einzigen waren, die zu einer bestimmten Reihe von für ihre Untersuchung relevanten Akten Zugang hatten, würde ich gerne feststellen, ob der General mir sagen kann, was Agent Winstone während seiner Anwesenheit hier unten entdeckt hat.«

»Sie wollen General Pritchard in diesem Aufzug besuchen? Erlaubnis verweigert.«

Mason wollte gerade mit weiteren Argumenten aufwarten,

als er bemerkte, dass Gamin einen Punkt hinter ihm zu studieren schien, während er einen Bleistift zwischen den Fingern rollte. »Spielen Sie Golf, mein Sohn?«

»Ich bitte um Verzeihung, Sir?«

»Golf. Spielen Sie Golf?«

»Ich habe nicht die Geduld dafür. Ich schlage immer gegen den Ball und laufe zum ersten Base.« Mason dachte, ein bisschen Humor könne nicht schaden, aber Gamin runzelte die Stirn.

»Kommunisten mögen Golf nicht.«

»Baseball mögen sie auch nicht, und das ist meine Sportart.«

Gamin nickte. »Da haben Sie nicht unrecht.«

Mason zögerte. Es wurde Zeit, dass er eine andere Strategie riskierte.

»Sir, es geht um den Diebstahl amerikanischer Flaggen. Es könnte eine größere kommunistische Verschwörung sein, als wir gedacht haben. Agent Winstone hat gegen ein Nest kommunistischer Agitatoren ermittelt und ist vielleicht deshalb ermordet worden.«

»Halten Sie mich für einen verdammten Narren?«

»Nein, Sir. Ich dachte, Sie machen sich genau so große Sorgen wegen des Diebstahls amerikanischer Flaggen wie ich das …«

»Das CIC kümmert sich einen Dreck um amerikanische Flaggen. Sie lassen einen Haufen von Krauts als Agenten arbeiten. Was für eine Art halb garer Theorie haben Sie sich da ausgedacht?«

»Ich dachte, dass General Pritchard den Diebstahl sehr ernst nehmen würde, weil er mit Agent Winstones Fall persönlich befasst ist.«

»Die Flaggen sind nur die Spitze des Eisbergs, Collins.

Schreibmaschinen, Kreide und Radiergummi, Kartons mit Papier, zwei Kästen mit Army-Dienstvorschriften – was ich für Ihr Pflichtversäumnis bezüglich angemessener Aufführung eines Soldaten in der US Army verantwortlich mache.«

»Ein Grund mehr, dafür zu sorgen, dass General Pritchard auf dem neuesten Stand ist und mit in unser Boot kommt.«

Gamin dachte einen Moment nach. »In Ordnung. Sagen Sie meinem Assistenten, was Sie brauchen, und ich unterschreibe es.« Er streckte Mason einen Zeigefinger entgegen und runzelte die Stirn. »Und glauben Sie nicht, ich wüsste nicht, was hier vor sich geht. Ich lasse Sie nicht aus den Augen.«

Mason salutierte. »Ja, Sir.«

Gamin grunzte und fuhr mit der Lektüre seiner Akte fort. Mason sagte dem Assistenten, was er brauchte, und überredete Gamin nach ein wenig zusätzlichem Drängen und sanften Ermahnungen dazu, die Marschbefehle zu unterzeichnen.

Bevor Mason den Zug nach München erwischte, ließ er sich einen Jeep aus dem Fuhrpark geben und fuhr zu Adeles Wohnung. Auf der Fahrt zu ihr und während er an Adeles Tür klopfte, hatte er das Gefühl, beobachtet zu werden. Und seine Unruhe wuchs nur noch, als Adele nicht an die Tür kam. In diesem Moment drängte sich ihm ein Gedanke auf, der ihn nicht mehr losließ. Wenn er in der letzten Nacht nicht den Streit zwischen Winstone und Hilda gehört und darauf bestanden hätte, dass sie aufbrachen, hätte es heute Morgen zwei Leichen mehr auf der Fahrt zur Leichenhalle gegeben, seine und die von Adele. Das schloss Adele als Verdächtige aus, machte sie aber zu einem potenziellen Opfer. Nach allem, was er vermutete, lag sie tot genau hinter dieser

Tür. Und nach allem, was er wusste, war er als Nächster an der Reihe.

ZEHN

Die Fahrt vom relativ unberührten Garmisch zu den geschwärzten Ruinen von München war für Mason ein schrilles Erlebnis. Er fand den Hauptbahnhof sogar noch mehr bevölkert mit deutschen Flüchtlingen aus dem Sudetenland als zu der Zeit, in der er dort stationiert war. Und die Straßen waren mit mehr Elend gefüllt; der lange Winter und die extreme Knappheit an Nahrungsmittel hatten ihren Tribut an der Bevölkerung gefordert. Obwohl die Trümmer von den Straßen entfernt waren und an zahlreichen Ecken mit Bautätigkeit begonnen worden war, hatte die Stadt immer noch einen langen Weg vor sich. Der einzige positive Aspekt war, dass die Straßenbahnen wieder fuhren, auch wenn es für Mason ein Geheimnis blieb, wohin sie Menschen ohne Jobs und ohne Geld brachten.

Mit einem Taxi fuhr er in den Südosten der Stadt zu dem weitläufigen Komplex, der jetzt McGraw-Kaserne hieß. Das von der NSDAP Mitte der Dreißigerjahre in Stahlskelettbauweise errichtete Hauptgebäude diente als Sitz der Reichszeugmeisterei, in der Fahrzeuge instand gesetzt und Uniformen für die Streitkräfte und den Beamtenapparat erprobt wurden. Jetzt allerdings beherbergte das gewaltige Hauptgebäude die amerikanische Militärregierung Bayerns.

Der Taxifahrer ließ Mason an der mit Kopfsteinen gepflasterten und von Bäumen gesäumten Straße aussteigen, die an der Vorderseite der Anlage vorbeiführte. Die Hakenkreuze an den Gebäuden waren natürlich entfernt worden, aber das Haus verkörperte immer noch die Vorliebe der Nazis für Bauwerke, die durch ihre kolossale Monotonie einschüchternd wirkten. Statt schwarzer und brauner Nazi-Uniformen schwirrte der Laden mittlerweile vor Army-Grün und Zivilisten im Anzug. Während die amerikanischen Streitkräfte sich langsam zurückzogen, hatte sich der zur Regierung des besetzten Landes erforderliche Beamtenapparat explosionsartig vergrößert und füllte problemlos die dreihundert Büros.

In der gesamten amerikanischen Besatzungszone gab es eine ganze Menge Militärgouverneure: Gouverneure von Gemeinden und Bezirken wie Colonel Udahl in Garmisch, dann höher in der Hackordnung die größeren Städte und Länder, und schließlich die Höchsten der Hohen, die Generäle McNarney und Clay, Gouverneur und stellvertretender Gouverneur der amerikanischen Zone. Da General Pritchard der stellvertretende Militärgouverneur von Bayern war, dem flächenmäßig größten Bundesland in Deutschland, bedeutete das, dass sein Platz in der Nahrungskette tatsächlich ganz schön hoch war. Diesen Mann auf seiner Seite zu haben war genau die Art Unterstützung, die Mason brauchte.

Pritchards Büro lag im vierten Stock. Mason musste an mehreren Kontrollpunkten und Empfangsschaltern vorbei, bevor er beim Sekretär des Generals eintraf. Als er eintrat, verlangte der Master Sergeant weder seinen Ausweis noch Gamins Marschbefehl zu sehen, sondern führte Mason sofort wie einen prominenten Besucher in das Büro des Generals.

Während General Pritchard telefonierte, nutzte Mason die Gelegenheit, sich umzusehen. Im Gegensatz zu der sterilen Umgebung Gamins hatte Pritchards Büro überquellende Aktenschränke und einen mit Papieren übersäten Schreibtisch. Es gab die allgegenwärtigen gerahmten Porträts von Präsident Truman und General Eisenhower, aber merkwürdigerweise keine Bilder von Angehörigen oder Freunden oder andere Erinnerungen an die Heimat.

Pritchard legte den Hörer auf die Gabel und erhob sich. Mason salutierte, und sie gaben sich die Hand. Der Mann war so groß wie Mason, eins dreiundachtzig, und hatte dichtes, gewelltes weißes Haar. Seine buschigen Augenbrauen wölbten sich über fröhlichen Augen, und mit seinen vollen Wangenknochen, der rundlichen Nase und dem spitzen Kinn erinnerte er Mason eher an einen Zirkusdirektor als an den typischen mürrischen Army General. Aber trotz seinem theatralischen Äußeren strahlte er Kraft und Vertrauen aus, und er blickte Mason direkt in die Augen, als sie sich begrüßten. Mason stellte fest, dass er ihn auf der Stelle mochte.

»Ich weiß es zu schätzen, dass Sie den ganzen Weg hierhergekommen sind, um mit mir über Agent Winstone zu sprechen«, sagte Pritchard.

»Ich bin für die Gelegenheit dankbar, Sir.«

»Setzen Sie sich, Mr. Collins. Für Förmlichkeiten habe ich keinen Bedarf.«

Bevor Mason es sich bequem machen konnte, sagte Pritchard schon: »Also glauben Sie nicht, dass es ein Selbstmord war.«

»Im Gegensatz zur derzeitigen Beweislage, ja, Sir, ich glaube es nicht.«

»Ich kannte John seit einiger Zeit. Nicht um alles in der Welt kann ich mir einen Grund vorstellen, weshalb er so etwas tun sollte. Und diese Frau umzubringen, bevor er sich das Leben nimmt? Ich verstehe es nicht.«

»Mit dieser Meinung stehen Sie ziemlich allein da, Sir.«

Pritchard lächelte, was durch seine beweglichen Augenbrauen unterstrichen wurde. »Ich habe mich nie von der landläufigen Meinung beeinflussen lassen. Und ich kann erkennen, dass Sie genauso empfinden.« Er wurde blitzartig ernst. »Aber ich habe nicht gesagt, es sei unmöglich, dass Winstone seine Freundin ermordet und dann Selbstmord begeht. Es ist nur unbegreiflich für mich. Einige Aspekte des Vorfalls sind zu meiner Kenntnis gelangt, darunter der, dass Winstone einen Abschiedsbrief hinterlassen hat.« Er stützte sich auf die Ellbogen und fixierte Mason mit seinem Blick. »Ich möchte, dass Sie mich davon überzeugen, dass Agent Winstone seinem Namen und der Army keine Schande gemacht hat.«

Der Ernst im Tonfall des Generals gemahnte Mason daran, sich von Pritchards freundlichem Auftreten nicht zu dem Gedanken verleiten zu lassen, dass der General weniger bestimmt oder Respekt einflößend sei, und er nahm sich einen Moment Zeit, um seine Gedanken zu ordnen. Offensichtlich hatte Densmore bereits seine Version des vorläufigen Berichts zu Protokoll gegeben und nach München geschickt.

»Sir«, sagte Mason, »ich glaube, Agent Winstone wurde wegen etwas ermordet, was er besaß oder wusste oder zu tun vorhatte. Etwas, das im Zusammenhang mit seiner Untersuchung stand, und seiner Aussage zufolge hat er die Ergebnisse dieser Untersuchung Ihnen mitgeteilt. Ich …«

»Das ist alles gut und schön, Mr. Collins, aber wie sieht es mit konkreten Beweisen aus?«

»Sir, ich bin inzwischen seit einer ganzen Weile Detective in einem Morddezernat gewesen und ich habe dabei gelernt, auf meinen Instinkt zu vertrauen, selbst wenn das Beweismaterial dürftig ist. Der seltsame Winkel der Einschusswunde in seiner Stirn. Der Umstand, dass sie vor dem Feuer im Kamin nur ihre Bademäntel anhatten und Champagner tranken. Wir vergleichen immer noch die am Tatort gefundenen Fingerabdrücke mit allen, die mit Winstones Villa zu tun hatten. Und wir warten immer noch auf den Obduktionsbericht. Außerdem hatte Agent Winstone ungefähr vor einem Monat ein Sicherheitsteam engagiert, weil er befürchtete, dass ihn seine Ermittlungen in Gefahr bringen könnten.«

»Ja, das stand in einem seiner Berichte. Aber er hat sie eine Woche später entlassen. Bis jetzt haben Sie mir nichts genannt, was mich überzeugt.«

Mason holte tief Luft und sagte: »Hinzu kommt, dass ich in der Mordnacht bei ihm war.«

»Sie?«

Mason nickte. »Und Agent Winstone machte auf mich nicht den Eindruck eines Mannes, der kurz davor war, die Frau zu ermorden, die er liebte, und sich das Leben zu nehmen.«

Der Gesichtsausdruck des Generals wurde hart, während er Mason ansah. Ein langer Augenblick verstrich, ohne dass etwas gesagt wurde. Dann seufzte der General und lehnte sich in seinem Sessel zurück. »Sagen wir, er wurde ermordet. Warum ist es Ihrer Ansicht nach dazu gekommen?«

Mason bedankte sich im Stillen dafür, dass Pritchard zu den Männern gehörte, die an Ergebnissen interessiert waren. »Agent Winstone hat mit mir vertraulich über seine Arbeit gesprochen – und zwar am Tag seiner Ermordung. Und an jenem Abend äußerte er Besorgnis um seine Sicherheit.« Mason fuhr mit der Erklärung fort, warum er glaubte, dass Winstone getötet worden war, dass er während der Ermittlungen zu der Rattenlinie eine mögliche Verschwörung aufgedeckt hatte, bei der es darum ging, die gesamte kriminelle Aktivität in Garmisch zu übernehmen. Er erzählte Pritchard, dass Winstone behauptet hatte, Informationen in einer Reihe von Geheimakten gesammelt zu haben, Informationen, die so brisant seien, dass sie das US-Militär im Kern erschüttern würden. »Er sagte mir, nur er und Sie hätten Kopien der Akten. Der Commander der CIC-Abteilung hat sich geweigert, mir Zugang zu Agent Winstones Büro und seinen Papieren zu gewähren, und deshalb hoffte ich, Sie könnten mir helfen.«

»Indem ich Ihnen diesen Zugang gewähre?«

»Ja, Sir.«

Pritchard drückte auf den Knopf der Gegensprechanlage. »Sergeant Whitcome, könnten Sie mir alle Berichte von Agent Winstone hereinbringen lassen?« Nachdem der Sergeant das bestätigt hatte, lehnte Pritchard sich zurück und dachte einen Moment nach. »Wäre es Ihnen möglich, mir Ihren Bericht über die Untersuchung zu schicken, sobald Sie das Ergebnis der Obduktion haben?«

»Ja, Sir ... obwohl ich bezweifle, dass er Ihnen viel mehr verrät, als ich Ihnen bereits unterbreitet habe.«

»Vielleicht ein zweites Paar Augen, das jemandem gehört, der auch Ihrer Ansicht ist.«

Mason nickte. »Ich schicke ihn her.«

»Haben Sie eine Ahnung, wer an seinem Tod interessiert gewesen wäre?«

»Das hoffe ich, aus seinen Unterlagen zu erfahren. Wie lange haben Sie mit Agent Winstone zusammengearbeitet?«

»Drei Monate. Er wurde mir von seinem CIC-Abteilungsleiter mit dem Vorschlag für die Untersuchung in Garmisch geschickt.«

»Sind Sie im Lauf dieser Zeit auf irgendjemanden aufmerksam geworden, den Agent Winstone verärgert haben könnte, oder ...«

General Pritchard lachte leise in sich hinein. »Verärgert? Ihnen ist klar, dass er mögliche Rattenlinien untersuchte und so einer sehr verzweifelten Gruppe von Personen ins Gehege kam? Hochrangige Nazis mit sehr mächtigen Freunden?

Zusammen mit dem Verdacht, dass diese Personen irgendwie mit Kriminellen in Verbindung standen? Ich würde sagen, mit diesen beiden Aktivitäten könnte man sich schon Feinde machen. Ich möchte seinen Tod nicht herunterspielen – es ist nur so, dass diese Art von Ermittlungsarbeit ein großes Risiko mit sich bringt. Offen gesagt läuft es darauf hinaus, den oder die Mörder in einer ganzen Menge von Menschen zu finden, die ihn tot sehen wollten.«

»Wenn es eine Rattenlinien-Organisation gab, der Agent Winstone auf der Spur war, dann bezweifle ich, dass seine Ermordung ihren Zwecken dienlich wäre. Sie betreiben eine verdeckte Operation und lenken nicht gern Aufmerksamkeit auf sich, vor allem nicht durch die Ermordung amerikanischer Geheimdienstagenten. Und wenn Winstone auf vernichtende Beweise gestoßen wäre, hätten sie ihn einfach verschwinden lassen.«

Der Master Sergeant kam mit einer Handvoll Aktenmappen herein, die den roten Aufdruck FOR GENERAL PRITCHARD'S EYES ONLY auf dem Umschlag trugen. Er legte sie auf General Pritchards Schreibtisch und ging hinaus.

Während Pritchard die Mappen durchging, fragte Mason: »Hat Agent Winstone Ihnen mitgeteilt, dass er kurz davor stand, Mitglieder einer mächtigen Bande zu identifizieren, die im Begriff sind, die Schwarzmarktoperationen in Garmisch zu übernehmen?«

Ohne den Kopf zu heben, zog Pritchard seine dichten Augenbrauen hoch, um Mason anzuschauen. »Er hat angedeutet, dass er etwas in der Art herausgefunden hatte, aber nicht in der Lage war, irgendwelche konkreten Beweise beizubringen. Seine Berichte kamen normalerweise im Abstand von einer Woche – wer weiß, was er entdeckt hat, nachdem ich seinen letzten Bericht erhalten hatte?«

Der General blätterte durch die Akten und schlug dann eine mit dem Zeitstempel vom 23. Februar 1946 auf – das war fast zwei Wochen her. Pritchard drückte auf den Knopf der Gegensprechanlage. »Sergeant, sind Sie sicher, dass Sie mir alles von Agent Winstone gegeben haben?«

»Ja, Sir. Aus den Aktenschränken und aus dem Safe.«

Pritchard nahm sich wieder die einzelnen Mappen vor, als suche er etwas Bestimmtes. »Sieht so aus, als ob ich nach dem dreiundzwanzigsten letzten Monats nichts bekommen hätte.«

»Agent Winstone erwähnte, er hätte ein paar Informanten innerhalb von ein paar Operationen. Kennen Sie deren Namen?«

»Leider nein«, sagte Pritchard und hielt eine Aktenmappe hoch, damit Mason sie sehen konnte. »Er hatte übrigens eine schmale Akte über Sie.« Er schaute von der Akte hoch und musterte Mason, als ob er dessen mögliche Verwicklung in ein verbrecherisches Komplott erwägen wollte. Offenbar befriedigt mit dem Ergebnis wurde sein Blick wieder freundlicher, und er sagte: »Nichts Belastendes. Er hat die meisten Army-Angehörigen deutscher Herkunft im Auge behalten.«

»Seine beiden Assistenten sind deutscher als ich. Ich wurde hier geboren, aber meine Mutter emigrierte in die USA, als ich vier war.«

»Ja, das steht hier«, sagte Pritchard und beugte sich vor. »Gibt es irgendwas zwischen Ihnen und Winstone, was ich wissen sollte?«

»Sir, ich war vermutlich abgesehen von seinem Mörder der Letzte, der ihn lebend gesehen hat, und meine Fingerabdrücke sind wahrscheinlich im ganzen Haus verteilt. Ich weiß, dass mich das zu einem Verdächtigen macht, aber John und ich waren Freunde, und falls es etwas derart Belastendes gäbe, dass ich ihn umbringen wollte, stände es vermutlich in dieser Akte.« Er machte sich keine große Hoffnung, fragte aber trotzdem. »Ist es möglich, dass ich mir diese Akten ansehe oder vielleicht sogar mit mir nehme?«

»Leider nein.« General Pritchard stapelte die Aktenmappen wieder übereinander – ein Zeichen, dass sie fertig waren.

»General, ich muss wissen, welche Personen und Gruppen Agent Winstone in seine Untersuchungen einbezogen hat. Ich bin überzeugt, dass diejenigen, deren Bloßstellung unmittelbar bevorstand, für seinen Tod verantwortlich sind.«

»Das ist eine CIC-Untersuchung. Sie haben die endgültige Entscheidungsbefugnis, wenn es darum geht, Aspekte ihrer Fälle preiszugeben.«

»Aber, Sir, Sie müssen sich über die Rivalität zwischen CIC und CID im Klaren sein.«

»Und Sie müssen begreifen, dass das CIC Ihnen Winstones Akten nicht aushändigen wird, solange Sie keine konkreten Beweise für einen Mord liefern. Wenn Sie mich – und wichtiger noch: das CIC – davon überzeugen können, dass Agent Winstone ermordet wurde, dann bin ich sicher, dass wir Ihnen diese Akten zur Verfügung stellen können. Unabhängig davon werde ich mit Major Tavers von der CIC-Abteilung dort unten reden und darum bitten, dass Ihnen Zugang zu Winstones Büro gewährt wird.«

»Das weiß ich zu schätzen, Sir.«

Pritchard stand auf, sodass Mason nichts übrig blieb, als es ihm nachzutun. »Das ist leider all die Zeit, die ich erübrigen kann«, sagte Pritchard. »Aber bitte halten Sie mich mit Ihren Fortschritten auf dem Laufenden. Falls Sie irgendwas brauchen, lassen Sie es mich wissen, und ich werde sehen, was ich tun kann.« Er wurde zum besorgten Vater, der seinem Sohn Ratschläge erteilte. »Und seien Sie vorsichtig dort unten. Wenn Sie anfangen, dieselben Steine umzudrehen wie Winstone, stoßen Sie vielleicht auf dasselbe Schlangennest.«

ELF

Als Mason im Bahnhof Garmisch aus dem Zug stieg, war es neun Uhr abends durch. Er ging wieder zu Adeles Wohnung und hielt an den benachbarten Häusern, in der Straße und den Schatten Ausschau, bevor er an ihrer Tür klopfte. Immer noch keine Reaktion. Sie und Mason waren die einzigen direkten Verbindungen zu Winstone. Falls sie Adele erwischt hatten, war jetzt er an der Reihe. Nach mehreren Minuten kehrte er ins Hauptquartier zurück, wo er Abrams in einem Büro im ersten Stock fand, das er sich mit zwei anderen Nachwuchsermittlern teilte, Specialist Wilson und Specialist Tandy. Der beengte Raum bot kaum genug Platz für die drei kleinen Schreibtische. Abrams saß an dem, den man gegen die Wand geschoben hatte, und hieb auf die einzige Schreibmaschine ein.

»Gemütlich«, befand Mason.

»Man sollte doch angesichts all der Betriebsmittel der Army denken, dass man uns dreien eine zweite Schreibmaschine zur Verfügung stellen könnte. Ich musste nach Dienstschluss reinkommen, nur um den Bericht abzutippen.«

»Das liegt an einer kommunistischen Verschwörung, Gamin zufolge.«

»Wie war das?«

»Egal. Haben Sie schon gegessen?«

»Ich bin kurz davor, in diesen Schreibtisch zu beißen.«

»Dann kommen Sie mit mir. Wir machen ein Arbeitsessen draus und bohren zur gleichen Zeit ein bisschen herum.«

Als ein weiteres Zeichen dafür, dass Garmisch des Wahnsinns fette Beute geworden war, lag die Casa Carioca, ein Nachtklub und Unterhaltungslokal für Angehörige der amerikanischen Streitkräfte, unmittelbar südlich des Bahnhofs. Ingenieure der US Army hatten den Klub in den Monaten nach Kriegsende gebaut. Das Etablissement konnte ein einziehbares Dach vorweisen, das den Klub in ein Freiluft-Spektakel unter den Sternen verwandelte, und ein einfahrbares tonnenschweres Tanzparkett, das eine große Eisfläche freilegte, auf der die besten Eiskunstläufer große Shows vorführten. Das technische Wunderwerk, das nur in einem Hollywoodfilm von Busby Berkeley vorstellbar erschien, war aus Materialien zusammengestückelt worden, die man in ganz Deutschland gefunden, gestohlen und konfisziert hatte. Wenn den Ingenieuren eine Sorte Material ausging, änderten sie einfach das Design und passten es dem Werkstoff an, der verfügbar war. Aber niemand konnte die Frage beantworten, wie der Bau dieses aufwendigen Nachtklubs bezahlt worden war. Der Geldbetrag, den die Army für seine Konstruktion zur Verfügung gestellt hatte, wäre kaum ausreichend gewesen, um eine der Toiletten zu errichten. Die Geschichte lautete, dass fast die gesamte Bausumme schwarz beschafft worden war und niemand Lust hatte, eine Untersuchung einzuleiten.

»Sind Sie schon mal hier gewesen?«, fragte Abrams Mason, als sie sich dem Eingang näherten.

»Jetzt zum ersten Mal«, antwortete Mason und schüttelte den Kopf, als er die bizarre Gestaltung des Gebäudes betrachtete. »Scheint so, als hätten sie eine Fassade in Manhattan ausgeschnitten und auf etwas geklebt, was zur

Hälfte wie eine Scheune und zur andern Hälfte wie ein Motel aussieht.«

»Warten Sie nur, bis Sie das Innere sehen.«

Tatsächlich bot die Fassade des Gebäudes nur einen Vorgeschmack dessen, was einen drinnen erwartete. Auf den ersten Blick schien es so zu sein wie ein typischer Großstadt-Nachtklub – etagenförmig angeordnete Tische bildeten ein Hufeisen um die Tanz- beziehungsweise Eisfläche –, aber dann sah Mason die zwei Stockwerke hohe Rückwand. »Okay, jetzt haben wir zur Hälfte eine spanische Hazienda und zur anderen ein mittelalterliches Schloss.«

Scharen von Gästen wiegten sich auf dem Tanzboden zu den Klängen des zwanzigköpfigen Orchesters, das auf einem Balkon in der Mitte der Rückwand hockte. Ein Duett sang eine Interpretation von »Petootie Pie«, ein Song, an dem Mason und Laura trotz des lächerlichen Titels gemeinsam Gefallen gefunden hatten. Seine Erinnerung versetzte ihm einen Stich von Nostalgie, während sie sich in die Schlange der eintreffenden Gäste einreihten.

Obwohl das Lokal als Klub für die Angehörigen der amerikanischen Streitkräfte und der Militärregierung gedacht war, ging das Gerücht, dass für den »richtigen Preis« jeder reinkäme. Der Maître d' lächelte von seinem Stehpult aus und schaute dann an Mason und Abrams vorbei, als erwarte er, zwei junge Fräuleins als ihre Begleiterinnen oder – wozu es gelegentlich kam – Ehefrauen oder amerikanische Sweethearts zu sehen.

»Haben Sie einen Tisch reserviert, Sir?«, fragte der Maître d' auf Englisch mit polnischem Akzent. »Wir können etwas arrangieren, falls nicht.« Er beendete den Satz mit einem Grinsen, das auf die Kosten des Arrangements schließen ließ.

»Nein, wir schnappen uns etwas an der Bar.«

»Die ist leider für Gäste reserviert, die auf einen Tisch warten.« Wieder das Grinsen und das nicht sonderlich subtile Wölben der Augenbrauen.

Mason zeigte dem Maître d' seinen CID-Ausweis. »Das hier ist ein Klub für das amerikanische Militär, nicht wahr?«

Das Lächeln des Maître d' verblasste. »Ja, Sir.«

»Und ich sehe ganz schön viele nichtmilitärische Gäste, die nicht mit Angehörigen der US-Streitkräfte an einem Tisch sitzen. Sind das Freunde von Ihnen, oder haben Sie sich von ihnen bestechen lassen?«

Der Maître d' winkte einen der Kellner herbei. »Lassen Sie diese Herren bitte an der Bar Platz nehmen und sagen Sie dem Barkeeper, dass sie alles bestellen können, was sie möchten.« Sein Lächeln kehrte zurück, als er sich dem nächsten Paar in Erwartung einer weiteren Gelegenheit zuwandte, Geld abzustauben.

Mason und Abrams bahnten sich ihren Weg zur Bar und fanden zwei freie Hocker vor. Plötzlich waren sie VIPs, denn der Barkeeper unterbrach, was er gerade tat, und fragte, was sie bestellen wollten. Er hatte mit Pomade zurückgekämmtes schwarzes Haar und war klein, aber muskelbepackt, mit der Nase eines Boxers. Noch ein polnischer ehemaliger Kriegsgefangener, eingestellt von dem, der den Laden schmiss.

Mason bestellte zwei Bier und zweimal Bratwurst und Sauerkraut.

»Ich nehme stattdessen einen Cheeseburger«, sagte Abrams.

»Haben Sie was gegen Bratwürste?«, fragte Mason.

»Juden essen kein Schweinefleisch.«

»Okay, dann eben zwei Cheeseburger«, sagte Mason zu dem Barkeeper. »Sauerkraut und Bratwurst halten mich ohnehin die ganze Nacht wach.

Der Barkeeper warf Abrams einen misstrauischen Blick zu, bevor er die Bestellung aufschrieb und einem Kellner gab. Er stellte sich ihnen als Bolus vor und goss ihnen je ein Glas Cognac ein.

»Aufs Haus, Sir«, sagte Bolus.

Gratisgetränke, und man durfte den Barkeeper schon beim Vornamen nennen. Mason begann zu verstehen, warum niemand Fragen stellte.

»Sie haben noch nicht mit allzu vielen Juden zu tun gehabt, oder?«, fragte Abrams.

Mason wusste, dass Abrams der Sohn litauischer Juden war, die nach Irland emigriert waren. Als er zwölf Jahre alt war, war die Familie weiter nach Queens gezogen, sodass Abrams einen merkwürdigen Akzent hatte, halb irisch und halb New Yorker Arbeiterklasse.

»Ich hab ein paar beim Militär kennengelernt«, sagte Mason, »aber ich habe nie darauf geachtet, was sie gegessen haben.«

»Haben Sie ein Problem damit, dass ich Jude bin?«

»Haben Sie etwa ein Problem damit, dass ich Deutschamerikaner bin?«

»Nein.«

»Na also. Mir ist es völlig egal, was Sie sind. Wenn Sie Ihren Job gut machen, werden wir prima miteinander auskommen.«

Sie stießen mit den Gläsern an und tranken. Mason drehte sich auf seinem Hocker um und betrachtete die Menge. Abrams machte das Gleiche.

»Sieht so aus, als wären die meisten Army-Offiziere vom Major an aufwärts hier«, stellte Abrams fest.

Mason nickte. »Ich erkenne einige aus München und vom Hauptquartier der Third Army wieder. Es gibt unter den Foxtrott-Tänzern ein paar, die ich vom obersten Hauptquartier in Frankfurt kenne.«

Die Geldbeträge, die in diesem Lokal den Besitzer wechseln, dachte Mason. *Wer profitiert von all diesem Überfluss?*

Mason fragte sich, ob Hildas Ermordung irgendwas mit ihrer Verbindung, direkt oder indirekt, mit dem Nachtklub zu tun hatte. Konnten der oder die Mörder hier sein, in schwarzen Anzügen herumlaufen und an den Tischen bedienen?

Die Kapelle beendete ein anderes Lied, und das Publikum klatschte. Der Bandleader nahm das Mikrofon. »Ladies and Gentlemen, wenn Sie bitte zu Ihren Plätzen zurückkehren würden. Die Show ›Auf Schlittschuhen um die Welt‹ wird gleich beginnen.«

Während die Paare auf der Tanzfläche wieder zu ihren Tischen gingen, brachte ein Kellner Mason und Abrams ihr Essen. Der Mann fesselte Masons Aufmerksamkeit, weil er, im Gegensatz zu den meisten anderen Kellnern, die Männern auf den Fahndungsplakaten an den Wänden von Postämtern ähnelten, das Gebaren eines Fechtmeisters zeigte, also auf Genauigkeit und Gelassenheit seiner Haltung und seines Gangs großen Wert legte. Er strahlte Autorität und Selbstsicherheit aus, was Mason auf den Gedanken brachte, dass er kein gewöhnlicher Kellner war.

»Mit Empfehlungen des Hauses, Sir«, sagte der Kellner in präzisem und knappem Englisch mit deutschem Akzent.

Abrams biss einfach in den Cheeseburger hinein und bedankte sich mit einem Mund voller Rindfleisch. Aber die eigentümliche Redeweise veranlasste Mason, sich umzudrehen und den Kellner anzuschauen, wobei ihm dessen kerzengerade Positur auffiel. Er vermutete, dass es sich um einen ehemaligen Militärangehörigen handelte, aber waren nicht die meisten deutschen Männer, die altersmäßig infrage kamen, ehemalige Militärangehörige?

»Das hier auch?«, fragte Mason den Kellner mit gespielter Überraschung. »Ich muss einfach den Geschäftsführer kennenlernen und mich persönlich bei ihm bedanken.«

»Der Geschäftsführer ist heute Abend nicht anwesend«, erwiderte der Kellner.

»Na ja, dann eben den stellvertretenden Geschäftsführer.«

»Vielleicht nach der Show. Bis dahin ist er ziemlich beschäftigt. Genießen Sie Ihr Essen, meine Herren. Und die Show ist ausgezeichnet.«

Wie aufs Stichwort wurden die Lampen abgedunkelt. Scheinwerfer warfen Lichtstrahlen auf die mittlerweile geräumte Tanzfläche und strichen darüber hinweg, während der Schlagzeuger einen schnellen Wirbel auf der kleinen Trommel schlug. Plötzlich spaltete sich der Tanzboden in der Mitte, und die Hälften zogen sich zurück und legten die Eisfläche darunter frei. Der Trommelwirbel endete mit einem abschließenden Knall und Beckenschlag, als die Eislaufbahn vollkommen frei lag. Die Scheinwerfer schwenkten zu der breiten bogenförmigen Öffnung unter dem Balkon des Orchesters. Schlittschuhläufer in Goldlamé-Anzügen schoben cartoonartige Darstellungen des Eiffelturms, des Schiefen Turms von Pisa, eines Indianerzelts und einer ägyptischen Pyramide auf die Eisfläche. Als die Schlittschuhläufer wieder in der Öffnung verschwanden, begann die Band Offenbachs »Galop infernal« zu spielen. Dann kamen die Eisläuferinnen in typisch französischer Cancan-Kleidung – lange Röcke, Unterkleider und Strümpfe – heraus.

Mason sah zu, wie die Mädchen den Gesetzen der Physik trotzten, indem sie auf dem Eis ihre Kreise zogen und gleichzeitig die Unterröcke fliegen ließen, als tanzten sie im Moulin Rouge. Er musterte ihre Gesichter, um zu sehen, ob Adele unter ihnen war, aber er konnte sie nicht erkennen.

»Es sind sehr entzückende Ladys, finden Sie nicht?«, sagte jemand rechts neben Mason.

Mason wurde mit einem Mal klar, dass der »Kellner«, der ihnen das Essen gebracht hatte, immer noch neben ihnen stand. Der Mann musste es nicht sagen, Mason wusste es: Er war der stellvertretende Geschäftsführer. »Haben Sie nicht andere Dinge zu tun?«

»Sie werden ein paar Minuten ohne mich zurechtkommen«, gab der Mann zurück.

»Ich dachte, Sie wären zu beschäftigt, bis die Show vorbei ist«, sagte Mason, bevor er sich auf seinem Hocker drehte und in seinen Cheeseburger biss.

»Ich wollte persönlich dafür sorgen, dass Sie und Ihr Kollege alles haben, was Sie brauchen.«

»Und vielleicht wollten Sie sich die beiden CID-Ermittler genauer ansehen, die gedroht haben, die Stimmung zu verderben.«

Der stellvertretende Geschäftsführer lächelte zuversichtlich. »Ich nehme an, dass ich eventuelle Beschwerden darüber, wie dieser Nachtklub geführt wird, von einem der vielen hohen Offiziere oder Beamten der Militärregierung gehört hätte, die dieses Etablissement oft besuchen. Wir versuchen, uns nach den Wünschen der Third Army zu richten.«

»Dagegen habe ich nichts. Ich mag nur nicht vom Maître d'erpresst werden.«

»Wir werden dafür sorgen, dass es dazu nicht mehr kommt.«

Die Kapelle beendete den Cancan-Tanz, und das Publikum applaudierte. Die Eistänzerinnen verschwanden hinter der Bühne, und die Band begann mit der verwestlichten Version eines orientalischen Musikstücks. Eistänzer und Eistänzerinnen glitten in antiken ägyptischen Kostümen auf die Eisfläche. Mason hielt nach Adele oder einer der anderen Eistänzerinnen auf Hildas Foto Ausschau, aber alle Frauen auf dem Eis trugen Schleier.

Mason hatte angenommen, die Gesprächspause bedeutete, dass der stellvertretende Geschäftsführer weiterziehen und sich um andere Pflichten kümmern würde, aber der Mann blieb, wo er war. Seine Entscheidung dafür weckte Masons Neugier. Er lehnte sich zurück und musterte den Mann, während dieser das Geschehen auf dem Eis beobachtete. Ob er adliger Herkunft war, wusste Mason nicht, aber mit seinen betonten Wangenknochen, dem ausgeprägten Kinn, der langen schmalen Nase und den sanften Augen strahlte er eine gewisse Standeszugehörigkeit aus. Sein üblicher Gesichtsausdruck schien mit einem leichten Stirnrunzeln einherzugehen, das nicht von Geringschätzung, sondern eher von einer Enttäuschung über seine Mitmenschen herzurühren schien.

Während der stellvertretende Geschäftsführer weiterhin die Aufführung beobachtete, sagte er: »Sie sind jetzt seit zwei Monaten in Garmisch, nicht wahr, Mr. Collins?«

»Das stimmt. Und da Sie meinen Namen kennen, wie wäre es, wenn Sie mir Ihren sagen?«

»Frieder Kessel.« Er hielt Mason die Hand hin. »Erfreut, Sie kennenzulernen.«

Mason schaute sich Kessels Hand an. Es war eine lange Hand mit einer runden Narbe genau in der Mitte der Handfläche.

»Eine Narbe von einem Durchschuss«, sagte Kessel. »Die Hand funktioniert noch, aber ich habe wenig Gefühl darin. Sie tut nicht weh, wenn Sie zudrücken.«

Mason schüttelte ihm die Hand. »Ich könnte auch einen

Durchschuss vorweisen, aber dann müsste ich Ihnen meinen Hintern zeigen.«

»Vielleicht ein andermal«, sagte Kessel. »Falls es sonst nichts gibt, was Sie brauchen, werde ich mich wieder meinen Pflichten widmen.« Er machte Anstalten, sich zu entfernen.

»Tatsächlich …«, setzte Mason an, sodass Kessel stehen blieb, »… haben wir ein paar Fragen. Und zwar im Zusammenhang mit einer der jungen Frauen, die hier auftreten. Einer gewissen Hilda Schmidt.«

»Ach ja? Ist ihr etwas zugestoßen? Sie ist heute Abend nicht erschienen.«

Eine Vierergruppe drängte sich um Masons und Abrams' Barhocker herum und verständigte sich weiterhin rufend, um die laute Musik zu übertönen.

»Vielleicht gibt es irgendwo einen ruhigeren Ort, wo wir reden können«, sagte Mason.

»Ich habe leider furchtbar viel zu tun.«

»Ich muss leider darauf bestehen. Es wird nur ein paar Minuten dauern.«

Kessel starrte Mason einen Augenblick lang an. »Wenn Sie mir in mein Büro folgen würden.«

Mason biss ein letztes Mal in seinen Cheeseburger und gab Abrams ein Zeichen, mit ihnen zu kommen. Sie folgten Kessel um das Hufeisen der Tische herum zu einer Treppe in der hinteren Ecke auf der Seite des »mittelalterlichen Schlosses« in der Rückwand.

»Er hat wahrscheinlich eine Folterkammer dort oben«, sagte Abrams, während sie die Treppe hinaufgingen.

Sie kamen zu einem Treppenabsatz, von dem man einen kurzen Gang sah, an dem mehrere Büros lagen. Der größte Deutsche, den Mason je gesehen hatte, saß auf einem Hocker oben an der Treppe. Mason blieb stehen und drehte sich zu ihm um. Er zeigte auf die Nase des Mannes, die so viele Krümmungen hatte wie eine Serpentine in den Alpen. »Ich erkenne Sie wieder.«

Der Mann sah ihn mit ausdrucksloser Miene an und unterstrich seine Gleichgültigkeit, indem er seine gewaltigen Arme vor der Brust kreuzte. »Nein, tun Sie nicht.«

»Hans Weissenegger. Schwergewichtsboxer.«

»Ich weiß nicht, wovon Sie reden.«

»Ich habe Sie fünfunddreißig in Chicago in einem Schaukampf boxen sehen. Sie haben diesem Wie-hieß-er-doch-Gleich … Sal …« Mason schnippte mit den Fingern, als versuchte er, sich zu erinnern. »Sal …«

»Torrino.«

»So hieß er. Torrino. Sie haben ihn ganz schön verdroschen.«

Weissenegger biss die Zähne zusammen und blies seine ohnehin mächtige Brust auf.

»Hat Onkel Adolf Sie gezwungen, eine Uniform zu tragen, oder sind Sie während des Kriegs zum Boxen gekommen?«

»Uniform.«

»Schade. Sie hätten um die Weltmeisterschaft kämpfen können wie Max Schmeling.«

»Ich habe meinem Vaterland stolz gedient und Dreckskerlen wie Ihnen Zunder gegeben …«

»Hans«, sagte Kessel streng.

Hans machte den Eindruck, als wolle er Mason den Kiefer polieren, aber er nahm seinen Platz auf dem Hocker wieder ein.

Mason und Abrams folgten Kessel in das erste Büro auf der linken Seite, das von einem Mann bewacht wurde, zu dem der Spitzname »Bennie das Blockhaus« gepasst hätte. Der Türhüter trat beiseite und ließ die drei Männer ein minimalistisches Büro betreten. Mason spürte eher, als dass er sah, wie der Wächter hinter ihnen hineinschlüpfte, und bemerkte, dass er sich für einen so großen Mann unauffällig bewegte.

Kessel ging zu einem kleinen Fenster, von dem aus man den Klub überblicken konnte, und wartete dort einen Moment mit dem Rücken zu ihnen. Mason und Abrams blieben in der Mitte des Zimmers stehen, und der Türhüter stellte sich hinter sie.

Zuerst die VIP-Behandlung und jetzt eine kleine Dosis Einschüchterung.

Kessel zog den Vorhang vor dem Fenster zu und setzte sich auf die Schreibtischkante. Angesichts der beiden CID-Detectives der US Army in seinem Büro machte er einen vollkommen entspannten Eindruck. Normalerweise zeigte jeder Deutsche, dem ein Verhör bevorstand, egal wie abgebrüht er war, eine gewisse Besorgnis in Gegenwart eines CID-Ermittlers, der die absolute Macht der Besatzungsarmee repräsentierte. Kessel hatte entweder nichts zu verbergen oder mächtige Verbündete.

»Was würden Sie gerne von mir wissen, Detectives?«, fragte Kessel.

»Was wissen Sie über Hilda Schmidt?«

»Dass sie eine ausgezeichnete Eistänzerin ist. Warum fragen Sie nach Fräulein Schmidt? Ist sie in irgendwelchen Schwierigkeiten?«

»Haben Sie nie persönlich mit ihr gesprochen, oder wissen Sie irgendetwas über ihr Privatleben?«

»Bevor ich noch eine Frage von Ihnen beantworte, würde ich gerne wissen, warum Sie an ihr interessiert sind.«

»Sie wurde letzte Nacht ermordet, Herr Kessel.«

Mason beobachtete Kessels Reaktion genau, aber er gab nicht mehr zu erkennen als ein leichtes Verziehen der Lippen – etwas, was ein potenzieller Mörder vielleicht für einen angemessenen Ausdruck von Mitleid halten mochte.

»Muss ich meine Frage wiederholen?«, fragte Mason.

»Abgesehen von Begrüßungen oder Glückwünschen zu ihren Darbietungen habe ich nur in beruflicher Funktion mit ihr gesprochen. Ich ziehe es vor, keine Informationen privater Natur über meine Angestellten zu haben. Hilda kam eines Tages zum Vortanzen hierher, und der Choreograf war von ihrer Begabung beeindruckt. Er hat sie auf der Stelle engagiert.«

»Also taucht sie nur auf, tanzt, läuft auf Schlittschuhen, Sie geben ihr etwas Geld und sie geht nach Hause.«

»Etwa in der Art.«

»Sie muss Ihnen Papiere gezeigt haben, die ihr gestatten, in einem Klub der US Army zu arbeiten.«

»Meine Verantwortung beschränkt sich auf den reibungslosen Ablauf in diesem Etablissement. Falls Sie Fragen zu einzelnen Angestellten haben, werden Sie die mit dem Geschäftsführer besprechen müssen.«

»Und wer ist das?«

»Tatsächlich sind es mehrere. Zwei vom Army Corps of Engineers, einer von der für die Truppenbetreuung zuständigen Abteilung der Militärregierung und einer von der Abteilung für Zivilverwaltung.«

»Okay, dann der Wichtigste von ihnen.«

»Das wäre Major Schaeffer von der Abteilung für die Truppenbetreuung.«

»Ist er heute Abend hier?«

»Leider nein. Er kommt genauso wie die anderen Geschäftsführer von Zeit zu Zeit herein; mir ist dafür das Tagesgeschäft anvertraut worden.«

»Das Tagesgeschäft? Wie das Einstellen und Entlassen?«

»Der Bandleader ist verantwortlich für die Musiker und der Regisseur und Choreograf für die Tänzer und Eisläufer.«

»Und die Kellner?«

»In der Beziehung habe ich eine gewisse Vollmacht, aber die endgültigen Entscheidungen werden von Major Schaeffer getroffen.«

»Ich will mit jedem von ihnen reden, aber wir können mit dem Choreografen anfangen.«

»Ganz wie Sie wünschen, Mr. Collins.«

Kessels Süffisanz begann, Mason auf die Nerven zu gehen. »Sie beherrschen die englische Sprache sehr gut, Herr Kessel.«

»Ich habe an der University of Oxford Rechtswissenschaft studiert, bevor ich dem Ruf meiner Familie folgte und zurückkam, um gegen den Bolschewismus zu kämpfen. Ich hatte zusammen mit vielen Deutschen keine Erklärung dafür, warum Amerikaner und Briten sich nicht mit uns zusammengetan haben, um die Bedrohung durch die russischen Bolschewisten aufzuhalten. Das ist etwas, was Sie meiner Ansicht nach bereuen …«

»Was haben Sie während des Kriegs gemacht, Herr Kessel?«

»Das hat wohl kaum etwas mit Ihren Ermittlungen zu tun.«

»Ich wüsste gern, mit wem ich es zu tun habe. Vor kaum zehn Monaten haben wir versucht, uns gegenseitig umzubringen. Jetzt sind wir hier zusammen in einem gemütlichen Büro und reden über den Mord an einer Ihrer Angestellten, während einer Ihrer Gorillas hinter uns steht.« Mason hörte ein leises Rascheln von dem Schrat, der in seinem Rücken stand. »Waren Sie Kommandant eines Konzentrationslagers? Haben Sie sich eine amerikanische Uniform angezogen und amerikanische Soldaten hinter unserer Front getötet?«

»Jetzt werden Sie persönlich. Wenn ich irgendwas getan hätte, was von Ihrer Army als Kriegsverbrechen betrachtet wird, glauben Sie dann, dass ich hier arbeiten würde?«

»Sagen Sie es mir. Ich glaube langsam, dass man in dieser Stadt die Füchse beauftragt hat, den Hühnerstall zu bewachen.«

»Davon habe ich keine Ahnung. Wenn die Gentlemen mich jetzt bitte entschuldigen würden, ich muss mich wieder um meine Pflichten kümmern …«

»Ich sehe, dass eine Menge Geld die Besitzer wechselt. Wer kassiert das Geld? Dieser Klub wird angeblich von der Army geführt.«

»Diese Fragen müssten Sie an meine Vorgesetzten richten.«

»Eines muss ich Ihnen lassen: Sie sind ziemlich raffiniert.«

»Das betrachte ich als Kompliment.«

»Betrachten Sie es, wie Sie wollen.«

Mason und Abrams wandten sich ab, um zu gehen, aber zuvor wandte sich Mason noch an den muskelbepackten Bodyguard. »Wenn Sie sich das nächste Mal so nahe hinter mich stellen, breche ich Ihnen die Beine.«

Der Bodyguard bewegte sich ein winziges Stück auf Mason zu, aber Kessel rief scharf: »Boris!«

Boris ließ Mason ein raubtierhaftes Lächeln sehen und wich zurück.

Als sie an der Tür ankamen, sagte Kessel: »Mr. Collins, ein freundlicher Rat: Ich würde an Ihrer Stelle vorsichtig sein, bevor Sie für mehr Probleme sorgen, als Sie bewältigen können. In dieser Stadt könnten Ihre Freunde Ihre Feinde sein, und Ihre Feinde Ihre Freunde. Sie könnten da draußen alleine sein.«

ZWÖLF

Während Mason und Abrams die Treppe hinuntergingen, konnte Mason die Kellner und Abräumer des Klubs zwischen den Gästen herumgehen sehen. Jeder von ihnen warf ihm und Abrams verstohlene Blicke zu, als wenn eine ausschließlich für ihre Ohren bestimmte verschlüsselte Botschaft die Runde gemacht hätte. Ihr VIP-Status war zu dem von feindlichen Kämpfern herabgestuft worden.

Die Zuschauer brachen bei den letzten Klängen einer Tarantella in Beifall aus. Die Schlittschuhläuferinnen verließen die Eisfläche, und die Vorhänge schlossen sich. Der schwere Tanzboden wurde wieder über das Eis gezogen. Als die Gäste zum Tanzen auf das Parkett traten, schlängelten sich Mason und Abrams durch sie hindurch und schlüpften hinter die Vorhänge.

Der Sicherheitsmann hinter der Bühne zuckte nicht mit der Wimper, als die beiden Ermittler sich ihren Weg durch das Gewühl der Bühnenhelfer bahnten, die mit Requisiten und Lampen zugange waren. Abrams fand eine Tür, die zu den Garderoben führte, wo von einem kleinen Gemeinschaftsraum Flure in beiden Richtungen abgingen. Der Bandleader sprach mit einem Mann, den Mason für den Regisseur und Choreografen hielt – hochgewachsen und geschmeidig, allem Anschein nach ein alternder ehemaliger Tänzer mit kantigen, übergroßen Gesichtszügen und theatralischen Gesten. Mason und Abrams zeigten den beiden

Männern ihre CID-Ausweise. »Wissen Sie, warum wir hier sind?«

Der Choreograf nickte und schaute sie mit gläsernem Blick an. »Ja. Einer von Mr. Kessels menschlichen Rottweilern hat es uns gerade gesagt. Sie war so ein reizendes Mädchen und ein echtes Talent.«

»Wie heißen Sie?«, fragte Mason.

»Arnie Sobel. Ich bin der Choreograf und Regisseur zugleich.«

Mason zog das Foto von Hilda mit den anderen Eistänzerinnen hervor. »Wir würden gern mit den Frauen auf diesem Foto anfangen.«

Sobel untersuchte das Foto. »Das ist vor vier Monaten gemacht worden. Vier von diesen Mädchen sind nicht mehr hier.«

»Dann reden wir mit den beiden, die noch hier sind.«

»Kann das nicht warten? Sie haben eigentlich gleich noch einen Auftritt.«

»Nein, kann es nicht.«

Sobel verlieh seinem Missmut durch ein Zischen Ausdruck. »Kommen Sie mit.« Er führte sie durch den linken Flur, der den Tänzerinnen vorbehalten war, und an mehreren großen Garderoberäumen vorbei, die voll mit mehr oder weniger bekleideten Frauen waren.

Mason bemerkte, dass Abrams die Mädchen mit offenem Mund anstarrte. »Immer mit der Ruhe, Soldat.« Dann wandte er sich an Sobel: »Wir brauchen zwei ruhige Zimmer. Und dann bringen Sie uns eine nach der anderen.«

Sobel blieb vor einer offenen Tür stehen und machte einen Schritt zur Seite, damit die beiden Ermittler in das kleine Büro gehen konnten. Gerahmte Fotos von Eisläuferinnen und Tänzerinnen sowie Schnappschüsse von Sobel mit hohen Offizieren und Prominenten hingen an jeder Wand.

»Das hier ist mein Büro«, sagte Sobel.

»Das dachte ich mir«, sagte Mason.

»Ich möchte Sie nur bitten, dass Sie nicht zu hart mit ihnen umspringen und sie mit Mordgeschichten aus der Fassung bringen. Es ist auch so schon schwierig, gute Tänzerinnen bei der Stange zu halten. Die Hälfte von ihnen hält Ausschau nach reichen Ehemännern oder Liebhabern.«

»Ist das mit den vier anderen Mädchen geschehen?«

»Mit zwei von ihnen, ja.« Er trat an die Wand, wo er das gleiche Foto wie das von Hilda hängen hatte, und zeigte auf eine Brünette mit einem schiefen Lächeln. »Die hier war zu sehr in ihr Rauschgift verliebt. Ich hab sie einmal wieder aufgenommen, aber das mache ich nicht mehr. Der Mann der vierten war ein deutscher Soldat, und sobald er aus einem Kriegsgefangenenlager entlassen war, kam er hierher und zerrte sie fort.«

»Solange die Mädchen hilfsbereit sind, werde ich behutsam sein.«

Bevor Sobel den Raum verließ, sagte Mason: »Das zweite Zimmer ist für meinen Partner. Er wird sich mit Ihnen unterhalten.«

»Mit mir?«

»Falls Mr. Abrams feststellt, dass Sie nicht kooperativ sind, hat er Anweisungen, nicht so behutsam zu sein.«

Noch einmal stieß Sobel ein ärgerliches Zischen aus und verließ das Zimmer.

»Sie bekommen die Mädchen, ich den Choreografen?«, fragte Abrams.

»Einer der Vorteile meines Dienstrangs, mein Junge.«

Abrams imitierte Sobels Zischen und ging.

Mason sah sich das Zimmer genauer an, während er auf die erste Tänzerin wartete. Sobel hatte Bücher über Tanz und Design, Skizzenbücher und Fotoalben. Nichts Außergewöhnliches. Zu den Bildern an der Wand gehörten solche, auf denen Sobel mit einer ganzen Galaxis von Ein-, Zwei- und Drei-Sterne-Generalen von der Third Army und bis zum USFET posierte, dem Obersten Hauptquartier aller US-Streitkräfte in Europa. Es waren Beamte der Militärregierung und USO-Prominenz zu sehen, darunter Bob Hope und Judy Garland.

Die Tür ging auf, und Sobel führte eine junge Frau ins Zimmer. Er stellte sie als Margareta vor und ließ sie allein. Margaretas verschlissener Frotteebademantel stand in scharfem Gegensatz zu ihren schwarzen Nylonstrümpfen und ihrem auffälligen Bühnen-Make-up. Mason bat sie, in Sobels Sessel Platz zu nehmen. Stattdessen glitt sie fast zu Mason hinüber und setzte sich auf den Schreibtisch, wenige Zentimeter von ihm entfernt. Sie schlug die Beine übereinander und stützte sich nach hinten auf den Händen ab, was auf Mason wirkte wie die oft geübte Haltung eines Pin-up-Girls.

»Sie wollten mich sehen«, sagte sie im besten Greta-Garbo-Tonfall, auch wenn dies auf Deutsch nicht ganz so verführerisch klang. »Könnte ich eine Zigarette haben?«

Mason bot ihr eine an und zündete sie ihr an. Sie strahlte über das ganze Gesicht, während sie einen Zug machte und den Rauch ausstieß, als absolviere sie eine Probeaufnahme in Hollywood.

»Hat Herr Kessel Ihnen gesagt, warum ich hier bin?«, fragte Mason auf Deutsch.

»Er hat mir gesagt, ich soll Ihnen helfen«, sagte sie mit halb geschlossenen Augen und leicht geöffneten Lippen, eine Parodie der Verführerin. »Ihnen alles geben, was Sie wollen.«

»Das ist nett von Herrn Kessel. Sind alle Mädchen hier so … hilfsbereit wie Sie?«

»Das kommt drauf an.«

»Wie ist es mit Hilda Schmidt?«

Margaretas glutvoller Blick verlor nur einen Moment lang seinen Glanz. »Sie könnte hilfsbereit sein, aber dann müssten Sie wichtiger als ein Cop sein.«

»Wirklich? Ihr letzter Freund ist ein Geheimdienstagent, John Winstone.«

»Es geht nicht um den Dienstrang, es kommt auf den Einfluss dahinter an.«

»Mr. Winstone ist ein einflussreicher Mann, oder?«

»Vielleicht nicht für Sie.«

»Soll das heißen, er könnte Deutschen das Leben schwer oder leicht machen?«

Margareta zuckte mit den Achseln. »Man hört so einiges. Entnazifizierungspapiere, Arbeitserlaubnisse, bessere Lebensmittelkarten.«

Jetzt kommen wir der Sache näher, dachte Mason, obwohl ihn der Gedanke nicht zufriedenstellte. Er wusste, dass sie möglicherweise log, entweder aus Rachsucht oder auf Anweisung. »Was hört man sonst noch?«

»Nichts, womit ich etwas zu tun gehabt hätte. Ich halte mich lieber raus, um nicht in Schwierigkeiten zu geraten. Ich komme zur Arbeit, mache meinen Job ... mache vielleicht ein bisschen nebenbei. Nachts schlafe ich. Kein Problem.«

»Was können Sie mir über Hilda sagen?«

»Was Sie auch gegen sie in der Hand haben, es wird nichts bringen. Sie wird damit durchkommen.«

»Diesmal vermutlich nicht. Hilda wurde letzte Nacht ermordet.«

Margareta behielt ihr Lächeln bei, aber es wurde schief an den Mundwinkeln.

»Agent Winstone ist auch tot. Es könnte sein, dass er sie umgebracht und dann Selbstmord begangen hat, oder, was ich eher geneigt bin zu glauben, dass jemand oder eine Gruppe sie beide ermordet hat. Fällt Ihnen jemand ein, der sie vielleicht umgebracht haben könnte, und warum?«

Margareta schüttelte bloß den Kopf. Die Zigarette schwebte neben ihrem Mund, aber sie schien zu atemlos zu sein, um daran zu ziehen.

»Hat sie irgendwas von Schwierigkeiten oder einem Streit mit Agent Winstone erwähnt?«

»Er war wie ein junger Hund, wenn Hilda bei ihm war.«

»Wissen Sie, ob irgendjemand sie bedroht hat oder ihr Schaden zufügen wollte?«

»Nichts, wovon ich gehört hätte. Könnte einer ihrer abgeblitzten Liebhaber gewesen sein. Von denen hatte sie ein paar.«

»War Hilda in irgendetwas Illegales verwickelt?«

»Was zum Beispiel?«

»Trickbetrügerei, Glücksspiel, Prostitution?«

»Ich habe nie etwas Derartiges von ihr gehört.«

»Was ist mit dem Schwarzmarkt?«

»Jeder benutzt den Schwarzmarkt.«

»Ich nehme an, Sie war keine Freundin von Ihnen.«

»Sie hatte nur Männerfreunde.«

»Können Sie mir den Namen von einem dieser Freunde nennen?«

»Nein«, sagte sie entschieden.

»Sind Sie sicher?«

Margareta spielte mit dem Kragen ihres Bademantels. »Sind Sie sicher, dass ich Ihnen nicht auf andere Weise helfen kann?« Sie zog den Bademantel weit genug zurück, um ihm zu zeigen, dass sie wenig darunter anhatte.

»Danke, aber danke, nein. Was ist mit Freunden unter Deutschen oder Vertriebenen?«

Margarete schloss den Bademantel. »Wird das die ganze Nacht dauern? Ich muss in einer Stunde noch einmal auftreten.«

»Das hier wird so lange dauern, wie es dauert, um an Informationen zu kommen.« Mason lehnte sich an die Wand und zündete sich eine Zigarette an, als wäre er bereit, die ganze Nacht zu warten.

Schließlich drückte Margareta ihre Zigarette aus und stieß einen schweren Seufzer aus. »Eddie Kantos. Ein Grieche. Ihm gehört ein Nachtklub, das Havana. Ich habe ihn ein paarmal mit Hilda gesehen.« Sie zeigte mit dem Finger auf Mason. »Aber gehen Sie nicht hin und behaupten, ich hätte es Ihnen gesagt.«

»Ein harter Bursche, ja?«

»Davon weiß ich nichts.« Sie rutschte vom Schreibtisch runter. »Sind wir jetzt fertig? Ich habe Ihnen nichts mehr zu sagen, und ich muss mich noch für den nächsten Auftritt umziehen.«

Mason gab ihr eine seiner Karten. »Wenn Ihnen noch irgendwas einfällt, rufen Sie mich an. Sie haben Hilda ja vielleicht nicht gemocht, aber niemand verdient, was ihr zugestoßen ist.«

Margareta nahm die Karte. Sie schaute ihn einen Moment lang an, und in ihren Augen konnte er lesen, was er wissen musste. Sie hatte Angst. Sie ging ohne ein weiteres Wort.

Als Nächste brachte Sobel eine muntere Blondine mit lockigem Haar herein, die ungeschickt die gleiche Verführerinnen-Nummer wie Margareta versuchte, aber sie entpuppte sich als deren genaues Gegenteil: begriffsstutzig und schwach. Als Mason sie über Hildas Tod informierte, brach sie in Tränen aus und hörte nicht auf zu weinen, bis Mason schließlich aufgab und sie fluchtartig das Zimmer verließ.

Sobel kam kurz darauf mit Abrams herein, und Abrams schien nach einem offenbar nervtötenden Verhör selbst den Tränen nahe zu sein. »Bitte sagen Sie mir, dass Sie mit uns fertig sind«, flehte Sobel sie an. »Ich muss noch eine abschließende Aufführung auf die Beine stellen, und Sie haben eine meiner wichtigsten Eistänzerinnen traumatisiert.«

»Adele Holtz ist eine Ihrer Tänzerinnen, richtig?«

»Wenn Sie mit ihr sprechen wollen, müssen Sie noch mal wiederkommen. Sie ist heute Abend nicht aufgetaucht, und wir haben nichts …«

Sobel hörte mitten im Satz auf, als Mason zur Tür hinauslief.

DREIZEHN

Adele wohnte im Untergeschoss eines dreistöckigen rosafarbenen Stuckgebäudes unmittelbar neben der Ludwigstraße. Abrams hielt mit der Limousine auf der anderen Straßenseite. Die Straße war ruhig, weil Mitternacht vorüber war.

»Sie haben gesagt, dass Sie schon zweimal hier gewesen sind«, sagte Abrams. »Vielleicht ist sie aus der Stadt verschwunden.« Er machte Anstalten, aus dem Wagen zu steigen, aber Mason ergriff ihn am Arm, um ihn aufzuhalten.

»Warten Sie eine Minute.«

Mit erstauntem Blick gehorchte Abrams. Mason suchte die Straße ab.

»Wonach halten Sie Ausschau?«, fragte Abrams.

»Ich werd's wissen, wenn ich's sehe. Von jetzt an werden wir, Sie und ich, darauf achten, was hinter uns geschieht. Überprüfen Sie die Ecken und die Schatten, bevor Sie losgehen.«

»Jetzt versuchen Sie bloß, mir Angst einzujagen. Wenn Sie mich nicht mehr als Ihren Partner haben wollen, sagen Sie es einfach.«

Einen Block weiter die Straße hinunter wurde der Motor eines Wagens angelassen. Die Scheinwerfer wurden eingeschaltet, und die Reifen quietschten. Mason wurde vorübergehend von den grellen Lichtern geblendet und konnte daher nur die Silhouetten zweier Männer mit Hüten erkennen, als der Wagen vorbeirauschte. Mason sprang heraus. Der Wagen hatte kein Nummernschild, aber Mason erkannte die

Marke, ein in Deutschland gebauter Horch Baujahr 1938, leider ein ziemlich verbreitetes Fahrzeug. Dann lief er mit Abrams im Schlepptau über die Straße. Er sprang die sechs Stufen hinunter und schlug gegen Adeles Tür. Ein Hund bellte und löste damit eine Kettenreaktion anderer bellender Hunde aus. In anderen Häusern gingen einige Lichter an.

Mason bollerte wieder gegen die Tür. »Adele, ich bin's, Mason. Mach auf.« Er betastete die Tür. »Die ist ziemlich stabil. Helfen Sie mir, sie einzutreten. Nehmen Sie einen Punkt unter der Klinke, ich trete höher zu.«

Nach zwei harten Tritten gab das Holz um das Schloss herum nach, und die Tür flog auf. Die Wohnung drinnen war stockdunkel.

»Ich hab Ihnen doch gesagt, sie ist nicht zu Hause«, sagte Abrams.

Mason legte den Finger auf die Lippen und schaltete seine Taschenlampe ein. Dann zog er seine .45er Colt-Pistole heraus und legte den Sicherungshebel um. Abrams tat es ihm nach. Sie bewegten sich langsam durch den Flur, an dem auf beiden Seiten Türen lagen. Das Wohnzimmer kam zuerst. Mason gab Abrams ein Zeichen, weiterzugehen und im Bad nachzusehen. Er inspizierte das Wohnzimmer mit der Taschenlampe und ließ den Lichtstrahl über den Fußboden wandern, während er hoffte, dass er Adele nicht auf die gleiche Weise zugerichtet vorfand wie Hilda.

Als Mason aus dem Wohnzimmer trat, war Abrams gerade mit dem Bad fertig. Abrams schüttelte den Kopf. Sie legten die letzten drei Meter des Flurs nebeneinander zurück, Taschenlampen und Schusswaffen erhoben. Abrams wandte sich nach links, um die Küche zu überprüfen, und Mason ging durch die offene Tür ins Schlafzimmer. Wie zuvor nahm Mason die linke Seite des Schlafzimmers mithilfe der Taschenlampe in Augenschein. Die Bettdecken waren heruntergezogen, Kaffeetassen und ein Tablett mit Essensresten standen auf dem Nachttisch. Der Geruch von Zigaretten hing schwer in der Luft. Er drehte sich herum, um sich die gegenüberliegende Seite anzusehen, und in dem Moment, als er die Schwenkbewegung mit der Taschenlampe begann, hörte er das Klicken eines Hahns, der zurückgezogen wurde.

Mason duckte sich und schwang die Taschenlampe zu dem Geräusch herum. Er machte sich auf den Knall einer Schusswaffe gefasst. Sein Finger drückte leicht gegen den Abzug, aber die Taschenlampe fand sie zuerst. Adele stand zitternd in einer Ecke. Sie hielt die Waffe gerade vor sich, zielte aber auf nichts. Sie hatte die Augen weit aufgerissen, und Tränen liefen ihr die Wangen hinunter.

Mason beleuchtete sein eigenes Gesicht mit der Taschenlampe und redete mit sanfter Stimme. »Adele, ich bin's, Mason. Wir sind hier, um dir zu helfen.«

Adele stieß einen leisen Seufzer aus, hielt aber die Walther P38 weiter in der ausgestreckten Hand, den Hahn gespannt und schussbereit. Mason richtete sich langsam auf und hielt die Arme so, dass Taschenlampe und Pistole zur Seite zeigten. Er machte einen Schritt nach vorn.

»Nimm die Waffe runter, Adele.«

Abrams tauchte hinter Mason im Zimmer auf, und Adele richtete die Waffe auf ihn.

»Das ist mein Partner. Noch ein Polizist.« Er drehte sich leicht zu Abrams um. »Stecken Sie die Waffe weg.« Er machte noch einen Schritt nach vorn.

»Woher soll ich denn wissen, dass du nicht hier bist, um mich umzubringen?«, fragte Adele mit eindringlicher Stimme.

»Na ja, zunächst mal hätte ich nicht an die Tür gehämmert

und der Nachbarschaft verkündet, wer ich bin.« Er lächelte. »Ich hoffe, da traust du mir etwas mehr zu.« Er legte seine Pistole und die Taschenlampe auf einen Stuhl mit hoher Rückenlehne.

Adele erschauerte am ganzen Körper und ließ die Arme sinken. Mason trat zu ihr und nahm ihr sachte die Walther aus der Hand. Er ließ den Hahn wieder in die Ruhestellung zurückkehren. Adele warf sich in seine Arme und schnappte nach Luft.

Hinter Mason atmete Abrams tief aus, nachdem er einige Zeit die Luft angehalten hatte, und sagte: »Herr im Himmel.«

»Tut mir leid«, stieß Adele aus. »Ich dachte, ihr wärt … wärt … Oh Gott, arme Hilda.«

Abrams schaltete eine Bodenlampe ein, während Mason sie zum Fuß des Betts führte und ihr half, sich hinzusetzen. »Warum glaubst du, dass Männer kommen würden, um dich zu töten?«

Sie schaute ihn an, als sei sie durch die Frage verwirrt. »Wegen dem, was mit Mr. Winstone und Hilda passiert ist.«

»Adele, wir sind immer noch nicht sicher, ob es mehr war, als dass Agent Winstone Hilda umgebracht und Selbstmord begangen hat.«

»Das glaubst … Das kannst du nicht glauben.«

»Ich glaube es nicht, aber es gibt keine Beweise für einen anderen Tathergang.«

»Es ist passiert wegen dem, was Winstone und Hilda rausgefunden haben.«

»Was haben sie rausgefunden?«, fragte Mason.

»Ich weiß nicht. Sie wollten es mir nicht sagen. Aber was es auch war, Hilda hatte Angst. Agent Winstone fand, dass sie überreagierte, aber Hilda behauptete, sie würden von irgendwelchen Amerikanern verfolgt. Sie hat mir gesagt, das sei der Grund, warum sie wollten, dass du mit ihnen nach Hause kämst. Wenn die Männer sähen, dass ein Polizist bei ihnen wäre, würde sie das davon abhalten, irgendwas zu tun.«

»Und das war der Grund dafür, dass Sie dich baten mitzukommen? Um mich zu überreden, die Nacht über bei ihnen zu bleiben?«

Adele nickte und schlug die Augen nieder. »Das war Hildas Idee. Sie rief mich von dem Restaurant aus an und bat mich zu kommen. Ich habe ihr gesagt, das ginge nicht, aber Hilda klang so verängstigt und verzweifelt. Ich hab es für sie getan. Ich hätte alles für ihre Sicherheit getan. Hilda war meine Schwester.«

»Deine Schwester?«

Adele nickte. »Tut mir leid, dass ich dir was vorgemacht habe. Das war auch eine Idee von Hilda, dir nicht zu sagen, dass wir Schwestern sind, weil du sonst sofort gemerkt hättest, dass du getäuscht werden solltest. Ich sollte eigentlich nur mit dir bis zum Morgen tanzen und reden, aber ich vermute, ich habe zu viel getrunken, und du hast mir gefallen.«

Mason schob seinen Zorn und seine Verlegenheit zunächst beiseite. Er schaute zu Abrams, der immer noch neben der Tür stand. »Sie müssen nichts von dem hier mit anhören. Je mehr Sie wissen, desto eher könnte Sie das in Schwierigkeiten bringen.«

»Ich bleibe, wenn Sie nichts dagegen haben.«

Mason wandte sich wieder an Adele. »Hat Hilda dir gesagt, wer die Männer waren oder wie sie aussahen?«

Adele schüttelte den Kopf.

»Du hast mir noch nicht gesagt, warum die Männer dich umbringen wollen.«

»Sie wüssten vielleicht, was Hilda mir erzählt hat.«

Mason war klar, dass Hilda ihnen aller Wahrscheinlichkeit nach unter ihren Messern alles gesagt hatte.

»Und was hat Hilda dir gesagt?«

»Bevor sie sich ineinander verliebten, war Hilda eine Informantin für Agent Winstone …« Sie kämpfte mit den Tränen und schwieg eine Weile.

Mason blieb still, damit sie ihre Gedanken ordnen konnte.

»Sie sollte über die Aktivitäten und Bewegungen der Herren Giessen, Bachmann und Plöbsch berichten. Was sie sagten, alles. Später, vielleicht vor zwei Wochen, setzte Agent Winstone sie darauf an, Informationen über einen Mann namens Lester Abbott zu beschaffen.«

»Abbott? Das klingt nicht deutsch.«

Adele schüttelte den Kopf. »Ich hab sie nur zufällig seinen Namen ein- oder zweimal erwähnen hören. Agent Winstone glaubte, dass Abbott eine Art Geschäftsbeziehung mit Herrn Giessen unterhielt und irgendwie etwas mit eurem amerikanischen Geheimdienst zu tun hatte.«

Ein Agent im CIC, der was mit einer Bande zu tun hatte? Mason schaute Abrams an und wandte sich wieder Adele zu. »Und sie hat nichts anderes über diesen Mann, über diesen Abbott gesagt?«

»Nein. Dann wurden Giessen und Bachmann umgebracht und Hilda ermordet. Ich bin sicher, dass die Morde irgendwie zusammenhängen.«

»Und sie hat nichts darüber gesagt, was Agent Winstone entdeckt hatte?«

»Nur dass einige sehr furchterregende Leute versuchten, alle Schwarzmarktoperationen zu übernehmen.«

»Wer? Deutsche? Amerikaner?«

»Ich glaube, sowohl als auch«, sagte Adele. Sie wurde plötzlich blass und hielt sich an Mason fest. »Bitte. Das ist alles, was ich weiß. Ich habe solche Angst, dass sie jetzt kommen, um mich zu holen.«

»Du kannst heute Nacht bei mir bleiben. Aber es ist wahrscheinlich am besten, wenn du irgendwelche Vorkehrungen triffst, um die Stadt zu verlassen.«

»Und wohin soll ich gehen? Ich habe keine Angehörigen mehr, und ich habe so gut wie kein Geld.«

»Wir lassen uns was einfallen.« Er wandte sich an Abrams. »Kommen Sie mit dem Wagen vor die Tür gefahren. Es könnte sein, dass immer noch jemand dieses Haus beobachtet.«

Abrams bog mit dem Wagen in die Frühlingstraße ein, eine lächerlich malerische Straße, die an der fast zugefrorenen Loisach entlanglief. Die Häuser waren viel kleiner als die in Winstones Nachbarschaft, aber sie waren trotzdem schön und sahen so aus, als wären sie einem Märchen entsprungen.

Abrams hielt den Wagen anderthalb Blocks vor Masons Haus an.

»Warum halten Sie hier?«, fragte Mason.

»Sie haben gesagt, ich sollte von jetzt an vorsichtig sein.«

Mason nickte. »In Ordnung. Mir ist es lieber, Sie sind übervorsichtig.«

»Rechnen Sie wirklich mit Schwierigkeiten?«

»Immer wenn man eine Menge gewinnen oder verlieren kann, gibt es Schwierigkeiten.«

»Vielleicht sollten wir uns Unterstützung besorgen.«

»Wissen Sie, zu wem wir gehen sollten? Mir scheint, als hätte jeder in dieser Stadt etwas zu gewinnen oder zu verlieren.«

»Sie eingeschlossen.«

Mason nickte. »Ich eingeschlossen.« Er schaute nach hinten zu Adele, die ausgestreckt auf der Rückbank lag und schlief. Er zeigte auf sein Haus. »Fahren Sie. Ich sehe nichts Verdächtiges.«

Abrams parkte den Wagen, und Adele wachte erschrocken auf, als die Autotüren geöffnet wurden. Abrams wartete, bis Mason Adele wohlbehalten zur Haustür gebracht hatte, bevor er abfuhr.

Das Haus hatte mal einem deutschen Major der Gebirgsjäger gehört, die in Garmisch stationierten Elite-Gebirgstruppen. Es war ein weißes Fachwerkhaus mit zwei Schlafzimmern, einem Spitzdach, Bogenfenstern und einer breiten Veranda. Verkümmertes Unkraut hatte die Blumenkästen auf den Fensterbänken erobert. Das Haus war nach dem Tod des Majors aufgegeben worden und machte einen vernachlässigten Eindruck, aber es war trotzdem eine Art Palast im Vergleich zu den Unterkünften, in denen Mason in den letzten Jahren seine Mütze aufgehängt hatte.

Nach einer letzten flüchtigen Begutachtung der Nachbarschaft schloss Mason die Haustür auf. Drinnen half er Adele dabei, ihren Mantel abzulegen, während sie sich im Wohnzimmer umsah. »Alles ist an seinem Platz. Ich wette, du gibst nicht mal dem Staub eine Chance, sich niederzulassen.«

»Ich bin nur zum Schlafen hier.«

Mason hatte an der Einrichtung nichts geändert. Der Major war in seinen letzten Lebensjahren Witwer gewesen, und die Möbel und die Dekoration verbreiteten die Aura eines Mannes von konventionellem Geschmack: Wenn es keine Funktion hatte, hatte es keinen Platz. Die Ausnahme war die umfangreiche und eklektische Schallplattensammlung des Majors, von französischen Balladen bis zu kroatischer Volksmusik. Die einzigen Dinge, die Mason entfernt hatte, waren das einst allgegenwärtige Porträt Adolf Hitlers und Familienfotos. Allerdings hatte Mason sich nicht die Mühe gemacht, sie durch irgendwelche eigenen zu ersetzen.

»Der hingebungsvolle Offizier«, sagte Adele, während sie an den Möbeln vorbeischlenderte. Ihre Verletzlichkeit war verschwunden. Die geschmeidigen, sinnlichen Bewegungen waren zurückgekehrt. Sie ging auf Mason zu und blieb kurz vor ihm stehen, ihr Gesicht Zentimeter von seinem entfernt. Er konnte ihren Lippenstift und alte Tränen riechen, und darunter einen Hauch von Körpergeruch, was er, zumindest an ihr, erotisch fand.

»Du sammelst gerne kleine Vögel mit gebrochenen Flügeln«, meinte sie.

»Du machst keinen so gebrochenen Eindruck auf mich.«

»Bin ich aber. Und dein Partner: noch einer, den du unter deine Fittiche genommen hast.«

»Er kann auf sich selbst achtgeben.«

»Lass ihn nur nicht zu früh aus dem Nest fallen«, sagte sie und beugte sich vor, um ihn zu küssen.

Mason zog den Kopf zurück und sah ihr fest in die Augen. »Ist das ein weiteres kalkuliertes Manöver deinerseits?«

»Was würde ich damit erreichen? Du bist nicht der Typ, der mich als Haustier bei sich behält, um ihm Essensreste zu verfüttern und Münzen zuzuwerfen, wenn es Tricks vorführt. Du hast mich gerettet und mich mit zu dir nach Hause genommen, mein Ritter in schimmernder Rüstung. Ich habe seit Jahren keinen Mann kennengelernt, der das für mich getan hat. Ich will dich küssen. Du kannst es genießen … oder nicht.«

Mason küsste sie doch. Richtig. Es war nicht viel Gefühl dahinter. Es war alles reine Leidenschaft, und sie wusste, wo sie ihn drücken, ihn berühren, ihn küssen musste. Ihre Verbindung lag in dem Wissen, was genau jeder von ihnen beiden brauchte und begehrte, was wiederum jede Empfindung verstärkte. Normalerweise schätzte Mason es, wenn wenigstens eine gemeinsame Zuneigung hinter der sinnlichen Begierde lag, aber Adele hatte eine bezaubernde Fähigkeit, sein Verlangen zu entflammen, und er gab sich ihm ein zweites Mal mit äußerster Hemmungslosigkeit hin.

Sie liebten sich noch einmal am nächsten Morgen, obwohl sie diesmal nicht dasselbe Ausmaß an Hingabe erreichten wie in der Nacht zuvor. Beim Kaffee redeten sie wenig, was Mason nicht unlieb war, weil sein Gehirn das letzte Organ war, das morgens wach wurde. Adele aß heißhungrig, und deshalb spielte das Reden nur eine untergeordnete Rolle neben dem Toast und der Marmelade, den Cornflakes, gemischtem Obst und einem Liter Milch.

Sie bemerkte, dass er ihr beim Essen zusah. »Keine Angst. Ich werde dir nicht die Haare vom Kopf fressen. Ich habe praktisch nichts gegessen in den letzten anderthalb Tagen.«

»Ich werde heute Abend mehr zum Essen mitbringen. Ich möchte, dass du dich draußen nicht sehen lässt, wenigstens die nächsten Tage.«

»Da musst du mich nicht zweimal bitten.« Sie legte eine Essenspause ein, um ihn anzuschauen. »Warum machst du das?«

»Glaubst du, du hättest es nicht verdient, gerettet zu werden?«

Sie zuckte mit den Achseln und stürzte sich wieder auf ihre Cornflakes.

»Was hast du während des Kriegs gemacht?«, fragte Mason.

»Das, was alle gemacht haben: versucht, am Leben zu bleiben.«

»Bist du Schlittschuh gelaufen? Hast du getanzt? Banken überfallen?«

Adele hörte mit vollem Mund auf zu kauen und schaute ihn an, als wolle sie in seine Richtung spucken. »Erst vögelst du mit mir, und dann willst du dich vergewissern, dass ich kein Nazi war? Ist es das? Willst du meine Entnazifizierungspapiere sehen?«

»Offenbar ein wunder Punkt.«

»Ich bin es leid, dass mir jeder Amerikaner mit diesem selbstgefälligen Ausdruck von Überlegenheit die gleichen Fragen stellt.«

»Dann lass es. Ich will es nicht wissen.«

»Weil du sicher bist, dass ich eine ›Sieg Heil‹ rufende Nazi-Fanatikerin war.«

Mason fühlte sich in die Defensive gedrängt, was seinen Zorn auflodern ließ. »Hilda hat mir erzählt, dass eure Mutter zum Teil Jüdin war und eure Familie deshalb verfolgt wurde. Ich fand Hildas Geschichte fesselnd, und ich habe mich einfach gefragt, ob du eine ähnliche Erfahrung gemacht hast. Wenn du nicht darüber reden willst, ist das in Ordnung. Wir machen eine reine Geschäftsbeziehung daraus: Essen und Unterkunft gegen Informationen.«

Adele ließ ihren Löffel in die Cornflakes fallen und lehnte sich mit vor der Brust gekreuzten Armen zurück. »Das war herzlos.«

»Du hast recht. Ich bitte um Entschuldigung.«

Adele schaute ihn noch einen Moment still an und sagte dann: »Hilda war die wirklich Begabte von uns beiden. Sie war acht, als sie mit dem Schaulaufen anfing. Ich bin fünf Jahre älter als Hilda, und ich habe ungefähr zur gleichen Zeit angefangen wie sie. Ich war gut, aber zu sehr an Jungen interessiert, um es ernst zu nehmen. Dann wurde ich mit siebzehn schwanger.«

»Hast du ein Kind?«

Adele schüttelte den Kopf. »Ich hab sie bei der Entbindung verloren.« Sie schluckte schwer und blickte zur Seite. »Der Junge, der mich geschwängert hatte, heiratete mich trotzdem. Sein Vater war ein mächtiger Nazi am Ort. Er liebte seinen Sohn, und deshalb vertuschte er, dass meine Mutter Halbjüdin war. Mein Mann …« Sie ließ ein schiefes Lächeln sehen. »Er ging zwei Jahre später zur Waffen-SS. Ich war die aufrechte Hausfrau für meinen kleinen Nazi-Soldaten. Auf diese Weise geriet ich nicht in Schwierigkeiten … eine Zeit lang.« Sie brach ab und sah so aus, als sei die Erinnerung schmerzhaft für sie. »Dann war ich so unüberlegt, die Entlassung meines Vaters zu beantragen. Das war unmittelbar, bevor mein Mann dreiundvierzig in Afrika getötet wurde, und mein Schwiegervater starb einen Monat später an einem Herzinfarkt. Damit verlor ich meinen einzigen Schutz und wurde verhaftet. Sie steckten mich in ein Lager, und ich wurde zu einem Arbeitseinsatz eingeteilt, bei dem ich nach Bombenangriffen aufräumen und Verteidigungsgräben gegen die russische Armee graben musste. Nach dem Krieg war ich ein Wrack. Hilda hat mich überzeugt, wieder mit dem Schlittschuhlaufen und dem Eistanzen anzufangen. Da hast du meine traurige Kriegsgeschichte.« Sie wies mit dem Kinn auf Mason. »Ich habe deine Narben bemerkt: die an deinem linken Brustkorb, auf deinem Rücken und die auf deinem herrlichen Arsch. Mein kleines Nadelkissen. Und die Narben an deinen Füßen. Brandwunden?«

»Erfrierungen von dem Todesmarsch, zu dem mich deine Kameraden zusammen mit tausend anderen Kriegsgefangenen gezwungen haben.«

»Ein großer, kräftiger echter Mann wie du … ich wette,

du hast ihn ganz gut überstanden. Der Junge wächst auf im amerikanischen Traum, um ein Kriegsheld zu werden. Das ist es, was einen die meisten Ami-Soldaten glauben machen wollen, indem sie mir erzählen, wie wundervoll das Leben in Amerika ist, damit ich meine Kleider zerreiße, mir die Haare raufe und Gott verfluche, weil er keine Amerikanerin aus mir gemacht hat.«

Mason lächelte und stützte sich auf die Ellbogen. »Ich bin in Augsburg geboren, aber als mein Vater im Ersten Weltkrieg starb, ist meine Mutter zusammen mit meinen Großeltern in die Vereinigten Staaten emigriert. Wir sind in den Staat Ohio gegangen, wo mein Großvater einen Bruder mit einer Farm hatte. Meine Mutter heiratete einen Amerikaner, einen gemeinen Säufer namens Robert Collins. Wegen der antideutschen Stimmung änderten sie den Nachnamen von mir und meiner Schwester von Strächer in Collins und meinen Vornamen von Meinrad in Mason …«

Adele lächelte. »Damit haben Sie dir einen Gefallen getan.«

»Mein Stiefvater verließ uns, als ich acht war. Meine Schwester starb an Kinderlähmung und meine Mutter am Alkohol. Meine Großmutter hat mich aufgezogen. Ich wurde Cop, dann Detective bei der Polizei von Chicago. Dann rekrutierte mich die Spionageabwehr der Army, weil ich Detective war und fließend Deutsch sprechen konnte. Ich wurde gefangen genommen und war vier Monate lang Kriegsgefangener. Und jetzt bin ich hier und fraternisiere mit einer hinreißenden Ex-Nazibraut.«

»Du bist zum Ausgangspunkt zurückgekehrt. Zurück im Vaterland.«

»Es ist nicht mein Vaterland. Nicht nach dem, was Hitler und Deutschland getan haben. Ich versuche immer noch zu begreifen, wie ein ganzes Volk einen solchen Mann unterstützen, ja ihm sogar zujubeln konnte.«

»Wir sind alle unschuldig und alle schuldig. Wusstest du das nicht? Alle waren Anhänger und alle waren Kritiker. Alle willige Teilnehmer und hilflose Zuschauer. Das ist die einzige Art, wie es funktionieren *kann*.«

»Du bist ziemlich klug für eine Schlittschuhläuferin.«

»Ich wusste nicht, dass es einen maximalen IQ für Eisläufer gibt. Andererseits scheint es meiner Erfahrung nach einen für Cops zu geben. Anwesende natürlich ausgeschlossen.«

Mason trank seinen Kaffee aus. »Wo wir gerade von Cops reden: Ich habe immer noch ein paar Fragen.«

»Für mein Zimmer und die Verpflegung?«

»Um die Mörder deiner Schwester zu finden.«

Als Adele nicht antwortete, fragte Mason: »Warum haben du und Hilda getrennte Wohnungen gehabt? Und warum habt ihr die Tatsache, dass ihr Schwestern wart, geheim gehalten?«

»Wir haben getrennt gewohnt, weil ich es so wollte. Nachdem ich nach Garmisch gekommen war, dauerte es nicht lange, bis ich anfing, böse auf sie zu werden, richtig sauer. Sie hatte das ganze Talent. Sie bekam all die Männer. Ich hab mich genauso benommen, als wären wir noch Kinder. Außerdem gefielen mir einige der Dinge nicht, in die sie hineingeriet. Wir haben uns gestritten wie die Kesselflicker, und dann weigerte ich mich, mit ihr zu reden. Hilda ist vor ungefähr drei Wochen zu mir gekommen. Sie hatte Angst, und sie hatte sonst niemanden, dem sie trauen konnte. Sie hat mir alles erzählt, und durch diese ganze Geschichte kamen wir uns wieder näher. Und wir haben nicht wirklich ein Geheimnis daraus gemacht, dass wir Schwestern sind. Hilda dachte, es wäre sicherer, wenn wir einfach nicht über unser Verwandtschaftsverhältnis redeten.«

»Hast du eine Idee, warum Winstone Hilda als Informantin rekrutiert hat? Was für eine Art von Beziehung konnte Hilda mit Giessen und dem Rest gehabt haben? Woher kannte sie die Bande?«

»Garmisch ist eine kleine Stadt. Alle, die auf dem Schwarzmarkt gehandelt haben – und das ist so ziemlich jeder –, kannte diese Männer.«

»Aber damit Hilda so nahe herankommen konnte, musste sie eine direkte Verbindung gehabt haben.«

Adele fand auf einmal ihren Löffel interessant und drehte ihn in ihrer leeren Cornflakes-Schale immer wieder um. »Hilda war Giessens Geliebte.«

Mason steckte sich eine Zigarette an, um seine Überraschung zu kaschieren. »Auch noch, als sie mit Winstone zusammen war?«

»Nein. Giessen und sie waren nur ein paar Monate im letzten Sommer liiert. Hilda hat von sich aus angeboten, für Winstones Untersuchung die Freundschaft mit Giessen zu erneuern.«

»Sie hat Winstone wann kennengelernt?«

»Irgendwann im Dezember. Zu der Zeit war sie mit Eddie Kantos zusammen.«

»Kantos? Eine der anderen Eisläuferinnen deutete an, er sei ein ziemlich harter Brocken.«

Adele nickte. »Ich nehme an, er war ziemlich grob zu ihr. Das hat ungefähr fünf Monate gedauert, bis Winstone sie als Informantin rekrutierte. Sie verliebte sich während dieser Zeit in Winstone. Das arme Kind hatte nie viel Glück mit den Männern.«

»Glaubst du, Kantos hat sie aus Rache getötet?«

»Könnte sein.«

»Gibt es noch jemanden, von dem du dir vorstellen könntest, dass er sie hätte umbringen wollen?«

»Jemand, dem sie im Lauf der Untersuchung zu nahe gekommen sind, vermute ich. Wer auch immer den Schwarzmarkt zu übernehmen versucht.«

»Die Eine-Million-Dollar-Frage«, sagte Mason und stand auf. »Hast du vor, hier zu sein, wenn ich zurückkomme?«

»Ich habe keine anderen Pläne gemacht.«

»Dann bleib außer Sicht und geh nicht an die Tür, außer es handelt sich um mich oder meinen Partner.« Er verschwand im Wohnzimmer und kam einen Moment später mit Adeles Walther P38 zurück. Er legte die Pistole vor ihr auf den Tisch. »Tu mir nur einen Gefallen und fang nicht an zu schießen, bevor du sicher bist, dass nicht ich es bin, der durch die Tür kommt.«

Adele starrte die Waffe einen Moment an und schaute dann besorgt zu Mason hoch. »Glaubst du, sie wissen, dass ich hier bin?«

»Nein. Aber du bist nicht die Einzige, wegen der sie kommen könnten. Wegen mir beispielsweise. Du und ich, es sieht ganz so aus, als wären wir zusammen in dieses Chaos verstrickt, ob es uns gefällt oder nicht.«

VIERZEHN

Mason ignorierte Abrams' zunehmend beharrlichere Fragen danach, wo er gewesen sei und warum er wie Jack the Ripper aussehe, kurz bevor er seine Klinge in seinem nächsten Opfer versenkt. Er folgte Mason durch das Hauptquartier der Abteilung und die Treppe nach oben, wobei er für jeden von Masons ausgreifenden Schritten zwei machen musste. Im zweiten Stock nahm Mason Densmore aufs Korn, der wieder einmal drei MPs mit einem Fall vollquatschte, mit dem er als Detective im Police Department von St. Louis zu tun gehabt hatte.

Densmore warf einen Blick auf Mason und entließ seine nicht sonderlich gefesselten Zuhörer, bevor Mason bei ihnen ankam. Abrams ließ sich klugerweise zurückfallen, um nicht in die Schusslinie zu geraten.

Densmore täuschte ein Lächeln vor. »Ermittler Collins. Sie machen einen aufgekratzten Eindruck an diesem schönen Morgen.«

»Ich komme gerade aus der Leichenhalle«, sagte Mason. »Sie werden nicht erraten, was ich entdeckt habe: Winstones Leiche wurde abtransportiert. Der Pathologe hatte keine Chance, eine Obduktion durchzuführen.«

»Beruhigen Sie sich, Ma …«

»War das Ihre Idee? Das einzige Beweisstück loszuwerden, dem man entnehmen konnte, ob es Selbstmord oder Mord war?«

»Jetzt warten Sie doch einen Moment.«

»Sie sabotieren diese Ermittlungen absichtlich. Warum?«

»Ich bin immer noch Ihr Vorgesetzter, deshalb werden Sie sich jetzt beruhigen«, sagte Densmore. Er zeigte ruckartig mit dem Finger in Richtung seines Büros. »In mein Büro. Auf der Stelle.«

Mason funkelte ihn noch einen Moment länger an, bevor er gehorchte.

Densmore trat ein und schloss die Tür. »Das war nicht meine Idee.«

»Das ist ein Haufen Mist. Sie sind der leitende Ermittler. Gamin ist weg vom Fenster, also bleiben Sie übrig.«

»Die Anweisungen kamen von jemandem, der über meiner Besoldungsklasse angesiedelt ist. Angeblich hat die Ehefrau sich geweigert, die Erlaubnis für eine Obduktion zu erteilen, die hier durchgeführt wird. Sie will, dass der Gerichtsmediziner in Schenectady sie vornimmt.«

»Eine Morduntersuchung geht vor.«

»Das hier ist keine Morduntersuchung. Von welcher Seite man es betrachtet, es war Selbstmord.«

»Also haben Sie der Bitte stattgegeben.«

»Wir sind hier bei der Army, Mason. Wenn der Kommandeur der Militärpolizei der Third Army einen Befehl erteilt, nimmt man Haltung an und führt ihn aus.«

»Der Kommandeur der Militärpolizei konnte nur durch Sie in die Sache hineingezogen werden.«

»Ich hatte nichts damit zu tun, dass der Kommandeur informiert wurde. Ich weiß nicht, wo die Befehle ihren Ursprung genommen haben oder wer der Frau überhaupt erzählt hat, es wäre Selbstmord. Ich nahm an, Sie hätten mit Mrs. Winstone Kontakt aufgenommen, weil Sie ihre Bekanntschaft gemacht haben und mit Winstone befreundet gewesen sind.«

Mason legte eine Pause ein. Er hatte beabsichtigt, mit ihr in Verbindung zu treten, damit sie die Nachricht von jemandem hören konnte, den sie kannte, und nicht durch ein unpersönliches Telegramm oder einen Telefonanruf von einem Angestellten der Army. Er hatte es völlig vergessen, weil er sich in die Ermittlungen gestürzt hatte. Es war nicht das erste Mal, dass er durch seine Fixierung auf einen Fall den Rest der Welt ausgeblendet hatte.

»Ich hab sie nicht angerufen«, erwiderte Mason.

»Nun ja, irgendjemand hat es getan. Wenn Sie sie angerufen hätten, wer weiß, vielleicht hätten Sie sie überzeugen können, die Obduktion hier stattfinden zu lassen.«

Da hatte Densmore nicht unrecht, aber wenn Mason sich irgendwo festgebissen hatte, ließ er es nicht gern wieder los. »Irgendjemand mit Einfluss versucht, seine Spuren zu verwischen.«

»Wir könnten die halbe Nacht darüber debattieren, wer das ist, aber es gibt immer noch Sergeant Olsen, entführt und möglicherweise ermordet, und diejenigen, die versuchen, sich in den Schwarzmarkt zu drängen.«

»Das hängt alles miteinander zusammen, und Winstone ist der Schlüssel. Was mich zu dem Italiener bringt, der mir eine Pistole an den Kopf gehalten hat. Genovese. Er wurde gestern Abend entlassen, als ich nicht hier war, um zu widersprechen. Was ist hier eigentlich los?«

»Er ist amerikanischer Staatsbürger. Sie haben ihm die ärztliche Versorgung des gebrochenen Arms verweigert, den *Sie* ihm verpasst haben. Sie haben bei seiner Befragung nichts aus ihm herausbekommen. Entweder er oder jemand in seinem Namen hat irgendwelche einflussreiche Anwälte in New York alarmiert, und die haben das Büro des Militärstaatsanwalts unter Druck gesetzt. Außerdem hatten die Italiener einen Haftbefehl wegen organisierter Kriminalität und Mordverdacht gegen ihn erlassen. Für den Obersten Militärstaatsanwalt und die Army-Führung war der Fall in politischer Hinsicht eine heiße Kartoffel, und deshalb waren sie mehr als froh, ihn den Italienern übergeben zu können. Auch deswegen habe ich einen Anschiss vom Kommandeur der Militärpolizei bekommen. Wenn Sie das nächste Mal einen Zeugen festhalten und ihm medizinische Versorgung verweigern wollen, vergewissern Sie sich vorher, dass er keine Beziehungen zu Gott-weiß-Wem hat. Und jetzt machen Sie, dass Sie hier rauskommen, kommen Sie nicht noch mal so auf mich zugestürmt, sonst vergeht Ihnen Hören und Sehen.«

Abrams folgte Mason in sein Büro und machte die Tür zu.

»Okay, ich will wissen, wie man das macht«, begann Abrams.

»Was macht?«

»Seinem Vorgesetzten die Meinung geigen und nicht zum einfachen Soldaten degradiert werden.«

Mason musste gegen seinen Willen lächeln. »Ich würde Ihnen nicht raten, es zu versuchen, bevor Sie zu wertvoll sind, um rausgeschmissen zu werden.«

»Ich glaube, Sie sind kurz davor, Ihre ganzen Ersparnisse in dieser Hinsicht aus dem Fenster zu werfen. Ich fände es toll, wenn Sie uns wenigstens so lange erhalten blieben, bis ich was von Ihnen gelernt habe.«

Mason ging hinüber zu der Tafel. Während er Abrams davon in Kenntnis setzte, was Adele ihm erzählt hatte, schrieb er Hildas Namen hin und zog Linien von ihr zu Winstone, Giessen und Eddie Kantos. Dann fügte er Abbott und CIC mit einem Fragezeichen auf einer Seite hinzu. Daneben schrieb er die Casa Carioca mit Kessels Namen und dem des Geschäftsführers Schaeffer. »Wir müssen über Kessel, Schaeffer und Kantos alles herausfinden, was wir können.«

»Was ist mit Abbott? Wir könnten beim CIC nachfragen, um festzustellen, ob er dort arbeitet oder ob sie irgendwas zu dem Namen vorliegen haben.«

Abseits von den anderen Namen schrieb Mason Adele und Densmore mit Fragezeichen hin.

»Densmore?«, fragte Abrams. »Glauben Sie, er gehört auf die Liste, oder versuchen Sie, ihn zu verärgern?«

»Vielleicht ein bisschen von beidem.«

Abrams gab Mason eine Akte. »Die ist gerade von der Abteilung für Truppenbetreuung gekommen. Das ist alles, was sie über Major Schaeffer haben.«

Mason überflog das aus zwei Seiten bestehende Dokument. Schaeffer, neununddreißig Jahre alt, war 1926 zur Army gegangen. Seine beiden Orden waren erwähnt, ein Silver Star und ein Legion of Merit, aber nicht, was er getan hatte, um sie zu verdienen. Er war ein Meter neunzig groß und wog fünfundachtzig Kilo. Sein offizielles Foto zeigte einen schlanken, muskulösen Mann mit dunklem Teint, zurückgeklatschtem schwarzem Haar und dunklen durchdringenden Augen mit dicken Augenbrauen darüber.

Mason sah sich das dünne Dossier noch ein zweites Mal an. »In dem hier wird nichts aufgeführt, was mehr als anderthalb Jahre zurückliegt, als er zum Generalstab der Third Army versetzt wurde, als Hilfsverwalter – was gar nichts heißt. Ist das alles, was man Ihnen geben konnte?«

»Das ist alles, was sie hatten. Der Rest ist als geheim eingestuft.«

»CIC?«

»Haben sie nicht gesagt oder wollten nicht. Und die drei anderen Geschäftsführer, von denen Kessel sagte, dass sie die

Casa Carioca betreiben? Die zwei vom Army Corps of Engineers sind seit Anfang des Jahres in Berlin. Und der von der Zivilverwaltung wurde vor einem Monat aus der Army ausgemustert und ist mittlerweile zurück in den Staaten.«

»Sie meinen, Kessel hat uns nicht die Wahrheit gesagt?«, fragte Mason sarkastisch.

»Ich kann versuchen, Schaeffers geheime Akte anzufordern.«

»Tun Sie das, aber ich rechne nicht damit, dass wir damit irgendwas erreichen.« Mason ließ die Akte auf den Schreibtisch fallen.

An der Tür wurde geklopft. Ein Private machte sie auf und hielt einen Umschlag in der Hand. »Sir, das hier kam gerade vom OMGB.«

OMGB war die Abkürzung für Office of Military Government, Bavaria, das Büro der Militärregierung Bayerns.

Mason dankte dem Private und öffnete den Umschlag. Nachdem er den Brief gelesen hatte, sagte er zu Abrams: »Kommen Sie mit. Wir gehen zum CIC und stellen fest, ob wir denen auch auf den Sack gehen können.«

Der Angestellte am Empfang in der Villa des CIC-Hauptquartiers überprüfte General Pritchards schriftlichen Befehl, als ob jedem tiefe Geheimnisse enthüllt würden, der bereit war, lange genug auf das Blatt Papier zu starren. Die Standuhr und das Knistern des Feuers waren die einzigen Geräusche in der Eingangshalle. Mason klopfte ungeduldig mit dem Fuß auf den Boden und schaute Abrams an, der nur mit den Achseln zuckte. Schließlich ging der Angestellte zur Tür von Major Tavers Büro und klopfte. Er öffnete die Tür einen Spalt und sprach längere Zeit.

Mason hatte es satt. Er tippte Abrams auf den Arm, damit er ihm folgte, und marschierte dann den Flur entlang, an dem Mann vorbei durch die Tür, schnappte sich den Brief in seiner Hand und blieb vor Tavers' Schreibtisch stehen. »Schriftlicher Befehl von General Pritchard, der mir die Genehmigung erteilt, Agent Winstones Büro und Safe zu durchsuchen.«

Tavers starrte Mason einen Augenblick an, bevor er den Brief nahm und ihn derselben langwierigen Prüfung unterzog wie sein die Zeit totschlagender Komplize. Mason bemerkte, dass Tavers ein teilweise ausgefülltes Kreuzworträtsel vor sich liegen hatte. Tavers schaute Mason an und legte mit leicht geröteten Wangen Pritchards Brief auf das Rätsel. Er wandte sich einem großen Safe hinter seinem Sessel zu und sorgte dafür, dass er mit seinem Körper Mason die Sicht versperrte, während er die Kombination einstellte. Sobald er den Safe geöffnet hatte, nahm er einen Schlüssel und einen versiegelten Briefumschlag heraus. »Kommen Sie mit.«

Als sie das Büro verließen, sagte Tavers: »Ich nehme an, Sie sind doch noch zu dem Schluss gekommen, dass Agent Winstone ermordet wurde und nicht Selbstmord begangen hat.«

»Zu dem Schluss bin ich gekommen.« Und um dem Nachdruck zu verleihen, fügte er hinzu: »General Pritchard ebenfalls.«

Tavers stieß ein unverbindliches Grunzen aus, als er Winstones Bürotür aufschloss.

»War irgendjemand hier drin seit Winstones Tod?«, fragte Mason.

»Wir haben es abgeschlossen, sobald wir davon hörten.«

»Und das war wann?«

»Als ihr beiden Clowns hier zum ersten Mal aufgetaucht seid.«

»Also mindestens acht Stunden seit dem Zeitpunkt seines Todes.«

»Wenn Sie meinen«, sagte Tavers und führte sie in das Büro.

Winstones Büro war vermutlich das Tageswohnzimmer der Villa gewesen, bevor das CIC sie übernommen hatte, weil die Fenster nach Osten wiesen und einen Blick auf das Südende der Stadt boten, das in einem Bogen entlang der Loisach verlief. Die ursprünglichen Sessel, das Sofa und der Couchtisch waren an die Fenster geschoben worden, um Platz für den Schreibtisch und zwei Aktenschränke zu schaffen, einen kleinen und einen hohen. An einer Wand stand eine Reihe von Kisten auf dem Boden, und darüber hing eine Kreidetafel mit Listen und Diagrammen. Eine kurze Zeit lang wurde Mason schwer ums Herz wegen seines toten Freundes.

»Alles, was in diesem Zimmer ist, bleibt in diesem Zimmer«, sagte Tavers.

»Wenn ich Beweise finde …«

»Ihr Befehl erteilt Ihnen die Genehmigung für eine Durchsuchung, nicht dafür, offizielle CIC-Dokumente mitzunehmen.«

Mason wandte sich an Abrams. »Schreiben Sie die Namen und zeichnen Sie die Diagramme von der Tafel ab.« An Tavers gewandt fuhr er fort: »Wenn Sie bitte den Safe für mich aufmachen würden.«

Tavers führte Mason zu einem Wandsafe hinter dem Schreibtisch. Er erbrach das Wachssiegel auf dem Briefumschlag und zog ein Blatt Papier heraus, auf dem alle Kombinationen für die Safes im Haus aufgelistet waren. Wieder stellte er sich so vor den Safe, dass Mason nicht sehen konnte, welche Zahlen er einstellte. Er öffnete die Tür des Safes und trat beiseite. Das Innere war durch einen Zwischenboden in zwei Fächer unterteilt. Das obere enthielt eine Neun-Millimeter-Pistole von Browning und eine Aktenmappe mit einer Handvoll Fotos. Im unteren Fach lag ein Stapel Aktenmappen. Jede Mappe hatte einen von Hand beschriebenen Aufkleber, der anzeigte, auf welche Person sich das Dossier bezog. Er legte die Mappen auf den Schreibtisch und ging sie der Reihe nach durch.

»Ich hab alles«, verkündete Abrams von seinem Platz an der Tafel.

Ohne aufzuschauen, sagte Mason: »Fangen Sie mit den Kisten auf dem Boden an und nehmen Sie sich dann den kleinen Aktenschrank vor.«

Mason wandte sich wieder den Akten auf dem Schreibtisch zu. Sie enthielten nur Informationen über deutsche Bandenmitglieder, und er kannte schon fast all die Männer und ihre Personalien. Frustriert stützte er sich auf den Schreibtisch. »Sie sind nicht hier.«

»Was haben Sie denn zu finden gehofft?«, fragte Tavers.

Mason ging nicht auf die Frage ein. »Sind Sie der Einzige, der die Kombination für diesen Safe hat?«

»Yeah, aber ich bin nicht hier reingegangen und habe irgendwas rausgenommen, falls Sie mir das unterstellen wollen.«

»Hat sonst noch irgendjemand die Kombination zu *Ihrem* Safe?«

»Nee.«

Mason ging hinüber zu dem hohen Aktenschrank und blätterte durch die Hängeakten in jedem Schubfach.

Abrams sagte: »In einer Kiste befinden sich eine Kamera und Objektive. Die anderen enthalten Abhörgeräte und entsprechendes Zubehör, darunter einige Schachteln mit unbenutzten Tonbändern.«

»Macht keines der Bänder den Eindruck, als sei es benutzt worden?«

»Nicht, soweit ich das sehen kann.«

»Selbst wenn sie benutzt worden wären, gehörte ihre Mitnahme nicht zu den Bedingungen Ihrer Durchsuchung«, wandte Tavers ein.

Mason rammte das letzte Schubfach wieder in den Aktenschrank. »Es sieht so aus, als hätte jemand alles rausgenommen, was von Bedeutung war.«

»Wenn Sie mir nur sagen würden, wonach Sie suchen …«

»Major, wenn Sie der Einzige sind, der sowohl die Kombination zu Ihrem Safe wie zu dem von Winstone hat, dann wissen Sie logischerweise, wonach ich suche.«

»Nein, weiß ich nicht. Und ich nehme Ihnen die Andeutung übel.«

Mason ließ den Major sich winden, während er seinen Gesichtsausdruck und seine Haltung studierte.

»Vielleicht hat jemand die Kombination geknackt«, ließ Tavers sich lahm vernehmen.

»Wollen Sie mir sagen, dass Ihre spitzenmäßigen CIC-Agenten jemanden in ihr Hauptquartier marschieren, in Winstones Büro einbrechen und seinen Safe knacken ließen? Alles, ohne entdeckt zu werden?«

Tavers schien aus der Fassung gebracht und um Worte verlegen zu sein. Soweit Mason es an Tavers' Reaktion erkennen konnte, hatte der Kommandeur der Einheit wirklich keine Antwort.

»Dann muss es ein anderer Ihrer Agenten gewesen sein«, befand Mason. »Was ist mit den beiden deutschen Assistenten Winstones?«

»Nach allem, was ich weiß, kamen sie vom CIC in Frankfurt. Sie standen nicht unter meinem Befehl.«

»Aber sie könnten Zugang zu diesem Büro und zur Kombination des Safes gehabt haben.«

»Ich habe sie im Lauf der letzten Tage nicht gesehen. Und um Ihnen die Mühe einer Nachfrage zu ersparen, ich weiß nicht, wo sie sind oder wo man sie untergebracht hat. Warum fragen Sie nicht Ihren Kumpel General Pritchard?«

»Was ist mit einem gewissen Lester Abbott? Ist er einer Ihrer Agenten?«

»Ich habe noch nie von ihm gehört. Und wenn er zu dieser Einheit gehören würde, müsste ich von ihm gehört haben.«

»Wäre es Ihnen möglich, bei dem CIC-Oberkommando nachzufragen und festzustellen, ob er dazugehört?«

Tavers ging zur Tür und rief nach seinem Empfangsmann. Sie unterhielten sich einen Augenblick, bevor Tavers zurückkehrte.

»Sir«, rief Abrams, »könnten Sie sich bitte das hier ansehen?«

Mason stellte sich zu Abrams an die Tafel, und diesmal verstellte Mason Tavers den Blick. Mit einem fast unmerklichen Nicken wies Abrams auf eine Liste von Namen, die mit Kreide direkt unter ein Diagramm geschrieben worden war. *Jaakow Lubetkin* stand ganz oben mit zwei kleinen Pfeilen, die auf *Giessen* und *Bachmann* zeigten, während am Ende des dritten *Kantos* stand.

»Glauben Sie, Jaakow war ein Informant für Winstone?«, flüsterte Abrams.

In die Mitte der sich überschneidenden Linien hatte Winstone Eddie Kantos' Namen geschrieben. Der Mann schien auf die ein oder andere Weise mit so gut wie jedem anderen auf der Tafel in Verbindung zu stehen. Mason folgte einer Verzweigung, die von Kantos zu Frieder Kessel, dem stellvertretenden Geschäftsführer der Casa Carioca, führte. Winstone hatte *SS?* neben Kessels Namen geschrieben, und daneben hatte er *Herr Z* mit einem Fragezeichen und *Gestapo Major, Geheimdienst,* ebenfalls mit einem Fragezeichen, geschrieben.

Die Haare an Masons Nacken richteten sich auf. Er hätte nicht sagen können, warum, aber auf einmal war er überzeugt, dass Herr Z Volker war, der türkische Zigaretten rauchende Vernehmungsoffizier von der Gestapo, der ihn gefoltert hatte. Der, wie Mason geschworen hätte, auch im Steinadler gewesen war und Masons Tarnung hatte auffliegen lassen.

»Sie haben das hier alles abgeschrieben, oder?«, fragte Mason.

Abrams nickte und zeigte dann auf zwei weitere Einträge. »Dann gibt es noch ›Herr X‹ und ›Herr Y‹, abgesetzt von den übrigen. Keine Namen, aber Winstone verbindet sie mit allen anderen auf dieser Tafel, einschließlich unserer toten deutschen Bandenbosse. Auf wen hat sich Winstone Ihrer Ansicht nach mit denen bezogen?«

»Wer sie auch sind …«

»Was lungern Sie beide da noch herum?«, fragte Tavers. »Sind Sie allmählich fertig?«

»Haben Sie es eilig, zu Ihrem Kreuzworträtsel zurückzukehren?«

»Das muss ich mir nicht länger anhören«, blaffte Tavers und stürmte hinaus.

Als der Angestellte vom Empfang einen Moment später auftauchte, fragte Mason: »Haben Sie irgendwas über Abbott gefunden?«

»Sir, das könnte Tage dauern«, antwortete der Mann. »Wenn er bei Spezialoperationen eingesetzt wird, geben sie vielleicht nicht zu, dass er einer von ihnen ist.«

Da der Empfangsangestellte jetzt den Auftrag hatte, sie

zu beobachten, machten Mason und Abrams sich an die Arbeit: Abrams bereitete die Sicherung von Fingerabdrücken vor, und Mason studierte die Dokumente aus dem Safe. Die Akten ergaben wenig neue Informationen. Das Zahlenschloss des Safes für die Kombination war offenbar abgewischt worden, denn es gab nur einen Satz Fingerabdrücke, und die konnten nur von Tavers stammen. Falls Winstone einen Kalender oder ein Tagebuch geführt hatte, war es verschwunden. Und von den Berichten, die Winstone an Pritchard geschickt hatte, gab es keine Kopien.

Eine Stunde später gingen sie zurück zu ihrem Wagen und fuhren los.

»Wer auch immer Winstones Unterlagen abgeräumt hat, wusste, wonach er suchen musste«, stellte Mason fest.

»Wenn sie ihre Spuren verwischen wollten, warum haben sie das ganze Zeug auf der Tafel stehen lassen?«

Mason zuckte mit den Achseln. »Vielleicht haben sie sogar Sachen hinzugefügt, nur um uns durcheinanderzubringen.«

Abrams machte einen ernüchterten Eindruck. »Bei der Vorstellung bekomme ich Kopfschmerzen.«

»Haben Sie die Adresse überprüft, die Jaakow uns bei dem ersten Verhör gegeben hat?«

»Jawohl. Wenn er nicht unter der olympischen Eisbahn wohnt, hat er uns eine falsche Adresse angegeben.«

Mason zog sein Feuerzeug heraus und schnippte es auf und wieder zu, während er nachdachte. Schließlich sagte er: »Die ganzen Linien auf der Tafel liefen bei Eddie Kantos zusammen. Wir fangen bei ihm an.«

FÜNFZEHN

Eddie Kantos verwischte seine Spuren gut. Er hatte ein sauberes Vorstrafenregister, sowohl bei den Amerikanern wie bei den Deutschen. In den öffentlich verfügbaren Behördendaten war er als aufrechter Bürger und Alleininhaber des Club Havana aufgeführt, der interessanterweise seine einzige bekannte Adresse war. Mason und Abrams hielten am Club Havana an, eine Bar, die auch als Nachtklub und Restaurant fungierte und auf Amerikaner und Einheimische ausgerichtet war, die genug Geld für die überteuerten Getränke hatten. Die Mittagessensgäste füllten die Tische, schienen aber zum größten Teil flüssige Nahrung zu bevorzugen. Die lateinamerikanische Musik und ein paar Farnkräuter waren die einzigen Hinweise darauf, dass das Lokal irgendwas mit der kubanischen Stadt zu tun hatte. Mason redete mit dem Barkeeper, der ihm sagte, Eddie käme nie vor zehn Uhr abends rein. Nach einem beträchtlichen Einsatz von Zwangsmitteln gab der Barkeeper Eddies Privatadresse preis.

Sie fanden das Haus, ein Gebäude im alpinen Stil von mittlerer Größe und umgeben von einer hohen Reihe von Sträuchern, das in einem vornehmen Teil der Stadt lag. Das was das Besondere an Garmisch: Selbst die gefährlichen Gangster wohnten in bezaubernden Märchenhäusern an Hänsel-und-Gretel-Straßen. Noch eine Erinnerung daran, dass in dieser Stadt nichts so war, wie es zu sein schien.

Mason und Abrams betraten das Grundstück durch ein

Tor in einem weißen Lattenzaun, der mit rosafarbenen Rosen bemalt war. Mason hielt die Kuhglocke, die an der Verriegelung hing, fest, um zu verhindern, dass sie scheppernd ihre Anwesenheit verkündete. Sie hatten damit gerechnet, dass mindestens ein Wächter das Grundstück aus einer diskreten Distanz im Auge behielt, aber es erschien niemand. Vielleicht waren die Wächter drinnen im Haus, weil es bitterkalt geworden war, nachdem die Sonne sich hinter einer dichten Wolkendecke versteckt hatte. Ihre Stiefel knirschten in dem verharschten Schnee, und Mason bemerkte eine ganze Reihe von Fußspuren auf der Treppe, die zu einer hohen Veranda hinaufführte, und zwar solche, die nach oben, und solche, die nach unten gingen.

»Sogar Spitzengardinen an den Fenstern der Haustür«, stellte Abrams fest. »Der Kerl hat an alles gedacht. Vermutlich hat er Zierdeckchen auf den Sofalehnen.«

Mason klopfte, und sie warteten.

»Glauben Sie, der Barkeeper hat uns eine falsche Adresse genannt?«, fragte Abrams.

Mason klopfte lauter.

»Könnte sein, dass er nicht zu Hause ist«, sagte Abrams.

»Haben Sie vor, den Rest des Nachmittags mit einem laufenden Kommentar zu begleiten?«

»Herrgott. Ich denke nur laut. Ich nahm an, Sie wären besser gelaunt, nachdem Sie einen weggesteckt haben.«

Mason zeigte auf die Ecke des Hauses. »Sehen Sie hinter dem Haus nach. Stellen Sie fest, ob Sie von einem der hinteren Fenster reinschauen können. Seien Sie auf der Hut. Könnte sein, dass jemandem dort drinnen der Finger am Abzug juckt.«

Sie stiegen von der Veranda herunter und gingen in verschiedenen Richtungen um das Haus herum. Mason versuchte, in das vordere Panoramafenster hineinzusehen, aber die Vorhänge waren zugezogen. Dann bemerkte er einen ziegelroten Spritzfleck am unteren Rand des Vorhangs.

»Abrams«, rief Mason in einem lauten Flüsterton.

Abrams blieb stehen. Mason zog seine Pistole und ging zurück zur Haustür. Abrams tat dasselbe mit beunruhigtem Blick. Sie stellten sich auf der linken und rechten Seite der Haustür auf und benutzten den Rahmen als Deckung. Mason zerschlug mit dem Lauf seiner Pistole eine der unteren Glasscheiben. Er wartete einen Moment, bevor er hineingriff und die Tür entriegelte. Er duckte sich wieder hinter den Türrahmen und öffnete die Tür. Mason gab Abrams durch Zeichen zu verstehen, dass dieser auf der rechten Seite hineingehen solle, während er selbst die linke nehmen würde. Abrams nickte, und sie schlüpften beide mit gezückten Waffen hinein.

Das Wohnzimmer hatte eine hohe, abgeschrägte Decke. Ein frei stehender offener Kamin markierte die Grenze zwischen Wohn- und Esszimmer. Ein Sofa mit hoher Rückenlehne und Sessel standen zusammengeschart in der Mitte. Mason und Abrams glitten an gegenüberliegenden Wänden entlang und überprüften die offenen Galerien, die sich über die beiden Längsseiten des Raums erstreckten. Als Mason auf der Höhe des Sofas war, erkannte er, warum das Haus so ruhig gewesen war.

Die Leiche eines Mannes lag auf dem Rücken, ein Einschussloch in der Stirn. Sein graues Gesicht machte einen überraschten Eindruck. Es war Hans Engel – Frack von Frick und Frack, einer der beiden deutschen CIC-Agenten, die für Winstone gearbeitet hatten. Der Blutfleck an der Gardine stammte von der Austrittswunde an Engels Hinterkopf. Zwei weitere Geschosse hatten seine Brust durchbohrt. Keine Zeit für die Frage, was Frack hier machte; sie mussten sich um den Rest des Hauses kümmern.

Mason und Abrams wechselten sich mit der Durchsuchung der Zimmer ab und deckten sich gegenseitig, während sie durch das Haus gingen. Sie mussten nicht weit gehen, bis sie auf die nächste Leiche in der Küche stießen. Werner Schluser alias Frick sah genauso überrascht aus wie sein Partner. Ein zur Hälfte gegessenes Sandwich lag noch auf dem Küchentisch. Bei ihm war das Geschoss am Hinterkopf eingetreten. Und wie Frack hatte er zwei weitere Schüsse in die Brust bekommen. Und wie Giessen, Bachmann und Plöbsch waren sie gleichsam hingerichtet worden.

Keine Anzeichen für einen Kampf. Frick verzehrte gerade noch zufrieden sein Sandwich, dann war er tot. Sein Jackett war aufgeschlagen, sodass man eine Neun-Millimeter-Pistole im Schulterholster sah.

»Was haben die zwei hier gemacht?«, fragte Abrams.

Mason schüttelte den Kopf und zeigte zum ersten Stock hoch. Sie gingen die Treppe hinauf und gingen schweigend von Zimmer zu Zimmer. Schließlich pfiff Abrams leise, um Mason auf sich aufmerksam zu machen.

Ein Mann lag nackt mit dem Gesicht nach unten auf dem Fußboden des Badezimmers. Er war groß und muskelbepackt, und er hatte eine Reihe von Narben an einer Schulter, der Hüfte und auf dem Rücken. Vermutlich Kantos. Wie die anderen war er in den Kopf und zweimal in die Brust geschossen worden.

Sie hatten noch zwei Schlafzimmer vor sich. Auf der anderen Seite des Waschbeckens führte eine Tür in das große Schlafzimmer, wie Mason vermutete. Er machte Abrams ein Zeichen, damit er sich diesem Zimmer vom Flur aus näherte, und wartete, bis Abrams seine Position eingenommen hatte, dann machte er einen Schritt über die Leiche und lugte in das Zimmer. Das Hauptschlafzimmer nahm ein Drittel des ersten Stocks ein. Ein wuchtiges Himmelbett stand in der Mitte. Mason sah in den Ecken nach und trat ein. Abrams machte dasselbe vom Flur aus. Einen Moment später zischte Abrams und zeigte in die gegenüberliegende Ecke auf der anderen Seite des Betts.

Als Mason um das Bett herumging, sah er eine Frau in einem weißen Nachthemd zusammengerollt leblos auf dem Boden liegen. Sie schien Anfang dreißig zu sein und hatte langes dunkles Haar. Sie war wie die anderen in Kopf und Brust geschossen worden, aber sie hatte eine Schusswunde hinten in der Schulter. Mason vermutete, dass sie den leisen Knall einer schallgedämpften Pistole und den Sturz von Kantos gehört hatte. Als sie wegzulaufen versuchte, war sie in die Schulter getroffen worden. Sie hatte sich auf dem Boden zusammengerollt, um sich so klein wie möglich zu machen. Auf ihrem Gesicht lag ein Ausdruck blanken Terrors.

Mason zwang sich, tief durchzuatmen; sie hatten immer noch ein Schlafzimmer vor sich. Abrams musste dasselbe Gefühl gehabt haben, weil sein Gesicht vor Furcht angespannt war, was sie wohl in dem letzten Zimmer finden mochten.

Ihre schlimmsten Befürchtungen wurden bestätigt. Ein Junge von acht oder neun Jahren, der wie schlafend im Bett lag, hatte die Bettdecke immer noch bis zum Kinn hochgezogen. Er war auch in den Kopf geschossen worden, aber es machte den Eindruck, als seien auch die Mörder an ihre Grenzen gekommen, weil die Leiche des Jungen keine anderen Spuren aufwies.

Mason starrte dem Jungen ins Gesicht. Seine Augen waren geschlossen und eingesunken. Seine Haut war blass im Kontrast zu dem Blut, das sich auf dem Kissen breitgemacht hatte. Eine blitzartige Erinnerung durchfuhr Mason: Während des Kriegs war ein anderes Kind durch den Kopf geschossen worden, und das Blut hatte den Schnee verfärbt. Er schlug mit der Faust gegen die Wand.

Nachdem sie sich zehn Minuten Zeit genommen hatten, um den Rest des Hauses zu durchsuchen, kehrten die Ermittler zu der Leiche im Badezimmer zurück. Mason drehte sie auf den Rücken. Das austretende Geschoss hatte den größten Teil der Stirn des Mannes und seines Nasenrückens mitgerissen, und seine Augen waren mit Blut gefüllt, aber Mason konnte das Gesicht trotzdem erkennen.

»Das hier muss Kantos sein«, sagte er. »Ich habe ihn ein- oder zweimal mit Giessen gesehen.« Er suchte den Boden in der unmittelbaren Umgebung der Leiche ab. »Die Mörder waren Profis. Sie haben die Patronenhülsen mitgenommen. Wir werden vermutlich nirgendwo einen Fingerabdruck finden.«

»Es gibt noch die Fußspuren draußen. Wir können nachsehen, ob es irgendwelche Übereinstimmung mit den Abdrücken hinter dem Steinadler gibt. Was ich nicht kapiere, ist die Sache, warum Hans und Werner Bodyguards für einen der Männer gespielt haben, gegen die Winstone ermittelte.«

Mason schüttelte den Kopf. »Was für einen Grund sie auch gehabt haben, sie müssen die Mörder gekannt haben. Das ist die einzige Möglichkeit, wie sie ins Haus kommen und zwei ausgebildete Agenten überraschen konnten.« Er hockte sich hin und untersuchte die Leiche. Angesichts ihres Zustands schätzte er, dass Kantos sechs bis acht Stunden zuvor erschossen worden war, also in den frühen Morgenstunden. »Irgendwelche Besucher vor sechs Uhr wären merkwürdig erschienen, also irgendwann danach.«

»Irgendjemand schaltet die Konkurrenz aus«, sagte Abrams.

»Oder potenzielle Zeugen. Es wird Zeit, dass wir Jaakow finden, bevor es jemand anderes tut.«

»Sollten wir das hier nicht zuerst melden?«

»Wenn wir das tun, hängen wir den ganzen Nachmittag hier rum. Wir müssen Jaakow finden, und zwar sofort.«

»Wir können diese Leute nicht einfach hier liegen lassen.«

Mason schaute zu Abrams hoch. Er dachte an die Frau und den Jungen, die tot dalagen und zu verwesen begannen. Kantos' sterbliche Überreste hätten ihm kaum gleichgültiger sein können, aber Abrams hatte recht: Er würde die Frau und den Jungen nicht länger dort liegen lassen. »Okay, melden Sie den Vorfall.«

Dreißig Minuten vergingen, bevor ein Aufgebot von MPs, Spurensicherern und der stellvertretende Gerichtsmediziner eintrafen. In der Zwischenzeit hatten Mason und Abrams im Umkreis der Leichen und im übrigen Haus nach Fußspuren, Haaren oder Fasern gesucht. Ihre Suche hatte nicht wirklich Nützliches zutage gefördert. Mason hatte gehofft, etwas zu finden, das dazu beitrug, eine Verbindung zwischen Kantos und den anderen Verdächtigen auf Winstones Tafel herzustellen oder die Mörder und ihre Auftraggeber zu identifizieren. Sie fanden allerdings einen Sack Bargeld: US-Dollar, britische Pfund, Schweizer Franken und italienische Lire. Alles in allem fast im Wert von zehntausend Dollar: nach manchen Maßstäben ein Vermögen, aber für Kantos vermutlich ein Taschengeld. Wo immer er den Großteil seiner Einkünfte aufbewahrte, jedenfalls nicht im Haus. Und wie bei Winstones Büro hatte Mason den Verdacht, dass die Mörder alles, was an Aufzeichnungen oder belastendem Material im Haus gewesen war, vernichtet oder mitgenommen hatten.

Zum einzigen Lichtblick kam es, als sie das Geschoss fanden, das sauber die Schulter der Frau durchschlagen und sich in die Wand gegraben hatte. Das relativ intakte Geschoss, Kaliber neun Millimeter, würde die charakteristischen Streifen, die Markierungen aufweisen, die der Lauf der Waffe darauf hinterlassen hatte. Er könnte sie mit den zerdrückten Kugeln der anderen Schusswunden vergleichen und überprüfen, ob es sich um dieselbe Waffe handelte, und ihr Fabrikat bestimmen. Aber insgesamt verließen sie das Haus mit sehr wenig nützlichem Beweismaterial.

Mason und Abrams machten sich bereit zum Aufbruch und gaben den Kriminaltechnikern letzte Anweisungen, als zu Masons Überraschung und Missfallen Densmore herein- und auf sie zukam. »Sieht so aus, als ob überall, wo Sie hingehen, ein neuer Satz Leichen auftaucht. Und diesmal werden Sie lernen müssen, was Kooperation heißt. Deutsche Opfer, deutsche Polizei.«

»Ihr eigentliches Ziel war Eddie Kantos. Ein britischer Staatsbürger.«

Densmore zischte einen Fluch und sagte: »Dann, nehme ich an, werden wir die Briten in diesen Fall hineinziehen müssen.«

»Die Frau und der Junge waren Österreicher.«

»Junge?«, fragte Densmore bestürzt.

»Kantos' Frau und ihr Sohn. Ich habe die Heiratsurkunde zusammen mit ihren Pässen gefunden. Der Sohn stammte aus einer früheren Ehe.«

Densmore stieß einen erschöpften Seufzer aus und nahm Mason ins Visier. »Warum waren Sie überhaupt hier?«

»Um Kantos zu vernehmen. Ich erhielt Zugang zu Winstones Büro und stellte fest, dass er ein Diagramm mit einem ganzen Netz unerfreulicher Figuren, lebend und tot, aufgezeichnet hatte, und Kantos war in der Mitte von allem.«

»Sie gehen noch immer davon aus, dass Winstone ermordet wurde? Wann werden Sie endlich schlau, Collins?«

»Winstone ermittelte unter anderem gegen Kantos, und jetzt liegt er hier, totgeschossen im Stil einer Hinrichtung – genau wie Giessen und der Rest. Die beiden Bodyguards arbeiteten für Winstone und kannten die Angreifer wahrscheinlich, da es keine Zeichen für einen Kampf gibt und ihre Schusswaffen noch in ihren Holstern stecken. Ich bin sicher, es ist dasselbe Killerkommando, das die drei deutschen Verbrecherbosse, Winstone und Hilda auf dem Gewissen hat. Jetzt Kantos, seine Frau, ihr Sohn und die Bodyguards. Es gibt keine Fingerabdrücke. Die Haustür war verriegelt. Keine Schusswechsel. Sie wurden einfach abgeknallt, so säuberlich es man sich nur wünschen kann. Ohne Unordnung und Gejammer. Wann werden *Sie* endlich schlau?«

Densmore musterte Mason, während er das verarbeitete.

»Sehen Sie doch selbst nach«, sagte Mason. »Sehen Sie sich die Frau und den Jungen gut an, und dann sagen Sie mir, dass es hier nicht um eine kaltblütige Übernahmeaktion geht.«

Densmore ging an Mason vorbei und machte sich auf den Weg nach oben.

Während Mason zusah, wie Densmore die Treppe hochging, sagte er zu Abrams: »Jetzt sehen Sie, warum ich Densmores Namen der Liste hinzugefügt habe. Machen wir, dass wir hier rauskommen.«

Draußen wartete eine Schar von deutschen Reportern am Tor. Sie bombardierten Mason und Abrams mit Fragen, während diese sich ihren Weg durch sie hindurchbahnten. Dann überkam Mason unmittelbar außerhalb des Tors wieder das Gefühl, dass ihn jemand beobachtete. Er warf einen Blick in die Runde und erblickte einen Wagen, der gegenüber von ihrem Jeep geparkt war. Mason verharrte mitten im Schritt.

Tatsächlich starrte ihn jemand durch das Seitenfenster auf der Fahrerseite an. Laura saß in einem eleganten Mercedes 770, der wahrscheinlich mal einem Nazi-General gehört hatte, ihre Hände lagen auf dem Lenkrad, und der Motor lief.

Sie sah ihm in die Augen und nickte zur Straße vor sich, ihr Gesichtsausdruck von Angst oder Zorn geprägt. Aber in dem Moment, als Mason auf sie zu ging, ließ sie den Motor aufheulen und fuhr los. Erstaunt sah er hinter ihr her, wie sie die Straße hinunterbretterte. Einen Moment später hatte er sich von seiner Überraschung erholt und klemmte sich hinter das Lenkrad des Jeeps. Abrams hatte kaum Zeit hineinzuspringen, bevor Mason losbrauste.

SECHZEHN

Mason hatte das Gaspedal bis nach unten durchgetreten und schaltete wie ein Rennfahrer, aber so sehr er es auch versuchte, der Jeep hatte keine Chance gegen den Mercedes mit seinen zweihundert PS. Laura hatte vierhundert Meter Vorsprung, und sie war dabei, den Abstand noch zu vergrößern, als sie scharf abbog und aus dem Blickfeld verschwand.

Abrams überprüfte seine Pistole, als ob er mit Ärger rechnete. »Wen verfolgen wir? Wie viele Typen?«

»Es ist meine Ex-Freundin«, sagte Mason.

Abrams hörte mit dem auf, was er gerade tat, schaute Mason an und steckte seine Pistole ins Holster zurück. »Wenn Sie Streit mit Ihrer Ex haben, würden Sie das bitte außerhalb der Dienstzeit klären?«

Mason nahm dieselbe scharfe Kurve wie Laura. Die Straße erstreckte sich gerade vor ihnen und bot eine klare Sicht nach vorn, aber Laura war nicht mehr zu sehen. Mason bremste den Jeep ab und schaute in jede Seitenstraße, an der sie vorbeikamen.

»Was zum Teufel hatte sie vor dem Kantos-Haus zu suchen?«, fragte Abrams.

»Das ist es, was ich sie zu fragen vorhabe, sobald ich sie eingeholt habe. Sie machte einen aufgeregten Eindruck, warum auch immer.«

»Geben Sie es zu, Sie haben sie verloren. Wenn Sie mich jetzt fahren lassen …«

Lauras Wagen kam aus dem Nichts hervor und schwenkte vor ihnen mit quietschenden Reifen in die Straße ein. Mason packte das Lenkrad fester und raste hinter ihr her, aber Laura preschte voran. Die beiden Wagen brausten durch die gewundenen Kurven der Promenadenstraße, dann durch die Burgstraße in Richtung Norden und auf den Stadtrand zu.

Mason schüttelte den Kopf. »Wenn sie will, dass ich ihr irgendwohin folge, hätte sie es doch einfach sagen können.«

»Sie kann fahren, das muss man ihr lassen. Ich habe sie noch nicht kennengelernt, und sie gefällt mir schon.«

Laura bog nach einer Haarnadelkurve in eine schmale Straße ab und zweigte noch mehrere Male schnell ab, bevor sie auf den kleinen Parkplatz des Partenkirchener Friedhofs fuhr. Sie stieg aus, ging an der Kapelle vorbei in Richtung Friedhofspark, bevor Mason eine Chance hatte, den Jeep zum Stehen zu bringen. Es standen keine anderen Wagen auf dem Parkplatz, und der einzige andere Mensch in Sichtweite war eine alte Frau, die dabei war, Schnee wegzufegen, der sich unter dem Säulenvorbau der Kapelle gesammelt hatte.

Mason parkte den Jeep neben Lauras Mercedes, und sie stiegen aus. Als sie über den Parkplatz gingen, zog Abrams seinen Mantel enger zusammen gegen den scharfen Wind, der durch das Tal blies, und gegen das Schneegestöber, das wieder begonnen hatte. Die beiden Ermittler betraten einen Friedhofspark, der in kleine Quadrate und schmale Rechtecke aufgeteilt und mit aufs Geratewohl verteilten Baumgruppen aufgelockert war.

Laura wartete auf einem Fußweg, der rechts von ihnen lag. Sie trug einen Hosenanzug aus Tweed unter einem beigefarbenen Wollmantel.

»Geheimagentin McKinnon«, sagte Mason, »das hier ist mein Partner Gil Abrams.«

Laura ignorierte den Scherz und streckte ihre Hand aus. Abrams schüttelte sie und grinste derart breit, dass er sich fast den Unterkiefer ausgerenkt hätte.

»Okay, rede mit mir«, sagte Mason zu Laura.

»Du kommst gerne ohne Umschweife zur Sache, oder?«, stellte Laura fest.

»Laura.«

»Nichts zu sagen darüber, dass ich euch verloren und dann wiedergefunden habe?«

Abrams fuhr dazwischen. »Ich fand, dass Sie ganz schön geschickt gefahren sind, und habe das auch gesagt.«

Mason brachte Abrams mit strengem Blick zum Schweigen, bevor er sich wieder an Laura wandte. »Was hast du an dem Haus von Kantos gemacht? Woher wusstest du von den Morden?«

Laura schaute plötzlich an ihnen vorbei zu einem Mann, der einen schwarzen Mantel und Hut trug und gerade den Friedhof betreten hatte. Sie schauten alle zu, wie der Mann auf einem Fußweg zu einem Bestand von kahlen Bäumen ging. Er blieb vor einem Grabstein stehen und beugte den Kopf. Laura drehte sich um und ging in die entgegengesetzte Richtung, was Mason und Abrams veranlasste, ihr zu folgen.

Nach ein paar Schritten sagte Laura: »Ich war gerade in der Pressestelle der Army, um ein paar Reporter zu besuchen, mit denen ich befreundet bin, als der Anruf über die Schießerei in einem Wohnhaus in der Hausbergstraße hereinkam.«

»Und du hattest den Verdacht, dass es das Haus von Eddie Kantos war.«

Laura schaute geradeaus, während sie nickte und einen anderen Pfad einschlug.

»Woher kennst du Kantos und wusstest, wo er wohnte?«, fragte Mason.

»Ich hab dir doch gesagt, dass ich Monate damit verbracht habe, den Schwarzmarkthandel zwischen Deutschland und Italien zu untersuchen. Dass ich mich als italienische und als jüdische Flüchtlingsfrau verkleidet habe, um etwas über die Schmuggelrouten zu erfahren. Bozen ist einer der Hauptpunkte in Italien für die Verteilung von Schmuggelware und Flüchtlingen. Die meisten Schmuggler kommen irgendwann mal durch diesen Ort, und dort habe ich Kantos durch eine andere Kontaktperson kennengelernt.«

»Was soll das heißen: kennengelernt?«

»Ich hatte gehört, dass Kantos eine große Nummer im Schwarzmarkt war und Schmuggelrouten durch die französische und britische Zone Österreichs nach Italien arrangierte und koordinierte, und ich wollte ein Interview mit ihm machen. Ich hörte auch, dass er der jüdischen Brigade dabei half, jüdische Flüchtlinge nach Palästina zu schmuggeln.«

»Was ist die jüdische Brigade?«, fragte Abrams.

»Das sind palästinensische Juden«, sagte Mason, »die in der britischen Armee gekämpft haben und von denen nicht wenige nach dem Krieg hiergeblieben sind, um jüdische Flüchtlinge nach Palästina zu bringen.«

Laura nickte. »So ist es. Um an Kantos heranzukommen, gab ich mich als jüdische Journalistin aus Palästina aus, die an einer Geschichte über Nichtjuden schreibt, die Flüchtlingen helfen, nach Palästina zu kommen. Kantos war ein ziemlich faszinierender Bursche.« Sie wurde wehmütig. »Er war ein kräftiger, gut aussehender Mann, ein Abenteurer aus dem wirklichen Leben: rücksichtslos, gefährlich, aber mit einer Schwäche für die Notlage jüdischer Flüchtlinge.«

Mason sagte zu Abrams: »Es gibt eine Sache, die Sie über Laura wissen müssen: Sie hält nach Möglichkeiten Ausschau, wie sie ihr Leben aufs Spiel setzen kann.« Dann wandte er sich wieder an Laura. »Dann erzähl uns doch bitte mehr über den wilden Desperado mit einem goldenen Herzen. Er muss dafür gesorgt haben, dass deines schneller schlug.«

Laura warf Mason einen Blick zu und lächelte, amüsiert über seinen Anflug von Eifersucht. »Kantos war Major in der SOE, der Special Operations Executive der britischen Armee. Das war eine geheime Spionageeinheit, die während des Kriegs Sabotageakte und Stoßtruppunternehmen durchgeführt hat. Kantos hat auch an Operationen mit französischen Einheiten der SOE teilgenommen und deshalb Auszeichnungen von beiden Ländern erhalten. Er benutzte seinen Heldenstatus, um besondere Privilegien sowohl von den Briten wie auch den Franzosen zu ergattern: Marschbefehle, Ausweise, sogar Armeebegleitung. Und was er nicht aus Gefälligkeit bekam, besorgte er sich durch Bestechung oder Erpressung.«

»Woher wusstest du, wo er in Garmisch wohnte, wenn du ihn nur einmal in Italien getroffen hast?«

Laura sagte nichts, während sie um das Wartungsgebäude herumgingen, das in der Mitte des Friedhofs lag.

»Hast du es von demselben Mann erfahren, der dich mit Kantos bekannt gemacht hat?«, fragte Mason.

»Was macht das für einen Unterschied? Der Grund, weshalb ich dich hierhergebracht habe und dir das hier erzähle, ist der, dass ich dich warnen möchte. Ich habe Angst um dich, und ich habe Angst um mich. Wenn sie die Giessen-Bande *und* Kantos erwischt haben, dann ist niemand sicher, du eingeschlossen.«

»Dann sag mir, wer der Gewährsmann ist. Wenn er eine Verbindung zu irgendeinem dieser Opfer hat, könnte er wichtige Informationen haben. Wir müssen mit ihm sprechen.«

»Ich erinnere mich, dir meinen Gewährsmann in München genannt zu haben, und der war bald darauf tot.«

»Falls dein Gewährsmann mit Kantos zu tun hatte, ist er bereits im Visier dieser Leute. Und wenn sie an Kantos herankommen konnten, können sie mit Sicherheit auch an deinen Mann herankommen.«

Laura seufzte und schaute zu Boden, während sie weitergingen. »Ich sollte aus Prinzip nein sagen, aber der Mann ist ein Widerling. Willy Laufs. Er ist Anführer einer unbedeutenden lokalen Bande, die mit Rauschgift handelt und ihre Finger in der Prostitution hat.«

Abrams, der von Laura begeistert zu sein schien, machte bei jeder ihrer Enthüllungen größere Augen. »Und Sie haben diesen Kerl ausfindig gemacht und konnten mit ihm reden?«

»Er hat sich an mich rangemacht. Er hat eine Schwäche für ein schönes Paar Beine.« Laura warf einen verstohlenen Blick auf Mason. »Keine Sorge, ich hab ihn auf Abstand halten können. Er bevorzugt ohnehin Heranwachsende. Von beiden Geschlechtern. Er betreibt angeblich ein Bordell für eine Spitzenklientel, die seinen perversen Geschmack teilt. Ich weiß nicht, wo es liegt, aber du solltest keine Schwierigkeiten haben, es zu finden: eine schicke Villa im Westen der Stadt.«

»Die finden wir«, sagte Abrams.

Laura fuhr fort: »Willys wahrer Wert besteht in seinen Verbindungen zur italienischen Mafia, bei denen es vor allem um Rauschgift geht. Er war als Diplomat für die Nazis auf Sizilien stationiert und hat dort Freundschaft mit den wichtigsten Mafia-Familien geschlossen.«

Mason sagte zu Abrams: »Der Italiener, der mir im Steinadler die Waffe an den Kopf gehalten hat, muss von Laufs nach Deutschland gebracht worden sein.«

Abrams pfiff erstaunt durch die Zähne. »Dann arbeitet er mit Lucky Lucianos Leuten zusammen.«

Laura blieb stehen, als ihr klar wurde, was Mason gesagt hatte. »Wer hat dir eine Waffe an den Kopf gehalten?«, fragte sie Mason. »Und wie oft ist das inzwischen passiert?«

»Mach dir deshalb keine Sorgen«, sagte Mason. »Erzähl weiter.«

Laura zuckte mit den Achseln und setzte ihren Weg wieder fort. »Willy war ein Verbindungsmann zwischen den Mafia-Familien und Kantos und Giessen, nicht nur für Rauschgift, sondern für jede Art von Schwarzmarktware, die du dir vorstellen kannst. Er hat auch geholfen, die Schmuggelwege durch Italien für Nazi-Kriegsverbrecher einzurichten.«

»Verdammt, Laura«, sagte Mason kopfschüttelnd. »Du hast wirklich einen Todeswunsch. Sag mir, dass diese Tage vorüber sind.«

Laura blieb stehen und stemmte die Arme in die Hüften. »Wie unglaublich gönnerhaft von dir. Ja, ich bin mit dieser besonderen Untersuchung fertig, aber das bedeutet nicht, dass ich mir eine Schürze umbinde und barfuß durch die Küche laufe. Ich werde nicht meinem Beruf abschwören, damit du ruhig schlafen kannst.«

Mason und sie hatten sich früher schon über diesen Punkt gestritten, und er kannte sie besser, als sie dachte. »Das ist Quatsch. Du bist noch nicht fertig damit, dein Leben aufs Spiel zu setzen, obwohl du mir sagst, du hättest Angst. Du brauchst die Erregung. Du bist abhängig von dem Nervenkitzel. Das ist der Grund dafür, dass du dich aus reinem Zufall für Garmisch entschieden hast, um deine Artikel zu schreiben.«

Lauras Gesichtsausdruck wurde sanfter, während sie ihn einen Augenblick anschaute. »Vielleicht.« Sie lächelte. »Jetzt geht das schon wieder los. Und wir sind mittendrin, du und ich. Du musst wissen, dass das der Grund ist, warum ich dich so attraktiv fand.«

»Laura, dies ist kein Spiel.«

»Das kann ich ganz gut selbst beurteilen. Ich bin schon einige große Risiken eingegangen …«

»Ja, das weiß ich … Du hast Gletscher überquert und bist mit offenen Bombern in zwanzigtausend Fuß Höhe geflogen.«

»Reden wir doch einen Moment über dich. Reden wir darüber, wie *du* es liebst, dein Leben aufs Spiel zu setzen. Du stürmst darauf los wie ein wutentbrannter Stier, selbst wenn das bedeutet, dass du die Menschen, die du liebst, in Gefahr bringst.« Laura ging um ihn herum und auf den Ausgang des Friedhofs zu. Mason blieb hinter ihr, während er ihre Worte verdaute.

Abrams holte sie ein. »Haben Sie eine Ahnung, wer Kantos oder Giessen umgebracht hat?«

»Nein«, sagte Laura. »Sie?«

»Wir glauben nur, dass sie sich kannten, weil die Mörder Kantos und die Bodyguards ohne Gegenwehr erschießen konnten.«

Mason holte sie ein und sagte zu Abrams. »Geben Sie durch, dass ein paar MPs Laufs festnehmen. Sagen Sie ihnen, dass sie ihn festhalten sollen, bis wir wieder im Hauptquartier sind.«

Abrams legte einen Zahn zu und ging zum Jeep. Mason stellte sich vor Laura, um sie aufzuhalten. »Hör um deinetwillen auf mit dem Herumschnüffeln. Jeder, von dem sie auch nur annehmen, dass er die falschen Informationen hat, wird umgebracht. Geh nach Hause. Schreib deine Artikel und verhalte dich unauffällig. Ich weiß nicht, wer der Nächste auf der Liste ist.«

Laura verhielt sich angesichts dieser Perspektive eher begeistert als verängstigt. »Mason, du musst mich in diese Sache einweihen. Ich verspreche dir, dass ich mich nicht zu weit vorwagen werde, aber ich werde mit dir oder ohne dich an dieser Geschichte dranbleiben. Wenn es mit dir ist, dann haben wir beide eine bessere Chance zu kriegen, was wir wollen.« Sie wartete. »Und?«

Mason verzichtete darauf, ihre Worte darüber, was sie beide wollten, auf die Waagschale zu legen. Er schaute ihr in die Augen und sah darin dasselbe Gefühl der Erregung reflektiert, das ihn dazu trieb, verrückte Dinge zu tun – der Nervenkitzel der Jagd. Genau das war es, was sie zusammengebracht und wieder auseinandergetrieben hatte. Er hatte keine Chance, sie davon abzubringen. Sie würde genau das tun, was sie wollte. Schließlich sagte er: »Bis jetzt habe ich mehr Fragen als Antworten, Mutmaßungen, Spekulationen.« Dann erzählte er ihr von Winstone und Hilda, was er über sie herausgefunden hatte, während er die Umstände ihrer Ermordung einer genaueren Untersuchung unterzog, über Kessel, Schaeffer und den geheimnisvollen Abbott. Er erzählte ihr davon, was Winstone ihm erzählt hatte, dass er behauptet hatte, es gebe Dokumente, welche die Army bis in ihre Grundfesten erschüttern könnten. »Ich habe den Verdacht, dass die Casa Carioca als Operationsbasis benutzt wird. Ich glaube, dass einige ehemalige SS-Offiziere und ein paar von den polnischen Kellnern zu dem Mordkommando gehören, an dessen Spitze Kessel und Schaeffer stehen. Es hängt alles zusammen: Winstone, Giessen, Kantos, die Morde an ihnen und diese Gruppe mit der Casa Carioca als Operationsbasis.«

Laura schrieb alles auf ihren Notizblock und schien mit jedem neuen Detail nur noch aufgeregter zu werden.

Mason sagte: »Ich möchte, dass du mir versprichst, keine

Anklagen rauszuposaunen und deine Artikel nicht mit großen Überschriften mit Fragezeichen versiehst, ohne sie mit Tatsachen untermauern zu können …«

»Diese Art von Journalismus betreibe ich nicht. Zumindest nicht, wenn ich weiß, dass ich den richtigen Knüller aus einer zuverlässigen Quelle bekomme.«

»Gut, weil das die Untersuchung platzen lassen könnte, wenn du diese Geschichte veröffentlichst, bevor ich alle Fakten beisammenhabe. Sie würden ihre Spuren verwischen und Schutz suchen. Das heißt, nachdem sie *dich* in die Finger bekommen haben. Du musst mir versprechen, darauf zu warten, dass ich mir die Leute schnappe, die darin verwickelt sind, bevor du irgendwas veröffentlichst.«

Sie berührte seinen Arm in ihrer Erregung, und Mason wäre bei dem Stromstoß, den die Berührung auslöste, fast zurückgezuckt. Die Empfindung veranlasste Mason, sie anzufahren. »Ich übertreibe nicht, wenn ich sage, dass du dich unauffällig verhalten musst. Wo wohnst du?«

Sie lächelte, als hätte sie bemerkt, welche Wirkung ihre Berührung auf ihn gehabt hatte. »In einem Haus im Bezirk Breitenau. Es heißt Alpenrose. Im Vorgebirge.«

»Gut, das ist abgelegen genug. Bleib zu Hause, außer wenn du einkaufen musst. Sag niemandem, was du machst. Ich kenne Richard nicht, also ist es deine Sache zu entscheiden, ob er den Mund halten kann.«

»Du hast ihn Richard genannt.«

»Was?«

»Ich sagte, du hast ihn Richard genannt. Hast du deine Meinung über ihn geändert?«

»Laura, ich meine es ernst. Willst du einen Ansporn haben?«, fragte Mason und machte eine Handbewegung, mit der er die Grabsteine einschloss. »Schau dich nur um.«

»Ich hab's kapiert. Mach dir keine Sorgen.«
»Ach, Sorgen werde ich mir trotzdem machen.«

SIEBZEHN

Mason und Abrams saßen in einer DKW-Limousine vor einer Reihe von Lagerhäusern, die knapp zweihundert Meter vom Bahnhof entfernt lagen. Mehrere Lastwagen und Fuhrwerke waren in der schmalen Straße geparkt worden, aber die Ermittler hatten trotzdem einen unverstellten Blick auf die Aktivität rund um die Lagerhäuser. Es war kurz nach sechzehn Uhr, und die Sonne war bereits hinter den Bergen verschwunden. Obwohl sie beide zivile Mäntel, wollene Anzüge und Homburgs trugen, kam es ihnen so vor, als wäre die Temperatur um zwanzig Grad gefallen.

Abrams zog sich den Mantel enger um seine Brust zu. »Wie wäre es, wenn wir den Motor anlassen, damit es hier drin ein bisschen wärmer wird?«

»Zwei Männer, die in einem geparkten Wagen sitzen, ziehen genug Aufmerksamkeit auf sich, ohne dass man den Motor laufen lässt.«

»Wir sind jetzt seit einer Stunde hier. Es wird ziemlich bald dunkel werden«, meinte Abrams und schaute zu dem bleigrauen Himmel hoch. »Sieht aus, als würde es bald schneien.«

»Sie wollten Detective werden. Da gewöhnen Sie sich besser an kalte und langweilige Observierungen.«

Mason und Abrams hatten die letzten beiden Stunden damit verbracht, alle bekannten Schwarzmarktplätze aufzusuchen, bei den einzelnen Händlern die Runde zu machen, Lubetkins Polizeifoto herumzuzeigen und nach seinem Aufenthaltsort zu fragen. Die Schwarzmarkthändler, die von Haus aus misstrauisch waren, hielten die beiden gesunden, adrett gekleideten Burschen, die ein Polizeifoto vorzeigten, für doppelt verdächtig, und trotz dem Angebot von Zigaretten im Austausch für Informationen reagierten sie nur mit einem ausdruckslosen Starren oder hartnäckigem Leugnen.

Schließlich gab ihnen ein alter Mann, der in einem Kinderwagen versteckte Ferkel verkaufte, Informationen im Austausch für zwei Packungen Zigaretten. Dem Mann zufolge hatte eine Gruppe unternehmungslustiger Seelen einen Schwarzmarkttreffpunkt in zwei nicht benutzten, miteinander verbundenen Lagerhäusern eingerichtet und so den Verkäufern und Kunden eine willkommene Gelegenheit geboten, ihren Geschäften drinnen und nicht mehr in der Kälte draußen nachzugehen. Jaakow, hatte er gesagt, könne man dort nachmittags häufig antreffen. Die beiden Ermittler hatten schon eine gründliche Durchsuchung der beiden Lagerhäuser vorgenommen, Lubetkin aber nicht gesehen. Obwohl sie keinerlei Bestätigung erhalten hatten, dass Lubetkin auftauchen würde oder dass die von ihnen erworbene Information zuverlässig war, hatte Mason darauf bestanden, dass sie dort sitzen blieben. Dies war ihre letzte Möglichkeit auf einer sehr kurzen Liste.

Abrams erschauerte. »Ist Ihnen nicht kalt?«

»Meine Füße protestieren lauthals, meine Seite tut mir weh, wo ich angeschossen wurde, und mein Hintern ist wund, aber dann denke ich an meine Zeit als Kriegsgefangener zurück, wo ich auf einem Todesmarsch im schlimmsten Winter fast gestorben wäre …«

»Ach, geht das schon wieder los mit den Geschichten eines alten Kriegshunds.«

Mason lachte leise darüber, dass Abrams ihn weniger als

ein Jahr nach Kriegsende als »alten Kriegshund« bezeichnete. »Steigen Sie aus und laufen Sie ein bisschen rum, wenn Ihnen so kalt ist.«

Abrams verließ den Wagen und stampfte mit den Füßen auf den Boden, riss aber nur einen Augenblick später die Tür auf. »Er ist gerade in das zweite Lagerhaus reingegangen.«

Mason stieg aus. »Sie gehen in das erste, um ihm den Weg abzuschneiden, und ich gehe in das zweite.«

Mason machte sich mit schnellen Schritten auf den Weg und betrat das geschäftige Lagerhaus. Drinnen herrschte die Atmosphäre eines Flohmarkts im Chaos. Die Leute hatten ihre Waren überall dort ausgestellt, wo ein Fleck nicht besetzt war: Garderobenständer mit feiner Kleidung und Pelzen, Möbel, Handkarren mit improvisierten Auslagen von Schmuck, Kameras, Fotos, sogar alle möglichen Hausratsgegenstände, und alles konkurrierte um die Aufmerksamkeit mit Händlern, die Holz aus den Bergen, und Bauern, die Eier, halb verfaulte Äpfel, gepökeltes Schweinefleisch und selbst gemachte Laugenseife verkauften. Soldaten und Zivilisten vermischten sich miteinander, tauschten und feilschten.

Mason ließ den Blick durch den Innenraum schweifen, während er an der Wand zur Straße hin vorbeiging. Ein paar Leute betrachteten ihn argwöhnisch, darunter auch mehrere US-Soldaten. Er erkannte sogar zwei MPs aus dem Hauptquartier, aber sie waren zu sehr damit beschäftigt, einem der Bauernmädchen den Hof zu machen, um ihn zu bemerken. Dann erblickte er Lubetkin auf der gegenüberliegenden Seite des Lagerhauses, wo er mit einer Frau redete, die etwas aus einem offenen Überseekoffer verkaufte.

Mason ging in seine Richtung los, aber aus welchem Grund auch immer wählte Lubetkin diesen Moment, um seine Umgebung zu überprüfen. Auf seinem Gesicht machte sich Entsetzen breit, als er Mason erkannte. Er stieß einen Schrei aus und rannte auf die mittlere Tür los, die beide Lagerhäuser miteinander verband. Mason lief zu der Tür, um Lubetkin den Weg abzuschneiden, schob sich an den Käufern vorbei und wich den Auslagen der Verkäufer aus. Die Unruhe erregte die Aufmerksamkeit der beiden MPs, und sie stellten sich Mason in den Weg, bevor er Lubetkin ergreifen konnte.

Die MPs holten ihre Schlagstöcke heraus, und einer der beiden packte ihn am Arm. »Warum die Eile, Kumpel? Hast du was geklaut?«

Mason zog seinen Ausweis hervor und rief: »CID! Lasst mich los, oder ich werde Sie wegen Aktivitäten auf dem Schwarzmarkt festnehmen.«

Die MPs gaben ihn frei, aber Lubetkin war bereits in dem anderen Lagerhaus verschwunden. Mason hoffte, dass Abrams auf Draht war, weil sie Lubetkin bei dem Tempo, das er vorlegte, sonst mit Sicherheit verlieren würden. Mason brach durch die Verbindungstür. In diesem Lagerhaus waren weniger Menschen, und Mason konnte Lubetkin deutlich sehen, wie er auf eine Hintertür zueilte, Abrams dicht auf seinen Fersen.

So schnell Lubetkin auch war, Abrams machte größere Schritte und schaffte es deshalb, ihn gerade am Mantelkragen zu packen, als er den Ausgang erreichte. Abrams bemühte sich, den strampelnden Lubetkin näher heranzuziehen, und gerade als Mason ankam, schlüpfte er aus seinem Mantel heraus und ergriff wieder die Flucht.

Abrams fluchte und warf den Mantel zu Boden. Mason hetzte durch die Tür und sah Lubetkin über ein offenes Feld sprinten. Brocken verrosteten Metalls und ausgesondertes Eisenbahnmaterial lagen wie vergessene Grabsteine unter dem Schnee, und es war eines dieser verschneiten Reststücke, das

Lubetkin zu Fall brachte. Mit einem weiteren Schrei ging er zu Boden. Diesmal war Mason als Erster bei ihm und packte ihn an beiden Armen, als er wieder aufsprang.

Lubetkin wand sich und trat um sich. »Ich weiß nichts! Ich habe nichts getan! Lasst mich in Ruhe!«

»Beruhigen Sie sich«, sagte Mason und klemmte ihm die Arme hinter dem Rücken zusammen. »Wir werden Sie nicht festnehmen.«

Abrams kam angelaufen und stellte sich vor Lubetkin, um eine weitere Flucht zu verhindern. Außer Atem hörte dieser auf, sich zu wehren.

Zwischen tiefen Atemzügen sagte Mason: »Herrgott noch mal, Jaakow, wir versuchen nur, Ihre armselige Haut zu retten.«

»Ich bin der Einzige, der mich retten kann«, sagte Lubetkin und versuchte wieder, sich loszureißen.

»Diesmal nicht«, sagte Mason.

Abrams sagte: »Sie haben Eddie Kantos und seine Familie getötet.«

Lubetkin schaute langsam zu Abrams hoch. »Seine Frau und sein Kind?«

Abrams nickte.

Lubetkin erschlaffte in Masons Händen. »Damit hatte ich nichts zu tun. Ich schwöre.«

»Das ist nicht der Grund, warum wir nach Ihnen gesucht haben«, sagte Mason.

»Was wollen Sie dann?«

Mason lockerte seinen Griff und drehte Lubetkin herum, damit er ihm ins Gesicht sehen konnte. »Jaakow, wir wissen, dass Sie ein Informant von Agent Winstone waren.«

Lubetkin riss sich mit einer gewaltigen Anstrengung aus Masons Griff los und rannte erneut davon.

»Gottverdammt noch mal!«, schrie Mason, als er und Abrams wieder hinter ihm herjagten.

Lubetkin legte fünfzig Meter zurück, bevor Abrams ihn überholte und attackierte. »Er ist so schlüpfrig wie ein Aal«, brummte Abrams, während er Lubetkin zu Boden gedrückt hielt.

Mason kam einen Moment später hinzu und kniete sich neben ihren Gefangenen hin. »Tut mir leid, aber ich muss das tun.« Er schloss Lubetkins linke Hand mit Handschellen an seine rechte. Dann stellte er seine Füße fest auf den Boden. »Sind Sie fertig?«, fragte er, während er vergeblich versuchte, den nassen Schneematsch mit seiner Hand abzuwischen.

Lubetkin nickte.

»Wir wollen Ihnen nur ein paar Fragen stellen«, erklärte Mason.

»Aha! Gerade haben Sie noch gesagt, Sie wollen mich retten, und jetzt heißt es, Sie wollen mich verhören.«

»Weil Sie wie ein Irrer vor uns weggerannt sind. Und mir ist aufgefallen, dass Sie nicht gefragt haben, warum wir Sie retten wollten. In meinen Augen ganz schön verdächtig.« Er zog Lubetkin in Richtung der Straße. »Kommen Sie, wir nehmen Sie mit zum Hauptquartier.«

»Warten Sie«, sagte Lubetkin und stemmte die Hacken in den Boden. »Fragen Sie mich, was Sie wollen, aber bringen Sie mich nicht dorthin. Bitte.«

Mason blieb stehen. »Winstone wurde wegen etwas umgebracht, was er entdeckt hatte. Und ich bin mir ziemlich sicher, dass ein Teil dieser Informationen von Ihnen stammte.«

»Bitte, ich flehe Sie an, bitten Sie mich nicht, dass ich mich noch weiter in die Sache hineinziehen lasse. Wenn sie erfahren, dass ich Informationen preisgegeben habe … ich kann nicht nur an mich denken. Meine Familie hängt von mir ab.«

»Jaakow«, sagte Abrams, »wer auch immer all diese Leute umgebracht hat, ist vermutlich hinter Ihnen her. Geben Sie uns ihre Namen, alle Informationen, die uns helfen können. Das ist die beste Möglichkeit, die Sicherheit Ihrer Familie zu gewährleisten.«

»Falls Sie uns wissentlich Informationen vorenthalten«, betonte Mason, »sind wir gezwungen, Sie wegen Behinderung einer Untersuchung festzunehmen. Sie werden inhaftiert und verhört werden …«

»Ich habe drei Konzentrationslager überlebt«, sagte Lubetkin wütend. »Ich habe gehungert, bin geschlagen und zu Sklavenarbeit gezwungen worden, während der größte Teil meiner Familie entweder vergast oder erschossen und in Massengräber geworfen wurde. Ich habe alles ertragen, was die Nazis mir angetan haben. Ich kann auch Ihren Verhören standhalten.«

»Das ist es nicht, was Mr. Collins meinte«, sagte Abrams. »Wenn Sie inhaftiert sind, sind Sie nicht in der Lage, Ihre Familie zu beschützen. Das Morden wird weitergehen, und die Mörder werden frei ausgehen. Wir sind überzeugt, dass Sie entscheidende Informationen haben, die dazu beitragen könnten, sie ihrer gerechten Strafe zuzuführen. Wir wollen Ihnen und Ihrer Familie helfen, aber dazu wir brauchen *Ihre* Hilfe.«

»Wir können Sie schützen«, meinte Mason noch mal. »Ich habe dies bereits vorgeschlagen, aber wir können dafür sorgen, dass Sie sicher zu dem jüdischen Vertriebenenlager in Feldafing gebracht werden. Es ist so weit von hier entfernt, dass Sie in Sicherheit sind. Sie werden eine Unterkunft, Verpflegung und mehrere Hilfsorganisationen zur Verfügung haben, die Sie und Ihre Familie unterstützen.«

»Wir könnten jahrelang in einem Lager verrotten und in

einer Schlange auf eine Gelegenheit zur Emigration warten, ohne eine Garantie, dass es Palästina sein wird. Ich will nicht, dass mein Kind auf deutschem Boden geboren wird. Ich will das Geld verdienen, um die Briten zu bestechen oder Schmuggler dafür zu bezahlen, dass sie uns mitnehmen. Außerdem können die Männer, die meinen Tod wollen, herausfinden, in welchem Lager ich bin, und mich dort umbringen.«

»Damit meinen Sie amerikanische Offiziere, die Mitglieder der Bande sind«, vermutete Mason.

»Ja. Verstehen Sie? Sie können mich nicht beschützen.«

»Jaakow«, sagte Abrams, »sie sind hinter Ihnen her, ob Sie uns helfen oder nicht. Und wenn wir Sie so leicht finden können, was glauben Sie dann, wie lange sie brauchen werden, um das Gleiche zu tun? Sie haben eine bessere Chance, mit uns zu arbeiten, als es auf eigene Faust zu versuchen. Glauben Sie uns. Bitte.«

Lubetkin dachte einen langen Moment nach, während er vor Kälte zitterte. Seine Kleidung war von dem Schneematsch durchnässt.

»Kommen Sie irgendwohin mit, wo Sie sich aufwärmen können«, sagte Mason.

Lubetkin blickte von Mason zu Abrams, während er über das Angebot nachdachte. Schließlich nickte er und entschied: »Zu mir nach Hause. Wenn wir einander helfen und vertrauen sollen, ist es für mich wichtig, dass Sie meine Familie kennenlernen.«

Die beiden Ermittler führten ihn zu ihrem Wagen. Mason nahm ihm die Handschelle ab und ließ ihn bei voll aufgedrehter Heizung auf dem Beifahrersitz Platz nehmen. Jemand hatte sich bereits Lubetkins Mantel unter den Nagel gerissen, aber er lehnte Masons und Abrams' Angebot ab, einen der ihren zu nehmen. Auf der Fahrt wurde wenig gesprochen, von Lubetkins Richtungsanweisungen abgesehen. Sie fuhren parallel zur Partnach und dann Richtung Süden. Lubetkin ließ Mason den Wagen schließlich an der Klammstraße parken, und dann gingen sie zu einem kleinen Gewerbebezirk unweit vom Stadtpark.

Lubetkin führte sie in eine Gasse. Fünfzehn Meter weiter öffnete er eine verstärkte Tür, die sich als Hintereingang zu einem Bekleidungsgeschäft entpuppte, das traditionelle bayerische Tracht verkaufte und ironischerweise von einem jüdischen Ehepaar geführt wurde. Lubetkin grüßte den Mann, der an der Ladentheke stand, durch ein kurzes Antippen seines Huts, während sie durch den Laden gingen und ihn durch den Vordereingang verließen. Sie überquerten eine kleine Straße und betraten einen Buchladen. Lubetkin tippte wieder an seinen Hut und sagte »Shalom aleichem«. Sie gingen durch einen Vorhang und eine Treppe hinauf.

Lubetkin klopfte vier Mal an eine Tür, die auf die Treppe hinausging, bevor er sie aufschloss. Sie betraten ein kleines Wohnzimmer mit einer offenen Küche. Eine Schwangere von Ende zwanzig saß an einem kleinen Küchentisch und spielte mit einem Jungen, der nicht älter als ein Jahr war. Neben ihr stopfte eine Frau auf einem anderen Stuhl ein Mädchenkleid. Ein Mädchen von siebzehn oder achtzehn Jahren las drei anderen Kindern, die neben einem leeren Kamin im Wohnzimmer saßen, aus einem Buch vor.

Lubetkin stellte die beiden Ermittler vor und zeigte dann auf die Schwangere. »Das ist Helena, meine Frau.« Während er der Reihe nach auf die anderen zeigte, sagte er: »Olga ist die neue Frau meines Bruders, und der Junge neben Helena ist Olgas Sohn. Die drei kleinen Kinder neben dem Kamin sind Olgas Verwandte, und das ältere Mädchen ist die Tochter eines guten Freundes von mir, der nicht mehr bei uns ist.

Mein Bruder Berko arbeitet als Skilift-Führer für Kleingeld. Er ist Professor für Literatur mit dem Spezialgebiet englische Literatur. Er hat seine erste Frau in Sobibor verloren. Unsere Eltern sind in Auschwitz gestorben. Tanten, Onkel, Cousinen und Cousins ebenfalls. Wir sind alles, was übrig ist. Sie hängen alle von mir ab.«

Während sich alle begrüßten, musterte Mason ihre Gesichter, besonders die der Kinder. Vier von ihnen hatten schon ihre Eltern verloren, hatten aber das Glück, gute Menschen gefunden zu haben, die sich ihrer annahmen. Aber Lubetkin war einen Schritt vom Tod entfernt. Und die Mörder hatten keine Gewissensbisse gehabt, Kantos' Frau und ihr Kind zu töten. Er zog Abrams und Lubetkin beiseite. »Jaakow, Sie können nicht hierbleiben.«

»Ich werde nicht in ein Lager gehen. Dazu können Sie mich nicht zwingen.«

»Doch, das kann ich. Ich kann Sie festnehmen und Ihre Familie in ein Lager bringen lassen.«

Abrams schaute Mason an, als hätte er damit gedroht, Lubetkin selbst umzubringen. »Das können Sie nicht machen.«

Mason wandte sich an Abrams. »Sie können nicht hierbleiben, und sie können nicht zu einem von uns ziehen. Es ist zu kalt, um zu so etwas wie einem leeren Lagerhaus oder einer Hütte zu gehen. Wenn Sie keine brillante Idee haben, fällt mir kein Ort ein, wo sie hingehen könnten, den jemand in der Army nicht ausfindig machen könnte. Die einzige Möglichkeit ist, ihnen neue Namen mit gefälschten Ausweispapieren zu geben und sie nach Feldafing zu bringen.«

»Ich werde meine Familie nicht in dieses Lager bringen!«, widersetzte sich Lubetkin.

Abrams fragte Mason: »Selbst wenn Jaakow bereit wäre, in

das Lager zu gehen, wo werden wir die gefälschten Papiere herbekommen?«

»Ich habe einen guten Freund beim CIC in München. Er könnte das in zwei Tagen schaffen.«

Lubetkin schaute zu Helena hinüber, die über den Tonfall ihrer Unterhaltung bestürzt zu sein schien. Dann zeigte er auf einen ramponierten Esstisch. »Das werden wir später besprechen. Setzen wir uns jetzt hin, und ich sage Ihnen, was ich kann.«

Lubetkin bat Helena, Kaffee zu machen, und sie ließen sich auf Stühlen am Tisch nieder.

»Woher kannten Sie Kantos?«, fragte Abrams.

Lubetkin schaute nach unten und spielte an einem Splitter herum, der aus der Tischplatte ragte.

»Jaakow …«, beharrte Mason.

»Ich habe die Herren früher belogen. Am Tag der Razzia im Steinadler. Sie waren beide freundlich zu mir, und ich vergesse solche Freundlichkeiten nicht.« Lubetkin schaffte es, den Splitter zu entfernen, und drehte ihn in den Fingern. »Ich habe doch für Kantos gearbeitet … und für Giessen.«

»Und haben was getan?«

»Ich war – wie nennen Sie das … ein selbstständiger Geschäftsmann, aber der größte Teil meiner Arbeit war für sie. Ich war Kurier – habe Botschaften überbracht, Dokumente und Schriftverkehr. Ich habe Verhandlungen mit Diamantenhändlern und anderen Großhändlern auf dem Schwarzmarkt und … na ja, einigen Dealern geführt.« Er beugte sich vor und hob einen Finger hoch. »Aber ich habe diese Dinge aus einem guten Grund getan. Eddie Kantos sagte, er würde mir helfen, meine Familie nach Italien zu schmuggeln, und dann für mich den Kontakt mit der jüdischen Brigade herstellen. Im Gegenzug würde ich Sachen für ihn erledigen –

ohne Fragen zu stellen – und Geld verdienen, um ihn bezahlen zu können.«

Mason hätte Lubetkin über die Probleme belehren können, die ein Pakt mit dem Teufel zur Folge hat, aber das wäre sinnlos. Dann kam ihm ein Gedanke, und er wandte sich an Abrams. »Was wäre, wenn wir jemanden von der jüdischen Brigade finden und kontaktieren könnten?«

»Warum sehen Sie mich an?«, fragte Abrams. »Nur weil ich Jude bin, bedeutet das nicht, dass ich ein spezielles jüdisches Radar habe.«

»Über Laura. Sie ist auf den Schmuggelrouten gewesen, und sie hat mit Kantos über die Brigade gesprochen. So, wie ich Laura kenne, hat sie andere wie ihn getroffen, oder sie hat selbst die entsprechenden Kontakte.« Er drehte sich zu Lubetkin. »Es dauert vielleicht zwei Tage, aber ich glaube, wir können es so machen.«

Lubetkin strahlte vor Begeisterung, ergriff Masons Hand und schüttelte sie wild. »Das wäre wundervoll.«

»Aber die einzige Möglichkeit, wie das funktionieren kann und Sie und Ihre Familie diese Sache überleben, besteht darin, dass Sie sich nicht von der Stelle rühren. Sie dürfen Ihre Wohnung nicht mehr verlassen. Nicht mal, um Essen zu besorgen. Falls es einen Notfall gibt, lassen Sie den Inhaber des Buchladens einen Arzt holen. Ich nehme an, dass Sie ihm vertrauen können, weil er Sie hier wohnen lässt.«

»Er heißt Isaak«, sagte Lubetkin, der Masons Hand noch nicht losgelassen hatte. »Er ist ein guter Mann … Wie Sie, meine Freunde.« Schließlich gab er Masons Hand frei und wurde ernst. »Wie haben Sie denn rausgefunden, dass ich ein Informant für Agent Winstone war?«

»Als wir sein Büro durchsuchten, sahen wir Ihren Namen auf seiner Tafel stehen.«

»Er hat mir versprochen, meinen Namen geheim zu halten. Was hat er sich dabei gedacht, meinen Namen auf die Tafel zu schreiben, dass alle ihn sehen können?«

»Wir wissen nicht, ob Winstone es gewesen ist«, antwortete Abrams. »Wir sind davon überzeugt, dass jemand in sein Büro eingebrochen ist, und es besteht die Möglichkeit, dass derjenige, der das getan hat, die Informationen auf der Tafel verändert hat, um uns durcheinanderzubringen. Es könnte sein, dass sie Ihren Namen als Sackgasse hinzugefügt haben, um uns aus der Bahn zu werfen, oder …« Abrams zögerte.

»Oder was?«, fragte Lubetkin.

Mason antwortete für Abrams. »Oder jemand hatte den Verdacht, Sie könnten ein Informant sein, und hoffte, dass wir oder das CIC versuchen würden, Sie ausfindig zu machen. Um festzustellen, ob Sie reden würden. Dann bräuchten sie nur noch einen korrupten MP oder CIC-Mann, der ihnen diese Information weitergibt, und Sie würden dasselbe Schicksal wie Kantos erleiden.«

Lubetkin stöhnte und ließ seinen Kopf auf den Tisch sinken.

»Jaakow«, sagte Mason, »Sie müssen uns vertrauen. Wir werden Ihren Namen nicht preisgeben oder auch nur erwähnen, dass es Sie gibt.«

Als Lubetkin nickte, fragte Mason: »Was haben Sie Agent Winstone berichtet?«

»Hauptsächlich von Kantos' Partnerschaft mit Giessen und Bachmann.«

»Winstone hat mir gesagt, er hätte Dokumente, die beweisen könnten, wer dabei ist, den Schwarzmarkt zu übernehmen, aber die haben wir weder bei ihm zu Hause noch in seinem Büro gefunden. Wir vermuten, jemand hat sie mitgenommen und möglicherweise vernichtet, aber für den unwahrscheinlichen Fall, dass sie noch versteckt sind: Haben Sie eine Ahnung, wo sie sein könnten?«

»Ich weiß nichts von solchen Dokumenten. Und ich glaube nicht, dass er mir so sehr vertraut hat, dass er mir gesagt hätte, wo sie versteckt sind.«

»Neben Ihrem Namen auf der Tafel«, sagte Abrams, »hatte Winstone *Herr X* und *Herr Y* geschrieben. Wissen Sie, wen er damit meinte?«

»Nein. Agent Winstone sprach von ihnen immer als X und Y. Aber …« Lubetkin zögerte. »Ich glaube, er hat ›Herr‹ vor die Buchstaben geschrieben, weil er nicht wollte, dass jemand Bescheid wusste.«

»Sie meinen, es sind Amerikaner. Welche von so hohem Dienstrang, dass Winstone ihre Namen nicht erwähnen wollte.«

Lubetkin zuckte mit den Schultern. »Das glaube ich, ja.«

»Winstone hatte auch einen Herr Z da stehen. Ist das Sturmbannführer Volker?«

»Keine Ahnung.«

»Haben Sie Herrn Z je kennengelernt?«

»Nein. Aber er ist genauso gefürchtet wie Kantos. Jemand, der mit Vergnügen tötet, sagt man.«

»Und wer ist ›man‹?«, fragte Abrams.

»Einige der Helfershelfer, die für Giessen gearbeitet haben.«

»Ich habe Sie schon mal nach Volker gefragt«, insistierte Mason. »Er ist hochgewachsen, mager, hat graues Haar, ein ausgeprägtes Kinn und eine spitze Nase.«

Lubetkin zuckte wieder mit den Achseln.

»Erinnern Sie sich, wie ich sagte, dass er auch türkische Zigaretten mit goldenem Mundstück rauchte.«

Als das keine Reaktion auslöste, sagte Mason: »Zigaretten, die wie verbrannte Blumen riechen.«

Lubetkins Gesicht leuchtete auf. »An den Geruch erinnere ich mich. Ich habe einen Mann gesehen, wie Sie ihn beschrieben haben, aber sein Haar ist schwarz. Einmal bei einem Treffen mit Giessen und einmal in einem Haus in den Bergen. Ich sollte etwas abholen, und ich wurde mit verbundenen Augen zu dem Haus in den Bergen gebracht. Sehr geheimniskrämerisch. Es waren vielleicht fünfzehn Männer da. Ich erkannte jemanden, mit dem ich schon mal geschäftlich zu tun hatte, den dritten Sohn eines Barons aus Schlesien, und der hat mit einem Mann geredet, wie Sie ihn beschrieben haben.«

Mason schaute zu Abrams hinüber, um zu sehen, ob er mitschrieb.

Lubetkin fügte hinzu: »Es gab dort auch einen amerikanischen Offizier.«

»Wissen Sie, wie er hieß?«

Lubetkin schüttelte den Kopf. »Ich war nur ein paar Minuten da, und die Stimmung machte einen angespannten Eindruck, als ich hereinkam. Er war in Uniform, was mich überrascht hat. Ein Major. Vielleicht vierzig. Nur ein bisschen größer als Sie. Nicht *korpulent*, wissen Sie. Aber stark. Schwarzes Haar, mit genug Fett nach hinten gekämmt, dass man einen Panzer damit abschmieren könnte, und große buschige Augenbrauen.«

Mason schaute Abrams an. »Schaeffer.« Er wandte sich wieder an Lubetkin. »War Agent Winstone sich der Verbindung von Major Schaeffer mit Herrn Volker bewusst?«

»Ich habe keine Ahnung.«

Mason wandte sich an Abrams. »Winstone hatte Informationen über einige hohe amerikanische Offiziere, die unantastbar waren. Könnte sein, dass Schaeffer einer von ihnen war.«

»Wir sollten die Telefone in der Casa abhören«, sagte Abrams.

Mason nickte und wandte sich wieder an Lubetkin. »Haben Sie irgendwelche anderen Amerikaner bei diesem Treffen in den Bergen gesehen?«

»Niemand sonst war in Uniform, und in den paar Minuten, in denen ich dort war, habe ich nur Deutsch gehört. Es gibt noch jemanden, den ich nicht erwähnt habe, über den Agent Winstone gern mehr wissen wollte.« Er beugte sich vor und senkte die Stimme, als ob dieser Mensch allmächtig wäre. »Ein gewisser Lester Abbott. Ich habe ihn nie kennengelernt, aber immer, wenn sein Name erwähnt wurde, wurden die Leute nervös. Es ging das Gerücht, dass er früher beim OSS war.«

»Nicht beim CIC?«, fragte Abrams.

Lubetkin dachte einen Moment nach und schüttelte dann den Kopf. »Ich bin sicher, OSS gehört zu haben. Angeblich wurde er zum schwarzen Schaf, als das OSS aufgelöst wurde. Das ist so ziemlich alles, was ich weiß.«

OSS stand für »Office of Strategic Services«, der geheime Nachrichtendienst des amerikanischen Kriegsministeriums, der im September 1945 aufgelöst worden war. Die Akten über die OSS-Einsätze und die daran beteiligten Personen waren versiegelt und nur für diejenigen mit den höchsten Freigabestufen zugänglich, obwohl Geschichten von legendären Heldentaten und Männern und Frauen von außerordentlicher Tapferkeit die Runde machten. Aber Mason hatte seine Vorgesetzten in der G2 auch mit abfälligen Worten über das OSS reden hören, nach denen es sich um eine skrupellose Organisation handele, deren obere Dienstgrade mit Wall-Street-Anwälten und -Bankiers sowie Akademikern von Elite-Hochschulen besetzt seien, die nur den

Vereinigten Generalstabschefs Rede und Antwort stehen mussten. Eine Geheimverbindung von Spionen, sagten sie, die oft ihre Vollmachten überschritten und nicht autorisierte Mordanschläge und Sabotageakte und Gott weiß was sonst noch jenseits des Blickfelds der Army-Behörden verübten. Mason hatte diese Gerüchte mit Vorsicht aufgenommen, weil die G2 eine direkte Rivalin des OSS war. Und da es eine geheime Organisation war, konnte Mason nichts davon bestätigen, aber er wusste, dass sie vorzüglich ausgebildet und, falls einer die Seite gewechselt hatte, äußerst gefährlich waren.

Mason fragte: »Haben Sie keine Ahnung, wie Abbott aussieht oder wo wir ihn finden könnten?«

Lubetkin schüttelte den Kopf. »Ich habe ihn nie gesehen.«

»Was ist mit der Casa Carioca?«, fragte Mason. »Wissen Sie, ob sie als Operationsbasis für den Schwarzmarkt genutzt wird?«

»Ich weiß nur, dass Agent Winstone sich die Casa Carioca genauer ansehen wollte, aber die Sicherheit um dieses Lokal herum ist sehr scharf. Hilda versuchte, tiefer einzudringen, schaffte es aber nicht oder wurde vorher umgebracht.«

Mason lehnte sich zurück, weil er sich überwältigt fühlte, aber er hatte trotzdem den Verdacht, dass Jaakows Informationen nur die Spitze des Eisbergs darstellten.

»Wie sollen wir an die amerikanischen Offiziere herankommen?«, fragte Abrams. »Wir haben nichts gegen sie in der Hand bis auf das Wort eines Informanten.« Er wandte sich an Lubetkin. »Nichts für ungut.«

»Schon okay.«

»Unser einziges Druckmittel im Moment ist es, den Deutschen auf den Pelz zu rücken«, sagte Mason. »Feststellen, ob sich einer von ihnen mit Androhung einer Gefängnisstrafe umdrehen lässt.« Er wandte sich wieder an Jaakow. »Sonst noch was?«

Lubetkin schüttelte den Kopf. »All meine Gewährsleute sind inzwischen tot.«

»Ich möchte, dass Sie die Namen von jedem deutschen Bandenmitglied aufschreiben, der Ihnen einfällt: eine Beschreibung, eine Adresse, seine Funktion, irgendwelche Verbrechen. Selbst wenn Sie es nicht aus erster Hand wissen. Wenn Sie irgendwas mitgehört haben, Andeutungen, Ihnen sein Gesicht nicht gefallen hat. Schreiben Sie alles auf.«

»Werden wir versuchen, sie alle reinzubringen?«, fragte Abrams.

»So viele, wie wir in den nächsten paar Stunden aufspüren können. Wir werden mit Willy Laufs anfangen.«

Abrams stieß einen lang gezogenen leisen Pfiff aus. »Dann wird uns bald die halbe Stadt ans Leder wollen.«

»Das ist der Plan.«

ACHTZEHN

Wie Pilotfische einem Hai folgten vier deutsche Rechtsanwälte Mason auf Schritt und Tritt. Wittmann, ein besonders hartnäckiger Vertreter seines Berufsstands, versuchte, Mason den Weg abzuschneiden. »Herr Collins, Sie können meinen Mandanten – unsere Mandanten – nicht ohne einen konkreten Anklagepunkt festhalten.«

Die anderen drei Anwälte nickten zustimmend. Mason ignorierte ihre Proteste und ging um Wittmann herum, um zwei MPs aufzuhalten, die einen anderen deutschen Gangster festgenommen hatten.

Einer der MPs sagte: »Hermann Auerbach, organisierte Kriminalität, Verdacht auf Entführung, schwerer Diebstahl.«

»Stecken Sie ihn in das Konferenzzimmer und lassen Sie ihn seine Aussage machen«, befahl Mason.

Die MPs führten Auerbach ab, und Mason setzte seinen Weg durch den Flur im Hauptverwaltungsgebäude in der Sheridan-Kaserne fort. Die Anwälte versuchten, den Anschluss nicht zu verlieren. Das Geräusch ihrer schlurfenden Schritte und ihres gemeinsamen Murmelns wurde von den Wänden des Flurs zurückgeworfen.

»Hermann Auerbach ist ebenfalls mein Mandant«, erklärte Wittmann. »Das können Sie nicht machen.«

»Militärische Obrigkeit ersetzt in diesem Fall bürgerliches Recht. Er wird wie all die anderen für ein Verhör festgehalten. Falls und wenn ich mit seiner Kooperation zufrieden bin, wird er der deutschen Polizei übergeben werden. Was sie danach mit ihm und seinen Kumpanen macht, ist ihre Sache.«

Mason ging in ein Besprechungszimmer, das in einen Aufenthaltsraum verwandelt worden war, in dem MPs den Festgenommenen vorbereitende Fragen stellten, bevor sie weiter abgefertigt und in Haftzellen überführt wurden. Er hatte ein Dutzend MPs rekrutiert, um die von Lubetkin namhaft gemachten Unterweltfiguren aufzugreifen, und weitere fünf, um die vorläufigen Vernehmungen durchzuführen. Einige der Festgenommenen schrien und stampften aus Protest mit den Füßen. In einer Ecke hatte Abrams Willy Laufs an einem Tisch sitzen, den Mann, dessen Namen Laura im Zusammenhang mit Kantos genannt hatte. Er machte angesichts seiner kürzlich erfolgten Prüfung und Verhaftung einen erstaunlich zuversichtlichen Eindruck. Mason wollte Laufs vorerst Abrams überlassen. Dessen sanftere Vorgehensweise brachte manchmal Ergebnisse, und außerdem wollte er sich erst in Laufs' Nähe begeben, wenn er sicher war, dass er sein Temperament unter Kontrolle hatte.

Willy Laufs' Privatadresse war weder in einem Telefonbuch noch in einem amtlichen Verzeichnis oder auch nur einem polizeilichen Vorstrafenregister zu finden gewesen, aber jeder, der sich in der Welt der Verkommenheit auskannte, konnte auf Laufs' berüchtigtes Freudenhaus verweisen, und im Allgemeinen ohne Zögern. Deshalb erforderte es wenig Aufwand von Mason und Abrams, seinen genauen Standort zu ermitteln. Es lag tatsächlich nicht weit von Winstones Villa in demselben Viertel mit von Mauern umgebenen Anwesen auf großen Grundstücken. Unter denjenigen, die von seiner Existenz wussten, wollte keiner zugeben, schon mal dort gewesen zu sein, geschweige denn von Laufs' widerwärtigen Angeboten Gebrauch gemacht zu haben.

Laufs war ein Spezialist dafür geworden, Prostituierte beiderlei Geschlechts im Teenageralter oder jünger für reiche Kunden zu besorgen, die seine Vorlieben teilten. Er gab sich als Priester aus und durchsuchte die Ruinen deutscher Städte nach verzweifelten und hungernden Waisenkindern, die er mit dem Versprechen von Nahrung, Unterkunft und Gottes Gnade zu ködern pflegte. Das waren natürlich Gerüchte, weil niemand zugeben würde, solcherlei aus erster Hand zu wissen. Laufs' Bordelle waren in den letzten neun Monaten und an verschiedenen Orten mehrfach von der Polizei durchsucht worden, aber er hatte jedes Mal einen Tipp bekommen, und die Razzien hatten nichts gebracht. Laufs zog dann an einen neuen Standort, und die Villa, die Masons Team durchsucht hatte, war nicht nur seine letzte, sondern auch die am opulentesten eingerichtete … zumindest der Handvoll Einheimischer im einschlägigen Gewerbe zufolge, die Mason und Abrams in den letzten Stunden verhört hatten.

Es hatte Mason und Abrams ungefähr zwei Stunden gekostet, diese schmutzige Akte aus den Aussagen der besagten Einheimischen zusammenzutragen. Mason war diesmal nicht das Risiko eingegangen, dass irgendwer einen warnenden Hinweis absetzen könnte, und sie waren zügig und rabiat mit einem Panzerwagen M20, der das Tor umnietete, und einem Trupp sorgfältig ausgewählter Männer, die sich um die Bodyguards kümmerten, auf Laufs' Anwesen aufgetaucht. Ein Dutzend Mädchen und Jungen von zehn bis sechzehn Jahren, die man zur Prostitution gezwungen hatte, waren befreit worden. Sie hatten drei Freier von hohem Ansehen und mit dicken Brieftaschen festgenommen. Und Willy Laufs selbst war auf frischer Tat mit einem vierzehnjährigen Mädchen erwischt worden. Drei Männer einschließlich eines traumatisierten Abrams waren nötig gewesen, um Mason von Laufs wegzureißen, bevor er ihn zu Brei schlagen konnte.

Weitere drei Stunden hatte es gedauert, die anderen rund dreißig Männer zusammenzutreiben, die jetzt im Besprechungszimmer saßen, alles Schwarzmarkthändler, Bandenmitglieder und Schmuggler, und mittlerweile war es fast zehn Uhr am Abend. Mason drehte sich um, weil er die Kaffeekanne suchte, und stellte fest, dass sein Gefolge jetzt fünf Anwälte umfasste. Sie brachen in ein neues Protestgeschrei aus. Mason hob beide Hände. »Meine Herren, ich bitte Sie. Sie sollten nicht hier drinnen sein. Sie wirken inzwischen störend auf eine offizielle Untersuchung ein und könnten deshalb inhaftiert werden. Jeder von Ihnen könnte ein glücklicher Gast in unseren schönen Räumlichkeiten sein und die Gastfreundschaft genießen, die das amerikanische Militär zu bieten hat.«

Die Anwälte wurden still, und Mason winkte zwei MPs herbei. »Diese netten Polizisten werden Sie begleiten. Ihre Beschwerden können Sie bei ihnen loswerden.«

Die Proteste wurden wieder aufgenommen, während die beiden MPs sie zum Ausgang trieben.

Abrams gesellte sich zu Mason. »Laufs redet nicht. Sagt, er sei kein Verräter.«

»Er hätte einfach sagen sollen, er wüsste nichts. Wenn er behauptet, er sei kein Verräter, heißt das, er weiß etwas, sagt aber nichts. Wir werden es bei ihm versuchen, wenn er die Nacht in einer Zelle mit einigen Häftlingen verbracht hat, die wissen, dass er ein Pädophiler ist.«

Abrams machte eine Handbewegung, die den Rest des Raums einschloss. »Ich wette, die meisten dieser Kerle sagen keinen Ton. Sie haben es alle schon mal geschafft, Strafen zu entgehen, und wir haben nichts Konkretes gegen sie in der Hand.«

»Einer oder zwei singen vielleicht, wenn sie sehen, dass es vorteilhaft für sie ist. Außerdem geht es bei diesem kleinen Einsatz darum, die großen Akteure aufzustöbern. Wir werden sehen, wer uns ins Netz stolpert.« Dann wies Mason mit dem Kopf zur Tür. »Und, meine Damen und Herren, hier kommt unser erster Kandidat.«

Sie schauten beide zu, wie Densmore eintrat und sich verwundert im Raum umsah. Er kam auf Mason zu. »Was zum Teufel ist hier los?«

»Wir veranstalten nur eine Volkszählung von Garmischs Gangstergemeinde.«

»Haben Sie irgendwas gegen sie in der Hand?«

»Nein«, sagte Mason. Er hatte nicht vor, Densmore etwas von Jaakows Liste zu erzählen.

»Sie sollten diese Art von Einsatz mit mir absprechen.«

»Ich bin zu Gamin gegangen. All diese Männer und Frauen sind in die kommunistische Verschwörung zum Diebstahl von Büroartikeln der Army verwickelt.«

Densmore musterte Mason schweigend. Er hatte nie die Kunst des Pokerface perfektioniert, und Mason konnte sehen, dass er dabei war, all das hier zu verarbeiten, und versuchte, sich über Masons Strategie klar zu werden. Es lag allerdings etwas in seinem Gesicht, das Mason noch nicht gesehen hatte – Aufrichtigkeit.

Densmore sagte: »Ich würde Ihnen Ärger machen, weil Sie in dieser Sache über meinen Kopf hinweg gehandelt haben, aber Sie würden es einfach ignorieren.«

»Was wollen Sie?«

Densmore schien Schwierigkeiten zu haben, die richtigen Worte zu finden. »Ich habe darüber nachgedacht, was Sie gesagt haben: dass wir es mit einem Revierkampf zu tun haben.«

»Und?«

»Das ist ein gefährlicher Scheiß, von dem wir reden. Nachdem ich mir die Morde im Haus von Kantos angesehen hatte, die Frau und der Junge … Das war ein professioneller Auftragsmord.«

»Die wahre Frage ist: Glauben Sie jetzt, dass Winstone und Hilda von der gleichen Gruppe umgebracht worden sind?«

Densmore warf Blicke in die Runde, ohne irgendwas ins Auge zu fassen, während er die Hände unruhig in den Taschen bewegte. »Hören Sie, die Vorgehensweise ist nicht die gleiche, aber wenn – ich sage nur: wenn – man die Mordmethode außen vor lässt und die Vorstellung in Betracht zieht, dass diese Männer Profis sind, dann, ja, kann ich die Möglichkeit erkennen.«

»Dann sind da die drei deutschen Bandenführer. Die gleiche Art von Mord im Stil einer Hinrichtung, vermutlich mit Schalldämpfern, ein schnelles Rein und Raus, ohne dass jemand etwas sieht. Und denken Sie darüber nach: Sie mussten von einer kurz bevorstehenden Razzia im Steinadler erfahren haben und wissen, dass sie hinter dem Lokal auf Giessen, Bachmann und Plöbsch warten konnten.«

»Ach, hören Sie auf. Das geht jetzt aber zu weit.«

»Dann wird Ihnen der nächste Teil nicht gefallen. Ich glaube, dass ein ehemaliger OSS-Agent und ein amerikanischer Major, der Geschäftsführer der Casa Carioca ist, mit einigen ehemaligen SS-Offizieren verbündet sind, um sich die Schwarzmarktgeschäfte in dieser Stadt – zum Teufel, in dieser ganzen Gegend – unter den Nagel zu reißen. Und ich wette, dass noch mehr hinter ihnen stehen. Tatsächlich hatte ich darauf gesetzt, dass Sie geschmiert werden, um alles unter den Teppich zu kehren.«

Densmores Gesicht verzerrte sich vor Zorn. »Ich sollte Ihnen den Hals umdrehen.«

»Das würde ich an Ihrer Stelle nicht versuchen.«

»Ich weiß nicht, was Sie hier im Schilde führen, aber ich werde großen Wert darauf legen, mich einen Dreck darum zu scheren.«

Mason entschied sich dagegen, noch etwas zu sagen. Er würde Densmore ein bisschen am Haken zappeln lassen.

»Die Nachricht von Ihren Eskapaden ist dem Kommandeur der Militärpolizei Bayerns zu Ohren gekommen, Colonel Walton. Er macht viel Lärm darum, dass er Sie aus Deutschland raushaben will.«

»Yeah, Colonel Walton hat mir schon früher gedroht, damals, als ich unter ihm in München gearbeitet habe. Er hat gesagt, er würde mich zum einfachen Soldaten degradieren und mich zu einer Grenzpatrouille in den Bergen versetzen. Er macht gern eine Menge heiße Luft.«

»Na ja, er hat sie in unsere Richtung geblasen, weil Colonel Udahl Sie in seinem Büro sehen möchte. Ich setze mich nicht aus Herzensgüte dafür ein, Sie hierzubehalten. Ich brauche einen erfahrenen Ermittler. Wenn Sie gehen, habe ich in meiner CID-Abteilung nur noch Jungs, die noch feucht hinter den Ohren sind. Ich bitte Sie als Kollege darum, dass Sie diese Sache hier nicht noch tiefer in die Scheiße reiten, als Sie es bereits getan haben. Okay?«

Densmore marschierte davon, und Abrams fragte: »Was meinen Sie. Ist uns einer ins Netz gegangen?«

»Weiß ich nicht. Zuerst versucht er, uns bei diesem Fall Sand ins Getriebe zu streuen, und kurz darauf versucht er, die eigene Haut zu retten. Er hat vor irgendetwas Angst, und er weiß mehr, als er zu erkennen gibt.«

»Ich kann nicht erkennen, dass er den Ehrgeiz oder die Fantasie eines großen Akteurs hat«, meinte Abrams.

Mason nickte, während er darüber nachdachte. »Behalten

Sie das hier weiter im Auge. Versuchen Sie, etwas Druck auszuüben. Einer von ihnen könnte vielleicht reden. Ich werde mal feststellen, was der Colonel in der Hinterhand hat.«

»Glauben Sie, *er* ist uns ins Netz gegangen?«

Mason schüttelte den Kopf. »Er ist einer von den Guten.« Er machte Anstalten zu gehen, drehte sich aber noch mal zu Abrams um. »Zumindest glaube ich das.«

Colonel Udahls Büro lag im obersten Stock des Rathauses. Als regionaler Militärgouverneur hatte Udahl das vormalige Büro des Bürgermeisters zugesprochen bekommen, obwohl es hieß, dass er das besagte Büro selten in Anspruch nahm. Stattdessen war er oft unterwegs, bereiste seinen Zuständigkeitsbereich, nahm an zahlreichen Feierlichkeiten und politischen Diskussionen teil. Ein wirklich praktisch veranlagter Mann, sagten einige, während andere behaupteten, dass »seine Hoheit« die Führung seines Königreichs anderen überließ, während er die königlichen Vergünstigungen des Jobs genoss.

Colonel Udahls Sergeant-Sekretär nahm Habachtstellung ein, als Mason Udahls Vorzimmer betrat. »Ich sage dem Colonel, dass Sie hier sind.«

Das Vorzimmer des Colonels war dazu bestimmt, Besucher zu beeindrucken. Gerahmte Fotos hingen an den Wänden, alle vom Colonel natürlich: mehrere mit dem Colonel in afrikanischer Jagdausrüstung vor einem toten Löwen oder einem Nashorn kniend, das großkalibrige Jagdgewehr in der Hand; der Colonel beim Studieren einer Landkarte mit aufmerksamen Stabsoffizieren; der Colonel in Uniform als Gouverneur bei einer Truppeninspektion in München oder an einem Podest bei einem Vortrag vor einer großen Gruppe von deutschen Geschäftsleuten; der Colonel beim Händeschütteln mit dem Mann persönlich – Ike. Merkwürdigerweise keins aus dem Krieg. Dann hing in einer Ecke, völlig unpassend zu dem Rest der Einrichtung, eine kunstvoll geschnitzte Schwarzwälder Kuckucksuhr. Die Uhr erinnerte Mason an eine ähnliche, die dem abartigen Mörder gehörte, den er in München gejagt hatte. Die Erinnerung ließ ihn fast schaudern.

Der Sergeant kam wieder heraus und verkündete: »Der Colonel wird Sie jetzt empfangen.«

Mason betrat ein großes Büro mit breiten Fenstern, aus denen man die Stadt und die tiefschwarze Silhouette der Berge überblicken konnte. Ein Sofa und ein paar Sessel – nüchtern, wenn man die angebliche Vorliebe des Colonels für Champagner in Rechnung stellte – standen an einem Ende, ein Schreibtisch von der Größe eines Boots am anderen. Colonel Udahl und, zu Masons Überraschung, General Pritchard saßen Zigarren rauchend in den Sesseln mit hohen Rückenlehnen wie zwei Männer in einem Gentlemen's Club, die den Aktienmarkt oder die Weltherrschaft erörtern.

Mason hatte mit einem scharfen Verweis gerechnet, weil er durch die Verhaftung der deutschen Verdächtigen in der Stadt das Oberste zuunterst gekehrt, wertvolle MP-Arbeitskraft zweckentfremdet oder Major Gamin überrumpelt hatte. Stattdessen bot Udahl ihm eine Zigarre an, die Mason ablehnte. Sie luden ihn ein, sich hinzusetzen. Das lehnte er ebenfalls ab, weil er es für bizarr hielt, einen Bericht über die fünf Morde in Eddie Kantos' Haus, wobei auch ein Kind ums Leben gekommen war, auf eine Weise zu erstatten, als erzählte er einem Paar alter Herren eine amüsante Geschichte. Als sie darauf bestanden, setzte er sich in einen Sessel vor Udahl, lehnte die Zigarre aber weiterhin ab. Pritchard übernahm den Ehrenplatz auf dem Sofa.

»Sie wollten mich sehen, Sir?«, fragte Mason, sobald er sich niedergelassen hatte.

Pritchard betrachtete ihn mit ernstem Blick. »General Clay hat großes Interesse an Ihren Ermittlungen zum Ausdruck gebracht.«

»General Clay?« Mason war verblüfft. Als stellvertretender Militärgouverneur von Deutschlands amerikanischer Besatzungszone war General Clay der zweitmächtigste Amerikaner im Land.

Pritchard zog anklagend eine Augenbraue hoch. »Irgendjemand hat ihm Kopien Ihrer täglichen Berichte geschickt.«

»Meine … ich verstehe das nicht. Wer sollte das tun, und warum?«

»Das haben wir uns auch gefragt«, sagte Udahl. »Im Grunde hatten wir Sie im Verdacht, weil Sie ja dafür bekannt sind, den Befehlsweg zu ignorieren.«

Mason ging die Handvoll von Leuten durch, die mit dem Fall vertraut waren, konnte sich aber nicht vorstellen, wem so etwas zuzutrauen wäre, es sei denn … Gamin, der alte, gewiefte Geier, wusste mehr über das, was um ihn herum vorging, als er durchblicken ließ.

»Wir warten noch auf Ihre Antwort, Mr. Collins«, mahnte Pritchard.

»Ich war es nicht, und ich habe keine Ahnung, wer es sein könnte.«

»Angesichts von General Clays akutem Interesse«, sagte Pritchard, »hielt ich es für vernünftig, selbst hierherzukommen und mich mit Colonel Udahl über die Situation zu unterhalten. Wie Sie wissen, habe ich mich von Anfang an für Ihren Fall interessiert, aber jetzt, wo General Clay involviert ist, hat sich mein Interesse verdoppelt. Ich bin sogar dermaßen interessiert, dass ich den Transport von Winstones sterblichen Überresten zurück in die Staaten aufgehalten und eine unmittelbare Obduktion angeordnet habe.« Er schaute Mason direkt in die Augen. »Dabei wurden die fehlenden Teile von Hilda Schmidts Gesicht gefunden.« Er machte eine Pause. »Sie waren in Agent Winstones Speiseröhre und in seinem Magen. Unzerkaut. Tatsächlich steht angesichts der Risse und Schwellungen in seiner hinteren Mundhöhle und seiner Kehle fest, dass er gezwungen wurde, sie zu schlucken.«

Ein kurzes Schweigen machte sich breit. Mason versuchte, die Bilder dieser letzten schrecklichen Momente im Leben Hildas und Winstones zu verdrängen.

Udahl durchbrach das Schweigen. »Offensichtlich wurde Agent Winstone ermordet, und wir wollen, dass Sie alles in Ihrer Macht Stehende unternehmen, um seine Mörder zu finden. Wir stehen voll und ganz hinter Ihnen.«

Pritchard sagte: »Weil wir Kopien Ihrer Berichte haben, die an General Clay geschickt wurden, sind wir auf dem neuesten Stand Ihrer Ermittlungen.«

»Was diese zuletzt vorgenommenen Verhaftungen von Deutschen betrifft«, sagte Udahl, »so nehme ich an, Sie haben etwas gegen diese Männer in der Hand, um sie in Haft zu behalten.«

»Nichts Spezifisches, aber sie sind alle bekannte Straftäter. Außerdem sind alle von einem zuverlässigen Informanten identifiziert worden. Und ich bitte Sie, Sirs, mich nicht danach zu fragen, wer …«

»Ist es Adele Holtz?«, fragte Udahl.

Mason erstarrte.

»Sie war am Abend von Winstones Tod bei Ihnen, nicht wahr?«

»Ja …«

»Was wissen Sie persönlich über Fräulein Holtz?«

»Ich habe sie seit jenem Abend nicht gesehen«, erwiderte Mason reflexartig, ohne genau zu wissen, warum er log.

»Nun, falls Sie vielleicht vorhatten, Ihre Bekanntschaft zu erneuern, sollten Sie ihre Vorgeschichte kennen …« Udahl griff um den Sessel herum und nahm eine Akte von einem kleinen Tisch. Er reichte sie Pritchard, der sie aufschlug und vorzulesen begann.

»Adele Katharina Holtz, alias Elisabeth Hertz, alias Katharina Hirsch. Für sie spricht, dass sie aus der Mädchenversion der Hitlerjugend rausgeworfen wurde, aber dann heiratete sie einen SS-Leutnant. Nach seinem Tod wurde sie in ein Arbeitslager geschickt. Aus dem ist sie rausgekommen, indem sie die Geliebte eines besonders eifrigen Nazi-Schurken wurde, des stellvertretenden Gauleiters von Salzburg Josef Klee. Das heißt, bis sie mit dem persönlichen Diener des Mannes erwischt wurde. Nach dem Krieg ist sie in München wegen Schwarzmarktgeschäften verhaftet und vier Monate ins Gefängnis gesteckt worden. Nach Garmisch ist sie im September letzten Jahres gekommen.«

Die Vorstellung, dass Adele mit einem hochrangigen Nazi intim gewesen war, schockierte und enttäuschte Mason. Es schien, als seien in dieser Stadt Lügen und Täuschungsmanöver an der Tagesordnung. »Einer meiner Hauptverdächtigen ist ein gewisser Frieder Kessel. Er ist stellvertretender Geschäftsführer in der Casa Carioca. Haben Sie etwas über ihn?«

Pritchard legte Adeles Akte weg und schaute zu Udahl hinüber, der sich umdrehte und eine andere Mappe aus seinem niedrigen Stapel zog. »Hauptsturmführer Frieder Kessel, 9. SS-Panzer-Division, ausgezeichnet mit dem Deutschen Kreuz in Gold und dem Ritterkreuz. Er wurde in Österreich gefangen genommen und sechs Monate festgehalten. Was Kriegsverbrechen angeht, ist er sauber – es sei denn, man zählt seine Mitgliedschaft in der SS dazu. Nichts, was darauf hinweist, dass er die Verbrecherlaufbahn eingeschlagen hat.«

»Haben Sie irgendwelche anderen Verdächtigen?«, fragte Pritchard.

»Ich habe bis jetzt keine konkreten Beweise gegen irgendjemanden«, sagte Mason, »aber ich ermittle gegen Kessel und einen gewissen Major Schaeffer wegen krimineller Aktionen im Zusammenhang mit der Casa Carioca …«

»Die Casa Carioca?«, fragte Udahl. »Unmöglich. Ist Ihnen klar, wie viele hochrangige Offiziere der Army und Beamte der Militärregierung dort ein und aus gehen? Sie wird von der und für die US Army finanziert. Es ist so, als würde man sagen, dass der Kongress eine kriminelle Operationsbasis ist, weil es ein paar korrupte Kongressmitglieder gibt.«

»Ich neige dazu, dieser Idee zuzustimmen, aber das ist ein anderes Thema.«

»Untersuchen Sie, wen Sie wollen, aber lassen Sie den Klub aus dem Spiel.«

»Ich bin überzeugt, dass Mr. Collins diskret sein kann«, sagte Pritchard und wandte sich wieder an Mason. »Untersuchen Sie alles und jedes, wo der Fall Sie hinführt. Wir werden Ihnen nicht im Weg stehen.« Er wandte sich an Udahl. »Warum zeigen wir Mr. Collins nicht, was wir über Major Schaeffer haben?«

Udahl griff nach Schaeffers Mappe. »Diese Akte ist geheim. Sie werden diese Informationen ohne General Pritchards oder meine Erlaubnis niemandem weitergeben, sich nicht in schriftlichen Berichten darauf beziehen oder sie als Beweis benutzen. Haben Sie das verstanden?«

Als Mason nickte, fuhr Udahl fort: »Major Frederick Walter Schaeffer, 1905 in Berlin geboren. 1913 nach England emigriert, anschließend 1920 in die USA. 1926 zur Army gegangen. 1940 wurde er von der British Special Operations Executive in Kanada ausgebildet und ging dann zwei Jahre später zum OSS. Er nahm an mehreren Einsätzen hinter feindlichen Linien in Frankreich, Deutschland und der Tschechoslowakei teil, setzte deutsche Nazi-Gegner und entkommene polnische und russische Kriegsgefangene zur Zerstörung, Sabotage und Mordanschlägen ein. Manche seiner Methoden sind Berichten zufolge übertrieben, sogar grausam gewesen. Er wurde des Diebstahls, der Erpressung, der Entführung und des Mordes beschuldigt, aber nichts davon wurde je bestätigt. Jedenfalls war er ein derart erfolgreicher Agent, dass diese Anschuldigungen verworfen wurden und ihm der Silver Star und die Legion of Merit verliehen wurde.«

Udahl schaute von der Akte hoch. »Sie haben besser mehr als Vermutungen und Anspielungen, wenn Sie es auf diesen Mann abgesehen haben.«

Mason sagte nichts, aber er dachte sich sein Teil: Der Mann war Experte in Spionage, Sabotage und Mordanschlägen, und er rekrutierte polnische Ex-Kriegsgefangene. Fähigkeiten, die er im Dienst seines Landes ausgeübt hatte, machten ihn auch in Friedenszeiten zu einem furchtbaren und gefährlichen Gegner.

»In der Tat ist General Clay«, fuhr Udahl fort, »sehr besorgt, weil Sie in Ihrem Bericht erwähnten, dass Sie den Verdacht hätten, hochrangige Offiziere seien in diese Serie von Verbrechen verwickelt. Ich möchte noch einmal betonen, dass wir – falls es so aussieht, als nähmen Sie die Army-Hierarchie aufs Korn – in der Lage sein möchten, ihnen unwiderlegliche Beweise dafür zu präsentieren, warum Sie das tun. Sie besprechen alles mit mir oder General Pritchard. Alles. Ist das klar?«

»Ja, Sir«, sagte Mason und zeigte auf den Aktenstapel. »Ich nehme an, dass Sie keine Akte über einen gewissen Sturmbannführer Ernst Volker haben, nicht wahr? Ein ehemaliger Vernehmungsoffizier der Gestapo und ein Kriegsverbrecher.«

Udahl schüttelte den Kopf. »Ich kenne diesen Namen nicht.«

»Ist er einer Ihrer Verdächtigen?«, fragte Pritchard.

Mason erzählte ihnen von seinem Verdacht, dass Volker ihn im Steinadler identifiziert hatte, und er berichtete von Volkers brutalen Befragungsmethoden während des Kriegs. »Er ist irgendwie in diesen Bandenkrieg verwickelt. Mein Informant hat Volker und Schaeffer bei einer Gelegenheit zusammen gesehen.« Bevor einer seiner Zuhörer einer weiteren Warnung vor Vermutungen Ausdruck verleihen konnte, fragte Mason: »Was ist mit einem gewissen Lester Abbott? Möglicherweise auch ehemals OSS?«

Pritchard schaute Udahl an. Irgendetwas ging zwischen ihnen vor. Udahl fragte: »Was haben Sie gegen ihn in der Hand?«

»Sein Name taucht immer wieder bei meinen Ermittlungen auf. Aber niemand kann mir eine Beschreibung geben oder sagen, wo ich ihn finden könnte.«

»Wir überprüfen seinen Namen und melden uns wieder bei Ihnen«, sagte Pritchard.

»Noch eine geheime Akte?«

»Ich vermute, Sie haben auch bei ihm keine Beweise für eine Beteiligung«, sagte Udahl.

»Ich finde es interessant, dass sowohl Schaeffer wie auch Abbott beim OSS waren.«

»Weil sie in derselben Organisation waren, heißt das nicht, dass sie sich deshalb schuldig gemacht haben. Das Gleiche könnte von Ihnen und Agent Winstone behauptet werden, weil Sie zusammen bei der G2 waren.«

»Stellt sich etwa die Frage, ob ich in Agent Winstones Ermordung verwickelt bin?«

Pritchard warf einen leicht verärgerten Blick auf Udahl.

»Ich glaube, wir können das auf sich beruhen lassen. Haben Sie irgendwelche Fortschritte in der Frage gemacht, wo Winstone seine Geheimakten wohl versteckt haben könnte?«

Mason schüttelte den Kopf. »Eine Durchsuchung seines Büros und seines Safes hat nichts ergeben.«

»Was ist mit Ihrem Informanten? Könnte er weitere Informationen beisteuern?«

»Daran arbeite ich«, antwortete Mason mit einem Blick, der besagte, dass er kein weiteres Wort sagen würde.

Udahl schaute Pritchard an, der den Kopf schüttelte.

»In Ordnung, Mr. Collins«, sagte Udahl. »Das ist im Moment alles.«

Sie standen auf und schüttelten sich die Hand.

»Halten Sie uns auf jeden Fall auf dem Laufenden«, bat Pritchard. »Und wenn Sie Hilfe dabei brauchen, die Bürokratie der Army zu überwinden, kommen Sie zu uns. Wie wir schon sagten, ist General Clay lebhaft an diesem Fall interessiert. Deshalb sind wir ebenfalls lebhaft interessiert, also enttäuschen Sie uns nicht.«

NEUNZEHN

Mason zündete sich eine Zigarette an, während er die Hauptstraße entlangging. Es war nach elf Uhr abends, aber die späte Stunde hatte nicht dazu beigetragen, die Zahl der Feiernden zu reduzieren. Die Kneipen und Wirtshäuser waren immer noch so voll mit Menschen, dass viele nur auf den Bürgersteigen Platz fanden und nun dort weiterzechten. Paare oder Gruppen von Soldaten stolperten lachend oder sich gegenseitig überschreiend um Mason herum.

Bevor er zu dem Chaos in der Sheridan-Kaserne zurückkehrte, brauchte er Zeit zum Nachdenken. Von Adeles Affäre mit einem Nazi-Gauleiter zu erfahren war nicht leicht für ihn zu verdauen gewesen, aber was ihm größeres Kopfzerbrechen bereitete, war etwas, das während seines Treffens mit Pritchard und Udahl vor sich gegangen war. Es reizte ihn wie ein summendes Geräusch an seinem Ohr. Normalerweise konnte er es ohne Weiteres ausmachen, aber dieses Mal nicht. Vielleicht ließ er nach. Vielleicht lag es daran, dass er das enervierende Gefühl hatte, jeder wolle ihn für dumm verkaufen – Winstone, Adele, Densmore, Kessel … möglicherweise sogar Gamin und Udahl –, und für einen Trottel gehalten zu werden hatte seinen Verstand abgestumpft.

Mason wurde abrupt aus seinen Gedanken gerissen, als er zwei Army Corporals mit ihren deutschen Begleiterinnen ausweichen musste, die über den Bürgersteig stolperten, ohne auf ihre Umgebung Rücksicht zu nehmen. Ein Pärchen war derart angetrunken, dass es versuchte, unmittelbar vor einem fahrenden Wagen die Straße zu überqueren. Der Wagen kam quietschend zum Stehen, was Mason veranlasste, sich umzudrehen.

Das war der Grund, warum er sah, wie ein seitliches Rückfenster des Wagens gerade so weit heruntergedreht wurde, dass jemand den Lauf einer Thompson-Maschinenpistole hindurchstecken konnte. Die Waffe war direkt auf ihn gerichtet.

Mason warf sich hinter ein geparktes Auto, und im selben Moment begann die Maschinenpistole zu feuern. Kugeln rissen Splitter aus der Betonmauer, vor der er einen Sekundenbruchteil vorher gestanden hatte. Der Kugelhagel folgte seinem Sprung in die Deckung. Geschosse schlugen in die metallene Karosserie des Fahrzeugs und zerschossen Fenster.

Mason lag flach neben dem Hinterrad des Wagens und verkrümmte sich, um dem Schützen nach Möglichkeit kein Ziel zu bieten. Glassplitter regneten herab. Er konnte Kugeln hören, die nach Durchschlagen der Karosserie im Inneren des Fahrzeugs hin und her prallten. Was ihm wie Minuten vorkam, dauerte ganze sieben Sekunden. Dann heulte der Motor auf, und das Auto mit dem Schützen jagte die Straße hinunter.

Mason sprang auf und zog seine .45er hervor. Er schoss auf das Rückfenster des Wagens. Das Fenster zerbarst nach innen, aber der Wagen setzte seine Fahrt fort und verschwand. Etwas lauter als das Klingeln in seinen Ohren hörte er eine Frau schreien und Leute rufen, die aus den verschiedenen Kneipen und Nachtklubs herauskamen.

Mason lehnte sich gegen den Wagen und bemerkte, dass seine Hand mit der Pistole zitterte.

Die Eistanz-Show war in vollem Schwung, als Mason an dem Maître d' der Casa Carioca vorbeirauschte. Der Mann protestierte stotternd, aber seine Worte wurden schnell von der Musik der Kapelle übertönt. Mason schlängelte sich durch die herumstehenden Gäste und zwischen den Tischen hindurch. Die Kellner erblickten ihn und blieben wie angewurzelt stehen. Einer von ihnen stellte sein Tablett ab und versuchte, ihn aufzuhalten, aber Mason hielt seinen CID-Ausweis mit solcher Entschlossenheit hoch, dass der Kellner zögerte.

Weissenegger, der zum Bodyguard mutierte Boxer, trat ihm am Fuß der Treppe entgegen.

»Eine Army-Sache«, sagte Mason. »Mit Ihnen habe ich nichts zu schaffen. Geben Sie den Weg frei, sonst verhafte ich Sie doch.«

Weissenegger funkelte Mason an, als er beiseitetrat. Mason stürmte die Treppe hoch. Als er den oberen Absatz erreichte, schaute er zurück. Keiner der Kellner oder Schläger war ihm gefolgt, und die Gäste gaben alle auf ihre Getränke, ihre Begleitung oder die Show acht. Mason drehte sich um und betrat den Flur. Kessel und Boris, sein Bodyguard, kamen aus Kessels Büro und standen in der Mitte des Flurs, als wollten sie verhindern, dass Mason seinen Weg fortsetzte.

»Sie sehen aufgebracht aus, Mr. Collins«, sagte Kessel.

Mason wollte gerade antworten, als er zwei Bodyguards sah, die eine Tür am Ende des Flurs flankierten. Er schaute zurück auf Kessel und stellte fest, dass der Mann wirkte, als sei ihm unbehaglich, und der Ausdruck von Überlegenheit, den er beim letzten Mal zur Schau trug, war verschwunden. Sein Boss war im Haus.

Kessel trat ein wenig zur Seite, um Mason den Blick zu verstellen und sagte: »Besprechen wir die Dinge doch in meinem Büro.«

Mason schob Kessel beiseite und stürmte den Flur hinunter, aber einen Moment später packten ihn zwei Hände so groß wie Baseball-Handschuhe von hinten und schoben ihn gegen die Wand. Boris ignorierte Kessels Anweisungen, Mason freizugeben. Mason wirbelte herum und benutzte den linken Arm, um den schwachen Griff des Mannes zu brechen. Aber Boris reagierte schnell und packte Mason an der Gurgel.

Mason stieß mit dem Absatz seines Stiefels nach unten auf die empfindlichen Knochen von Boris' Fuß. Die Schmerzen mussten unerträglich gewesen sein, und normalerweise machten sie einen Mann kampfunfähig, aber Boris versuchte trotzdem, auf Mason einzuschlagen. Dem Schlag fehlten Kraft und Schnelligkeit, und Mason lenkte ihn ab. Im gleichen Moment hieb Mason Boris mit steifen Fingern in die Kehle, unmittelbar oberhalb des Zungenbeins. Boris traten die Augen aus dem Kopf. Seine Hände fassten nach seiner gelähmten Kehle, und er stolperte rückwärts. Sein Gesicht wurde rot, während er sich bemühte, Luft zu holen.

Mason wusste, dass der Mann sich wieder erholen würde … irgendwann. Er wandte Kessel den Rücken zu und platzte durch die letzte Tür, ohne zu klopfen.

Schaeffer saß mit hochgelegten Füßen und einem Glas in der Hand an seinem Schreibtisch. Mason, der bereits vor Wut kochte, geriet vollends außer sich, als er den anderen Mann sah, der in einem roten Samtsessel mit hoher Rückenlehne saß wie ein König auf einem Thron – Ernst Volker, ehemaliger Gestapo-Major und oberster Folterer.

Mason ballte die Hände zu Fäusten. Zusätzlich zu seiner Wut empfand er eine instinktive Kombination von Widerwillen und Furcht. Er musste all seine Kraft aufbieten, um den Mann nicht anzufallen und ihm den Hals zu brechen. »Sie!«, wandte Mason sich an Volker.

»So sehen wir uns wieder, Herr Collins«, sagte Volker.

»Halten Sie den Mund und bleiben Sie, wo Sie sind. Ich verhafte Sie, sobald ich mit Schaeffer fertig bin.«

»Entspannen Sie sich, Mr. Collins«, mischte sich Schaeffer ein. »Ich kann für ihn bürgen. Nehmen Sie Platz, dann können wir uns unterhalten.«

Mason trat gegen die Tür, sodass sie vor den Gesichtern von Kessels Schlägern zuflog. »Es wird diesmal nicht funktionieren, wenn er seine gefälschten Entnazifizierungspapiere vor mir hin und her schwenkt. Ich kann bezeugen, dass er US-Soldaten gefoltert hat.«

»Sie reden mit einem Vorgesetzten«, sagte Schaeffer gelassen. »Sie werden sich entsprechend benehmen. Sie können nicht in mein Büro hereingestürmt kommen, sich wie ein Wahnsinniger gebärden und einen Zivilisten bedrohen. Setzen Sie sich und legen Sie Ihren Fall dar, oder ich werde Sie wegen Gehorsamsverweigerung verhaften lassen.«

»Ihre Jungs haben gerade auf mich geschossen. Das gefällt mir nicht.«

»Das waren nicht *meine Jungs*, wie Sie es …«

»Blödsinn. Sie sind der einzige Agent mit genug Einfluss, einen Auftragsmord an einem CID-Ermittler in der Öffentlichkeit zu befehlen. Und dank Ihrer Killertruppe sind nicht mehr allzu viele Mitspieler auf dem Feld.«

»Falls ich Ihren Tod wollte, hätte ich es nicht auf so eine ungeschickte Weise gemacht. Vielleicht haben diejenigen, die es waren, Ihnen einfach nur mit Nachdruck davon abraten wollen, Ihre Ermittlungen fortzusetzen.«

»Sie müssten die Details der Schießerei kennen, um zu beurteilen, ob sie stümperhaft war.« Mason machte einen Schritt nach vorn. »Ich wusste, dass die Verhaftung aller deutschen Schieber in der Stadt die Anführer aufscheuchen würde. Ich weiß, dass Sie und Kessel und dieser Drecksack«, Mason zeigte auf Volker, »hinter den Morden an Agent John Winstone, Hilda Schmidt, Kantos und seiner Familie und den deutschen Bandenführern stecken.«

»Das sind sehr ernste Beschuldigungen«, sagte Schaeffer. »Haben Sie irgendwelche Beweise?«

Mason stützte sich mit den Händen auf Schaeffers Schreibtisch. »Ich werde die Beweise bekommen und Sie abschießen. Ihre Warnung hat nicht funktioniert. Ich werde nicht aufhören. Und wenn Sie es schaffen, mich aufzuhalten, dann gibt es genug Leute, die über meine Ermittlungen informiert sind und Sie nicht in Ruhe lassen werden. Wenn Sie versuchen, jemandem etwas zuleide zu tun, um mich zu treffen, werde *ich* hinter Ihnen her sein.« Mason richtete sich gerade auf und zog seine .45er. Er wandte sich an Volker. »Aufstehen!«

Schaeffer erhob sich und nahm ein Dokument in die Hand, das praktischerweise auf seinem Schreibtisch lag, als hätte er diese Konfrontation kommen sehen. »Dieses Dokument bestätigt, dass Herr Volker vom kommandierenden Offizier der CIC-Abteilung des Zwölften Korps, Colonel Roberts, entlastet wurde. Er ist offiziell akzeptiert worden und ein wertvoller Agent für das CIC. Falls Sie ein Hühnchen mit Herrn Volker zu rupfen haben, besprechen Sie das besser mit dem Colonel.«

»Das werde ich tun«, sagte Mason. »Sie wüssten vielleicht gern, was dieser Mann im Dienst des Dritten Reichs getan hat.« Er winkte Volker mit seiner Pistole zur Tür hin.

Volker gehorchte. »Vielen Dank, Mr. Schaeffer, für Ihre Unterstützung, aber Mr. Collins und ich haben uns viel zu erzählen. Verhält es sich nicht so? Wie Sie mir wichtige Truppenstellungen und -bewegungen gegeben haben, die uns dabei halfen, ganze Regimenter in den Ardennen gefangen zu nehmen. Ich habe ihn nicht gefoltert, wie Mr. Collins behauptet. Er hat seine Angaben freiwillig gemacht. Ich bin davon überzeugt, dass, wer immer mich verhört, daran interessiert sein wird, was ich zu sagen habe.«

Volkers perfektes Englisch und sein sanfter Bariton riefen jene Tage der Folter wieder wach: die Schläge, die Stromstöße, das Untertauchen in Wannen, die mit Eiswasser gefüllt waren, der Schlafentzug. Mason hatte nie den umgangssprachlichen Ausdruck »vor Wut rot sehen« verstanden, weil seine Erfahrung solcher Momente eher einem Starren in einen schwarzen Tunnel entsprach. Alles um ihn herum verschwand, bis auf das Gesicht seines Peinigers.

Erst als Volkers Kopf zurückschnappte und er zu Boden sackte, wurde Mason bewusst, dass er ihm einen linken Haken an den Kiefer versetzt hatte. Mason machte einen Satz, während er undeutlich mitbekam, dass Schaeffer nach seinen Wachen rief. Er hatte noch genug Zeit, mit der Faust auszuholen, um noch einmal zuzuschlagen, als vier kräftige Hände ihn packten und wegzogen. Er wehrte sich, aber die Männer hielten ihn fest.

Schaeffer ging ruhig zu Mason hin und beugte sich zu ihm vor. »Sie haben nichts in der Hand«, sagte er mit Nachdruck, um es unmissverständlich klarzumachen. Er legte die Hand langsam auf Masons Pistole. »Lassen Sie mich die hier für Sie in Ihr Holster stecken, bevor Sie jemanden erschießen und noch mehr Schwierigkeiten bekommen, als Sie ohnehin haben.«

Mason versuchte, sich zu befreien. Keine Chance. Er wusste, er musste sich beruhigen und die Demütigung schlucken. Er würde sich schon bald dafür revanchieren. Er ließ sich von Schaeffer die Waffe abnehmen. Schaeffer legte den Sicherungshebel um und steckte sie in das Holster. Er schaute Volker an und neigte den Kopf zur Tür. Volker verließ das Büro.

Schaeffer wandte sich wieder an Mason. »Während Sie mich überprüft haben, habe ich das Gleiche bei Ihnen gemacht. Sie haben einen ganz schönen Ruf, Mr. Collins. Es scheint, als würde Ihnen niemand eine Träne nachweinen. Niemand. Und jetzt wird bei allem, was als Nächstes hier passiert, Ihr Wort gegen das eines dekorierten Offiziers stehen.«

Ohne Vorwarnung schlug Schaeffer Mason in die Magengrube, und die glühende Schmerzwelle ließ ihn hilflos in den Armen der Männer zusammensacken. Er versuchte, wieder zu Atem zu kommen.

Schaeffer packte Masons Haar und riss seinen Kopf nach oben. Er kam mit seinem Gesicht nahe an das Masons heran. »Sie kommen hier reingestürmt, ziehen Ihre Pistole und bedrohen mich. Sie haben Scheiße gebaut. Ich hätte Sie für Jahre ins Militärgefängnis stecken können. Solange Sie keine konkreten Beweise haben, die Sie mit Sicherheit nie bekommen werden, muss ich darauf bestehen, dass Sie Ihren Fuß nie wieder in diesen Klub setzen.«

Mason nahm all die Willenskraft zusammen, die er aufbieten konnte, um seinen Atem unter Kontrolle zu kriegen und Schaeffer in die Augen zu starren. »Denken Sie dran: Wenn Sie irgendjemandem, den ich kenne, was zuleide tun, sind Sie dran.«

Die beiden Männer hoben Mason an den Schultern hoch und zerrten ihn hinaus.

Kessel stand an der Tür seines Büros und schaute zu, als die Männer ihn durch den Flur zogen. Er hob die Hand, damit die Männer stehen blieben, und wandte sich an Mason. »Sind Sie in der Lage, das Lokal aus eigener Kraft zu verlassen? Ich möchte die Gäste nicht beunruhigen.«

Schaeffer hatte recht: Mason wusste, dass er nichts in der Hand hatte, was er einem von ihnen anhängen konnte – im Moment. Außerdem hatte er die Kontrolle über sich verloren und die militärische und CIC-Etikette verletzt. Er hatte kaum eine andere Wahl, als einen taktischen Rückzug anzutreten. Er nickte Kessel zu. Sein Zwerchfell funktionierte wieder, aber was seine Beine anging, war er sich nicht so sicher. Die Männer ließen ihn nach einer Handbewegung Kessels los. Mason brauchte einen Moment, um das Gleichgewicht wiederzugewinnen. Wenn er sich gerade hinstellte, tat ihm sein ganzer Oberkörper weh, aber das hielt er aus. Er ging vorsichtig die Treppe hinunter. Einer der drei Bodyguards ging vor ihm her, teilweise um dafür zu sorgen, dass er nicht die Stufen hinunterpurzelte. Als Mason den Klub durchquerte, fiel ihm jemand ins Auge, und er wäre fast gegen seinen Begleiter gestolpert.

Laura saß mit ihrem Freund Richard an einem der Tische. Richards Aufmerksamkeit galt der Show, aber Laura riss die Augen weit auf, als sie Mason sah, und hörte abrupt auf zu kauen. Mason schüttelte kaum wahrnehmbar den Kopf, als er an ihrem Tisch vorbeikam. Sie verstand die stille Warnung: Sie sagte nichts und begann wieder zu kauen.

ZWANZIG

Draußen vor dem Klub fühlte sich die kalte Nachtluft auf seinem Gesicht gut an. Sie half nicht gegen den krampfartigen Schmerz in seinem Magen – oder gegen das Wirbeln seiner Gedanken, die Fragen nach Lauras Vernunft und ihrem gesunden Menschenverstand, die ihn umtrieben. Sein Mageninhalt kam ihm hoch, aber es war nur ein bisschen Galle und Blut. Er war überzeugt, dass er zwei Tage Blut pinkeln würde. Er wartete, bis er ein ganzes Stück auf den Parkplatz der Casa gegangen war, bevor er den sauer-metallischen Geschmack in seinem Mund ausspuckte. In dem Moment bemerkte er Abrams, der sich gegen einen Wagen lehnte.

Abrams warf seine Zigarette weg und ging Mason entgegen. »Was ist da drin passiert?«

»Ich habe Schaeffer gefunden. Wir haben ein bisschen geplaudert.«

»Mason!«

Mason schaute zurück und sah Laura, die mit schnellen Schritten über den Parkplatz ging. Er schaute hinter sie bis zum Eingang des Klubs, aber niemand nahm Notiz von ihnen. Zumindest hatte sie gewartet, bis sie weit genug vom Klub entfernt war, bis sie seinen Namen rief.

»Laura, was zum Teufel machst du hier?«

Laura holte sie ein, und ihre schweren Atemzüge erzeugten kleine weiße Kondensationswölkchen in der kalten Luft. Mason zog seinen Mantel aus, obwohl die Bewegung einen

Krampf in seinem Magen auslöste. Mit einiger Mühe warf er ihn ihr über die Schultern.

»Bist du verletzt?«, fragte Laura.

»Ich wusste, ich hätte das Sauerkraut nicht essen sollen.«

Laura ließ ihn nicht im Unklaren darüber, dass sie das nicht lustig fand. Ein weiterer Krampf veranlasste Mason, sich vorzubeugen.

»Stützen Sie sich auf mich«, sagte Abrams. »Wir bringen Sie nach Hause.«

Abrams schob seine Schulter unter Masons Achselhöhle und übernahm etwas von seinem Gewicht. Laura packte seinen anderen Arm. Mason ließ sich von den beiden helfen, obwohl er die letzten Schritte hätte allein machen können.

»Muss ein interessantes Gespräch gewesen sein«, sagte Abrams.

»Er hat mir seine Hand gezeigt.«

»Erst zeigt er Ihnen seine Hand, dann vergräbt er sie in Ihrem Magen?«

Mason lachte leise in sich hinein, bis er vor Schmerz zusammenzuckte. »So ungefähr.«

Laura half ihm auf den Beifahrersitz und schob sich auf den Rücksitz. Abrams setzte sich hinter das Steuer, ließ den Motor an und schaltete die Heizung ein.

Mason drehte sich auf seinem Sitz um und sah Laura an. »Ich habe dir gesagt, du sollst dich unauffällig verhalten, und du kommst in das schlimmste Lokal von allen.«

»Ich wollte den Klub selbst überprüfen. Niemand weiß, wer ich bin.«

»Hat Ricky eine Ahnung, was du vorhast?«

»Was hat das mit irgendwas zu tun?«

»Also nein. Der arme Tropf weiß nicht, worauf er sich einlässt: dass du die Gefahr jagst, wie ein Hund Autos jagt.«

»Ich bin hier rausgekommen, um zu sehen, wie es dir geht, nicht um mich beleidigen zu lassen.«

Mason wandte sich an Abrams. »Sagen Sie ihr, wie skrupellos diese Kerle sind.«

»Ich mische mich nicht in häusliche Streitigkeiten ein.«

Das ließ beide verstummen.

»Es geht eindeutig irgendwas Anrüchiges dort drinnen vor sich«, sagte Laura schließlich. »Fühlt sich mehr wie ein Stammlokal von Gangstern in Chicago an als wie ein Nachtklub der Army. Und nein, bevor du danach fragst, ich habe mit keinem der Angestellten gesprochen. Ich habe nur beobachtet. Ich verstehe, was du mit dem Personal meinst. Und der Geschäftsführer machte seine Runden durch die Menge und schüttelte Hände wie ein korrupter Politiker. Dann ging eine Gruppe von Colonels und Generals nach oben in die hinteren Büros.«

»Kessels und Schaeffers Klubhaus der Laster und Sünden«, sagte Mason.

»Ich hab versucht, mich genauer darüber zu informieren, wie der Klub operiert«, fing nun Abrams an, »wo das Geld herkommt, wo es hingeht, aber ich bin jedes Mal vor eine Mauer gelaufen.«

»Es ist eine hübsche kleine Schwarzgeldmaschine, das steht fest«, sagte Laura. »Und das direkt unter der Nase der Army.«

»Sie sollten Anzeige erstatten«, sagte Abrams zu Mason. »Ein Offizier, der einen CID-Ermittler schlägt, dürfte ins Militärgefängnis kommen.«

»Er kann genug Zeugen benennen, die diese Behauptung zurückweisen.«

Abrams schüttelte den Kopf. »Ich hätte mitkommen sollen.«

»Ich habe von der Schießerei in der Nähe des Rathauses gehört«, sagte Laura. »Warst du das?«

»Es war *für mich* gedacht. Dieses Killerkommando knallt jeden ab, der die leiseste Verbindung mit Winstone hatte. An irgendeinem Punkt werden Abrams und ich die Nächsten auf der Liste sein, da bin ich sicher. Deshalb solltest du nach Hause gehen und dort bleiben.«

»Du musst diese fehlenden Dokumente finden«, befand Laura. »Falls das, was Winstone dir gesagt hat, der Wahrheit entspricht, sollte das die ganze Sache mit einem großen Knall auffliegen lassen.«

»Wir haben Winstones Villa durchsucht«, meinte Abrams. »Wir haben sein Büro durchsucht, seinen Safe …«

»Nun, dann suchen Sie gründlicher. Normalerweise gebt ihr nicht so leicht auf.«

»Jetzt mach aber mal halblang …«, zischte Mason.

»Ich gehe besser wieder rein«, sagte Laura und schüttelte Masons Mantel ab. Sie machte die Tür auf, bevor sie sich noch mal umdrehte. »Und wenn einer von euch irgendwann einen sicheren Ort braucht, kann er immer ein paar Tage bei Richard und mir bleiben.«

Abrams dankte ihr. Mason erwiderte nichts, weil er es sinnlos fand zu wiederholen, warum er das wirklich für eine schlechte Idee hielt. Sie beobachteten Laura, bis sich die Eingangstür des Klubs hinter ihr schloss. Mason spürte, wie sich ein neuer Krampf ankündigte, und beugte sich auf dem Sitz nach vorn.

»Sind Sie mit dem Auto gekommen?«, fragte Abrams.

»Ich war so sauer, dass ich praktisch hierher gerannt bin.«

»Soll ich Sie zu Hause absetzen?«

Mason nickte. Abrams rangierte den Wagen vom Parkplatz runter, und sie rollten eine Weile schweigend durch die Nacht.

»Ich hab dort drinnen Mist gebaut«, gestand Mason, während er aus dem Seitenfenster starrte. »Ich habe die Beherrschung verloren. Aber ich habe zwei Vermutungen bestätigt: Schaeffer hat verteufelt viel Dreck am Stecken, und als Partner hat er keinen andern als unseren geheimnisvollen Herrn Z – den ehemaligen Gestapo-Major Ernst Volker.«

»Der Mann, der Sie im Krieg gefoltert hat?«

Mason nickte. »Ich wusste es, als ich den türkischen Tabak im Steinadler gerochen habe.«

»Dann verhaften wir ihn doch.«

»Erst müssen wir ihn finden und dann das CIC überzeugen, dass es ein Fehler war, ihn von Kriegsverbrechen zu entlasten.«

Mason informierte Abrams darüber, was er bei dem Treffen mit Udahl und Pritchard erfahren hatte: die Obduktion, die bestätigt hatte, dass Winstone ermordet worden war, und Schaeffers Biografie. Dass nicht nur der geheimnisvolle Abbott bei der OSS gewesen war, sondern Schaeffer ebenfalls. Den Teil über Adeles Vergangenheit ließ er aus. Dann berichtete er Abrams ausführlicher davon, was in Schaeffers Büro passiert war. »Kantos war SOE, Schaeffer und Abbott OSS – da könnte es eine Art Verbindung geben. Eine Bruderschaft ausgebildeter Saboteure und Meuchelmörder.«

»Vielleicht sollten wir der OSS-Spur folgen? Es könnten noch weitere ehemalige OSS-Agenten mit Schaeffers Bande verbündet sein.«

»Beängstigender Gedanke«, brummte Mason, mehr für sich. »Wir werden sehen, was wir ausgraben können.«

Abrams parkte den Wagen vor Masons Haus und machte Anstalten auszusteigen. Mason legte ihm die Hand auf den Arm. »Danke, aber von hier aus schaffe ich's alleine. Und ich dachte gerade … es ist vielleicht am besten, wenn Sie den Fall aufgeben. Wenigstens die Arbeit im Außendienst. Sie könnten beschließen, dass sie auch Ihnen den Garaus machen.«

»Ich werde das hier nicht aussitzen. Darum können Sie mich nicht bitten. Außerdem stecke ich schon zu tief in der Sache drin, als dass sie mich ignorieren könnten.«

»Seinerzeit in München hätte ich meinen Partner fast verloren. Ich will nicht, dass das noch mal passiert.«

»Partner lassen ihre Partner nicht mit nacktem Arsch im Regen stehen.«

Mason nickte und akzeptierte die Prämisse, hoffte aber, dass er es nicht bereuen würde. Er wusste, dass er sich die Schuld geben würde, falls einem anderen Partner, einem anderen Freund etwas zustieße. Er stieg aus dem Wagen aus und sah zu, wie Abrams losfuhr.

Nachdem er sich in der Umgebung umgesehen hatte, stapfte er die Eingangstreppe hoch, schloss die Haustür auf und stieß dagegen, bis sie flach an der Wand lag. Das Haus war dunkel und still. Er zog seine .45er und machte einen Schritt ins Wohnzimmer. Während er nach einer Bewegung in der Dunkelheit Ausschau hielt, betätigte er einen Lichtschalter, der eine Bodenlampe erleuchtete.

Wenn jemand einen Schuss auf mich abfeuern wollte, hätte er das inzwischen getan … »Adele?«

Er wartete. »Adele, ich bin's, Mason.«

Er hörte ein raschelndes Geräusch aus dem ersten Schlafzimmer am Flur kommen. Dann legte sich eine Hand um den Türrahmen, gefolgt von Adele, die in das Wohnzimmer schaute. Sie stöhnte erleichtert auf und lief zu Mason, wo sie ihr Gesicht in seiner Brust vergrub.

»Ich habe so lange nichts von dir gehört«, sagte Adele. »Ich …«

Mason erwiderte die Umarmung nicht. »Du dachtest, ich wäre getötet worden?«

Adele nickte an seiner Brust. »Oder im Krankenhaus.«

Mason nahm ihre Arme und löste die Umarmung. »Bei all den Möglichkeiten, weshalb ich zu spät hätte sein können, nimmst du ausgerechnet an, dass ich niedergeschossen wurde?«

Adele machte einen Schritt rückwärts. »Warum klingt das merkwürdig? Schau doch, wie viele Menschen schon umgebracht worden sind.« Sie ging weiter zurück, um mehr Abstand von ihm zu gewinnen. »Aus deinem Mund klingt das so, als hätte ich gewusst, dass etwas passieren würde. Wann hörst du länger als dreißig Sekunden auf, ein Cop zu sein? Du hast jeden im Verdacht, schuldig zu sein.«

»Das tue ich, wenn ich herausfinde, dass er gelogen hat. Zum Beispiel diese rührselige Geschichte, die du mir erzählt hast, dass du nach dem Tod deines Mannes verhaftet und in ein Arbeitslager gesteckt worden bist. Aber du hast ausgelassen, dass du freigelassen wurdest, weil du mit einem hochrangigen Gauleiter gevögelt hast.«

»Ich war neunzehn. Ich hatte gerade meinen Ehemann und meinen Schwiegervater verloren. Ich hatte alle Hoffnung verloren und sah dem Tod in einem Straflager ins Auge. Ich hab getan, was ich tun musste. Ich habe mir einen Liebhaber genommen, der mich vor dem Lager bewahrt hat. Mach schon, fäll dein Urteil über mich. Ich bin ein Nazi-Flittchen, das keine Chance verdient.«

Vielleicht hatte sie recht, oder vielleicht fehlte Mason einfach die Kraft weiterzumachen. Er hatte jedes Fitzelchen Energie verbraucht, das er hatte, und verspürte ein überwältigendes Bedürfnis, sich zu setzen. Er schlurfte hinüber zum Sofa und ließ sich auf die Polster plumpsen. Der Beginn wütender Kopfschmerzen erinnerte ihn daran, dass er seit zwölf Stunden nichts mehr gegessen hatte. Er rieb sich die Stirn und bemerkte dann, dass Adele ihm in einem Sessel gegenübersaß. Sie sah aufrichtig verletzt aus, und er bedauerte es, sie so hart angegangen zu sein, aber er war nicht bereit, sich zu entschuldigen. Zu viele Leute hatten ihn angelogen, und traurigerweise stand Adele am Anfang der Liste.

Mason lächelte sie müde an. »Ich habe vergessen, was zum Essen mitzubringen«, sagte er und fing wieder an, seine Stirn zu massieren. »Ist noch was übrig?«

Das war alles, was er zur Erklärung seines Wunschs, sie möge noch bleiben, über die Lippen brachte.

Adele schien das zu akzeptieren, und er bewunderte sie dafür. Sie stand auf. »Wir haben Eier und Brot. Ist Frühstück okay?«

Mason nickte und legte den Kopf auf das Polster nach hinten. Er starrte nach oben auf die Risse in der Decke, während er nachdachte. Seine Kopfschmerzen flammten wieder auf, als er daran dachte, dass er Volker nach all dieser Zeit fast erwischt hatte, nur um ihn wegen seiner Unbeherrschtheit wieder zu verlieren. Und es musste eine Möglichkeit geben, an Schaeffer ranzukommen. Pritchard hatte ihn darauf aufmerksam gemacht, dass er eindeutige Beweise brauchte, um gegen einen dekorierten Major vorzugehen. Die Army schützte ihre Leute, besonders Offiziere, die zudem noch Kriegshelden waren. Ganz zu schweigen von der Wahrscheinlichkeit, dass Schaeffer ein Netz mächtiger und geheimnisvoller Männer hinter sich hatte. Ein großes Schwarzmarktunternehmen zu betreiben erforderte Logistik, Transportmittel, Militärausweise und Marschbefehle sowie außerdem die Kooperation der verschiedenen Sicherheits- und Exekutivorgane. Die Army hatte Abteilungen, die alle Bedürfnisse Schaeffers befriedigten, und angesichts der fehlenden vertikalen Kommunikation unter den schwerfälligen und chaotischen Besatzungsmächten operierte jede einzelne autonom und mit höchster Autorität. Aber welche Abteilungen und wie viele Offiziere waren beteiligt?

Ein verwickeltes Netz, in der Tat.

»Hey, bist du wach?«, wollte Adele aus der Küche wissen.

Mason hob den Kopf und sah Adele im Durchgang zur Küche stehen. »Essen ist fertig.«

Mason schob sich vom Sofa hoch, betrat die Küche und setzte sich an den kleinen Tisch. Die Kochgerüche regten seinen Appetit an, und er aß, fast ohne zwischen den Bissen zu atmen. Nach einer Weile fiel ihm auf, dass Adele ihn anstarrte.

»Hast du ihn geliebt?«, fragte er.

»Spielt das eine Rolle?«

»Für mich schon.«

Sie nahm sich ein wenig Zeit, bevor sie antwortete. »Er war freundlich und sanft zu mir, aber ich konnte nicht darüber hinwegsehen, was er tat. Politiker *und* Cops habe ich nie gemocht.«

»Und trotzdem sitzt du hier …«

»Ich hielt das hier nicht für eine Liebesgeschichte.«

»Du tust nur das, was du tun musst, um am Leben zu bleiben.«

Adele zögerte und schaute ihm in die Augen. »Ja.«

»Vielleicht zu einer anderen Zeit. An einem andern Ort.«

»Vermutlich«, sagte sie und stand auf. Sie ging zu Mason und drückte sich mit ihrem Körper gegen ihn. »Ich weiß, das ist das Beste, was man tun kann, wenn man von Liebe redet. Ich bin befleckt, aber du auch. Wir sind beide beschädigt aus diesem Krieg rausgekommen.«

Sie umfasste sein Kinn und bog seinen Kopf zurück. Sie beugte sich über ihn und küsste ihn heftig. Mason erwiderte den Kuss und stand auf. Sie umarmten einander, während er sie ins Schlafzimmer führte.

Ein heulender Wind weckte Mason aus einem unruhigen Schlaf. Adele war wach und saß mit dem Rücken gegen das Kopfende gelehnt. Sie war nackt und hatte sich die Bettdecke nur bis zur Taille hochgezogen.

»Ist dir nicht kalt?«, fragte Mason.

»Ich hab mich in dem Arbeitslager dran gewöhnt. Außerdem mag ich die Kälte.«

»Das ist aus dem Mund der Eiskönigin nicht überraschend.«

»Sprich für dich selbst.«

Mason schlug seine Federkissen auf, um seinen Kopf abzustützen. Er zündete sich eine Zigarette an und starrte an die Decke.

Adele nahm Mason die Zigarette aus dem Mund und machte einen Zug. »Du hast einen ganz schönen Lärm in deinem Schlaf gemacht, geredet und gestöhnt. Hast du schlecht geträumt?«

»Nicht mehr als sonst.«

»Der Krieg?«

»Das, und meine Zeit als Kriegsgefangener. Was hast du für eine Entschuldigung? Warum bist du wach?«

»Abgesehen davon, dass ich Todesangst habe? Ich musste unwillkürlich daran denken, wie Hilda gelitten hat. Wir schienen uns dauernd zu streiten, aber trotzdem liebe ich sie und vermisse sie.«

Mason nahm einen langen Zug an der Zigarette und versuchte, die Gedanken an Hildas zerschnittenes Gesicht und an seinen Freund zu verdrängen, den man gezwungen hatte, die abgeschnittenen Teile zu schlucken. »Manchmal träume ich von den Opfern in meinen Mordfällen. Ein Berufsrisiko. Ich gewöhnte mich daran, während des Kriegs tote Soldaten zu sehen, aber die Zivilisten, diejenigen, die zur falschen Zeit am falschen Ort waren … wie deine Schwester. Über die komme ich nie richtig hinweg.«

»Hilda wusste, worauf sie sich einließ. Es war nicht genau die falsche Zeit und der falsche Ort für sie.«

»Sie war nicht so unschuldig, wie ich angenommen habe?«

Adele wurde nachdenklich, während sie sich eine von Masons Zigaretten nahm. »Ich meine, dass es Konsequenzen hatte, mit Winstone zusammen zu sein.«

Mason drehte sich um und schaute sie an. »War Winstone in Dinge verwickelt, von denen ich nichts weiß?«

»In der Nacht in Winstones Villa konnte ich sehen, was du dachtest, als du dir all diese Sachen in seinem Haus angesehen hast.«

Mason hatte den Verdacht, die Antwort zu kennen, aber er stellte die Frage trotzdem: »Die nicht aus dem Grund da waren, um ihn zu seiner Tarnung als große Schwarzmarktnummer erscheinen zu lassen?«

Adele lachte. »Dann hat er seine Tarnung getarnt. Mit echter Begeisterung. Sein Koch Otto? Er war Winstones Mittelsmann zwischen bestimmten deutschen Adligen und Industriellen, die im Geld schwimmen. Winstone stellte ihnen für astronomische Summen Entnazifizierungsbescheide aus oder verhalf einigen zu Stellen in den neuen deutschen Kommunalverwaltungen. Dann benutzte er dieses Startkapital, um einige von den Plänen der Herren Giessen und Bachmann zu finanzieren. Winstone hatte mehr als genug. Er und Hilda hatten vor, in die Schweiz zu gehen, sobald er noch ein paar offene Fragen geklärt hatte.«

»Was für offene Fragen?«, fragte Mason.

»Ich habe keine Ahnung. Ich weiß, dass die Ermordung Giessens ein Schock für ihn war. Er schien zu wissen, wer dafür verantwortlich war, weigerte sich aber, es Hilda zu erzählen. Er sagte nur, dass er einige Dokumente veröffentlichen würde, um sich an den Mördern zu rächen, sobald Hilda und er sicher in der Schweiz wären.«

Sie brach ab, als sie Masons gerunzelte Stirn sah. »Sieh mal, ich weiß, dass er dein Freund war, und er war tatsächlich ein guter Mann. Ich bin überzeugt, er war wie all die anderen; Garmisch hat zu viele Versuchungen, selbst für einen guten Menschen. Ich glaube, die Veröffentlichung dieser Dokumente war für ihn auch eine Art Wiedergutmachung. Noch während er plante, sich mit einer Riesensumme in die Schweiz abzusetzen. Er war gut für Hilda, obwohl ihre Liebe zu ihm und ihre Verwicklung in seine Pläne ihr Verderben war.«

»Wie genau sah ihre Verwicklung aus?«

Adele zuckte mit den Schultern, während sie an ihrer Zigarette paffte. »Sie war Winstones ursprüngliche Kontaktperson mit Eddie Kantos und Herrn Giessen.«

»Warum erzählst du mir das alles jetzt?«

»Hilda hat mich zur Verschwiegenheit verpflichtet. Jetzt ist sie tot, oder?«

»Weißt du, wo Winstone das ganze Geld versteckt hat?«

Adele lächelte. »Du willst es für dich haben, nicht wahr?« Sie rollte zu ihm hinüber und presste ihre bloßen Brüste gegen seinen Arm. »Wenn du es findest, können wir es nehmen und zusammen in die Schweiz gehen.«

Falls die Dokumente noch existierten, hoffte Mason, dass Winstone sie am selben Ort versteckt hatte wie das Geld. Und er sah eine Möglichkeit, Adeles fragwürdige Loyalität und ihre Geheimnisse mit dem Versprechen eines Goldschatzes zu erkaufen.

»Sagen wir einfach, dass ich nicht vorhabe, es in den Fluss zu werfen, wenn ich es finde. Oder der US-Regierung auszuhändigen.« Und obwohl es bei diesem Trick darum ging, Adele zu überzeugen, war er nicht so sicher, was er mit dem Geld machen würde, falls er es fand.

Mason stieg aus dem Bett, fischte in seinen Hosentaschen herum und zog seinen CID-Ausweis heraus. In der Ausweistasche und hinter den Lichtbildausweis gesteckt war das Stück Papier, das er in Hildas Koffer gefunden hatte. Er nahm es mit zurück ins Bett und zeigte es Adele. Er wusste, dass er damit ein Risiko einging, aber er kannte sonst niemanden, der Hilda nähergestanden hatte. Zumindest war sie die Einzige, die noch am Leben war.

»Ergibt das, was auf diesem Papier steht, für dich einen Sinn?«

Adele studierte es einen Augenblick lang. »Nein. Sollte es das?«

»Ich habe dieses Papier in Hildas Koffer in ihrer Wohnung versteckt gefunden. Sehr sorgfältig versteckt. Bist du sicher, dass du nicht weißt, was das bedeutet?«

»Ich habe keine Ahnung. Glaubst du, es hat etwas damit zu tun, wo das Geld versteckt ist?«

»Möglich. Oder wo Winstone seine Dokumente versteckt hat.«

»Warum sollte es Hilda dann haben?«

»Vielleicht hat es überhaupt nichts mit Winstone zu tun.«

»Ich kann dir eine Sache dazu sagen: Das ist nicht ihre Handschrift.«

Mason schaute sich die säuberlich auf das Papier geschriebenen Zahlen an.

Adele fuhr fort: »Sie hat nie Blockbuchstaben wie bei diesem A geschrieben. Und sie war Linkshänderin, und deshalb war alles nach rechts geneigt.«

»Dann hat es ihr irgendjemand zur sicheren Aufbewahrung gegeben.«

»Aber wenn Winstone und sie in die Schweiz gehen wollten, warum würde sie es dann in ihrem Koffer in ihrer Wohnung gelassen haben?«

»Vielleicht hat er es ihr für den Fall gegeben, dass er die Stadt schnell verlassen musste oder verhaftet wurde. Oder sie hat aus denselben Gründen eine Kopie behalten. Könnte alle möglichen Gründe haben.« Er steckte das Papier in sein CID-Ausweisetui zurück, machte eine Show daraus und ließ Adele zuschauen. Als er aufstand, um das Papier wieder in seine Hosentasche zu stecken, nahm er das Papier geschickt aus dem Etui und ließ es in seiner Hand verschwinden. Er ging ins Badezimmer, angeblich um zu pinkeln, rollte das Papier eng zusammen und klemmte es in einen Spalt zwischen der Ablage am Waschbecken und der gefliesten Wand.

Mason fühlte sich von Adele angezogen, aber er hatte nicht die Absicht, ihr zu trauen. Und manchmal fragte er sich, ob er sich tiefer mit den Mordopfern verbunden fühlte als mit den Lebenden. Sei's drum!

EINUNDZWANZIG

Mason stand früh auf. Er weckte Adele und bot ihr an, sie an einen sicheren Ort zu bringen, obwohl er nicht wusste, wo er sie hinbringen sollte, wenn sie akzeptieren würde. Stattdessen entschied sie sich dafür zu bleiben, und deshalb ließ er sie mit den gleichen Anweisungen zurück: Lass die Walther-Pistole nicht aus den Augen, geh nicht an die Tür, wenn es klopft oder klingelt, und bleib weg von den Fenstern! Sein Magen fühlte sich immer noch gequetscht an, aber das hielt ihn nicht davon ab, ein großes Frühstück in der Offizierskantine zu verdrücken. Dann benutzte er eines der Telefone im Speisesaal, um Laura anzurufen und ein Treffen am späteren Nachmittag zu vereinbaren.

Von seiner Unterkunft bis zur Offizierskantine und dann zum Hauptquartier hatte er dauernd nach Schusswaffen, die aus Autofenstern herausragten, oder Gestalten, die im Schatten lauerten, Ausschau gehalten, aber er schaffte es bis zum Nebengebäude des Rathauses, ohne in Deckung gehen zu müssen. Nicht dass er sich auch im Hauptquartier der Militärpolizei vor einem Hinterhalt völlig geschützt gefühlt hätte … Als er Densmore, der in seinem Büro auf ihn wartete, vorfand, wo er die Tafel und das Korkbrett anstarrte, vergrößerte dies sein Unbehagen nur noch.

Ohne sich umzudrehen, begann Densmore: »Hier sind viele Namen und Striche drauf, aber sind Sie der Lösung auch nur ein bisschen näher gekommen?«

Densmore hatte jedes Recht, in seinem Büro zu sein, aber es löste bei Mason trotzdem den Verdacht aus, dass er noch aus einem anderen Grund hier war, um sich über seine Fortschritte zu informieren. Merkwürdigerweise schien es Densmore nicht sonderlich zu beeindrucken, dass sein Name zwischen den Verdächtigen stand.

Mason legte seine Umhängetasche auf den Schreibtisch und sah, dass die auf ihm ausgebreiteten Papiere in derselben Anordnung dort lagen wie bei seinem Aufbruch. »Der eine oder andere Verdacht. Ein paar Hinweise, denen ich nachgehen will.«

»Ich möchte, dass Sie zusammenfassen, was Sie haben, und einen abschließenden Bericht schreiben. Ich werde Sie von dem Winstone-Fall abziehen.«

»Sie werden was? Das können Sie nicht tun.«

»Als Ihr Vorgesetzter kann ich das.«

»Sie hatten kein Interesse an dem Fall, außer zu beweisen, dass Winstone Selbstmord begangen hat, und jetzt nehmen Sie mir einen Fall ab, den Sie für ungerechtfertigt hielten?«

»Wann wollten Sie mir von der Obduktion erzählen?«

»Falls Sie in der Nähe gewesen wären, hätte ich es Ihnen gestern Abend erzählt.«

»Nun, jetzt ist es offiziell ein Doppelmord, und da Sie der einzige Verdächtige sind, kann ich Sie die Untersuchung nicht gut weiterführen lassen.«

»Ach, kommen Sie, Patrick, Sie wissen, dass ich es nicht war. Bis heute Morgen war ich der Einzige, der darauf bestanden hat, dass es Mord war.« Mason ging hinüber zu Densmore. »Sie wollten es trotz meiner Vorbehalte als Selbstmord zu den Akten legen. Haben versucht, Winstones Leiche ohne Obduktion abtransportieren zu lassen. Haben diesen Italiener und alle anderen freigelassen, die vielleicht eine Verbindung zu den Mördern hatten. Und jetzt wollen Sie mich von dem Fall abziehen?«

»Das waren nicht meine Fingerabdrücke im Haus des Opfers. Ich war nicht dort am Abend seines Todes. Ich war nicht der Letzte, der ihn lebend gesehen hat. Und warum sind Sie so verzweifelt auf der Suche nach seinen angeblich verschwundenen Dokumenten? Steht da irgendwas drin, das Sie belasten könnte? Sehen Sie? Es geht in beide Richtungen, mein Freund.«

»Dann tun Sie all das hier, weil Sie Angst haben. Ich weiß nur nicht, ob Angst um Ihre Karriere oder um Ihr Leben.«

Densmore sagte nichts, aber der Zorn war von seinem Gesicht verschwunden.

Mason erkannte eine Gelegenheit, Densmore zu überzeugen, und sprach von nun an ein wenig leiser. »Sie haben die ermordeten drei deutschen Bandenführer gesehen. Sie haben Kantos und seine Familie gesehen. Seine Frau, seinen Sohn. Ich habe die Ergebnisse der ballistischen Analyse für beide Tatorte bekommen, und die Geschosse passen zu einer Waffe, die in beiden Fällen benutzt wurde. Die Mörder sind bislang vorsichtig gewesen, aber diesen Fehler haben sie begangen. Und Winstone hatte Verbindungen mit beiden Parteien. Er finanzierte Giessen, und mit Kantos hat er verhandelt.«

»Woher wissen Sie das?«

»Von zwei Informanten. Ich will damit sagen, dass ich echte Fortschritte mache. Ich komme der Aufklärung näher, und das ist der Grund, warum gestern Abend jemand versucht hat, mich niederzuschießen.« Er erzählte Densmore von seiner Erfahrung in der Casa Carioca am vergangenen Abend, und dass Schaeffer nichts abstritt. Von Volker, und dass er sich bei Schaeffer angebiedert habe. Von dem geheimnisvollen Abbott, und dass alle drei höchstwahrscheinlich diejenigen gewesen seien, die die Exekutionen durchführten.

»Nach der Scheiße, die Sie gestern Abend aufgerührt haben«, sagte Densmore, »bin ich erstaunt, dass Sie noch herumlaufen.«

»Ist das der Grund, warum Sie Angst haben, darin verwickelt zu werden?«

Densmore ging hinüber und schloss die Tür. »Sie haben verdammt recht: Ich habe Angst.«

»Die einzige Sache zu meinen Gunsten ist, dass General Pritchard und Colonel Udahl hinter mir stehen. Irgendjemand hat meine Berichte an General Clay geschickt, und er hat sie angewiesen, mich zu unterstützen. Es sind im Moment zu viele Augen auf mich gerichtet, als dass jemand so etwas Dummes machen würde.«

»Ich bin derjenige, der Clay die Berichte geschickt hat.«

»*Sie* waren das?«

Densmore nickte.

»Warum? Haben Sie plötzlich ein Gewissen bekommen?«

»Lecken Sie mich, Mason. Ich hab's deshalb gemacht, weil Sie und ich beide City Cops waren. Wir haben beide Scheiße gebaut, als wir bei der Polizei waren, und wir verdienen eine zweite Chance. Ich wollte Sie nicht in Flammen aufgehen sehen.«

»Wir haben beide Scheiße gebaut? Was meinen Sie damit?«

»Ich weiß, dass Sie in Chicago Kollegen verpfiffen haben.«

»Yeah, weil sie einen Rauschgiftring betrieben und meinen Partner umgebracht haben. Was war es bei Ihnen?«

Densmore vermied es, Mason in die Augen zu sehen. »Spielt keine Rolle, was ich getan habe. So oder so haben wir uns beide die Finger verbrannt und verdienen eine zweite

Chance. Nach dem, was ich in dem Haus von Kantos gesehen habe – die Frau und der Junge …« Er ballte die Hände zu Fäusten, als müsste er einen Gewissenskonflikt austragen. »Ich muss Sie von dem Winstone-Fall abziehen. Es gibt keine Möglichkeit der Rechtfertigung dafür, Sie weiter daran arbeiten zu lassen, wenn Sie persönlich zu stark involviert sind. Das verstößt gegen alle Regeln.«

»Dann lassen Sie mich die Morde an den Deutschen und in Kantos' Haus behalten. Die Verbrecherbanden. In Wirklichkeit ist das alles der gleiche Fall. Ich weiß, wenn ich diese Sachen aufkläre, führt mich das zum Mörder Winstones zurück.«

Densmore dachte einen Moment nach, bevor er nickte. »Ich mache Ihnen einen Vorschlag. Ich werde den Fall übernehmen, aber nur dem Namen nach. Dann sieht es so aus, als würden wir die Vorschriften befolgen, und Sie haben ein paar Tage gewonnen, bevor der Kommandeur der Militärpolizei in München dahinterkommt, was wir machen.« Er zeigte mit dem Finger auf Mason. »Aber sobald ich irgendwelchen Druck bekomme, sind Sie draußen. Haben Sie verstanden?«

Mason war von Densmores Angebot überrascht, aber er behielt einen neutralen Gesichtsausdruck bei. Densmore tat nie etwas aus altruistischen Gründen. Entweder war er durch die brutalen Morde wirklich erschüttert, oder das hier war eine Möglichkeit für ihn, die Ermittlungen unter Kontrolle zu halten. »Okay, wir machen es so, wie Sie wollen«, sagte Mason schließlich. »Dann sollten wir als Erstes ein Team von MPs losschicken, um Winstones Küchenchef Otto Kremmel festzunehmen. Er hat Winstone geholfen, reichen Deutschen Geld für Entnazifizierungsbescheinigungen abzuknöpfen.«

»Dieser aufgeblasene Kraut«, sagte Densmore. »Ich werde

mich darum kümmern, und dann nagele ich ihn persönlich an eine Wand.«

Mason nahm einen Notizblock und einen Bleistift von seinem Schreibtisch und begann zu schreiben. »Schauen Sie, hier steht, was ich brauche, und ich brauche es schnell. Abhörgeräte an den Telefonen der Casa. Ein Fahndungsbefehl an alle MPs, um nach Volker Ausschau zu halten. Überwachung von Frieder Kessel und Schaeffer rund um die Uhr durch MPs. Und wenn wir ihn finden können, die Festnahme eines gewissen Lester Abbott.«

»Wir haben nicht die personellen Möglichkeiten, das alles ohne Hilfe der Münchener Abteilung zu bewerkstelligen. Wenn Sie diesen Fall behalten möchten, dürfen wir keine übermäßige Aufmerksamkeit erregen.«

»Dann lassen Sie unsere beiden jungen Kollegen die Überwachung übernehmen, Wilson und Tandy.«

Densmore nickte.

»Die Fahndungsbefehle?«

Densmore nickte erneut. »Wenn er wirklich ein Kriegsverbrecher ist, dann ist mir es egal, wer ihn für unbedenklich erklärt hat. Und ich werde die Anweisungen für die Casa-Abhöraktion schreiben.« Densmore machte sich bereit zum Aufbruch. »Denken Sie dran, das hier gibt Ihnen nur ein paar Tage. Sie erzielen besser schnelle Ergebnisse.«

Als er Densmores schriftliche Befehle für die Abhöraktion, die Fahndungsbefehle und die Überwachung erhalten hatte, ließ Mason von einem Phantombildzeichner ein Porträt Volkers anfertigen und gab Wilson und Tandy den Auftrag, die Zeichnung drucken und an die verschiedenen MP-Stationen und Postämter in der Region verteilen zu lassen. Sobald die Fahndungsbefehle verteilt waren, begannen Wilson und Tandy mit ihrer Wache vor der Casa Carioca. In der Zwischenzeit stimmte sich Mason mit den Überwachungstechnikern ab, damit sie sich über die Telefonzentrale in die Telefone der Casa Carioca einschalteten.

Um die Mitte des Nachmittags empfand Mason eine gewisse Befriedigung bei dem Gedanken, dass die Dinge endlich Gestalt annahmen. Jedenfalls bis Densmore und die beiden MPs mit leeren Händen ins Hauptquartier zurückkehrten. Kremmel war verschwunden. Entweder versteckten ihn seine reichen Freunde, oder er stand inzwischen auf der wachsenden Liste der Leichen.

Um sechzehn Uhr unternahm Mason die zwanzig Minuten dauernde Fahrt zum Hotel Eibsee. Das weitläufige Hotel mit seinen dreihundert Zimmern stand am Ufer des unglaublich schönen Eibsees am Fuß von Deutschlands höchstem Berg, der Zugspitze. Die amerikanische Armee hatte das Hotel übernommen und es zu einem Freizeitzentrum entwickelt, sodass die zahlreichen Gäste eine Mischung aus amerikanischen Soldaten, ihren Gästen und Verwaltungsbeamten der Militärregierung bildeten. Mason durchquerte das Foyer und trat auf die breite Terrasse hinaus. Paare oder Gruppen standen am Geländer und bewunderten den See und die verschneiten Berge in der Umgebung, aber nur ein paar abgehärtete Gestalten trotzten den eisigen Temperaturen und saßen an den rund dreißig Tischen. Laura gehörte zu ihnen.

Eine Teekanne, zwei Tassen und ein Teller mit mundgerechtem Gebäck stand vor ihr. Sie hatte ihre Reporterinnen-Kleidung durch einen knöchellangen Mantel aus dunkelblauem Samt und einen dazu passenden Hut ersetzt. Das blaue Ensemble, ihr roter Lippenstift, das schwarze Haar und die blauen Augen – ein sinnliches Kaleidoskop, dazu angetan, Mason zu bezaubern.

Er ging zu ihr an den Tisch. »Mein Hintern wird an diesem Stuhl festfrieren.«

»Gemessen an den Orten, wo ich war, ist das hier geradezu mild.«

Mason blickte sich auf der Terrasse um, bevor er sich setzte.

»Entspann dich«, sagte Laura. »Ich komme jeden Nachmittag zum Tee hierher. Es gibt immer einen GI, der sich zu mir setzt und versucht, mich abzuschleppen.«

»Ich hatte gehofft, wir würden uns an einem Ort treffen, der etwas abgelegener ist als das hier.«

»Ich kann nicht vierundzwanzig Stunden am Tag in diesem Haus eingesperrt sein. Das ist die einzige Zeit, wo ich an die frische Luft komme und die herrliche Aussicht genießen kann.« Sie zog die Nase kraus und sog die Luft ein, die aus Masons Richtung kam. »Hübsches Parfüm. Wer ist das Mädchen?«

»Was für ein Mädchen?«, fragte Mason und kam sich wegen seiner kindischen Reaktion sofort albern vor.

»Ich hoffe, sie tut dir gut.«

Ein Kellner kam zu ihnen, und Mason bestellte einen Kaffee.

Als er ging, schaute Laura auf den See und sagte: »Das hier ist einer meiner Lieblingsorte in Deutschland.«

»Göring würde dir zustimmen. Er hat das Hotel während des Kriegs für die Luftwaffe übernommen.«

Laura ignorierte die Bemerkung. »Was willst du?«

»Ich habe einen Informanten, der mir bei dieser Untersuchung eine große Hilfe war. Er und seine Familie haben die Lager überlebt und wollen nach Palästina emigrieren. Ich möchte, dass du ihnen hilfst, mit jemandem in der jüdischen Brigade Kontakt aufzunehmen.«

Sie riss schließlich ihren Blick von der Landschaft los und

schaute Mason an. »Hast du ihnen ein Versprechen in der Annahme gemacht, dass ich mich für dich einsetzen würde? Ziemlich unverfroren von dir.«

»Laura, kannst du es tun oder nicht?«

Der Kellner kam mit Masons Kaffee zurück. Laura benutzte die Pause, um eine Zigarette aus einem goldenen Etui herauszuholen. Sie zündete sie an und sah wieder auf den See.

»Romantisch, nicht?«, meinte sie. »Man könnte fast den Rest der Welt vergessen. Einfach alles auf Eis legen. Die Tragödien und die Fehler vergessen, die man gemacht hat.« Sie drehte sich wieder zu ihm um. »Wusstest du, dass Richard Strauss hierherkam, um einige seiner besten Kompositionen zu schreiben.«

»Ist dir melancholisch zumute?«, fragte Mason. »Geht dir das häusliche Leben mit Ricky auf die Nerven? Hält er dich davon ab, dein Leben aufs Spiel zu setzen?«

»Dich hier – irgendwo – zu treffen könnte mein Leben in Gefahr bringen. Etwa mich darum zu bitten, dass ich aus meinem Versteck komme, um zu jemandem Kontakt aufzunehmen, den ich vielleicht in der jüdischen Brigade kenne. Ich kann immer darauf zählen, dass du mich in Gefahr bringst.« Sie lächelte ihn traurig an und berührte seine Hand. »Aber ich würde es gar nicht anders wollen.« Sie musterte Mason einen Moment. »Wie ist das Mädchen so?«

»Du hast meine Frage nicht beantwortet.«

»Beantworte du meine zuerst. Ist sie hübsch?«

»Ja.«

»Wie heißt sie?«

»Adele, und sie ist – war – eine Eistänzerin in der Casa Carioca.«

»Ah, jetzt verstehe ich die Verbindung. Die Jungfrau in

Not. Deine Ritterlichkeit kennt keine Grenzen, du Recke«, sagte sie sarkastisch. »Tut sie dir gut?«

»Vielleicht. Sie kann berauschend sein, wenn man in ihrer Nähe ist, aber anschließend sorgt sie wahrscheinlich für einen Mordskater. Stellt dich das zufrieden?«

»Ich sollte eifersüchtig sein …« Laura schaute weg von ihm, als nähme sie die Aussicht in sich auf, aber sie wirkte eher nachdenklich als entzückt. »Ich werde zwei Tage brauchen.«

»Du wirst eine Gruppe von Menschen retten, die es wahrhaft verdienen, und ihnen dabei helfen, ihren Traum zu verwirklichen.«

Nach einem langen Moment wandte sich Laura erneut an Mason. »Und wenn das erledigt ist, halten wir am besten Abstand voneinander, glaube ich.« Sie öffnete ihre Handtasche. »Ich meine es ernst, Mason.« Sie zog ihre Brieftasche heraus.

Mason hielt die Hand hoch. »Das geht auf mich.« Er holte sein Portemonnaie hervor. »Schließlich ist das vielleicht das letzte Mal, dass ich Gelegenheit dazu habe. Und aus mehr als einem Grund.«

Während Mason den korrekten Betrag für die Rechnung abzählte, konnte er spüren, dass Laura ihn anstarrte. Sie stand abrupt auf und beugte sich zu ihm hinab. Dann küsste sie ihn auf den Mund und ging fort.

Mason traf am frühen Abend in der Sheridan-Kaserne ein und ging direkt in das Konferenzzimmer, das am Vorabend für die Vernehmung der deutschen Verdächtigen benutzt worden war. Abrams redete mit einem Amerikaner, einem Sergeant, in einer Ecke des Zimmers.

Als Abrams Mason erblickte, übergab er den Sergeant dem wartenden MP und kam zu Mason an die Tür. »Das ist Sergeant Whitney von der Transportabteilung. Er wurde dabei geschnappt, wie er gestohlene Antibiotika und Narkotika nach München brachte.«

»Haben Sie irgendwas Brauchbares von ihm bekommen?«

Abrams schüttelte den Kopf. »Er hat nie Kontakt mit dem Lieferanten. Er kriegt eine Mitteilung, wo er hingehen soll, was jedes Mal woanders ist, empfängt einen Schlüssel zu einem Lastwagen und seinen Standort. Dann fährt er ihn nach München und stellt ihn an einem vorher bestimmten Ort ab, der jedes Mal wechselt. Er setzt sich in einen leeren Laster und fährt ihn zurück nach Garmisch. Seine Bezahlung liegt im Handschuhfach. Es gibt immer eine andere Fracht als Tarnung.«

»Er musste mit irgendjemandem für die anfängliche Einrichtung zusammengekommen sein.«

»Ein Sergeant Hoffman, der vor ein paar Wochen wegen sexueller Gewalt festgenommen und zurück in die Staaten geschickt wurde. Whitney sagt, dass auch nach Hoffmans Festnahme das Arrangement keinmal ins Stocken gekommen ist. Diese Burschen sind gut. Eine regelrechte Mantel-und-Degen-Truppe.«

»Das würde zu Schaeffers OSS-Vorgeschichte passen.«

»Ach ja«, sagte Abrams, dem gerade etwas einfiel, »die Dienstboten von Winstones Villa sind wieder in der Stadt.«

Mason nickte. »Um die kümmern wir uns, wenn wir hier fertig sind. Irgendwas von den anderen Gefangenen?«

»Die meisten von ihnen wurden wieder freigelassen, nachdem ihre Personalien aufgenommen worden sind.«

»Hat Laufs die Nacht überlebt?«

»Die Wachen haben ihn aus dieser Zelle rausgeholt, bevor die Dinge zu weit ausgeartet sind. Er hat den Vormittag im Krankenhaus verbracht und erholt sich in einer Einzelzelle. Ich habe gehört, er wird eine Weile nicht sitzen können.«

»Reden wir doch kurz mit ihm.«

Sie gingen zu Willy Laufs' Einzelzelle, wo ein MP-Bewacher sie eintreten ließ und die Metalltür hinter ihnen schloss. Laufs stand mit dem Rücken zur Tür an dem vergitterten Fenster und hatte den Kopf auf die gekreuzten Arme gelegt. Die Wachen hatten ihm eine einteilige Uniform gegeben, wie sie normalerweise Wartungsmannschaften der Army trugen, weil seine Kleidung in Stücke gerissen worden war. Er drehte den Kopf nach hinten, um festzustellen, wer eingetreten war, und wirbelte herum, als er Mason erkannte. Er war über dem linken Auge genäht worden und hatte mehrere Blutergüsse auf seinem Mondgesicht. Mit seinen Augen, die wie in weichen Teig gedrückte grüne Murmeln aussahen, blickte er sie flehend an. Soweit es Mason anging, hatte er noch mehr von derselben Medizin verdient, aber Laufs hatte genug durchgemacht, um Masons Zorn zu besänftigen.

»Sie hacken auf einem armen Privatunternehmer rum und lassen die dicken Fische frei rumlaufen«, sagte Laufs. »Sogar die Nazis haben mich so lange in Ruhe gelassen, wie ich sie beteiligt habe. Die Mistkerle haben sich mehr genommen, als ihnen zustand, aber sie haben mich wenigstens nicht ins Gefängnis gesteckt.«

»Sie haben einen Vorgeschmack davon bekommen, was Ihnen bevorsteht, wenn Sie ins Gefängnis gehen«, erwiderte Mason. »Auf der anderen Seite denken wir daran, Nachsicht zu üben, wenn wir die richtigen Informationen erhalten.«

»Ich hab Ihrem Partner schon gesagt, ich bin kein Verräter.«

»Ganz wie Sie wollen …« Mason rief nach der Wache.

»Warten Sie!«, bat Laufs mit Furcht im Blick. »Was machen Sie?«

»Wir stecken Sie zurück in die andere Zelle.«

»Können wir nicht verhandeln?«

»Nein.«

Die Wache kam und schloss die Tür auf.

Laufs geriet in Panik. »Das können Sie nicht tun! Wissen Sie, was sie mit mir gemacht haben?«

»Sagen Sie mir, wer Giessen, Bachmann und Plöbsch umgebracht hat, oder Sie kommen in die andere Zelle. Und diesmal werden die Wachen Sie nicht rausholen.«

»Ich weiß es nicht. Wer sie auch umgebracht hat, ich würde ihm gern die Hand schütteln. Diese drei hätten mich fast gezwungen, das Geschäft aufzugeben.«

Mason winkte den MP herein, der seine Handschellen hervorzog. Laufs flehte und bettelte, aber der MP legte ihm die Handschellen an und zerrte ihn hinaus auf den Gang. Laufs schrie so laut er konnte.

Mason schrie lauter als er. »Wer hat Giessen und seine Partner umgebracht?«

»Ich weiß es nicht. Ich schwöre.«

»Wir wissen, dass Sie als Mittelsmann zwischen den italienischen Mafia-Familien sowie Giessen und Kantos fungiert haben«, sagte Abrams.

»Unsere Wege haben sich gekreuzt, klar, aber das könnte man von jedem behaupten, der auf dem Schwarzmarkt tätig ist.«

»Hatten Sie irgendwas mit der Ermordung von Giessen oder Kantos zu tun?«

Laufs schaute Abrams an, als sei er von der Frage überwältigt. »Nein.«

»Haben Sie eine Ahnung, wer sie umgebracht hat?«

»Nein!«

Mason brachte die Prozession zum Stehen. »Warum laufen Sie immer noch herum? Sie knallen alle ab, die eine Verbindung mit Kantos und Giessen hatten.«

»Ich bin ein kleiner Fisch, der von Haien umgeben ist. Ich bin keine Bedrohung für sie. Ich halte den Kopf gesenkt und den Mund geschlossen. Das wissen sie.«

»Dann wissen Sie ja, von wem wir reden.«

Laufs begann voller Panik zu stottern, unfähig, in ganzen Worten zu sprechen. Schließlich sagte er: »Ich weiß nicht, wer sie sind. Nur dass ein paar unglaublich mächtige Männer das Ruder übernehmen. Bitte. Ich schwöre.« Und das wiederholte er immer wieder. »Ich schwöre, ich schwöre«, als würde er jeden Moment überschnappen.

»Kennen Sie einen Herrn Volker?«, fragte Abrams.

Ein Zucken des Wiedererkennens lief über Laufs' Gesicht.

»Sie kennen ihn also, nicht wahr?«, stellte Mason fest.

»Vielleicht hat er Sie sogar bedroht«, sagte Abrams, »und Ihnen gesagt, dass jeder, der sich den neuen Anführern widersetzt, genauso ein Ende findet wie Giessen und seine Kumpels.«

»Ich weiß nicht, von wem Sie reden.«

Mason wandte sich an Abrams. »Er wird uns nichts Brauchbares preisgeben.« Er und der MP schoben Laufs weiter durch den Gang.

»Moment, Moment, Moment«, sagte Laufs mit immer größerem Nachdruck. »Vielleicht kenne ich Herrn Volker ein bisschen.«

Mason gab dem MP ein Zeichen, stehen zu bleiben.

Laufs kam wieder zu Atem. »Volker hat für Giessen gearbeitet, aber ich habe gehört, er hätte ihn verraten. Das ist alles, was ich weiß.«

»Wo können wir Volker finden?«, fragte Abrams.

»Ich kann Ihnen nicht sagen, wo, weil ich es nicht weiß.«

»Das ist nicht gut genug.« Mason nickte dem MP zu, dass sie ihren Weg fortsetzen sollten.

Laufs stemmte sich dagegen und warf sich nach hinten, damit sie nicht vom Fleck kamen. »Bitte, ich will Ihnen alles sagen, was ich weiß. Stecken Sie mich nur nicht wieder dort rein.«

Mason ließ den MP Laufs wieder in seine Zelle zurückbringen. Drinnen schoben sie ihn an die Wand. Mason nahm ihm die Handschellen ab und bat den MP, draußen auf dem Gang zu warten. Sobald er die Zellentür von außen geschlossen hatte, befahl Mason. »Fangen Sie an zu reden!«

Laufs rieb sich die Handgelenke und schauderte, während er ein paarmal tief durchatmete. »Ich schwöre, dass ich nicht weiß, wer Giessen oder Kantos oder auch den amerikanischen Agenten umgebracht hat. Ja, ich habe anfangs für Giessen ein paar Geschäfte mit den Italienern gemacht, aber sobald die Verbindung hergestellt war und das Geschäft zu laufen begann, haben sie mich rausgedrängt. Aber ich habe Gerüchte gehört …« Er verstummte, als wäre er nicht sicher, ob er fortfahren solle.

Mason drohte Laufs: »Sie sind vielleicht noch einen Herzschlag von der Hölle entfernt.«

»Abbott«, platzte Laufs heraus. »Ein Mann namens Lester Abbott leitet eine sehr schlagkräftige Bande. Er ist der Boss. Es passiert nichts ohne seine Zustimmung.«

»Beschreiben Sie ihn«, sagte Abrams.

Er schaute Abrams an, als sei dieser nicht ganz bei Trost. »Niemand, den ich kenne, hat ihn je gesehen.«

»Er ist kein Geist. Jemand muss ihn gesehen haben.«

Laufs Antwort bestand in einem Achselzucken.

»Was ist mit Schaeffer und Kessel, die mit der Casa Carioca als Operationsbasis Geschäfte machen?«, fragte Mason.

»Ich habe von ihnen gehört, hatte aber nie mit ihnen zu tun.«

»Kommen Sie, Willy. Wollen Sie uns tatsächlich glauben machen, dass Sie bei all Ihren Transaktionen mit Giessen und Kantos nie irgendwas mit Schaeffer und Kessel zu tun hatten?«

»Wie ich schon sagte, war ich praktisch raus aus dem Geschäft, sobald ich Giessen mit den Italienern in Verbindung gebracht hatte. Ich habe nur dieselben Dinge gehört, die Sie wahrscheinlich auch gehört haben, dass eine schlagkräftige Bande fast das gesamte Schwarzmarktgeschäft in dieser Gegend übernommen hat und dass Abbott der große Boss ist. Und nicht nur in Garmisch. Ihre Verbindungen reichen bis nach München und darüber hinaus. Es ist wie ein ganzes Hoheitsgebiet.«

Mason und Abrams schauten sich an. Diese Information hatte nur ihren Verdacht bestätigt. Colonels und Generale mussten hinter dieser Art Macht stehen.

»Was ist mit Agent Winstone?«, wollte Mason von Laufs wissen.

»Was soll mit ihm sein?«

Mason rieb sich die Stirn, weil ihn Laufs' Verschleierungstaktik frustrierte. Er war überzeugt, dass Laufs mehr wusste und nur gerade so viel sagte, dass er nicht in die andere Zelle gesteckt wurde. Allerdings redete er wenigstens, und Mason wusste, dass sie nichts mehr aus ihm rauskriegten, wenn sie ihn tatsächlich zu Häftlingen in einen Raum schoben, die dazu neigten, Pädophile totzuschlagen. Er sprach langsam, um seine Wut im Zaum zu halten. »Wissen Sie, wer Agent Winstone und Hilda Schmidt getötet hat?«

»Ich könnte Ihnen fünf Leute nennen, die ihn alle gern ermordet hätten, aber sie sind alle tot. Er hatte offenbar über so gut wie alle eine Akte mit Informationen, die sie lebenslang hinter Gitter gebracht hätten.« Und schnell fügte er hinzu: »Außer über mich.« Sein Blick zuckte zwischen Mason und Abrams hin und her. »Der Mann, den Sie fragen sollten, ist Otto Kremmel. Das ist allerdings ein Gauner, wie er im Buche steht. Er hatte Winstone eingewickelt, und der halbe bayerische Adel fraß ihm aus der Hand.«

»Wir haben heute Morgen versucht, ihn festzunehmen«, sagte Abrams, »aber er ist verschwunden. Er ist abgehauen, Willy, zusammen mit Ihrem Faustpfand.«

Laufs schüttelte den Kopf. »Sie haben nur nicht am richtigen Ort nachgeschaut. Er würde nicht allzu weit weggehen. Er macht sich wie alle anderen auch Hoffnung, das Geld zu finden, das Winstone versteckt hat. Und auf der Straße erzählt man sich, dass diese Dokumente noch immer nicht aufgespürt wurden. Es gibt eine große Belohnung für jeden, der sie findet.«

Abrams schaute Mason an, bevor er Laufs fragte: »Dann verraten Sie uns, wo wir Kremmel finden können.«

»Versuchen Sie es bei einer stinkreichen Witwe, die allein auf einem Anwesen in Oberau wohnt, das Stebenheim heißt. Otto macht ihr inzwischen seit einigen Monaten den Hof. Er versucht dauernd, Geld von ihr zu bekommen und sie dazu zu bringen, dass sie ihn in ihr Testament aufnimmt.«

Mason und Abrams sahen sich abermals an.

Laufs strahlte. »Ich sehe an Ihren Gesichtern, dass ich Ihnen doch interessante Informationen gegeben habe, oder?«

ZWEIUNDZWANZIG

Mason und Abrams fuhren die kreisförmige Ausfahrt hoch und parkten ihren Wagen vor einem Gebäude, das als französisches Château im Kleinformat durchgehen konnte. Es stand auf einem niedrigen Hügel mit Aussicht auf den Ort Oberau, der knapp zehn Kilometer nördlich von Garmisch lag. Die imposante Villa Stebenheim gab Anzeichen von Vernachlässigung in jüngster Zeit zu erkennen: Die Fenster waren mit Rollläden verschlossen, und aus den verschneiten Außenanlagen ragte erfrorenes Unkraut hervor. Die Sonne war vor einer Stunde untergegangen und hatte nur eine tief purpurne Kuppel über den Bergen im Westen in einem sonst schwarzen Himmel hinterlassen.

Als die beiden Ermittler die Treppe zum vorderen Säulenvorbau hochstiegen, fiel Mason auf, dass es keine Fußspuren im Schnee gab. Er klopfte an die massive Doppeltür. Eine Krähe gab krächzend ihr Missfallen wegen der Ruhestörung zu erkennen.

»Ich bin erstaunt, dass sich weder ein Offizier der Army noch ein Beamter der Militärregierung diesen Palast unter den Nagel gerissen hat«, sagte Mason.

»Ich kann verstehen, warum …« Abrams blickte sich um. »Dieses Haus ist mir nicht geheuer.«

Dieses Mal klopfte Mason härter. »Willy Laufs hat uns besser nicht in eine fruchtlose Unternehmung geschickt.«

»Ich versuche immer noch, mit der Vorstellung zurande zu

kommen, dass Sie Densmore auf die Suche nach Winstones Dokumenten geschickt haben. Ich meine, schließlich sind wir uns noch nicht sicher, auf wessen Seite er steht.«

»Ich konnte die Suche nicht anordnen, ohne dass er davon Wind bekommt. Und es hieß, entweder ihn auf Schatzsuche gehen oder mit uns kommen zu lassen. Ich wollte Kremmel eine Weile für uns haben.«

Bevor sie nach Oberau aufgebrochen waren, hatten sie einen Abstecher ins Hauptquartier gemacht und Densmore berichtet, was Laufs über die Belohnung für denjenigen gesagt hatte, der Winstones Dokumente fand. Densmore stellte sofort einen Trupp von MPs zusammen, um eine gründliche Durchsuchung von Winstones Villa durchzuführen. Auf Masons Rat nahm er auch Winstones Dienstbotenehepaar mit, weil sie bei den Renovierungsarbeiten am Haus anwesend waren. Mit der Idee im Hinterkopf, dass sie auf jeden verfüllten Riss und jede ersetzte Bodendiele hinweisen konnten, und in der Hoffnung, dass sie an einer dieser Stellen Winstones Dokumente finden könnten.

»Was ist denn, wenn er sie findet und den Bösewichten übergibt?«, fragte Abrams.

»Ich muss nur einen Blick auf ihn werfen und weiß sofort, ob er mich übers Ohr hauen will. Der Mann hat das schlechteste Pokerface von allen, die ich je kennengelernt habe.«

Mason beschloss, nicht noch länger auf jemanden zu warten, der ihnen die Tür aufmachte. Er versuchte es mit der Klinke. Die Tür ging auf, und sie sahen in eine dunkle Eingangshalle. Die beiden Ermittler nahmen schweigend ihre Pistolen und Taschenlampen heraus und traten ins Haus. Links und rechts von ihnen lagen breite Eingänge zu großen Räumen, und vor ihnen gab es einen langen Gang. Eine Standuhr harrte still in einer Ecke der Halle, und obwohl das

Pendel gerade eine Minute vor ihrem Eintreten aufgehört haben konnte zu schwingen, hatte Mason den Eindruck, dass die Uhr schon vor Jahren aufgehört hatte, die Zeit zu messen.

Mason gab Abrams das Zeichen, den rechten Eingang zu nehmen, während er selbst sich dem linken zuwandte. Er lauschte nach einer Bewegung in der Stille, schritt durch den Türrahmen, blieb stehen und ließ den Strahl seiner Taschenlampe durch den Raum wandern. Elegante Möbel im Überfluss. Gemälde mit religiösen Themen, die jahrhundertealt und unbezahlbar aussahen, hingen an den Wänden. Auf halbem Weg durch das Zimmer fiel der Strahl von Masons Taschenlampe auf eine alte Frau, die auf einer mit großem Detailreichtum geschnitzten Sitzbank mit bestickten Seidenpolstern saß. Ihr silbernes Haar war zu einem Knoten hochgebunden, und sie trug einen Faltenrock aus grauer Wolle mit dazu passendem Jackett.

»Entschuldigen Sie bitte«, sagte Mason.

Die Frau blieb bewegungslos sitzen, als wäre sie im gleichen Moment versteinert, in dem die Standuhr stehen geblieben war. Es sah ganz so aus, als wäre sie in dieser Stellung gestorben, aber ihre verzweifelten Augen zuckten in ihren Höhlen, während sie irgendwelche unsichtbaren Schreckensbilder anstarrten.

Mason steckte seine Pistole ins Holster zurück und ging zu der Frau hin. Er hörte, wie Abrams an der Tür ankam, als er sich neben die Frau hockte, um ihr ins Gesicht sehen zu können. Endlich drehte sie sich zu ihm um. In ihren Augen sammelten sich Tränen.

»Was ist passiert, gnädige Frau?«, fragte Mason. »Wo ist Otto Kremmel?«

Die Augen der Frau starrten wieder ins Leere, als sie im Geiste noch einmal erlebte, was sie Furchtbares gesehen hatte, dann drehte sie sich langsam um und zeigte auf eine geschlossene Tür auf der anderen Seite des Zimmers. Mason stand auf und gab Abrams das Zeichen, ihm zu folgen. Abrams lief quer durch das Zimmer. Mason zog erneut die Pistole aus dem Holster und drückte langsam die Klinke hinunter. Er schaute Abrams an, der ihm nickend zu verstehen gab, dass er bereit war, und schob die Tür auf. Sie machten zwei Schritte in den Salon. Der Anblick ließ beide einen Sekundenbruchteil lang erstarren.

Kremmel hing mit einem schweren Seidenstrang um den Hals in der Mitte des Raums. Mason eilte zu ihm, um Kremmels Gewicht von dem Seil zu nehmen, während Abrams zu der Marmorsäule am Kamin ging, an dem das Seil festgebunden war. Mason konnte sofort erkennen, dass ihre Bemühungen vergeblich waren. Kremmel war noch warm, aber er lebte nicht mehr. Abrams band das Seil los und half Mason, Kremmels Leiche auf den Boden zu legen. Mason überprüfte zur Sicherheit Kremmels Puls. In dem Moment bemerkte er die blutige Botschaft, die an Kremmels Brust genagelt war.

ZU SPÄT. WIR HABEN DEINEN KLEINEN VERRÄTER-FREUND.

»Jaakow!«, schrie Mason und rannte zur Tür hinaus.

Abrams schlug gegen das Lenkrad und fluchte, während er zurück in die Stadt raste. »Wir hätten Jaakow an sein Bett fesseln sollen. Wie sollen wir ihn in einer Stadt von dieser Größe finden?«

»Wir werden ihn nicht finden. Jetzt im Moment müssen wir zu Jaakows Familie fahren, bevor die Mörder dort ankommen. Jaakow wird vermutlich gerade gefoltert und könnte inzwischen ihr Versteck preisgegeben haben. Wir könnten schon zu spät sein.«

Abrams fluchte wieder, während er seinen Angriff auf das Lenkrad wieder aufnahm. »Wenn Jaakow tot ist, bringe ich sie alle um.«

»Sind Sie sicher, dass Sie das draufhaben?«, fragte Mason mit Nachdruck.

Abrams nickte und trat aufs Gaspedal. Mason ließ ihn einen Umweg fahren, wobei er die ganze Zeit in die Rückspiegel und direkt nach hinten schaute. Nachdem er sich überzeugt hatte, dass ihnen niemand folgte, ließ er Abrams in der Gasse hinter der Buchhandlung parken.

Sie überprüften noch einmal ihre Umgebung, bevor sie sich dem Hintereingang näherten. Sie mussten mehrfach klopfen, bevor Isaac, der Inhaber des Ladens, an die Tür kam. Er machte angesichts der zwei Männer in Uniform einen entsetzten Eindruck, bis Mason ihn daran erinnerte, dass sie am Tag zuvor mit Jaakow zusammen bei ihm gewesen waren. »Ist die Familie noch da?«, fragte er.

Abrams sagte etwas auf Jiddisch, was dazu führte, dass Isaac noch einmal ein entsetztes Gesicht machte.

»Folgen Sie mir«, sagte er.

Mason und Abrams gingen hinter Isaac die Treppe hoch. Isaac klopfte in einem bestimmten Rhythmus an die Tür.

Die Tür öffnete sich einen Spalt. Ein hochgewachsener Mann mit dunklem Haar und einem schütteren Bart stand dahinter. Der Mann war Jaakows Bruder Berko. Er schaute genauso entsetzt drein wie Isaac, als er die beiden uniformierten Männer sah. Isaac stellte sie vor und sagte, dass sie gestern in Jaakows Gesellschaft hier gewesen seien. Berko ließ sie hinein. Jaakows schwangere Frau Helena stieß einen leisen Schrei aus, als sie Mason und Abrams erkannte. Berko sprach leise auf Jiddisch mit Helena. Die gesamte Familie versammelte sich in dem kleinen Wohnzimmer und blickte die beiden Ermittler erwartungsvoll an.

»Jaakow ist seit Stunden nicht zu Hause gewesen«, erzählte Berko auf Englisch. »Wir haben ihn eindringlich gebeten, nicht hinauszugehen, aber er meinte, er müsste den Großteil des Geldes holen, das er auf dem Schwarzmarkt verdient hat.« Er hob die Hände vor Kummer und Enttäuschung. »Und er wollte keinem von uns sagen, wo das ist. Warum musste er das tun? Wir hätten prima ohne das Geld auskommen können.«

Mason senkte die Stimme, damit die anderen nichts mitbekamen. »Berko, wir müssen Sie und Ihre Familie hier schnell rausholen. Dieses Versteck ist nicht mehr sicher.«

»Wo ist Jaakow?«, wollte Helena mit wachsender Panik in ihrer Stimme wissen. »Wir können nicht ohne Jaakow weggehen.«

Berko sprach mit beruhigender Stimme auf Helena ein, obwohl Mason erkennen konnte, dass sie spürte, was geschehen war. »Er kann später zu uns stoßen«, sagte Berko. »Wir werden dafür sorgen, dass er weiß, wo wir sind.« Er gab ruhige Anweisungen auf Jiddisch.

Die Familie ging sofort an die Arbeit, nahm die Wäsche ab, die zum Trocknen aufgehängt war, die Kindersachen, ein Bündel mit Nahrungsmitteln. Die Kinder machten einen bestürzten Eindruck, fingen aber nicht an zu weinen. Sie waren offensichtlich daran gewöhnt, von einem Ort zu einem anderen geschoben zu werden, und einige der Kinder waren alt genug, um sich an den Krieg, die Angst und die Vorstellung zu erinnern, dass man rannte, um am Leben zu bleiben.

Mason wandte sich an Isaac. »Könnten Sie bitte nach unten gehen und die Straße beobachten? Und uns sofort warnen, falls Sie irgendjemand oder irgendetwas Verdächtiges sehen?«

»Wie sollen wir alle in einen Wagen reinbekommen?«, fragte Abrams.

»Das schaffen wir«, meinte Berko. »Wir nehmen nur mit, was wir brauchen.«

»Haben Sie schon einen Ort, wo Sie hingehen können?«, fragte Abrams.

»Jaakow hatte einen Plan für diese Art Notfall. Ein kleiner Wartungsschuppen in den Bergen.«

»Ein Wartungsschuppen?« Mason dachte kurz nach und schüttelte den Kopf. »Sie können nicht mehr als ein paar Tage so isoliert leben. Es schneit dort oben.«

»Es war ein letzter Ausweg«, gab Berko zu.

Mason widersprach: »Ich kenne einen besseren Ort.« Er bemerkte Abrams erstaunten Gesichtsausdruck und sagte zu ihm: »Sie meinte, falls wir einen sicheren Ort brauchen …«

Abrams lächelte und nickte. In zehn Minuten hatte jeder ein Bündel zu tragen. Helena versuchte, sich der Kinder wegen nichts anmerken zu lassen, ermutigte sie und machte ein Abenteuer daraus – Flucht hatte Vorrang vor Trauer. Mason trug das kleinste Kind und ein Bündel, während er die Treppe hinab vorausging. Berko nahm die Mesusa vom Türrahmen und steckte sie in die Tasche.

Auf halbem Weg kam ihnen Isaac entgegengelaufen. »Draußen vor der Tür sind vier Männer, und sie haben Schusswaffen.«

DREIUNDZWANZIG

Mason wies die Familie an, wieder nach oben zu gehen, aber einen Moment später kam Berko mit einer alten Flinte in der Hand wieder hinunter. »Ich will Ihnen helfen«, sagte er.

»Wissen Sie, wie man mit diesem Ding umgeht?«

Berko nickte, außer Atem vor Angst.

»Dann bleiben Sie auf der untersten Stufe stehen und geben uns Deckung«, sagte Mason. »Sie könnten von vorn oder von hinten kommen, also passen Sie auf.«

Sie stiegen die Treppe hinunter in den schmalen Flur, der zur Vorderseite der Buchhandlung, einem Büro und der Hintertür führte. Mason ließ Abrams auf die Hintertür achtgeben, wobei dieser den Eingang ins Büro zur Deckung benutzen sollte. Berko sollte auf der letzten Treppenstufe stehen bleiben und sich hinter die Flügelwand hocken. Dann kroch er hoch zu dem Vorhang, der den Flur von der Vorderseite des Ladens abtrennte, und lugte durch den Spalt. Die Bücherregale verhinderten, dass man durch das ganze Schaufenster des Ladens schauen konnte, aber er konnte trotzdem zwei schwarz angezogene Männer erkennen, die in Richtung der Gasse gingen.

Mason schaute zu Abrams hinüber und signalisierte ihm, dass ein oder zwei Männer zur Rückseite unterwegs waren. Dann bückte er sich tief, schlüpfte durch den Vorhang und glitt hinter die erste Reihe von Bücherregalen. Von dort hatte er einen besseren Blick darauf, was draußen vor sich ging.

Zwei Männer mit schwarzen Mützen, die sie sich über ihre Gesichter gezogen hatten, standen neben der Eingangstür und dem Fenster auf der rechten Seite. Mason vermutete, dass sie warten wollten, bis die anderen beiden ihre Position einnahmen, und vorhatten, zur gleichen Zeit hineinzustürmen. An diesem Stück Straße standen Geschäfte, die um neunzehn Uhr schlossen, und deshalb gab es wenig Verkehr. Die Männer konnten in die Buchhandlung gehen, ohne sich um Augenzeugen Gedanken machen zu müssen.

Mason dachte, dass die beiden Männer, die hinten herum gingen, die Army-Limousine bemerken und eine Weile brauchen würden, sie zu überprüfen. Er hoffte, die Anwesenheit des Fahrzeugs wäre ausreichend, um sie abzuschrecken, aber im gleichen Augenblick zogen die Männer auf der Vorderseite Maschinenpistolen unter ihren langen Mänteln hervor und blickten sich ein letztes Mal um.

Mason zielte mit seiner .45er auf den Mann neben dem Fenster. »Militärpolizei! Waffen fallen lassen und Hände hoch! Meine Waffe ist auf Sie gerichtet.«

Der Mann sprang zur Seite und benutzte den Türrahmen als Deckung. Mason schoss vorerst nicht, um seine Position nicht zu verraten. Er zielte auf die Tür. In dem Moment eröffneten die beiden das Feuer und schossen wahllos durch den Raum.

Von der anderen Seite des Vorhangs hörte Mason, wie jemand die Hintertür eintrat. Dann zwei Schüsse in schneller Folge. Er kannte den Klang gut: eine .45er Colt-Pistole – Abrams' Waffe. Ein Mann schrie vor Schmerzen. Der zweite Mann im hinteren Bereich eröffnete das Feuer mit einer Selbstladepistole.

Dieser Schusswechsel veranlasste die beiden Männer vorn zum Angriff. Aber anstatt durch die Tür zu gehen, sprang einer durch das Fenster. Mason schoss und verfehlte den ersten Mann, aber als der zweite das Gleiche versuchte, war Mason bereit. Er schoss wieder und traf den Mann in den Oberschenkel. Der Mann zuckte mitten in der Luft zusammen und heulte vor Schmerzen auf, bevor er hart auf dem Bürgersteig landete.

Mason rannte zu dem gegenüberliegenden Regal, als der erste Mann auf seine vorige Position schoss. Bücher zerfetzten. Das hölzerne Regal splitterte. Zerrissene Bücherseiten schwebten in der Luft.

Mason blieb geduckt und bewegte sich zum anderen Ende des Regals. Der erste Mann hörte auf zu schießen, und ein Moment der Stille verstrich, bevor hinten eine weitere Salve ertönte. Ein ohrenbetäubender Knall folgte – Berkos Flinte.

Der verwundete Mann auf der Vorderseite heulte weiterhin vor Schmerzen, und sein Gefährte schrie ihm auf Englisch zu, er solle still sein – in amerikanischem Englisch.

Abrams kam nicht sonderlich leise von hinten.

»Runter mit Ihnen!«, schrie Mason.

Ein Feuerstoß aus einer Maschinenpistole brach auf der Vorderseite los. Fragmente von Holz, Glas und Papier jagten in allen Richtungen durch die Luft. Mason erhob sich auf die Knie, um zu sehen, ob Abrams verletzt war, aber die Bewegung gab seine Position preis. Sofort nahm der Maschinenpistolenschütze Mason aufs Korn, und Kugeln pfiffen über seinen Kopf.

Einen Moment später wurde das Feuer eingestellt, und das Geräusch von Schritten auf Glassplittern ertönte. Die Männer wollten sich aus dem Staub machen. Nach einem letzten Feuerstoß aus der Maschinenpistole rannten sie zu ihrem Wagen.

Mason und Abrams eilten nach vorn, als der Wagen mit

den Angreifern davonraste. Mason schaute sich Abrams an und sah Blut auf seinem Mantel. »Sind Sie getroffen worden?«

»Das Blut ist von dem anderen.«

Mason stieß einen erleichterten Seufzer aus. »Wir haben nur ein paar Minuten, bevor die MPs eintreffen. Wir müssen uns beeilen.« Er zog seinen atemlosen Partner zu dem Vorhang hin.

»Wollen wir nicht auf sie warten?«

»Ich will nicht, dass irgendjemand diese Familie sieht oder eine Ahnung hat, wohin wir gehen.«

Mason hob seine ausgeworfenen Patronenhülsen auf und wies Abrams an, es genauso zu machen. Als er in den hinteren Flur kam, sah er Abrams auf den toten Angreifer starren.

»Ich habe ihn erschossen«, sagte er mit schwacher Stimme.

Mason schob Abrams sanft in Richtung Treppe. »Kommen Sie schon. Sie haben das Richtige getan. Diese Männer sind gekommen, um Jaakows Familie zu töten.«

Berko war schon oben in der Wohnung und blaffte die schockierten und weinenden Frauen und Kinder an. Wieder einmal sammelten sie die Bündel auf und eilten die Treppe hinunter. Sie mussten ein bisschen ermahnt werden, bevor sie an dem Toten vorbeigingen. Mason sorgte dafür, dass alle, einschließlich Abrams, in dem Wagen saßen, bevor er in den Flur zurückkehrte. Isaac saß im Schockzustand auf der Treppe. Mason drehte die Leiche auf den Rücken, zog die schwarze Skimaske hoch und leuchtete mit der Taschenlampe in das Gesicht. Genau wie er gedacht hatte: einer der Polen aus der Casa Carioca. »Mir tut all das hier leid«, sagte Mason zu Isaac. »Die MPs werden in ein paar Minuten hier sein. Sagen Sie nichts darüber, dass wir oder Jaakows Familie hier waren. Sagen Sie ihnen nur, dass sie die Krankenhäuser nach einem Mann mit einer Schusswunde im Oberschenkel absuchen sollen. Sonst haben Sie nichts gesehen.«

Isaac nickte.

»Was wollen Sie?« Richard war alles andere als erfreut. Alles andere als erfreut darüber, nach dreiundzwanzig Uhr an die Tür zu gehen. Nicht erfreut darüber, im Bademantel an die Tür zu gehen. Und todsicher nicht erfreut darüber, Mason davorstehen zu sehen, von Abrams und acht offensichtlichen Flüchtlingen ganz zu schweigen.

»Sir …« Abrams wurde unterbrochen, als Laura hinter ihm zu sprechen begann.

»Richard, was ist los?«

Richard trat beiseite, damit Laura selbst sehen konnte, was los war. »Was soll das alles?«

Mason zuckte entschuldigend mit den Achseln. »Ich weiß, du hast Gil und mir einen sicheren Unterschlupf angeboten, aber diese Familie braucht deine Hilfe.«

»Natürlich«, sagte Laura. »Kommt rein.«

Richard brummte: »Laura …«

Laura nahm Richards Protest nicht zur Kenntnis und trat zur Seite. Mason führte die Familie ins Haus, während Richard ihn mit seinem Blick fixierte. Unter anderen Umständen hätte Mason den zornigen Blick mit angemessener Verachtung erwidert, aber der Familie und Laura zuliebe hielt er die Augen auf seine Schützlinge gerichtet, während sie sich im Wohnzimmer versammelten.

Die Männer nahmen die Hüte ab und sahen Laura an. Mit einem letzten verärgerten Seufzer verschwand Richard durch den Flur, der zu den Schlafzimmern führte. Das Baby begann zu weinen, aber die Übrigen verhielten sich still. Im Wagen hatte Mason der Familie von Kremmels Leiche und dem Zettel erzählt, dem zu entnehmen war, dass die Mörder vermutlich Jaakow entführt hatten. Helena hätte einen Anfall bekommen können, hätte Mason beschuldigen, hätte alle Amerikaner beschuldigen können, weil sie Jaakow in Gefahr gebracht hatten, und obwohl ihre Augen diese Botschaft vermittelten, war sie still geblieben. Mason konnte es ihr nicht zum Vorwurf machen; vielleicht hatte er zu starken Druck auf Jaakow ausgeübt oder die Rücksichtslosigkeit der Mörder unterschätzt.

Laura lächelte die Kinder an und fragte Mason: »Ist das hier die Familie, der zu helfen du mich gebeten hast?«

Mason nickte und stellte sie alle vor, erzählte Berko und Helena, dass Laura die Frau war, die versuchen wollte, Verbindung mit jemandem in der jüdischen Brigade aufzunehmen. Sie nickten und bedankten sich leise. Dann erklärte Mason Laura, warum er sie hierhergebracht hatte. »Ich weiß, dass ich dir damit eine ziemliche Last aufbürde«, sagte er, »aber wir hatten keine andere Wahl.« Und an Berko gewandt: »Es gibt keine zartfühlende Art, wie ich Ihnen das beibringen kann, aber Sie können hier höchstens ein paar Tage bleiben. Wenn Laura es innerhalb dieser Zeit nicht schafft, den Kontakt herzustellen, dann sollten Sie meiner Ansicht nach noch mal darüber nachdenken, in dieses jüdische Vertriebenenlager in Feldafing zu gehen.«

»Was hat sich denn geändert?«, fragte Berko. »Ist es nicht genauso wahrscheinlich, dass sie uns dort finden? Ich bin fest entschlossen, Jaakows Traum, dass wir alle nach Palästina gehen, in die Tat umzusetzen. Dafür hat er alles geopfert. Vielen Dank, aber wir werden das Risiko eingehen. Ich werde einen anderen Ort finden.« Dann sah Berko Laura an. »Wir versprechen Ihnen, dass wir Ihnen nicht zur Last fallen. Und wir können im Haushalt helfen. Helena und Olga sind ausgezeichnete Köchinnen. Ich kann Reparaturen vornehmen. Alles, was anfällt.«

»Machen Sie sich darüber jetzt keine Sorgen«, erwiderte Laura. »Ich bin froh, Ihnen helfen zu können. Sie müssen alle erschöpft sein. Unter Schock stehen. Zum Glück haben wir zwei Extra-Schlafzimmer, die Sie benutzen können. Ich zeige sie Ihnen.«

Mason und Abrams warteten im Wohnzimmer, während Laura der Familie ihr Nachtquartier zuwies. Ein paar Minuten später kam sie zu ihnen zurück.

»Ich weiß, dass du zu mir gesagt hast, wir sollten auf Distanz bleiben …« Mason zuckte mit den Achseln. »Tut mir leid. Ich hoffe, das wird nicht dafür sorgen, dass du Schwierigkeiten mit Richard bekommst.«

»Er gewöhnt sich allmählich an meine Form des Wahnsinns«, sagte Laura und schaute Mason mit einem liebevollen Ausdruck an, den er seit ihrer Affäre in München nicht an ihr gesehen hatte. »Du setzt mich immer wieder in Erstaunen. Genau wie damals, als du den Waisenkindern in München geholfen hast. Erst schlägst du jemandem den Kopf ein, und im nächsten Augenblick dann so was.«

Sie schauten sich einen Moment lang in die Augen, bis Abrams sich räusperte.

»Ich verspreche, sie werden hier nur ein paar Tage bleiben«, sagte Mason.

»Sie können so lange bleiben, wie sie wollen«, meinte Laura.

»Ich habe Jaakows Frau und seinem Bruder gesagt, dass er von den Mördern gefangen genommen wurde und dass die Gefahr besteht, dass er nicht zurückkommt. Es sind dieselben Leute, Laura. Ich hab Jaakow gesagt, er soll sich nicht von der Stelle rühren, aber er hat nicht auf mich gehört, und sie haben ihn gefunden, einfach so. So schwer es auch sein mag, die Familie muss im Haus bleiben und darf sich nicht blicken lassen. Genau wie du.«

Sie nickte. »Finde sie, Mason. Finde sie, und wenn es keine andere Möglichkeit gibt, steck sie in ein tiefes dunkles Loch.«

VIERUNDZWANZIG

Mason und Abrams verließen Laura und fuhren den Berg hinunter in die Stadt. Abrams war ungewöhnlich schweigsam. Mason wusste warum. »Haben Sie schon mal jemanden erschossen?«

Abrams brauchte einen Moment, als wäre er tief in Gedanken versunken. »Einmal. Vielleicht. Unser MP-Kommando kam vor den regulären Truppen in ein deutsches Dorf. Das Dorf hatte sich kampflos ergeben, aber im Kirchturm saß ein Scharfschütze. Wir haben alle auf ihn geschossen, und irgendjemand hat ihn getroffen, aber keiner von uns wusste wirklich, wer.«

»Es ist was anderes, wenn der Mann direkt vor einem steht.«

»Mir geht's prima, okay? Lassen wir es dabei.«

»Sie haben geschossen, weil Sie schießen mussten. Basta. Ich will nicht, dass Sie darüber nachgrübeln, weil Sie dann beim nächsten Mal vielleicht zögern, und dann sind Sie der, der am Boden liegt.«

»Haben Sie mal jemand aus der Nähe erschossen?«

»Ein paarmal. Dann gab es ein paarmal, wo ich's hätte tun sollen und es nicht getan habe. Im Moment bedaure ich das mehr.« Den letzten Satz sagte er mit Nachdruck, und er riss das Steuer nach links herum.

»Wo fahren wir hin?«, fragte Abrams. »Die Buchhandlung ist in der anderen Richtung.«

»Kein Bedauern mehr.«

»Was soll das denn heißen?«

»Ich hätte Volker und Schaeffer letzte Nacht in Schaeffers Büro erschießen sollen. Direkt dort, wo sie saßen, mitten hinein in ihre klugscheißerisch lächelnden Visagen.«

»Sie sind wahnsinnig, wissen Sie das?«

»Seit einiger Zeit.«

»Reißen Sie sich zusammen. Sie werden nicht dort reinmarschieren und Schaeffer erschießen. Damit erreichen Sie nur, dass Ihr Hals in eine Schlinge gesteckt wird. Wie schuldig Sie sich auch wegen Jaakow fühlen mögen, das werden Sie nicht los, indem Sie diesen Drecksack niederschießen. Es gibt immer noch eine geringe Chance, dass Jaakow davongekommen ist oder wir sie rechtzeitig aufspüren, um ihn zu retten. Wenden Sie und fahren Sie wieder zu der Buchhandlung.«

»Sie haben selbst gesagt, Sie wollten alle umbringen, die Jaakow auf dem Gewissen haben. Jetzt bekommen Sie Ihre Gelegenheit.«

»Wenden Sie den verdammten Wagen!«

»Geben Sie einem Vorgesetzten einen Befehl?«

»Da haben Sie verdammt recht. Wenn Sie sich benehmen wie ein verrückter Narr. Wir beschaffen uns die Beweise, und wir sehen sie baumeln.«

Mason nahm den Fuß vom Gas, sodass die Geschwindigkeit der Limousine sich normalisierte, behielt die Richtung aber bei. Er sah Abrams an: noch feucht hinter den Ohren, noch so jung, noch nicht von Krieg und Verlust in Mitleidenschaft gezogen. Es war, als blicke er in einen Spiegel, der seine eigene Jugend reflektierte, eine Zeit, bevor ... Vielleicht konnte er trotzdem einige dieser Eigenschaften bewahren. Vielleicht konnte er etwas von seiner Wut im Zaum halten und sich wieder auf seine Menschlichkeit besinnen. In diesem Moment war er froh, dass Abrams neben ihm saß.

Mason wendete den Wagen und fuhr zurück in die Stadtmitte.

Zehn Minuten später hielten sie vor Isaacs Buchhandlung. Zwei Jeeps, ein Krankenwagen und eine olivgraue Limousine standen kreuz und quer vor dem kaputten Schaufenster. Eine Gruppe von MPs stand im Kreis herum und starrte etwas auf der Straße an. Das Scheinwerferlicht der Fahrzeuge schnitt durch die Dunkelheit und war auf dieselbe Stelle gerichtet.

Ein paar Blitzlichter durchzuckten die Nacht. Die MPs redeten aufgeregt, aber niemand schien in Eile zu sein, das Opfer ins Krankenhaus zu bringen. Für wen auch immer der Krankenwagen gekommen war, er brauchte keine Hilfe mehr.

»Ein bisschen viel Betrieb für einen toten Gangster«, befand Mason.

»Mein Gott«, sagte Abrams und sprang aus dem Wagen.

Mason lief hinter ihm her, und sie blieben neben der Gruppe von MPs stehen. »Wer ist es?«, fragte Mason, obwohl er das Gefühl hatte, dass er die Antwort auf seine Frage kannte.

Der MP-Sergeant sagte: »Nicht viel übrig zum Identifizieren. Sieht aus, als wäre er gefoltert worden, bevor sie ihn umgebracht haben.«

Mason und Abrams traten zwischen den MPs hindurch und blieben an den nackten Füßen des Opfers stehen. Mason schreckte fast zurück bei dem Anblick. Abrams schrie auf und wandte sich ab. Bei dem blutigen und verquollenen Gesicht unter den Schnittwunden und den Blutergüssen war der Mann kaum erkennbar, aber Mason konnte genau wie Abrams trotzdem feststellen, wer es war. Jaakow.

Mason spürte, wie sich seine Brust vor Schuldgefühlen und Kummer zusammenzog. Er hockte sich neben Lubetkins Kopf und formte eine lautlose Entschuldigung mit den Lippen.

»Kanntet ihr beide diesen Mann?«, fragte der MP.

Mason nickte und wandte sich an Abrams, dessen Gesicht Spuren der gleichen Gefühle trug, die Mason verinnerlicht hatte. Abrams ging weg. Mason blickte ihm einen Moment hinterher, bevor er sich wieder zu Lubetkin umdrehte. An seinen Handgelenken waren Schürfwunden von Fesseln zu sehen. Ein Draht war immer noch in seinem Hals eingebettet. Lubetkin war derart gewaltsam damit gewürgt worden, dass er sich tief in seine Kehle gegraben hatte. Da er kein Hemd anhatte, konnte man sehen, dass sein Oberkörper die Spuren harter Schläge trug und von Brandwunden durch Zigaretten übersät war. Lubetkin musste eine ganze Zeit lang ausgehalten haben, weil er auch Verbrennungen an den Ohrläppchen hatte, wo Elektroden befestigt worden waren. Folter durch Stromstöße, zusätzlich zu den Schlägen.

Einer der beiden Sanitäter fragte, ob sie alle fertig wären, dann legten sie Lubetkins malträtierte Leiche auf eine Tragbahre. Mason schaute zu, wie die Sanitäter eine Decke über Lubetkin breiteten, bevor sie die Bahre anhoben. Durch die ruckartige Bewegung rutschte einer von Lubetkins nackten Armen unter der Decke hervor. Es war das erste Mal, dass Mason Lubetkins KZ-Tätowierung sah. Das ganze Ausmaß der Tragödie traf ihn wie ein Schlag, und er wusste, dass dieses Bild nun für immer in sein Gedächtnis eingebrannt war.

»Eine Tätowierung auf seinem Arm«, sagte der MP-Sergeant. »Ein jüdischer Vertriebener, ein ehemaliger KZ-Häftling. Hat die ganze Scheiße überlebt, um in Garmisch umgebracht zu werden.«

Mason nickte und ging fort. Er suchte die Umgebung nach Abrams ab und fand ihn neben ihrem Wagen stehen, das Gesicht zum schwarzen Himmel gerichtet.

»Kommen Sie«, sagte Mason. »Wir haben Arbeit vor uns. Zum Trauern ist später noch Zeit.«

Abrams blieb stumm, schloss sich aber Mason auf dem Weg in die Buchhandlung an. Isaac stand mitten in den Trümmern, den Glasscherben, den zerfetzten Büchern, den zerbrochenen Regalen. Er schaute Mason mit traurigem Gesicht an.

»Sie sind ein guter Mann, Isaac«, sagte Mason. »Sie haben geholfen, eine Familie zu retten. Wir werden Ihnen helfen, so gut wir können.«

Als sie in den hinteren Bereich gingen, fragte Abrams: »Wie sollen wir genug Geld in die Finger bekommen, um das zu tun?«

»Ich werde Schaeffer überreden, sich zu beteiligen ... sobald ich das Geld seinen toten Händen entreiße.«

Abrams wurde vor dem Vorhang langsamer, als widerstrebte es ihm, einen Blick auf den Mann zu werfen, den er getötet hatte. Mason zögerte mit ihm, zog dann aber den Vorhang zurück. Der hintere Flur war leer, die Leiche bereits abtransportiert worden.

Densmore kam die Treppe hinunter auf sie zu. »Wo waren Sie beide?«

»Wir haben an unserem Fall gearbeitet«, antwortete Abrams.

»Wer ist das Opfer draußen?«

»Ein Mann namens Jaakow Lubetkin.«

»Und wo ist seine Familie?«

Offenbar war Isaac schwach geworden und hatte alles erzählt. »Irgendwo in Sicherheit«, erwiderte Mason vage. »Was ist bei Ihrer Durchsuchung von Winstones Villa rausgekommen? Haben Sie die Dokumente gefunden?«

Densmore schüttelte den Kopf. »Wir haben uns von dem Dienstbotenpaar jeden Quadratzentimeter von Winstones Renovierungsarbeiten zeigen lassen und Stunden damit verbracht, jede gottverdammte Stelle aufzureißen. Nichts.« Er rieb sich den Kopf. »Ich bin erschöpft, Mason. Ich bin wirklich erschöpft. Also geben Sie mir doch einen kurzen Überblick, dann können wir alle nach Hause gehen und ein bisschen Schlaf nachholen. Es sei denn, natürlich, Sie haben ein paar andere Leute, die Sie heute Nacht erschießen wollen.«

Mason gab Densmore und Abrams ein Zeichen, damit sie ihm durch die Hintertür nach draußen folgten, weg von den Männern der Spurensicherung. »Wir wollten es Ihnen nicht sagen, weil wir nicht wissen, wem wir trauen können.«

»Wenn man Sie hört: niemandem.«

»Das ist richtig, aber ich werde es Ihnen trotzdem sagen. Jaakow Lubetkin war ein Informant für Winstone, der ihn über Giessen und Kantos unterrichtet hat, während er für sie arbeitete. Lubetkin und seine Familie waren KZ-Häftlinge, und wir hatten mit ihm vereinbart, dass wir ihm helfen, ihn und seine Familie im Gegenzug für seine Informationen nach Palästina zu schmuggeln.«

»Das hat nicht so gut funktioniert, nicht wahr?«, meinte Densmore.

»Wollen Sie den Rest hören oder nicht?« Als Densmore mit Schweigen antwortete, erzählte Mason ihm, was Lubetkin entdeckt hatte: dass Kantos und Giessen als Partner den gesamten Schwarzmarkt unter Kontrolle hatten, mit allem handelten, von Äpfeln bis Zink, von Salz bis zu Heroin, und zwar in Wagenladungen. Von Hildas Verhältnissen mit Giessen und Kantos, davon, dass sie sich in Winstone verliebt hatte. Dass Schaeffer und Volker zusammen mit dem unbekannten Abbott als Rädelsführer hinter der brutalen Übernahme standen.

Masons Bericht setzte Densmore derart unter Druck, dass sein Körper zu schrumpfen schien. Schließlich hob er die Hände hoch, um Mason zu unterbrechen. »Ich will nichts weiter hören …«

»Patrick, die Leiche, die Sie hier haben abtransportieren lassen, war einer der Kellner aus der Casa Carioca.«

»Das beweist nichts. Er kann nebenbei als Auftragsmörder gearbeitet haben.«

»Ich habe einen der anderen Angreifer verwundet, und ich hörte, wie sein Partner in amerikanischem Englisch mit ihm gesprochen hat.«

Densmore schüttelte den Kopf, als wolle er weitere schlechte Nachrichten abwehren. »Ich bin Cop, aber ich habe nie behauptet, ich wäre ein Held. Ich gebe Ihnen den Rat, alles auf sich beruhen zu lassen. Beantragen Sie eine Versetzung, und nehmen Sie Abrams mit. Aus dieser Sache wird nichts Gutes rauskommen.«

»Glauben Sie, das hier wird alles verschwinden, wenn ich mich verziehe? Und wer soll antreten und diesen Dreckskerlen das Handwerk legen? Sie? Gamin? Ich habe ein persönliches Interesse an dieser Sache, und sie haben mich schon im Visier.«

Densmore drehte sich zu Abrams um. »Ich werde Sie für eine Versetzung vorschlagen. Ob es Ihnen gefällt oder nicht.«

»Das empfehle ich Ihnen auch«, wandte Mason sich an Abrams.

»Sirs, ich werde mich aus diesem Fall nicht zurückziehen.

Ich könnte nie mehr in den Spiegel gucken, wenn ich nicht helfen würde. Bitte, tun Sie mir das nicht an.«

Densmore warf Abrams einen strengen Blick zu, sagte aber nichts.

»Ich möchte, dass Sie über diese Sache Stillschweigen bewahren«, bat Mason Densmore. »Ich weiß noch nicht, wer alles beteiligt ist.«

Densmore nickte. »Ich halte Ihnen den Rücken frei, aber bitten Sie mich nicht, noch tiefer in diese Sache einzusteigen.«

»Derjenige, der sich Lubetkin geschnappt hat, hat sich auch Kremmel geschnappt. Wir haben ihn aufgehängt in der Villa einer Witwe gefunden, einen Zettel an seine Brust genagelt.«

Densmore verzog das Gesicht, was wohl eher auf das Gewicht der schlechten Nachricht als auf irgendein Mitleid mit Kremmel zurückzuführen war. »Schreiben Sie das alles morgen auf. Ich will nichts mehr hören. Ich mache mich hier aus dem Staub und sehe zu, ob ich etwas Schlaf nachholen kann.« Er machte auf dem Absatz kehrt und marschierte davon.

Mason drehte sich zu Abrams. »Ich möchte, dass Sie heute Nacht in einem Hotel verbringen. Gehen Sie nicht in Ihre Unterkunft. Gehen Sie einfach in ein Hotel und nehmen Sie eins, das von Deutschen betrieben wird.«

»Und was ist mit Ihnen?«

»Ich werde es genauso machen, aber nachdem ich Adele dort rausgeholt habe. Das hätte ich schon vor zwei Nächten tun sollen.«

»Ich fahre mit Ihnen. Ich werde erst schlafen können, wenn ich weiß, dass Sie beide in Sicherheit sind.«

»Wollen Sie auch dafür sorgen, dass ich mir die Zähne putze, und mich gut zudecken?«

»Falls das nötig ist.«

Abrams brachte den Wagen in einer gewissen Entfernung von Masons Haus an der Straße zum Stehen, und wie zuvor überprüften sie die Umgebung. Da Mitternacht vorüber war, waren in keinem der Häuser Lichter zu sehen, auch nicht in dem von Mason.

»Von hier aus gehen wir zu Fuß weiter«, entschied Mason, als er seine .45er hervorzog. »Sie gehen hinten rein, ich nehme die Haustür.«

»Das wird langsam zu einer Unsitte. Haben Sie immer so gelebt?«

Mason ignorierte die Bemerkung und stieg aus. Abrams stieg ebenfalls aus, und sie gingen wortlos die Straße entlang. Abrams sprang über den niedrigen Gartenzaun eines Nachbarn, um sich Masons Haus durch den Hinterhof zu nähern. Mason versuchte, sich leise zu bewegen, aber seine Schritte knirschten in dem verharschten Schnee. Oben auf der Veranda schloss er die Haustür auf und schob sie behutsam zurück.

Als Erstes hörte er das Geräusch einer unter Spannung stehenden Feder, die plötzlich freigegeben wurde – ein Geräusch, das er nur zu gut kannte, und eins, das jeden Nerv in seinem Körper unter Strom setzte. Im nächsten Augenblick fiel etwas Schweres und Massives auf den Wohnzimmerboden und rollte über das Parkett.

»Gil! Granate!«, schrie Mason zum hinteren Teil des Hauses. Er sprang von der Veranda hinunter und warf sich hinter der Setzstufe der Veranda zu Boden.

In diesem Moment explodierte die Handgranate und beleuchtete den Schnee mit einem höllisch orangefarbenen Schein. Die beiden Vorderfenster wurden nach draußen geblasen. Glas spritzte auf die Veranda und regnete auf Mason herab. Er eilte auf die Veranda, kickte die Tür auf und drang in das Wohnzimmer ein, das immer noch von beißendem Rauch erfüllt war.

»Gil!«

»Hier!«, schrie Abrams und kam vom hinteren Flur herein.

Mason lief zu ihm und suchte ihn nach Verletzungen ab. »Alles in Ordnung?«

»Ich kann nicht allzu gut hören«, sagte Abrams ein bisschen benommen. Er versuchte, den in der Luft hängenden Rauch wegzuwedeln. »Gottverdammt, diese Leute! Das ist abgefuckt!«

Mason lief durch den Rest des Hauses und suchte nach Adele. Sie war verschwunden, aber das galt auch für die kleine Tasche mit Kleidung, die sie aus ihrer Wohnung mitgebracht hatte. Sie musste selbst auf den Gedanken gekommen sein, dass Masons Unterkunft keine sichere Zuflucht mehr war. Mason hoffte, sie hatte, lange bevor die Möchtegern-Mörder eintrafen, die Stadt verlassen und war jetzt weit weg von Garmisch.

Mason ging wieder zu Abrams ins Wohnzimmer, und sie untersuchten beide den Raum mit ihren Taschenlampen. Die Handgranate war in die Mitte des Zimmers gerollt und explodiert, hatte das Sofa zum Kamin hingeschoben und zwei Sessel zu Splittern reduziert. Die Granatsplitter hatten die Polsterung aufgerissen, den Teppich zerfetzt und die Bodenlampe in ihre Einzelteile aufgelöst. Jenseits des Detonationsradius gab es offensichtliche Anzeichen dafür, dass die Eindringlinge das Haus auf den Kopf gestellt hatten: Bücher waren aus den Regalen gezogen, der Inhalt eines Schranks auf den Boden geworfen und die Plattensammlung des vorherigen Besitzers auf dem Boden verstreut.

Dann bemerkte Mason ein weißes Stück Papier, das auf die Innenseite der Haustür genagelt war. Er ging hin und richtete die Taschenlampe darauf. Der Zettel war teilweise zerrissen und an den Rändern geschwärzt, aber er konnte die Botschaft problemlos lesen … BUMM!

Abrams trat neben Mason und knurrte, als er die Botschaft las. »Wir *müssen* diesen Leuten einfach das Handwerk legen!«

In diesem Augenblick war Mason stolz auf Abrams. Die von der Granate unterstrichene Warnung hatte ihn nicht abgeschreckt, sondern nur entschlossener gemacht. Nach dieser letzten Nummer hätte Mason vielleicht in Erwägung gezogen aufzugeben und weiterzuziehen, wie Densmore vorgeschlagen hatte. Die Feinde, gegen die sie angetreten waren, schienen zu mächtig und zu schlau zu sein, aber Abrams' harmlose Bemerkung hatte alles ins rechte Licht gerückt.

Mason holte sich Hildas Zettel, den er hinter die Badezimmerablage geschoben hatte, und packte schnell ein paar Klamotten zusammen. Draußen waren ein paar Nachbarn vor die Tür getreten, um nachzusehen, was passiert war. Ein MP-Jeep und ein Krankenwagen hielten eine Minute später vor dem Haus. Ein Sanitäter schnappte sich Abrams und bestand darauf, ihn zu untersuchen. Mason nahm den Corporal mit ins Haus und gab ihm einen Bericht des Vorfalls. Er blieb bei den Einzelheiten vage, was den Verdacht des Corporals, dass Mason in eine Schandtat verwickelt war, nur verstärkte. Offensichtlich stand der Corporal nicht aufs Schaeffers Lohnliste, und Mason fügte ihn im Geiste seiner Liste von MPs hinzu, denen er vertrauen konnte.

Eine Stunde später checkten Mason und Abrams in eine von Deutschen betriebene Frühstückspension ein. Damit verstießen beide Parteien gegen die Bestimmungen der Army, aber nachdem der Pensionswirt etwas zusätzliches Geld erhalten hatte, machte er gern eine Ausnahme. Bis zum Sonnenaufgang waren es nur noch wenige Stunden, und deshalb bezweifelte Mason, dass er viel Schlaf nachholen würde. Schaeffer und seine Kumpane waren fest entschlossen, alle ungelösten Probleme zu klären, und dazu gehörten Abrams und er selbst. Während er in der Dunkelheit auf dem Bett lag, ließen ihn die Bilder von Jaakows misshandelter Leiche nicht los, und das Bild seiner Tätowierung war so deutlich, als würde es in das dunkle Zimmer projiziert. In dem Moment fiel der Groschen bei ihm: Jaakows Birkenau-Tätowierung auf seinem Unterarm. Die Zahlen.

Mason sprang aus dem Bett und durchsuchte seine Taschen. Er zog das Stück Papier heraus, das er in Hildas Koffer gefunden hatte. Die Zahlen auf dem Papier und von Jaakows Tätowierung waren identisch.

Was für eine Verbindung zwischen Hildas Zettel und einer KZ-Nummer konnte es geben? Auf keinen Fall konnte es ein Zufall sein. Warum würde Winstone dann Jaakows Nummer benutzen? Was hatte Jaakow mit irgendetwas davon zu tun? Falls er gewusst hatte, wo die Dokumente versteckt waren, warum hatte er Mason oder Abrams nichts davon erzählt? Wahrscheinlicher war, dass Winstone einfach die Tätowierung als Teil eines Codes zum Auffinden der Dokumente benutzt hatte, ohne dass Jaakow etwas davon wusste. Und da Laufs gesagt hatte, dass eine Belohnung für das Aufspüren der Dokumente ausgesetzt sei, bestand die entfernte Möglichkeit, dass Winstone ihr Versteck auch unter Folter nicht preisgegeben hatte. Vielleicht hatte er stattdessen auf Jaakow hingewiesen und die Mörder dazu gebracht, sich die Information von Jaakow zu besorgen, und dieser hatte dann den Ort, wo sie lagen, unter Folter angegeben. »Vielleicht« und »möglicherweise«: immer noch mehr Fragen als Antworten.

Etwas schien offensichtlich zu sein: Jeder, der mit dem Versteck der Dokumente in Zusammenhang stand, war gefoltert und getötet worden. Die Dokumente waren aller Wahrscheinlichkeit nach in den Händen der Mörder oder endgültig verloren. Jetzt musste Schaeffer sich nur noch um die ungelösten Probleme kümmern. Anwesende eingeschlossen.

Dunkle Gedanken in einer sehr dunklen Nacht …

FÜNFUNDZWANZIG

Mason wusste, dass das Betreten des Hauptquartiers mit einem falschen Gefühl der Sicherheit verbunden war. Nach allem, was er wusste, wurde eine gute Handvoll der MPs und Offiziere von Schaeffer dafür bezahlt, dass sie nichts taten. Er und Abrams hatten in der Offiziersmesse gefrühstückt, dann war Abrams aufgebrochen, um zu überprüfen, ob Wilson und Tandy die Casa beobachteten, wie es ihr Auftrag war, und nicht schliefen.

Er betrat ein Nebengebäude der Anlage und ging ins Untergeschoss. Die beiden Techniker, die die Telefongespräche der Casa Carioca abhörten, saßen in einem Zimmer, das nicht größer war als ein Besenschrank. Einer der beiden, Archer, saß mit einer Tasse Kaffee in einer und einer Zigarette in der anderen Hand an der Konsole. Er setzte sich gerade hin, als Mason eintrat.

»Wo ist Lefebvre?«, fragte Mason.

»Er macht die Adressen von einigen der Telefonnummern ausfindig, wie Sie befohlen haben. Es sind rund fünf, die nicht offiziell aufgeführt sind. Könnte sich um Nummern handeln, die im System verloren gegangen sind, aber Lefebvre sollte in der Lage sein, sie aufzuspüren.«

»Ist irgendwas reingekommen?«

Archer griff nach einem Stapel von Papieren und gab sie Mason. »Größtenteils banales Zeug. Das da sind die Abschriften auf Englisch und was wir bis jetzt aus dem Deutschen übersetzen konnten. Einige der Telefongespräche waren auf Polnisch, die sollten wir ein wenig später bekommen, weil wir einen Übersetzer gefunden haben.«

»Warum hören Sie jetzt gerade nicht mit?«

»Ein Lämpchen wird aufblinken, wenn es ein aus- oder eingehendes Gespräch gibt. Aber die Telefonleitungen sind seit zehn Uhr gestern Abend tot.«

»Was meinen Sie mit tot?«

»Wir haben gestern um die Mittagszeit angefangen, und die Zahl der Telefonate war spärlich, aber normal. Dann, wumm, nichts mehr. Ich dachte, irgendwas bei uns oder bei den Casa-Telefonen wäre schiefgelaufen. Aber die Vermittlung bekam kein Signal mehr durch. Ich hab Lefebvre den Reservierungsanschluss der Casa von einem Bürotelefon aus anrufen lassen, und er ist durchgekommen. Irgendwie haben sie die Telefonleitungen über ein anderes Relaiszentrum umgeleitet.«

»Ich dachte, alle Ortsgespräche würden über die Telefonzentrale geleitet.«

»Nein, Sir. Die meisten schon, aber die Außenbereiche und die Gemeinden knapp nördlich von hier laufen durch eine Reihe von anderen. Die Casa hat die Telefonzentrale benutzt, aber jetzt nicht mehr.«

»Gäbe es einen technischen Grund für sie, zu einem anderen Relaiszentrum zu wechseln?«

»Mir fällt keiner ein.«

»Es sei denn, sie haben rausgefunden, dass ihre Telefone abgehört werden.« Mason dachte einen Moment nach. »Was wäre, wenn wir direkt in ihre Telefonleitungen im Klub reingehen?«

»Na ja, klar, das ist möglich, aber der Klub hat dort Leute rund um die Uhr, also müssten wir die Leitung irgendwo im

Netz ausgraben und auf diese Weise reinhören. Das können wir machen, aber das wird etwas dauern … und wahrscheinlich werden wir noch eine Reihe von Genehmigungen brauchen, bevor wir mit dem Graben anfangen können.«

»Die besorge ich Ihnen.«

Mason blätterte durch die Seiten. Archer hatte recht. Bis jetzt schienen die Anrufe alle ziemlich banal zu sein: Bestellungen von Lebensmitteln, Getränken und Tischwäsche; Kostüme für eine neue Show; ein Wartungsproblem mit dem einziehbaren Tanzboden; ein Anruf für einen Klavierstimmer.

»Irgendeiner von diesen Anrufen hier könnte ein Code sein für das, was sie wirklich sagen. Haben Sie diese Liste gemacht, um die ich gebeten habe?«

Archer gab ihm ein Stück Papier. »Telefonnummern rein und raus, besonders die Nummern, die am häufigsten vorkommen. Die am häufigsten auftauchenden stehen oben.«

Lefebvre kam mit einer vollen Kaffeekanne in einer und einem Blatt Papier in der anderen Hand herein. Er blieb wie angewurzelt stehen, als er Mason sah, und salutierte.

Mason zeigte auf das Blatt Papier. »Ist das die Liste mit den nicht registrierten Nummern?«

»Ja, Sir«, erwiderte Lefebvre und gab Mason das Blatt. »Ich hab vier von den fünf ausfindig gemacht. Zwei sind Privatwohnungen. Eine gehört zu einer Firma für Gaststättenbedarf und die vierte zu einem Bauunternehmen. Beide Firmen sind beim Meldeamt verzeichnet, also scheinen sie sauber zu sein. Diese Nummern könnten einfach im System verloren gegangen sein.«

Mason überflog die Liste. »Gute Arbeit. Sorgen Sie dafür, dass diese anderen Anrufe so schnell wie möglich übersetzt und transkribiert werden. Ich werde mich darum kümmern, dass Sie die Genehmigungen zum Ausgraben der Casa-Leitungen bekommen.«

Als Mason den Raum verließ, wäre er fast mit Abrams zusammengestoßen, der aus der anderen Richtung kam.

»Ich war auf dem Weg zu Ihnen«, sagte Abrams.

»Kommen Sie mit«, befahl Mason, ohne anzuhalten.

Abrams machte eine Kehrtwendung. »Wo gehen wir hin?«

»Ein paar Adressen überprüfen, die von den Technikern bei der Abhöraktion ermittelt wurden.«

Sie tauchten aus dem Untergeschoss auf und gingen schnurstracks auf ihren Wagen zu.

»Ich habe Wilson und Tandy an der Casa gefunden«, sagte Abrams.

»Gibt's was Neues von ihnen?«

»Sie sind entweder bei einer ihrer Beschattungen aufgeflogen, oder jemand hat denen von der Casa einen Tipp gegeben. Gestern Abend hat der Fahrer einen Vergnügungstrip mit ihnen durch die ganze Stadt gemacht, als wüsste er, dass sie hinter ihm herfuhren. Sie landeten schließlich wieder vor der Casa. Und um Salz in die Wunde zu streuen, kam einer der polnischen Kellner raus und brachte ihnen heißen Kakao.«

»Densmore muss uns mehr Männer zur Verfügung stellen.«

»Hmh-mhm.«

Schnee fiel in dicken, nassen Flocken und hatte die geparkten Autos schon bedeckt.

»Noch zwei Wochen bis zum Frühling …« Abrams blickte in Richtung Himmel. »Würde man hier in der Gegend nicht annehmen.«

Sie stiegen in die ihnen zugewiesene Limousine. Mason stampfte mit den Füßen auf den Boden, um warmes Blut in seine Erfrierungsnarben zu bekommen. »Es wird kälter werden und noch mehr Schnee geben, wenn ich meinen Füßen glauben darf.«

Abrams ließ den Wagen an und brachte die Heizung auf Hochtouren. Während sie darauf warteten, dass der Schnee auf der Windschutzscheibe schmolz, fischte Mason seine Ausweistasche heraus und zeigte Abrams das Stück Papier, das er hinter seinem Lichtbildausweis versteckt hatte.

»Das hab ich in Hildas Koffer an dem Tag gefunden, als wir ihr Zimmer durchsucht haben.«

»Und Sie zeigen mir das jetzt erst? Sie haben echt ein Vertrauensproblem.«

Zur Entschuldigung zuckte Mason mit den Achseln. »Es hat vielleicht nichts mit diesem Fall zu tun.«

»Andererseits vielleicht doch.«

»Das weiß ich jetzt.« Mason deutete auf die Zeichen auf dem Papier. »Der Buchstabe und die Zahlen sind dieselben wie bei Jaakows KZ-Tätowierung.«

Abrams runzelte die Stirn. »Warum …?«

»Ich war mir nicht sicher, warum Hilda den Zettel so sorgfältig versteckt hatte, aber es war offenbar etwas Wichtiges für sie. Es ist allerdings nicht ihre Handschrift, laut Adele.«

»Winstones?«

Mason nickte.

»Aber warum Jaakows Tätowierung?«, fragte Abrams.

»Ich weiß es nicht. Deshalb zeige ich sie Ihnen. Vielleicht können wir beide es mit vereinten Kräften rauskriegen.«

»Ich werde all meine analytischen Superkräfte mobilisieren und mich daranmachen.«

»Fahren Sie einfach los, Sherlock.«

Abrams steuerte den Wagen vom Parkplatz der Firma Alpspitz Gaststättenbedarf herunter und bog in die Alpspitzstraße ein. Er bemühte sich, an dem Schnee, der sich auf der Windschutzscheibe gesammelt hatte, vorbeizuschauen, während Mason sich auf einem ausgefalteten Stadtplan orientierte.

»Wir müssen Schneeketten aufziehen, wenn es so weiterschneit«, sagte Abrams.

Mason drehte den Stadtplan mehrfach herum. »Okay, an der St.-Martin-Straße links.«

»Wie soll ich das Straßenschild erkennen, wenn ich nicht mal die Straße erkennen kann?«

»Ich musste in dieser Art Schnee im schlimmsten Winter auf dem Todesmarsch …«

»Jetzt lassen Sie mal gut sein, okay?« Abrams fand die Straße schließlich und bog ab. »Sagen Sie mir, das ist die letzte Adresse auf der Liste.«

»Ist sie. Sie ist auch am weitesten weg. Im Süden der Stadt.«

Abrams knurrte frustriert.

Sie hatten die beiden als private Wohnungen aufgeführten Adressen schon aufgesucht. Eine entpuppte sich als Telefonzelle in der Nähe des Olympiastadions, und die andere war die Wohnung des Choreografen der Casa Carioca, Arnie Sobel. Die Firma Alpspitz Gaststättenbedarf, der Laden, den sie gerade verlassen hatten, machte anscheinend seriöse Geschäfte mit der Casa Carioca und belieferte sie mit allem, von Getränken über Tischtücher bis hin zu Küchenutensilien. Die Bücher der Firma und eine Durchsuchung des Warenlagers hatten nichts Verdächtiges ergeben.

Zehn Minuten und drei Zentimeter Schnee später fuhr Abrams durch ein breites Metalltor, das als Eingang zur letzten Adresse auf ihrer Liste diente: die Bauunternehmung, ein zweistöckiges Gebäude aus Beton, das von einer hohen Mauer umgeben war. Sie stellten den Wagen auf dem Grundstück ab und näherten sich mehreren Männern in Overalls, die einen olivgrauen Lastwagen entluden, dessen Türverkleidungen mit Schildern beklebt waren, auf denen *Bauunternehmen Bachofen* stand.

»Sieht aus wie ein Lastwagen der US Army«, sagte Abrams.

»Könnte gestohlen sein. Obwohl die Army schon einiges von ihrem Überschuss verkauft.«

Die Arbeiter unterbrachen, was sie gerade taten. Mason zeigte seinen CID-Ausweis dem Mann, der so aussah, als hätte er das Kommando. »Wir würden gern mit dem Inhaber oder Geschäftsführer sprechen.«

Der Mann zeigte auf das Haus und bellte dann ein paar Befehle, damit die Männer wieder an die Arbeit gingen. Die Kisten waren italienisch beschriftet, aber Mason sah, dass mehrere der Kisten aufgesprungen waren und Dachpfannen enthielten.

Während sie auf das Haus zugingen, ließ Mason seinen Blick über den Rest der auf dem Hof gestapelten Baumaterialien schweifen: Ziegelsteine, Betonblöcke, Stahlrohre und Marmorplatten. Ein Mann trat aus der Eingangstür. Beunruhigenderweise erinnerte der Mann Mason an einen gedrungeneren Stalin: kleiner, schwerer, Ende fünfzig und mit einem buschigen schwarzen Haarschopf und dazu passendem Schnurrbart. Er hatte ein strahlendes Verkäuferlächeln aufgesetzt, als begrüße er eintreffende Kunden. »Was kann ich für Sie tun, meine Herren?«

»Sind Sie der Inhaber?«, fragte Mason.

»Ja …«, erwiderte der Mann zögernd. »Alfred Bachofen«, fügte er hinzu und gab ihnen die Hand.

»Wir sind Ermittler der Militärpolizei und haben ein paar Fragen.«

»Dann kommen Sie doch bitte aus der Kälte herein.«

Sie betraten eine kleine Eingangsdiele mit einem Empfangstresen, der die Kundenseite von der Büroseite trennte, in der zwei Schreibtische standen. Eine junge Frau saß an einem Schreibtisch, während ein schlanker Mann mit zurückgeklatschtem Haar sich über sie beugte. Beide verstummten und starrten die beiden Ermittler an. Bachofen stellte sie als seine Sekretärin und seinen stellvertretenden Geschäftsführer vor.

»Wir würden uns gern mit Ihren Angestellten unterhalten, nachdem wir mit Ihnen gesprochen haben«, sagte Abrams.

»Natürlich.« Bachofen hob die Durchgangsklappe an. Er führte sie an den Schreibtischen vorbei in ein kleines, zugemülltes Büro. Bachofen zog sich hinter seinen Schreibtisch zurück, und sie nahmen alle Platz. Mason betrachtete ihn genau, ob er Anzeichen nervöser Anspannung aufwies, aber er verhielt sich so, als sei er bereit, mit potenziellen Kunden einen Verkauf abzuwickeln. Vielleicht hatte er sich daran gewöhnt, Typen von der Army mit Leuten in Zusammenhang zu bringen, denen das Geld locker saß. Nicht einmal ihre ernsten Gesichter und ihre CID-Abzeichen hatten ihn aus dem Gleichgewicht bringen können.

»Ihre Telefonnummer ist 86271?«, fragte Mason.

»Das ist richtig. Eine von ihnen, jedenfalls. Wir haben zwei.«

»Welche ist 86271?«

»Das wäre meine. Warum fragen Sie?«

»Haben Sie viel mit der Geschäftsführung in der Casa Carioca zu tun?«

Bachofen machte eine kleine Pause. »Nicht mehr so viel mit Material.«

»Nicht mehr?«

»Ja, während der Bauphase des Klubs habe ich bestimmte Materialien beschafft und einige der Arbeiten koordiniert.«

»Gibt es irgendeinen Grund, warum Sie jetzt häufig in Kontakt mit ihnen stehen?«

Bachofens Verkäuferlächeln verschwand. »Ich verstehe nicht …«

»Wir haben die eingehenden und ausgehenden Anrufe der Casa Carioca überwacht und dabei ganz schön viele Anrufe zu Ihrer Nummer festgestellt.«

»Nun, das kann ich erklären. Von Zeit zu Zeit stelle ich Arbeitstrupps zur Verfügung, falls das gewünscht wird. Außerdem habe ich während der Bauphase des Klubs mit einigen der Amerikaner Freundschaft geschlossen, die die Arbeiten beaufsichtigt haben.«

»Und um wen handelte es sich dabei?«, fragte Abrams.

»Ich verstehe nicht, was all diese …«

»Beantworten Sie einfach die Frage, bitte«, unterbrach Mason ihn.

»Zum einen der ursprüngliche Bauingenieur der Army, Captain Brewster. Dann im Anschluss mit Major Schaeffer und seinem Assistenten, Herrn Kessel.«

»Gegen Major Schaeffer und Herrn Kessel wird wegen Schwarzmarktgeschäften und Mordes ermittelt«, sagte Abrams.

»Ach du meine Güte, ich hatte keine Ahnung …«

»Und Sie haben mit ihnen nur über die Kommunalwahlen, das Wetter und die Brotpreise gesprochen?«

»Ich nehme an, dass Sie die Themen unserer Gespräche kennen, wenn Sie mitgehört haben.«

Mason bemerkte eine einsame Schweißperle auf Bachofens Stirn. »Wir würden es verstehen, wenn es zu einem oder zwei Anrufen im Lauf einer Woche kommt, aber drei oder vier an einem Tag ist ziemlich merkwürdig, finden Sie nicht?« Er zog die Seiten der Abschriften aus seiner Tasche und las von ihnen ab. »Zwei Laib Brot kosten heute sechs Mark. Es wird langsam wärmer, zwei Grad mehr. Die Wahlen sollten morgen durchgeführt werden, falls Sie meine Meinung hören wollen.« Er schaute von den Blättern hoch.

Bachofen war sprachlos, regelrecht außer Atem.

»Das sind verschlüsselte Gespräche, nicht wahr? Die Frage ist, wofür sie gedacht sind. Transporte oder den Empfang von Schmuggelware?«

Bachofen gab vor, schockiert und wütend zu sein, und öffnete den Mund mehrere Male, als wäre er stumm vor Empörung. »Das ist lächerlich.«

»Schaeffer hat Sie und Ihr Unternehmen als Fassade für seine Schwarzmarktgeschäfte rekrutiert.«

Mason nickte Abrams zu, und sie standen auf. »Wir würden gern einen Blick in Ihre Bücher werfen und das Firmengelände durchsuchen.«

Bachofen ballte seine Hände zu Fäusten, damit man nicht sah, wie sie zitterten. »Sie haben kein Recht … Es muss eine Vorschrift geben, wonach Sie verpflichtet sind, eine richterliche Anordnung vorzulegen, wenn Sie mein Grundstück durchsuchen wollen.«

»Kommen Sie bitte mit uns, Herr Bachofen«, sagte Mason. »Wir fangen damit an, was von dem Laster entladen wird.«

Bachofen stotterte, während er sich die zahlreicher werdenden Schweißperlen von der Stirn abwischte. Mason übernahm die Führung, und Bachofen ging in der Mitte. Abrams bildete die Nachhut, falls der Mann beschloss wegzurennen – was genau das war, was seine zwei Angestellten gemacht hatten. Das Vorzimmer war leer. Mason legte einen Zahn zu. Abrams drängte Bachofen, den Abstand zu verringern, sodass alle drei aus dem Haus eilten. Die Arbeiter waren ebenfalls verschwunden.

»Sie müssen abgehauen sein, als wir reingingen«, sagte Abrams.

»Ach du meine Güte«, murmelte Bachofen.

Mason lief zur Straße und schaute nach links und nach rechts. Fußspuren verliefen in beide Richtungen, aber von den Angestellten und den Arbeitern war nichts mehr zu sehen.

SECHSUNDZWANZIG

Mason ließ Bachofen auf einem Kistenstapel Platz nehmen, der sich noch in dem Laster befand, während er und Abrams sich mit den Kisten beschäftigten, die schon abgeladen waren und auf dem Boden standen. Diese enthielten ausschließlich Dachpfannen, wie die Auszeichnung behauptet hatte, und er begann, sich Sorgen zu machen, dass sie voreilige Schlüsse gezogen hatten. Aber zehn Minuten später, vergraben hinter zwei Dutzend weiteren Kisten innerhalb des Lastwagens, wurden sie fündig. Eingekeilt zwischen Schichten von Dachpfannen in einer der Kisten entdeckten sie ein papierumwickeltes Bündel in Form und Größe eines Ziegelsteins.

Mason benutzte sein Schnappmesser, um das Päckchen aufzuschlitzen, wodurch ein zusammengepresster weißer Puder sichtbar wurde. »Was meinen Sie? Heroin?«, fragte er Abrams.

»Kann mir nichts anderes vorstellen, für das es Gründe gäbe, es in einer Kiste Dachpfannen zu verstecken.«

»Ach du meine Güte.« Bachofen wurde fast ohnmächtig und fiel gegen die Metallwand.

Mason und Abrams überließen ihn seinem Jammer, während sie andere Kisten in Angriff nahmen, von denen jede dieselbe versteckte Überraschung enthielt.

Plötzlich sprang Bachofen auf. »Bitte, ich bin nur dafür bezahlt worden wegzuschauen. Ich habe nichts damit zu tun. Sie rufen mich an und teilen mir verschlüsselt mit, wann ein Transport ankommt und ob er an eine Stelle oder an eine andere gebracht werden soll. Nie, was transportiert wurde.«

Die beiden Ermittler ignorierten ihn, und Bachofen brach auf seinem Dachpfannenstapel zusammen.

»Melden Sie das im Hauptquartier«, sagte Mason zu Abrams.

Abrams sprang von dem Laster herunter und verschwand. Mason wandte sich an Bachofen. »Wer empfängt außerdem noch Transporte?«

»Ich habe keine Ahnung.«

»Wer ruft Sie wegen der Transporte an?«

Bachofen schaute zu Mason hoch, als wolle er sich über die Folgen seiner Antwort klar werden. »Kessel«, sagte er matt.

»Nicht Major Schaeffer?«

Hinter Bachofens Kopfschütteln steckte nicht viel Überzeugung.

»Niemals? Es wird viel glimpflicher für Sie ausgehen, wenn Sie mir die ganze Wahrheit sagen.«

»Ich bin sowieso dem Untergang geweiht. Eine entbehrliche Schachfigur, ein Hautschüppchen auf der Schulter der Macht.«

»Ganz wie Sie wollen«, sagte Mason und sprang von der Ladefläche des Lastwagens herunter. »Gehen Sie nirgendwohin.« Nachdem er die Türen des Lasters geschlossen und den Riegel umgelegt hatte, ging er zum Führerhaus und kletterte hinein. Er schaute im Handschuhfach nach, fand aber nur ein paar schlecht gefaltete Landkarten von Italien und Österreich, eine Packung Zigaretten und eine halb volle Flasche Schnaps. Eine Durchsuchung des Fußraums und des Bodenblechs unter den Sitzen erbrachte nichts, aber als er mit der

Hand hinter die Sitze fuhr, zog er einen Stapel säuberlich gefalteter Uniformen der US Army und mehrere Blätter mit der Maschine beschriebenen Papiers hervor.

Abrams kam zur Fahrertür. »Die Kavallerie wird in einer Minute hier sein. Um wie viel wollen Sie wetten, dass Densmore die wilde Jagd anführt?«

Mason zeigte ihm den Stapel Uniformen. »Sie hatten drei Garnituren von denen hinter den Sitzen verstaut.« Dann hielt er ein Blatt offiziell aussehenden Briefpapiers hoch. »Schaeffer hätte klügere Typen anheuern sollen. Diese Trottel haben schriftliche Befehle im Wagen gelassen, mit denen sie über die Grenzen gekommen sind. Sieht so aus, als hätten sie noch einen Halt machen sollen.«

Zwei MP-Jeeps kamen auf den Hof gebraust, als führten sie einen Angriff auf ein feindliches Feldlager an.

»Das war schnell«, sagte Abrams. »Densmore muss einen Fahndungsaufruf losgelassen haben.«

Mason steckte die schriftlichen Befehle der Lastwagenfahrer in seine Brusttasche, und sie gingen zu den MPs in ihren Jeeps.

Mason sprach einen MP Sergeant an. »Der Firmeninhaber ist hinten in dem Laster eingeschlossen. Bringen Sie ihn in sein Büro und behalten Sie ihn im Auge. Und reißen Sie sein Telefon raus, bevor er es benutzen kann.« Er wies die anderen MPs an, die ganzen mutmaßlichen Heroinziegel sicherzustellen.

Zehn Minuten später trafen drei weitere Jeeps am Tatort ein, und wie Abrams vorhergesagt hatte, saß Densmore in dem ersten der drei.

Abrams versetzte Mason einen sanften Stoß. »Patton beim Durchbruch nach Bastogne.«

Mason lächelte, begrüßte Densmore und gab ihm einen

Abriss der Ereignisse bis hin zum Auffinden der mutmaßlichen Drogen. Eine eindrucksvolle Menge weißer Ziegel war bereits auf dem Rand der Ladefläche aufgestapelt worden.

»Kessels und Schaeffers Schmuggelware«, sagte Mason.

»Können Sie das beweisen?«

»Der Inhaber der Firma bekommt verschlüsselte Anrufe von der Casa Carioca, was die Ankunft der Transporte betrifft. Er ist drinnen. Er hat Kessel bereits als seinen Haupt-Kontaktmann benannt, aber mit ein wenig Zeit und Überredung wird er bestimmt auch Schaeffer noch preisgeben.«

Ein gedämpfter Knall ertönte aus dem Gebäude. Sie drehten sich alle zu dem Geräusch um.

»Ein Schuss«, sagte Mason.

Mason, Abrams und Densmore eilten in das Gebäude. In Bachofens Büro trafen sie den MP, der beauftragt war, Bachofen zu bewachen, dabei an, wie er den Puls des Mannes zu fühlen versuchte – eine überflüssige Geste, da Bachofen ein Einschussloch in der Schläfe hatte und seine Augen im Tod erstarrt waren.

Der MP schaute mit einem schuldbewussten Gesichtsausdruck hoch. »Ich hatte gerade einen Moment das Büro verlassen. Er heulte sich die Augen aus dem Kopf und, na ja …«

Mason wandte sich ab, bevor er etwas sagte, was er später bereuen würde.

»So viel zu Ihrem Zeugen, der gegen Kessel oder Schaeffer aussagt«, ätzte Densmore.

Mason dachte einen Augenblick nach. »Wir haben den Köder. Mal sehen, was wir damit an Land ziehen können.«

Mason saß im Beifahrersitz des Lastwagens. Abrams fuhr. Sie trugen beide die Uniformjacketts und die Mützen, die sich hinter den Sitzen befunden hatten. Hinten waren vier MPs hinter einem Stapel Frachtgut, das den Unterlagen zufolge, die Mason gefunden hatte, aus der Hälfte der »Dachpfannen« bestand.

»Glauben Sie, sie teilen die Ladung auf, um ihren Verlust zu begrenzen?«

»Das, oder die beiden Hälften gehen zu verschiedenen Bestimmungsorten. Gewissermaßen Relaisstationen für die weitere Verteilung. Es lässt sich nicht sagen, an wie vielen Standorten sie operieren.«

»Diese Idee von Ihnen funktioniert vielleicht nicht. Was ist, wenn einer von Bachofens Fahrern sie alarmiert hat?«

»Ich möchte wetten, dass sie keinen Kontakt mit den höheren Tieren in der Organisation haben. Bachofen war eine unbedeutende Schachfigur, aber diese Kerle sind noch weiter unten angesiedelt. Ich kann mich natürlich irren, und ein Haufen schießwütiger Mistkerle mit Maschinenpistolen wartet auf uns.«

Abrams verstummte, aber seine Knöchel waren weiß geworden.

»Reißen Sie das Lenkrad nicht raus«, sagte Mason. »Das brauchen wir vielleicht noch.«

Sie kamen an ihrem Bestimmungsort an, einem Versorgungslager der US Army in einer abgeschiedenen Gegend nördlich von Garmisch. Das Depot wurde wenig benutzt, seitdem die 10. Panzer-Division der US Army zurück in die Staaten verschifft worden war. Inzwischen beherbergte es zum größten Teil eingemottete Panzer, schwere Waffen und Rüstungsgüter. MPs bewachten die Tore, aber weder Mason noch Abrams kannten sie.

Einer der MPs kontrollierte ihre Befehle, bevor er sie passieren ließ.

»Wollte sich nicht mal die Ladung ansehen«, meinte Abrams.

»Sie werden entweder dafür bezahlt, nicht richtig hinzusehen, oder es sind keine echten MPs.«

Sie fuhren an Reihen von Panzern und Feldhaubitzen vorbei, alle in hervorragend gepflegtem Zustand, falls sie wieder gegen russische Invasoren zum Einsatz kommen sollten. Am hinteren Ende des weitläufigen Depots standen mehrere Lagerhäuser aus Wellblech. Die meisten waren geschlossen und lagen ruhig da, aber vor dem letzten in der Reihe trieben sich ein paar Männer herum.

Mason klopfte gegen die hintere Wand des Führerhauses. »Wir sind fast da. Macht euch bereit.«

Abrams ließ es langsam angehen, sein Rücken war steif, sein Atem flach.

»Immer mit der Ruhe«, sagte Mason. »Sie machen nicht den Eindruck, als wollten sie gleich das Feuer eröffnen.«

»Sie warten nur, bis wir in Schussweite sind.«

Nach ein wenig zusätzlicher Ermunterung durch Mason brachte Abrams den Lastwagen vor dem Lagerhaus zum Stehen. »Was ist, wenn sie uns erkennen oder merken, dass wir nicht die Jungs sind, die wir sein sollen?«

»Das werden wir bald genug wissen. Denken Sie dran, wir sind Deutsche in Verkleidung.«

Drei Männer kamen auf sie zu. Ein bulliger Corporal stürmte bis zu Abrams Tür. »Wo habt ihr euch rumgetrieben, verdammte Scheiße? Ihr seid drei Stunden zu spät.«

Abrams erwiderte auf Deutsch: »Scheißwetter. Wir können nicht über die Berge fliegen. Und die verdammten Grenzübergänge …«

»Ich verstehe dieses Kraut-Kauderwelsch nicht. Kommt einfach runter und helft uns abladen.«

Mason sprang herunter und ging schnell nach hinten. Er legte den Riegel um und öffnete die Türen. Er sagte auf Englisch mit starkem Akzent: »Wo ist Herr Schaeffer? Herr Kessel?«

»Was zum Teufel geht euch das an?«, grollte der Corporal.

Abrams kam zu ihnen nach hinten, und Mason fragte den Corporal: »Sind Sie sicher, dass diese Ladung für Sie bestimmt ist?«

»Glaubt ihr, wir haben hier draußen in der Schweinekälte nur gewartet, um euch zu begrüßen? Jetzt haltet den Mund und fangt an auszuladen.«

Genau in dem Moment kam zu Masons Überraschung Sergeant Olsen aus dem Lagerhaus. Sie erstarrten beide einen Sekundenbruchteil lang, bevor Olsen losrannte.

Mason rief seinen MPs zu: »Jetzt!«

Mason hetzte hinter Olsen her. Er hörte Schreie und Befehle hinter sich und hoffte, die MPs hätten die Männer vor dem Lagerhaus überrascht und überwältigt, weil er sonst vielleicht eine Kugel in den Rücken bekommen könnte. Olsen hatte lange Beine, aber er war kein Sprinter. Mason näherte sich ihm auf zwanzig Meter, zog die Pistole und schrie: »Olsen, halt!«

Olsen lief weiter. Mason hielt die Waffe in den Himmel und gab einen Schuss ab. »Der nächste ist für Sie.«

Diesmal blieb Olsen stehen. Er drehte sich nicht zu Mason um und hob die Hände in die Luft. Mason hielt die Pistole auf Olsens Rücken gerichtet, während er auf den Mann zuging und ihn abtastete. Olsen hatte eine Neun-Millimeter-Pistole im Gürtel und ein KA-BAR-Messer im Stiefel. »Neun Millimeter«, sagte Mason. »Keine normale Dienstwaffe.« Er klopfte Olsen noch mal ab, zur Sicherheit. »Ich rechnete damit, Ihre verwesende Leiche irgendwo im Wald zu finden, Sergeant.«

»Falls Sie mich nicht in ein weit entferntes Militärgefängnis stecken, kann es immer noch dazu kommen.«

»Sie hätten ungeschoren aus Garmisch rauskommen können, aber Sie mussten ja unbedingt bleiben und sich diesen Halsabschneidern anschließen.«

»Man geht dahin, wo das Geld ist.«

»Ich hab Sie nie für einen intelligenten Menschen gehalten, aber das ist einfach zu blöd«, befand Mason, während er Olsen Handschellen anlegte. Er führte Olsen zurück zu dem Lastwagen, wo Abrams und die vier MPs Olsens Trupp in Schach hielten.

Wie Masons Plan es vorgesehen hatte, kamen Densmore und vier MPs mit ihren Jeeps fünf Minuten später auf den Hof. Densmore musste zweimal hingucken, als er Olsen sah. »Das darf ja nicht wahr sein.«

Mason zeigte zurück zum Tor. »Die beiden MP-Wachen stehen wahrscheinlich auf Schaeffers Lohnliste.«

»Das sind keine MPs. Wir haben sie festgenommen. Und nur fürs Protokoll: Wir wissen nicht, ob Schaeffer hier dahintersteckt.«

»Warum fragen wir nicht Olsen?«, fragte Mason, während sie zusahen, wie die MPs Olsen und seinen Trupp in Handschellen abführten.

»Sehen wir uns erst mal an, was drinnen ist«, entschied Densmore.

Mason, Abrams und Densmore betraten das dreitausend Quadratmeter große Lagerhaus. Schachteln, Fässer und Lattenkisten, deren Inhalt als Eipulver, Kondensmilch, Mehl, Zucker und Salz angegeben war, nahmen den Großteil des Raums ein. Eine kursorische Durchsuchung der Behälter ergab, dass die meisten enthielten, was sie enthalten sollten, und vermutlich für die Schwarzmärkte im ganzen besetzten

Deutschland bestimmt waren. Allerdings enthielt eine ganze Anzahl von ihnen, die in einer Ecke gestapelt und angeblich mit Milchpulver gefüllt waren, in Wirklichkeit Penicillin, Amphetamine, als medizinisch eingestuftes Kokain und chirurgisches Besteck.

Während Abrams und Densmore damit beschäftigt waren, die Behälter aufzubrechen, als wäre Heiligabend, öffnete Mason eine große Doppeltür, die in den hinteren Bereich des Gebäudes führte.

»Das hier werdet ihr euch ansehen wollen«, sagte er.

Abrams und Densmore folgten Mason nach hinten, wo zwei Bahngleise installiert worden waren, um Panzer und schwere Geschütze zu transportieren. Jetzt standen geschlossene Güterwagen, Schüttgutwagen und Tankwagen auf den beiden Gleisen. Sie brauchten ein paar Minuten, um eine Brechstange zu finden, die geeignet war, die Vorhängeschlösser an den Güterwagen zu knacken. Als das geschehen war, machten sie sich an die Arbeit, brachen die Schlösser auf, zogen die Türen auf und schauten nach, was dahinter lag.

Schließlich traten sie ein paar Schritte zurück und ließen den Anblick auf sich wirken.

Abrams pfiff leise bewundernd vor sich hin. Die dreißig Wagen waren mit Benzin, Kohle, industriellen Chemikalien, Kartoffeln, Stahl und Aluminium gefüllt.

»Wie konnten sie das alles direkt vor den Augen der Armee machen?«, fragte Densmore.

Mason blickte ihn an, als wollte er sagen: »Sie machen wohl Witze.«

»Das ist zu viel, um es zu bewegen«, meinte Densmore. »Wir werden Wachen postieren müssen, bis wir eine Lösung finden.«

»Und dann postieren wir Wachen, die auf die Wachen aufpassen«, sagte Abrams.

SIEBENUNDZWANZIG

Udahl wartete am Eingang der Sheridan-Kaserne, als Mason, Abrams und Densmore eintrafen. Als er sich den drei Ermittlern näherte, folgte ihm ein Aufgebot von Reportern. Mason ertappte sich dabei, dass er unter der Schar nach Laura Ausschau hielt.

Udahl wies die beiden Fotografen an, sich hinter ihn zu stellen. »Keine Fotos von mir. Es sind diese Männer, die Anerkennung verdienen.« Er schüttelte die Hände der Ermittler. »Meine Glückwünsche, Männer. Das haben Sie gut gemacht. General Pritchard lässt Ihnen auch seinen Glückwunsch ausrichten.«

Udahl hielt eine kleine Ansprache für die Reporter, bei der es darum ging, dass man in der Stadt aufräumen müsse und Mason ein wichtiger Faktor dabei sei. Er lehnte es ab, sich mit den Männern für ein Foto in Positur zu stellen, bestand aber darauf, dass die Fotografen Gruppenaufnahmen der drei Ermittler machten.

Mason hatte schließlich genug; ihm gefiel die Vorstellung nicht, eine laufende Ermittlung anzupreisen, und die Vorstellung, sich der Presse gegenüber zu rühmen, hatte ihm noch nie gefallen, besonders nicht, wenn die Rädelsführer noch frei herumliefen. Die Verhaftung hatte ihre Profite ein wenig reduziert, aber es gab noch viel mehr von der Sorte, wo das herkam.

»Sir, wir machen uns besser wieder an die Arbeit«, sagte Mason.

»Ja, ich verstehe …« Udahl drehte sich halb um und sagte so laut, dass die Reporter mithören konnten: »Keine Ruhe für die Gottlosen und noch weniger für ihre Verfolger.«

In der Kaserne waren Bauarbeiten im Gange, um sie für die zukünftige Ausweitung der Polizeitruppe vorzubereiten. Mason, Abrams und Densmore gingen direkt zu dem Zellenflügel, wo die beiden falschen MPs und der Rest von Olsens Trupp in zwei Zellen untergebracht waren. Olsen war in eine Zelle am Ende des Gangs gesteckt und von den anderen isoliert worden. Der als Wache eingeteilte MP schloss die Zellentür auf und stellte sich daneben, um die drei Ermittler eintreten zu lassen. Sobald sie alle drin waren, bemerkte Mason, dass der MP sich zu nahe an der Tür aufhielt. »Wir übernehmen von hier. Sie können am Ende des Flurs warten.«

Der MP gab sein Missfallen zu erkennen, gehorchte aber, und als er sich außer Hörweite befand, wandte Mason sich Olsen zu.

Olsen saß auf dem einzigen Bett. Er starrte zu Boden, hatte die Ellbogen auf die Knie und den Kopf in die Hände gestützt.

Densmore kreuzte die Arme vor der Brust und setzte ein zufriedenes Lächeln auf. »Ihnen stehen Jahrzehnte in Leavenworth bevor. Wie fühlt man sich da?«

»Ich hab nichts getan, weswegen ich Jahrzehnte hinter Gittern verbringen müsste«, sagte Olsen verbittert.

»Jede Wette, dass der Militärrichter und die Jury das anders sehen.«

»Sie wissen doch, wie's läuft«, sagte Mason. »Wir hatten dieses Gespräch ja schon mal. Sie geben uns Informationen, und wir tun, was wir können, damit Ihre Strafe herabgesetzt wird.«

Densmore wandte sich an Mason. »Sie können diesem

Burschen nicht trauen. Er hat Sie im Steinadler auffliegen lassen.«

»Ich hab ihn nicht auffliegen lassen«, widersprach Olsen. »Er ist von diesem Kraut erkannt worden.«

»Volker?«, fragte Mason. Als Olsen nickte, fuhr Mason fort: »Da gibt es eine kleine Information, die Sie bei unserem letzten Gespräch vergessen haben zu erwähnen.«

»Ich hab getan, was Sie gesagt haben. Ich hab mein Leben aufs Spiel gesetzt, um Sie da reinzubringen.«

»Merkwürdig, dass Sie lebend rausgekommen sind, während drei Bandenchefs und zwei Bodyguards in der Gasse hinter der Kneipe hingerichtet wurden. Wie wollen Sie das erklären?«

»Glück, nehme ich an.«

»So viel Glück haben Sie jetzt nicht«, sagte Densmore. »Sie scheinen nicht zu begreifen, in wie großen Schwierigkeiten Sie stecken, Sergeant. Eine frühere Verhaftung wegen Rauschgift, schwerer Körperverletzung, und jetzt das hier …«

»Ich glaube, Sie haben eine Sache ausgelassen«, sagte Mason. »Außer dem ehemaligen Gestapo-Schergen war Olsen hier der einzige Mann, der lebend hinten aus dem Steinadler rausgekommen ist. Als ich ihn festnahm, war er im Besitz einer Neun-Millimeter-Pistole, die gleiche Art Waffe, mit der Giessen und der Rest umgebracht worden sind. Ich würde sagen, wir haben genug Indizien für eine Anklage wegen mehrfachen Mordes.«

Olsen setzte sich gerade hin. »Was? Damit hatte ich nichts zu tun.«

»Fünf Profis, alle tot, und Sie ohne einen Kratzer«, sagte Abrams.

»Wirkt in meinen Augen ziemlich vernichtend«, meinte Densmore. »Ein bekannter Schläger und Rauschgifthändler,

Mitglied einer Verbrecherbande und Schwarzmarktschieber. Sieht so aus, als hätten wir einen Treffer gelandet, meine Herren.«

»Jawoll«, sagte Abrams. »Gehen wir zu Udahl.«

»Moment mal! Das können Sie mir nicht anhängen.«

»Oh, das sieht sehr schlecht aus«, befand auch Mason.

»Schlecht für ihn …« Abrams grinste verstohlen. »Aber wir sehen wie Helden aus. Scheint nur fair zu sein, dass er den Hals lang gezogen bekommt, weil er diese Männer kaltblütig umgebracht hat.«

»Das können Sie nicht machen!«

»Wir können ihn vielleicht sogar mit den anderen Morden in Verbindung bringen: Agent Winstone, Hilda Schmidt, Eddie Kantos mit seiner Frau und seinem Kind.«

»Ich will einen Anwalt sehen.«

Densmore warf die Hände in gespielter Verzweiflung in die Höhe. »Jetzt haben Sie's geschafft. Sie könnten sich genauso gut ein großes Schild an die Brust machen, auf dem in Blockbuchstaben ›SCHULDIG‹ steht.«

Olsens Gesicht wurde rot, und er zerrte an seinen Haaren, als könnte er damit ein paar verschlafene Gehirnzellen wieder ins Leben rufen.

»Es gibt noch eine Möglichkeit«, sagte Mason. »Sie können all das hier zum Verschwinden bringen. Na ja, fast alles. Jedenfalls Ihren Hals aus der Schlinge ziehen. Vielleicht ein paar Jahre weniger in Leavenworth abreißen.«

Sie blieben alle stumm und warteten. Das einzige Geräusch war Olsens schweres Atmen.

»Wer bestimmt, wo es langgeht, Olsen?«, wollte Mason wissen. »Wir wollen die großen Namen. Nicht irgendwelche kleinen Fische.«

Olsens Gesicht entspannte sich plötzlich, als wäre ihm

endlich die erlösende Idee gekommen. »Kessel«, platzte er heraus. »Frieder Kessel.«

»Das ist alles, was Sie uns zu bieten haben?«, fragte Mason. »Nicht gut genug. Was ist mit Schaeffer? Er ist der echte Boss, nicht wahr?«

»Schaeffer?« Olsen schlug die Augen nieder. »Es gibt keine Möglichkeit ...«

»Es gibt keine Möglichkeit, was? Keine Möglichkeit, ihn zu belasten, weil Sie sonst im Militärgefängnis ein Messer zwischen die Rippen bekommen?«

»Es gibt keine Möglichkeit, weil ... er nichts damit zu tun hat.«

»Quatsch«, sagte Abrams. »Wir wissen, dass er der Typ ist, der hinter allem steckt. Belasten Sie ihn, oder wir legen Ihnen jeden einzelnen dieser Morde zur Last.«

Olsens Gesicht wurde knallrot, und er verspritzte Spucke, als er rief: »Dann müssen Sie mich jetzt sofort aufhängen, weil ich nur mit Kessel zu tun habe.«

»Was ist mit Lester Abbott?«

Olsen beruhigte sich angesichts des Themenwechsels ein bisschen. »Ich hab von ihm gehört, hab ihn aber nie gesehen. Soll ein gefährlicher Kerl sein. Das ist alles, was ich weiß.«

»Was ist mit Volker? Wissen Sie, wo wir ihn finden können?«

»Ich hab ihn nur in der Casa gesehen. Und das auch nur zweimal.«

»Sie sind nicht für besonders viel zu gebrauchen, oder?«, sagte Densmore.

»Haben wir eine Abmachung oder nicht?«

Mason wandte sich an Abrams. »Bitten Sie die Wache, uns einen Stift und Papier zu bringen.«

Abrams redete mit dem MP, und eine Minute später gab Mason Olsen Papier und Bleistift.

»Schreiben Sie auf, was Sie getan haben, was Kessel Ihnen gesagt hat, irgendwelche anderen Burschen mit Befehlsfunktionen, wie das Vertriebssystem funktioniert. Alles.«

»Und dann komme ich nicht an den Galgen?«

»Das hängt davon ab, was Sie uns geben.«

»Ich kann nicht besonders gut schreiben.«

»Sie bewerben sich nicht fürs College. Sorgen Sie nur dafür, dass wir es lesen können.«

Olsen machte sich an die Arbeit, und die drei Ermittler verließen die Zelle.

»Ich werde auf Einstein dort drinnen achtgeben«, sagte Densmore. »Sie und Abrams machen sich auf die Socken und schnappen sich Kessel.« Er schaute auf seine Uhr. »Der Klub nimmt gerade den Betrieb auf, also marschieren Sie bitte nicht mit gezückten Schießeisen rein. Okay? Und nehmen Sie zwei MPs als Verstärkung mit.«

Bevor Mason aufbrach, wandte er sich an Densmore. »Stellen Sie ihn wegen Selbstmordgefahr unter Beobachtung. Ich will nicht noch einen Zeugen verlieren. Und keine Verlegung. Er bleibt hier.«

»Machen Sie, dass Sie hier rauskommen, und schnappen Sie sich Kessel.«

Es gab ein paar frühe Abendessens-Gäste in der Casa Carioca, als Mason, Abrams und zwei MPs das Etablissement betraten. Der Maître d' entdeckte sie und nickte aufgeregt jemandem an der Bar zu. Dann zeigte er reges Interesse an seinem Sitzplan, während Mason und die anderen an ihm vorbeigingen. Fünf Musiker aus dem Orchester spielten eine Dixieland-Nummer. Die Kellner legten die gleiche Nummer hin wie beim letzten Mal, unterbrachen, was sie gerade taten, und folgten ihnen mit Blicken.

Als Mason und Gefolge am Fuß der Treppe ankamen, wurden sie von dem Ex-Boxer Hans Weissenegger und einem Gefährten begrüßt, der nur ein bisschen weniger massig war. Sie traten Mason in den Weg.

»Äh, Jungs«, sagte Mason, »das *wollt* ihr nicht tun. Wir haben schon einen eurer Kumpel in der Buchhandlung umgelegt.«

»Major Schaeffer ist nicht hier«, sagte Weissenegger.

»Ich bin nicht wegen Schaeffer hier. Nicht diesmal, jedenfalls. Ich will Kessel haben.«

»Er ist beschäftigt.«

»Hören Sie, Hans, ich hab meinem Boss versprochen, hier keine Szene zu machen.«

»Die einzige Szene, die Sie machen werden, ist Ihr Flug durch die Eingangstür.«

»Sie haben gesehen, was mit Boris passiert ist, als er versuchte, mich aufzuhalten.«

»Tut mir leid. Ich habe meine Anweisungen.«

»Wissen Sie was? Ich bin etwas müde. Die Verbrecher-Verhaftungen haben mich erschöpft.« Mason zog blitzschnell seine Pistole, zog den Hahn zurück und steckte sie Hans unter das Kinn. »Heute Abend kein Kampf, Hans. Okay?«

Ein paar von den Gästen sperrten erschrocken den Mund auf, aber die Band sorgte dafür, dass die meisten von der Auseinandersetzung nichts mitbekamen.

»Bitte, treten Sie beiseite«, sagte Mason freundlich. »Ich mag Sie, Hans, und deshalb will ich hier kein übles Chaos anrichten.«

Hans machte Platz und veranlasste seinen Partner, es ihm nachzutun. Mason, Abrams und die beiden MPs gingen an den Türhütern vorbei und stiegen die Treppe hoch. Mason versetzte den Hahn der Pistole wieder in Ruhestellung, behielt die Waffe aber in der Hand, um jeden anderen davon abzubringen, sich ihm in den Weg zu stellen. Er schritt als Erster durch Kessels Bürotür. Kessel saß an seinem Schreibtisch und war am Telefon. Er legte den Hörer ohne ein Wort auf.

»Erteilen Sie einen Auftrag für eine weitere Lieferung?«

»Ja, tatsächlich. Wir haben bald keinen Champagner mehr.«

Ein ruhiger Moment verstrich, bevor Kessel von seinem Schreibtisch aufstand, um ihn herumging und seine Hände ausstreckte. Während er das tat, tauchten Weissenegger und sein Partner vor der Tür auf. Die MPs versuchten, sie zurückzustoßen, aber ohne viel Erfolg.

»Wir haben versucht, sie aufzuhalten, Boss«, sagte Weissenegger.

»Das weiß ich«, antwortete Kessel. »Und ich weiß eure Zurückhaltung zu schätzen. Wir wollen doch unsere Gäste nicht beunruhigen.«

Kessel war ruhig, und ein schwaches Lächeln spielte um seine Lippen, während er Mason ansah. Mason trat mit seinen Handschellen vor. Kessels Verhalten zeichnete sich durch eine gewisse Gelassenheit aus, die Mason entsprechend erwiderte.

»Drehen Sie sich bitte um und legen Sie die Hände auf den Rücken«, sagte Mason. Als Kessel dem nachkam, meinte Mason: »Wollen Sie nicht fragen, was Ihnen zur Last gelegt wird?«

»Ich bin sicher, dass Sie es mir sagen werden.«

Mason verstand den Hinweis: Kessel wollte nicht in Anwesenheit seiner Männer reden. Mason begann, Kessel zur Tür zu bringen, blieb aber vorher stehen. Er pflückte Kessels Mantel von der Garderobe und legte ihn ihm über die Schultern. »Ich möchte nicht, dass Sie sich erkälten.«

Kessel nickte. »Wenn wir den Klub so unauffällig wie möglich verlassen könnten, würde ich das außerordentlich begrüßen.«

Mason machte eine förmliche Handbewegung, um Kessel den Vortritt zu gewähren. Als die Gruppe sich im Flur versammelte, bat Mason die MPs, vorzugehen und am Fuß der Treppe auf sie zu warten. »Stecken Sie Ihre Pistolen ins Holster zurück und tun Sie so, als wären wir eine große, glückliche Familie, die einen Spaziergang machen möchte.«

Die beiden MPs taten, was Mason von ihnen verlangt hatte. Weissenegger und sein Partner machten Anstalten, ihnen zu folgen, aber Kessel befahl: »Ihr zwei bleibt hier. Kein Bedarf an einer Parade.«

»Was sollen wir tun, wenn im Lokal Probleme auftauchen?«, fragte Weissenegger wie ein Kind, das sich verirrt hat.

»Der Regisseur der Show wird übernehmen. Tun Sie, was Herr Sobel für das Beste hält.«

Mason wollte Kessel gerade die Treppe hinunterbegleiten, als er hörte, wie die Tür zu Schaeffers Büro auf- und wieder zuging. Er drehte sich in Richtung des Geräuschs um. Seine Brust zog sich beim Anblick von Adele zusammen, die gerade Schaeffers Büro verlassen hatte. Sie stieß einen kleinen Japser aus, als sie ihn erblickte. Sie starrten sich gegenseitig einen Moment an. Dann biss sie sich auf die Unterlippe und kam zu ihnen, wobei sie Kessel anschaute, nicht Mason.

»Frieder, wohin bringen sie dich?«

»Mach dir keine Sorgen, Liebling. Mir wird schon nichts passieren.«

Kessels liebevolle Worte machten Mason zu schaffen. Er starrte Adele an, aber sie wich seinem Blick aus. *Jetzt ist nicht der richtige Zeitpunkt, Mason. Atme durch und geh los.* Er murmelte Kessel zu: »Kommen Sie mit«, und zwang sich dazu, sich abzuwenden.

Falls einer der Gäste des Klubs auf sie reagierte, während sie Kessel hinausbegleiteten, fiel es Mason nicht auf. Glücklicherweise waren Atmen, Gehen und das Verhaften von Bösewichten mehr oder weniger automatische Tätigkeiten für ihn.

ACHTUNDZWANZIG

Kessel hatte durchaus das Selbstvertrauen und die Selbstbeherrschung eines Geschäftsmanns, der bereit ist, über eine heikle Transaktion zu verhandeln. Er saß da mit seinen Unterarmen auf dem langen Tisch und begrüßte Mason und Abrams mit »Meine Herren«, als sie ein fensterloses Zimmer in der Sheridan-Kaserne betraten. Der MP, der ihm als Bewacher zugeteilt war, nahm ihre Anwesenheit mit einem Nicken zur Kenntnis und ging hinaus. Die beiden Ermittler setzten sich Kessel gegenüber. Kessels Haltung verblüffte Mason, aber wenigstens war das Bewusstsein der »Unantastbarkeit« verschwunden und durch etwas ersetzt, was Mason am besten als Erleichterung beschreiben konnte, wie bei jemandem, der bereit ist, seine Karten offen auf den Tisch zu legen.

»Fangen wir damit an, was Ihnen zur Last gelegt wird«, sagte Mason.

Abrams schlug einen Aktenordner auf. »Rauschgifthandel, Schwarzmarkthandel, schwerer Diebstahl, Behinderung der Justiz, Störung einer militärpolizeilichen Ermittlung, Mord, Verabredung zum Mord …«

»Mord?«, fragte Kessel überrascht. »Ich habe niemanden ermordet.«

Abrams sah ihn über den Aktenordner hinweg an. »Sie leugnen, an der Ermordung von John Winstone, Hilda Schmidt, Jaakow Lubetkin, Edward Kantos …«

»Ich hatte nichts mit irgendwas davon zu tun.«

Obwohl Kessel es eisern behauptete, fiel Mason auf, dass er blinzelte, als gäbe es da einen kurzen inneren Widerstreit. »Ob Sie tatsächlich den Abzug gedrückt haben oder nicht – Sie waren Mitglied der Bande, die die Morde begangen hat. Das macht Sie zumindest zu jemandem, der Beihilfe dazu geleistet hat. Haben Sie die Morde angeordnet, Herr Kessel?«

»Nein, das hab ich nicht.«

»Wissen Sie, wer sie ermordet hat, und haben Sie uns diese Information absichtlich verschwiegen?«

»Ja.«

Die Direktheit überraschte Mason. Er ließ sich einen Moment Zeit, um seine Gedanken zu sammeln. »Wer sind die Mörder?«

»Ich habe keinen direkten Beweis …«

»Das fällt uns schwer zu glauben«, schaltete sich Abrams ein. »Sie haben eng mit der Bande zusammengearbeitet, die dafür verantwortlich ist.«

»Ich war, wie nennt man das bei Ihnen … der Strohmann. Der Sündenbock. Was das Innenleben der Organisation betraf, hat man mich ganz im Dunkeln gelassen.«

Abrams zeigte auf einen unsichtbaren Punkt in dem offenen Ordner. »Wir haben Zeugen, die aussagen, dass Sie die Transportaufträge erteilt, Abholungen und Lieferungen organisiert haben.«

»Ich bekam schriftliche Anweisungen dazu, was ich wann tun, wen ich anrufen sollte, und so weiter. Die Quelle dieser Anweisungen habe ich nie erfahren.«

»Irgendjemand hat sie Ihnen geben müssen«, sagte Abrams.

»Sie lagen immer in einer Schachtel hinten im Klub. Jeden

Abend musste ich in der Schachtel nachsehen und die Anweisungen genau befolgen.«

Mason schlug mit der flachen Hand auf den Tisch. »Kommen Sie schon, Frieder, Sie sind Schaeffers rechte Hand. Wir kaufen Ihnen nichts hiervon ab, also verschwenden Sie nicht weiter unsere Zeit.«

»So schwer es für Sie vielleicht zu glauben ist, ich sage Ihnen die Wahrheit.«

»Wen haben Sie denn im *Verdacht,* die Mörder zu sein?«

»Meine Vermutung lautet: Major Schaeffer, Lester Abbott und Ernst Volker. Ich glaube auch, dass einige Angestellte des Klubs an einigen der Morde beteiligt waren.«

»Mr. Abrams hat einen Angestellten des Klubs erschossen. Einen Ihrer polnischen Kellner.«

Kessel neigte zustimmend den Kopf.

»Wir hören immer wieder von einem gewissen Lester Abbott, aber niemand scheint ihn je gesehen zu haben.«

»Ich auch nicht.«

»Aus welchem Grund glauben Sie dann, dass er einer der Mörder ist?«, fragte Abrams.

»Von Gesprächen, die ich zufällig mitbekommen habe. Ich vermute, er ist einer der Anführer der Organisation.«

»Und Sie können uns keinen Hinweis geben, der uns dabei helfen würde, ihn ausfindig zu machen?«, fragte Mason.

»Leider nein.«

»Was ist mit Ernst Volker?«

»Das ist vielleicht ein abscheulicher Mann.« Kessel blickte Mason direkt ins Gesicht. »Ich habe gehört, dass Sie während Ihrer Zeit als Kriegsgefangener mit Volker zu tun hatten.«

»Vielleicht werden wir uns eines Tages mit meiner Biografie beschäftigen, aber im Moment will ich von Ihnen wissen, wo wir ihn finden können.«

»Soll ich nichts im Gegenzug für meine Informationen bekommen?«

»Das hängt davon ab, was Sie haben.«

Kessel lächelte. »Das ist so, als würden Sie mich bitten, meine Karten aufzudecken, bevor Sie Ihre Wette abschließen.«

»Wir haben alle Karten in der Hand, Herr Kessel. Selbst wenn wir eine Art Vereinbarung treffen können, gibt es immer noch die deutsche Polizei. Die werden ein Stück von Ihnen haben wollen.«

»Was ich im Gegenzug von Ihnen fordere, ist nicht für mich selbst. Ich möchte von Ihnen die Zusicherung, dass Adele nichts geschieht und keine Strafanzeige gegen sie erstattet wird.«

Mason spürte, wie sein Gesicht vor Zorn heiß wurde. Oder war es Verlegenheit? Ihm wurde erst bewusst, dass er nichts sagte, als Abrams sich auf seinem Stuhl bewegte.

»Ich sehe, dass Sie etwas für sie empfinden«, sagte Kessel. »Das beruht auf Gegenseitigkeit. Sie hat gesagt, sie sähe die gleichen Eigenschaften in Ihnen, die sie bei mir sieht.«

In diesem Moment war Mason versucht, über den Tisch zu springen und Kessel an die Gurgel zu gehen.

Abrams ergriff das Wort. »Wir werden alles in unserer Macht Stehende tun, um sie zu schützen.«

»Das reicht mir nicht. Ich möchte sehen, dass sie unter Ihrem persönlichen Schutz steht. Sie hat große Angst, und da Sie mich jetzt verhaftet haben, kann ich nicht mehr für ihre Sicherheit sorgen.«

»Warum war sie überhaupt so dämlich, zu Ihnen zurückzugehen?«, brachte Mason schließlich heraus.

»Sie hatte den Eindruck, dass ich die einzige Person war, die sie wirklich beschützen könnte. Ich habe ihr gesagt, sie sei töricht, wenn sie das denken würde, aber wenn Menschen Angst haben, neigen sie dazu, törichte Dinge zu tun.«

»Wo ist sie jetzt?«, fragte Abrams.

»Sie werden sie in Hans Weisseneggers Wohnung finden. Hans ist in sie verliebt, obwohl sie nichts getan hat, um ihn zu ermutigen.«

Kessel schrieb Weisseneggers Adresse auf. »Hans ist im Klub, also wird sie alleine sein. Klopfen Sie dreimal, dann zweimal. Sie wird wissen, dass Sie gekommen sind, um sie zu holen. Wir haben das verabredet, als ich von Ihrer Razzia in dem Army-Depot hörte.«

Mason wandte sich an Abrams. »Nehmen Sie sich ein paar MPs und bringen Sie Adele hierher. Ich würde gern ein bisschen gemeinsame Zeit mit Herrn Kessel verbringen.«

Abrams stand auf und beugte sich zu Mason hinab. »Machen Sie keine verrückten Sachen.«

Als Abrams ging, bot Mason Kessel eine Zigarette an, die Kessel akzeptierte. Sie zündeten sich die Zigaretten an und starrten sich durch den dichter werdenden Rauchschleier an.

Schließlich begann Mason: »Warum sind Sie nicht weggerannt, als Sie hörten, dass wir an dem Army-Depot aufgetaucht sind?«

»Es war unumgänglich, dass Sie kommen würden, um mich zu holen, und zu der Zeit schien es die beste Möglichkeit zu sein, meine Beteiligung hier zu beenden. Ich hatte genug, und ich hatte keine große Lust, mein Heil in der Flucht zu suchen. Ich bin mir noch nicht ganz sicher, ob diese Entscheidung ehrenhaft oder feige war.«

»Wie sind Sie in diese Verbrecherbande geraten, wenn Sie nicht den Mumm dazu hatten?«

»Verstehen Sie mich nicht falsch: Mit dem kommerziellen Aspekt der Gruppe hatte ich absolut keine Schwierigkeiten.

Wir haben eine Dienstleistung erbracht. Der Schwarzmarkt ist wirklich alles, was die Deutschen haben, um am Leben zu bleiben.«

»Verdünntes Penicillin und verdünnte Babynahrung, Drogen. Hat das den Deutschen wirklich geholfen?«

»Ich bin Realist, Mr. Collins. Ich hatte keinen Pfennig und war ohne Job, als Volker an mich herantrat und mir anbot, für sie zu arbeiten. Sie haben mir unfassbar viel Geld dafür geboten, ihr Strohmann zu sein.«

»Aber dann fingen sie an, Leute umzubringen.«

Kessel neigte den Kopf. »Ja … Dass Giessen und Bachmann umgebracht wurden, fand ich nicht so schlimm. Es waren furchtbare Männer. Aber dann töteten sie Winstone und Hilda, und ich wusste, da würden sie nicht aufhören. Ich habe Hilda sehr gemocht. Eine süße junge Frau, trotz ihrer kleinen Charakterschwächen. Sie war es, die mich mit Adele bekannt gemacht hat.«

»Wie haben Sie Volker kennengelernt?«

Kessel lehnte sich zurück und betrachtete Mason einen Moment. Mason konnte erkennen, dass Kessel überlegte, was er sagen sollte.

Mason antwortete für ihn. »Sie gehörten zu der Gruppe, die Nazi-Kriegsverbrechern geholfen hat, aus Deutschland zu fliehen.«

»Kriegsverbrecher«, sagte Kessel voll Bitterkeit. »Heißt es nicht in Ihrem Justizsystem, man ist unschuldig, bis die Schuld bewiesen ist?«

»Ach, kommen Sie, Frieder. Die Beweise gegen die meisten von ihnen sind überwältigend. Trotz der schrecklichen Dinge, die sie getan haben, haben wir sie nicht vor offenen Gräben erschossen, wie sie es mit den Juden gemacht haben. Wir haben sie vor ein ordentliches Gericht gestellt. Und mehr als nur ein paar – zu viele, meiner Ansicht nach – sind freigelassen worden, weil die Anklage auf schwachen Füßen stand oder aus Mangel an Beweisen.«

»Alle SS-Männer sind automatisch verhaftet und als Kriegsverbrecher betrachtet worden, egal was sie getan haben. Wie kann das gerecht sein? Wenn ein paar Amerikaner in Pattons Third Army Gräueltaten begangen hätten, würde das rechtfertigen, die gesamte Gruppe zu verurteilen?«

»Die SS hat die Konzentrationslager bewacht und die Insassen vergast. Sie haben Millionen Menschen abgeschlachtet. Versucht, die gesamte jüdische Bevölkerung Europas auszurotten.«

Kessel schlug mit der Hand auf den Tisch. »Aber ich nicht. Kein Einziger in meiner Division. Sie können uns nicht dafür verurteilen, was andere getan haben.«

»Sie sind freigesprochen worden, nicht wahr? Ein Gericht hat entschieden, dass Sie nichts getan haben, und Sie gehen lassen.«

»Ich werde nicht zu rechtfertigen versuchen, dass ich meinen Kameraden helfe, politischen Verfahren zu entkommen. Meine Loyalität gehört meinem Land und den Männern, die an meiner Seite gekämpft haben und gestorben sind. Sie würden dasselbe für die Männer tun, mit denen Sie gedient haben, wenn die Situation umgekehrt wäre.«

Mason drückte seine Zigarette aus. »Ich sehe nicht, welche Eigenschaften wir nach Adeles Ansicht gemeinsam haben.«

Sie blieben eine Weile still. Schließlich sagte Kessel: »Ich habe Volker durch die Fluchthelfer-Gruppe kennengelernt. Ich habe die Gestapo gehasst, aber weil er auf freiem Fuß war, nahm ich an, er wäre als unschuldig an Kriegsverbrechen beurteilt worden. Ich habe erst erfahren, was für ein Mensch Volker in Wirklichkeit war, nachdem ich den Job im Klub übernommen hatte. Ich akzeptiere mein Schicksal, Mr. Collins. Ich will keine Marionette für die Organisation mehr sein.«

»Sehr nobel von Ihnen.«

»Ich gebe nicht vor, nobel zu sein. Diese Männer sind mutwillige Killer und machen vor nichts halt.«

»Bis jetzt haben Sie Schaeffer, Abbott und Volker als Anführer genannt. Wer noch?«

»Nur Gerüchte, Andeutungen, Spekulationen …«

»Ich werde Ihnen ein wenig auf die Sprünge helfen. Zum Beispiel bin ich überzeugt, dass hochrangige Offiziere beteiligt sind. Sogar Generäle. Diese Operation könnte nicht ohne sie funktionieren. Kommen Sie, wagen Sie einen Versuch. Geben Sie mir ein paar Namen, selbst wenn Sie nur einen Verdacht haben.«

»Ich hab nicht mal irgendwelche Namen. Keine Fakten. Aber, wie Sie sagen, es scheint keinen Zweifel zu geben, dass es amerikanische Offiziere in sehr hohen Positionen in Frankfurt, Berlin und München gibt, die zwar nicht Teil des Unternehmens sind, aber von seiner Existenz profitieren. Ich bin tatsächlich überrascht, dass Sie noch am Leben sind. Falls Sie den Königen zu nahe kommen, werden Sie einen tödlichen Unfall irgendeiner Art erleiden. Oder ein Wahnsinniger wird Sie niederschießen. Ich bitte Sie eindringlich um Adeles willen, um Ihretwillen, beenden Sie diese Untersuchung jetzt mit meiner Verhaftung.«

»Wenn Sie Adele helfen wollen, dann helfen Sie mir, ihnen das Handwerk zu legen. Das ist die einzige Möglichkeit. Und wenn wir das nicht tun, wird all das hier – Ihr Geständnis und Ihr Versuch, Adele zu schützen – sinnlos sein.«

»Und wenn ich Ihnen zeigen würde, wo Sie sich auf das Bahngleis vor einen entgegenkommenden Zug stellen sollen, würden Sie es tun? Könnten Sie ihn anhalten? Das ist die Macht, die diese Leute haben.«

»Man muss sich nicht vor einen zu schnell fahrenden Zug stellen, um ihn anzuhalten. Man muss nur ein paar von den Schienen wegnehmen, dann wird er sich selbst zerstören.«

Kessel griff nach seiner Zigarettenpackung und stellte fest, dass sie leer war.

Mason stand auf. »Ich gehe Ihnen eine Packung holen. Lucky Strike, stimmt's?«

Kessel nickte.

Mason musste ohnehin einen klaren Kopf bekommen. Er war hin- und hergerissen, sowohl was Adele als auch was Kessel anging. Er trat in den kalten Abend hinaus und atmete die frische Luft tief ein. Bei seltenen Gelegenheiten hatte Mason während seiner Jahre als Detective und Ermittler jene widersprüchliche Verbindung erlebt, die sich manchmal zwischen Cop und Verbrecher entwickelte, wie die zwischen einem Beichtvater und Beichtendem. Er war schon immer fasziniert von intelligenten und mitfühlenden Menschen, deren moralischer Kompass geradezu konträr zu seinem eigenen ausschlug. Mason hatte Kessel unbedingt zur Strecke bringen wollen, aber jetzt, wo er es geschafft hatte, ertappte er sich bei dem Entschluss, für den Mann zu tun, was er konnte.

Das brachte ihn zu Adele. Verletzt und angeschlagen, geschoben und gezogen von Kräften außerhalb ihrer Kontrolle hatte sie trotzdem ihre Würde bewahrt. Ihre Gefühle gingen tief, aber wie bei Kessel war ihre Moral vom Kurs abgewichen. Dennoch empfand Mason Zuneigung für sie. Das Mitgefühl, das er tatsächlich für beide empfand, verwirrte ihn und gab ihm zu denken, brachte ihn zu der Frage, was das über *ihn* aussagte. Vielleicht konnte unter den richtigen Umständen ein dunklerer Teil von ihm selbst zum Vorschein kommen.

Zehn Minuten später kam Mason mit der Packung Lucky Strike und zwei Tassen Kaffee zurück in den Vernehmungsraum. Sie erzählten sich einige Geschichten aus dem Krieg, und als Kessel von einigen seiner Erfahrungen berichtete, begann Mason, zumindest zwei Eigenschaften zu erkennen, die sie gemeinsam hatten: Pflichtbewusstsein und Ehrgefühl. Und als Abrams mit Adele zurückkam, war die Schranke zwischen ihnen als feindlichen Kämpfern gefallen.

Mason und Kessel standen auf, als Abrams Adele in das Zimmer führte. Adele warf Mason nur einen Blick zu. Sie versuchte zu lächeln, aber es blieb beim Versuch. Anstatt einem der beiden Männer in die Arme zu eilen, blieb sie am anderen Ende des Tischs zwischen ihnen stehen. Abrams zog einen Stuhl für sie heran, und sie setzte sich.

»Herr Collins ist mit unserer Vereinbarung einverstanden«, sagte Kessel.

»Ich kenne da einen Mann in München«, sagte Mason. »Ein deutscher Polizeiinspektor. Er ist ein guter Mensch und ein guter Polizist.«

»Ich gehe nicht nach München«, wandte Adele ein.

»Willst du in Sicherheit sein?«, fragte Mason.

Kessel beugte sich zu ihr. »Adele, du kannst nicht in Garmisch bleiben. Wenigstens nicht, bevor das alles vorüber ist.«

»Und wann wird das sein?«

»Vielleicht noch lange nicht«, sagte Mason. »Du solltest dich an den Gedanken gewöhnen, dass du nicht hierbleiben kannst.«

Schließlich sah Adele Mason in die Augen. »Wieder werde ich weggeschickt. Seit Jahren schicken Männer mich hierher oder dorthin, treffen Entscheidungen über mein Leben. Schreiben mir vor, wen ich sehen, was ich denken soll. Ich hab's satt.«

»Wir wollen dich beide in Sicherheit wissen«, sagte Kessel. »Und München ist nicht so weit weg.«

Adele erwiderte nichts.

»Ich brauche vielleicht ein oder zwei Tage, um es in die Wege zu leiten«, sagte Mason. »In der Zwischenzeit kannst du bei einer Freundin von mir hier in Garmisch bleiben.«

»Eine Frau, mit der du befreundet bist? Das kann ich mir kaum vorstellen.«

»Sie ist Korrespondentin. Sie ist klug, einfallsreich, und es besteht keine Verbindung mehr zwischen uns. Sie werden Schwierigkeiten haben, sie zu mir zurückzuverfolgen. In den paar Tagen, die ich brauche, um dich nach München zu bringen, schaffen sie das nie.«

»Deine frühere Geliebte?«, fragte Adele.

Mason ging nicht auf die Frage ein und wandte sich an Kessel. »Sind Sie mit dieser Abmachung zufrieden? Es ist das Beste, was wir tun können. Ich kann den Hotels und sogar unserem Hauptquartier nicht trauen.«

Adele sank auf ihrem Stuhl zurück. »Ihr redet über mich, als wäre ich eine Ware auf dem Schwarzmarkt. Also hat Herr Kessel einen guten Preis für mich ausgehandelt, nehme ich an.«

Kessel gab nickend seine Zustimmung zu ihrer Vereinbarung. »Sie sollten Volker finden, indem Sie seiner Geliebten folgen. Sie hat eine Wohnung in der Höllentalstraße, Nummer sechsunddreißig. Volker gibt oft mit ihren mitternächtlichen Rendezvous in der Nähe des Kurparks an. Aber er ist ein vorsichtiger Mann, und deshalb könnte sich ihr Treffpunkt inzwischen geändert haben.«

»Ich versuche, darüber hinwegzukommen, dass Volker eine Frau hat«, sagte Abrams.

»Sie ist nicht die einzige Frau mit einem schlechten Männergeschmack«, befand Adele.

Das schien Kessel einen ziemlichen Schlag zu versetzen. Er biss sich auf die Zähne und zischte: »Sie heißt Margareta Schupe …«

Adele stieß ein überraschtes Zwitschern aus. »Ich kenne diese Bordsteinschwalbe. Sie ist Schaeffers zeitweilige Geliebte. Sie hat beide verdient.«

»Woher kennst du sie?«

»Sie ist Eistänzerin – falls man das so nennen will – in der Casa Carioca.«

Mason fragte Kessel: »Da Sie in der Stimmung sind, uns Informationen zu geben, was ist mit Schaeffer? Wie wäre es, wenn Sie uns etwas geben, was ihn eindeutig mit der Organisation der Morde in Verbindung bringt?«

»Das kann ich leider nicht«, erwiderte Kessel.

Aus dem Augenwinkel sah Mason, wie Adele erstarrte. Sie und Kessel wussten noch etwas mehr. Vielleicht konnte er es Adele entlocken oder sie benutzen, um Kessel zu überreden. »Wenn Sie mir helfen, Schaeffer dingfest zu machen, kann ich Ihnen ein viel milderes Urteil versprechen.«

Kessel lächelte nur, aber Adele rutschte auf ihrem Stuhl herum.

»In Ordnung …« Mason stand auf. »Wir sorgen dafür, dass Sie eine komfortable Zelle bekommen, und ich sage den MP-Wächtern, dass Sie gut behandelt werden sollen.«

Kessel verbeugte sich. »Das weiß ich zu schätzen.«

»Gehen wir«, wandte Mason sich mit einer gewissen Schärfe in der Stimme an Adele.

Adele erhob sich von ihrem Stuhl und lief zu Kessel hinüber. Sie schlang ihm die Arme um die Schultern. Er tätschelte ihren Arm, sagte aber nichts. Adele richtete sich auf und warf Mason einen trotzigen Blick zu, bevor sie sich von Abrams aus dem Zimmer führen ließ.

Bevor Mason herausging, sagte Kessel: »Behandeln Sie sie gut.«

Mason nickte und ging.

NEUNUNDZWANZIG

Die üblicherweise zehn Minuten dauernde Fahrt zurück in die Stadt dauerte wegen des heftigen Schneefalls doppelt so lange. Als Mason auf den Parkplatz vor dem Rathaus einbog, sagte Abrams: »Ich dachte, wir bringen Adele zu Lauras Haus.«

»Sie nicht«, sagte Mason, als er vor dem Eingang des Hauptquartiers anhielt.

»Ach, kommen Sie. Dieses kleine Melodram möchte ich um nichts in der Welt verpassen.«

»Tut mir leid, heute Abend keine Vorstellung. Sie können mit dem Bericht anfangen.«

Abrams stöhnte, als er aus dem Wagen ausstieg. »Möchten Sie, dass ich einen Sanitäter bereitstehen habe, wenn Sie wiederkommen?«

Mason sah ihn streng an und zeigte auf den Eingang. Abrams schlenderte davon. Während er ihm hinterhersah, musste Mason lächeln.

»Er ist ein guter Mann«, sagte Adele.

»Eher ein Junge.«

»Bei den wenigen Gelegenheiten, als ich dich habe lächeln sehen, war er mit dir zusammen. Er ist gut für dich.«

»Im Gegensatz zu dir«, meinte Mason, als er vom Parkplatz runterfuhr.

Sie waren ein paar Minuten still. Dann fing Adele an: »Ich kenne Frieder schon lange.«

»Du musst nichts erklären.«

»Er war der beste Freund meines Mannes. Als Albert starb, hat mir Frieder von dem Frontabschnitt, wo er gerade war, so gut geholfen, wie er konnte.«

»Ich muss mir das nicht anhören.«

»Ich war der erste Mensch, den er besucht hat, sobald er aus dem Kriegsgefangenenlager entlassen wurde. Wir waren beide einsam. Wir haben uns nicht rasend geliebt, aber …«

»Adele, das reicht.«

»Du bist eifersüchtig. Ich bin froh.«

»Ich bin wütend. Jede Frau, die ich kenne, kann sich verdammt noch mal nicht entscheiden. Sie kommen zu mir, wenn sie eine starke Schulter zum Anlehnen haben wollen, und wenn sie dann bekommen haben, was sie brauchen, laufen sie davon, um mit den andern Jungs zu spielen.«

»Bist du schon mal auf den Gedanken gekommen, dass du sie verscheuchst?«

Er schaute sie an, dann wieder auf die verschneite Straße. »Ja.«

»War Laura deine Geliebte?«

»Ich werde nicht meine Lebensgeschichte mit dir …« Mason brach ab. »Welcher Teufel hat dich geritten, zur Casa zurückzugehen, wenn das ausgerechnet der Ort ist, von dem du geflohen bist?«

»Schutz.«

»Schutz?!« Mason schlug gegen das Lenkrad.

»Du konntest mir keinen bieten.«

»Adele, ich bin ein Cop. Wie viel mehr Schutz willst du noch?«

»Die Sorte, die du mir nicht geben konntest. Du wirst längst weg sein – tot oder versetzt, oder du gehst freiwillig –, wenn ich noch hier bin und mich alleine durchschlagen muss. Ich kann nicht von Grundsätzen leben. Oder von Erinnerungen.«

Darauf hatte Mason keine Antwort.

»Ich habe mich in dich verliebt«, sagte Adele, »aber ich konnte sehen, dass es keine Zukunft für uns gab. Du liebst diese andere Frau immer noch. Jedes Mal, wenn du mich angeschaut hast, konnte ich es in deinen Augen erkennen. Eine Amerikanerin, und ich bin die Witwe deines Feindes, eines SS-Leutnants.«

»Das spielte keine Rolle für mich. Das, was du jetzt tust, spielt eine Rolle.«

Adele lächelte spöttisch. »So denkt niemand. Nicht mal du. Und du hast nicht geleugnet, dass du diese andere Frau noch liebst.«

»Das ist vorbei. Okay?« Mason wusste, dass er zu viel protestiert hatte. Er überquerte die Loisach und fuhr in Richtung des Alpenvorlands in der Nähe von Breitenau. »Was hast du in Schaeffers Büro gemacht?«

»Machst du dir Sorgen, dass ich auch mit ihm schlafe?«

»Das will ich nicht wissen.«

Adele schnalzte verärgert mit der Zunge. »Du bist nicht leicht zu kränken, aber wenn du gekränkt bist, hast du was von einem schmollenden Kind.« Sie drehte sich in ihrem Sitz, um ihn anzusehen. »Ich habe nach Beweisen gesucht. Frieder war überzeugt, es gäbe Aufzeichnungen oder ein Hauptbuch, irgendetwas, was gegen ihn verwendet werden konnte. Leider habe ich nichts gefunden.«

»Und er hat dich dort reingeschickt?«

»Ich bin auf eigene Faust reingegangen. Frieder wusste, dass Schaeffer ihn eines Tages beseitigen würde, und er hatte die Nase voll vom Töten.«

»Ein Heiliger, wie er im Buche steht.«

Adele schaute ihn eine Weile an. »Du hast wirklich etwas für mich empfunden?«

Mason konzentrierte sich auf die Straße. »Das entscheidende Wort ist ›hast‹.«

»Gehässigkeit steht dir nicht.«

Wieder einmal hatte Mason keine Antwort zur Hand, und Adele fuhr fort: »Wenn du nichts für mich empfinden würdest, würdest du dich nicht so benehmen.«

»Wie du sagtest, ich werde nicht mehr lange hier sein, und du gehst nach München.«

»Ich werde bei einer Freundin von dir wohnen. Vielleicht kommst du zu Besuch.«

»Vielleicht.«

Adele beugte sich zu Mason hinüber. »Wer weiß. Mit ein wenig Zeit …«

»Ich werde bald tot sein, dir zufolge.«

»Ja, nun, wir können nicht alles haben. Aber wir können noch mal schön zusammen tanzen, bevor die Musik aufhört zu spielen. Du siehst, ich bin eine romantische Realistin.«

»Ich sehe uns nicht zusammen einen Walzer tanzen.« Er machte eine Pause. »Aber einen Tango schon. Das kann ich mir vorstellen.«

Adele lachte leise in sich hinein und küsste ihn auf die Wange. Mason wollte gerade etwas sagen, aber die Lichter tauchten wie aus dem Nichts auf, sie waren auf sein Seitenfenster gerichtet und blendeten ihn. Seine Instinkte übernahmen. Er schlug das Lenkrad hart ein, und sein Wagen drehte sich auf der vereisten Straße, aber nicht schnell genug …

Der zu schnell fahrende Lastwagen knallte gegen den hinteren Kotflügel. Der heftige Aufprall fühlte sich an, als wäre er nach einem Sprung aus einem Fenster im ersten Stock auf der Straße gelandet. Der Wagen wirbelte herum, und Mason hörte Adele durch seinen Schock hindurch schreien.

Die Zentrifugalkraft presste ihn gegen die Tür. Er versuchte, Adele zu schützen, während er noch darum kämpfte, den Wagen unter Kontrolle zu bekommen. Die Welt vor der Windschutzscheibe flog verschwommen vorbei, die Scheinwerfer flammten in einer dunklen Leere auf, Asphalt, dann Bäume.

Dann sah er es. Der Baum schien ihnen entgegenzufliegen, als würde er von einem Riesen geschwungen, und er zielte auf Adeles Tür. Einen Sekundenbruchteil später pflügte sich der Wagen in den gewaltigen Baum. Er prallte von dem Baumstamm ab, hob sich vom Straßenpflaster und drehte sich um hundertachtzig Grad, bevor er krachend zum Stillstand kam. Die beiden Räder auf der Fahrerseite hingen über dem Rand einer sieben Meter tiefen Schlucht.

Adele lag schlaff gegen ihre Tür gelehnt. Blut strömte ihr über Kopf und Gesicht. Ihr Körper schien von der Taille an merkwürdig schief, und ihr Kopf neigte sich in einem unnatürlichen Winkel. Trotzdem rief Mason immer wieder ihren Namen und versuchte, ihr ein Lebenszeichen zu entlocken.

Dann hörte er das Knirschen einer Gangschaltung, als der Lastwagen zurücksetzte, um sich für einen weiteren Rammstoß auszurichten. Mason zerrte an Adeles Körper. Er versuchte, sie zu sich hinüberzuziehen, aber das zusammengestauchte Metall hielt ihr Bein gepackt.

Der Lastwagen bewegte sich von seiner neu eingenommenen Position aus vorwärts, zunächst langsam, weil seine Antriebsräder auf dem Eis durchdrehten, aber er gewann schnell an Tempo und raste jetzt auf sie zu. Mason versuchte noch einmal, Adele zu befreien. Sie fühlte sich wie eine Stoffpuppe an, als sie ihm in die Arme sank, aber das Metall gab sie nicht frei.

Vor Wut und Verzweiflung zog Mason seine .45er heraus und feuerte durch das kaputte Beifahrerfenster. Er gab fünf Schüsse auf den heranstürmenden Laster ab. Es war zu dunkel, und die Scheinwerfer blendeten ihn zu stark, als dass er hätte erkennen können, was er vielleicht getroffen hatte.

Scheinwerfer und Kühlergrill des Lastwagens waren über ihm. Er warf sich nach hinten zur Fahrertür hinaus, als der Lastwagen mit der Limousine zusammenstieß. In der Sekunde vor der Kollision warf er sich hinter einen Baum. Wie von einem Katapult abgeschossen flog der Wagen durch die Luft. Der hintere Kotflügel traf den Baum, wodurch das Auto herumgeworfen wurde.

Einen Moment später flog der Lastwagen über den Rand und fegte an ihm in wild entschlossener Verfolgungsjagd vorbei, und beide Fahrzeuge überschlugen und drehten sich mehrfach, bevor sie unten in der Schlucht landeten.

Mason kletterte den Abhang hinunter, was durch den Schnee und seinen Schock erschwert wurde. Er stolperte die letzten zwei Meter hinunter, sprang aber wieder auf und lief zu dem umgekippten Wagen. Adele hing mit dem Kopf nach unten darin, weil ihr Bein immer noch von dem zerdrückten Türblech festgehalten wurde. Er musste sich nicht beeilen; sie war tot.

Er torkelte zu dem Lastwagen hinüber, der auf der Beifahrerseite lag. Zwei Männer waren darin, und beide trugen Zivilkleidung. Die Leiche des Fahrers war auf den Beifahrer gestürzt, sein Kopf durch den Einschlag von Masons Geschossen zur Hälfte weggerissen. Der Beifahrer war zur Hälfte aus dem Türfenster gefallen, und der Lastwagen war auf seiner Brust gelandet. Die Augen des Mannes waren bei einem Blick in den schwarzen Himmel hinauf erstarrt. Mason erkannte keinen der beiden. Er musste die Reste der Windschutzscheibe herausschlagen, um sie zu durchsuchen, aber sie hatten keine Ausweise bei sich.

Als Mason zu seinem Wagen zurückkehrte, spürte er das überwältigende Bedürfnis, Adele aus diesem Sarg aus Stahl und Chrom zu befreien. Er riss mit all seiner Kraft an der Tür, wieder und immer wieder. Bei einem letzten verzweifelten Zerren gab sie ein paar Zentimeter nach. Das reichte. Adeles Leiche sackte auf der Innenseite des Wagendachs zusammen. Während er sie aus dem Wrack zog, schien so gut wie jeder seiner Muskeln Schmerzen auszustrahlen. Er hob sie an den Achselhöhlen hoch und zerrte sie drei Meter von den Wrackteilen weg. Dann setzte er sich neben sie und starrte ins Leere.

DREISSIG

Das Verstreichen der Zeit wurde von ihm nicht wahrgenommen. Mason wurde erst auf den Krankenwagen und die MPs aufmerksam, als ihm das rote Licht auffiel, das über den Schnee und Adeles blutiges Gesicht glitt. Taschenlampen und Stimmen kamen näher, und er stand auf, als MPs und zwei Sanitäter zu ihm liefen. Sie fragten ihn nach seinem Namen, und er antwortete. Er mobilisierte seine Seelenstärke und seine Geistesgegenwart, fischte sein CID-Abzeichen heraus und identifizierte Adele. Er begann zu erklären, was passiert war, aber die beiden Sanitäter übernahmen das Kommando und untersuchten ihn.

»Mir geht's gut«, sagte Mason.

»Nein, Sir, das stimmt nicht«, erwiderte der Sergeant von den Sanitätern mit Blick auf Masons Kopf.

Mason fasste sich ans Gesicht, und als er die Hand wegnahm, war sie blutig. Die Sanitäter packten ihn an den Armen und führten ihn den Abhang hoch zu dem wartenden Krankenwagen. Mason riss seine Arme los. »Ich muss nicht ins Krankenhaus.«

»Lassen Sie uns das entscheiden.«

»Sie werden mich in kein gottverdammtes Krankenhaus bringen!«, schrie Mason, was für ein Pochen in seinem Kopf sorgte.

»Okay.« Der Sergeant deutete auf seinen Kopf. »Sie werden da genäht werden müssen.«

»Verarzten Sie mich und lassen Sie mich gehen.«

Während die Sanitäter sich um Masons Kopfwunde kümmerten, kam ein anderer Wagen angefahren. Abrams stieg aus und lief zum Heck des Krankenwagens. »Ich hab mir gedacht, dass Sie es sind, als der Anruf reinkam.«

»Adele ist tot«, sagte Mason und spürte, wie sich seine Kehle zusammenzog.

Abrams schwieg dazu und legte Mason eine Hand auf die Schulter.

Mason sprang auf und zog Abrams zur Seite. »Sie müssen zu Laura fahren und sie warnen: Schaeffer weiß vielleicht, wo sie wohnt. Die einzige Möglichkeit, woher die Männer in dem Laster wussten, wo sie mich abfangen konnten, ist mein Anruf bei Laura, mit dem ich feststellen wollte, ob sie da ist. Die meisten Telefone in der Sheridan-Kaserne laufen über die normale Amtsleitung, und wer immer da mitgehört hat, hat auch gehört, dass ich die Vermittlung in Breitenau verlangt habe. Es gibt nur eine Hauptstraße von Garmisch dorthin, also mussten sie nur noch an einer strategisch günstigen Stelle auf mich warten. Zwei Fliegen mit einer Klappe.«

»Ich ziehe Wilson und Tandy von ihrer Überwachung ab und lasse sie hochfahren, damit sie dort Wache stehen.«

Abrams wollte losgehen, aber Mason hielt ihn zurück. »Machen Sie das und kommen Sie direkt ins Hauptquartier zurück. Ich werde mir heute Nacht Volker schnappen, und wir sagen nichts davon. Zu niemandem. Verstehen Sie? Ich werde ihn dazu bringen, die anderen zu verpfeifen, egal was dazu nötig ist.«

Mason saß mit nacktem Oberkörper auf einem Stuhl im Erdgeschoss des MP-Hauptquartiers. Ein Arzt und ein Sanitäter untersuchten ihn gründlich, während Densmore in der Nähe stand.

»Sie könnten eine Gehirnerschütterung haben«, meinte der Arzt. »Wir müssen Sie röntgen und über Nacht beobachten lassen.«

»Nein«, widersprach Mason zum wahrscheinlich zehnten Mal.

»Sie sind so störrisch wie ein altes Maultier.«

»Ich will keine Zeit im Krankenhaus verschwenden.«

»Sie haben eine Rippenprellung und Blutergüsse in beiden Oberschenkeln, ganz zu schweigen von der hässlichen Schnittwunde an Ihrem Dickschädel.«

Abrams betrat die Eingangshalle und kam zu der Gruppe. Er nickte Mason kaum merklich zu, dass er sich um alles gekümmert habe.

Ein MP-Schreiber gab Densmore zwei Blatt Papier. »Die Berichte über die zwei in dem Lastwagen.«

Densmore zog die Augenbrauen hoch, während er las. Er fragte Mason: »Sind Sie sicher, dass es kein Unfall war?«

»Wenn ein Lkw in drei Zügen wendet, um noch mal in ein bereits kaputtes Auto zu fahren, ist es kein Unfall.«

»Na ja, die beiden Männer in dem Lkw waren MPs von der Fünfhundertachten in München. Ein Corporal Ivers und ein Private Frazier. Sie wurden vor zwei Tagen wegen unerlaubter Entfernung von der Truppe gemeldet.«

»München?« Abrams stutzte.

»Wäre es Ihnen lieber, wenn sie von hier wären?«, fragte Densmore.

»Das bedeutet, dass Schaeffer einen langen Arm hat«, sagte Mason. Er rechnete damit, dass Densmore sich über die erneute Beschuldigung Schaeffers empörte, aber er schaute weiter auf die beiden Berichte.

Mason zuckte vor Schmerzen zusammen, als der Sanitäter ihm einen Rippenverband anlegte. Der Arzt versuchte erneut, seine Pupillen zu überprüfen, aber Mason drehte den Kopf weg. »Mir geht's prima.«

»Ganz wie Sie wollen.« Der Arzt zuckte mit den Schultern und legte die Instrumente in seine Tasche.

»Vielen Dank«, murmelte Mason, als der Arzt wegging. Sein ganzer Körper war ein einziges Pochen, aber die Schmerzen über Adeles sinnlosen Tod taten ihm mehr weh.

Derselbe Angestellte kam wieder zu ihnen. »Colonel Udahl würde gern Mr. Collins und Mr. Abrams in seinem Büro sehen.«

»Jetzt?«, fragte Densmore, nachdem er auf seine Uhr geschaut hatte.

»Sofort, Sir.«

Densmore wandte sich an Mason. »Gut, dass Sie nicht im Krankenhaus sind, sonst hätte er darauf bestanden, dass Sie auf einer Rolltrage hierhergebracht werden.«

»Er verlangt auch nach mir«, brummte Abrams. »Das kann nichts Gutes bedeuten.«

Als die beiden Ermittler die Treppe im eigentlichen Rathaus hochgingen, setzte Abrams Mason ins Bild. »Laura hat sich geweigert, Hilfe zu akzeptieren, und wollte Wilson und Tandy wegschicken. Sie will sich nicht von der Stelle rühren, und Berko hat das Gleiche gesagt. Ich bin mir nicht sicher, ob ihr Freund allzu glücklich darüber war.«

»Verdammtes störrisches …« Mason hörte von selbst auf.

»Keine Sorge, ich habe ihr nur halb zugehört. Wilson und Tandy sitzen in einem Wagen draußen vor ihrem Haus, die Armen.«

Die beiden Ermittler wurden direkt in Colonel Udahls

Büro geführt. Der Colonel wartete auf dem Sofa auf sie. Er stand auf, um ihnen die Hand zu schütteln, und wandte sich dann an Mason: »Ich freue mich zu sehen, dass es Ihnen gut geht. Tut mir leid, was ich über die deutsche Frau gehört habe.«

»Eine Freundin von Ihnen?«, ertönte eine dröhnende Stimme hinter Mason.

Alle drehten sich um und sahen, wie Major Gamin mit einem breiten Grinsen in das Zimmer trat, als hätte er einen großen Auftritt auf einer Bühne. Mason warf Udahl einen Blick zu, der genauso überrascht aussah wie Abrams und er selbst.

»Sie sehen alle so aus, als hätten Sie einen Geist gesehen«, meinte Gamin. Er blieb mit hinter dem Rücken verschränkten Armen vor ihnen stehen und schaute Mason direkt an, eine Augenbraue nach unten gezogen. »Nun?«

»Sie war die Schwester der Frau, die mit Agent Winstone zusammen getötet wurde, und sie hat uns bei den …«

»Ja, das weiß ich alles. Ich bin dabei, mir Ihre Berichte anzusehen. Scheint so, als würden Sie für mehr Probleme sorgen, als Sie lösen.«

Udahl versuchte, das Thema zu wechseln. »Es ist gut zu sehen, dass es Ihnen besser geht, Bob. Es ist eine Weile her. Warum setzen wir uns nicht?« Er lud alle mit einer Handbewegung ein, Platz zu nehmen, aber Gamin ignorierte ihn.

»Sir«, sagte Abrams, »diese Morde wären auch geschehen …«

»Ich erinnere mich nicht, Ihnen die Erlaubnis zum Sprechen erteilt zu haben«, blaffte Gamin.

»Dieser Mann hat jedes Recht zu sprechen«, sagte Mason. »Falls Sie glauben, Sie könnten verlorene Zeit wiedergutmachen, indem Sie sich wie ein harter Hund aufführen …«

»Mr. Collins, das wird reichen«, unterbrach Udahl.

Mason wandte sich von Gamin ab und fragte Udahl: »Sir, Sie wollten uns sehen?«

Gamin machte zwei Schritte auf Mason zu. »Sie bringen Unglück, Mr. Collins. Menschen in Ihrem Umkreis landen im Leichenschauhaus. Und das wird von jetzt an aufhören.«

»Major, bitte«, sagte Udahl, aber weiter kam er nicht.

»Ich versetze Sie weg von hier, Mr. Collins«, sagte Gamin. »So weit weg wie möglich.«

»Major«, beharrte Udahl, »dieser Mann bleibt, bis wir diesen Fall abschließen können.«

Gamin wandte sich an Udahl. »Er steht unter meinem Kommando …«

»Sie wollen nicht, dass ich meine Autorität spielen lasse und über Ihren Kopf hinweg handele«, sagte Udahl. Er legte eine Pause ein, um seine Selbstbeherrschung wiederzugewinnen, und schaute Mason an. »Ich nehme an, Ihr Gespräch mit Kessel hat einige nützliche Informationen ergeben.«

»Er behauptet, er sei der Strohmann gewesen«, antwortete Mason. »Er hat schriftliche Anweisungen von verborgener Herkunft erhalten und war nicht in der Lage, weitere Beweise beizubringen.« Er bemerkte, wie Abrams aus den Augenwinkeln nach ihm schielte. Selbst wenn er Udahl trauen konnte, traute er Gamin nicht, und er hatte nicht vor, die Information über Volker zu erwähnen.

»Sie haben nicht den Eindruck, Sie könnten mehr aus ihm rauskriegen?«, fragte Udahl.

»Er wirkte aufrichtig, als wäre er erleichtert, sich etwas von der Seele reden zu können. Ich glaube, er hat die Wahrheit gesagt.«

Gamin rutschte unruhig mit den Füßen hin und her, als stünde er unter Strom. Er sagte zu Mason: »Colonel Udahl mag sehr zu meinem Missfallen darauf bestehen, dass Sie hierbleiben und diesen Fall zu Ende bringen«, er zeigte auf Abrams, »aber übermorgen sitzt dieser Mann im ersten Zug nach Frankfurt. Er soll sich beim siebenhundertneunten MP-Bataillon melden.« Er schaute Abrams an. »Der Zug fährt um zehn Uhr ab. Sitzen Sie drin.«

»Mr. Abrams ist für diese Untersuchung von unschätzbarem Wert gewesen«, begann Mason.

»Mir egal.«

»Falls Colonel Udahl und General Pritchard, von General Clay gar nicht zu reden, unbedingt wollen, dass dieser Fall gelöst wird, dann ist Mr. Abrams von entscheidender ...«

»Blasen Sie mir keinen Rauch in den Arsch. Er ist ein Grünschnabel mit ungefähr so viel Erfahrung in Sachen Polizeiarbeit wie ich sie in Gehirnchirurgie habe.«

»Dann müssen Sie eine ganze Menge zufriedener Patienten ...«

»Mr. Collins«, warnte Udahl mit lauterer Stimme.

Mason drehte sich zu Udahl um. »Sir, Mr. Abrams kennt diesen Fall in- und auswendig. Als Ermittler genügt er den höchsten Ansprüchen, und es würde nicht nur den Fall gefährden, sondern wäre auch ungerecht, ihn wegen der Rückschläge zu bestrafen.«

»Mr. Abrams, was haben Sie für sich selbst zu sagen?«, fragte Udahl.

Abrams räusperte sich. »Sir, ich bitte darum, an dem Fall weitermachen zu dürfen. Wir stehen kurz vor der Aufklärung. Das weiß ich. Ich werde überall hingehen, wohin die Army mich schickt, aber ich bitte darum, meine Abfahrt aufzuschieben, bis wir hiermit fertig sind.«

»Dazu kommt es vielleicht nie«, sagte Gamin.

»Geben Sie mir eine Woche, Sir«, bat Abrams.

»Sechsunddreißig Stunden«, entschied Gamin. »Und das gilt auch für Sie, Mr. Collins. Ich weiß nicht, wessen Schwanz Sie lutschen, aber das hört jetzt auf.«

Mason hätte Gamin am liebsten die Faust in sein selbstgefälliges Lächeln geschlagen, aber er fragte sich, ob diese Nummer als bärbeißiger Grobian nicht eine weitere clevere Finte war, um seine Verstrickung in die Bande zu kaschieren. Erst die Farce mit dem angeblichen Gehirnschlag, dann dieses Theater. Und jetzt versuchte er, die Ermittlungen zu torpedieren, indem er sie beide wegschickte. Es wurde Zeit, dass Abrams und er sich Gamin genauer ansahen.

»Mr. Collins«, sagte Udahl, »sind Sie der Beantwortung der Frage näher gekommen, welche Rolle Major Schaeffer in dieser Untersuchung spielt?«

»Es weist alles auf ihn hin, aber er hat seine Spuren sehr sorgfältig verwischt.«

»Dann finden Sie so schnell wie möglich den Beweis, den Sie brauchen. Ich verlasse mich darauf, dass Sie das hinkriegen. Und Mr. Abrams, wir wissen die ganze Arbeit zu schätzen, die Sie bis jetzt für uns geleistet haben, und ich wünsche Ihnen für Ihre Zukunft in der Army alles Gute.«

Mason und Abrams dankten, salutierten und gingen. Zu dieser späten Stunde war es im Flur und Treppenhaus, eigentlich im ganzen Gebäude, still geworden. Als sie die Treppe hinuntergingen, sagte Abrams: »Ich werde mich nicht von ihnen irgendwohin versetzen lassen.«

»Doch, werden Sie.«

»Es ergibt keinen Sinn. Warum soll ich mitten in einer Untersuchung versetzt werden, wenn ich nichts falsch gemacht habe? Wenn wir so nah dran sind?«

»Das ist genau der Grund, warum Sie versetzt werden. Ich glaube, Gamin macht das mit Absicht, um diese Untersuchung lahmzulegen. Aus welchem Grund auch immer, ich glaube, er zieht eine Nummer ab, um seine Schuld unter den Teppich zu kehren.«

»Glauben Sie, Gamin ist der Typ an der Spitze?« Abrams schüttelte den Kopf. »Das glaube ich nicht.«

»Er ist in einer perfekten Position, vor Ort Macht auszuüben, aber die Männer an der Spitze stehen höher in der Nahrungskette als er. Wir reden von Colonels und Generälen, Männer, die genug Macht haben, um uns beide zu zerquetschen. Und deshalb bin ich froh, dass Sie hier rauskommen, bevor das geschieht.«

»Sie werden Sie auch versetzen, das wissen Sie«, sagte Abrams.

»Ich glaube nicht, dass sie vorhaben, mich so lange leben zu lassen, bis es dazu kommt. Ich weiß zu viel.«

»Ich auch.«

Sie kamen im Erdgeschoss an, und Mason blieb stehen, um Abrams anzusehen. »Vermasseln Sie sich Ihre Chancen bei der Army nicht. Halten Sie den Mund geschlossen und den Kopf gesenkt, dann haben Sie keine Schwierigkeiten.«

»Ich will nicht in der Army bleiben, wenn das bedeutet, dass ich mich unter einem Felsen ducken muss.«

»Ich möchte sehen, dass Sie Ihre Sache gut machen. Ein schönes Leben haben und Karriere machen. In zwei Jahren ist das alles passé. Sie machen Ihnen ein Geschenk. Einen Weg hinaus, mit ausgezeichneten Empfehlungen und einer vorbildlichen Akte. Sie haben nichts weiter zu tun, als über all das hier Stillschweigen zu bewahren. Tun Sie's. Und jetzt schnappen wir uns Volker.«

EINUNDDREISSIG

Mason bemerkte, dass Abrams wieder auf die Uhr schaute. »Ich wette, der Minutenzeiger hat sich nicht bewegt, seitdem Sie das letzte Mal nachgesehen haben.«

»Es ist zwei nach Mitternacht«, sagte Abrams. »Vielleicht haben wir die falsche Adresse. Vielleicht hat Kessel uns reingelegt.«

»Vielleicht wollen Sie mal fünf Minuten den Mund halten.«

»Ich habe Adele auch gemocht. Sie müssen mir nicht den Kopf abreißen.«

»Ausnahmsweise bringe ich meinen Dienstgrad ins Spiel und befehle Ihnen, die Klappe zu halten.«

Die beiden Ermittler waren zur Wohnung der Geliebten Volkers gefahren, aber als sie ankamen, war sie schon ausgegangen. Am Kurpark, dem Stadtpark von Garmisch, zu warten war ihre einzige Alternative gewesen. Sie saßen in ihrem Wagen an der Südseite des Parks und hatten einen unverstellten Blick auf den Haupteingang und eine einzeln stehende Parkbank. Es gab andere Bänke, aber diese stand unter einem Schirm von Bäumen und schien die beste Wahl für ein heimliches Rendezvous zu sein.

Offenbar traf Masons Vermutung zu, denn eine Frau, deren Silhouette von einer Laterne umrissen wurde, näherte sich der Bank. Sie trug einen knöchellangen elfenbeinfarbenen Mantel und einen dazu passenden Hut. Das Ensemble sah durch die Art, wie der Stoff im Licht schimmerte, sehr teuer aus. Die Frau blieb vor der Bank stehen und blickte in beide Richtungen; ihr kondensierter Atem wirbelte um ihren Kopf, während sie das tat. Schließlich setzte sie sich, und die Laterne beleuchtete die eine Hälfte ihres Gesichts.

»Das ist sie«, sagte Mason.

»Sind Sie sicher?«

»Ja. Margareta Schupe. Ich habe sie in der Nacht in der Casa Carioca über Hilda ausgefragt. Ich erinnere mich an das Gesicht und daran, wie sie sich bewegt – als hätte sie ein gut geschmiertes Kugellager in den Hüften.«

»Hat Adele nicht gesagt, dass sie Schaeffers Tussi ist?«

»Deshalb dieser abgelegene Treffpunkt. Sie betrügt Schaeffer, und Schaeffer betrügt seine Frau.«

»Diese ungezogenen Nazis aber auch.«

Mason musste unwillkürlich lachen.

Abrams riss sich vom Anblick Margaretas los und schaute Mason an, als versuche er, seine Absichten auszuloten. »Selbst wenn Sie Volker dazu bringen, die Morde zu gestehen und Schaeffer zu beschuldigen, wäre eine Entführung und Folterung …«

»Wer hat irgendwas von einer Folterung gesagt?«

Abrams sah ihn skeptisch an. »Ach, kommen Sie. Das können Sie sich sparen. Wenn Sie das machen, kriegen Sie ihn niemals vor Gericht. Auf diese Weise wird er mehr oder weniger vor einer Strafverfolgung geschützt sein. Er könnte sogar versuchen, uns bei der Army-Staatsanwaltschaft in Schwierigkeiten zu bringen.«

»Der einzige Gerichtssaal, in dem ich ihn gerne sähe, ist einer für Kriegsverbrechen. Im Moment geht es mir nur darum, ihn zum Reden zu bringen. Wenn er redet, sorgen wir dafür, dass seine Kumpel das herausfinden. Auf die eine oder andere Art ist das Volkers letzte Nacht auf freiem Fuß.«

»Was machen wir mit der jungen Frau?«, fragte Abrams.

»Wir können sie nicht gehen lassen. Sie würde zu Schaeffer laufen und ihm alles erzählen.«

»Machen Sie mit Volker, was Sie wollen, aber der Frau geschieht nichts.«

»Außer dass wir ihr eine Heidenangst einjagen werden, wird ihr auch nichts geschehen. Vielleicht denkt sie noch mal darüber nach, ob das Leben als Gangsterbraut so angenehm ist.« Er bemerkte, welchen Eindruck sie auf Abrams machte. »Vielleicht sinkt sie Ihnen ohnmächtig in die Arme.«

Ein Paar Autoscheinwerfer erschien im Rückspiegel. Die Strahlen glitten über den Asphalt. Margareta stand auf und trat an den Bordstein.

»Das ist er«, sagte Mason. Sie machten ihre Pistolen schussbereit und beobachteten, wie der Wagen an ihnen vorbeifuhr. Mason erkannte den Horch Baujahr 1938. »Das ist der Wagen, der draußen vor Adeles Wohnung wartete, als wir sie abgeholt haben.«

Durch die Autofenster sah er einen kräftig gebauten Mann am Lenkrad, dann Volkers ausgeprägtes Profil auf dem Rücksitz.

»Er lässt sich von seinem Bodyguard fahren«, sagte Abrams. »Was sollen wir denn mit dem Kerl machen?«

»Zeit zum Improvisieren.« Mason ließ den Motor an und fuhr langsam an. Als der Horch neben Margareta anhielt und sie einstieg, trat Mason aufs Gaspedal. Die Reifen quietschten, als er neben dem anderen Wagen bremste und quer vor ihm zum Stehen kam.

Mason und Abrams sprangen mit gezogenen Pistolen heraus, die sie auf den Fahrer richteten. Es war Bolus, der muskelbepackte Barkeeper aus der Casa Carioca.

»Hände hoch!«, rief Mason. »Keine Bewegung!«

Der Fahrer tat, was ihm gesagt wurde. Margareta schrie, sprang aus dem Wagen und rannte in den Park. Abrams lief hinter ihr her und warf sie zu Boden. Im gleichen Moment eilte Mason zum Fahrerfenster. »Das Fenster runterrollen. Langsam.« Als Bolus das tat, zielte Mason mit der Pistole auf seinen Kopf, griff hinein und durchsuchte das Innere seines Mantels. Er zog eine Luger heraus und steckte sie in seine Tasche. »Jetzt nehmen Sie den Zündschlüssel heraus und werfen ihn in den Park.« Bolus gehorchte. Mason warf seine Handschellen hinein. »Schließen Sie sich mit den Handschellen an das Lenkrad.«

Der Fahrer gehorchte, während Abrams Margareta wieder in den Wagen zwang. Mason ging zu Volkers Tür und öffnete sie. Ein Lichtschimmer wurde von etwas Metallenem reflektiert. Mason duckte sich in dem Moment, als Volker einen Schuss abgab. Die Kugel flog direkt an seinem Ohr vorbei.

Abrams hielt Volker seine Pistole an die Schläfe. »Legen Sie das Schießeisen auf den Boden. Ganz vorsichtig.«

Volker beugte sich vor, um die Waffe auf den Wagenboden zu legen, kam aber nicht dort an. Mason schlug Volker mit dem Pistolenkolben gegen die Schläfe, sodass er in seinem Sitz zusammensackte.

Margareta schrie und rollte sich zusammen. »Bitte bringen Sie mich nicht um.«

Während Abrams versuchte, sie zu beruhigen, ging Mason wieder zu Bolus zurück und warf ihm den Handschellenschlüssel in den Schoß. »Nehmen Sie sich die Handschellen ab und steigen Sie aus.«

Bolus brauchte einen Moment, um sich loszumachen und aus dem Wagen zu steigen. Als Mason bemerkte, dass der Mann deutlich hinkte, schob er ihn fest gegen den Wagen. Dann zog er sein Schnappmesser heraus und schlitzte das

Hosenbein des Mannes auf. Ein frischer Verband war um seinen Oberschenkel gewickelt.

»Das ist genau die Stelle, wo ich jemand getroffen habe, der gestern Abend auf Jaakows Familie losgegangen ist. Was für ein Zufall.«

Bolus riss die Augen weit auf vor Angst. Mason zwang ihn, um den Wagen herum zum Kofferraum zu gehen. Er schoss zweimal in den Kofferraumdeckel.

»Möchte nicht, dass Sie keine Luft kriegen.« Er deutete auf den Kofferraum. »Rein da.«

»Ich werde da drinnen erfrieren«, wandte Bolus ein.

»Ich gebe Ihnen eine bessere Chance, als Sie der Familie in der Buchhandlung gegeben haben.« Er zielte mit der Pistole auf Bolus' Kopf, bis dieser in den Kofferraum stieg.

Mason knallte den Deckel zu und kehrte zu Volker zurück, der immer noch bewusstlos quer auf dem Rücksitz lag. Er schloss ihm die Hände mit den Handschellen auf dem Rücken zusammen. Volker stöhnte und erwachte langsam aus seiner Benommenheit. Seine Schläfe blutete stark. Nachdem er Volker einen Knebel in den Mund gesteckt hatte, holte Mason einen Segeltuchsack heraus, den er sich in die Manteltasche gesteckt hatte, und zog ihn Volker über den Kopf. Dann brachten er und Abrams Volker und Margareta, so schnell sie konnten, in ihren Wagen.

Mason band den letzten Knoten in die Seile, mit denen er Volkers Arme und Beine an einen schweren Holzstuhl gefesselt hatte. Volker saß still, geradezu stoisch mit dem immer noch über seinen Kopf gezogenen Sack da. Nur seine schweren Atemzüge verrieten seine Furcht. Mason hatte den Heizungskeller der Villa im Vorgriff auf die Entführung vorbereitet: der Stuhl und der Tisch voll mit den Requisiten, die bei der kommenden Vorstellung zur Verwendung kämen. Hinter Mason stand die massive Kohleheizung wie eine gusseiserne Medusa mit ihrem Gewirr von Ofenrohren, die sich in verschiedene Teile des Hauses erstreckten. Nach einer nochmaligen Überprüfung der Seile durchquerte er den Raum, verließ ihn durch eine mit Eisenbändern beschlagene Holztür und legte den Riegel hinter sich vor.

Abrams stand neben Margareta in der benachbarten Waschküche. Ihre Hände waren hinter dem Rücken gefesselt, aber nicht an ihren Stuhl. Sie trug noch den Knebel, den sie zu benutzen gezwungen waren, als sie um Hilfe zu schreien versuchte. Abrams machte bei diesem Anblick ein gequältes Gesicht, und Margareta flehte mit traurigen Augen um Gnade. Sie wand sich in ihren Fesseln, als sie Mason näher kommen sah.

»Haben Sie ihr gesagt, dass wir ihr nichts tun werden?«, fragte Mason.

»Ich hab's versucht, aber ich glaube nicht, dass sie mir das abnimmt.«

Mason ging neben Margareta in die Hocke. »Was mit Ihnen in der nächsten Stunde oder so geschieht, hängt zum Teil von Ihnen ab. Sie sind im Keller eines abgelegenen Hauses, und deshalb kann Sie niemand hören. Aber wenn Sie meinen Ohren zuliebe versprechen, still zu sein, nehmen wir Ihnen den Knebel ab. Okay?«

Margareta schaute Abrams an, dann wieder Mason. Sie nickte. Abrams stellte sich hinter sie und entfernte den Knebel. Margarete schnappte nach Luft, aber sie blieb still.

»Gut«, sagte Mason. »Wenn Sie mir jetzt noch versprechen, dass Sie nicht wegzulaufen versuchen, werden wir auch Ihre Hände losbinden.«

Margareta nickte erneut, und Abrams machte ihr die Hände los. Margareta rieb sich die Handgelenke und fragte: »Was wollen Sie von mir?«

»Wir waren nur hinter Volker her«, erklärte Abrams, »aber wir konnten Sie nicht gut gehen lassen.«

»Ich werde niemandem davon erzählen«, versprach Margareta.

»Major Schaeffer ist Ihr Geliebter, richtig?«, fragte Mason.

Margareta schaute Mason an, als sei sie nicht sicher, was sie antworten sollte.

Mason fuhr fort: »Margareta, Sie haben leider den schlechtesten Männergeschmack seit Eva Braun. Sowohl Schaeffer als auch Volker haben rund ein Dutzend Menschen ermordet. Und das sind nur die, von denen wir wissen. Einschließlich Hilda Schmidt und Adele Holtz.«

»Das ist eine Lüge!«, widersprach Margareta ohne viel Überzeugung in ihren Augen, wie ein auf frischer Tat ertapptes Kind, das diese trotzdem leugnet. »Ich werde es niemandem erzählen, das schwöre ich. Lassen Sie mich gehen. Bitte.«

Wie auf ein Stichwort begann sie zu weinen und bedeckte sich die Augen mit einer zitternden Hand. Mason kaufte es ihr nicht ab, Abrams offensichtlich schon.

»Margareta«, sagte Abrams, »wir werden Sie nicht länger festhalten als unbedingt nötig. Dann können Sie gehen, wohin Sie wollen.«

Mason schüttelte den Kopf. »Da bin ich mir nicht so sicher, Partner. Ich vermute, Margareta wusste über Schaeffers und Volkers Aktivitäten Bescheid. Das ist Beihilfe. Sie wird eine Gefängnisstrafe bekommen.«

Margareta erholte sich auf einmal vom Weinen und starrte Mason wütend an. »Sie können mir nichts nachweisen.«

Mason schaute Abrams an. »Dieses Fräulein wäre eine wirklich gute Schauspielerin, wenn sie nicht so offensichtlich routiniert wäre und ihre Nummern in Sekundenschnelle wechseln würde.«

»Ich bin ... war Schauspielerin.«

»Na also. Sehen Sie, Mr. Abrams? Sie ist Schauspielerin. Ich wusste es.«

Abrams wirkte verblüfft durch die Richtung, die Mason einschlug.

»Gibt zurzeit nicht viele Jobs für deutsche Schauspielerinnen, nicht wahr?«, fragte Mason.

Margareta schüttelte den Kopf. »Alles, was ich finden konnte, war das lausige Engagement als Eistänzerin in der Casa.«

»Nicht sonderlich viel Glanz oder Geld, möchte ich wetten.« Als Margareta wieder den Kopf schüttelte, sagte Mason: »Das ist der Grund, warum Sie mit Schaeffer zusammengezogen sind und Volker noch nebenbei hineingezwängt haben.«

»Zwei geizige Mistkerle«, befand Margareta.

Abrams wirkte zunächst schockiert und dann enttäuscht darüber, dass die potenzielle Frau seiner Träume sich als verbittert und zynisch erwiesen hatte.

»Ich habe einen Vorschlag für Sie ...«, begann Mason.

Margareta stieß ein kurzes, bitteres Lachen aus. »Ich hasse Polizisten. Ihr könntet mir nicht genug Geld dafür bieten, dass ich meine Beine für euch breitmache. Das ist es, was ihr wirklich wollt, stimmt's? Ihr beide wollt mich vergewaltigen und erst umbringen, wenn ihr bekommen habt, was ihr wollt.«

»Miss«, sagte Abrams, »dazu wird es nicht kommen.«

»Ihr zwei bringt mich zum Kotzen.«

»Aber nicht Ihre zwei miesen Freunde?«, fragte Mason. »Bevor Sie sich gehen lassen und dieses offensichtlich teure Kleid ruinieren, das Sie anhaben, hören Sie sich meinen Vorschlag an. Sie können einen Haufen Geld verdienen und kommen außerdem noch so aus dieser Sache raus, dass Sie wie ein unschuldiges Opfer aussehen. Keine Zeit im Gefängnis. Kein Verdacht, dass Sie irgendjemanden verpfiffen haben.«

Margareta konnte ihr Interesse nicht verbergen, als Mason seine Brieftasche hervorzog und zweihundert Dollar herausholte – alles Geld, was er bis zum Ende des Monats hatte. »Wie viel haben Sie?«, fragte er Abrams.

Abrams sah immer noch verblüfft aus und nicht allzu glücklich darüber, Geld für einen geheimnisvollen Zweck preiszugeben. Er fischte das Geld aus seiner Brieftasche und zählte es. »Zweiundfünfzig Dollar.«

Mason zupfte das Geld aus Abrams' Fingern und wandte sich an Margareta: »Das sind zweihundertzweiundfünfzig Dollar. Eine Menge Knete für eine Deutsche.«

Margareta sah ihm gerade in die Augen. »Was soll ich für Sie tun?«

ZWEIUNDDREISSIG

Mason betrat den Heizungskeller und ließ die schwere Tür einen Spalt offen. Volker lag mit dem Gesicht nach unten auf dem kohlefleckigen Boden. Er hatte offenbar versucht, sich freizumachen, und war dabei mit dem Stuhl nach vorn gefallen, der jetzt auf ihm lag. Er mühte sich noch wilder ab, als er Mason näher kommen hörte.

»Jetzt sieh mal, was du angestellt hast«, sagte Mason. Er zog den Stuhl mit einem heftigen Ruck in die aufrechte Position. Dann riss er Volker die Segeltuchhaube herunter. Nachdem dieser sich an das grelle Licht gewöhnt hatte, bekam er einen kleinen Moment lang große Augen, als er neben seinem Stuhl einen Holztisch sah, auf dem eine Reihe stumpfer Werkzeuge lag. Er erholte sich rasch und blickte mit einem unbewegten Gesichtsausdruck geradeaus. Mason nahm einen Gummiknüppel in die Hand und schlug damit hart auf den Tisch. Volker zuckte zusammen und blinzelte, bevor er mit größerer Mühe die Fassung wiedererlangte.

Mason beugte sich nah an Volkers Gesicht heran. »Ich wette, Sie sind einer dieser sadistischen Dreckskerle, die austeilen, aber nicht einstecken können. Ich erinnere mich an einen ähnlichen Keller und an *Ihre* Folterinstrumente. Inzwischen hat sich die Welt gedreht. Sie wissen, was als Nächstes kommt.« Mason zog Volker wieder die Haube über den Kopf. »Das hier wird mir Spaß machen.«

Volker atmete schwer, und sein Körper wurde steif, was in

Mason das primitive Verlangen auslöste, genau das zu tun, was er versprochen hatte, wovon er nur hatte träumen können, als Volker ihn so brutal quälte. Er konnte sogar die Reste jenes süßlichen Brandgeruchs von dem türkischen Tabak riechen, das gleiche moschusartige Parfüm. Seine innere Stimme bedrängte ihn, sich ohne weitere Bedenken zu revanchieren. Es kostete ihn seine ganze Willenskraft, vom Vollzug der Bestrafung abzusehen.

»Sie fragen sich vielleicht, warum ich den Knebel drin lasse.« Er beugte sich zu Volkers Ohr hinab. »Es gibt nichts, was ich von Ihnen wissen will. Es gibt nichts, was Sie sagen könnten, was mich davon abhalten würde.«

Ein markerschütternder Schrei ertönte aus der Waschküche, und Volker fuhr bei dem Klang zusammen.

»Mein Partner kümmert sich um Ihre Geliebte. Von ihr erwarten wir Informationen, aber sie versucht, tapfer zu sein und nicht zu reden. Tapferer als Sie, glaube ich. Das heißt, falls wir überhaupt Informationen von Ihnen haben wollten.«

In Wirklichkeit schauspielerte Margareta wieder einmal auf improvisierter Bühne. Sie hatte sich einverstanden erklärt, Masons und Abrams' Geld für eine einmalige Aufführung zu nehmen. »Ernst«, kreischte sie. »Bitte! Hilf mir!«

Margareta schrie wieder, aber wenn überhaupt schien es Volker nur zu beruhigen. Offenbar war Volker die Art Sadist, die wenig Mitgefühl für die Schmerzen anderer empfand. Vielleicht befriedigten sie ihn sogar. Sie rührten ihn nur in dem Ausmaß, als sie darauf hinwiesen, was er bald ertragen müsste. Volker würde nur auf sein eigenes Leiden reagieren.

Mason nahm ein dickes Stück Gummischlauch in die Hand, das sehr viel Ähnlichkeit mit dem besaß, das Volker bei ihm benutzt hatte. Er legte es auf Volkers Schulter und zog es ihm langsam über den Hals. Volker erschauerte unwillkürlich.

Mason hob den Schlauch hoch in die Luft und ließ ihn dann auf den empfindlichen Teil von Volkers Schienbeinen herabsausen. Volker sträubte sich gegen seine Fesseln, verspritzte aber nur ein bisschen Speichel, während er versuchte, Schmerzensschreie zu unterdrücken.

»Erinnern Sie sich, wie Sie das bei mir gemacht haben?«, fragte Mason, bevor er es noch einmal tat.

Diesmal konnte Volker sich nicht beherrschen und schrie in den Knebel.

Das Quietschen überstrapazierter Scharniere veranlasste Mason, sich umzudrehen. Abrams stand neben der Tür. Er blickte entsetzt und wütend auf den Gummischlauch und auf Mason.

Margareta schrie wieder. »Oh Gott. Nein. Bitte nicht!« Und das, obwohl Abrams – ihr designierter Folterknecht – nicht mal in ihrer Nähe war.

Mason ging zu ihm.

»Was zum Teufel machen Sie da?«, zischte Abrams ihm ins Ohr. »Das ist nicht, was wir vereinbart haben. Deshalb lassen wir Margareta schreien. Um Volker durch Angst zum Reden zu bringen.«

Mit gesenkter Stimme erwiderte Mason: »Was mit Margareta geschieht, ist ihm egal. Ich kümmere mich darum, wie er behandelt werden muss.«

»Nein«, sagte Abrams ein bisschen zu laut. »Sie sind nicht besser als er, wenn Sie das hier machen.«

»Dieses Arschloch hat mehr verdient. Sie wissen, was er diesen Menschen angetan hat. Er hat Hilda zerstückelt. Da bin ich mir sicher.«

»Hier geht es darum, was er Ihnen angetan hat.«

»Mir und zahllosen anderen. Meinen Kumpels. Amerikanischen Soldaten.«

»Tun Sie das nicht, Chief.«

Mason schob Abrams vor sich her in den anderen Raum. Er machte die Tür zu und drehte sich schnell zu Abrams um. »Hinterfragen Sie meine Methoden nicht.«

»Wenn ich es nicht tue, wer sonst? Wir sind hier, um Informationen zu erhalten.«

Als Margareta schrie, sagte Abrams zu ihr: »Hören Sie mal eine Sekunde damit auf, ja?« Margareta zuckte mit den Achseln, und Abrams wandte sich wieder an Mason. »Geben Sie ihm eine Chance zu reden.«

»Und wenn er es nicht tut?«

»Versuchen kostet nichts. Bitte.«

Mason wusste, dass Abrams recht hatte, obwohl er in seiner Frühzeit als Polizist die unausgesprochene Regel gelernt – und praktiziert – hatte, dass ein paar besonnene Schläge berechtigt seien, wenn ein Mann wirklich schuldig war. Aber das hier war irgendwie etwas anderes. Der blanke Terror der Folter war zu unmenschlich. Selbst wenn es um jemanden wie Volker ging.

»Lassen Sie mich noch einen Trick ausprobieren«, sagte Mason. »Der sollte ihm den Rest geben. Und wird ihm nicht wehtun … nicht sehr.« Nach Abrams' skeptischem Blick fügte er hinzu: »Sie können zuschauen.«

Abrams ging hinüber zu Margareta, die alles gab, was sie konnte, um ihn mit ihren Blicken zu verführen.

»Hat Ihnen meine Vorstellung gefallen?«, fragte sie.

Abrams zog seine Handschellen heraus. »Tut mir leid, aber das muss sein.«

Margareta verzog die Lippen zu einem Schmollmund. »Vertrauen Sie mir nicht?«

»Nicht im Geringsten«, erwiderte Abrams. Er schloss sie an einer Wasserleitung fest und brachte sie mit dem

Zeigefinger auf den Lippen zum Schweigen. Dann folgte er Mason in den Heizungskeller und knallte die Tür hinter sich zu.

»Ihre Freundin hat das Bewusstsein verloren, Volker«, fing Mason an. »Sieht so aus, als könnten wir uns zu zweit um Sie kümmern.«

Volker keuchte unter der Haube. Mason nahm sich das Stromkabel mit den an den blanken Enden angebrachten Krokodilklemmen, das er vorbereitet hatte. Dann riss er Volker die Haube herunter. Volkers gespenstisch blasses Gesicht stand im Gegensatz zu dem getrockneten Blut auf seiner Wange und in seinem Haar. Er zog ruckartig den Kopf zurück, als Mason ihm das Stromkabel vor die Nase hielt.

»Das hier war Ihre liebste Foltermethode, wie ich mich erinnere. Ich habe immer noch die Brandflecken, um es zu beweisen.«

Volker versuchte, die Distanz zwischen sich und dem Kabel zu vergrößern. Er wandte sich ab und machte ein trotziges Gesicht.

»Versuchen wir's zuerst mit den Ohrläppchen«, sagte Mason und dachte an Jaakows verunstaltete Leiche.

Volker schüttelte wie wild den Kopf, aber Abrams hielt ihn fest. Mason befestigte an jedem Ohr eine Krokodilklemme. Dann trat er hinter Volker, riss seinen Kopf an den Haaren zurück und zog den Knebel gerade weit genug heraus, dass Volker sprechen konnte.

»Letzte Chance«, rief Mason in Volkers Ohr. »Schaeffer ist derjenige, der all die Morde befohlen hat, nicht wahr?«

»Ich kenne das Gesetz. Sie dürfen das hier nicht tun. Sie bringen mich besser um oder laufen weg, weil ich dafür sorgen werde, dass Sie bis zu Ihrem letzten qualvollen Atemzug leiden.«

»Dazu wird es nicht kommen, weil Sie ein sabbernder Krüppel sein werden, wenn ich mit Ihnen fertig bin. Sie werden nicht mehr in der Lage sein, sich an Ihren eigenen Namen zu erinnern.« Er riss heftiger an Volkers Kopf. »Sie und Schaeffer haben Winstone und Hilda Schmidt ermordet. Sie haben ihr Gesicht zerstückelt und die Teile in Winstones Mund gesteckt. Stimmt's?«

Volker versuchte, Mason zu überschreien. »Ich weiß nicht, wovon Sie reden!«

Mason schob den Knebel wieder zurück. »In ein paar Minuten gehen wir zu anderen Körperteilen über«, sagte Mason. »Machen Sie sich darüber keine Sorgen.« Er bemerkte, dass Abrams angeekelt aussah, also zwinkerte er ihm zu.

»Bringen wir's hinter uns«, sagte Abrams.

Mason wandte sich an Volker: »Mein Partner hat nicht erleben dürfen, was Sie mit mir angestellt haben, und ist deshalb ein bisschen zu eifrig darauf aus, Ihnen die Kehle durchzuschneiden – und fertig. Ich sage, nicht ganz so schnell.«

Volker versteifte sich und schnaufte, versuchte, sich auf das Schlimmste vorzubereiten. Mason ging mit dem Elektrostecker am Ende des Kabels zu einem regelbaren Netzgerät mit einem großen schwarzen Einstellrad, das an eine Steckdose angeschlossen war. Er steckte das Kabel in das Netzgerät und legte den Schalter um. Das Gerät begann, bedrohlich zu summen. »Sind Sie bereit?«

Volker riss an den Seilen, als spüre er bereits einen brennenden Stromstoß.

»Warten Sie«, rief Abrams. Er beugte sich zu Volker hinab und sprach mit leiser Stimme, als konspiriere er gegen Mason. »Mein Partner ist verrückt wegen dem, was Sie mit ihm gemacht haben. Ich kann ihn nicht aufhalten. Er steht rangmäßig über mir. Sie müssen ihm etwas anderes anbieten, worin er sich verbeißen kann. Irgendwas, das er mehr braucht, als Sie zu foltern.«

Mason drehte langsam an dem Einstellrad, und das Summen des Stroms wurde lauter. Volker spuckte und stöhnte zunächst, aber bald stieß er gedämpfte Schreie aus. Dann wurde er völlig steif. Mason hielt die Spannung auf einer Höhe, wo die Wirkung unerträglich schmerzhaft war, aber keinen dauerhaften Schaden anrichten konnte.

Abrams schrie Mason an: »Stopp!«

Mason wartete jedoch noch einen Moment, bevor er die Spannung wieder auf null drehte.

Volker sackte zusammen und machte ein pfeifendes Geräusch, während er sich abmühte, Luft durch die Nase zu bekommen.

»Das waren nur zehn Sekunden bei niedriger Spannung, Volker«, erklärte Mason. »Stellen Sie sich dreißig Sekunden voll aufgedreht vor. Stellen Sie sich dreißig Sekunden mit den Klemmen an Ihren Hoden vor. Das haben Sie mit Ihren Opfern gemacht.«

»Chief, bitte«, rief Abrams. Er hatte Tränen in den Augen, weil er diese furchtbare Szene hatte mit ansehen müssen. Er schaute Mason noch ein bisschen länger an, als wolle er zum Ausdruck bringen, dass er endlich begriff, was Mason unter Volker hatte erdulden müssen. Dann drehte er sich wieder zu Volker um. »Schnell, Mann. Geben Sie uns irgendwas. Wenn ich ihn lange genug auf eine andere Spur ansetzen kann, kann ich das hier den MPs melden und Sie hier rausbringen. Aber Sie müssen mir helfen.«

Volker nickte heftig und artikulierte unverständliche Worte durch den Knebel.

Abrams dreht sich zu Mason um. »Ich nehme ihm den Knebel raus. Er muss atmen können.«

Mason lächelte, als er nickte. Abrams machte das gut, wie er da mitspielte. Abrams entfernte Volkers Knebel, und Volker schnappte nach Luft, während er unentwegt murmelte: »Bitte, bitte, bitte …«

Abrams beugte sich vor. »Sie denken besser rasch, Ernst, oder mein Partner macht weiter.«

Mason sagte in seiner Rolle als rachsüchtiger Verrückter: »Was habt ihr beiden da drüben zu plaudern?« Er ging hinüber zu Abrams und gab vor, wütend über seinen Partner zu sein. »Sie haben gesagt, er müsse atmen. Ich will nicht, dass Sie ihn hätscheln und hinter meinem Rücken mit ihm reden. Ich will diesen Mann brutzeln sehen.« Er drehte sich zu Volker um. »Zum Teufel mit den Ohren. Ich gehe direkt an die Eier.«

Mason begann, an Volkers Gürtel zu ziehen.

»Nein, bitte nicht!«, schrie Volker.

»Volker«, sagte Abrams. »Geben Sie uns was.«

Volker hob den Kopf, als wolle er es von den Dächern schreien. »Morgen Abend findet eine Transaktion statt. Schaeffer überwacht sie persönlich.«

»Was für eine Art Transaktion?«, fragte Abrams, der jetzt selbst schrie.

»Ein Zug kommt von Österreich herüber.«

»Was führt der Zug mit sich?«, fragte Mason.

»Aluminium, Chemikalien, Stahl und Eisen …«

»Was noch?«

Volker schüttelte den Kopf, während ein flehender Blick in seine Augen trat. »Das ist alles, was ich weiß.«

»Quatsch!« Mason stürmte hinüber zu dem Netzgerät. Als er nach dem Einstellrad griff, schrie Volker: »Nein!«

Mason ging zurück zu Volker und brüllte ihn an: »Was ist sonst noch in dem Zug?«

Volker holte tief Luft und schloss die Augen, als wäre es schmerzhaft, diese Aussage zu machen. »Es gibt zwei Güterwagen, die mit Goldbarren und Zahlungsmitteln aus der Staatskasse des Dritten Reichs beladen sind. Es war ein Transport, der am Ende des Kriegs für die Schweiz bestimmt war, aber die SS-Männer sind nur bis Seefeld in Österreich gekommen, bevor sie es begraben mussten. Einige von diesen ehemaligen SS-Männern haben den amerikanischen Behörden den Schatz übergeben, und jetzt wird er zu einem Aufbewahrungsort der Amerikaner in Frankfurt transportiert.«

»Wie will Schaeffer diese Art von Ladung aus einem amerikanischen Militärzug stehlen?«

»Mindestens der halbe Zug ist voll mit deutschen Kriegsgefangenen, die aus italienischen Lagern freigelassen wurden. Sie werden direkt hinter der Grenze anhalten, um die Ex-Gefangenen abzufertigen und zu beköstigen.«

»Und das ist die Stelle, wo sie den Zug überfallen?«, fragte Mason.

Volker nickte, während er Luft einsaugte. »Einige der MPs, die den Zug bewachen, sind mit Schaeffer verbündet, und Schaeffer hat falsche Befehle, wonach die Güterwagen mit dem Gold und dem Geld ihm zu übergeben sind.«

Mason schaute Abrams an. Selbst nach allem, was er über Schaeffers Organisation herausgefunden hatte, fand er es schwer zu glauben, dass so viele Menschen darin verwickelt sein konnten – MPs, höhere Offiziere, die falsche Befehle ausfertigten – und dass Schaeffer den bestimmten Inhalt eines offiziellen Zugs manipulieren konnte; insbesondere, dass er es schaffen konnte, derart wertvolles Frachtgut in einem Zug unterzubringen, der ehemalige deutsche Kriegsgefangene beförderte. Es schien unglaublich. Es war verdächtig, sogar beängstigend.

»Um welche Zeit soll der Zug eintreffen?«, fragte Mason schließlich.

»Gegen acht morgen Abend. An dem MP-Kontrollpunkt Zwischenstation Mittenwald.«

Mason knöpfte sich Volker vor. »Sie haben rund zwanzig Minuten gebraucht, um das alles preiszugeben. Sie haben mich eine Woche bearbeitet, und ich habe Ihnen nichts verraten. Stimmt das nicht, Volker? Sie haben Schaeffer gegenüber gelogen.«

Volker senkte den Blick und stotterte: »J-ja.«

Als Mason ihm wieder die Haube über den Kopf zog, schrie Volker auf. »Bitte, nicht mehr«, sagte er. »Ich habe getan, was Sie wollten.«

Mason gab Abrams das Zeichen, mit ihm zu kommen, und sie verließen den Raum. Mason schlug die Tür zum Heizungskeller zu, schob den Riegel vor und sicherte ihn mit einem Vorhängeschloss.

Margareta schüttelte die Hände, wodurch die Handschellen gegen das Metallrohr rasselten. »Lassen Sie mich gehen?«

»Klar.« Mason nickte. »Morgen Abend.«

»Morgen? Das können Sie nicht machen. Sie haben es mir versprochen.«

»Jetzt machen Sie sich mal keine Sorge. Wir verbringen hier *alle* die Nacht. Zum Teufel, Sie dürfen mit zwei gut aussehenden Männern in dieser schönen Villa bleiben. Was kann sich eine Frau denn sonst noch wünschen?«

DREIUNDDREISSIG

Abrams bog in die Kreuzackerstraße ein, eine kleine Straße in einem Arbeiterviertel. Obwohl die Häuser nach den Maßstäben der amerikanischen Mittelschicht ziemlich anständig waren, schienen sie winzig nach den weitläufigen Villen in Winstones Stadtteil.

Abrams parkte den Wagen vor einem einfachen, weiß verputzten Haus mit einem Dach aus roten Dachpfannen. Wie viele Häuser in dieser Gegend war es in drei Teile geteilt worden, um der ausufernden Bevölkerung Unterkunft zu bieten.

»Ich glaube immer noch, dass das hier keine gute Idee ist«, meinte Abrams. »Tatsächlich glaube ich, es ist verrückt.«

Abrams beobachtete, wie Mason seine Pistole überprüfte. »Sind wir nicht hier, um diesen Mann zu bitten, uns zu helfen?«

»Man geht nicht ohne Stuhl und Peitsche in einen Löwenkäfig.«

Sie stiegen aus und gingen auf einem unbefestigten Weg zur linken Seite des Hauses. Vor einer Seitentür mit der Nummer 44c blieben sie stehen. Mason klopfte und wartete.

Abrams gähnte. »Wissen Sie, wie oft Margareta letzte Nacht aufs Klo musste? Handschellen aufschließen und wieder zuschließen. Ich glaube, ich habe drei Stunden geschlafen bei dem Gejammer und ihren Versuchen, mich zu verführen.«

»Wenigstens hatten Sie das Mädchen. Ich musste die ganze Nacht in Volkers hässliche Visage starren.«

Mason klopfte noch einmal, und Abrams sagte: »Ich habe halb damit gerechnet, dass Sie ihn im Lauf der Nacht noch ein bisschen mehr geschlagen hätten.«

»Klar, ich wollte ihn erwürgen. Ihn von meinem Elend erlösen. Aber das hab ich nicht gemacht.«

»Oh ja, der Mann hat unglaubliche Selbstbeherrschung an den Tag gelegt«, befand Abrams sarkastisch.

Mason warf Abrams einen Blick zu, bevor er gegen die Tür bollerte. Die ganze Türfüllung klapperte in ihrem Rahmen. Die Tür flog auf.

Hans Weissenegger musste den Kopf einziehen, um unter dem Türrahmen durchzuschauen. Er trug einen Flanellschlafanzug und sah aus wie ein riesengroßer Papa Bär aus dem Kinderlied. »Was zum Teufel soll das?« Als er Mason erkannte, knurrte er wütend: »Sie!«, und ballte die Fäuste.

Mason hielt die Hände hoch. »Einen Moment, Hans.«

Mit einem langen Schritt stand Weissenegger vor der Tür. Er überragte beide. »Ich sollte Sie auf der Stelle dafür umbringen, was Sie getan haben.«

»Kessel geht es prima«, sagte Mason. »Wir werden dafür sorgen, dass es so bleibt und er so wenig Zeit im Gefängnis verbringt wie möglich.«

»Es hat sich rausgestellt, dass er nur der Sündenbock für Schaeffer und Volker …«, setzte Abrams an.

»Halten Sie den Mund«, unterbrach ihn Weissenegger. »Sauer bin ich auf den Kerl hier.«

»Hans, wir sind nicht gekommen, um mit Ihnen zu streiten, und ich werde mich nicht dafür entschuldigen, dass ich Kessel festgenommen habe. Wir sind Cops. Wir verhaften Menschen, die gegen das Gesetz verstoßen. Kessel hat sich wie ein Mann verhalten. Das respektieren wir, und wir werden ihn angemessen behandeln. Er wird im Nullkommanichts wieder draußen sein. Und jetzt möchte ich, dass Sie sich beruhigen und sich anhören, was wir zu sagen haben.«

Weissenegger dachte einen Augenblick nach, während er beide wütend anfunkelte. »Sie machen besser verdammt schnell. Das ist meine Schlafenszeit.«

»Was halten Sie davon, wenn wir reingehen, um zu reden? Es muss Ihnen doch furchtbar kalt hier draußen im Schlafanzug sein.«

Weissenegger murmelte einen Fluch und ging hinein, nachdem er sich vorher geduckt hatte. Als Mason und Abrams hinter ihm reingekommen waren, schloss Weissenegger die Tür und kreuzte die Arme vor der Brust.

Mason schaute Abrams auffordernd an.

»Hans, Sie müssen etwas für uns tun.«

Weissenegger sah sie ungläubig an. »Ihr wollt, dass ich etwas für euch tue? Wie verrückt seid ihr denn?«

»Ziemlich verrückt«, flüsterte Abrams Mason zu.

Mason warf Abrams einen Blick zu, bevor er sich wieder Weissenegger zuwandte. »Ich versuche, mir darüber klar zu werden, wie ich Ihnen das schonend beibringen kann …« Er legte eine Pause ein. »Wir haben schlechte Nachrichten, Hans. Adele ist letzte Nacht umgebracht worden.«

Hans ließ die Arme seitlich herabsinken, und sein Unterkiefer wurde schlaff. »Wer war das? Ich bringe den Hurensohn um!« Die Worte, die als Stöhnen begonnen hatten, endeten als Brüllen.

»Ich habe die Männer getötet, die das getan haben«, gestand Mason.

»Sie waren dabei?«

Mason nickte. »Ich habe sie an einen sicheren Ort bringen wollen. Sie haben versucht, uns beide umzubringen.«

»Und schauen Sie sich an. Ein kleiner Kratzer.«

Mason erzählte ihm schnell, was in der vorigen Nacht passiert war, der Lastwagen, der seinen Wagen gerammt hatte. »Diese Kerle haben auf Befehl gehandelt. Andere Leute haben den Mord angeordnet. Und ich habe einen von ihnen in einer Villa eingesperrt.«

»Warum haben Sie ihn nicht umgebracht?«

»Wir sind Cops. Wir töten die Leute nicht, die wir verhaften.«

»Nun ja, ich tu's. Wer ist es?«

»Ernst Volker.«

Weissenegger erstarrte. Entweder war er zu entsetzt, um zu sprechen, oder er hatte plötzlich Angst vor der Macht hinter dem Mann.

»Der andere Mann ist Schaeffer«, fügte Abrams hinzu.

»Schaeffer …«, stammelte Weissenegger mit schwacher Stimme. Die Vorstellung, dass Adele nicht mehr lebte, drang schließlich in sein Bewusstsein, und in seinen Augen bildeten sich Tränen. Er rieb sich mit einer massigen Hand über den Kopf und wandte sich ab. »Sie haben Adele umgebracht?«

»Hans, Sie müssen mir zuhören. Adele wusste zu viel. Jeder, der zu viel weiß, stirbt früher oder später. Schaeffer wird nicht aufhören. Er wird jeden umbringen, der auch nur den Eindruck erweckt, ihm im Weg zu sein. Wir müssen ihn zur Strecke bringen. Und das ist der Punkt, wo Sie zum Einsatz kommen. Volker hat uns eine Möglichkeit verschafft, Schaeffer heute Abend festzunehmen. Bis jetzt haben wir keinen lebenden Zeugen oder irgendwelche konkreten Beweise gefunden. Wenn wir Schaeffer auf frischer Tat ertappen, haben wir ihn, und er wird keine weiteren Morde begehen können.«

»Wollen Sie, dass ich als starker Mann mitkomme? Ich bringe Schaeffer schon zum Reden – direkt, bevor ich ihm den Hals breche.«

»Eigentlich wollen wir, dass Sie Babysitter bei Volker und seiner Freundin spielen.«

»Er ist nicht im Gefängnis? Betreiben Sie jetzt eine Pension für Mörder?«

»Wir wissen nicht, welche MPs auf Schaeffers Gehaltsliste stehen. Wenn wir ihn ins Gefängnis stecken, könnte er Schaeffer eine Nachricht zukommen lassen.«

Hans dachte einen Moment darüber nach. »Allein mit einem von Adeles Mördern?« Er nickte. »Ich bin dabei.«

Als Abrams die Auffahrt zu Winstones Villa hochfuhr, pfiff Weissenegger durch die Zähne. »Nicht schlecht. Wenn Sie mich festnehmen, komme ich dann hierher?«

Abrams parkte, und die drei Männer betraten die Villa.

»Die Freundin ist oben im vorderen Schlafzimmer«, erklärte Mason.

»Und kommen Sie nicht auf dumme Gedanken«, sagte Abrams.

»Wofür halten Sie mich, he?«

»Ich meinte damit: Hüten Sie sich vor ihr! Sie gibt Ihnen das Gefühl, Sie wären der begehrenswerteste Mann der Welt, und verspricht Ihnen alles, falls Sie sie gehen lassen.«

»Wer sagt, dass ich es nicht bin?«

Mason führte ihn hinunter in das riesige Kellergeschoss. Sie mussten durch mehrere Räume hindurchgehen, bevor sie den Heizungskeller erreichten. Mason machte das Vorhängeschloss auf, aber bevor er die Tür öffnete, sagte er zu Weissenegger: »Schlagen Sie ihn nicht. Angst können Sie ihm einjagen, so viel Sie wollen. Das ist leicht genug.«

Die drei Männer betraten den Heizungskeller. Volker saß auf einem Stuhl in der Ecke. Er war mit Handschellen an einer Kette befestigt, die ihm ein paar Meter Freiheit einräumte. Ein Eimer war ihm hingestellt worden, damit er seine Notdurft verrichten konnte, und auf einem Tisch stand eine Feldflasche mit Wasser, neben der ein Laib Brot lag.

Volker sprang von seinem Stuhl auf und kauerte sich in die Ecke, als er Mason erkannte, aber als er Weissenegger durch die Tür trampeln sah, machte er den Eindruck, als würde er am liebsten in den Eimer kriechen.

»Sie kennen sich«, sagte Mason zu Volker. »Hans ist sehr aufgebracht über Adeles Ermordung.«

»Lassen Sie ihn hier nicht rein!«, schrie Volker. »Sie haben kein Recht …« Seine Stimme versagte, und er zitterte am ganzen Körper. Er drehte das Gesicht zur Wand.

Mason wandte sich an Weissenegger: »Sehen Sie, was ich meine?«

»Wo bleibt die Herausforderung?«

»Und denken Sie daran, was ich angeordnet habe …« Dann drehte sich Mason um, damit Volker hören konnte, was er sagte. »Behandeln Sie ihn genau so, wie wir das besprochen haben.«

Als er und Abrams den Raum verließen, schaute Mason zu Weissenegger zurück und meinte: »Haben Sie nicht zu viel Spaß.«

VIERUNDDREISSIG

Es schien so, als folgten alle Blicke Mason und Abrams, während sie das Erdgeschoss des MP-Hauptquartiers durchquerten.

Aus dem Mundwinkel fragte Abrams: »Haben wir Hakenkreuze auf die Stirn gemalt?«

»Die Hälfte von ihnen hat den Verdacht, wir führten nichts Gutes im Schilde, und die andere Hälfte glaubt, wir wären dabei, ihnen einen Strich durch ihren Zusatzverdienst zu machen.«

Als sie die Treppe hochstiegen, nahm der Betrieb im Erdgeschoss wieder normale Formen an.

»Ihr Auftrag besteht darin, MPs für heute Abend zu rekrutieren«, befahl Mason. »Welche, die nicht bestochen sind und den Mund halten können.«

»Sehe ich aus wie der MP-Lagerbetreuer? Woher soll ich wissen, wer bestochen ist und wer nicht? Die meisten von diesen MPs sind anständige Kerle, aber mein Vertrauenswürdigkeits-Anzeiger scheint nicht zu funktionieren.«

Sie betraten Masons Büro, und er machte die Tür hinter ihnen zu. »MPs wissen normalerweise über andere MPs Bescheid. Das Team, das Schaeffer im Auge behält – Wilson und Tandy. Sie sind gerade befördert worden, und sie sind gut darin, den Mund zu halten und ihren Job zu machen. Lassen Sie sich von ihnen helfen, andere Männer zu finden.«

»Wir können nicht allzu viele für diese Aktion abziehen, ohne Verdacht zu erregen.«

»Ideal wären zehn«, schätzte Mason, als er seine Umhängetasche auf den Schreibtisch legte und den Mantel auszog.

Abrams stieß einen tiefen Seufzer aus, der sein Missfallen an dem Auftrag zum Ausdruck brachte. Sobald er zur Tür hinausgegangen war, trat Densmore ein.

»Ich wollte gerade zu Ihnen kommen«, sagte Mason.

»Dann haben Sie sich irgendwann zwischen gestern Abend und heute Morgen elf Uhr verlaufen.«

»Ich musste mich um ein paar Sachen kümmern.«

»Das glaube ich gern. Sie sehen beschissen aus.« Densmore schloss die Tür. »Es hatte wohl nichts mit diesem Zwischenfall am Kurpark zu tun, oder? Es wurden mehrere Schüsse und Schreie gemeldet. Und eine MP-Patrouille hat ein Auto überprüft, das dort über Nacht geparkt war. Sie haben einen Angestellten der Casa Carioca erfroren im Kofferraum gefunden. Er hatte eine Schusswunde im Oberschenkel, die, wie der Gerichtsmediziner annimmt, vor rund zwei Tagen verarztet worden war. Ungefähr um die Zeit, wo Sie einen Burschen ins Bein geschossen haben, der versuchte, die Familie Ihres Informanten zu töten.«

»Da brat mir einer 'nen Storch«, war alles, was Mason dazu einfiel.

»Ist das Ihr Werk? Blut auf dem Rücksitz, Reifenspuren, um den Wagen zu blockieren, Fußspuren von vier verschiedenen Paar Schuhen …«

Mason schaute Densmore in die Augen. »Ich frage mich immer noch, wie weit ich Ihnen trauen kann.«

»Es ist mir verdammt egal, ob Sie es tun oder nicht. Waren Sie das gestern Abend?«

Mason konnte noch einen Verbündeten brauchen, aber

Densmore schien weder Freund noch Feind zu sein. Das Kriterium für die meisten seiner Entscheidungen war offenbar, ob er damit seine Karriere und seine Haut rettete. Aber Densmore wusste schon genug, und er hatte mehr als genug Gelegenheiten gehabt, Mason aus der CID hinauswerfen oder hinter Gitter stecken zu lassen … oder Schlimmeres.

»Das war Volkers Wagen«, gestand Mason schließlich. »Der Mann im Kofferraum war Volkers Fahrer und ein Barkeeper in der Casa Carioca. Derjenige, den ich zufällig in den Oberschenkel geschossen habe, als er und die anderen kamen, um Jaakows Familie umzubringen.«

»Was ist mit Volker?«

»Ich habe ihn an einem sicheren Ort untergebracht.«

»Ich werde Sie nicht fragen, wo.«

»Ich hatte nicht vor, es Ihnen zu sagen. Aber es gibt eine Sache: Volker hat mir eine Möglichkeit eröffnet, an Schaeffer ranzukommen.«

»*Eröffnet* hat er sie Ihnen, tatsächlich?« Densmore lächelte schwach und schüttelte den Kopf. »Okay. Wie sieht Ihr Plan aus?«

Mason gab ihm eine Zusammenfassung dessen, was Volker ihm von dem Zug mit der wertvollen Fracht und den ehemaligen deutschen Kriegsgefangenen aus Italien erzählt hatte. »Da der Zug durch die französische Besatzungszone Österreichs fährt, wird ein Teil der Fahrt von französischen Behörden überwacht. Unmittelbar hinter der Grenze übergeben die Franzosen den Zug an einer Zwischenstation den Amerikanern zur Überwachung.«

Mason nahm Densmore zu einer Wandkarte von Südbayern mit. Er zeigte auf eine Stelle südlich von Mittenwald direkt hinter der deutsch-österreichischen Grenze.

»Der Zug wird an diesem Kontrollpunkt anhalten, um die Ex-Gefangenen abzufertigen und zu beköstigen. Demzufolge, was Volker mir erzählt hat, steht etwa die Hälfte der MPs, die den Zug bewachen, unter Schaeffers Kontrolle. Sie werden die Ladung des Zugs in zwei Partien teilen und haben eine Lokomotive bereitstehen, um die Güterwagen an sie zu koppeln. Sie haben unterschriebene Befehle, offizielle Zollbegleitscheine und Papiere, um den Austausch durchzuführen.«

»Das ist ein größerer Transport. Wir reden von mehreren Millionen Dollar.«

»Deshalb will Schaeffer ihn persönlich kontrollieren. Ich kann mir vorstellen, er will nicht, dass seine Crew auf dumme Gedanken kommt.«

»Sie werden schwer bewaffnet sein. Wir sollten uns das halbe Bataillon zur Unterstützung holen.«

»Wenn wir das Bataillon alarmieren, garantiere ich Ihnen, dass Schaeffer einen warnenden Hinweis erhält.«

Densmore schüttelte den Kopf. »Wir können nicht riskieren, diese Fracht zu verlieren. Wenn Schaeffer einen Hinweis bekommt, ist das schade. Dann kriegen wir ihn bei einer anderen Gelegenheit.«

»Abrams und ich werden Garmisch morgen verlassen. Es wird keine andere Gelegenheit geben. Und Schaeffer wird eine andere Möglichkeit finden, das Gold zu stehlen. Wir verlieren nicht nur das Frachtgut, sondern auch Schaeffer.«

Mason konnte sehen, dass Densmore die Möglichkeiten abwog: Unterbesetzt gegen eine schwer bewaffnete und verzweifelte Bande anzutreten war ein enormes Risiko. Und wenn die Operation schiefging und der Führungsstab feststellte, dass sie das Bataillon nicht alarmiert hatten, würden sie beide schwer auf die Nase fallen.

»Falls wir Schaeffer auf frischer Tat ertappen«, sagte Mason, »und die Befehle sicherstellen, die den Transfer genehmigen, könnten wir sie vielleicht bis zu ihrem Ursprung zurückverfolgen. Die hochrangigen Offiziere, die dahinterstecken, einbuchten. Wenn Sie an Ihre Karriere denken wollen, stellen Sie sich nur mal vor, was ein solcher Coup bewirken könnte. General Clay beobachtet diese Sache genau und setzt Pritchard und Udahl unter Druck …«

»Versuchen Sie nicht, mir das vor der Nase baumeln zu lassen. Ich weiß, dass Sie nicht viel von mir halten, aber ich bin nicht nur deshalb ein Cop geworden, um weich zu liegen. Und glauben Sie ja nicht, ich wüsste nicht, warum Sie das hier machen. Ich weiß von Ihrer Abmachung mit Pritchard und inwiefern Sie von dieser Verhaftung profitieren.«

»Das steht ganz unten auf meiner Liste von Gründen, warum ich Schaeffer haben will. Er hat ein Dutzend Menschen, darunter Freunde von mir und eine Mutter mit Kind, entweder ermordet oder ermorden lassen.« Mason senkte die Stimme und machte einen Schritt auf Densmore zu. »Jetzt oder nie. Sind Sie dabei? Oder sind Sie nicht dabei?«

Densmore stieß einen Seufzer aus. »Das werde ich noch bereuen.«

Es war mitten am Nachmittag, als Mason hinüber zur Sheridan-Kaserne fuhr. Densmore und er hatten viele Einzelheiten der abendlichen Razzia ausgearbeitet, auch wenn Abrams immer noch dabei war, ihren Trupp von MPs zusammenzustellen.

Mason betrat den Zellenflügel der Kaserne und begleitete einen der Gefängniswärter zum Ende des Flurs, zur Zelle Kessels. Kessel saß mit dem Rücken zur Tür auf dem Bett und hatte den Kopf an die Wand gelehnt. Er blieb bewegungslos sitzen, als der Wärter die Zelle aufschloss und Mason eintrat. Mason bat den Wärter, im Flur zurückzugehen und niemanden in die Nähe der Zelle kommen zu lassen.

Als die Schritte des Wärters verklungen waren, sagte Kessel: »Sie haben versprochen, sich um sie zu kümmern.«

»Haben Sie gehört, was passiert ist?«

Kessel sprang auf und drehte sich zu Mason um. »Sie haben es versprochen!«

»Ja, das habe ich«, erwiderte Mason ruhig. »Es war ein Hinterhalt. Sie wussten genau, wo sie auf uns warten mussten. Sie haben versucht, uns beide umzubringen.«

»Ich hätte mich hüten sollen, einem Amerikaner zu vertrauen. Sie war eine Deutsche und hat Ihnen nichts bedeutet. Ihr Amerikaner haltet alle deutschen Frauen für Spielsachen.«

»Ich habe mehr für sie empfunden, als Sie glauben.«

Kessel ließ sich auf seine Pritsche sinken. »Zumindest waren Sie so ehrenhaft, herzukommen und es mir persönlich zu sagen.«

»Ich habe unterschätzt, wie weit Schaeffers Arm reicht. Wir konnten Adele nicht helfen, aber wir können die Mörder der gerechten Strafe zuführen.«

»Gerechte Strafe. Es ist keine Gerechtigkeit möglich, wenn die Polizei unfähig oder korrupt ist.«

»Es gibt mehr als eine Möglichkeit, Gerechtigkeit zu erreichen.«

Kessel sah Mason an, und seinem Blick war zu entnehmen, dass er wusste, was Mason meinte.

»Zum Beispiel«, sagte Mason, »habe ich dank Ihrer Hilfe Volker erwischt. Mit ein wenig Überredung hat er mir eine Möglichkeit genannt, wie ich an Schaeffer rankomme. Das Einzige, was er sich weigerte zuzugeben, war eine

Verwicklung in die Ermordung von Winstone, Hilda, ihrer Schwester und all den anderen. Aber ich wette, Sie wissen Bescheid.«

»Damit hatte ich nichts zu tun. Das habe ich Ihnen schon gesagt.«

»Aber Sie wissen, wer es war. Und ich will nicht diesen Scheiß hören von wegen, Sie hätten keine Beweise. Sie wussten Bescheid und haben es weiterlaufen lassen. Sie haben nichts getan, um ihnen Einhalt zu gebieten, und jetzt haben sie Adele getötet. Deshalb sind Sie so aufgebracht. Sie waren an ihrer Ermordung genauso beteiligt wie Volker und Schaeffer. Jetzt ist für Sie die Zeit gekommen, ein bisschen Mumm zu zeigen und mir zu sagen, was Sie wissen.«

Kessel sprang auf und zeigte auf die Tür. »Ich nehme an, jetzt werden Sie mir auch versprechen, meine Sicherheit zu gewährleisten. Ein Versprechen, von dem Sie wissen, dass Sie es nicht halten können.«

»Wenn Sie darauf bestehen, ein Feigling zu sein, und Adeles Mörder bleiben in Freiheit, dann haben Sie recht: Es ist nur noch eine Frage der Zeit, bevor sie an *Sie* rankommen.«

»Raus mit Ihnen! Wir haben genug geredet.«

Mason ging langsam zur Zellentür und rief nach dem Wärter. Dann wandte er sich wieder an Kessel. »Ich werde Sie in ein anderes Gefängnis verlegen lassen. Ich werde aus Gründen, die auf der Hand liegen, nicht sagen, in welches.«

»Sie werden mich wegen eines Fluchtversuchs erschießen lassen.«

»Ich werde Sie von jemandem, dem ich vertrauen kann, dorthin fahren lassen.«

Der Wärter schloss die Tür auf, und Mason ging hinaus. Als er wegging, warf er einen Blick zurück auf Kessel. Der hatte seine Position mit dem Rücken zur Zellentür und dem Kopf an der Wand wieder eingenommen.

FÜNFUNDDREISSIG

Mason beobachtete die Straße durch sein Fernglas. »Da kommen sie.«

Er und Abrams saßen vorn in einem geliehenen Krankenwagen der Army. Abrams benutzte sein eigenes Fernglas, und sie sahen zu, wie ein Jeep und zwei Truppentransporter über die zweispurige Landstraße fuhren. Der kleine Konvoi war zu weit entfernt, als dass man die Insassen deutlich hätte sehen können.

»Woher wissen Sie, dass sie es sind?«, fragte Abrams. »Es könnte irgendein Konvoi auf dem Weg nach Österreich sein.«

Mason schaute auf seine Uhr. Es war Viertel vor acht. »Die Zeit stimmt.«

»Was ist, wenn Schaeffer nicht dabei ist? Vielleicht hat er beschlossen, diese Aktion auszusitzen. Oder jemand hat ihm einen Tipp gegeben.«

»Dann werden wir die Army sehr glücklich machen, weil wir ihre Fracht gerettet haben, aber wir sind dann in den Arsch gekniffen.«

Der Krankenwagen der beiden Ermittler war am südlichen Rand einer großen, halbkreisförmigen Lichtung in dem schmalen Tal geparkt, das die Isar in die Berge geschnitten hatte. Weniger als zwei Kilometer von der österreichischen Grenze entfernt war eine improvisierte Zwischenstation als Grenzkontrollpunkt errichtet worden. Drei Rangiergleise gingen von der Hauptstrecke ab, die von Österreich hinaufführte, und jedes Rangiergleis war von den anderen durch ein freies Geländestück von fast zehn Meter Tiefe getrennt. Ein konfisziertes Bauernhaus und zwei Wirtschaftsgebäude befanden sich in der Mitte der Lichtung und dienten als Büros und Unterkünfte für zwei Offiziere, sechs MPs und drei Mann Büropersonal. Neben dem Bauernhaus war ein großes Zelt als Triage-Zentrum für schwerkranke, verletzte oder halb erfrorene ehemalige Kriegsgefangene oder zivile Flüchtlinge aus dem Sudetenland eingerichtet worden, die häufig in offenen Güterwagen transportiert wurden. Andere Zelte beherbergten Küchenteams, die heiße Suppe zubereiteten, oder dienten als Registratur zur Abfertigung der ankommenden ehemaligen Kriegsgefangenen. Der Zug mit den Kriegsgefangenen sollte planmäßig in fünfzehn Minuten eintreffen, und da der Zug fast dreihundert ehemalige Kriegsgefangene und »interessante Gefangene« transportierte, hatte das Hauptquartier der Army einen MP Captain und achtzehn MPs von einem Kriegsgefangenenlager in der Nähe von Stuttgart hergeschickt, um die Kontrolle des Zugs zu übernehmen.

Vier als Sanitäter verkleidete MPs saßen hinten in Masons Krankenwagen. Mason hatte sich bereits kurz bei dem Chefarzt im Triage-Zelt gemeldet und ihre Anwesenheit erklärt, indem er behauptete, dass die Third Army ein kampfbereites medizinisches Team hergeschickt habe, um eine bewaffnete Behandlung für alle »interessanten Gefangenen« zu gewährleisten, die ihrer vielleicht bedurften. Am nördlichen Rand der Lichtung versteckten sich Densmore, Wilson und vier weitere MPs knapp unterhalb der Baumgrenze – die Hälfte in Kleidung des medizinischen Personals, die andere Hälfte in Pionieruniformen. Der Plan sah vor, dass sie sich, sobald der Zug angekommen und die Kriegsgefangenen ausgestiegen waren, das unvermeidliche Chaos zunutze machen würden, um sich unter den Rest der Menge zu mischen.

Nachdem er den Konvoi ein paar angespannte Minuten beobachtet hatte, sagte Mason: »Schaeffer ist in dem Jeep an der Spitze.«

Ein paar Minuten später fuhr der Konvoi auf die Lichtung und hielt hinter dem Bauernhaus an. Schaeffer sprang aus dem Jeep und schritt wie ein Viersternegeneral auf den MP Captain zu. Der Lieutenant von der Durchgangsstation gesellte sich zu ihnen, und es gab ein allgemeines Händeschütteln, obwohl der MP Captain angesichts von Schaeffers unerwarteter Ankunft einen skeptischen Eindruck machte.

»Das beantwortet eine unserer Fragen«, meinte Abrams. »Der Captain steht offenbar nicht auf Schaeffers Gehaltsliste.«

»Es sei denn, Schaeffer kauft sich seine Loyalität gerade in diesem Moment«, wandte Mason ein.

Schaeffer zeigte dem Lieutenant und dem MP Captain etwas, von dem Mason annahm, dass es die Befehle und andere offizielle Papiere waren. Der Captain runzelte die Stirn, gestikulierte wild und stach mit dem Zeigefinger auf die Papiere ein. Er war offenbar nicht glücklich über Befehle, die ihn anwiesen, jemand anderem die Kontrolle über die wertvolle Fracht zu überlassen, aber während Schaeffer weiterhin argumentierte, gab er seinen Männern mit der Hand ein Signal, von den Lastwagen herunterzukommen.

Während Mason beobachtete, wie Schaeffers Männer ihre Fahrzeuge verließen, sagte er zu Abrams: »Ich zähle sechzehn MPs und fünf Eisenbahnmänner.«

Densmores Stimme kam über das tragbare Sprechfunkgerät. »Ich erkenne drei von unseren Männern in der Gruppe.«

Mason nahm das Handfunkgerät und sagte: »Yeah, und zwei von den MPs kommen von Company A in München. Und ein paar von den MPs und den Eisenbahnmännern sind Polen aus der Casa Carioca.«

Schaeffers Männer liefen in Dreier- und Vierergruppen herum. Sie vermieden den Kontakt mit den echten MPs und begannen, sich langsam zu verteilen, indem einige von ihnen nach Norden, andere nach Süden gingen. Die als Eisenbahnmannschaft verkleideten Polen brachen in die allgemeine Richtung von Schaeffers Lokomotive ohne Waggons auf, die mit aus ihr herausquellenden Rauchschwaden auf dem Rangiergleis wartete, das der Hauptstrecke am nächsten lag.

Densmores Stimme ertönte erneut über das Sprechfunkgerät. »Zweiundzwanzig gegen zwölf von uns. Das könnte interessant werden.«

»Wir konzentrieren uns auf Schaeffer, falls das hier unübersichtlich wird.«

»Da kommt Eisenbahnrauch aus dem Süden näher. Der Zug wird in zwei Minuten hier sein.«

»Denken Sie dran, wir lassen den Zug anhalten und die Kriegsgefangenen aussteigen. Wir reagieren erst, wenn Schaeffers Leute anfangen, die Güterwaggons von den Personenwagen zu trennen.«

Mason beobachtete, wie Schaeffer und der Captain ihren Wortwechsel fortführten. Der Lieutenant von der Durchgangsstation stand neben Schaeffer und schaltete sich von Zeit zu Zeit ein. Offenbar hatte der MP Captain keine Ahnung, was hier vor sich ging, während der Lieutenant sehr wohl wusste, was Schaeffer vorhatte.

Schließlich näherte sich das tiefe Rumpeln und Tuckern widerhallend von der Talsohle. Dann erklang die Dampfpfeife des Zugs und kündigte seine Ankunft an. Augenblicke später wurde der Güterzug auf der Hauptstrecke sichtbar, und einer der deutschen Eisenbahnarbeiter legte eine Weiche um. Der Zug rollte auf das Rangiergleis, das dem Bauernhaus am nächsten lag. Der Zug hatte vierzehn Güterwagen, und ein einzelner Personenwagen trennte die ersten fünf Wagen mit der wertvollen Fracht von den letzten neun mit den ehemaligen Kriegsgefangenen.

Als der letzte Waggon die Hauptstrecke verlassen hatte, blieb die Lokomotive stehen. Sofort kletterten ein Dutzend französische und amerikanische MP-Wachen von den Wagendächern herunter und bezogen Stellungen um den Zug herum. Weitere sechs französische MPs, zwei französische und zwei amerikanische Offiziere, die aus dem Personenwagen in der Mitte ausgestiegen waren, gesellten sich zu ihnen. Dann bildeten die MPs des Captains und die der Durchgangsstation eine zweite Linie. Alle brachten ihre Waffen in Anschlag.

Zur gleichen Zeit machten sich Schaeffers Eisenbahnarbeiter daran, ihre Lokomotive vorzubereiten und die abzukoppeln, die den Güterzug hierhergebracht hatte. Der Lokomotivführer des Güterzugs sprang herunter und begann, sie anzuschreien, bis zwei von Schaeffers MPs ihn beiseitezogen.

Bis auf Mason nahm kaum jemand Notiz von dieser Auseinandersetzung, weil alle Augen auf den Zug und einen französischen Offizier gerichtet waren, der seinen Männern befahl, die letzten neun Waggons zu öffnen. Rund dreihundert abgezehrte ehemalige deutsche Kriegsgefangene mit abgetragenen und schmutzigen Uniformen strömten hinaus auf den Bahnsteig.

Mason nahm sein Sprechfunkgerät zur Hand. »Okay. Es ist Zeit.« Dann rief er den Männern, die im Krankenwagen warteten, zu: »Machen wir uns auf den Weg, Männer. Immer mit der Ruhe.«

Die vier als Sanitäter gekleideten MPs sprangen heraus und blieben hinter dem Krankenwagen stehen. Wie Mason gehofft hatte, schien niemand ihn und sein Team zur Kenntnis zu nehmen. Er sah zu, wie Schaeffer zwei amerikanische Offiziere aufhielt, die aus dem Personenwagen des Zugs ausgestiegen waren. Der unglückliche MP Captain folgte ihm auf dem Fuß.

Mason beugte sich zu Abrams hinüber. »Volker sagte, die beiden amerikanischen Offiziere im Zug sind in die Aktion eingeweiht. Der arme Captain hat keine Chance.«

Schaeffer zeigte den beiden amerikanischen Offizieren seine Papiere. Sie schienen mit der Übergabe einverstanden, schüttelten Hände und nickten – alles ein großes Theater, das für den MP Captain aufgeführt wurde. Der wollte nichts davon wissen und musste sich jetzt mit drei höherrangigen Offizieren herumschlagen.

In der Zwischenzeit begannen die offiziellen Ärzte und Sanitäter damit, unter den ehemaligen Kriegsgefangenen ihre Runden zu drehen. Einige Männer kamen aus einem der Zelte heraus und stellten zwischen den Rangiergleisen Tische auf den Boden. Große Töpfe mit Suppe wurden zusammen mit Metallschüsseln auf die Tische gehievt. Sobald die Ex-Gefangenen untersucht worden waren, stellten sie sich für die warme Suppe an.

Vom gegenüberliegenden Ende der Lichtung kamen Densmore und seine Männer lässig aus dem Wald heraus. Sie schlenderten umher oder redeten untereinander, und angesichts der ganzen Aktivität schien niemand sie richtig wahrzunehmen.

Mason und seine Männer hatten vor zu warten, bis Schaeffer eine entscheidende Aktion unternahm, um die Güterwagen mit dem Frachtgut an seine wartende Lokomotive zu koppeln, aber Schaeffer und der MP Captain setzten ihre erhitzte Auseinandersetzung fort.

»Kommen Sie, Captain«, sprach Mason leise mit sich selbst, »lassen Sie Schaeffer seinen Zug nehmen.« Und an Abrams gewandt: »Der Bursche muss sich ausgerechnet diesen Moment aussuchen, um schlau zu sein und Befehle und vorgesetzte Offiziere zu hinterfragen.«

Schaeffers Zugmannschaft beendete das Abkoppeln der Lokomotive des Güterzugs, wobei Schaeffers MPs die richtige Besatzung des Güterzugs zwangen, ihnen dabei zu helfen. Der mittlerweile eingeschüchterte Zugführer ließ einen warnenden Pfiff ertönen und fuhr nach vorn auf ein Wartungsgleis. Masons und Densmores Männer mischten sich unter die äußeren Ränder der MPs des Captain, der Sanitäter der Zwischenstation und des Suppenkommandos.

Schaeffers Lokomotive ließ die Pfeife ertönen, und mit einer großen Dampfwolke setzte sie langsam auf das Rangiergleis zurück. Schließlich stieß sie gegen die Koppelung des ersten Güterwagens, wodurch der ganze Zug erzitterte.

Im gleichen Augenblick war nicht weit entfernt die Pfeife eines anderen Zugs zu vernehmen. Als hätte eine Luftschutzsirene vor einem unmittelbar bevorstehenden Angriff gewarnt, blieben alle stehen und drehten sich in die Richtung des Pfiffs. Ein uniformierter Büroangestellter kam plötzlich aus dem Bauernhaus geeilt und lief direkt zu dem Lieutenant. Er sprach schnell, und im Anschluss daran lief der Lieutenant zu Schaeffer.

Irgendwas stimmte nicht.

Mason zog sich den Helm in die Stirn, senkte den Kopf und trat dem Angestellten in den Weg, der in sein Büro zurückkehrte. »Was ist los?«, fragte er so beiläufig wie möglich.

»Nichts Gutes«, sagte der Büroangestellte. »Ein anderer Zug mit russischen Ex-Kriegsgefangenen legt hier einen Notstopp ein. Ein Problem mit der Lok.«

»Russische und deutsche Ex-Kriegsgefangene an derselben Station?«

Der Angestellte nickte. »Sie sind eine der letzten Gruppen von ehemaligen russischen Kriegsgefangenen, die zwangsweise zurück nach Russland gebracht werden, und sie sind darüber nicht glücklich. Nicht seit sie die Geschichten von zurückgeführten Kriegsgefangenen gehört haben, die in sibirische Gulags geschickt oder hingerichtet worden sind, weil sie westlicher Dekadenz ausgesetzt waren. Auf dem Zug gibt es auch Wachen, aber der Zugführer hat per Funk eine Warnung durchgegeben, dass sich ein Haufen Russen irgendwie Zugang zu zehn Kisten Schnaps verschafft hat. Sie sind wütend, betrunken und randalieren.«

»Können Sie den Zug nicht fernhalten?«, fragte Mason.

»Nee. Es gibt noch einen Zug, der hier in rund dreißig Minuten durchkommt.«

Mason hielt den Kopf gesenkt und ging auf einem Umweg zurück zu Abrams. Inzwischen hatten die Eisenbahnarbeiter die Güterwagen und den Personenwagen vom Rest des Zugs getrennt.

»Was ist los?«, fragte Abrams.

»Das hier könnte richtig unangenehm werden.«

Genau in diesem Moment kam der Zug mit den ehemaligen russischen Kriegsgefangenen auf dem mittleren Gleis langsam in die Zwischenstation gerollt. Als er zum Stillstand kam, sprangen die US-Wachen vom Zug ab. Der Zugführer kletterte von dem Führerhaus der Lokomotive herunter und winkte Schaeffers Eisenbahnmannschaft zu, dass sie kommen und nach der Lokomotive sehen sollten. Währenddessen schrien die in den Güterwagen eingeschlossenen Russen und schlugen gegen die Türen. Der Lieutenant, der das Kommando über den zweiten Zug hatte, befahl seinen Männern, in einer Linie mit schussbereiten Waffen anzutreten. Dann ging ein Sergeant am Zug entlang, öffnete jeden Güterwagen und schrie dabei Befehle auf Russisch.

Als die Russen die Linie von MPs mit schussbereiten Waffen sahen, stiegen sie ruhig in den Zwischenraum aus, der die beiden Züge voneinander trennte. Sie starrten wütend auf die Deutschen, ein paar brüllten Beleidigungen, aber sie schienen durch die bewaffneten MPs eingeschüchtert genug zu sein.

Schaeffers Lokomotive, an die nun die Güterwagen angekoppelt waren, begann, sich langsam vorwärts zu bewegen. Schaeffer und seine Männer gingen darauf zu, was für seine Eisenbahner das Zeichen war, von dem Lokführer des Zugs mit den russischen Kriegsgefangenen wegzugehen, der ihre Hilfe beansprucht hatte. Der Lokführer schrie hinter ihnen her, sie sollten zurückkommen, aber die Männer ignorierten ihn.

Mason winkte mit der Hand, und seine Männer setzten sich in Bewegung. Er fühlte einen Schauer der Erregung. Wenn sie Schaeffers Männer mit gezogenen Waffen überraschen konnten, dann hatten sie sie. Er hoffte, jeder wusste, was er zu tun hatte, und dass sie alle Männer Schaeffers entwaffnen und gefangen nehmen konnten, ohne dass es zu einer Schießerei kam.

Mason, der sich auf Schaeffer konzentrierte, hatte die Hand an der Pistole, sie aber nicht gezogen. Schaeffer schlenderte auf seinen wartenden Zug zu, als wäre das Stehlen eines Zugs eine alltägliche Angelegenheit. Mason ging etwas schneller, als Schaeffer nur noch vier Meter von seinem Zug entfernt war, aber in diesem Moment fiel ein Schuss. Alle

Köpfe fuhren herum. Ein deutscher Kriegsgefangener fiel zu Boden. Ein wild dreinblickender Russe hielt eine Pistole in der Hand. Er feuerte wieder auf die Menge der Deutschen, und als wäre das der Startschuss für ein Wettrennen gewesen, liefen die Russen in einem Pulk auf die Deutschen zu und an den verwirrten Wachen vorbei. Die Deutschen stürmten ihrerseits wutentbrannt los, und wie bei einer Schlachtszene an der russischen Front prallten die beiden Gruppen aufeinander. Die Männer des MP Captain und die Wachen des Zugs mit den russischen Kriegsgefangenen schossen in einem vergeblichen Versuch, den Tumult niederzuschlagen, mit ihren Waffen in die Luft.

Der Krawall hatte auch Schaeffer dazu veranlasst, nach hinten zu schauen. Dabei erblickte er Mason. Dann bemerkte er den Kreis von Männern, die auf ihn zukamen. Er schrie etwas, das Mason bei dem Getümmel der Deutschen und Russen nicht verstehen konnte. Schaeffer und seine Männer zogen ihre Waffen und schossen, während sie auf den Personenwagen zuliefen. Densmores Gruppe war näher dran, und sie eröffneten das Feuer. Masons Gruppe nahm sich den Zug vor, aber sie mussten sich ihren Weg durch die kämpfenden Russen und Deutschen bahnen.

Einer von Densmores MPs fiel zu Boden, dann einer von Schaeffers.

Mason verlor Schaeffer aus den Augen, als er aufgebrachte Schreihälse abwehrte oder wegschob. Endlich brach er durch die Menge und sah, dass mehrere von Schaeffers Männern auf den langsam fahrenden Zug geklettert waren. Sie schossen nach hinten auf Mason und seine Männer. Kugeln pfiffen an ihnen vorbei, und ein weiterer Mann ging zu Boden. Mason versuchte, während er lief, die Aufmerksamkeit des MP Captain auf sich zu lenken, aber der machte den Eindruck, als wüsste er nicht, um welchen Notfall er sich zuerst kümmern sollte.

Mit einer Explosion von Rauch und Dampf wurde Schaeffers Zug allmählich schneller. Nur ein paar der Wagen waren noch auf dem gebogenen Nebengleis, und sobald alle Wagen auf der Hauptstrecke waren, konnte der Zug beschleunigen.

Mason begann zu sprinten, und Abrams lief direkt hinter ihm. Er sah, dass zwei MPs aus Densmores Gruppe sich ebenfalls aus dem Handgemenge befreit hatten und neben dem Zug herliefen, aber sie verschwanden sofort in dem Dampf und dem Rauch.

Schließlich begriff der MP Captain, dass die wertvolle Ladung ihm direkt vor der Nase gestohlen wurde. Er sammelte einige seiner MPs, damit sie Densmores Trupp dabei unterstützten, die Männer in Schaeffers Bande anzugreifen, die es noch nicht in den Zug geschafft hatten.

Als Mason sich dem Personenwagen näherte, trat ein Mann hinaus auf die hintere Plattform des Waggons und schoss. Mason erwiderte das Feuer. Der Mann brach zusammen und fiel auf die Gleise. Da so viele Kugeln durch die Luft flogen, konnte er nicht sicher sein, ob er es war, der den Mann niedergestreckt hatte.

Einen Moment später hatte Schaeffers Zug alle Waggons auf die Hauptstrecke gezogen und konnte jetzt mit voller Kraft beschleunigen. In Masons Lunge schien nicht genug Platz zu sein für die Luft, die er zum Laufen brauchte. Er konzentrierte all seine Bemühungen darauf, den Zug zu erwischen. Er starrte auf den Handlauf und mobilisierte seine letzten Kräfte. Dann packte er endlich das Geländer des Personenwagens und zog sich auf die erste Stufe der hinteren Plattform.

»Mason!«

Mason schaute nach hinten. Abrams streckte die Hand aus, während er so schnell rannte, wie er konnte. Mason ergriff seinen Arm und zog ihn auf die Stufe.

Der Zug fuhr jetzt mit voller Kraft und stampfte durch das schmale Tal. Mason und Abrams hielten sich an dem Geländer der Plattform des Personenwagens fest, während sie allmählich wieder zu Atem kamen. Es gab eine einzelne Tür mit einem kleinen Fenster, und solange sie die Köpfe unten behielten, waren sie vom Waggon aus nicht zu sehen. Aber aus dieser Position war es unmöglich festzustellen, wie viele von Schaeffers Männern drinnen warten mochten.

Während Mason seine Pistole nachlud, brüllte Abrams, um den Lärm zu übertönen: »Wie viele?«

»Wenigstens fünf. Vielleicht mehr.«

»Sind wir die Einzigen?«

»Ich glaube, ich habe zwei von Densmores Männern gesehen, aber ich bin mir nicht sicher, ob sie es geschafft haben.«

Mason schaute nach hinten und sah, dass ein Lastwagen auf die Landstraße eingebogen war, die parallel zu den Gleisen verlief. Selbst wenn es Densmore mit einem Trupp von MPs war, die ihnen zu Hilfe kommen wollten, würde der Laster zu lange brauchen, um sie einzuholen. Sie waren auf sich allein gestellt.

Abrams' Augen waren schreckgeweitet. Es war schlimm genug, dass auf ihn geschossen wurde, aber jetzt mussten sie blindlings in einen Personenwagen am Ende eines schnell fahrenden Zugs eindringen. Wie viele Männer? Wie viele Schusswaffen? Abrams sah Mason an.

Mason versuchte, ihn mit einem zuversichtlichen Lächeln zu beruhigen. »Bereit?«

Abrams nickte heftig, was den Helm auf seinem Kopf in eine wippende Bewegung versetzte. Sie atmeten beide tief durch, während sie ihre Plätze direkt unterhalb des Türfensters einnahmen. Mason ergriff die Klinke und zählte bis drei.

Er schob die Tür auf. Beide liefen hinein, schrien von Furcht und Adrenalin erfüllt, die Pistolen erhoben und die Finger am Abzug. Sie blieben schnell stehen. Die beiden MPs von Densmores Trupp, die Mason hatte neben dem Zug herlaufen sehen, hatten jetzt ihre Maschinenpistolen auf sechs von Schaeffers Männern gerichtet. Einer von ihnen hatte eine schwere Wunde in der Brust, während ein anderer eine oberflächliche Verletzung am Hals hatte.

»Wie viele Männer von Schaeffer sind sonst noch im Zug?«, fragte Mason einen der MPs.

»Wissen wir nicht.«

Abrams beugte sich vor und holte tief Luft.

»Alles in Ordnung mit ihm?«, fragte der andere MP.

»Nur erschöpft«, erwiderte Mason.

Als Abrams sich aufrichtete, war sein Gesicht so blass wie der Schnee draußen.

»Es ist noch nicht vorbei«, sagte Mason.

Abrams nickte. Mason ging durch den Personenwagen, und Abrams folgte ihm auf dem Fuß. Als er an Densmores Männern vorbei kam, sagte er: »Wir gehen weiter nach vorn.«

Sie blieben an der Tür stehen, und Mason schaute aus dem Fenster. Niemand wartete auf der Plattform oder auf dem Pufferbereich zwischen dem Personenwagen und dem ersten Güterwagen auf sie. Sie traten hinaus auf die vordere Plattform. Der Zug hatte fast seine Höchstgeschwindigkeit erreicht. Die Gleise, der Erdboden, die schneebedeckten Fichten flogen verschwommen vorbei.

Mason schrie: »Wir müssen über die Dächer nach vorn gehen.«

»Ist das Ihr Ernst?«

»Es ist die einzige Möglichkeit.«

Abrams stöhnte, aber er schlüpfte an Mason vorbei, stieg von der Plattform hinunter und überquerte vorsichtig die Kupplung. Er ergriff die Leiter, die hinauf zum Dach führte, und machte langsame, sorgfältige Schritte nach oben. Mason folgte ihm. Oben auf der Leiter blickte Abrams über den Rand und rief: »Alles klar.«

Sie kletterten beide hoch und standen nach vorn gebeugt auf dem Dach. Das Rattern der Eisenbahnräder und das Dröhnen der Lokomotive erzeugten ein lautes Echo in dem schmalen Tal.

»Konzentrieren Sie sich nur auf Ihre Füße«, sagte Mason.

Abrams stöhnte abermals und ging zögernd nach vorn. Mason schaute nach hinten. Densmores Lastwagen kam näher, lag aber immer noch weit zurück. Mit vorsichtigen Schritten setzten sie ihren Weg über das Dach fort, bis Mason einen knappen Meter vom Rand entfernt ein Zeichen machte, dass sie eine geduckte Haltung einnehmen sollten. Mit erhobenen Waffen krochen sie bis zum Rand und schauten hinunter. Zwei von Schaeffers Männern standen auf der Kupplung und hielten sich am Geländer des Güterwagens fest.

Mason und Abrams richteten die Waffen auf die Männer, und Mason schrie nach unten: »Lasst eure Waffen fallen. Hände hoch!« Als die beiden überrascht nach oben sahen, befahl Mason: »Jetzt sofort!«

Die beiden MPs ließen langsam ihre Waffen fallen und hoben die Hände.

»Hallo, Richardson«, sagte Abrams.

Richardson verzog das Gesicht, als erwarte er etwas sehr Schmerzhaftes in seiner unmittelbaren Zukunft, und sprang vom Zug.

»Herrgott«, sagte der andere Mann.

Mason kletterte herunter und untersuchte den Mann nach Waffen. Dann rief er zu Abrams hoch: »Nehmen Sie ihn mit in den Personenwagen.«

»Was ist mit Ihnen?«

Mason sagte achselzuckend, dass es sonst nichts gebe, was sie tun könnten. Nachdem er Abrams geholfen hatte, ihren Gefangenen auf das Dach zu bekommen, begann er, die nächsten Güterwagen zu überqueren. Bei jedem Waggon wiederholte er den Prozess, ging schnell von einem Ende zum andern, bevor er den nächsten Pufferbereich überprüfte, ob sich dort weitere Männer Schaeffers aufhielten. Er hatte keine Ahnung, was er tun würde, wenn er auf mehr Männer stieße, die sich an den Waggons festklammerten, aber glücklicherweise traf er auf den restlichen Wagen niemanden an.

Auf dem ersten Güterwaggon machte sich Mason an der Lücke zwischen dem Waggon und dem Kohlenwagen der Lokomotive ganz klein. In diesem Moment blies die Pfeife des Zugs lang und laut. Mason erhob sich so weit, dass er über das Dach der Lokomotive schauen konnte. Der Zug raste mit voller Geschwindigkeit auf Mittenwald zu. Ein nicht planmäßiger Zug, der durch eine Stadt brauste, konnte verheerende Schäden anrichten.

Mason sprang über die Lücke und landete auf dem unteren Teil des Kohlenwagens. Er kroch hoch zum oberen Rand der Kohlenladung und schaute in das Führerhaus der Lokomotive hinunter.

Schaeffer stand dort mit dem Lokführer, dem Heizer und zwei MPs. Einer der MPs hatte seine Pistole dem Lokführer in den Hals gedrückt. Mason zielte mit der Pistole auf die Gruppe.

»Keine Bewegung!«

Der MP, der die Waffe auf den Lokführer gerichtet hatte,

wirbelte herum und zielte auf Mason. Mason schoss einmal, und der MP ging zu Boden. Der andere MP und Schaeffer hoben die Hände.

»Halten Sie diesen Zug an. Sofort!«, schrie Mason.

Der Zugführer betätigte die Bremsen. Die Räder kreischten, und Dampf trat aus, der das Führerhaus einhüllte und die Männer verdeckte. Mason rollte schnell zu der Leiter, weil er wusste, dass Schaeffer jetzt irgendwas unternehmen würde.

Der Dampf begann, sich aufzulösen, aber bevor Mason auf der Plattform des Führerhauses angekommen war, kam Schaeffer zum Vorschein und machte Anstalten, von dem immer noch rollenden Zug abzuspringen. Mason war bereit. Er lief durch das Führerhaus und packte Schaeffer am Kragen. Seine Wut verlieh ihm die Kraft, Schaeffer von den Füßen zu reißen und ihn gegen eine Stahlplatte zu knallen. Schaeffers Kopf prallte nach dem heftigen Stoß zurück, und Schaeffer sackte in Masons Griff zusammen. Mason drehte sich um, aber der zweite MP und der Heizer packten ihn, um ihn aus der Lokomotive zu werfen.

»Lasst ihn los, sonst seid ihr beide tot!«, schrie in diesem Moment Densmore. Er und drei MPs von seinem Trupp hatten den Zug eingeholt. Ihre Waffen waren auf die Männer im Führerhaus gerichtet.

Die Männer ließen Mason los und nahmen die Hände hoch. Atemlos grüßte Mason Densmore mit einem Nicken, bevor er Schaeffers Kopf wieder nach oben gegen die Stahlplatte schob. Er zog den Kopf an den Haaren zurück, sodass er ihm ins Ohr sprechen konnte. »Ich werde Sie baumeln sehen.«

SECHSUNDDREISSIG

Als Mason und die anderen zu der Durchgangsstation zurückkehrten, war der Tumult weitgehend niedergeschlagen worden. Zumindest hatte man die Russen und die Deutschen voneinander getrennt. Die bei dem Getümmel Verletzten waren in das Krankenhaus-Zelt und die Sanitätsstationen gebracht worden. Angesichts der Menge der gefallenen Schüsse war nur eine relativ kleine Anzahl von Männern aus Masons und Schaeffers Teams verletzt worden. Mason und Abrams sorgten dafür, dass ihre Männer bevorzugt behandelt und anschließend in den ersten der ankommenden Krankenwagen verfrachtet wurden. Die restlichen Angehörigen von Schaeffers Mannschaft wurden in bewachte Lastwagen gesteckt und zurück nach Garmisch geschickt. Kurze Zeit später trafen zwei Lastwagen zum Truppentransport mit weiteren GIs ein, die gewährleisten sollten, dass die Russen, ganz egal wie widerwillig, wieder in ihren Zug stiegen.

Auf der Fahrt zurück ins Hauptquartier feierten Mason, Abrams und Densmore, indem sie sich eine der von den Russen geklauten Schnapsflaschen teilten. Aber wie bei vielen Augenblicken im Leben hielt die Hochstimmung nicht lange vor, und ihre Euphorie verflüchtigte sich schnell, als sie unmittelbar nach ihrer Rückkehr in Colonel Gamins Büro bestellt wurden.

Gamin und Udahl warteten mit mürrischen Gesichtern auf sie. Mason, Abrams und Densmore blieben in der Mitte des Zimmers stehen; ihre Sanitäteruniformen waren mit Schlamm, Ruß und Blut bedeckt.

Gamin stapfte auf sie zu. »Ihr Scherzkekse habt es diesmal wirklich geschafft.«

»Was meinen Sie damit, Sir?«, fragte Mason. »Dass wir Frachtgut im Wert von mehreren Millionen Dollar sichergestellt haben?«

»Sie haben mich hintergangen und Menschenleben aufs Spiel gesetzt. Eine gefährliche Bande mit einem Dutzend Männer …«

»Major Gamin, das ist nicht produktiv«, unterbrach Udahl.

»Diese Scherzkekse stehen immer noch unter meinem Kommando.«

»Bob, wir haben gerade den Rädelsführer einer brutalen Bande in Gewahrsam genommen. Sie erwarten keine Marschkapelle und Medaillen, aber diese Männer haben ihren Job gemacht.«

Mason sagte zu niemand Bestimmtem: »Ich glaube, der Major ist vor allem deshalb aufgebracht, weil er auf einen Teil des Gewinns verzichten muss.«

Gamin knurrte: »Sie Hurensohn …«

Udahl hob eine Hand. »Meine Herren, das bringt uns nicht weiter!«

Gamin ließ ein bösartiges Lächeln sehen. »Ist schon in Ordnung. Wir haben Collins so ziemlich zum letzten Mal gesehen. Sie gehen beide morgen früh nach Frankfurt, um einen neuen Posten zugewiesen zu bekommen, und in Ihrem Fall, Mr. Collins, hoffe ich, man schickt Sie in ein moskitoverseuchtes Drecksloch.«

»Das reicht mir jetzt von Ihnen beiden …« Udahl wandte sich an Densmore. »Sie sind der leitende Ermittler. Ich würde an diesem Punkt gern einen umfassenden Bericht hören.«

Densmore gab ihm einen Abriss der Ereignisse: was sie vor Ankunft des Zugs mit den deutschen Kriegsgefangenen beobachtet hatten, die Beschlagnahme des wertvollen Frachtguts durch Schaeffers Team, der unerwartete Nothalt des Zugs mit den russischen Kriegsgefangenen, dann der Tumult mit anschließender Schießerei und die Verfolgungsjagd.

»Diese beiden waren fünfzehn Minuten auf dem Zug«, sagte Gamin, während er mit dem Kopf auf Mason und Abrams zeigte. »Haben Sie in ihren Taschen nachgesehen?«

»Major, bitte!« Udahl schüttelte den Kopf.

Ein Mann räusperte sich, der neben der Tür stand. Alle drehten sich um und erblickten Captain Hollister, einen Ankläger der Obersten Militärstaatsanwaltschaft – das Army-Pendant eines Oberstaatsanwalts –, der gerade das Zimmer betreten hatte. Mason war Hollister ein paarmal im Rahmen von kleineren Fällen begegnet. Mit seinem markanten Gesicht, den breiten Zähnen, dem knallroten Haar und den stahlblauen Augen vermittelte er den Eindruck eines Mannes, der dem Wahnsinn nahe war. Er konnte die Beredsamkeit eines Baptistenpredigers mobilisieren und einen Zeugen in ein Häuflein Elend verwandeln. Wenn der Mann nicht eine Vorstellung in einem Gerichtssaal hinlegte, sah man ihn nie lächeln, und in diesem Augenblick präsentierte er ein gewaltiges Stirnrunzeln.

Er marschierte mit seiner Aktentasche an der Seite in das Zimmer. Ohne den Kopf zur Seite zu drehen, grüßte er jeden mit einem kurzen Nicken und einem leisen »Meine Herren«. Sobald er seine Aktentasche auf Gamins Schreibtisch gelegt hatte, drehte er sich um. »Ich habe den Fall mit dem stellvertretenden Obersten Militärstaatsanwalt, dem Major Schaeffer zugewiesenen Verteidiger und dem Angeklagten erörtert. Meiner wohlüberlegten Meinung und dem Rat des stellvertretenden Obersten Militärstaatsanwalts zufolge sind die Schuldvorwürfe gegen den Beklagten, bei denen wir am ehesten mit einer Verurteilung rechnen können, vorsätzliche Gefährdung, unerlaubter Waffenbesitz, Widerstand gegen die Verhaftung, Besitz gefälschter Befehle und ungebührliches Verhalten …«

»Was? Moment mal …«, empörte sich Mason.

Hollister drehte sich ein wenig um die eigene Achse und sah Mason an. »Chief Warrant Officer Collins?«

»›Mr. Collins‹ reicht, sonst stehen wir hier den ganzen Tag. Was ist mit Mord, versuchtem Mord, schwerem Diebstahl, versuchtem Diebstahl …«

»Der Angeklagte behauptet, er sei geflohen, weil er Angst um sein Leben hatte. Er behauptet, dass er in dem Durcheinander des Tumults keine Ahnung gehabt habe, wer nun wen umbringen wollte. Er habe Sie und Ihre Männer mit gezogenen Waffen auf sich zukommen sehen, nachdem Schüsse gefallen seien. Sie hätten keine Uniformen getragen, aus denen hervorgegangen sei, dass Sie Militärpolizisten waren, Sie hätten nicht gerufen, wer Sie waren oder mit was für Absichten …«

»Entschuldigen Sie, Sir«, fiel Densmore ihm ins Wort, »aber sie haben das Feuer auf uns eröffnet, und ich habe verkündet, wer wir waren und was wir vorhatten.«

»*Major* Schaeffer«, sagte Hollister, wobei er den höheren Dienstrang mit Nachdruck versah, »hat gesagt, Sie hätten es nicht getan oder es wäre wegen des Lärms durch den Aufruhr nicht laut genug gewesen, dass man es hätte hören können. Er sei geflohen, weil er Angst um sein Leben hatte, und er hätte sich große Sorgen um die wertvolle Fracht gemacht. Er habe angenommen, Sie und Ihre Männer hätten vorgehabt, die Ladung zu stehlen, und er habe es für seine Pflicht gehalten, Sie daran zu hindern.«

»Er hat versucht, diese fünf Güterwagen mithilfe gefälschter Papiere zu stehlen ...«, mischte sich Mason wieder ein.

»Major Schaeffer hatte den Eindruck, sie wären echt. Die Befehle sahen vor, dass er die Verantwortung für die Ladung übernimmt und ihre ordnungsgemäße Ablieferung sicherstellt ...«

»Er hatte Männer unter seinem Kommando, die falsche Uniformen trugen. Er hatte polnische Staatsangehörige, die sich für Eisenbahner ausgaben ...«

Hollister fuhr fort, ohne Mason ausreden zu lassen. »Er sollte sich aller Mittel bedienen, die er für notwendig hielt, um diese Befehle auszuführen, weil die ernste Befürchtung bestand, dass es zu einem Diebstahl der Ladung durch skrupellose Army-Angehörige kommen könnte, und er behauptet, in Ausführung jener Befehle diese Männer in gutem Glauben rekrutiert zu haben. Man könnte ihn wegen mangelnder Urteilskraft oder Naivität verurteilen, aber wir haben keine Beweise dafür, dass er beabsichtigte, einen Raub zu begehen, oder dass ihm klar war, dass es sich bei den Befehlen um Fälschungen handelte.«

»Merken Sie eigentlich nicht, wie lächerlich das alles klingt? Ich habe einen seiner Partner in Gewahrsam, und er ist derjenige, der mich informiert hat, wo Schaeffer wann sein würde, und zu welchem Zweck.«

»Wo ist dieser Zeuge?«

»Ich habe ihn an einem abgeschiedenen Ort untergebracht.«

»Die Tatsache, dass Sie ihn, ohne dazu autorisiert zu sein, an einen geheimen Ort geschafft oder davon abgesehen haben, ihn zu einer dafür vorgesehenen Einrichtung zu bringen, ist gegen die Vorschriften. Welche Einlassung er auch gemacht haben mag, sie wird vor keinem Gericht standhalten.«

»Es war zu seiner eigenen Sicherheit.«

»Und könnte dieser Zeuge behaupten, dass er diese Information unter Zwang preisgegeben hat?«

»Auf wessen Seite stehen Sie denn?«, knurrte Mason.

»Mr. Collins …«, warnte Udahl ihn zum zweiten Mal.

Hollisters unbewegter Gesichtsausdruck blieb so beständig wie eine Marmorstatue. »Ich vermute, Sie reden von einem Herrn Ernst Volker. Offen gestanden ist mir das Wohlbefinden dieses Mannes völlig egal. Aber wenn dieser Mann als Zeuge der Anklage vor Gericht aussagt, wird der Verteidiger unseren Fall in der Luft zerreißen. Wenn das stimmt, was Sie über Major Schaeffer behaupten, dann wäre ich froh, die schwereren Schuldvorwürfe gegen ihn zu erheben, aber solange Sie mir keine weiteren glaubwürdigen Zeugen nennen oder objektive Beweise beibringen können, kann ich nur die unbedeutenderen Anklagepunkte in der Militärgerichtsverhandlung vorbringen.«

»Was bedeutet das in Knastzeit?«

»Er wird degradiert werden und zwei bis vier Jahre in Leavenworth bekommen. Aber wenn man seine Heldentaten im Krieg hinter feindlichen Linien in Anschlag bringt, kriegt er vielleicht nur eine Verwarnung und sechs Monate hinter Gittern.«

»Sechs Monate? Er hat ein Dutzend Leute entweder selbst ermordet oder ihre Ermordung befohlen.«

Hollister neigte feierlich den Kopf. »Dann bringen Sie mir, was ich brauche.«

Gamin lachte bellend. »Mr. Collins wird sich nicht lange genug dafür hier herumtreiben. Er sitzt morgen früh in einem Zug nach Frankfurt.«

»Das ist schade«, sagte Hollister. »Ich tendiere dazu, Mr. Collins zu glauben, trotz seiner unüberlegten Bemerkung.« Er schaute Mason an. »Es scheint so, als hätten Sie zwölf Stunden Zeit, mit etwas anzukommen, das mir helfen könnte, ihn wegen schwererer Anklagepunkte vor Gericht zu stellen.« Während er den Kopf vollkommen still hielt, drehte er sich in der Hüfte, um jeden kurz anzusehen. »Sonst noch Fragen?«

»Achten Sie nur darauf, dass Mr. Densmore die Wächter für Schaeffer aussucht«, sagte Mason. »Einige der MPs in dieser Abteilung stehen auf Schaeffers Lohnliste.«

Hollister nickte, aber Gamin stieß knurrend aus: »Sie konnten sich eine weitere verleumderische Spitze gegen meine Einheit nicht verkneifen, oder?«

Udahl sagte zu Hollister: »Captain, Sie und ich wissen, dass Major Schaeffers Geschichte äußerst dürftig ist. Er und seine Leute haben auf Kameraden geschossen.«

»Ich bin Ihrer Meinung«, erwiderte Hollister. »Es gibt allerdings keine Garantie, dass die Beweise für diese Anklagepunkte ausreichen. Die Richter könnten der Meinung sein, dass die Interpretation der Ereignisse durch den Major einleuchtend ist.«

»Dann liegt es an Ihnen, nicht wahr? Ich habe gehört, Sie wären der beste Ankläger, den wir haben. Ich verlasse mich darauf, dass Sie die strengst mögliche Bestrafung durchsetzen.«

Hollister beugte den Kopf wie ein Ritter, der den Wunsch eines Königs gehört hat. »Wenn das alles ist, gehe ich zurück in mein Büro.«

Als niemand widersprach, machte Hollister eine Kehrtwendung, um das Zimmer zu verlassen. Er blieb stehen und schaute Mason an. »Falls Sie es schaffen, irgendwelches weitere Material gegen den Angeklagten zu finden – ich werde den größten Teil des Abends in meinem Büro verbringen.« Mit diesen Worten verließ er das Zimmer.

Mason hatte das Gefühl, als hätte man ihn in den Bauch geschlagen. Er konnte alle Beschimpfungen ertragen, die Gamin austeilen mochte, aber Hollisters Bedenken zu hören hatte ihm den Wind aus den Segeln genommen.

Ein paar Minuten später verließen die drei Ermittler Gamins Büro, und Densmore sagte: »Ich könnte einen Armvoll Drinks vertragen.«

Abrams stimmte bereitwillig zu, aber Mason schüttelte den Kopf. »Ich muss noch irgendwo hin.«

»Lassen Sie's gut sein«, meinte Densmore. »Sie werden das, was Hollister braucht, nicht innerhalb der Stunden ausgraben, die Ihnen noch bleiben.«

»Ich komme mit Ihnen«, bot Abrams an.

»Diesmal nicht.«

»Lassen Sie ihn gehen«, sagte Densmore zu Abrams. »Er ist wie eine Bulldogge, die ihre Zähne in den Knöchel eines Bullen geschlagen hat. Er wird erst loslassen, wenn man ihn zu Tode getrampelt hat.«

Mason wollte sich nicht mit Densmore in einen Disput einlassen. Der Mann hatte schließlich gegen sein eigenes Interesse gehandelt, als Mason ihn am meisten brauchte. »Ich weiß zu schätzen, was Sie heute getan haben«, sagte er zu Densmore. Und zu Abrams: »Betrinken Sie sich für uns beide.«

Das Gefängnis Landsberg oder, wie die Army es umbenannt hatte, das *War Criminal Prison No. 1*, war berühmt dafür, dass es Hitler nach seinem gescheiterten Putschversuch beherbergt hatte und dass es der Ort war, wo er *Mein Kampf* verfasste. In jüngerer Zeit war die Anstalt bevorzugter Verwahr- und Hinrichtungsort der US Army für die schlimmsten NS-Kriegsverbrecher geworden. Auf Mason machte sie mit ihren zwei das Hauptgebäude flankierenden Türmen, die von grünen Zwiebelkuppeln gekrönt wurden, den Eindruck einer modernisierten mittelalterlichen Burg. Und ohne hohe Mauern, Stacheldraht oder Wachtürme wirkte es überhaupt nicht wie ein Hochsicherheitsgefängnis.

Ein MP vom Gefängniskommando führte Mason durch die Außenanlagen, wo hinter dem schlossähnlichen Eingang vier Hauptflügel ein X bildeten und von einem zentralen Wachturm miteinander verbunden wurden. Der MP zeigte auf ein kleineres zweistöckiges Gebäude, das den Hauptflügeln angegliedert war. »Dort war Hitler untergebracht. Die Nazis haben es in ein Heiligtum verwandelt.«

»Können Sie sich vorstellen, dass Amerikaner ein Heiligtum aus einem Gefängnis machen würden, in dem ein US-Präsident gesessen hat?«, fragte Mason.

»Über Geschmack lässt sich nicht streiten, so viel steht fest.«

Der MP brachte ihn zu einem weiteren kleinen Gebäude, das von den anderen abging. Einen Moment später stand Mason vor Kessels hölzerner Zellentür.

Der MP klopfte mit seinem Schlagstock gegen die Tür. »Mr. Kessel, da ist ein CID-Ermittler, der mit Ihnen sprechen möchte.«

Von drinnen hörte man das Knacken eines Bettgestells. »Ja, kann reinkommen.«

Der MP schloss die Tür auf und trat beiseite. Mason ging in einen dunklen Raum. Er konnte Kessels Silhouette im Mondlicht sehen. Er saß auf dem einfachen Bett und hatte die Füße auf den Boden gestellt.

Der MP ging hinüber zu einem kleinen Schreibtisch an der

gegenüberliegenden Wand und schaltete eine Lampe ein. Auf dem Schreibtisch lagen ein paar Bücher und ein angefangener Brief. »Ich bin dann draußen im Flur«, sagte der MP. »Rufen Sie einfach, wenn Sie fertig sind.«

Kessel sprach erst, als die Schritte des MP verklungen waren. »Mich in dieses Gefängnis zu schicken. War das als Beleidigung gedacht?«

»Sie sind noch am Leben, nicht wahr?«

»Die schlimmsten Nazis sind hier. Diejenigen, die die Konzentrationslager betrieben haben. Sie haben mich in üble Gesellschaft gebracht, indem Sie mich zu diesen Massenmördern gesteckt haben.«

»Kommen Sie, Frieder, Sie sind in einem separaten Flügel. Ganz für sich. Am Leben.«

»Heute Nachmittag ist jemand gehenkt worden. Ich weiß nicht, wer. Ich konnte es nicht sehen. Aber ich hab's gehört. Das ganze Gefängnis war still. Ich konnte die Falltür hören, und die Anspannung des Seils, als es ihm den Hals brach.«

Kessel versank tief in Gedanken. Mason wechselte das Thema, um ihn wieder für das vorliegende Problem zu interessieren.

»Wir haben Schaeffer heute Abend verhaftet, als er den Zug zu stehlen versuchte, von dem Volker uns erzählt hatte.«

Kessel schaute hoch zu Mason. »Was wollen Sie dann von mir?«

»Das Problem ist, dass der Staatsanwalt nicht genug Beweise hat, um Schaeffer für den versuchten Zugüberfall zu verurteilen, und Schaeffer hat Freunde auf höchster Ebene. Er könnte mit weniger als sechs Monaten im Gefängnis davonkommen. Vielleicht nicht mal das. Wenn Sie der Ansicht sind, dass der Tod durch den Strang eine üble Art zu sterben ist, warten Sie, bis Schaeffer rauskommt und nach Ihnen sucht.«

Als Kessel nichts sagte, fuhr Mason fort: »Ich muss ihm diese Morde anhängen, und Sie sind der Einzige, der mir dabei helfen kann. Jetzt ist die beste Zeit, solange er noch im Gefängnis sitzt.«

»Wenn Schaeffer so viele einflussreiche Freunde hat, dann werden sie ihm einfach helfen davonzukommen. Dann wird sein Wort gegen das eines ehemaligen SS-Manns stehen.«

»Wenn Ihre Zeugenaussage das Einzige wäre, was wir ihm zur Last legen können, dann hätten Sie vermutlich recht. Aber wir haben ihn wegen Verdacht auf versuchten Zugüberfall. Besitz gefälschter Befehle. Schießen auf Militärpolizisten. Er ist Geschäftsführer der Casa Carioca, die mit dem Transport von Schmuggelware in Verbindung gebracht wurde. Einer der polnischen Kellner der Casa wurde bei dem Versuch getötet, die Familie eines Polizei-Informanten zu überfallen. Zwei Eistänzerinnen der Casa, Hilda und Adele, beide ermordet. Glauben Sie mir, mit all dem um Schaeffers Hals besteht nicht die Möglichkeit, dass die Army Ihren Augenzeugenbericht von einem Mord ignorieren kann. Wenn Sie nicht den Rest Ihres Lebens in Angst verbringen wollen, dann helfen Sie mir, Schaeffer zu stoppen. Wenn Sie nur ein bisschen von Adeles Tod und all dem anderen, was Sie getan haben, wiedergutmachen wollen, dann helfen Sie mir, Schaeffer zu schnappen. Es ist die einzige Möglichkeit.«

Kessel saß schweigend mit gesenktem Kopf da.

Mason wartete und ließ ihn über all das nachdenken, was geschehen war und was ihn verfolgen würde.

Schließlich sagte Kessel: »Volker und Schaeffer haben zusammen mit drei von ihren polnischen Mitarbeitern aus der Casa Carioca Giessen, Bachmann und Plöbsch erschossen.«

»Und woher wissen Sie das?«

Kessel hob den Kopf, um Mason anzusehen. »Weil ich dabei war.«

»Zum Zeitpunkt der Morde? Haben Sie geholfen, sie umzubringen?«

Kessel nickte. »Schaeffer hatte Giessens Bande seit Wochen einen Schlag versetzen wollen, aber Giessen war untergetaucht, als die Revierkämpfe ausbrachen. Das Treffen im Steinadler war ihr erstes, seitdem Schaeffer beschlossen hatte, sie auszuschalten.«

»Woher wusste Schaeffer, wo er zuschlagen musste? Von Sergeant Olsen?«

Kessel schüttelte den Kopf. »Olsen hatte keine Ahnung von der ganzen Sache.«

»Aber ich dachte, er hätte für Schaeffer gearbeitet.«

»Er hat für Giessen gearbeitet. Olsen ist erst später, nach den Morden, gekommen, um für uns zu arbeiten. Volker arbeitete ebenfalls für Giessen, bis er ihn verriet, um sich Schaeffer anzuschließen. Da Volker der Spitzel war, sollte er den Treffpunkt angeben, aber sogar er wusste nicht, wo es stattfinden würde, nur wann. Wie die meisten von Giessens Bande musste Volker zu dem Treffen geführt werden. Schaeffer ließ sie beschatten, und dann gab es nur noch das Problem, uns alle zum Steinadler zu bekommen und hinter der Kneipe darauf zu warten, dass Volker uns Giessen, Bachmann und Plöbsch brachte.«

»Und die deutsche Polizei? Gehörte sie auch zu dem Plan?«

»Ja. Schaeffer hatte eine ausgewählte Gruppe von deutschen Polizisten auf seiner Gehaltsliste stehen, die die angebliche Razzia inszenieren sollten. Sobald sie von dem Treffpunkt erfuhren, sollten sie uns Zeit geben, damit wir in Stellung gehen konnten, bevor sie hineinplatzten, Giessens Leibwächter überwältigten und Giessen und seine Partner zwangen, die Flucht zu ergreifen.«

»Aber dann kam mein Partner zu früh und hat diesen Teil des Plans vermasselt.«

Kessel nickte. »Dass Sie beide auftauchten, war der einzige Fehler in Schaeffers Plan. Als Ihr Partner zu der deutschen Polizeistation lief, um Hilfe zu holen, bestand er darauf, dass der korrupte Kommissar alle Beamten der Station mitnahm. Deswegen hatte der Kommissar keine Kontrolle mehr über den gesamten Ablauf, und in der Verwirrung sind zwei der Leibwächter mit Giessen und dem Rest entkommen. Was Ihren Fall betrifft: Als Schaeffer herausfand, dass Sie überlebt hatten und anfingen herumzuschnüffeln, meinte er, er müsste einen Zahn zulegen und jeden eliminieren, der vielleicht reden würde.«

Mason schüttelte den Kopf vor Erstaunen über Schaeffers Unbarmherzigkeit. »Das bringt uns zu Agent Winstone und Hilda Schmidt.«

Kessel schloss die Augen. »Ja. Da war ich ebenfalls.« Er legte eine Pause ein, und sein Gesicht bekam einen gequälten Ausdruck. »Schaeffer sagte mir, er wolle nur ein paar von Agent Winstone Dokumenten stehlen. Ich wusste, dass Adele einen Schlüssel für die Villa hatte, und konnte deshalb einen Zweitschlüssel machen lassen. Wir waren zu dritt: Schaeffer, Bolus und ich. Schaeffer und Bolus bedrohten sie mit vorgehaltener Waffe, und mich schickte er los, um nach den Dokumenten zu suchen. Als ich dann die Bibliothek durchsuchte, hörte ich weitere Männer ins Haus kommen. Ich weiß nicht, wie viele es waren, aber ich erkannte Volkers Stimme und hörte einen anderen Mann Englisch sprechen. Jemand nannte ihn Abbott.« Kessel atmete schaudernd aus. »Schon da habe ich mich geschämt. Ich wusste, dass Volker ein Sadist war, und wenn er dort war, hatte Schaeffer mehr geplant, als ein paar Dokumente zu stehlen. Und obwohl ich das wusste, setzte ich meine Suche fort. Ich habe nichts getan, um einzugreifen.« Er schloss wieder die Augen. »Als ich oben in dem großen Schlafzimmer war, hörte ich die schrecklichen Schreie. Ich erstarrte, während ich zuhörte. Ich weiß nicht genau, wie lange ich dort geblieben bin, aber ich brachte es nicht fertig, wieder nach unten zu gehen. Schließlich ertönte ein Schuss, und alles wurde still. Ich hörte einige der Männer weggehen, und dann kam Schaeffer nach oben zu mir.« Er schlug die Augen auf und schaute Mason an. »Ich habe nur die Nachwirkungen gesehen, aber Schaeffers Handschuhe waren blutgetränkt, und Volker stand noch über Hildas Leiche und bewunderte sein Werk.«

Mason spürte, wie sich sein Zorn regte, aber er hielt ihn in Schach. Er wollte, dass Kessel weitersprach. »Sie haben die Dokumente nicht gefunden? Winstone hat nicht geredet?«

»Ich hörte ihn schreien, dass sie in seinem Büro wären. Sie könnten sie dort finden. Er gab ihnen seinen Büroschlüssel und die Kombination zu seinem Safe.«

»Also haben sie die Dokumente doch bekommen.«

»Ich glaube schon.«

»Aber laut Willy Laufs war immer noch eine Belohnung für ihre Wiederbeschaffung ausgesetzt.«

»Das habe ich auch gehört, aber ich weiß nicht, aus welchem Grund. Vielleicht haben sie nicht bekommen, was sie wollten. Vielleicht hatte Schaeffer den Verdacht, dass Winstone etwas zurückhielt, aber er sagte, dass irgendwann während Hildas Folterung Winstones Verstand einen Knacks bekommen habe. Sie hätten nichts mehr aus ihm rausbekommen.« Er brach ab und starrte ins Leere. »Deshalb ist Adele Ihnen in die Arme gelaufen. Sie war verängstigt und schämte sich. Und ich habe mir geschworen, an keinem weiteren Mord beteiligt zu sein.«

»Sie sind ein echter Heiliger.«

Kessel schaute Mason an. »Giessen und die anderen waren Halsabschneider. Ich habe wegen dem, was mit ihnen geschehen ist, kein schlechtes Gewissen. Aber mit den anderen Morden hatte ich nichts zu tun.«

»Sie haben nur Stillschweigen darüber gewahrt.«

Darauf hatte Kessel keine Antwort.

»Ich brauche eine Beschreibung von Abbott«, sagte Mason.

»Sie verwenden große Sorgfalt darauf, seine Identität geheim zu halten. Ich habe ihn nie gesehen, auch nicht in dieser Nacht. Er kam erst hinein, als ich mich auf die Suche nach den Dokumenten gemacht hatte, und er war verschwunden, als ich wieder runterkam.«

»Woher wissen Sie dann, dass es Abbott war?«

»Ich weiß es nicht mit Sicherheit. Ich weiß nur, dass ich seinen Namen in der Nacht gehört habe. Abbott ist der wahre Anführer, und Schaeffer nahm in der Nacht, als wir bei Winstone waren, von ihm Befehle entgegen.«

Mason rieb sich das Gesicht, als versuche er, die furchtbaren Bilder aus seinem Gedächtnis zu wischen. »Sind Sie bereit, als Zeuge auszusagen? Ihnen alles zu erzählen?«

Kessel nickte.

»Ich brauche eine schriftliche Aussage von Ihnen.«

Kessel stand mit großer Mühe von dem Bett auf, als läge das Gewicht der Schuld schwer auf seinen Schultern. Er setzte sich an den Tisch und begann zu schreiben.

»Schreiben Sie darin, dass Sie bei diesen Morden anwesend waren, weil Sie Angst um Ihr Leben hatten, falls Sie die Zusammenarbeit verweigerten.«

»Sie bitten mich auch noch darum zu lügen, nach allem, was ich sonst getan habe?«

»Vergessen Sie einen Moment lang Ihre verdammte Ehre

und denken Sie daran, sich vor dem Schicksal zu bewahren, das der arme Mistkerl heute am Galgen erlitten hat. Ich werde in meinem Bericht schreiben, dass Sie von entscheidender Bedeutung für die Aufklärung dieses Falls waren und angesichts Ihrer Taten Reue empfinden.«

»Ich bin ein Todeskandidat. Nichts von dem, was Sie sagen, kann etwas daran ändern.«

»Sie werden eine gewisse Zeit im Gefängnis verbringen, aber zumindest werden Sie nicht dauernd befürchten müssen, dass einer von Schaeffers Männern hinter Ihnen steht, während Sie dort sind, und, was noch wichtiger ist, nachdem Sie wieder draußen sind. Schaeffer wird hängen für das, was er getan hat.«

Kessel beugte sich über den Tisch und schrieb weiter. »Machen Sie keine Versprechungen, die Sie nicht einhalten können, Mr. Collins.« Er hörte auf zu schreiben und schaute zu Mason hoch. »Ein toter Mann kann solche Zusicherungen nicht machen.«

SIEBENUNDDREISSIG

Die US Army hatte ein Hotel am Südrand von Garmisch auf den Namen General Patton Hotel umgetauft, ein angemessener Name, wenn man bedachte, wie General Pattons Third Army mitten durch Bayern gefegt war.

Mason klopfte wieder an die Hotelzimmertür. Diesmal mit mehr Kraft. Ein Mann mittleren Alters streckte seinen Kopf aus einem benachbarten Zimmer heraus, zog seinen gürtellosen Bademantel fest um seinen runden Bauch und sah Mason spöttisch lächelnd an.

Mason zuckte mit den Achseln und schlug wieder gegen die Tür. Einen Moment später öffnete Hollister sie. Er hatte auch seinen Bademantel an, war aber offenbar noch auf, weil seine roten Haare gut über die kahle Stelle oben auf seinem Kopf gekämmt und seine blauen Augen immer noch scharf genug waren, um durch Stahl zu schneiden.

»Ich habe bis jetzt auf meinen Stuhlgang gewartet«, sagte Hollister, dessen Stirn ständig gerunzelt war. »Das ist die einzige Zeit am Tag, in der ich nicht gestört werden will. Was ist es denn, das nicht bis morgen warten kann?«

»Kann ich reinkommen?«

»Nein.«

»Ich brauche nur eine Minute. Es ist wichtig.«

»Mein Stuhlgang auch.«

Mason schlüpfte trotzdem ins Zimmer und wartete, bis Hollister die Tür schloss.

»Es ist ein Uhr früh«, sagte Hollister.

»Die Gerechtigkeit schläft nie.«

»Was gibt's?«

»Ich habe einen ehemaligen Mitarbeiter von Major Schaeffer, der bereit ist zu bezeugen, dass er persönlich an mehreren Morden zusammen mit Major Schaeffer beteiligt war. Er wird auch beschwören, dass er mit angesehen hat, wie Schaeffer zusammen mit einem anderen Mann die Morde an Agent Winstone und Hilda Schmidt begangen hat.«

»Wie zuverlässig ist er?«

»Sehr.«

»Kein Spinner und kein Drogensüchtiger?«

»Er war Hauptmann in der deutschen Wehrmacht und ist vom CIC für unbedenklich erklärt worden. Er hat eine saubere Wehrmachtsakte und hat Auszeichnungen bekommen.« Mason beschloss, vorerst nicht zu erwähnen, dass Kessel bei der SS gewesen war.

Hollister blieb eine Weile still und dachte offensichtlich über die neue Entwicklung nach, obwohl er seiner äußeren Erscheinung nach an Ort und Stelle erstarrt zu sein schien. Er nickte schließlich. »Ich werde es dem neuen Ankläger in Frankfurt weiterleiten.«

»Was meinen Sie mit dem neuen Ankläger? Ich dachte, Sie wären der Ankläger in diesem Fall.«

»Nicht mehr. Heute Abend sind Befehle hereingekommen. Schaeffer wird zu einer Überprüfung der Anklagepunkte morgen früh nach Frankfurt überführt, um festzustellen, ob ein Militärgericht gerechtfertigt ist.«

Mason war einen Moment lang sprachlos. »Gerechtfertigt?« Er brach ab und drehte sich um, bevor er etwas rief, was er später bereuen würde. »Wer hat die Verlegung angeordnet?«

»Der Oberste Militärstaatsanwalt selbst.«

»Warum? Sie haben gesagt, dies würde ein 08/15-Prozess werden.«

»Ich habe leider vergessen, dem General wegen seiner Motive auf den Zahn zu fühlen.«

Mason versuchte zu überlegen, was das bedeutete. »Wenn ein hochrangiger Offizier oder Beamter der Militärregierung um die Verlegung gebeten hätte, würde der Oberste Militärstaatsanwalt dann den Gerichtsort ändern und Ihnen den Fall aus der Hand nehmen?«

»Sie meinen das ernst, stimmt's? Das hier ist die Army. Sie können alles tun, was sie wollen. Meine Vermutung ist, die Army-Führung betrachtet diesen Fall als etwas, das sie in Verlegenheit bringen könnte.«

»Irgendjemand möchte ihn unter den Teppich kehren.«

»Wahrscheinlich. Jetzt, wo das Schießen aufgehört hat, führt die Army einen Krieg ums Image für die Politiker und die Menschen zu Hause. Außerdem herrscht ein ideologischer Krieg zwischen der Demokratie und dem Kommunismus. Die Russen stellen ihr System als das ideale für Deutschland dar, und die Deutschen haben sich noch nicht entschieden. Sie hatten seit fünfzehn Jahren keine richtige Wahl für ein politisches System. Die Army will nicht, dass ein Skandal wie dieser hier ans Tageslicht kommt. Wir würden dabei stümperhaft aussehen, korrupt und Gott weiß was noch.«

»Das hier ist kein politischer Schachzug. Hier geht es darum, dass sich jemand absichern und in die eigene Tasche arbeiten möchte. Schaeffer ist nur die Spitze des Eisbergs.«

»Und was soll ich Ihrer Ansicht nach genau tun?«

»Etwas Rückgrat zeigen und darum kämpfen, dass der Fall hier bleibt. Wenn Schaeffer mit einer Mordanklage konfrontiert wird, gibt er vielleicht diejenigen preis, die ihn beschützen und von ihm profitieren. Wenn der Fall Schaeffer unter den Teppich gekehrt wird, werden genau diese Offiziere ihn durch einen anderen ersetzen, und die Verbrechen und die Korruption werden immer weitergehen. Und dann stellen Sie sich vor, was passieren wird, wenn die Presse davon Wind bekommt, dass die Army es zu vertuschen versuchte.«

»Falls Sie nach einem Mitstreiter Ausschau halten, haben Sie an die falsche Tür geklopft. Mir gefällt die Army. Mir gefällt Garmisch-Partenkirchen. Mir gefällt es, ein führender Militärstaatsanwalt zu sein. Finden Sie einen anderen. Schreiben Sie ein Buch. Wofür Sie sich entscheiden, tun Sie es bitte woanders. In diesem Moment würde ich am liebsten zu meinem Stuhlgang zurückkehren und dann ins Bett gehen.« Er öffnete die Tür. »Gute Nacht, Mr. Collins. Und eine gute Fahrt dorthin, wo die Army Sie hinschickt.«

»Ich werde meinen Bericht über den Zeugen morgen um null-achthundert auf Ihren Schreibtisch gelegt haben.« Mason blieb an der Tür stehen. »Tun Sie das Richtige und verbrennen Sie ihn nicht oder werfen ihn in den Müll. Schicken Sie ihn mit Ihrer Akte nach Frankfurt.«

Mason ging weg, ohne auf eine Antwort zu warten, und den anderen Hotelgästen zuliebe wartete er, bis er draußen war, damit, die Sterne zu verfluchen.

»Sind Sie wach dort drinnen?« Mason stand vor einer Stahltür mit einem kleinen vergitterten Fenster draußen vor Schaeffers Zelle.

In der dunklen Zelle ertönte Schaeffers Stimme. »Verpissen Sie sich.«

Mason wandte sich an einen der beiden MPs, die auf beiden Seiten der Tür Wache standen. Selbst Gamin ging nicht das Risiko ein, dass sich jemand Zutritt zu Schaeffer verschaffte. Er fragte den MP: »Besteht irgendeine Möglichkeit, dass ich mich mit ihm unter vier Augen unterhalten kann?«

»Tut mir leid, Sir. Unser Befehl lautet, dass wir genau hier stehen bleiben. Wir dürfen Sie eigentlich gar nicht in seine Nähe lassen, aber dieses Arschloch hat einen Kumpel von mir bei dem Zugüberfall angeschossen.«

»Hören Sie das, Schaeffer?«, sagte Mason. »Allzu viele Freunde haben Sie im Moment nicht.« Seine Augen gewöhnten sich allmählich an die Dunkelheit, und er konnte sehen, dass Schaeffer mit hinter seinem Kopf verschränkten Armen auf seiner Pritsche lag und an die Decke starrte.

»Ich habe Ihnen nichts zu sagen.«

»Ich bin nicht zum Plaudern hierhergekommen. Wollte Sie nur wissen lassen, dass wir jetzt einen sehr zuverlässigen Zeugen haben. Die Person wird aussagen, dass Sie anwesend war, als Sie Agent Winstone und Hilda Schmidt umgebracht haben. Sie werden an den Galgen kommen.«

»Wer immer das behauptet, lügt. Sagen Sie ihm, er sei tot.«

»Glauben Sie das ruhig. Und jetzt, wo wir Ihre gesamte Mannschaft haben, wird einer von ihnen bestimmt reden. Das kann ich Ihnen garantieren. Der Staatsanwalt wird genug Beweise haben. Wenn man Sie nicht aufhängt, bekommen Sie lebenslänglich.«

Einen Moment lang folgte Schweigen. Dann erwiderte Schaeffer: »Sie haben Ihren Text aufgesagt. Jetzt verschwinden Sie hier.«

»So sehr ich es auch genieße, Sie hinter Gittern zu sehen – ich bin nicht aus Schadenfreude hier. Gegen meine eigenen

Interessen bin ich hier, um Ihnen eine Abmachung vorzuschlagen.«

Schaeffer schwang seine Füße über das Bett und auf den Boden. Er stürzte plötzlich zur Tür und schlug mit beiden Fäusten dagegen. »Wachen, schaffen Sie diesen Mann hier raus.«

»Beruhigen Sie sich, Sir«, sagte der MP. »Wir haben Sie schon früher davor gewarnt, Krawall zu schlagen.«

»Geben Sie mir die Namen, Schaeffer«, sagte Mason. »Wer ist die wirkliche Macht hinter Ihrer Operation? Noch ein OSS-Mann? Vielleicht ein Kommandeur?«

»Ich habe gesagt: Verpissen Sie sich.«

»Was ist mit Lester Abbott? Wo ist er? Geben Sie mir wenigstens das.«

»Sie wissen nicht, wovon Sie reden. Abbott wurde im Krieg getötet.«

»Nicht, soweit ich …«

Schaeffer schlug gegen die Tür und schob sein Gesicht gegen das Fenstergitter. »Volker hat mir erzählt, wie Sie gejammert und ausgepackt haben, als er Sie während des Kriegs verhört hat. Sie haben Truppenpositionen preisgegeben. Sie haben die Namen von anderen Geheimdienstagenten genannt. Sie haben zugegeben, spioniert zu haben.« Er schrie den Wachen zu: »Hört ihr das, Jungs? Der Feigling, der neben euch steht, ist dafür verantwortlich, dass amerikanische Soldaten getötet wurden.«

»Ich habe Volker«, sagte Mason. »Es hat zehn Minuten gedauert, bis er mir alles über Ihren Plan mit dem Zugüberfall verraten hat. Er hat sogar zugegeben, dass seine Behauptung, ich hätte unter seinen Folterwerkzeugen Geheimnisse preisgegeben, gelogen war. Ich habe das Tausendfache von dem durchgemacht, was er erlitten hat, und kein Wort gesagt.« Er wandte sich an die Wachen. »Das hier ist der Typ, der die Frau und das Kind ermordet hat.«

»In dem Kantos-Haus?«, fragte einer der MPs. »Ich war dort. Das war übel.«

Schaeffer knurrte und wandte sich ab.

»Namen, Schaeffer. Und Sie können einen Handel abschließen. Vielleicht kriegen Sie nur zwanzig Jahre. Das mag Ihnen lange vorkommen, aber es ist viel besser als die Schlinge des Henkers.«

Mit dem Rücken zur Tür ließ Schaeffer seine Schultern kreisen, als versuche er, seine Selbstbeherrschung wiederzugewinnen. Er ging zurück zu seiner Pritsche, legte sich hin und nahm seine frühere Haltung wieder ein.

»Es ergibt doch keinen Sinn, dass Sie die ganze Strafe auf sich nehmen, wenn die Kerle, für die Sie den Sündenbock abgeben, mit einem Haufen Geld und Orden auf der Brust nach Hause gehen. Die haben Sie benutzt, haben Sie missbraucht, und jetzt lassen sie Sie am Galgen baumeln oder im Gefängnis verrotten. Nein, Sir, das ergibt keinen Sinn.«

»Die werden ihre wohlverdiente Strafe bekommen. Dafür sorge ich schon.«

»Vom Ende eines Seils? Das glaube ich nicht.« Mason machte eine Pause, um zu sehen, ob Schaeffer fortfahren würde, aber er sagte kein Wort. »Dann bis demnächst.«

Mason wandte sich ab und machte zwei Schritte, bevor er Schaeffers Stimme von den Betonwänden widerhallen hörte. »Denken Sie an meine Worte, Collins: Es gibt keine Ruhe für die Gottlosen.«

Mason blieb stehen. Dieser Satz … Er ging schnell zu der Zellentür zurück und legte die Hände auf die Gitterstäbe. »Was haben Sie gesagt?«

Schweigen.

Mason dachte einen Moment nach. Dann stieß er sich von der Tür ab und marschierte mit einem festen Ziel vor Augen durch den Flur.

ACHTUNDDREISSIG

Mason verließ sein Haus – eigentlich das Haus der Army, sein Quartier –, und sein Seesack war beinahe bis zum Bersten vollgepackt. Er schloss zum letzten Mal die Tür ab und stieg in den wartenden Jeep.

»Wissen Sie, wo man Sie hinschickt?«, fragte der MP-Fahrer.

»Nein, aber ich hoffe, es gibt dort keinen Tiefschnee und Temperaturen unter zwanzig Grad minus.«

»Oder scharfe Granaten.«

»Amen, Bruder.«

Es war sieben Uhr und noch dunkel, obwohl die aufgehende Sonne einen goldenen Lichtschein über die Höhenrücken legte. Er hatte drei Stunden, bevor er in den Zug steigen musste – noch genug Zeit, um Unruhe zu stiften. Nach einem schnellen Frühstück und einer Tasse Kaffee ließ er sich von dem Fahrer zum Hauptquartier bringen. Seine Aktenordner und seine Fotos waren an Densmore übergeben worden, aber seine Schreibmaschine stand noch da, und der unbequeme Stuhl – manche Dinge änderten sich nie. Er brauchte anderthalb Stunden, um drei Berichte zu tippen. Einen legte er zusammen mit Kessels handschriftlicher Zeugenaussage auf Densmores Schreibtisch. Dann ging er zu Hollisters Büro und ließ einen Bericht bei Hollisters Sekretärin, der im Einzelnen auf Kessels Geständnis und seine Beteiligung an Schaeffers Mordserie einging. Er erwähnte nicht, wo Kessel und Volker untergebracht waren, und bemerkte nur, dass Chief Warrant Officer Densmore Volker an diesem Nachmittag in Verwahrung nehmen werde. Er kam auch auf seinen Besuch bei Schaeffer und auf sein Angebot zu sprechen, eine leichtere Strafe in Erwägung zu ziehen, wenn Schaeffer bereit sei, irgendwelche hochrangigen Offiziere als Hintermänner zu benennen.

Seine letzte Station war Udahls Büro. Der Sekretär des Colonels sagte, dass dieser in einer Stunde kommen würde, also ließ Mason seinen dritten und letzten Bericht bei dem Sekretär. Diese Version des Berichts enthielt die gleichen Informationen wie der Hollisters, aber mit einem zusätzlichen Stück Fiktion: dass Schaeffer ganz bestimmt reden würde, dass er gesagt hätte, er würde nicht allein untergehen.

Dann holte Mason seinen Seesack aus seinem Büro und ging die Treppe hinunter. Auf den letzten Stufen zum Erdgeschoss wurde Masons Aufmerksamkeit auf die beiden MPs gelenkt, die am Vordereingang standen. Sie trugen die neuen Uniformen für die frischgebackene US Constabulary, die sogenannte Blitz-Polizei: das Schulterstück mit dem Blitzstrahl, das gelbe Halstuch und der blaue Helm mit den beiden gelben Streifen. Obwohl noch viele Monate von ihrer vollen Stärke entfernt, würden diese Männer in ihren auffälligen Uniformen einen großen Teil der Polizeiarbeit in der Besatzungszone übernehmen. Mason glaubte, dass es eine gute Idee war, seinen Abschied zu nehmen, wenn die Army vorhatte, die CID mit ähnlichen Uniformen auszustatten.

Er erblickte Densmore, der neben dem Tisch des Wachkommandanten wieder die Ohren einiger MPs mit einer aufgebauschten Version des Zugüberfalls vollquatschte. *Wie oft werden sich die armen MPs diese Geschichte anhören müssen?*, fragte sich Mason.

Als er näher kam, entließ Densmore sein erleichtertes Publikum und wies mit dem Kopf auf Masons Seesack. »Haben Sie Ihre Schlafzimmermöbel da reingestopft?«

»Sobald ich alles aus Ihrem Quartier gestohlen hatte, war da für andere Sachen kein Platz mehr.« Mason sah sich um und gab Densmore ein Zeichen, ihm in eine stille Ecke zu folgen. »Ich habe einen abschließenden Bericht für Sie, Hollister und Udahl hiergelassen.«

»Ich mache Ihnen keinen Vorwurf, weil Sie Gamin übergangen haben. Obwohl ich mir vermutlich deshalb ganz schön was anhören muss.«

»Sie sind in den Berichten für Hollister und Udahl nachdrücklich erwähnt worden.«

»Das weiß ich zu schätzen.«

»Das ist nicht genau das, was ich meinte.« Mason informierte ihn, wo Volker festgehalten wurde und dass er Weissenegger zu seiner Bewachung dort gelassen hatte. »Ich bin mir nicht sicher, in welcher Verfassung Sie ihn vorfinden werden. Weissenegger war mal Boxer und wahnsinnig in Adele verliebt.«

Densmore lachte. »So lange er noch atmet.«

»Und jetzt kommt, worum ich Sie bitten wollte, sich als Erstes zu kümmern. Ich habe Kessel im Gefängnis Landsberg versteckt.«

»Sie sind ein gerissener Hurensohn.«

»Sie müssen unbedingt für seine Sicherheit sorgen. Er hat zugegeben, dass er dabei war, als Giessen, Bachmann und Plöbsch umgebracht wurden. Außerdem kann er bezeugen, dass Schaeffer und Volker Winstone und Hilda gefoltert und getötet haben.«

»Das sind tolle Neuigkeiten.«

Mason berichtete ihm, dass er in der vergangenen Nacht

mit dieser Information zu Hollister gegangen sei und erfahren habe, dass Schaeffer heute Morgen nach Frankfurt verlegt würde. »Das könnte bereits geschehen sein.«

Densmore schien nicht sonderlich überrascht zu sein.

»Die Sache ist die«, sagte Mason, »solange Schaeffer noch atmet, ist Kessel in Gefahr. Er hat sich als aufrechter Mann erwiesen, und ich möchte dafür sorgen, dass er richtig behandelt wird.«

»Und das darf ich für Sie erledigen?«

In dem Fall verstand Mason keinen Spaß. »Wenn Abrams und ich nicht versetzt würden, hätte ich mich selbst darum gekümmert. Jetzt ist für Sie die Zeit gekommen, sich der Herausforderung zu stellen und allen zu zeigen, was Sie draufhaben.«

Densmore hob die Hände. »Okay. Ich mach's schon.«

»Es gibt noch eine Sache, die Sie für mich tun müssen.«

»Herrgott noch mal, Mason. Sehe ich aus wie ein Rund-um-Service-Polizist?«

»Ich vertraue Ihnen. Lassen Sie mich bei dieser Aktion nicht im Stich, sonst statte ich Ihnen einen unangenehmen Besuch ab.«

Mason wartete, aber Densmore sagte nichts. »Abrams und ich haben Jaakows Familie in der Nacht, als Schaeffers Männer versucht haben, sie umzubringen, zum Haus einer Freundin in Breitenau gebracht. Sie müssten bei ihnen vorbeischauen und meiner Freundin helfen, sie an einen sicheren Ort zu bringen.«

»Ist das alles? Weil ich nämlich sonst nichts zu tun habe, als Babysitter für Ihre Gefangenen und eine Familie von Vertriebenen zu spielen.«

»Frankfurt ist nur eine Bahnfahrt entfernt.«

Densmore stieß einen müden Seufzer aus. »Okay. Ich

mach's.« Er hielt eine Hand hoch. »Wenn Sie sonst nichts für mich haben … Sie wissen ja, wie wenig ich als letzter echter CID-Ermittler in einer von Schießwütigen wimmelnden Stadt zu tun habe.«

»Das war's«, sagte Mason und gab ihm ein Stück Papier mit Lauras Adresse. »Ich rufe sie an und sage ihr, dass Sie kommen.«

Densmore steckte das Stück Papier ein, was er mit seinem üblichen müden Seufzer begleitete. »Ich fahre Sie zum Bahnhof«, schlug er vor.

»Ich würde lieber zu Fuß gehen. Es sind nur zehn Minuten.«

Densmore räusperte sich. »Nun ja, was das angeht … Gamin hat angeordnet, dass Sie von Wachen begleitet werden.« Er zeigte auf die beiden MPs in der neuen Uniform. »Diese beiden MPs sollen Sie zum Bahnhof bringen. Ich wollte deshalb mitgehen, damit Sie nicht das Gefühl haben, Sie stünden unter Arrest oder so.«

»Dieser Irre muss mich wirklich unbedingt hier weghaben wollen.«

»Macht ganz den Eindruck.« Densmore wies auf die Tür. »Sollen wir?«

Die auf dem Bahnsteig zur Abfahrt bereitstehenden Fahrgäste bestanden hauptsächlich aus GIs, die zum Skiurlaub oder zu Jux und Tollerei mit ihren Freundinnen oder den einheimischen Mädchen hergekommen waren. Eine kleinere Gruppe von Mitgliedern des Frauenkorps der Army und Krankenschwestern hatte sich neben zwei MPs versammelt, wo sie Schutz vor den GIs suchten, die offenbar immer noch jede Menge Jux und Tollerei im Leib hatten. Vermischt mit diesem Army-Aufgebot waren die Zivilisten, Deutsche natürlich, aber auch Amerikaner, die man hergeholt hatte, damit sie die Militärregierung beim Regieren unterstützten: Rechtsanwälte, Lehrer und Wirtschaftsmanager, die sich freiwillig gemeldet hatten, um ihre Sachkenntnis zur Verfügung zu stellen.

Mason und Densmore fanden Abrams, der allein mit seinem Seesack dastand und verloren wirkte. Sein Gesicht hellte sich auf, als er Mason erblickte. Er gab ihm die Hand und runzelte die Stirn, als ihm klar wurde, dass die beiden Mason flankierenden MPs eine bewaffnete Eskorte darstellten.

»Gamin will kein Risiko eingehen«, erklärte Mason.

Fast als wäre es ihm nachträglich eingefallen, schüttelte Abrams Densmore die Hand. »Gehören Sie zu der Eskorte?«

»Ich bin zur moralischen Unterstützung hier«, sagte Densmore.

»Zur moralischen Unterstützung? Von uns? Dass auf Sie geschossen wurde, muss Ihnen eine völlig neue Lebensperspektive gegeben haben.«

»Seien Sie nett zu ihm«, sagte Mason. »Densmore hat sich bereit erklärt, sich um Jaakows Familie zu kümmern.«

»Ich habe gesagt, ich schaue bei ihnen vorbei«, entgegnete Densmore.

Abrams richtete den Finger auf Densmore. »Der Familie geschieht besser nichts, sonst werde ich …«

Mason bremste ihn mit erhobener Hand. »Ich habe ihm schon erklärt, dass Frankfurt nicht sehr weit entfernt ist.«

Der Zug rollte in den Bahnhof ein. Da er aus Mittenwald kam, entstiegen ihm nur wenige Fahrgäste. Dann begann die Menge auf dem Bahnsteig einzusteigen. Die beiden auffälligen MPs traten näher an Mason und Abrams heran, um ihnen klarzumachen, dass sie jetzt an der Reihe waren. Die beiden Ermittler hievten sich ihre Seesäcke auf die Schultern.

Mason wandte sich an Densmore. »Denken Sie an alles, was ich Ihnen gesagt habe.«

»Keine Sorge.«

»Ich werde vermutlich als Erster erfahren, was bei Schaeffers Militärgericht herausgekommen ist, weil es ja in Frankfurt stattfindet. Mit etwas Glück wird Schaeffer einknicken, wenn er begreift, dass er möglicherweise an den Galgen kommt.«

Densmore hatte Schwierigkeiten, Mason anzusehen. »Was Schaeffer betrifft … ich wollte es Ihnen erst jetzt sagen, weil ich Angst davor hatte, was Sie vielleicht tun würden.«

Mason wartete. Er wusste, er würde es hassen, was Densmore ihm als Nächstes mitteilen würde.

Densmore nahm schließlich all seinen Mut zusammen. »Schaeffer ist heute Morgen irgendwo außerhalb von Garmisch geflohen. Die Limousine, in der er saß, hatte einen Unfall mit einem anderen Wagen. In dem anschließenden Chaos ist er entkommen.«

»Verdammte Scheiße … Ich wusste, dass so etwas passieren würde. Es war schon etwas faul daran, dass er nach Frankfurt geschickt wurde.«

»Herrgott, Mason, die MPs, die ihn gefahren haben, hatten einen Unfall.«

»Blödsinn.«

Einer der beiden MPs sagte: »Sir, es ist Zeit zu fahren.«

»Einen Moment noch …« Mason wandte sich wieder an Densmore. »Wo genau ist es passiert?«

»Drei Kilometer außerhalb von Garmisch, in der Nähe von Farchant.«

»Wer waren die MPs, die gefahren sind? Hat irgendjemand überprüft, ob sie auf Schaeffers Lohnliste standen?«

»Nicht alles ist eine Schaeffer-Verschwörung. Zwei von ihnen sind verletzt worden. Einer schwer.«

»Was ist mit den Leuten in dem anderen Wagen?«

Densmore seufzte, bevor er antwortete. »Sie haben den Unfallort verlassen.«

»Verdammt.«

»Sir, Sie müssen jetzt einsteigen«, insistierte der MP.

»Ich fahre nirgendwohin.«

»Unsere Befehle lauten, Sie zu verhaften, wenn Sie sich weigern. Major Gamin hat mir aufgetragen, Ihnen zu sagen, dass er eine ganze Reihe von Anklagepunkten hat, wenn wir Sie verhaften müssen.«

Mason schlug einen versöhnlicheren Tonfall an. »Okay, klar. Ich will nicht verhaftet werden.« Er machte Anstalten, in den Zug einzusteigen, als Densmore vortrat und Masons Arm ergriff.

»Machen Sie keine Dummheiten«, bat Densmore.

»Nein. Natürlich nicht.«

Densmore machte ein skeptisches Gesicht, ließ aber Masons Arm los.

»Bis bald«, sagte Mason und stieg in den Zug. Er und Abrams fanden zwei leere Plätze, die Masons Ansprüche erfüllten, weil sie von Densmore und den MPs nicht eingesehen werden konnten. Er griff in seinen Seesack und holte seine .45er und eine Schachtel Patronen heraus, die er beide unter seinem Mantel verbarg. Zu Abrams sagte er: »Kümmern Sie sich um meinen Seesack, ja?«

»Ich gehe mit Ihnen.«

»Nein, das tun Sie nicht. Ich schlage Sie windelweich, wenn ich Sie dabei erwische, dass Sie mir folgen. Verstehen Sie?«

Abrams schaute ihn finster an, erwiderte aber nichts. Er sah eher gekränkt als wütend aus.

»Ich sehe Sie in Frankfurt«, sagte Mason.

»Das nächste Mal, wenn ich Sie sehe, werden Sie in einem Sarg liegen.«

»Dann wünsche ich Ihnen alles Gute.«

Mason schaute durch die Fenster auf der Bahnsteigseite und ging zur Tür am vorderen Ende des Waggons. Er stieg aus und sprang auf die Gleise. Die Pfeife des Zugs ertönte, und der Zug setzte sich in Bewegung. Er war überzeugt, dass die MPs und Densmore auf dem Bahnsteig stehen bleiben würden, bis der Zug den Bahnhof verlassen hatte, also rannte er, so schnell er konnte, quer über mehrere Gleise und ein offenes Feld. Als der letzte Waggon den Bahnhof verließ, war Mason zwischen den Häusern verschwunden.

Mason hatte zwanzig Minuten gebraucht, um einen unbeaufsichtigten Wagen in einer ruhigen Straße zu finden. Weitere anderthalb Minuten brauchte er, um den Wagen kurzzuschließen, und weitere fünfzehn, um zu Winstones Villa zu fahren.

Mason fand Weissenegger in der Küche, wo er Kaffee trank und ein frühes Mittagessen zu sich nahm. Die blauen Flecken an Weisseneggers Fingerknöcheln waren nicht zu übersehen.

»Ist Volker noch am Leben?«

»Er kann nicht mehr so gut durch die Nase atmen, aber er ist noch am Leben.«

»Sobald ich mit ihm fertig bin, möchte ich, dass Sie bei der Militärpolizei anrufen und ihn abholen lassen. Dann verhalten Sie sich einen oder zwei Tage lang unauffällig.«

»Ich werde nirgendwo sonst hingehen als wieder nach Hause.«

»Haben Sie Margarete gehen lassen?«

»Gestern Abend um acht, wie Sie gesagt haben.«

»Hat sie Ihnen gesagt, wohin sie wollte?«

Weissenegger lächelte. »Das hat sie tatsächlich. Sie wartet bei mir zu Hause auf mich.«

»Sie großer Casanova.«

Weissenegger strahlte vor Stolz. »Dank Ihnen habe ich mich herrlich amüsiert. Es hat Adele nicht wieder lebendig gemacht, aber ein bisschen gemeinsame Zeit mit Volker hat mir über meine Trauer hinweggeholfen.«

»Ich freue mich, wenn ich Ihnen behilflich sein konnte. Kommen Sie, wir amüsieren uns noch ein bisschen auf Volkers Kosten.«

Mason und Weissenegger gingen hinunter in den Heizungskeller. Volker lag auf einer Matratze auf dem Boden. Als er die beiden Männer den Raum betreten sah, kroch er auf dem Rücken in eine Ecke. Seine Augen waren zugeschwollen, seine Nase wies eine große Beule in der Mitte auf und war blutverkrustet. Er rollte sich zusammen, als er die Wand erreichte.

Mason gab Weissenegger ein Zeichen, dort zu bleiben, wo er war, bevor er zu Volker ging und sich neben ihn hockte. »Wenn man bedenkt, was Sie all diesen Menschen angetan haben, ist Hans glimpflich mit Ihnen umgegangen.«

»Wann wollen Sie mich gehen lassen?«

»Sie gehen lassen? Wer hat denn irgendwas davon gesagt?«

Volker hörte auf zu atmen und versuchte, Mason zwischen seinen geschwollenen Lidern hindurch anzusehen. »Sie haben mir versprochen, mich gehen zu lassen. Ich habe Ihnen alles gesagt.«

»Nein, das haben Sie nicht. Ich weiß, dass Sie es waren, der Hildas Gesicht zerstückelt und Winstone gezwungen hat, die Stücke zu schlucken.«

»Was hat er gemacht?«, schrie Weissenegger und kam wütend auf sie zu.

Volker bedeckte den Kopf mit den Armen. Mason hielt eine Hand hoch, um Weissenegger aufzuhalten, und der Mann gehorchte überraschenderweise.

Mason fragte Volker: »Warum sollte ich Sie am Leben lassen, wenn Sie solche schrecklichen Dinge mit dieser armen Frau gemacht haben?«

Alles, was Volker fertigbrachte, war ein erbärmliches Stöhnen. »Bitte …«

»Ich könnte Gnade walten lassen, aber Sie müssen mir ein wenig entgegenkommen.«

Als Volker heftig nickte, fuhr Mason fort: »Es gibt ein Haus oder eine Hütte in den Bergen, wo Sie und Schaeffer Geschäfte abwickelten und Abmachungen trafen. Ich will wissen, wo das ist.«

Auf Volkers Gesicht machte sich Überraschung breit, soweit seine Schwellungen das zuließen.

»Ja«, sagte Mason, »ich weiß von Ihrem kleinen Zufluchtsort.«

»Ich weiß nicht, wo es liegt. Ich bin immer mit verbundenen Augen dorthin gebracht worden.«

»Ich würde Ihnen nicht raten, noch einmal zu lügen. Herr Weissenegger würde Sie gern in Stücke reißen für das, was Sie Adeles Schwester angetan haben. Die einzige Möglichkeit, ihn davon abzuhalten, ist ein Wort von mir. Hans und ich sind jetzt Kumpel. Nennen Sie mir den Ort, und er fasst Sie nicht mehr an.«

Volker schrie fast hysterisch: »Sie haben mir schon mal etwas versprochen, was Sie nicht gehalten haben. Warum soll ich Ihnen jetzt glauben?«

Mason ergriff Volkers Fußknöchel und zog ihn in Weiseneggers Richtung. Volker strampelte mit den Beinen und hielt sich an der Matratze fest, aber alles, was er erreichte, war, dass er sie mit sich zerrte, als Mason ihn über den Boden zog. »Warten Sie! Es gibt eine Feuerschneise!«

Mason blieb stehen, ließ Volkers Bein aber nicht los. »Fahren Sie fort.«

»Es ist auch ein Weg für die Wartung des Skilifts. Der Weg teilt sich am zweiten Mast des Lifts. Der linke Weg führt zu einem alten Försterhaus.«

»Wie weit ist es bis zu diesem Haus?«

»Einen Kilometer.«

»Woran kann ich es erkennen?«

»Ein Steinhaus mit zwei Schornsteinen. Über der Tür hängt ein eiserner Pferdekopf.«

Mason ließ Volkers Fuß fallen. »Sie haben eine kluge Entscheidung getroffen.« Er ging zu Weissenegger. »Sie können jetzt bei den MPs anrufen. Und lassen Sie ihn ganz.«

Weissenegger machte ein enttäuschtes Gesicht, nickte aber. Als Mason zur Tür ging, fragte Weissenegger: »Ist Schaeffer der andere, der Hilda getötet und Adeles Tod befohlen hat?«

Mason drehte sich zu ihm um und nickte.

»Und er ist derjenige, hinter dem Sie jetzt her sind?«, fragte Weissenegger.

Mason brauchte einen Moment, weil er nicht recht wusste, was er sagen sollte. »Ja …«

Weissenegger lächelte und zog seine Hose hoch, als wäre er zu allem bereit.

NEUNUNDDREISSIG

»Ein altes Försterhaus« schien eine starke Untertreibung für das elegante Domizil zu sein, das vor ihm stand. Das weitläufige zweistöckige Gebäude erweckte mit seinen Außenwänden aus behauenen Steinen und seiner langen Veranda aus gefirnisstem Holz eher den Eindruck eines Herrenhauses als den der Berghütte eines öffentlichen Beamten. Es befand sich auf einem flachen, schalenförmigen Feld, das von einem jetzt tief verschneiten Fichtenwald umgeben war.

Mason stand unmittelbar am Waldrand an einer flachen Anhöhe. Fünfzig Meter offener Fläche lagen zwischen ihm und dem Haus. Rauch stieg aus einem der Schornsteine und zeigte an, dass sich jemand darin aufhielt. Falls Masons Vermutung zutraf, war Schaeffer der derzeitige Bewohner, aber es schien merkwürdig, dass Schaeffer hierhergekommen sein sollte und nicht einfach weitergeflohen war. Vielleicht war das hier ein Treffpunkt für Verbündete, um ihn von hier aus weiterzubefördern, oder er war hergekommen, weil er hier Geld versteckt hatte, mit dem er seine weitere Flucht finanzieren wollte. Was auch der Grund sein mochte, es war ein schlechtes Kalkül gewesen. Eins, auf das Mason gesetzt hatte.

Er hörte das unverwechselbare Klicken eines Revolverhahns, der zurückgezogen wurde, dann spürte er die Berührung der kalten Mündung in seinem Nacken.

»Wir wollen Schaeffer zeigen, was ich im Wald herumstrolchend gefunden habe«, sagte Weissenegger.

Mason verschränkte die Hände hinter dem Kopf.

Weissenegger stupste Mason mit dem Revolverlauf vorwärts. »Jetzt oder nie.«

Mason machte mehrere Schritte auf das freie Feld, und Weissenegger schrie: »Schaeffer. Ich habe Ihnen ein Geschenk gebracht.«

Mason und Weissenegger gingen langsam den Abhang zum Haus hinunter.

»Rutschen Sie bitte nicht aus, okay?«, sagte Mason. »Das Ding könnte losgehen.«

»Ich gehe so sicher wie eine Katze.«

Die Haustür ging auf, und Schaeffer kam nach draußen auf die Veranda. Er hielt eine Pistole seitlich am Körper in der Hand. »Das darf ja nicht wahr sein.« Er ging von der Veranda herunter und blieb am Fuß der Treppe stehen. »Gute Arbeit, Hans.« Dann richtete er die Pistole auf sie. »Bleibt aber jetzt stehen.«

Mason und Weissenegger hielten an.

»Wie haben Sie so einen schlüpfrigen Fisch zu fassen gekriegt?«, fragte Schaeffer.

»Ich bin ihm gefolgt. Er hält Volker in Winstones Villa fest.«

»Dann war es Volker, der mich verraten hat. Ich hab mich schon gefragt, wohin diese Ratte verschwunden ist.«

Weissenegger sagte: »Dieser Kerl wollte Sie so unbedingt in die Finger kriegen, dass er vergessen hat, sich umzudrehen.«

Schaeffer winkte mit der Waffe. »In Ordnung, kommt näher«, sagte er, obwohl er die Waffe weiter in ihre Richtung hielt.

In dem Moment, als Mason einen Schritt nach vorn machte, kamen zwei leichte Laster der Army den Weg hochgebraust.

»Das könnte Ärger bedeuten«, meinte Weissenegger.

»Ich würde an Ihrer Stelle keinen Muskel bewegen«, sagte Mason.

Auf Schaeffers Gesicht machte sich Überraschung breit. Er fuhr mit der Pistole herum und gab zwei Schüsse auf die herankommenden Fahrzeuge ab.

Die vier Männer im ersten Fahrzeug erwiderten das Feuer, während der Wagen rutschend zum Stillstand kam. Mason und Weissenegger blieben stehen, wo sie waren. Laufen würde nur fliegende Kugeln anziehen. Und sicherheitshalber ging Mason langsam in die Hocke. Weissenegger musste eingesehen haben, wie klug das war, und tat es ihm nach. Schaeffer rannte in der entgegengesetzten Richtung über das Feld, aber der tiefe Schnee behinderte ihn in seinem Fortkommen. Die vier Männer in dem führenden Jeep sprangen heraus, und zwei von ihnen richteten ihre Waffen auf Mason und Weissenegger, während die anderen beiden ein paar Schritte machten, zielten und schossen. Eine Kugel erwischte Schaeffer am Arm, und er taumelte in den Schnee.

Der zweite Laster wurde umsichtiger zum Stehen gebracht. Die Abdeckung des Lasters sorgte dafür, dass die Insassen im Schatten blieben, aber die Silhouette des Beifahrers kam Mason sehr vertraut vor. Als der Mann ausstieg, machte Masons Magen einen kleinen Überschlag, mehr aus Enttäuschung als aus Empörung – und nicht wenig Beklommenheit.

»Mr. Collins«, sagte Udahl mit einem zufriedenen Lächeln.

»Colonel.«

»Lassen Sie Ihre Waffe sinken, Hans«, befahl Udahl, »wir übernehmen den Fall von hier an.« Er gab den beiden Männern das Zeichen, Mason zu ihm zu bringen. Sie packten Mason an den Armen und zogen ihn bis vor Udahl. Weissenegger folgte ihnen und blieb hinter Mason stehen.

»Ich bin erfreut, Sie zu sehen«, sagte Udahl.

»Daran habe ich keinen Zweifel. Sie können zwei Fliegen mit einer Klappe schlagen.«

»Hat ganz den Anschein, als hätte Ihnen dieses überdimensionierte Selbstwertgefühl einen Streich gespielt. Zunächst mal, hier alleine herzukommen, obwohl das typisch für Sie ist, und etwas, womit ich gerechnet hatte. Und dann, Weissenegger zu vertrauen.« Hans ging an Mason vorbei und stellte sich zu Udahls Männern, während dieser sagte: »Weissenegger hat mir den Tipp gegeben, dass Sie hierherkommen wollten.«

»Wenn man sich nicht auf seine Feinde verlassen kann, auf wen kann man sich dann verlassen? Aber sagen Sie mir etwas. Soll ich Sie als Franklin Udahl anreden oder als Lester Abbott?«

Überraschung und Verärgerung kämpften auf Udahls Gesicht um die Oberhand. »Ich hielt es für passend, Abbotts Namen zu verwenden.«

»Es ergibt einen Sinn, weil Sie im OSS waren und zum selben Team wie Abbott und Schaeffer gehörten.«

Udahl strahlte wie ein stolzer Lehrer. »Ja, das war ich. Lester Abbott starb, als unser Team zu einem Einsatz in der Tschechoslowakei geschickt wurde. Ein richtiges Debakel. Eine total verkackte Aktion, was den Army-Geheimdienst betraf. Die Nazis wussten, dass wir kamen. Schaeffer hier schaffte es abzuhauen, aber Abbott und ich wurden gefangen genommen und der Gestapo übergeben. Abbott war ein Häufchen Menschenfleisch, als sie mit ihm fertig waren. Er und ich haben unglaubliche Foltern ertragen – vielleicht nicht so unglaublich für Sie –, aber mein Gott, was haben sie mit meinem Körper angerichtet …« Er verstummte und schaute hinunter in den Schnee, als erinnerte er sich an diese Zeit.

Schließlich hob er den Kopf und sagte zu niemand Bestimmtem: »Bringt ihn hierher.«

Die beiden Männer zerrten Schaeffer herüber und ließen ihn vor Udahls Füßen zu Boden sinken. Schaeffer schrie vor Schmerzen auf, als sie ihn auf die Knie zwangen. Udahl hockte sich vor ihn, um auf gleicher Höhe mit ihm zu sein. »Ich habe Ihnen die Gelegenheit zur Flucht gegeben. Sie hätten diese Gelegenheit ergreifen sollen.« Als Schaeffer nichts sagte, fragte Udahl: »Wo sind diese Dokumente?«

In Schaeffers Blick lag Verwirrung, als er Udahl ansah. »Ich habe sie nicht.«

Mason spürte, wie ihn eine Woge der Erregung durchfuhr. Winstones Dokumente existierten noch: Niemand hatte sie gefunden.

Udahl beugte sich vor, um Schaeffers Gesicht besser sehen zu können. »Sie sind nicht geflohen, weil Sie sich retten wollten, indem Sie mich verraten.« Schaeffer wollte protestieren, aber Udahl fuhr fort. »Sie können sich die Mühe sparen, es abzustreiten. Collins hat mich in seinem Bericht davon informiert.«

»Das ist eine Lüge!«, schrie Schaeffer.

Udahls Stimme wurde härter. »Sie sind hierhergekommen, um die Dokumente zu holen, Sie verdammter Verräter. Wo sind sie also?«

»Ich sage Ihnen doch, ich habe sie nicht!«

Udahl stand auf und befahl vier von seinen Männern, das Haus zu durchsuchen. Er beobachtete, wie die vier Männer in das Haus liefen, bevor er sich mit gerunzelter Stirn wieder an Mason wandte. »Sie machen einen niedergeschlagenen Eindruck, Collins. Macht es Ihnen so viel aus, einen Offizier und Kriegshelden zu sehen, der die Seiten gewechselt hat?«

»Ich sehe in Ihnen eher einen frustrierten und verbitterten OSS-Agenten, der nicht akzeptieren kann, dass der Krieg vorbei ist.«

»Kann das wirklich irgendeiner von uns? Im Lauf unserer Operationen hat das OSS auf die eine oder andere Weise ein Bataillon von Männern getötet. Wir haben den Sieg ermöglicht, und es hat eine Menge gekostet. Und als alles vorüber war, wurde das OSS für überflüssig erachtet, beiseitegeschoben, und wir wurden gezwungen, ein Schweigegelübde abzulegen. Was wir getan und verloren und geopfert und erlitten haben, das ist alles in Tresorräumen weggeschlossen. Wir sind zu Gespenstern geworden. Dann fasste eine Gruppe von uns letztendlich einen Entschluss. Warum sollten wir nicht von unserer ganzen Ausbildung für eine persönliche Sache Gebrauch machen? Wir schlossen einen Pakt, dieses verrottete Land auszusaugen. Ich weiß, dass es nicht immer so weitergehen kann. Irgendwann müssen wir den Laden dichtmachen. Aber wir werden unseren Abgang mit gut gefüllten Taschen antreten.«

»Sehen Sie sich so? Als edle Gesetzlose? Wie wäre es mit Mördern? Sadisten? Schlächter junger Frauen?«

»Mit Ihrer kleingeistigen Moral langweilen Sie mich nur. Es ist simpel. Das Leben gibt Ihnen zwei Möglichkeiten: Entweder Sie kämpfen und sterben, oder Sie geben sich geschlagen und sterben. Ich ziehe das Erstere vor. Sie hingegen haben sich bereits einem System geschlagen gegeben, das Sie benutzt, das Sie zerdrückt, und Sie balgen sich schließlich um die Pennys, die dem hungrigen Pöbel hingeworfen werden. Ich habe Sie vor Pritchards Füßen kriechen sehen, und das nur für eine Chance, als Detective arbeiten zu können, und wenn man Sie dann ausgelutscht und ausgespuckt hat, ist alles, worauf Sie sich am Ende Ihres Lebens freuen können, eine wachsende Verbitterung und verblassende Erinnerungen. Erbärmlich.«

Udahl nickte einem seiner Männer zu, der sich hinter Mason stellte. Dann trat er Mason in die Kniekehlen und zwang ihn, sich in den Schnee zu knien. Mason war schon mal in dieser Situation gewesen, und es rief quälende Erinnerungen an eine andere Zeit wach. Ein Gestapo-Hauptmann, der ihn gezwungen hatte, das Gleiche zu machen. Ihn mit vorgehaltener Waffe gezwungen hatte, sich hinzuknien, und von ihm verlangt hatte, zwischen zwei gleichermaßen dem Untergang geweihten Kindern zu wählen. Die Tat selbst, die Erinnerung daran, versetzten ihn in Wut.

Aber er würde noch warten.

Einer von Udahls Männern kam mit besorgtem Gesichtsausdruck aus dem Haus. »Wir haben rund fünftausend Dollar gefunden, aber nichts sonst.«

»Das gottverdammte Geld war der Grund, warum ich hergekommen bin«, schrie Schaeffer. »Ich habe keine Dokumente. Ich wollte Sie nicht verraten. Ich brauchte das Geld, um hier rauszukommen.«

Mit einer schnellen Bewegung packte Udahl Schaeffers rechte Hand, schob eine Pistole hinein und zog die Hand hoch zu Schaeffers Kopf. Mit einem ohrenbetäubenden Knall ging die Schusswaffe los. Warmes Blut bespritzte Masons Gesicht. Schaeffer sackte zu Boden.

Plötzlich ertönte vom Waldrand her der Pfiff einer Trillerpfeife, und etwa zwanzig Mann traten zwischen den Bäumen hervor. Es waren MPs mit Gewehren und Maschinenpistolen. Bei ihnen war zu Masons Überraschung Abrams, der zusammen mit Densmore in der Mitte der Schützenlinie stand.

»Waffen fallen lassen«, rief Densmore.

»Ich wusste, dass Sie wegen Schaeffer kommen würden«, sagte Mason zu Udahl. »Aber ich brauchte Beweise gegen

Sie. Ich verhafte Sie hiermit wegen des Mordes an Major Schaeffer, Colonel.«

Einer von Udahls Männern eröffnete das Feuer und begann wegzulaufen. Im gleichen Moment begannen auch die anderen Männer Udahls zu schießen, wobei sie die Fahrzeuge als Deckung benutzten. Abrams, Densmore und die MPs folgten ihrem Beispiel.

Der Ausbruch des Gewehrfeuers lenkte Udahl einen Sekundenbruchteil ab, und das war Masons Chance. Er schnellte nach oben, packte Udahls Pistole am Lauf und schob sie beiseite. Die Pistole ging los, aber weil Mason den Verschluss festgehalten hatte, blockierte die Waffe. Mit seiner freien Hand packte er Udahls Handgelenk, um ihn zu entwaffnen, aber Udahl war überraschend stark und beweglich.

Udahl hielt Masons freie Hand fest und stieß ihm den Ellbogen ins Gesicht. Er drehte sich in Masons Körper hinein und warf ihn sich über die Schulter. Mason fiel auf den Boden, aber anstatt den Angriff fortzusetzen, versuchte Udahl, die Waffe durchzuladen. Mason sprang auf und attackierte Udahl, wobei er wieder dessen Arm mit der Schusswaffe packte. Sie schlugen auf sich ein, während sie über den Boden rollten. Udahl gab aus Verzweiflung zwei Schüsse ab, und nach dem zweiten hörte Mason nichts mehr außer seinem schweren Atem.

Eines der Geschosse riss Masons Mantel auf und streifte ihn an der Schulter. Unwillkürlich zuckte Mason zurück, und Udahl nutzte die kurzfristige Unaufmerksamkeit Masons, um sich auf die Knie zu erheben. Ohne auf die Kugeln zu achten, die ihm um den Kopf pfiffen, benutzte Udahl seine freie Hand, um Mason ein-, zweimal ins Gesicht zu schlagen. Er versuchte aufzustehen und die Kraft seiner Beine dazu einzusetzen, seine Pistolenhand loszureißen, aber anstatt in die

Gegenrichtung zu ziehen, rollte Mason in Udahl hinein und verdrehte ihm das Handgelenk. Udahl schrie auf, fiel nach hinten und ließ die Pistole los.

Mason tastete nach der Pistole, die unter dem Schnee lag. Ein Fehler. Dadurch hatte Udahl Zeit, sich aufzurichten und ein KA-BAR-Messer hervorzuholen. Er stach damit nach Masons Brust. Mason blockierte den Angriff mit seinem Bein. Er hatte seine Brust damit geschützt, aber das Messer versank tief in seinem Oberschenkel.

Der brennende Schmerz lähmte ihn. Im nächsten Augenblick konnte er nichts anderes tun, als seine Brust und seinen Hals mit den Armen abzusichern. Udahl richtete sich auf, um noch einmal mit dem Messer zuzustoßen.

Aber Udahl konnte seinen Stoß nicht ausführen. Weissenegger packte ihn von hinten. Er hob Udahl in die Luft und zog ihn fort. Udahl stieß mit den Ellbogen in Weisseneggers Bauch und rammte den Hinterkopf in Weisseneggers Gesicht. Weissenegger grunzte und stolperte nach hinten. Udahl fuhr mit dem Messer herum und schlitzte Weisseneggers Brust auf.

Mason versuchte aufzustehen, aber sein Bein gab nach. Er kroch nach der hingefallenen Pistole, während Udahl noch einmal mit dem Messer nach Weisseneggers Brust stieß. Weissenegger brummte und fiel auf die Knie.

Udahl drehte sich zu Mason um und griff an. Mason machte einen letzten Versuch, sich der Pistole zu bemächtigen, bekam sie gepackt und warf sich auf den Rücken.

Durch die immer wieder aufbrandenden Feuerstöße der Gewehre und Maschinenpistolen hörte Mason in der Ferne Abrams schreien: »Mason, nicht!«

Vielleicht hätte er Udahl eine letzte Warnung zurufen sollen. Vielleicht hätte er ihn ins Bein schießen sollen. Aber seine Wut erwies sich als stärker, und Udahl stürzte mit erhobenem Messer auf ihn zu.

Mason schoss zweimal und traf Udahl beide Male in die Brust. Die Geschosse vom Kaliber .45 hatten die Kraft eines Güterzugs, und sie stoppten Udahl mitten im Sprung. Er sackte zusammen und fiel vor Mason auf den Boden.

Udahls Tod kaufte seinen Männern den Schneid ab. Sie ließen die Waffen fallen und nahmen die Hände hoch. Zwei hatten es geschafft zu entkommen, aber eine Handvoll MPs machte sich auf die Suche nach ihnen. Mason versuchte festzustellen, wie es Weissenegger ging, aber die Schmerzen erlaubten ihm nicht aufzustehen.

Er schrie in den Himmel: »Holt einen Sanitäter für Hans.«

Abrams kam zu Mason gerannt und kniete sich neben ihn. Er schob Masons Hände von der Stichwunde weg und übte Druck auf sie aus.

»Hans braucht die Hilfe nötiger als ich«, sagte Mason.

»Densmore kümmert sich um ihn.«

»Sie sollten inzwischen eigentlich in Frankfurt sein«, murrte Mason.

»Halten Sie den Mund und bleiben Sie still liegen.«

»Ich werde Ihnen einen Tritt verpassen, wenn sie mich zusammengeflickt haben«, sagte Mason, kurz bevor er das Bewusstsein verlor.

VIERZIG

Mason wachte mit hämmerndem Kopfweh und einem pochenden Schmerz in seinem Oberschenkel auf. Er war ein paarmal aufgewacht, vergleichbar einem kurzen Auftauchen an der Oberfläche eines warmen Meers, nach dem man gleich wieder versinkt. Aber diesmal war er sich seiner Umgebung völlig bewusst. Er lag in einem Bett, das durch einen weißen Vorhang abgetrennt war. Eine Infusionsflasche hing über seinem Kopf, von der aus ein Schlauch in seinen Arm verlief.

Okay, ich bin in einem Krankenhaus … wieder mal.

Er hob den Kopf leicht an, was die Schmerzen nur verschlimmerte. Dann lächelte er und ließ sich wieder auf das Kissen sinken.

Abrams saß mit nach hinten gelehntem Kopf zusammengesunken in einem Sessel und schnaubte eher, als dass er schnarchte, als würde er im Schlaf nach Trüffeln suchen.

»Wie soll ein Mann zum Schlafen kommen, wenn diese Kreissäge läuft?«, sagte Mason laut.

Abrams rührte sich und richtete sich auf. »Hey, Sie sind wach.«

»Das ist mir bewusst. Vielen Dank. Was machen Sie hier?«

»Sie lassen mich hier herumlungern, bis Sie wach werden, damit ich mich verabschieden kann.«

»Sie sollten nicht mal hier in der Nähe sein. Ich habe Ihnen versprochen, dass Sie einen Arschtritt bekommen.«

»Nur zu!« Abrams grinste.

»Wie geht's Weissenegger?«

»Hat gerade seine zweite Operation hinter sich. Es geht ihm nicht gut, aber sie meinen, er kommt durch.«

»Gut. Ich bin ihm was schuldig.«

»Margareta ist bei ihm. Sie scheint den Kerl tatsächlich zu mögen. Stellen Sie sich das mal vor.«

Mason lachte leise in sich hinein und zuckte dann mit den Achseln, als er sich erinnerte. »Ich kann es verstehen. Er ist ein bisschen langsam, aber klüger, als ich dachte. Er braucht nur länger, um dort hinzukommen. Er war derjenige, der Udahl angerufen hat, wissen Sie? Er hat so getan, als wollte er mich verraten, indem er ihm sagte, dass ich zu dem Försterhaus gehen würde, um mir Schaeffer zu greifen. Fast hätte er es geschafft, *mich* zu überzeugen.« Er drehte sich ein wenig, um Abrams besser anschauen zu können. »Ich habe nicht gesehen, wie Sie aus dem Zug gestiegen sind.«

»Der Zug war gerade außerhalb von Garmisch, als ich es nicht mehr ausgehalten habe und gesprungen bin.«

»Ich hätte Sie mit Handschellen an den Sitz festmachen sollen.«

Abrams zuckte mit den Achseln. »Ich wusste, was Sie vorhatten, aber ich wusste nicht, wo. Deshalb bin ich zu Densmore gegangen, um ihn zu warnen. Ich bin gerade im Hauptquartier angekommen, nachdem Sie ihn angerufen hatten. Und es war gut, dass ich da war. Densmore wollte nämlich nur zwei Mann mitnehmen.« Abrams runzelte die Stirn. »Wie haben Sie rausbekommen, dass Udahl der Mann war, der die Fäden in der Hand hatte?«

»Ich wusste es nicht genau, aber ein Haufen kleiner Dinge hörte nicht auf, mein Gehirn zu kitzeln: Zum einen wusste er, dass unser Informant ein Mann war. Damit fing es eigentlich an. Dann wusste er, dass ich nach dieser Nacht bei Winstone mit Adele zusammen war, als niemand außer Ihnen und ihr etwas davon wusste. Er warf mir immer wieder Knochen hin und wies mich dann an, keine hohen Army-Offiziere zu verärgern. Er warnte mich davor, mir die Casa Carioca näher anzusehen. Bestand darauf, dass ich nur ihm Bericht erstatte und ihm alles sage. Unmittelbar danach verschwanden Zeugen, die Abhöraktion flog auf. Bei einem Treffen hatte er schon die Akten über genau die Leute parat, die ich in Verdacht hatte, obwohl ich sie noch gar nicht erwähnt hatte. Sobald General Clay involviert war, warf er mir Schaeffer zum Fraß vor, um sich abzusichern. Die Tatsache, dass Abbott im Krieg getötet worden war. All das ging mir im Kopf herum, aber ich hab es nie richtig zusammengesetzt, bis Schaeffer denselben Spruch benutzte, den Udahl gern sagte: ›Keine Ruhe für die Gottlosen‹. Ich bin einer dunklen Ahnung gefolgt und habe ihm diesen Brief dagelassen, und dann habe ich Hans gebeten ihn anzurufen.«

»Sie haben Ihr Leben auf eine dunkle Ahnung gesetzt?«

»Eine wohlbegründete Vermutung.«

»Das war ziemlich töricht.«

»Töricht ist mein zweiter Vorname.« Als Abrams es ablehnte, das zu bestreiten, fuhr Mason fort: »Ich begrüße es, dass Sie mir geholfen haben.«

»Keine Ursache.«

Mason bemerkte den MP, der vor der Tür Wache stand. »Wenn er darauf wartet, Sie zum Bahnhof zu begleiten, fährt er diesmal besser mit.«

Anstatt über Masons Witz zu lachen, warf Abrams einen Blick auf Masons Handgelenk. Mason versuchte, den rechten Arm zu heben, um zu sehen, was Abrams sich anschaute, aber der Arm ließ sich nur knapp zehn Zentimeter heben, bevor ihn ein paar Handschellen stoppten. Er schüttelte die Hand, wodurch die Handschellen gegen den metallenen Bettrahmen rasselten.

»Was zum Teufel ist das hier?«, schrie Mason.

Eine Krankenschwester kam mit finsterem Gesicht angelaufen. »Könnten Sie vielleicht etwas leiser sein? Außer Ihrer Hoheit gibt es noch andere Patienten auf dieser Station.«

»Die sind nicht mit Handschellen ans Bett gefesselt.«

»Wenn Sie nicht leiser werden, lasse ich einen Maulkorb kommen«, blaffte die Schwester und stürmte davon.

»Gamin hat den Verstand verloren«, erklärte Abrams. »Er will Sie in Haft behalten, bis ein Militärgericht darüber befinden kann, ob Sie wegen vorsätzlicher Ermordung eines Colonels angeklagt werden sollen. Nicht dass der Dienstgrad damit irgendwas zu tun hätte, aber in Gamins Augen ist es, als hätten Sie den Papst erschossen.«

»Vorsätzliche Ermordung? Soll das ein Witz sein?«

Die Krankenschwester kam zu seinem Bett gestampft und rief dem MP zu, der die Tür bewachte: »Corporal, Sie müssen diesem Mann einen Knebel anlegen. Er stört die anderen Patienten.«

Der MP wandte sich dem Zimmer zu, unsicher, was er tun sollte.

Mason hielt seine freie Hand hoch, als gäbe er sich geschlagen. »Das wird nicht nötig sein, Ma'am. Ich werde ein braver kleiner Gefangener-Patient sein.«

Die Schwester schien zufrieden zu sein, dass sie ihren Standpunkt klargemacht hatte, und verschwand hinter dem Vorhang.

In einem dröhnenden Flüsterton sagte Mason: »Dieser Hurensohn. Es war Notwehr.«

»Ich glaube nicht, dass die ursprüngliche Anweisung von

Gamin kam. Man munkelt, sie sei von weiter oben gekommen. Jemand versucht, Sie fertigzumachen.«

Mason blieb stumm, während er das verarbeitete. Wer es auch sein mochte, er musste großen Einfluss haben, wenn er auf eine Mordanklage drängte, wenn es Zeugen gab, die gesehen hatten, dass Mason Udahl in Notwehr erschossen hatte. »Es muss jemand sein, der mit Udahl unter einer Decke steckte. Jemand ganz weit oben in der Nahrungskette. Er versucht, seinen Arsch zu retten.«

Abrams schien zu überlegen, ob er noch mehr sagen sollte. Mason kannte den Gesichtsausdruck. Es würde keine gute Nachricht sein.

»Worum handelt es sich?«

Schließlich rückte Abrams mit der Sache raus: »Volker ist tot.«

»Was?« Mason war kurz davor gewesen, das Wort zu schreien, bremste sich aber gerade noch, bevor die Schwester ihre Drohung wahr machte.

»Auf der Flucht erschossen.«

Mason zischte einen Fluch. »Was ist mit Kessel? Er muss geschützt werden. Bringen Sie ihn an einen sicheren Ort. Irgendwohin.«

»Bitten Sie mich nicht. Ich bin ein bescheidener Specialist und stehe kurz davor, hier abtransportiert zu werden.«

»Wenn sich niemand um ihn kümmert, ist er ein toter Mann. Vielleicht ist er schon tot.« Mason sank auf sein Kissen zurück. »Sie sind hinter uns allen her: hinter Jaakows Familie, hinter Ihnen, hinter mir.« Er zeigte mit dem Finger auf Abrams. »Passen Sie gut auf sich auf dort draußen.«

»Das habe ich vor.«

Mason riss frustriert an den Handschellen. »Ich muss hier raus.«

»Um was zu tun?«

»Daran arbeite ich. Ich muss es schnell tun, bevor sich jemand hier reinschleicht und mir ein Kissen aufs Gesicht drückt. Sie müssen Densmore sagen, was hier vor sich geht, und ihn bitten herzukommen.«

»Auf meinem Weg nach draußen gehe ich bei ihm vorbei.« Abrams stand auf. »Sie haben mich einer Nachschubkolonne nach Norden zugeteilt. Für mich gibt's kein Abspringen von Zügen mehr.«

Mason schüttelte Abrams Hand mit seiner Linken. Er hielt sie länger fest als üblich und schaute ihm in die Augen. »Passen Sie gut auf sich auf. Ich hatte Glück, Sie als Partner zu haben.«

»Wer weiß? Vielleicht kommt es noch mal dazu.«

Mason lächelte und nickte, wobei er seine Zweifel zu verbergen versuchte. »Okay. Machen Sie, dass Sie hier rauskommen, bevor die Nazi-Schwester Sie rauswirft.«

Abrams machte zunächst den Eindruck, als wollte er noch etwas sagen, aber stattdessen winkte er zum Abschied und ging hinaus.

Als Mason allein war, machte er sich seine Gedanken. Udahls Bosse, seine Kumpane, waren immer noch dort draußen, spannen ihre Ränke und ließen jeden umbringen, dessen Spur zu ihnen zurückverfolgt werden konnte. Demzufolge, was Udahl und Schaeffer am Tag zuvor gesagt hatten, gab es die Dokumente noch. Udahls Männer hatten das Försterhaus, Masons Unterkunft und Adeles Wohnung durchsucht, ganz zu schweigen von Winstones Villa in der Nacht des Mordes. Außerdem hatten Mason und Abrams, dann Densmore und eine Handvoll MPs verschiedene Male die Villa durchsucht und sie dabei auf den Kopf gestellt. Die Dokumente waren weder in Winstones Safe noch in seinem Büro. Falls Winstone vorgehabt hatte, aus der Stadt abzuhauen, hätte er die Dokumente auf keinen Fall zurückgelassen. Er hätte dafür gesorgt, dass er leicht und schnell an sie herankam. Deshalb ergab Hildas Zettel mit Jaakows eintätowierter KZ-Nummer keinen Sinn. Wenn Jaakow die Dokumente für Winstone aufbewahrt hätte, wäre es schwierig geworden, im Fall einer überstürzten Flucht schnell an sie heranzukommen. Und wenn Jaakow wusste, wo sie versteckt waren, hätte er dafür gesorgt, dass Mason sie in die Finger bekam. Es wäre seine beste Überlebenschance gewesen. Sie mussten einfach in der Villa sein. Wenn er nur rausfinden könnte, wo, war er davon überzeugt, dass Hildas Zettel einen Sinn ergeben würde. Und falls er ermitteln konnte, wo sie waren, würde er das besser schnell tun. Er dachte an jede Vernehmung zurück, an jede Nuance, jedes Detail …

Denk nach, Mason!

»Fällt Ihnen hier drinnen schon die Decke auf den Kopf?«

Als Mason aufsah, entdeckte er Densmore am Rand des Vorhangs.

Densmore kam zu ihm ans Bett. »Sie sollten sich Ihre Energie für das Militärgericht aufsparen.«

»Sie haben gesehen, dass es Notwehr war.«

»Ja, ich glaube, das stimmt. Ich habe es in meinem Bericht geschrieben und zu Gamin und diesem Militärstaatsanwalt Hollister gesagt. Ich bin auf taube Ohren gestoßen. In den meisten Police Departments wäre das als gerechtfertigter Schusswaffengebrauch betrachtet worden. Aber wir sind in der Army, und Sie haben ausgerechnet einen Colonel und Militärgouverneur erschossen.«

Mason musste ihm beipflichten: Es sah nicht gut aus. »Abrams hat mit erzählt, dass Volker auf der Flucht erschossen worden ist«, sagte er. »Sie müssen doch einsehen, dass das ein abgekartetes Spiel war.«

Densmore schaute zur Tür, als könnte dort jemand stehen und zuhören. »Yeah, das kann ich mir vorstellen.«

»Udahls Partner sind noch da draußen und aktiv. Sie werden dafür sorgen, dass niemand aufrecht stehen bleibt. Das gilt auch für Sie, Kollege.«

»Sie vergessen immer wieder, dass wir von hohen Offizieren der Army reden; sie – wer immer das sein mag – brauchen Sie oder Abrams oder mich nicht umzubringen. Sie müssen uns nur in alle Himmelsrichtungen verteilen. Dafür sorgen, dass wir so weit wie möglich weggeschickt werden.«

»Das gilt vielleicht für uns, aber nicht für Kessel. Sie müssen ihn schützen.«

»Und wie soll ich das machen?«

»Lassen Sie sich was einfallen. Sie sind klüger und mutiger, als Sie durchblicken lassen.«

Densmore schaute Mason einen Moment lang an. »Ich tue, was ich kann, aber wo wir gerade vom Verteilen in alle Winde reden: Sie versetzen mich auch. Ich werde zurück in die Staaten geschickt. Sie werden mich hinter einen Schreibtisch setzen. Irgendwas in der Verwaltung. Keine Arbeit als Detective mehr. Sie hätten mich genauso gut umbringen können.«

Mason verstand, was damit gemeint war. Densmore musste nicht hinzufügen, dass es sein Fehler war.

»Sie denken, ich mache Sie dafür verantwortlich«, sagte Densmore, als könne er Gedanken lesen. »Nun, diesmal nicht. Wir haben zum Teil unglaubliche Arbeit geleistet.« Er hielt inne. »Ich weiß, dass ich mir mehr Sorgen darum gemacht habe, wie ich meine eigene Haut und meine Karriere rette …« Er kam näher an Mason heran. »Deshalb mache ich das hier.« Er fischte etwas aus seine Hosentasche, bevor er einen Blick zurück auf den MP an der Tür warf.

Der MP hatte seine Nase in eine Zeitschrift vergraben.

Mason spürte die Vibration von Metall gegen Metall, dann das deutliche Klicken von Handschellen, die aufgeschlossen wurden. Mason hielt still, damit ihm die Handschellen nicht vom Handgelenk rutschten.

»Ich habe auf einer Bank im Flur eine Papiertüte stehen lassen. Da sind ein paar Klamotten drin. Ein Satz Zivilkleidung und eine Uniform, beides aus Ihrem Seesack. An einen Mantel bin ich nicht drangekommen, aber ich bin mir sicher, Sie kommen zurecht.«

Mason sah sich in dem Zimmer um, soweit die losen Handschellen das erlaubten.

»Links von Ihnen sind ein paar Fenster«, sagte Densmore, »aber ich würde nicht versuchen zu springen. Wir sind im dritten Stock.« Er nickte zu dem MP hin. »Ich werde ihn aufs Klo gehen lassen. Er war am Försterhaus dabei und hat alles gesehen. Es gefällt ihm nicht, dass Sie angeklagt werden sollen. Er wird wegschauen, wenn ich ihn darum bitte.« Er streckte ihm die Hand entgegen. »Alles Gute. Nehmen Sie's mir nicht krumm, aber ich hoffe, ich sehe Sie nie wieder.«

Mason gab ihm die Hand. »Machen Sie's gut, Patrick. Und vielen Dank.«

»Schnappen Sie sich diese Mistkerle«, sagte Densmore. Er trat in den Flur und sprach mit dem MP. Der Mann nickte und ging, ohne einen Blick in Masons Richtung zu werfen. Densmore blieb ein paar Sekunden an der Tür stehen, während er dem MP nachschaute. Er hob seine Mütze und setzte sie sich wieder auf den Kopf, bevor er langsam in die entgegengesetzte Richtung ging.

Mason nahm sich die Handschellen ab und zog sich den Infusionsschlauch aus dem Arm. Ihm wurde schwummrig, als er vom Bett aufstand. Stechende Schmerzen in seinem Oberschenkel lähmten ihn einen Moment lang. Er holte tief

Luft und versuchte, den Schmerz zu vergessen. Wie durch ein Wunder sah ihn die mürrische Krankenschwester nicht, als er auf den Flur humpelte. Er griff sich die Tüte, die Densmore für ihn dagelassen hatte, und schlüpfte durch die Tür ins Treppenhaus zum Notausgang.

Mason hatte nicht geringe Schwierigkeiten dabei, in die Hose und die Schuhe hineinzukommen, aber er bekam es hin, und fünf Minuten später verließ er das Krankenhaus. Zwei Hotels waren nur ein paar Häuserblocks entfernt; viele geparkte Autos, unter denen er wählen konnte. Die beißende Kälte ließ ihn die Schmerzen in seinem Kopf und seinem Oberschenkel etwas leichter ertragen. Ihm war immer noch etwas schwindlig von dem Blutverlust, aber das Adrenalin würde ihn noch etwas in Schwung halten … Eine kleine Weile.

Das Adrenalin und dickköpfige Entschlossenheit.

EINUNDVIERZIG

Mason lehnte sich an eine Wand im Foyer von Winstones Villa. Zu seiner Linken das Wohnzimmer und zur Rechten das Esszimmer, dann die Bibliothek. Vor ihm lagen die Treppe und der Flur, der zum Salon, zur Küche und zur Garage führte. Das Obergeschoss beherbergte fünf Schlafzimmer und drei Bäder. Dazu kam der weitläufige Keller. Eine ungeheuer beschwerliche, wochenlange Durchsuchung, selbst in gutem Gesundheitszustand.

Wo sollte er anfangen? Dokumente konnten gefaltet oder gerollt irgendwo hineingesteckt werden. Wofür immer sich Mason entschied, er musste es schnell tun. Der MP oder die Schwester hatten seine Abwesenheit inzwischen mit Sicherheit gemeldet, und es war nur eine Frage der Zeit, bis ein MP-Trupp hierherkäme und nach ihm suchte.

Er hatte das Werkzeug aus der Bibliothek mitgenommen, wo Densmore und sein MP-Team es zurückgelassen hatten, und eine Taschenlampe aus der Küche. Die Anstrengung, in der bitteren Kälte einen Wagen zu finden, den er stehlen konnte, und dann mit seinem verletzten Bein hierherzufahren, hatte ihren Tribut gefordert. Und jetzt war er hier, kaum fähig, aufrecht zu stehen, geschweige denn klar zu denken, und ließ alle Renovierungsarbeiten, die Winstone in der Villa hatte durchführen lassen, vor seinem inneren Auge noch einmal Revue passieren. Er ging die Bereiche wieder durch, die von ihm und Abrams sowie anschließend von Densmore und seinen MPs bereits durchsucht worden waren. Die logischsten und offensichtlichsten Stellen waren ausgeschlossen worden. Also blieben noch die unwahrscheinlichen und die unlogischen übrig, von denen es zahllose gab.

Das hier ist praktisch ein Ding der Unmöglichkeit.

Blut war aus der frisch vernähten Wunde gesickert. Beide Beine zitterten. Sein ganzer Körper schauderte. Die Kälte machte ihm allmählich zu schaffen. Es war so kalt in der Villa, dass sein Atem kondensierte. Kalt und dunkel wie ein Mausoleum …

Die Kälte! Warum hatte er nicht früher daran gedacht? Winstone hatte nur auf den offenen Kamin zurückgegriffen, was die Wärme in der Villa anging. Er hatte sich geweigert, die Heizung zu benutzen. Es waren nicht mal Briketts daneben gestapelt.

Mason humpelte hinunter ins Untergeschoss und in den Heizungskeller. Volkers Matratze lag noch auf dem Boden, daneben Blutflecken von den Prügeln, die ihm Weissenegger verabreicht hatte. Der Gedanke, dass die Dokumente die ganze Zeit hier gewesen sein konnten, wenige Meter von Volker entfernt, kam ihm paradox vor.

Er ging hin zu der Kohleheizung und öffnete die Tür zur Beschickung. Die rostigen Angeln protestierten quietschend. Er suchte das Innere mit der Taschenlampe ab. Drinnen war nichts zu sehen, abgesehen von einem Haufen alter Asche auf dem Boden. Er schob einen Arm hinein und suchte in der Asche herum, bevor er die seitlichen Wände und die Decke der Brennkammer abtastete.

Nichts. Er streckte den Arm aus, bis er die Hinterwand berührte. Er fluchte frustriert, was seine Kopfschmerzen verdoppelte. Die Anstrengung hatte ihn erschöpft, und das Blut von seiner Stichwunde war durch sein Hosenbein gesickert und hatte einen Fleck von der Größe seiner Hand geschaffen. Er holte tief Luft und machte einen Schritt zurück. Dann suchte er den Raum um die Heizung herum nach frischem Beton oder neuen Ziegelsteinen ab. Jeder Fleck an Wand und Boden schien seit Jahren unberührt zu sein.

Weil er sonst nichts zu untersuchen hatte, schaute er zur Decke hoch. Das Dutzend oder mehr an Heizungsrohren führte in alle Richtungen und war nah an der Decke verlegt. Mit dem Strahl der Taschenlampe suchte er jedes einzelne ab. Der Rauch und der Staub, die sich angesammelt hatten, wirkten unberührt. Er verfolgte jedes Rohr bis zu seinem endgültigen Ziel und stellte fest, ob es ein bestimmtes Zimmer oder ein anderer Bereich des Hauses war. Auf der Rückseite der Heizung führte der Hauptabzug nach oben, ging durch den Fußboden des Erdgeschosses und im weiteren Verlauf in den Bibliothekskamin.

Die Bibliothek, der Raum, den Winstone umfangreich renoviert hatte, einschließlich der Fußbodenbalken und der tragenden Wand.

Renovierungsarbeiten in dieser Größenordnung hätten eine ideale Gelegenheit geboten, ein gut verborgenes Versteck zu schaffen. Der Gedanke veranlasste ihn zurückzutreten und über den Lüftungskanal zu schauen, wo er ein kurzes Rohr entdeckte, das direkt zur Grundmauer führte. Ein Heizungsrohr an dieser Stelle hatte keine Funktion. Weil die Grundmauer hier noch unter der Erde lag, brachte ein Heizungsrohr nichts.

Nach einer hektischen Suche fand Mason eine Leiter unter der Kellertreppe. Es verlangte ihm seine ganze Kraft und Willensstärke ab, die Leiter zur Wand des Heizungskellers zu tragen und dann hochzuklettern. Er bekam fast einen Krampf in seinem Bein, und ihm war gleichzeitig heiß und kalt. Als er schließlich an dem Rohr ankam, spürte er eine Welle der Erregung in sich aufsteigen: Oben auf dem Rohr befanden sich schwache Abdrücke von Händen in der dünnen Staubschicht. Vorsichtig, um das Gleichgewicht auf der Leiter nicht zu verlieren, zog er mit beiden Händen an dem Rohr. Die Spachtelmasse, mit der das Rohr an der Wand befestigt war, hielt stand. Mason holte tief Luft und riss mehrfach daran. Schließlich löste sich das Rohr und fiel auf den Boden.

Sieg und Niederlage. Er hatte das Versteck gefunden, aber drinnen war ein kleiner, brandneuer Safe, der in den frischen Beton der Grundmauer eingelassen war.

Er legte den Kopf gegen die Wand, um seine Kräfte wiederzuerlangen. Seine Beine zitterten. Es fiel ihm schwerer, einen klaren Gedanken zu fassen. Er schloss die Augen, aber davon wurde ihm nur schwindlig. Ein paar seiner Gehirnzellen mussten noch funktionieren, weil ihm das Bild von Hildas Zettel, Jaakows Tätowierung, in den Sinn kam: A47235.

Er versuchte das als Kombination, indem er aus dem A eine 1 machte: 14–72–35. Der Hebel des Safes wollte sich nicht bewegen lassen. Er versuchte, die Kombination zu variieren, das A wegzulassen oder eine andere Zahl dafür zu benutzen. Nichts funktionierte.

Er hörte auf. Das ergab keinen Sinn. Warum sollte er die Nummer von Jaakows Tätowierung benutzen? Jeder, der zufällig die Verbindung herstellte, hätte dasselbe wie Mason angenommen.

Er ersetzte schnell die Buchstaben in Jaakows Namen durch Zahlen: 10–1–1–11–15–23. Zu viele Zahlen. Er versuchte, die zwei Einser in eine 11 zu verwandeln. Immer noch nichts. Seine Enttäuschung wuchs und drohte zu trüben, was er noch an logischem Denkvermögen besaß. Er holte tief Luft und versuchte, sich zu konzentrieren.

Vielleicht war es eine Kombination der Tätowierungsnummer und der in Jaakows Namen repräsentierten Zahlen, mit der man auf die aus drei zweistelligen Zahlen bestehende Kombination kam. Aber wie viele mögliche Kombinationen konnte das ergeben? Wie lange hatte er noch Zeit, bis sein Verstand vollkommen versagte? Unter der Annahme, A entspräche 1, begann er, der Reihe nach die Tätowierungsziffern und Jaakows Namen zu addieren. Jeder einzelne Versuch ergab nichts. Er verlor den Überblick über diejenigen, die er ausprobiert hatte, und wiederholte sich. Es fiel ihm immer schwerer, einfache Zahlen im Kopf zu addieren.

Er schlug gegen die Wand. »Komm schon!«

Es musste eine systematische Vorgehensweise geben. Da sein Verstand allmählich seine Funktion einstellte, bestand die einzige Möglichkeit für ihn, diese einfache Aufgabe zu verrichten, darin, die Zahlen auszusprechen und seine Finger zu benutzen. In einem letzten verzweifelten Versuch addierte er alle Ziffern der Tätowierung zu dem ersten Buchstaben von Jaakows Namen – 31. Dann die nächsten drei Buchstaben seines Namens – 13. Und schließlich die letzten beiden Buchstaben – 38. Er probierte die Kombination aus, bewegte das Einstellrad langsam, um sicherzugehen, dass er die richtige Anzahl von Umdrehungen nach rechts und links machte: 31–13–38. Er schlug hart auf den Hebel. Der Safe ging auf.

Seine absolute Erleichterung hätte fast zur Folge gehabt, dass er von der Leiter gefallen wäre. Er lehnte den Kopf wieder gegen die Wand, um zu Atem zu kommen, bevor er ein Aktenbündel und einen Leinensack aus dem Safe holte. Er klemmte sich alles unter den Arm und stieg langsam die Leiter hinunter. Die Erleichterung hatte auch eine äußerste Erschöpfung mit sich gebracht, die sein Sehvermögen beeinträchtigte, als ob ihn ein düsterer Schatten in Dunkelheit einhüllte …

Du musst machen, dass du hier rauskommst, Mason.

Jetzt, wo er die Beute in der Hand hielt, wusste er nicht, ob er die Enttäuschung ertragen könnte, wenn die MPs vorbeikämen und ihm Handschellen anlegten. Was mit den Dokumenten geschehen würde, wenn sie mit ins Hauptquartier genommen würden, war nicht abzusehen. Er musste einen Fuß vor den andern setzen, die Treppe hochsteigen und hinaus in die Kälte gehen – vorausgesetzt, er konnte überhaupt fahren.

An irgendeinen sicheren Ort. An einen Ort, wo er sich die Zeit nehmen konnte, die Dokumente zu lesen und etwas von seiner Kraft wiederzugewinnen.

Mason saß am Küchentisch. Eine Decke lag über seinen Schultern, und er hatte eine zweite Tasse Kaffee vor sich stehen. Einer der zwölf Aktenordner lag vor ihm.

Laura kam zu dem Tisch und schob einen Teller mit einem Sandwich und Kartoffelchips vor ihn. Mason wollte den Ordner öffnen, aber Laura sagte: »Iss zuerst etwas. Du musst wieder zu Kräften zu kommen.«

Mason ließ den Aktendeckel zufallen und nahm das Sandwich in die Hand.

Zwei der jüngeren Kinder von Jaakows großer Familie kamen lachend und schreiend in die Küche gerannt, ganz vertieft in ihr Spiel. Berko tauchte aus dem hinteren Teil des Hauses auf, schimpfte sie aus und sagte ihnen, sie sollten wieder ins Schlafzimmer gehen. Er lächelte und nickte Mason zu, ein stummes Dankeschön und ein stiller Abschied, bevor er ihn und Laura wieder allein ließ.

Erst als Mason Lauras Haus erreicht hatte und wieder zu Bewusstsein kam, schaute er schließlich in den Leinensack aus

Winstones verstecktem Safe. Drinnen befand sich ein Bündel Geldscheine, das sich auf fünfundfünfzigtausend Dollar bezifferte. Ein Vermögen, nach Masons Maßstäben, aber dieser Betrag war nur ein Bruchteil der Gewinne aus Winstones raffinierten Projekten. Aus einem sorgfältig geführten Bestandsbuch, das Winstone zu seinen Akten gepackt hatte, erfuhr Mason, dass Winstone es geschafft hatte, mehr als eine Million Dollar illegal gewonnener Einkünfte auf ein Bankkonto in der Schweiz zu schmuggeln. Die fünfundfünfzig Riesen waren sein und Hildas Reisegeld, von dem vermutlich das meiste zur Bestechung verwendet werden sollte.

Mason hatte beschlossen, Berko fünfzigtausend Dollar davon zu geben, damit er und seine Familie die Bestechungsgelder für ihren Weg nach Palästina aufbringen konnten. Er hatte den Rest des Geldes Laura für ihre Unannehmlichkeiten angeboten, aber sie hatte abgelehnt und gesagt, dass Mason die fünftausend ganz eindeutig für das brauchen würde, was er geplant hatte.

Laura sah zu, wie er aß. »Du bist im falschen Jahrhundert geboren worden.«

»Was meinst du damit?«

»Du solltest eine Rüstung tragen und verkünden, dass die Kreuzzüge ein ehrenhaftes Unterfangen sind. Du hättest geglaubt, es ginge nur um den Glauben und göttliche Gnade, und nicht um Landnahme um der Macht willen.«

»Ich kann nicht erkennen, ob das eine Beleidigung oder ein Kompliment war?«

»Ich glaube, du weißt es.«

Mason schaute sie an, während er in das Sandwich biss. Er *wusste* es nicht, aber er vermutete, dass es ein bisschen von beidem war. Sie saßen schweigend da, er aß, und sie bereitete ihren Fotoapparat vor.

Schließlich sagte Laura: »Ich kenne dich etwas mehr als sechs Monate, und in dieser Zeit bist du dreimal im Krankenhaus gewesen.«

»Ich werde lernen müssen, schneller auf den Beinen zu sein.«

»Wenn du ab und zu deinen Kopf benutzt, müsstest du vielleicht nur halb so oft ins Krankenhaus.«

»Dann hätte ich keinen Vorwand, dich zu sehen.«

Laura schüttelte den Kopf, während sie noch lächelte. »Was soll ich nur mit dir machen?«

»Gib Ricky den Laufpass und verlieb dich wieder in mich.«

»Er heißt Richard.«

»Wo ist Richard übrigens?«

»Er ist in Nürnberg wegen der Nazi-Prozesse. Göring steht vor Gericht. Richard macht ein Interview mit Göring; er schreibt einen großen Artikel über ihn, von seinem Aufstieg zur Macht bis zu dem Kriegsverbrecherprozess.«

»Jeder will Geschichten über die Nazis schreiben.«

»Das Böse bekommt größere Schlagzeilen.«

»Warum bist du nicht bei ihm?«

»Wegen meiner Arbeit.« Laura stützte sich auf die Ellbogen ab. »Vielleicht sollte ich einen Artikel über deinen Aufstieg und Fall schreiben.«

»Ich werde aufsteigen und fallen und dann wieder aufsteigen und fallen. Aber wenn es nach dem Willen von einigen hohen Army-Offizieren geht, werde ich für etwas angeklagt, was ich nicht getan habe.«

Laura legte eine der Akten vor sich hin. »Dann sehen wir mal nach, was wir finden können, um dafür zu sorgen, dass das nicht passiert.«

Mason schob den leeren Teller beiseite, öffnete einen Aktenordner und begann zu lesen. Wenn Laura mit der Lektüre einer Seite fertig war, fotografierte sie sie und machte sich Notizen.

Einige der Akten waren nach Personen unterteilt. Giessen, Bachmann, Plöbsch, Eddie Kantos, Volker als Herr Z, Schaeffer und Kessel, Udahl alias Abbott. Andere waren Sammlungen von Abschriften von Abhöraktionen, Fotos, beobachtete Treffen oder Aussagen von Informanten – vor allem Jaakow und Hilda Schmidt. In chronologischer Reihenfolge entfalteten die Akten einen übersichtlichen Bericht nicht nur von der wachsenden Macht und Komplexität von Udahls und Schaeffers Organisation, nicht nur vom Aufstieg und Fall Giessens und Bachmanns, sondern auch von Winstones Entwicklung von einem entschlossenen, aber naiven Ermittler zu einem Agenten, der der Verführung und Korruption zum Opfer fiel.

Diese Enthüllung kam nicht in Winstones eigenen Worten, sondern Mason konnte es zwischen den Zeilen lesen: Winstone hatte sechs Monate Zeit für die Untersuchung verwendet, wobei die Fortschritte zunächst langsam waren, bevor die Details hineinströmten, wobei sich seine beste Ermittlungsarbeit seiner eigenen Verwicklung in die Machenschaften verdankte.

Winstone begann, von genau dem Netz des Verbrechens zu profitieren, das er untersuchte – bis kurz vor dem Ende. Das war der Zeitpunkt, als er die wichtigeren Akteure entdeckte. Die mit ungeheurer Macht. Mittlerweile war ihm die Sache über den Kopf gewachsen, und er hatte beschlossen, mit Hilda in die Schweiz zu fliehen. Aber Mason bezweifelte, dass er einen wahrhaft sicheren Zufluchtsort gefunden hätte. Die Männer, die er enttarnt hatte, hatten einen sehr langen Arm.

Vielleicht würde Mason jetzt, nachdem er mehr als Winstone wusste, auch keine Zuflucht mehr finden. Er würde immer damit rechnen müssen, dass ihm jemand nach dem Leben trachtete, sein ganzes Leben auf der Flucht verbringen. Diese Vorstellung war kurzzeitig mit einem Gefühl von Einsamkeit und Trauer verbunden. Dann wischte er diese Gedanken beiseite.

Vieles von dem, was die Dokumente enthüllten, hatte Mason in den letzten Tagen entdeckt. Eddie Kantos schien der Angelpunkt zu sein, um den sich alles drehte: seine Beziehung zu Giessen und Bachmann, sein Treffen mit Schaeffer und Udahl, seine Verwendung von Willy Laufs als Verbindungsmann zu den italienischen Verbrecherfamilien. Er koordinierte die Schmuggelrouten, wobei er sich eines Aufgebots ehemaliger polnischer Kriegsgefangener und polnischer Offiziere und Soldaten bediente und Lkw-Ladungen von Luxusgütern übernahm, die Deutsche auf dem Schwarzmarkt für Essen und Arzneimittel eingetauscht hatten: goldene Uhren, Pelze, Diamanten, Kunstwerke und das Morphium und Kokain, das von der geschlagenen deutschen Armee zurückgelassen wurde. Im Gegenzug kamen Treibstoff, Heroin, Hausratsgegenstände und Wein aus Italien. Kantos hatte die Führer beider Gruppen mit ergiebigen Kontakten zum deutschen Hochadel und Industriellen versorgt, und im Anschluss daran hatte er zusammen mit Otto Kremmel Winstone den gleichen Dienst erwiesen.

Die Dokumente zeigten, dass Schaeffer und Udahl ihr Netz durch diese Verbindungen und eine lose Partnerschaft mit Giessen und Bachmann aufbauten. Wie sie Volker und ehemaligen SS-Mitgliedern geholfen hatten, NS-Kriegsverbrecher aus Deutschland nach Italien und darüber hinaus entkommen zu lassen, wodurch sie Gefälligkeiten von dem deutschen Netzwerk ansammelten, also Informanten und die Standorte großer Vorräte von Antibiotika, Rauschgiften, Krankenhausnachschub, Edelmetallen, SS-Schatullen mit Diamanten und Gold sowie Uran, das von der deutschen Armee auf dem Rückzug zurückgelassen worden war. Die ganzen Trümmer der zerfallenden Nazi-Kriegsmaschine.

Winstone hatte seitenweise Berichte darüber geschrieben, wie Ermittlungen immer wieder abgewürgt worden waren. Die gleichen Behinderungen, die Mason erlebt hatte: aufgeflogene Abhöraktionen, fehlende oder verlegte Unterlagen, Zeugen, die verschwanden oder ihre Aussagen widerriefen. Er berichtete davon, wie er eines Nachts aufgewacht sei und jemand in seinem Zimmer fand, der seinen Schreibtisch durchsuchte. Wie er polnische Vertriebene als Wächter für sein Haus angeheuert habe und dass sogar sie für Schaeffer zu arbeiten schienen.

Zum Ende hin hatte Winstone, möglicherweise aus Gründen des eigenen Überlebens, seine Ermittlungen intensiviert und Informanten engagiert: Hilda aus dem Inneren der Casa Carioca und Jaakow, der Schwarzmarktkontakte hatte. Jaakow hatte unschätzbare Arbeit geleistet, war Leuten gefolgt, hatte sie befragt, ihr Vertrauen gewonnen – der perfekte Maulwurf – und war zeitweilig als Doppelagent aufgetreten. Jaakow hätte einen unglaublich guten Geheimagenten abgegeben.

Am Ende hatte Winstone eine Reihe vernichtender Dokumente zusammengetragen. Wie er zu Mason gesagt hatte: Sie reichten aus, um die Army bis in ihre Grundfesten zu erschüttern. Schaeffer und Udahl waren nur die Spitze des Eisbergs, während Gamin überraschenderweise nur eine weniger wichtige Figur war, deren Krankheit von bösen Männern ausgenutzt worden war.

Während Mason auf ein letztes Foto starrte, musste er sich auf seinem Stuhl zurücklehnen. Nicht weil er so geschwächt war, sondern wegen des Fotos vor seinen Augen. Was es zeigte, ergab einen perfekten Sinn, auch wenn es verheerend war.

Er schaute zu Laura hinüber, die sich wie wild Notizen machte. »Sag nicht, ich hätte dir nie ein wertvolles Geschenk gemacht.«

Laura hörte auf zu schreiben, nahm ihren Fotoapparat in die Hand und machte einen Schnappschuss von ihm. »Erinnerungen können unbezahlbar sein. Solche hast du mir gegeben.«

Sie schauten sich einen Moment lang an, dann machte Laura wieder mehrere Fotos von Winstones Akten.

»Du kannst von diesen Dingen alles veröffentlichen, was du willst«, sagte Mason. »Ich bitte dich nur darum, dass du es auf eine Weise machst, bei der die Army nicht als Bösewicht dasteht. Während sich sechzig russische Divisionen die Finger danach lecken, den Rest von Europa einzusacken, sollte die Army nicht von einem gewaltigen Skandal erschüttert werden.«

»Ich hab dir schon mal gesagt, dass ich diese Art Journalismus nicht betreibe. Das wäre so, als würde man die Eltern für die Verbrechen ihres erwachsenen Sohns verantwortlich machen.«

»Ich bin nur deshalb bereit, dir diese Dokumente zur Verfügung zu stellen, um den Schuldigen das Handwerk zu legen. Ich will nicht, dass Unschuldige in die Schusslinie geraten. Es gibt dort draußen zu viele gute Männer und Frauen, die sich alle Mühe geben.«

»Mason, ich werde das hier nicht in eine wütende Schmähschrift ausarten lassen. Aber was die Leute zwischen den Zeilen lesen, kann ich nicht kontrollieren. Wenn du mich und die Macht der Presse dazu benutzen willst, die Bösewichte ihrer gerechten Strafe zuzuführen, lass mich meine Arbeit machen.«

»Ich möchte dich um noch einen Gefallen bitten. Bring das erst nach vierundzwanzig Stunden raus. Ich brauche so viel Zeit, um mich hinauszuschleichen, bevor alles in die Luft fliegt.«

»Wo willst du hingehen?«

Mason lehnte sich zurück. »Das ist eine ausgezeichnete Frage, Miss McKinnon.«

»Ich weiß nicht, wie du mit diesem Bein sehr weit kommen willst.«

»Du hast mich ziemlich gut zusammengeflickt. Damit sollte ich so weit kommen, wie ich kommen muss. Wo hast du gelernt, wie man eine Wunde versorgt?«

»In der Zeit, die ich an der Front in den Vogesen verbracht habe.«

»Wie wär's, wenn du mit mir kommst?«

»Um deine zahlreichen Wunden zu versorgen?«

»Um mein gebrochenes Herz zu heilen.«

Laura fiel es auf einmal schwer, Masons Blick standzuhalten. »Warum verbringst du nicht die Nacht hier und erholst dich ein wenig?«

»Oh nein. Das kann nicht gut gehen. Ich sehe ja vielleicht hart aus, aber in meinem Innern bin ich eine weiche Masse von Gefühlen. Mein Herz könnte das nicht aushalten.«

»Das hab ich nicht gemeint.«

Mason legte seine Hand aufs Herz, als litte er Schmerzen. »Siehst du? Selbst das könnte mich zur Strecke bringen.«

»Dann kannst du dir am Morgen durchlesen, was ich geschrieben habe.«

Mason lächelte und schaute Laura in die Augen. »Ich werde dich auch vermissen. Mehr als du dir vorstellen kannst.«

Sie schauten sich eine Weile an, die Mason lang vorkam. Lauras Augen waren feucht, aber es flossen keine Tränen.

Schließlich sagte Laura: »Ich würde dich bitten, mir von Zeit zu Zeit zu schreiben und mir mitzuteilen, wo du bist, aber wo immer du hingehst, wirst du bestimmt Schlagzeilen machen.«

Sie schwiegen eine Zeit lang.

Schließlich sagte Mason. »Ich sollte gehen. Hattest du Zeit genug für Bilder und Notizen?«

Laura nickte. »Ja, und wenn ich dich viel länger hierbleiben lassen würde, könnte ich etwas sagen oder tun, was ich später bereue.«

Mason stand auf. »Dafür möchte ich nicht verantwortlich sein.« Er legte die Akten zusammen und warf ein paar der belastenden Fotos neben Lauras Notizen. »Behalt die hier. Für alle Fälle …«

Laura stand auf und ging zu Mason hinüber. Sie blieb Zentimeter vor seinem Gesicht stehen. »Vergiss, was ich gesagt habe. Schreib mir. Okay? Ich muss wissen, dass alles mit dir in Ordnung ist.«

Sie küssten sich lange. Dann zog sich Mason einen Mantel aus Richards Kleiderschrank an, klemmte sich die Akten unter den Arm und ging, während Laura ihm von der offenen Haustür nachschaute.

ZWEIUNDVIERZIG

Die letzten Soldaten zogen im Parademarsch vor dem erhabenen Podium auf dem Exerzierplatz von Münchens weitläufiger McGraw-Kaserne vorbei, die im Hintergrund lag. Die feierliche Inspektion der Münchener Streitkräfte fand vor den kritischen Blicken von fünfundzwanzig Offizieren statt, die genug Metall auf ihrer Brust trugen, um einen Sherman-Panzer daraus zu schmieden, und die Army-Kapelle spielte den »Washington Post March« dazu. Die Offiziere hörten auf zu salutieren, als der letzte Soldat vorbeimarschiert war, und lösten sich zu informellen Gruppen auf.

Mason stand annähernd in Habachtstellung links ein wenig hinter dem Podium. Eine der Bedingungen dafür, dass Mason den Exerzierplatz betreten durfte, hatte darin bestanden, dass er wartete, bis die Zeremonie vorbei war. Er trug seine CID-Uniform, die Densmore ihm ins Krankenhaus mitgebracht hatte, eine weitere Bedingung. Das war ihm ganz recht, weil es vermutlich das letzte Mal sein würde, dass er eine Army-Uniform trug, und er war stolz, sie zu tragen.

Die Generals und Colonels, die Beamten der Militärregierung und die Kongressabgeordneten begannen, die Treppe in Zweier- und Dreiergruppen hinabzusteigen. Wenige schenkten ihm Beachtung oder schienen dadurch beunruhigt zu sein, dass ein Kriminalermittler am Fuß der Treppe stand und jeden der Würdenträger genau ansah.

Einige der Offiziere standen noch auf dem Podium. General Lucius D. Clay, der stellvertretende Militärgouverneur der amerikanischen Besatzungszone, war einer von ihnen. Er redete mit mehreren anderen Offizieren, während er sie aufforderte, sich auf den Weg zur Treppe zu machen. Schließlich kam der Mann hinunter, auf den Mason gewartet hatte. Er sprach mit einem US-Senator, und Masons Anwesenheit hatte er entweder nicht bemerkt, oder er zog vor, sie zu ignorieren.

Als General Pritchard am Fuß der Treppe ankam, schaute er Mason schließlich an. Er blieb stehen, drehte sich um und setzte ein großes Politikerlächeln auf. »Ach, Mr. Collins. Ich bin erfreut darüber, dass Sie offenbar unversehrt sind. Aber es ist wahrscheinlich nicht klug von Ihnen, hier aufzutauchen, wenn Sie auf der Flucht sind. Der stellvertretende Kommandeur der Militärpolizei ist noch auf dem Podium beschäftigt, aber ich bin überzeugt, er wird froh sein, Sie dingfest zu machen.«

Mason hielt ein Bündel mit Aktenordnern vor sich. »Ich habe Winstones fehlende Akten gefunden.«

Pritchard blickte auf die Akten und kam langsam auf Mason zu. Der Senator verabschiedete sich und ging weiter. Die Konfrontation hatte die Aufmerksamkeit von allen erregt.

»Ausgezeichnete Arbeit, Mason«, sagte Pritchard und nahm die Akten an sich.

»Stehen einige interessante Sachen drin«, meinte Mason. »Sie sollten einen Blick reinwerfen, wenn Sie Gelegenheit dazu haben.«

Pritchard legte Mason eine Hand auf die Schulter und versuchte, ihn von den neugierigen Augen und Ohren wegzuführen. »Reden wir dort drüben weiter.«

Mason wich nicht von der Stelle. »General Clay fand sie auch sehr interessant.«

Pritchard erbleichte, obwohl er sein Lächeln beibehielt.

»Er fand es besonders interessant, dass Sie der wichtigste Vermittler und Nutznießer der Morde und Diebstähle waren, die in Garmisch-Partenkirchen stattfanden.«

»Was immer Sie glauben, hier drin gelesen zu haben, oder glauben, verstanden zu haben, ist abwegig.«

»Agent Winstone hat wenig der Einbildungskraft überlassen. Er hat festgestellt, dass Sie während des Kriegs Operationen des OSS durch die Vereinigten Generalstabschefs koordiniert und eng mit Colonel Udahl und Major Schaeffer zusammengearbeitet haben. Dass Sie anschließend Major Schaeffer und Colonel Udahl in ihren kriminellen Aktivitäten gelenkt und unterstützt haben. Dann war es nur noch eine Frage, verschiedene andere Akteure in Positionen zu rekrutieren, die Ihnen bei Ihrem Unternehmen behilflich sein konnten. Colonel Middleton vom Quartiermeister-Bataillon, General Davis vom Transport, Captain Miller von der Abteilung für Öffentliche Sicherheit bei der Militärregierung. Und zehn andere. Ein hübscher kleiner Freundeskreis.«

Pritchard wandte sich an vier MPs, die für den Schutz der Offiziere eingeteilt waren. »Sie dort. Verhaften Sie diesen Mann.«

Die MPs blieben stehen, wo sie standen.

»Sehen Sie«, sagte Mason, »ich habe eine Abmachung mit General Clay getroffen.«

Pritchard warf einen Blick auf General Clay, der noch auf dem Podium stand.

Mason fuhr fort: »Er ist mir so dankbar für die Aufdeckung Ihrer und Udahls Organisation, dass er mir gestattet hat, Ihnen persönlich diese Dokumente auszuhändigen und einem Mörder und Verräter in die Augen zu sehen.«

»Sie werden trotzdem verhaftet werden, weil Sie Colonel Udahl erschossen haben.«

»Nein. Ich war einverstanden damit, die Army zu verlassen und ihr so die Verlegenheit des Militärgerichtsverfahrens und das Dilemma zu ersparen, was sie mit mir machen soll. Die Presse wird eine ausführliche Story über Sie und Ihre Kumpane veröffentlichen, allerdings mit einer gewissen Verzögerung, damit die Army genug Zeit hat, die Schuldigen zu verhaften und aufzuräumen, bevor die Geschichte ans Licht kommt.«

»Sie haben nicht alle erwischt. Und die werden Sie zur Strecke …«

General Clay musste den MPs ein Signal gegeben haben, sich um Pritchard zu kümmern, weil sie ihn plötzlich an den Schultern packten.

»Sie sind tot, Collins. Tot!«, schrie Pritchard, während die MPs ihn abführten.

Mason sah hoch zu General Clay, der einen unglücklichen Eindruck machte. Er sagte nichts zu Mason und gab ihm auch kein Zeichen. Mason drehte sich um, nahm seinen Stock in die Hand, den er an das Podium gelehnt hatte, und humpelte über den Exerzierplatz, während die Kapelle »The Stars and Stripes Forever« spielte. Er ging in westlicher Richtung, und er würde weiter nach Westen gehen, bis …

Nun gut, dieses spezifische Detail entzog sich ihm noch.

DANKSAGUNG

Ich bin der Ansicht, jedes Stück historische Kriminalliteratur sollte einen eindeutigen Wirklichkeitsbezug haben, und obwohl die wesentliche Handlung und die Hauptfiguren in *Schlangengift* fiktiv sind, gehören viele der Fakten, Begleitumstände, Orte und Menschen zur Zeitgeschichte. Ich stehe tief in der Schuld von Wissenschaftlern, Historikern, Archivaren und Bibliothekaren für die Arbeit, Leidenschaft und Hingabe, mit der sie die Nachkriegsjahre aufgezeichnet und festgehalten haben. Weil die auf diesen Seiten erzählte Geschichte in Zeit und Raum vieles mit *Winter der Toten* gemeinsam hat, habe ich bei meinen Recherchen für dieses Buch viele der gleichen Quellen verwendet. Die Liste der Quellen ist umfangreich, aber ich würde gern die hervorheben, zu denen ich immer wieder gegriffen habe: Ian Sayer und Douglas Botting, *In the Ruins of the Reich* (1985) und *Nazi Gold* (1984); Atina Grossmann, *Jews, Germans, and Allies: Close Encounters in Occupied Germany* (2007); Wilford Byford-Jones, *Berlin Twilight* (1947); Edward N. Peterson, *The American Occupation of Germany: Retreat to Victory* (1977); Giles MacDonogh, *After the Reich: From the Liberation of Vienna to the Berlin Airlift* (1985).

Ich möchte mich bei meinem Agenten Matt Bialer für seine beharrliche Unterstützung und seine klugen Ratschläge bedanken. Meiner Lektorin Natalee Rosenstein für ihren unbeirrbaren Glauben an mich und die Mason-Collins-

Saga. Meiner Korrektorin Sheila Moody und der Cheflektorin Lara Robbins. Dank ihrer scharfen Augen und ihrer Aufmerksamkeit für Details hat das Manuskript den letzten Schliff erhalten. Meiner Presseagentin Loren Jaggers, ohne die dieses Buch und *Winter der Toten* nicht in den Händen so vieler Leser gelandet wären. Für den schönen, dynamischen Schutzumschlag würde ich gern Richard Hassleberger und Jason Gill danken. Allen Leuten bei der Berkley Publishing Group – Buchgestaltung, Marketing, Werbung und Vertrieb – dafür, dass sie aus dem Manuskript ein lebendiges Buch gemacht haben. Ed Steckler, freier Lektor und Freund, weil er wieder einmal seine Talente und Einsichten darauf verwandt hat, dieses Buch so gut zu machen, wie es nur ging. Wie immer meiner Familie und meinen Freunden für ihre Liebe und Unterstützung. Allen Lesern, Buchhändlern, Bloggern und Rezensenten, denen ich nicht genug für ihre Unterstützung von *Winter der Toten* und ihre grenzenlose Liebe zu Büchern danken kann. Und schließlich ist es ein langer und zuweilen beschwerlicher Weg, ein Buch zu schreiben und als Schriftsteller Karriere zu machen, aber meine Frau Janine hat es durch ihre Ermutigung, ihre Beratung, ihre Seelenstärke und ihre Geisteskraft geschafft, dass mir die Straße entgegenkam und der Wind immer in meinem Rücken war. Ich bin wahrhaft ein glücklicher Mann.

Autor

John Connell hat als Kameramann mit Steven Spielberg, Ridley Scott und anderen großen Regisseuren zusammengearbeitet. Er liebte es, Geschichten auf den Bildschirm zu bringen, und hat von den besten Drehbuchautoren viel über das Erzählen gelernt. Doch nach einer sehr erfolgreichen Laufbahn im Filmgeschäft wollte er endlich seine eigenen Geschichten schreiben. John Connell lebt nun in Versailles und konzentriert sich ganz aufs Schreiben von Romanen. Mit »Winter der Toten« hat er eine Serie um den US-Officer Mason Collins begonnen, der kurz nach dem Zweiten Weltkrieg im zerstörten Deutschland ermittelt.

John Connell im Goldmann Verlag:

Winter der Toten. Thriller
Schlangengift. Thriller
(beide auch als E-Book erhältlich)

GOLDMANN
Lesen erleben